HOPE AND SORROW
IN A PARISIAN AUCTION HOUSE

秦肇　著

浙江大学出版社
ZHEJIANG UNIVERSITY PRESS
·杭州

图书在版编目(CIP)数据

众价之上 / 秦肇著. —杭州：浙江大学出版社，
2023.6
ISBN 978-7-308-23697-3

Ⅰ.①众… Ⅱ.①秦… Ⅲ.①长篇小说－中国－当代
Ⅳ.①I247.5

中国国家版本馆 CIP 数据核字(2023)第 069844 号

众价之上
秦　肇　著

责任编辑	钱济平　罗人智
责任校对	陈　欣
封面题词	甘学军
美术设计	梁贺 LEGO
封面设计	项梦怡
出版发行	浙江大学出版社
	（杭州市天目山路 148 号　邮政编码 310007）
	（网址：http://www.zjupress.com）
排　　版	浙江时代出版服务有限公司
印　　刷	浙江全能工艺美术印刷有限公司
开　　本	880mm×1230mm　1/32
印　　张	17.25
插　　页	3
字　　数	451 千
版 印 次	2023 年 6 月第 1 版　2023 年 6 月第 1 次印刷
书　　号	ISBN 978-7-308-23697-3
定　　价	88.00 元

序章

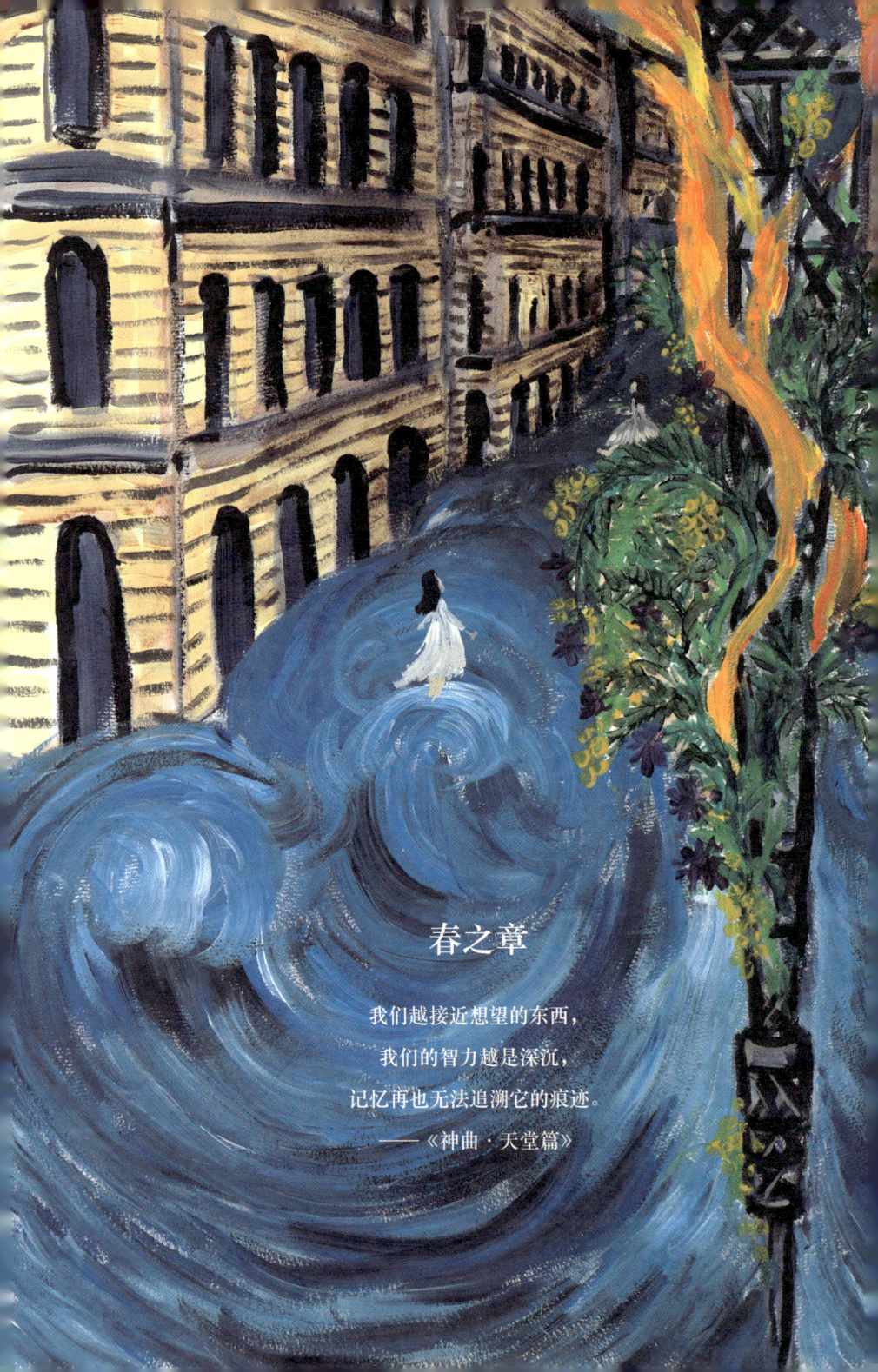

春之章

我们越接近想望的东西，
我们的智力越是深沉，
记忆再也无法追溯它的痕迹。

——《神曲·天堂篇》

夏之章

"你使我们进入罗网，把重担放在我们身上。

"你使人驾车轧我们的头，我们经过水火，

"你却把我们领到丰盛之地。"

——《诗篇》

秋之章

五色令人目盲，五音令人耳聋，

五味令人口爽，

驰骋畋猎，令人心发狂，

难得之货，令人行妨。

——《道德经》

冬之章

人在世间爱欲之中，
独去独来死生，
当行至趣苦乐之处，
身自当之，无有代者。

春之祭

在世人中间不愿渴死的人，
必须学会从一切杯子里痛饮；
在世人中间要保持清洁的人，
必须懂得脏水也可以洗身。

——《查拉图斯特拉如是说》

A mon intelligent et adoré JBA,
Vivamus, atque amemus.

献给我深爱的、智慧的JBA，
让我们一起生活，彼此相爱。

目|录

序　章

从米罗梅尼尔地铁站出来，一步就踏进了这广袤壮丽的巴黎。

四月上午的暖阳照得天地间澄明灿烂，欧丁香、日本樱和椴花的香气交织在一起，又丝丝缕缕弥散开，让空气甜美得如同融化在唇齿间的盐花焦糖，冯欣却只觉得满心茫然。她抬着头到处张望，周围每栋建筑都像是用世上最美的白色石料砌成，那些雄伟的外墙并非整齐划一的死板颜色，而是间错着米白、乳白、灰白、象牙白……所有房子从二楼到顶楼，每一层的阳台都有镂空雕花的黑色铸铁围栏，顺着一幢幢紧挨的房屋延绵伸展出去，在辽远晴空下，像极了乐谱上的谱线。外墙上无数已逾百年的浮雕自然就是谱线上跳动的音符：舒卷盘曲的藤蔓枝叶，丰茂繁盛的团花硕果，凶神恶煞的怪面兽，婀娜曼妙的半裸女神像，还有许多胖乎乎的小天使，似乎马上要扑腾着翅膀从墙上飞出来。有些房子装饰着教堂式的圆形穹顶和尖塔顶，俨然是童话中王子公主居住的城堡，偶尔一两栋建筑还保留着世纪初的彩绘珐琅砖墙，宛如一段柔婉咏叹调里跳脱出的几个俏丽强音。

冯欣去年夏天就从图卢兹搬来巴黎读研究生，但一直住在远郊贫民区，除了跟朋友们在那几个举世闻名的标志性景点打卡拍照之外，她还从未仔细欣赏过巴黎的大街小巷。眼前这片街区美得让她有些恍惚了，她知道自己今天不是来闲溜达的，要去找一只盘子，什么"康熙五彩荷花盘子"，然而却像微醺一样管不住自己的脚步，也不想去看手机导航。反正目光所及之处都那么美，先逛一会儿饱饱眼福吧，来这里一趟挺不容易的，转了好多趟地铁才到呢。

除了几家奢侈品商店，这一带临街的店铺基本都是画廊和古董行，冯欣完全看不懂橱窗里那些红红绿绿的油画和千奇百怪的雕塑，只觉它们都以一种夸张的高贵方式陈设着，仿佛隔着玻璃多看两眼就已令人胆寒。

　　"这些画每一张恐怕都要几十万欧元吧！真的会有人来买吗？有这么多钱干嘛不买个大房子呢……"她正纷乱地想着，耳边传来一阵响亮的美式英语谈笑声，转头看见二三十个身材臃肿衣着随便的中老年游客叽叽喳喳走过来。自去年11月巴黎恐袭后，全国游客骤减，没想到周六早上竟会遇到这么一大群美国人，附近是有什么景点吗？

　　冯欣刚想掏出手机看一下地图，路口绿灯亮了，便随着他们一起过了马路。阳光把街道斜切成明暗两半，她走在清凉的阴影里，对面奥斯曼建筑的外墙反射出耀目白光，她眯起眼睛望出去，只见道路尽头有一片蓊蓊郁郁的绿影，估计是个很漂亮的大公园，就像卢浮宫旁边的杜乐丽花园一样。美国游客们果然都往那个方向走，冯欣也好奇地跟了过去，走近才发现，原来是一条林荫大道两旁繁茂的栗树。

　　栗树正值盛花期，红白错杂的花朵聚集成宝塔般的花簇，堆叠在宽阔的掌形绿叶上，像许多摆放在枝叶间的奶油冰激凌。她和美国游客们一起站在树荫下等红绿灯，一阵微风掠过，栗花飘飞如粉色细雪，伸手可接，无数金色光斑在满地的红白落花上浮晃，似有人抖开了一卷明艳的彩织花毯。冯欣忍不住扬起脸，深深吸了一口气，她说不出这是怎样的一种味道，浸透了春日阳光的空气清润芬芳，让她总想要展颜微笑。

　　前方主路被几道金属栅栏封住了，只有一侧人行道可以通行，还有三五个荷枪实弹的警察在马路中间来回踱步。冯欣跟美国游客们挤挤挨挨地走在狭窄的人行道上，望见对面一带矮墙环绕的建筑上方飘扬着法国国旗，想来应该是个政府机构，不过，肯定不是什么重要部门,这房子灰扑扑的都没有太多装饰,比刚才一路过来看到的那些建筑差远了。

走在前面的一个胖大爷猛地停下了脚步,冯欣险些撞在他背上,发现所有美国游客都举起了各自的手机相机,朝着马路对面一座大门紧闭的庭院不停拍照,一对白发老夫妻还紧搂在一起,拍了许多不同表情的自拍照。她不明白这有什么可拍的,但人行道被这群兴奋聒噪的美国游客堵得水泄不通,只好顺着他们镜头看过去,这才注意到庭院门口站着两位身穿礼服、持枪肃立的警卫。冯欣恍然明白了,在心里低呼了一声:"这是爱丽舍宫啊!"她迅速拿出手机确认,想起昨天让她来这里的那位客人说过,那个地方就在爱丽舍宫附近。美国游客们终于拍够了照片,陆续散开,冯欣跟着手机地图的指示,直走几分钟后拐进左边的一条小巷,一座富丽堂皇的建筑出现在眼前,她惊愕地站住了。

这幢五层高的建筑比她今早见过的一切房屋都要华美,并且经过细致的整修,在海水般碧蓝的天幕下泛出清皎的光辉。四根白色大理石科林斯柱支撑着一道庄严的拱门,柱身雕满了缠绕的月桂纹饰,T家拍卖行的镀金名字镌刻在拱顶上,气派非凡。临街的每扇窗户都围饰着壁柱式浮雕和古雅的三角楣,门口宽阔的大理石台阶之上是两扇紧闭的青铜雕花大门,左右门扇中央各有一只威风凛凛的铜鎏金狮首,门楣正中雕刻着一尊古代男神头像,俊朗的面庞上挂着一抹似有若无的微笑,似在俯瞰利来利往的劳碌众生。

冯欣心里直发憷,有点后悔来这一趟了,她在路边踟蹰了许久才鼓足勇气走上台阶,站在紧闭的大门前。门扇上布满了青铜镂空花饰,却没有门铃,难道要去拍那两个黄金狮子头吗?这也够不着啊!冯欣猜测可能有什么暗藏的按钮,便往前走了几小步,大门突然自动缓缓向内打开了,犹如两位恭谦的华服卫士,弯腰行礼,引人走进这座神秘的宫殿。她被吓得往后退了两步,但大门已然洞开,总不能掉头逃跑，只好壮着胆子往里走。

前台端坐着几位漂亮的金发女子，都目不转睛地对着各自的电脑屏幕，冯欣堆起笑容朝她们点了点头，只有一位姑娘从屏幕斜上角瞥了她一下，其他人连眼皮都没有抬。她硬着头皮继续向前走，迎面是一间开阔明亮的大展厅，满绘壁画的天花板极高，中庭安设了金字塔形的玻璃天顶，阳光如金雾般淹没了庞大的铸铁框架，像一片迷蒙漫漶的海市蜃楼正在冉冉升起。地上到处都铺着厚实软和的浅灰色地毯，冯欣走在地毯上，竟像是走在行驶的船舱里，感到阵阵眩晕。此刻展厅里人还不多，工作人员正陆续到来，说话声脚步声混在一起，似一座清晨刚开始活跃的蜂房。

那个什么康熙盘子在哪里啊？冯欣不知道怎么去找，也不知道要问谁，她完全被展厅奢华高贵的气势震慑住了，除了去年跟朋友们走马观花地逛过一次卢浮宫和凡尔赛宫，她从未踏足过这样金碧辉煌的地方。在角落里呆站了好一会儿，她勉强平稳了心神之后才发现，身边陈设的雕塑绘画都贴着或挂着编号标牌，大部分标牌上印着有很多个零的数字，也不知是不是价格。

一个虎背熊腰的保安走了过来，冯欣很怕自己这样傻站着会被轰出去，便结结巴巴跟他询问，他一开始没听明白，就请她再重复一遍，冯欣本来法语就不好，现在更是慌得连最简单的句子也说不清楚了。保安猜测她十有八九是要去看亚洲艺术品，于是指给她上楼右转，她却听成了左转，在楼上晕头晕脑地进了一间灯光晦暗，摆放着许多深色非洲木雕的展厅。木雕下方也都贴着标牌，印着物品的名字、年代、尺寸和描述，冯欣这次看得真切了，那些有好多个零的数字就是价格，而且只是"估价"——估价是什么意思？是不是说这些宝贝实际的价格更高？应该是吧，就像电视剧里的拍卖会，富豪们一个接一个地喊价，出价最高的人才能买到宝贝。冯欣想着，又扫视了一下身旁几件木雕的标牌，那些六七位数的估价把她吓得不轻，唯恐磕到碰到什么,赶紧手忙脚乱地退了出来。

她再不敢瞎转悠了,赔着笑脸去问从面前经过的工作人员,然而她嘟囔混浊的法语发音,得到的只有他们冷漠的无视和略带恶意的嘲笑。这样兜来转去将近一刻钟,冯欣想逃出去,但又有点不甘心,感觉自己像个馋嘴的孩子误入了挂满糖果的梦幻森林,被某种奇诡而强大的力量紧紧攫住了。

最后,她终于走进了一间陈列着亚洲瓷器、书画和雕塑的大展厅,这里靠墙放着五六个玻璃展柜,明敞的落地窗正对外面车水马龙的圣奥诺雷大街,中间是一张铺了浅灰色厚天鹅绒的大桌子,三三两两的客人坐在桌前查看拍品,几位身穿深色套装的工作人员站在旁边轻声交谈。一个约摸 50 岁、清瘦修颀的女人靠在窗前,用不知是德语还是其他什么语言低声打着电话,她一头金发剪得极短,一身利落干练的灰色条纹西装,远看酷似一位瘦高男子。

冯欣紧张得几乎能听到自己心跳的急促声音,她把哽在喉头的一大口唾液用力咽下去,走到那些正在闲聊的工作人员面前,涨红了脸说要看一个盘子,一个画着荷花的盘子。她说话时努力比画着瓷盘的形状,两只手都在微微颤抖。他们全都听见了,却并不答话,其中一位妆容精致的金发姑娘毫不掩饰地露出轻蔑的神情,用眼角上下打量着她,不知是在鄙视冯欣瑟缩局促的举止,还是她蹩脚可笑的法语口音。

这几秒钟的静默让冯欣窘迫得无地自容,直到一位帅气的青年男子憋不住他那种对女人献媚的巴黎人天性,柔声说道:“小姐,您请坐。”同时从桌旁拉出一张椅子,微笑着说:“我去把盘子来拿给您看。”冯欣连声道谢,慌里慌张地正想入座,却被椅子腿绊了一下,那位金发姑娘笑出了声,尖细的嗤笑直扎进冯欣耳中,让她一时间都不敢坐下去,只好扶着桌子边沿,屈膝站在桌椅之间的空隙里。

幸好那男子拿着本图录走了过来,他翻到其中一页,指着上面的一张照片问："小姐，您是要看这个盘子，对吗？"冯欣点头如捣蒜，追悔万分地想，我怎么这么蠢，我手机里有这个盘子的图录照片啊，我应该一进门就拿着这张照片去问人啊！她搭着椅子边小心坐下来，还在一遍遍暗自埋怨，那男子已将瓷盘取来，放在她面前的桌上，说道："小姐，您请看这件拍品。"

冯欣完全懵了，这盘子有什么可看的啊？她瞟见对面一个秃顶法国老先生伏在桌上，举着一枚记号笔大小的特制手电筒仔细查看一只胭脂水釉瓷碗。他眯着眼睛，左手极缓慢地转动着小碗，发红的鼻头都快凑进碗里了，让冯欣想起影视剧中那些专家查看珠宝的模样。她盯着面前这个瓷盘瞧了几分钟，只觉花红柳绿的画得挺土，又记起那位客人让她多拍几张盘子的照片，便从裤兜里掏出手机来拍照。她左手拿着盘子，右手拿着手机，正在琢磨要从哪里拍起，手机滑了一下，轻轻磕在盘沿上，发出一声硬脆清响。

恰好此时没人说话，这响声在安静的展厅中格外刺耳，所有人都转过脸来看着冯欣和她手里的瓷盘，她僵着两手不知如何是好，感到太阳穴上的青筋跳得都要爆裂了，一句严厉的法语破空劈来："Attention! Posez-le!"（当心！请您放下它！）

站在窗前打电话的瘦高金发女子疾步而来，她是亚洲艺术部的主管，她目光灼灼地瞪着冯欣，冷峻地重复了一遍那句话。冯欣这次听懂了，赶紧把盘子放在桌上，心里急于说出些缓解气氛的话语，但嘴唇抽搐着不听使唤："你看，我，我不是……"她不知道"故意"的法语怎么说，也不知道自己是不是碰坏了这个盘子，吓得眼泪都快涌出了眼眶，对方却根本没理她，只是不耐烦地说了句："请您用敬语称呼我。"同时从衣兜里拿出小手电筒，用强光检查了一遍盘子，随后对旁边的工作人员说："还好没有问题。客人看展品时，你们一定要留神注意，不能再出这种事了。"大家都唯唯应声，她便拿起瓷盘转身放回了展柜中。

然而冯欣连一张照片都没来得及拍，她竭力压住眼泪，耷拉着脑袋坐在桌前，手脚都不知该怎么放了，周遭的言谈笑语让她愈发胆寒，冷汗顺着后背涔涔而下，脸颊却烧得滚烫，连耳朵都是热的，只觉得要被这些衣冠楚楚的法国人生吞了。童年时自己蜷缩在墙根，眼看着父母厮打吼叫的那种恐怖记忆又铺天盖地袭来，却没有任何人愿意发发善心，将她解救出这样难堪的境地。

　　一位刚才走进展厅的华人姑娘也看到了这一幕，她知道这个呆坐着的姑娘肯定被吓坏了。看她衣着简旧、畏首畏尾的模样，恐怕还在大学读书，今天多半是受人之托来拍几张瓷器的细节照片，要么是人情难却，要么是为赚点小钱，却无端受了这样一场折辱，让她想起自己去年年初刚来这家拍卖行工作时经历的那些烦扰。

　　她这一刹那的恻隐之心，将如何深刻影响冯欣的整个人生轨迹，当时两人自然无法预知。冯欣后来在最得意和最痛苦的时候都曾反复想起这次奇迹般的邂逅。她永远不会忘记那句在耳畔响起的低语："那个盘子，你还没看好吧？我再拿来给你看一下，好吗？"

　　这句救命佛音般的中文让冯欣陡然抬起头来，隔着朦胧的泪光，她看见面前站着一位容貌清丽的华人姑娘，正温和地对自己微笑。她慌忙点头，就见那姑娘笑着跟同事们打了一圈招呼，去展柜里取出那只瓷盘，重新放在桌上，对她说："我帮你拿着盘子，你直接拍照就好了，不必上手，这样拍出来的照片也比较清楚。"冯欣像落水后刚被救上岸一样张皇失措，只能连连应声，同时拿出手机给盘子拍照，还是那姑娘把盘子翻了过来，提醒她拍一下圈足和底款，她才发现盘底居然还写着几个字。

　　拍了几十张照片之后，冯欣心有余悸地放下手机，悄悄打量着这位姑娘，她漂亮的黑发齐肩，发梢卷着精致的弧度，穿着一件遍身蕾丝花饰的浅 V 领黑色连衣裙，露出优雅的颈项和一部分锁骨。那姑娘见她拍完了照片，便说道："你是帮朋友看这个盘子吧？我去查一下它的品相报告,你稍等。"又随手递了一本图录给她:"你可以看一看这场拍卖的图录。"冯欣连忙双手接过那本厚厚的图录,像捧着一件价值连城的珍宝。

这姑娘的友善驱散了冯欣心里的一些恐慌,她翻着图录,许多惊人的数字直跳入眼中:一幅黑不溜秋、画着水果的油画,估价100000欧元!她"个十百千万"暗暗数了两次,才确定是10万欧元,又翻了几页,一张椅子的估价是120000欧元!左前方展柜里摆着两只花里胡哨的陶瓷鹦鹉,和真的鹦鹉差不多大小,她正好翻到鹦鹉瓷塑的这一页,估价90000欧元!再翻过一页,看见了那只"康熙荷花瓷盘"的估价:8000欧元,她赶紧在心里用汇率乘了一下,这盘子6万多元人民币啊!而且这只是估价,之后拍卖的价格还不知道会有多高呢!她现在意识到刚才差点犯下多么严重的错误了,正惴惴不安地后怕着,那位姑娘走回来对她说:"这只盘子有品相瑕疵,盘口有一道小'冲'。你可能没看到,大概有两厘米长,但是不透。"冯欣半张着嘴瞧着她,仿佛她俩说的并不是同一种语言,红了脸问道:"呃,'冲'是什么?"

"Fêlure,"那姑娘不假思索地回答,"就是法语说的Fêlure。"她见对方依然满脸困惑,又耐心解释:"意思是有一处细小的裂纹。"冯欣点着头,千恩万谢地站起来,拿起放在地上的双肩书包想要离开,那姑娘又说:"你可以在各个展厅转一转,现在虽然不是大拍季,但好几个厅的预展都挺不错。"冯欣下意识地答应着,其实很想脚底生风地跑到大街上,但是这姑娘开了口,她哪里敢回绝,又很怕再撞到什么贵重的东西,便将双肩包紧紧抱在胸前,在展厅里漫无目的地逛了一会儿。

客人们陆续进来了,法语、英语、中文夹杂着其他语言,在她耳边嗡嗡地响成一片。这里圣殿般恢宏的氛围、琳琅满目的高价艺术品,还有那些衣着考究的法国人都让她害怕得难以呼吸,冯欣觉得再不离开就要虚脱了,昏头转向地走下楼,还没到前台便停住了脚步。她望着那两扇青铜雕花大门,很怕它们会像来时那样,哗啦一下自动向内打开,就垂着头站在角落里,目光呆滞地盯着墙上一块大理石方砖的烟灰色纹路。刚才说的蠢话、做的蠢事像电影的闪回镜头一样不断在眼前重现,让她追悔莫及。这种高级的地方实在不是我能来的,早知道就跟那个客人说我今天不在巴黎啊!真是多亏了那位姑娘,也不知道她叫什么名字,怎样才能谢谢人家……

像闪电劈开暗夜的一瞬间,一个模糊的形象猛然从她心底浮现出来,并且越来越清晰,冯欣激动得透不过气来了:"我认识她!一定是她!"

她们曾经是同窗。冯欣想马上回去告诉那位姑娘,她们认识,四年前,在斯特拉斯堡的语言学校里,她们是同班同学。她姓叶,冯欣记起来了,叶芝。"和爱尔兰诗人叶芝的中文译名一样。"当年她就是这样,笑吟吟地用流利的法语介绍自己,所有老师都立刻记住了她。这才过了四年而已,刚刚她伸个手指头就能把我从水深火热中救出来,冯欣在心里叹了一口气,她过得那么好,我还是别去打扰了吧,何况她怎么会记得我呢?

在语言学校读书时,叶芝无疑是班上最瞩目的学生,是所有老师的宠儿,冯欣虽然不是最差的,却是那些默默无闻、永远不会主动发言的学生之一,八九个月的同窗时光,她俩说过的话恐怕不超过十句。冯欣小步小步地在墙角徘徊,纠结着要不要再走上楼,再陷入那迷宫般庞杂的大小展厅里去。她会不会已经走了?冯欣想着又泄了气,不料一回头却发现,那姑娘竟然就在前方不远处。

她背对着冯欣,站在大厅中央一幅巨大的杏黄色缎绣云龙纹袍料前,正举着手机拍一些高处的细节照片。那件龙袍没有裁剪,还是衣料,上面满满绣着五色云蝠和飞龙宝珠,高悬在展厅中间,如朝晖暮霞般垂落下来,玻璃天顶透下来的柔和阳光泼洒在衣料上,让200

多年前的丝绸荡漾出明丽的光华。那姑娘穿着一袭黑色连衣裙站在袍料前，似一朵乌云停在雨后挂着霓虹的天际。

眼见那姑娘拍完了袍料的照片，转身准备上楼，冯欣感到一种前所未有的冲动在浑身的血液里炸开，她清楚这是自己最后的机会了，便三步并作两步奔到那姑娘面前。对方被吓得往后一仰，冲口用法语问道："您有什么事？"

"您，您是不是叶小姐？"冯欣也用法语磕磕巴巴说着，又马上换了中文，"叶小姐，叶芝，你，您记得吗？在斯特拉斯堡，我们是同学啊！"

叶芝错愕了数秒，旋即捂着嘴低声惊呼起来："天啊！是你啊！你是……"她有点不好意思地笑了笑："抱歉抱歉，我真的记得你，但是，一下子想不起你的名字了，你是？"

"我叫冯欣，我，我，"叶芝真挚的眼神让冯欣得到了莫大的鼓舞，连忙一口气说下去，"我去年在电视，法国电视二台上看到过你，是你们卖一个什么宝贝，记者采访你——"

"是我们拍卖乾隆玉玺。"叶芝笑着补充，她白皙的面容因为惊喜而泛出山茶花般的光彩，弯弯的眉眼更给这份笑靥增添了几许稚气。临近正午的明媚日光穿过玻璃天顶，在高敞的展厅里辉映成一道浮尘飘散的光柱，像一片金线织成的轻纱笼着她俩。

冯欣注意到叶芝戴着一条细巧的铂金项链，硕大的钻石吊坠在锁骨间闪着夺目的星芒。她从没见过那么大的钻石，想起曾在网上看到有人说什么钻石的"火彩"，果真是火一样的啊！这么大的钻石得多贵啊？应该是水钻吧？她正盯着吊坠出神，叶芝低头看了看手机，发现快到午餐时间了，便约着一起去吃饭。冯欣怕影响她工作，刚开口推拒，叶芝抬手截断了她的话，笑道："没关系的，我跟同事们说一声，现在反正也不是大拍，我不用时刻都在展厅，我们中午吃饭可以聊得久一点。太神奇了！这是什么缘分啊！我们一定要好好聊一聊!"话音刚落,她已快步上楼去了。

　　先前的漫长窘境似乎耗尽了冯欣所有的精力,此刻她只觉得这次重逢像梦境一样奇妙却不真实,但内心深处又激荡着一种说不清道不明的美好预感。"不管怎么说,她还记得我啊!"她越想越高兴,叶芝很快走下楼来,肩上挎了一只酒红色的小包,一把拉起她的手,喜笑颜开地往外走。冯欣感到叶芝的手温软细腻,心底也像有一股暖暖的泉水流过,忍不住微笑起来,刚要开口说话,门外扑来的白亮阳光刺得她骤然一凛,还没适应室外的强烈光线,就见叶芝从包里取出墨镜戴好,走在前面了。

　　此刻路人颇多,人行道又有点窄,所以她俩并不能时时并肩而行,叶芝走得极快。"她穿着高跟鞋还能走那么快?"冯欣诧异地急步跟着,叶芝一边走一边说话,她听得不是很清楚,只好含糊应声,叶芝问她喜欢吃什么,她也不知该如何回答。此时路旁三楼一户人家推开了玻璃窗,正好将一道炽烈的日光反射到冯欣脸上,晃得她不能视物,便放慢脚步揉了揉眼睛,又望见前面叶芝疾行的背影,赶忙小跑着跟上去。她的裙子真漂亮啊!乍看以为是影影绰绰的蕾丝,近看才发现是以极细的黑色丝线织出无数形态万千的花朵,似童话里永不凋零的繁花开满全身,黑丝线里还杂织着许多细银丝,轻盈宽大的裙摆飘扬在仲春阳光下,宛若黉夜中的璀璨星河。

　　冯欣留意到好些行人都用赞赏的眼光看着叶芝,有位男子还笑着跟她搭讪,她却熟视无睹地继续前行,等她在下一个红绿灯路口停下,冯欣终于追上了她,微微喘着气笑道:"你的裙子太好看了!"

　　叶芝道了声谢,不以为意地笑了笑,这种恭维对她而言,好像外人夸奖一件她家里祖传的贵重珠宝——那种美丽是一望而知的,你会为拥有它而感到幸运,也会小心地呵护它,只不过它一直都在那里,一直都归你所有,像呼吸空气一样自然而然,并不值得多说什么。她带着冯欣过马路,随口说了句:"Dior 这一季的裙子确实不错。"冯欣愣了片刻，才明白她说的是迪奥，心想："原来法语发音是这样的啊！用法语说出来真好听！"

"我其实不太喜欢Dior的风格，太拘束了，每次穿着这种裙子总要'端着'。"叶芝笑着补充道："我最喜欢的是Dolce & Gabbana，不过，上班穿太招摇了，我都是度假的时候穿。"她是用意大利语说的品牌名字，冯欣只听见几个叽里咕噜的短促音节，根本不懂她在讲什么，就陪着笑了两声，又听见她说："我们到啦，我刚才跟你说的那家餐厅，就在那儿。"

餐厅位于两条林荫大道的街角，左右两侧露台都撑开了雅致的浅灰色遮阳天棚，门口有两只拦腰锯开的橡木酒桶，里面栽着几株花叶扶疏的夹竹桃，水红色的花朵在灰绿狭长的树叶间轻轻摇曳，给餐厅增添了些许鲜妍俏丽。露台上坐着不少正在用餐的客人，隔着临街的玻璃窗，望得见店内整洁漂亮的装潢。

冯欣来不及细看，叶芝已径直走了进去，迎上来的金发男侍者认识她，两人说笑了几句，侍者便带她们走向临窗靠墙的一张小桌。他动作娴熟地拉开桌子，看着冯欣，侧头微笑道："小姐？"冯欣没明白他的意思，叶芝含笑轻推了一下她的后背，说道："你坐里面的位置吧！"她这才恍然大悟，赶紧脱了双肩包，侧着身子进去，坐了那个靠墙的位置，侍者又把餐桌推回去，几乎挤到了她的胸口。

"巴黎的餐厅都是这样，见缝插针地放桌子椅子。"叶芝在对面坐下来，摘下墨镜说："今天实在太仓促了，这家餐厅也还凑合，我们下次再好好约个地方。"冯欣又要道谢，还好侍者过来送上了菜单，是一个笔记本大小的银灰色皮质文件夹，翻开只有四五页，满篇的单词有一大半她都不认识。这是冯欣第一次在法式餐厅吃饭，她在法国的朋友基本都是和她一样的留学生，大家偶尔节假日出门聚餐，总是去便宜且量足的中餐厅，平常不想做饭了，最多也就买个阿拉伯烤肉卷或者犹太人的肉丸子沙拉，哪里知道要如何点菜。

"啪"的一声，叶芝重重合上了菜单，有点气恼地说："巴黎的餐厅越来越堕落了，好多菜都不是餐厅自己做的，这些油封鸭啊肉馅番茄啊，全是速冻的现成菜品，他们买来加热一下就端给客人吃。"

冯欣眨着眼睛说不出话，她虽然看不太懂菜单，却一眼就注意到了上面的价格，最便宜的一道前菜沙拉都要将近30欧元，相当于200多元人民币啊！主菜就更贵了，这么贵的饭菜难道还不好吗？又听见叶芝问："咱们还是吃牛排吧，你要几成熟的？"这话让冯欣慌得额角上都冒出了细密的汗珠，不待她回答，叶芝又笑嘻嘻地扯远了："你记不记得我们在语言学校里的时候，专门有一篇文章讲牛排的生熟程度？"冯欣早就忘了她说的那篇课文，但马上认真地附和着。

叶芝唤侍者过来点菜，因为冯欣说了无数遍"我点和你一样的，一样的就行"，她便对侍者说要两份 à point 的牛排，又点了配菜和一瓶无气泡的矿泉水。冯欣暗自思忖了一会儿才想起来，这个词的意思好像是"半熟的"，她估摸着是一块血水淋漓的牛肉，心里多少有些不安，可无论如何也想不起"全熟"的法语表达是什么了，只好闭着嘴保持微笑。叶芝点完了菜去洗手间，冯欣感觉绷了许久的神经终于能放松了，便悄悄在桌子下面伸直了腿，抬起头环顾四周。

这家餐厅不大，装潢却很是典雅，地面铺着黑白间色的大理石方砖，天花板上有一面阔大的圆镜，镜子中央吊着一盏分枝水晶灯，悬垂下来的无数灯穗都是圆润的倒钟形，和镜中倒影交映生辉，流溢出一种繁华裕如的气派。墙上也镶着几面大镜子，都围饰着石膏旋纹线条边框，将窗外香榭丽舍公园里的栗树花影返照入内，让整间餐厅更显晴明阔朗。还有半个月就是五一节了，法国人会在这天互赠铃兰花祝福，冯欣看见不远处的吧台上摆放着一大束铃兰，一串串雪白的铃铛形小花半掩在青翠的长圆叶丛里，煞是可爱。

仲春的暖风掠过窗外花树，将一些日影光斑洒在冯欣脸上，她眯起眼睛，从窗外收回目光，看到了叶芝放在桌角上的挎包。那是一只酒红色的丝绒格纹小包，合扣上有一个深灰色的双 C 标志。这是香奈儿，冯欣在心里默念，这个我认得。这包肯定很贵，说不定要上万元人民币呢！她小心翼翼地伸出右手食指，像蜻蜓划过水面一样，极轻地触碰了几下那个包，又飞快缩回手，发觉手心里已全是汗，赶紧在裤子上蹭了又蹭，把汗抹掉。

叶芝正好从洗手间出来，远远望见了冯欣的这番举动，仿佛看见了一种自己所知甚少的人生，之前故人重逢的欣喜和此刻难以言说的惆怅在她心里杂糅，流露出来却成了一声悄然叹息。

侍者过来送上矿泉水和切片谷物面包，还有一个卷叶花边装饰的银质小盖盒，像珠宝盒般玲珑精美，他用两个手指捏着花蕾形状的盖钮揭开，里面是两块不同颜色的黄油。侍者微笑着解释道，其中一块是传统的咸味黄油，另外一块是大厨自制的、加了若干香料的黄油，因此带有淡粉色的纹理。冯欣没太听懂，就随着叶芝向他道了谢，等那侍者离去，叶芝笑道："大厨不好好做菜，拿这些小东西来糊弄……"话音未落，只听外面露台上响起一片谈笑亲吻之声，两人循声看去，是坐在露台上用餐的几个法国人偶遇朋友路过，大家正拥抱寒暄、行贴面礼。

叶芝扫视了一下临街露台，嘴角浮上一抹不无轻蔑的晒笑，转头对冯欣说："巴黎这些地段好，又特别兴旺的咖啡厅、酒吧和餐厅，会故意挑那种长得漂亮、穿得也讲究的客人坐在露台上，而黑人、阿拉伯人，或者看起来比较穷的人，接待员一般都会把他们安排在室内，毕竟，露台才是一家店铺的门面嘛！你看，这家餐厅就是这样。"冯欣闻言探头往外一看，果然，露台上坐的全都是衣着体面的白人，她很是惊异，不禁问道："这算是歧视吧？"

"当然是啊，不过又能怎样呢？我以前也没注意到，是上个月法国一家电视台的记者在很多餐厅酒馆暗访之后，做了一期节目播出，大家才知道这个事。但是你看，曝光了也没什么用。"她说着一摊手，又笑了起来，"你别误会，我们没有被歧视。刚才一进门接待员就问我要不要坐露台，我嫌外面有点晒，他才安排我们坐在这里，还特意跟我说，这里能看到外面的风景，又不会被太阳晒到，是餐厅最好的位置了。"

冯欣专注地听着，心里越来越惶然忐忑，她渐渐意识到，虽然同是在法国生活了四五年，自己和叶芝的世界恐怕有天壤之别，她简直要调动全部脑细胞来思考才能勉强接上对方的话。现在听叶芝讲着歧视的话题，冯欣只想到法国的国家格言，便犹疑着说："可是，法国人总讲'自由平等博爱'——"

"哎呀，这些平等博爱的鬼话最虚伪了。"叶芝笑着打断了她，满脸不以为意地摆了摆手。她不吃面包，只喝了两口矿泉水便放下了杯子："欧美发达国家里，阶层固化的程度是你想象不到的……哎呀，说他们干嘛，快跟我讲讲，你这几年都在哪里啊？"她眼里闪着真诚的喜悦，冯欣很受感染，便滔滔不绝地说了下去。

当年语言学校毕业后，叶芝顺利被巴黎索邦大学录取，而冯欣的法语考试成绩远远达不到大学入学要求，只好留在斯特拉斯堡又读了一年语言。在读语言的这两年中，冯欣打了不少零工，平常在几个华人家庭里照顾小孩、打扫卫生，夏天有两三个月的假期，她就和几个朋友一起，跟着一个买了辆二手车的师兄，到处去干农活。"摘桃子摘李子摘葡萄，各种水果我都摘过！"她说着颇有些自豪："做农活确实比较苦，但工资很高的，暑假两个月，我就能赚到四五千欧元！出国这几年，我都没有向爸妈要一分钱，还寄钱给他们！"

叶芝脸上现出一种天真的惊奇："怎么？摘葡萄很辛苦的吗？"

经过这一早上的折腾，冯欣早就渴坏了，她喝着水，用力点点头："你不知道啊，那些酿酒的葡萄树，不高不矮的，我们站着摘太高，坐在地上又太矮，所以要么蹲着，要么弯着腰，要么就得跪着，"她两手不停地比画，声音也提高了，"那种腰酸背痛啊！我每天都要吃一两片止痛药才能熬下来。其实跪着最合适，但有些高级酒庄的地上铺着好多鹅卵石，我一开始没注意，膝盖都跪出血了也不知道，到晚上睡觉才发现。而且特别特别晒，八九月份南法那边晒得啊，我每次摘完葡萄，感觉要脱一层皮！"

叶芝听得很入神，她实在无法想象，自己日常饮用的红酒背后，竟会有这种类似旧社会苦役的事，她还以为葡萄酒庄早就全面机械化了。看着冯欣因热情讲述而轻微泛红的脸，她忍不住问道："既然那些葡萄树不是很高，你为什么不买一把折叠椅，或者小板凳，坐着剪呢？"

这个问题如此可笑，冯欣蓦地怔住了，侍者正好过来上主菜，打断了她们的交谈。一块炙烤得热气腾腾的肋眼牛排摆在她面前的餐盘中，牛肉下方垫着一层应季的新鲜青芦笋尖，旁边配了几枚紫红色的珠葱，上面浇着令人垂涎的伯乃斯酱。冯欣看着这盘漂亮的菜正不知该如何动手，就听见叶芝含笑的话音："Bon appétit！"（好胃口）她赶紧鹦鹉学舌般地重复了一遍作为回答，同时抬眼偷看叶芝是如何切牛排的，再学着她的样子，握着餐刀使劲切下去。一股殷黑的血水混着酱汁涌了出来，冯欣顿时感到胃里隐隐一阵痉挛，急忙喝了一大口凉水。窗外的栗树花枝随着春风摇摆，斑驳的光影不断晃在叶芝颈间的钻石吊坠上，辉耀出刺眼的寒凛光芒，她突然想起了那句古话："何不食肉糜？"

"你现在怎么会在巴黎呢？还在读书吗？"叶芝问道。

冯欣回过神来，小段小段地切着餐盘里的芦笋，告诉叶芝，因为忙于打工，她时常会缺课，语言学校第二年读完，她申请了好几所大学，但法语成绩太差，所以都没有被录取。她听说语言学校读到第三年，如果还不能进入大学，就不能继续申请学生居留证了，只好咬咬牙，交了4000多欧元，在巴黎一个"野鸡学校"里买了份硕士入学证明，再拿着这份证明去续签居留证。野鸡学校当然是不用上课的，她就利用一切时间打工，除了暑假的农活之外，还在美甲店和华人开的日本餐厅里干过，万万没想到，才过了几个月，那家学校就被法国警方查封了。

"什么！"叶芝惊得险些噎着，喝了几口水才缓过来，两眼瞪得滚圆，"去年年初，法国很多媒体报道，警察破获了一个野鸡大学，说那些所谓的博士啊硕士啊，好多都是洗碗工，不会就是你注册的那个学校吧？"

"就是那个学校。"冯欣连腮带耳地涨红了脸，低头佯装着切牛排，压低了声音说，"我真的是没有办法啊！我都读了两年的语言学校了，但法语还是烂，进不了大学……那个野鸡学校被查的时候，吓得我好几个月都睡不好觉，每天晚上都梦见警察踹开门来抓我，要把我遣返回国。"

"不过现在好多了。"冯欣轻轻舒了一口气，笑道，"那个学校被关掉之后，一个在图卢兹读书的学姐又帮我注册了一个正正经经的语言学校，还让我搬过去跟她合住。那个姐姐对我很好，后来我申请大学，她还帮我修改动机信和简历。去年9月我终于被巴黎十三大录取了，就来了巴黎。"

"亲爱的，你也太不容易了！恭喜你，成为Parisienne（巴黎女人）！"叶芝开心地笑起来，露出两个可爱的酒窝，举起水杯说，"咱们以水代酒，来碰一个杯！"

冯欣忙不迭地碰了杯，她看得出叶芝是真心实意为自己感到高兴，在她28年的人生里，极少得到过别人的赞许，当然，她似乎的确没有什么值得赞许的地方。从小到大，她永远都是"中不溜丢"的，不是美女，但也不是丑八怪；不是尖子生，却并不顽劣捣蛋；就连家庭环境也一样，不是大富大贵，也算衣食无忧；父母谈不上恩爱，但他们无数次的争吵打骂也从没闹到天翻地覆的地步……她放下水杯，心底油然生出一种感恩般的庆幸，觉得今天早上在拍卖行里经历的那些煎熬，都是为了这一刻，为了两只映照着栗花光影的玻璃杯，轻轻碰在一起的一刻。

"不过我上课还是很吃力的，我读的那个经济专业，要学数学啊法律啊，真的太难了，都是外国同学帮我打小抄才过的考试。"这句话说出口她才感到后悔，红着脸赶忙转了话题，"除了摘葡萄、干农活、做美甲之外，我还在一家很大的五星酒店里打扫过卫生，那个酒店超级漂亮！在一个海边小城，好像是叫，叫 Ca，Cabou 什么？"

"Cabourg，在诺曼底。"叶芝切下一块牛肉，头也不抬地重复了一遍这个地名，仿佛是不经意地纠正着冯欣的发音。"我和我先生常去那里休短假。100 多年来，那里一直都是巴黎人传统的海滨度假地之一，和 Deauville 差不多，莫泊桑的小说里都写到过。"她说着猛地想起什么，抬头看着冯欣问道："等等，你说你在哪家酒店打工？是不是靠近赌场，黄色外墙的那家？"

冯欣也很吃惊，连连点头称是。"天呐！"叶芝惊喜地低呼了一声，迅速放下刀叉，举杯说道，"我们每次去度假都是住那家酒店，住的是朱丽叶·比诺什住过的那间海景套房，你肯定打扫过那间！这么神奇的缘分，咱们一定要碰个杯啊！"冯欣还没反应过来，刚拿起水杯，叶芝已轻快地在她杯子上碰了一下。她当然记得那间套房，那是她这辈子见过最豪华的酒店房间，因为面积太大，需要好几个工人同时打扫，她有一次刷马桶时还特意跟黑人大妈同事问过房间的价格，得知淡季都要 1000 多欧元一晚，夏天旺季就更贵了。当时她还暗自咋舌，想着花一两万元人民币住一晚酒店的那些人，应该都是钱多得没处花的神经病吧？

现在，这样的人就坐在她面前，还同她一起吃饭聊天。冯欣觉得心慢慢沉了下去，刚才的无限欢喜也在瞬息间化为乌有，又听见叶芝问："你住在巴黎哪里？今天怎么会过来我们公司看拍品呢？"

"十三大在郊区，我在学校附近租了个公寓，那一带据说是巴黎最乱的地方，我要坐一趟远郊火车，再转两趟地铁才能到这里。那趟火车不太安全，听说好多同学都被偷被抢过。"冯欣说到此，见叶芝脸上流露出几分担忧的神色，马上呵呵笑起来，"我运气蛮好的，晚上又从不出门，所以没遇到过这些事。我现在除了帮人代购一点奶粉药妆什么的，基本没有打工了，我还是想好好学法语、学专业课。今天来你们公司，是因为有个跟我买奶粉的姐姐，她老公好像对古董挺感兴趣，听说我在巴黎，就让我来帮他拍几张照片。"她话音渐低，埋头盯着餐盘，拍卖行里那段困窘尴尬的遭遇又闪现在眼前了。

叶芝似乎没有察觉她难为情的样子，微笑着问："你吃甜点吧？我让厨房先准备着甜点，你慢慢吃，光顾着说话了，你都没有吃多少。"说着便唤侍者过来交代了几句，又对冯欣说："他家的甜点我都熟悉，我就做主帮你点了。我看你主菜吃得不多，是不是牛排不太习惯？我给你点了份大一些的甜点，别饿着了。"她这种恰到好处的关怀，像一团柔软洁净的药棉包裹着伤口，冯欣只能反反复复地道谢，却找不出一句合适的话来表达满心的感激。

叶芝也简单说了一下自己这四年来的经历，在索邦大学读了半年艺术史研究生之后，她觉得课程太过理论化，不想皓首穷经地做学问，就转去一家私立艺术高校读艺术市场的硕士。读书期间，她在好几家顶级画廊都实习过，本来准备毕业后就进入画廊工作，偶然的机会，学校校长推荐她去 T 家拍卖行实习，让她发现了一个全新的世界，毕业后就直接留在拍卖工作了。"我没你那么多曲折离奇的故事，一直过得蛮平顺的。"叶芝笑着总结道。

"你们这个专业找实习很容易吗？"冯欣听完颇有些意外，说道，"我认识好几个朋友，因为在法国找不到实习，最后都是趁着暑假回国，在国内搞张实习证明回来应付一下，怎么你们校长还亲自推荐你实习啊？"

"可能是我运气比较好吧！"叶芝吃完了主菜，用餐巾拭了拭嘴，笑道，"我入学的时候其实成绩一般，不过，研究生二年级的期末考我就是全班第二名了。那年税法考试之前，好几个法国同学都来找我补课，因为他们没听明白。法国人那个数学水平么，你懂的呀！"她俏皮地一摊手，又说道："后来学校选了我做优秀毕业生代表，我的采访和照片现在还挂在学校官网上呢。"

餐盘里的牛排彻底凉了，冯欣不太会用刀叉，血水、肉渣和浅黄色的伯乃斯酱混在一起，弄得盘子里到处都是，还溅了一些在雪白的桌布上。叶芝见她放下了刀叉，便让侍者过来撤去餐盘和主菜餐具，冯欣面前桌布上的污渍于是更加醒目了，她简直想用手去遮挡，又觉得欲盖弥彰，只好小口喝着凉水。牛肉的腥气好似要从胃中翻涌上来，她有点想去卫生间，却被卡在了靠墙的座位里，万不敢请叶芝起身，好让自己走出去。

侍者很快送来了甜点，他手腕上还搭了一方手绢大小的洁白餐巾，在呈上甜点的同时，他巧妙地把小餐巾铺在冯欣面前的桌布上，不着痕迹地掩盖了那些刺目的污渍。这优雅的细节让冯欣看呆了，也更加羞愧难当。

冯欣的餐盘里是一块红树莓罗勒千层酥，一层细薄糖霜撒在红绿相间的甜点上，如初冬碎雪覆盖的宝珠山茶。叶芝点的是香荚兰焦糖布丁，她握着小银勺，游戏般轻敲着凝结的焦糖层，看见焦糖裂开冰纹，她像个小姑娘一样自顾自地笑了起来。冯欣不知该怎么去切开那块层层堆叠的甜点，迟疑着举起刀叉，想先切下来一小块，然而一刀下去，每一层的奶油都被挤了出来，有一块酥皮差点飞到叶芝的身上，冯欣"哎呀"叫了一声站起来，还好叶芝侧身躲了一下，并没有弄脏她的衣裙。

冯欣慌忙放下刀叉，笨手笨脚地把那些酥皮碎片捡回盘中，手肘一不小心又碰到甜点盘和餐具，弄出一片杂乱声响，叶芝微笑着说："没关系的，你慢慢吃吧。"冯欣重新拿起刀叉，提心吊胆地对付着盘里的甜点"残骸",尽量让自己吃相好看一点,叶芝见她狼狈,便装作观看窗外街景,转开了目光。冯欣想着叶芝下午还要上班,不能耽误人家太久,就想三下两下赶快吃完,可是这甜点那么贵,吃得太快未免对不起这价格,而且也显得不尊重别人……这左也不是右也不是,她在满心纠结中,终于嚼蜡般地吃完了千层酥。

结账时,侍者带了一束铃兰花过来,对叶芝笑道:"老板说五一节会放假,今天就先把铃兰花送给您。"叶芝笑逐颜开地接过花束闻了又闻,欠身朝站在吧台里的金发老板招手致谢。她刷完卡整理着钱包,对冯欣笑道:"我还记得在语言学校读书的时候,那年五一节前,你就旷课去南特的大棚里摘铃兰花,是不是?"

冯欣没想到她还记得这样的小事,惊喜之余又有几分骄傲,看着桌上的铃兰花束说:"是啊是啊,你在巴黎买的铃兰花,基本都是南特大棚里生产的。"

"我家的铃兰花都是别墅花园里野生的,一般都是园丁去采,有时候我自己也会去采一些,带回来放在巴黎的家里。"叶芝低头在钱包里翻找着什么,漫不经心地说道。

"你家有别墅!"冯欣惊呼出声,又觉得自己咋咋呼呼太蠢,就抿了抿嘴,把盖在腿上的餐巾拿上来折叠着。叶芝反而有些不解,抬头问道:"怎么了?我认识的人都有别墅啊,要么是在南法的海边,要么是在高雪维尔、瓦勒迪泽尔那种适合滑雪地方。法国的假期这么多,如果没有别墅,要去哪里度假啊?不过,我和我先生懒得跑那么远,所以别墅是在枫丹白露,开车过去一个小时就到了。"冯欣还没从她语气平淡的讲述中回过神来,就见她从钱包里翻出几枚两欧元的硬币,又拿出一张10欧元的纸币,搁在放账单的小银盘里,不禁讶然问道:"在法国吃饭不用给小费吧?"

"在法国是不用给,不像美国,一定要给小费。"叶芝说着起身拉开餐桌,好让冯欣走出来,"但我如果有零钱,多少都会给一点。你不是在酒店打过工吗？我住酒店都会留一点小费给打扫房间的工人，因为我听说这个工作特别辛苦，工资又很低，工人们要靠小费才能养家糊口。"冯欣讪讪地笑着，她看叶芝已转身朝门口走去，便一把抓起盘子里的小费，飞速塞进了自己的衣兜。

叶芝还要回拍卖行，两人便站在街边的栗树下聊了几句。叶芝给冯欣指出了附近地铁站的方向，又拉着她的手，满脸不舍地叮嘱以后要多聚聚，临别前还把那束铃兰送给了她，笑容中带着几分歉意："今天真的太匆忙了，这花就算是我们的重逢礼物吧！"说着便要和她行贴面礼道别，冯欣忘了是先贴左边还是右边脸颊，慌乱中差点撞到叶芝的鼻子，引得她朗朗地笑起来。

冯欣看着叶芝的背影发了一会儿呆，四月的树荫里还有些凉意，春风吹散了她手中的铃兰花香，也让她清醒了一些，便顺着叶芝说的方向往地铁站走去。转过一条街道，又望见了 T 家拍卖行那幢宫殿般的建筑一角，她心中不禁升腾起一些大胆而热切的想法。会不会有一天我也在那里面工作？如果真有那一天，我一定拼了命干活……她不停地摩挲着衣兜里那几枚硬币，又想，叶芝这个人那么好、那么大方，吃顿午饭都要给十几欧元的小费，我给她打打下手、干点粗活总可以吧？冯欣走下地铁站，在墙上贴的交通图上查看了回家路线，转了两趟地铁，终于挤上了回家的远郊火车。

这趟火车上的乘客大都体味浊重，每到一站，涌上来的人群就更多一层。冯欣被挤得紧贴着一个穿短袖的黑胖男子后背，她极其厌恶地想用手隔开，却正好碰到他黏糊糊的上臂，顿觉中午吃下去的牛排泛着酸水直冲上喉咙口，只好扭过头，尽量不去看他，目光随着几只盘旋飞绕的苍蝇来回移动。苍蝇飞了一阵子，又不停地撞击着车窗玻璃，最后似乎累了，就落在冯欣身旁一辆婴儿车里。她斜睨了一眼，只见坐在婴儿车里那小男孩正忙着往嘴里塞薯条，任由苍蝇在脸上爬来爬去。

对面一趟火车呼啸驰过,带来一股强劲的凉风,冯欣觉得自己像一条缺氧的鱼,总算吸到了一丝新鲜空气。

从火车站出来,快到公寓时,冯欣望见门口又睡着一个流浪汉,吓得她接连后退了几步。这些流浪汉整天在街头闲逛乞讨,累了或者醉了就往路边一躺,周身散发着呛鼻的恶臭,冯欣拼命屏住呼吸,迅速绕过流浪汉的躯体,飞快打开门跑进去。

她的公寓是跟一个华人女房东租的,去年收到十三大的录取通知书之后,她在华人网络上找到了这间 15 平米的临街小公寓。许多留学生都会在退租前,主动给自己租住的公寓联系"下家",这样房子不断租,房东通常都会将押金全数退给前任租客。公寓虽然很小,好在离学校近,楼上邻居们也都是有孩子的家庭,没有太多搅扰。房东是个 40 多岁的北方女人,当年也是留学生,后来遇到个当兵的法国男人,一来二去怀了孩子,才知道对方早已结婚生子,两人协商之后,那男人便给她买了这间小公寓,权当是给孩子的赡养费。过了几年,这女子另嫁他人,住到巴黎城里去了,就把这间小房子租给十三大的学生。

公寓的天花板很矮,唯一的窗户紧邻街道,行人车辆往来不绝,白天也必须紧闭着百叶窗,室内总是要开灯的。冯欣惊魂未定地反锁了门,一下子没适应过来屋内的昏暗,眼里还闪烁着外面清亮的春日暖阳,心中很是憋闷。刚把百叶窗推开一条缝,漏进来一线金色日光,就见那臭气熏天的流浪汉横躺在窗前,她只好又关上窗扇,重重叹了口气,坐在唯一的一张椅子上。

这栋楼已有些年头了,而且从没翻修维护,每家每户的百叶窗都被风雨侵蚀得开始糟朽,开关窗户时总会蹭上满手的尘垢和脱落的漆皮。冯欣起身去洗手,房间里只有一个水龙头,是她洗漱的地方,也是淘米择菜的地方,洗面奶和洗碗海绵紧挨在一起,旁边就是一大一小两个电灶。靠近洗漱台和电灶的墙上贴着几块乳白色的瓷砖,没贴瓷砖的那部分墙壁早已布满积年的污渍,冯欣木然地任由水流冲洗着双手,盯着墙上的污渍长久出神:这一块像是炒菜时溅上去的油渍;这一块应该是几只被拍扁了的虫尸;这一块有点像指甲油或是染发剂……目光往上看,因为底楼潮湿,天花板上的一些墙面已有点剥落,看得见里头黄褐色的石灰,有块墙皮似乎马上就要掉下来,落进灶边那堆碗碟里了。

她关了水龙头,恹恹地想倒回床上躺一会儿,因为房间太小,床头抵着墙,床尾摞了几个透明塑料箱,就是她的"衣柜"。这些年的租客们用得太久,床垫中间已凹下去一块,她看到床上还堆着几件皱巴巴的衣物,旁边散落了四五张法国同学课堂笔记的复印件,顿觉凄楚烦躁,刚才在火车上那股莫名的憧憬也早已荡然无存。冯欣随手把满床杂物往角落里一搡,瘫倒在床上,眼角余光瞥见自己一路小心呵护的那束铃兰斜搁在桌角,几串娇小白花在绿叶里若隐若现,像蚌壳中含着的莹润珍珠。

铃兰的甜香飘散开来,却依然掩盖不住房间里那种难以形容的气味,或许是太多东西堆在太小的空间里,又或许是经年积尘落灰的霉味,总之不是什么好味道,"这就是穷人的空气吧",冯欣想着,也懒得起身去找个瓶子把铃兰花插好。所有人都喜欢铃兰的芬芳,然而她在大棚里辛辛苦苦地采摘过铃兰花,知道铃兰是有毒的。

她头昏脑涨地躺了好一会儿,听见手机响了几声,起身拿过来一看,是叶芝的信息,问她是否安全到家了。她自然是感动的,随后又觉得这话问得多少有点虚伪,午饭时叶芝说自己在巴黎生活了四年多,却从没来过冯欣住的这片郊区,可能她这辈子都不会来这种地方吧?冯欣想起一句家乡话,"贵人不踩贱地",抽着嘴角无奈地笑了笑。叶芝的微信昵称是"庭初",她不知道这是什么意思,却也觉得文雅好听,于是随手点开了她的朋友圈。冯欣很快便抖擞精神挺身坐了起来,她看到一个此生前所未见的美丽新世界,一个有钱人的神秘花园。

　　她看到叶芝和丈夫在世界各地旅行，他们似乎很热爱博物馆，每到一座城市都会去逛各种博物馆，遇到特别喜欢的艺术品，隔着屏幕都能感受到她的激动。有时她居然能进到博物馆仓库去查看重要藏品，还有一次某个英国博物馆的展览尚未开幕，是馆长亲自带着她在空荡荡的展厅里尽情参观。最令冯欣吃惊的是，叶芝曾在一家著名博物馆跟一件藏品合影，配的文字是："每次在各国博物馆看到我曾有幸经手的艺术品，都会有'不枉此生'之感。"她盯着照片上那张意气风发的笑脸想了好久才明白，这话的意思是，叶芝拍卖出去的东西被博物馆收藏了，这也太厉害了！那肯定是个稀世奇珍吧？她放大照片看了许久，却终究看不出那件藏品是个什么宝贝。

　　她偶尔也会发些旅行时酒店房间的照片，很多都比冯欣曾经打扫过的那间海景套房更加奢华。她调侃纽约和上海半岛酒店的客房大同小异："复制粘贴式的客房装潢，还真是'宾至如归'啊！"也盛赞过米兰的 Armani 酒店："无一处不完美，米兰人果然拥有全世界最好的品位。"冯欣觉得这个单词瞧着挺眼熟，上网查了一下才反应过来，这就是卖口红的那个阿玛尼呀！怎么他们还开酒店？有一次叶芝带公公婆婆回中国休假，住的酒店是一栋带独立泳池的大别墅，全程都有管家和导游专门为他们服务。去年法国夏天太热，夫妇俩干脆在布列塔尼租了一整个小岛避暑。

　　去美国度假时，叶芝抱怨美航的飞机餐太难吃，冯欣却分明看到照片上是一道摆盘精致的鹅肝和配菜，连面包都有烘焙时裂开的漂亮花纹，单独放在一个白瓷小碟中，边上好像还有杯红酒，照片里只看得到玻璃高脚杯暗红色的一角。飞机餐难道不是用锡纸盒装着的？饮料也不是空姐从大瓶子倒进一次性塑料杯里的？她满腹疑惑地放大照片细看，又发现餐盘一角还有两个银盖小玻璃瓶，应该是盐和胡椒，或者是糖？她豁然醒悟过来，这就是传说中的头等舱啊！

难怪叶芝说,年初的时候,在从国内回巴黎的飞机上遇到一位记得她名字的空姐,"空姐送菜单时笑着问我:'叶女士,您还记得我吗?'原来之前我回国的飞机上也是她,真是美好的缘分! 她还帮我连接机上 Wi-Fi,不得不说,X 航的服务真是越来越好了。"冯欣刚开始看到这条时还想,飞机上好几百位乘客,怎么空姐竟会记得叶芝的姓名? 而且冯欣上次回国也坐过一次这家航空公司的飞机,实在不觉得服务有多么热情,原来,飞机分前后舱,人也分三六九等啊! 头等舱的座位那么宽敞,坐的时候腿能伸直,肯定很舒服吧? 直到她看见叶芝的另一条朋友圈说在飞机上"辗转反侧睡不着,索性坐起来打开夜灯继续工作,空少贴心地过来问了两次,要不要夜宵加餐",她才如梦初醒般地反应过来,头等舱竟然是可以躺平睡觉的。

她也看到了叶芝家那栋位于枫丹白露的别墅,花园极美极大,恐怕有好几千平米,照片上都望不见花园的边界,几十株上百年的橡树蔚然成林,从初春到深秋,总有繁花盛开如锦绣云霞。不仅是园丁打理得好,就连冬末满地野生的雪滴花也开得像无边无际的玉色地毯一样。秋冬时节树叶落尽霜华似雪,"推窗便是一幅《寒林平野图》"。别墅旁边一位邻居有自己的直升飞机,曾邀请叶芝夫妇一起上天去飞一圈儿,"奈何我俩十分惜命,遂婉拒了他的好意"。

叶芝在巴黎的住所紧挨着卢森堡花园,因为法国参议院位于卢森堡花园内,夫妻俩晨跑时常会遇到议员、部长,甚至是前总理。但她似乎并不觉得这是多么了不得的事,朋友圈里嘻嘻哈哈打趣一句就带过了。或许是为了保护隐私,叶芝很少发自己家中室内的照片,更没有任何定位信息,只有去年春末夏初时,她拍了一张书桌上水晶瓶里怒放的珊瑚色牡丹花照片,隐约能望见窗外壮丽如画的卢森堡花园。她应该有不止一处房产,去年刚卖掉其中一套,买家是某个世界五百强公司的高管,因为她丈夫持有不少这家公司的股票,她不禁感慨:"世界真小啊!"

接下来的好几天，翻看叶芝的朋友圈成了冯欣生活中最大的乐趣，她很怕唐突冒失让对方反感，所以并不会点赞评论，只是悄悄地窥视。每一张叶芝发在朋友圈的照片，冯欣都放大了反复研究过，尤其是那些她本人的照片，无论是旅游照、生活照还是自拍，哪怕仅有一个远景背影，她也绝不会手指一划、随便放过。

　　她翻了叶芝两年多的朋友圈，从没见她穿过重复的衣服，连珠宝首饰都常换常新，偶尔会在她的衣裙或者鞋包配饰上看到一些奢侈品 logo，但也并不让人觉得鄙俗。每一张照片里，她的妆容衣饰、眼神表情、周遭景致都近乎完美，甚至连仪态都无可挑剔，永远不会看到她含胸驼背的样子……社交媒体上这些五光十色的照片如同散落的拼图，让冯欣在津津有味的窥探中逐渐拼凑出一个艳羡不已的人形幻象。隔着巴掌大小的手机屏幕，她切实地望见了一个美妙的世界，那世界里到处散发着玫瑰色的华彩，如穿过云隙的万道曙光，仿佛近在咫尺却又难以触及。

　　这种偷窥的快感在翻到这条朋友圈时戛然而止："某大厨说过，做红酒炖牛肉，一定要用'能喝的酒'，如果这酒差到不能喝，也就不能拿来做菜。所以我今天在酒窖里找到了这瓶'能喝的酒'，看看做出来的菜如何。"照片上那瓶酒，正是冯欣曾经工作过的那座酒庄出产的，当时他们这些摘葡萄的工人能以优惠价买到酒庄的好酒，但她犹豫再三，终究舍不得花六七十欧元去买一瓶酒。何况自己从没喝过红酒，买四五百元人民币一瓶的酒，就像猪八戒吃人参果，也尝不出什么好坏嘛！现在她亲眼看见了，自己在坚硬的鹅卵石地上跪得膝盖流血，被烈日炙烤得几乎中暑昏迷，一天干下来，左手全是被葡萄剪戳出来的血口子……我那样千辛万苦摘下来的葡萄啊！有人却说这葡萄酿出来的酒只是"还能喝"，并不值得好好品味，只配拿来烧菜炖牛肉。

　　她深吸了一口气抬起头，瘦高个儿男老师还在讲台上念叨着那些艰深晦涩的金融衍生品。他的棕色西装早已看不出是哪个年代的了，衣服的下摆边缘有些往外翻卷，光秃秃的脑袋上搭着几绺干枯的白发，大嘴一开一合，在瘦削的脸上形成两道深深的法令纹，颇有点神父布道的样子。冯欣看着他，又想起前几天某个初中女同学在朋友圈里晒出一段儿子背唐诗的短视频，其中有一句"遍身罗绮者，不是养蚕人"，那奶声奶气的童音回响在脑海中，像凛冬时节啸于林间的寒风，刺得她止不住地头疼。

她转眼看见身旁的越南裔女生正"唰唰唰"记着笔记，心想下课之后一定要厚着脸皮跟她借笔记复印，或者把她的笔记用手机拍下来也行。法国高校里很多人文学科的课程都没有教科书，全凭老师口授、学生记录，法国学生们从小就练成了速记的本事，两三个小时的课听下来，一个个笔走龙蛇写满几大页纸，乍看犹如某种绝密天书。冯欣连听懂课程都很困难，更别说记笔记了，她正发着呆，感到裤兜里的手机振动了几下，除了节日的群发祝福之外，她平常很少收到信息，掏出手机一看，果然是叶芝："亲爱的，这周六我们一起吃中午饭，好吗？"

像有一股电流从头顶贯穿到脚跟，冯欣完全忘了叶芝根本看不见自己，使劲点着头，迅速回复："好的好的，在哪里？"信息发出后，她才觉得好像有点不礼貌，赶紧补了一句："请问在哪里？"

"Opéra（巴黎歌剧院）旁边，P家咖啡厅。那里是市中心，很好找，你过来也方便。我订的中午12点，你如果先到，进去直接说叶女士的订位就可以了。"

冯欣平常都是在穷人超市购买日用品，这天放了学，她特意坐了10多分钟的公交车，去一家大超市选了一盒很大的巧克力，准备送给叶芝。那是瑞士品牌的巧克力，深蓝色纸盒上印着灯火通明的凯旋门图案，里面是几十种不同口味的巧克力，要20多欧元。冯欣上一次吃到这种巧克力，还是去年新年夜的时候，跟着图卢兹那位学姐去一位独居的法国老太太家里跨年。她记得很清楚，当时那位和善的老太太，就是拿出这样一大盒巧克力招待她们的。冯欣抱着大盒子坐在公交车上，想起巧克力甜美的滋味，忍不住微笑了起来。

周六中午，冯欣走出地铁站口，迎面就是巴黎歌剧院的正门，她被眼前这瑰丽辉煌的建筑震得一惊，看见很多游客都隔着马路拍摄歌剧院的照片，她也跟着匆忙拍了两张。手机上的时间已经12点过5分了，她很怕让叶芝久等，四下张望一番，街道左侧有一片墨绿色遮阳棚围起的露台，许多人正坐在露台上吃饭聊天，P家咖啡厅的铜鎏金招牌就高挂在遮阳棚上方。

等到绿灯亮，冯欣快步过了马路，一时间却找不到餐厅入口，依稀望见里面殿堂般豪奢贵气的样子，心里直发虚，正想发条信息问叶芝是否到了，就见一辆黑色的汽车停在和平大街的街角，一位穿着黄白相间连衣裙的女子下了车。她戴着墨镜，笑着跟司机挥手告别，随后往冯欣这边走来，她雪白的丝质长裙上印满了鲜嫩欲滴的柠檬花果，浓绿的柠檬枝叶穿插其间，简直好像伸手就能采摘出来一样。等叶芝走近了，冯欣才看见她胸前印的柠檬果实上错落缝缀着几串鹅黄碧绿的水钻，随着她的步伐不断折射出正午的透明阳光，将她清秀的面容笼罩在一片绚丽光晕中。

冯欣看得怔住了，她向来生活拮据又不会打扮，一年四季都穿着牛仔裤和运动鞋，现在自惭形秽得只想躲到旁边的路灯柱背后。叶芝已经看见了她，摘下墨镜，笑盈盈地过来抱着她行了贴面礼，问道："抱歉啊，路上有点堵车，你到了很久吗？怎么不进去呀？"她的温和体贴永远是这样恰如其分，就像她在社交媒体上晒出来的照片，完美得总让人感觉是假的。

叶芝带她来到咖啡厅门口，身着礼服的门卫立刻为她俩拉开大门，刚走进去，一位高大帅气的金发侍者便迎出来问好，又笑容可掬地夸叶芝的裙子漂亮，随后跟她核对了预订信息，领着二人走到餐桌前。

　　侍者拉开靠背椅请冯欣入座，她没看清椅子高矮，身子往下一沉，差点摔倒，还好叶芝刚在对面坐下，正低头整理裙幅，并没有注意。侍者微笑着祝她们用餐愉快，道了日安后离开。少时，一位金发中年女士过来呈上菜单，是一本杂志大小的墨绿色皮质文件夹，上面烫金凹印着P家咖啡厅的标识。冯欣翻看着那两三页菜单，满眼里全是那些骇人的价格数字，她紧咬着嘴唇，不安地挪动了一下身体，想点最便宜的菜，但又不清楚单词的意思，只听见叶芝带笑的声音："点你喜欢的就好，反正他家的菜都很难吃。"

　　冯欣没想到她会这样讲，捧着菜单愣住了，叶芝笑道："你别介意，这家不是米其林星级餐厅，只不过历史悠久而已，莫泊桑、左拉都曾是这里的常客，菜其实做得蛮普通。但是，我请国内朋友吃的第一顿法餐一般都是选在这里，一来因为这里是市中心，交通方便；二来呢，很多米其林餐厅都要提前半个多月预订，这里因为面积大，所以随时预订基本都有座位。"冯欣不懂米其林是什么，就轻声说："我跟你点一样的吧。"叶芝又问她是否要喝酒，冯欣连声拒绝，心想这种地方的酒不知要贵成什么样子，绝不能让人家破费了。

　　叶芝唤侍者过来点菜，冯欣便抬眼环顾四周，这的确是一家很大的餐馆，天顶的巨幅彩绘壁画围着镀金回纹饰边，壁灯全是波旁王朝复辟时期的繁缛样式，中庭一排收纳餐具的柜子皆以深色桃花心木制成，配着精巧的铜鎏金饰件，早开的绯红芍药和盛放的白蝴蝶兰点缀其间。临街的窗户垂挂着米色暗纹锦缎帷幔，将透进来的日光滤得匀净柔和，照在摆放整齐的银餐具和水晶杯上，愈发显得华贵而清雅。

　　侍者点完菜离去，冯欣便弯腰从地上的双肩包里掏出那一大盒巧克力，递到叶芝面前，堆着满脸讨好的笑容说："不知道你喜不喜欢巧克力，这个送给你，那天在你们拍卖行，谢谢你，嗯，今天也谢谢你……"叶芝显然被她感激涕零的表情和这一盒巨大的巧克力吓着了，本能地抬手挡了挡那个大盒子，很快恢复了惯常的微笑，说道："亲爱的，你真的不用这样客气，我不吃瑞士巧克力的。"冯欣举着巧克力的手僵住了，叶芝顺势轻巧地把盒子往她的方向推了一下，含笑道："真不是跟你客气啊，我很不喜欢瑞士巧克力。我们好不容易重逢，不用这么见外呀！"她这话说得如此率真坦诚，冯欣只好红着脸把巧克力又塞回了双肩包里。

侍者用小银盘托着一瓶矿泉水走来，在两人的杯中斟上水，叶芝向他道了谢，又问冯欣："你过来还顺利吗？刚才有没有让你久等？"

"没有没有。"冯欣赶忙答道，"其实我来晚了一点，我从家里出来的时候，在地铁站入口遇到个印度阿姨，她推着个婴儿车，还是那种双婴儿的，又大又重，根本没办法下楼梯。我就帮她一起把婴儿车抬下去，结果刚好错过了一趟火车，多等了七八分钟。"她说着喝了一口水，才发现叶芝点的是气泡水，满嘴的细小气泡刺得她上颚微微作痛，又怕自己喝了气泡水打嗝，便放下杯子继续说道："我真是不明白啊，巴黎这么发达的城市，地铁站都没有电梯的！我去年搬来巴黎的时候，提着两个大行李箱吭哧吭哧爬楼梯，从来没有人帮过我！我有个行李箱特别重，下楼梯滑了一下，差点撞到一个男人，他不说伸手扶我一把，居然躲开了！好像生怕我的箱子弄脏了他的西装，我当时真的觉得巴黎人好冷漠啊！所以，现在我看到别人提着大行李箱，或者推着婴儿车不方便上下地铁楼梯，都会伸手帮一把。"

叶芝脸上一直浮着恬静的笑容，听她抱怨完巴黎人的冷漠，说道："巴黎人的思维方式就是这样的，你的箱子如果撞到那个男人，确实会弄脏他的衣服啊，他还得送去干洗。以后你提着行李箱就别坐地铁了嘛，巴黎这么小，市内打车花不了几个钱的。"

冯欣被这几句轻言细语噎得一时哑然，正好侍酒生用银托盘端着酒瓶过来，因为冯欣不喝酒，叶芝只点了一杯雷司令，侍酒生先在她面前的水晶杯里浅斟少许，请她品尝。这一套高雅的仪式让冯欣看呆了，然而叶芝抿了一口，紧皱着眉头放下酒杯，抬头说："这酒有瓶塞味。"冯欣没听懂她说的是什么，但也猜到大概是酒有问题，那年轻的侍酒生应该也是第一次遇到这样的情况，紧张得面红耳赤，缩着双肩，躬身问道："您需要我请酒类主管过来吗？"

"是的，劳烦您。"叶芝答道。侍酒生很快把酒类主管请了过来。主管是个40多岁的微胖男子，两道浓眉下一双锐利的深色眼睛，穿着庄重的黑色燕尾服。他向叶芝问了好，得到她的同意之后，拿起那只水晶酒杯，神情严肃地轻呷了一口残酒，在嘴里品味了数秒，马上诚恳地向她道歉，又拿着酒杯疾步离开，身后两幅宽大的燕尾像鸟儿翅膀一样轻轻扇动着。几分钟后，他托着另一瓶酒过来，重新请叶芝品尝，确认她满意了，主管才微笑着道了日安离开。

这戏剧般的场景让冯欣很是心慌意乱，她不明白在这样豪华的餐厅里，怎么葡萄酒竟会有问题，又想起叶芝在朋友圈里说那瓶市场价将近100欧元的红酒只是"还能喝"，也忽然意识到自己在超市买巧克力送给她，是多么荒唐可笑的事了。她正搜肠刮肚地想找个话茬聊天，侍者送来了前菜，是半打放在碎冰盘上的 Gillardeau 牡蛎。

冯欣万万没料到会有这个东西，目瞪口呆地瞧着那六只奇形怪状的牡蛎，叶芝指着桌上一只银质小碗，热情地介绍着："这是用红酒醋和珠葱丁做的葱醋汁，它比柠檬汁温和，你放小半勺就够了，多了会抢味儿。"说着便取了一只牡蛎，放到冯欣的餐盘里，又将装葱醋汁的小银碗递给她。冯欣心惊胆战地捏起那只牡蛎湿漉漉的硬壳，按照叶芝的话，浇了一勺葱醋汁在牡蛎上，再用专门的小银叉把肉从蚌壳上拨开，那块黑白相间的软肉似乎动了一动，吓得她差点尖叫出声，叶芝的话音悠然传来："牡蛎必须是活的，而且要现开现吃，如果早早就被撬开了，那绝对不能吃。这家餐厅的牡蛎很新鲜，你一定得好好尝一尝。"

冯欣突然想起自己此来的目的，心一横，仰起脖子，把牡蛎连汁带肉全倒进了嘴里。真是一种奇异的口感！这牡蛎肥美嫩滑，毫无腥气，一到嘴里就几乎融化了，好似带着少许咸味的糖片一样。冯欣在唇齿间回味着，心里的惊惧逐渐散去了，叶芝已吃掉了两个牡蛎，又递过来半个柠檬："你滴几滴柠檬汁进去，柠檬的酸味能提升牡蛎口感。"冯欣一挤柠檬，汁水呲地溅了一手，赶紧把手藏到桌子下面，用腿上铺着的餐巾擦干。

　　"你刚才说巴黎人冷漠，其实这才是我喜欢巴黎的地方。"叶芝说道，"全世界所有的大城市都一样，你去纽约、伦敦、东京，都是如此，人与人之间永远保持着距离感，因为大家都很忙，没空去搭理别人。你觉得是冷漠，我倒觉得这是一种难能可贵的独立和自由，只要没有干扰到其他人，你想怎样生活都可以。一开始你可能会感到孤独无助，但你是完全自由的啊！"每当说到"自由""独立"这些词语，叶芝清澈的眼里都会闪着动人的亮光，鬓边细长的蓝宝石镶钻耳坠在浓密的黑发间摇晃，如流星烁烁。叶芝吃完了第三只牡蛎，把手指浸到装着柠檬水的雕花小银碗中清洗了一下，又继续说道："只有农村乡下，才会左邻右舍天天串门，你帮我家闺女介绍个对象，我来你家灶头盛碗米饭——你想，是不是这个道理？"

　　冯欣很认真地听着，不时点头赞同。她费劲地把最后一只牡蛎的肉从蚌壳上刮下来，心想，或许叶芝生来就安逸地活在一个巨大的粉红色泡泡里，想要的一切都触手可及，无论在哪里都会被优待、被夸奖。这样一个人就算偶尔说出那些"何不食肉糜"的话，好像也不是那么令人讨厌。要等到很久以后，等到冯欣为"自由""独立"这些词付出了极为沉重的代价以后，她才痛切地明白了一个浅显的道理：自由是幸运儿的特权。

　　终于吃完了牡蛎，冯欣却不敢将手指浸到盥洗银碗中，因为叶芝刚才在里面洗过，她隐约觉得，如果自己也把手指放进去，多少有种僭越般的无礼,只好又把满手的汁水悄悄抹在腿上铺着的餐巾上。

侍者过来撤走了冰盘,冯欣的两只手在餐桌下紧紧绞握在一起,她看着叶芝,将这些天在心里重复了千百次的那句话说了出来:

"你们拍卖行还招实习生吗?"

春之章

我们越接近想望的东西，
我们的智力越是深沉，
记忆再也无法追溯它的痕迹。

——《神曲·天堂篇》

1

　　冯欣说完这句话,惶恐得连眼睛都不敢抬起来,这满脸的卑怯神情让叶芝实在无法回绝,正思索着要如何开口,侍者端着主菜走了过来。冯欣见他托着两只大餐盘,有点摇摇欲坠的样子,本能地欠身伸手想去接住,侍者立即往后缩了一下,连声说:"不要不要。"

　　叶芝微笑着跟她解释:"你坐着别动,让他给你上菜就好。法餐的盘子基本都预热过,你去接盘子会烫到手。"冯欣这才注意到侍者上菜时都用餐巾隔着手防烫,她顿时涨红了脸,两只手又藏到桌子下面,在餐巾上来回蹭着手。就听叶芝说道:"亲爱的,我们公司的工作你恐怕做不了,不过,我的一个好朋友有他自己的拍卖行,你去找他试试吧!他们是比较传统的法国小拍卖行,你在那里实习会更踏实一些。他叫戴维德,是个犹太人,你放心……"她轻声笑了一下,似乎想说什么却又止住了,只说了一句,"他这个人很好相处的。"

　　不等冯欣道谢,叶芝已继续说了下去:"回头我把拍卖行负责人的邮箱地址给你,你写封邮件,就说是我推荐你去实习的,附件里加上你的 CV(简历)和动机信就行。"冯欣激动得语不成句,反反复复地说着谢谢,叶芝截断了她的话头,说道:"这个行业里有各式各样的奇葩,可能不是你想象中的那样光鲜,尤其你是实习生,多少会受点欺负,遇到特别难缠的神经病,千万别往心里去。"

　　"我不怕,没关系没关系。"冯欣尽量在眼神中表现出十足的坚毅勇敢,"我以前在酒店打扫卫生的时候,也遇到过变态的客人……"

　　"不一样的。"叶芝打断了她,熟练地用银质雕花刀叉剥去餐盘里鲷鱼焦黄的鱼皮，说道，"你记住一个词：Misogyne，厌女症。在这一行工作，你要和很多上了年纪的法国人打交道，60岁以上的法国男人，无论身份财富、社会地位如何，至少有一大半都是厌女症。他们表面上对女人很客气，各种'女士优先'，给女人开门啊、给女人让座啊，让你感觉他们特别绅士，其实这些人内心深处是非常轻视女性的。"她握着刀叉的手停了下来，冷笑了一声，脸上露出少见的鄙夷神色："话又说回来，这些老头子还不是最恶心的，最恶心的是那些有厌女症的老太婆。"冯欣越听越糊涂了，不禁问道："怎么女人也会有厌女症呢？"

"你设想一下，这些老太婆，她们一辈子耳濡目染的理论都是'女人是二等生物''女人就该在家里洗衣服做饭'——你别看现在法国女性地位这么高，比如，中国人还过三八妇女节，可是法国人根本就不知道这个节日，因为他们不需要一个特定的日子去强调妇女的地位。可是，我婆婆告诉我，就在她年轻的时候，那已经是60年代了，那时的法国女人如果想去银行开个账户，都必须要有丈夫或父亲的书面许可才行。听起来简直不可思议吧？"叶芝停下来吃了几口鱼肉，又继续说道，"那些老太婆就是在这种社会环境里长大的，也没受过很好的教育，智商不高、见识短浅，必然会自我矮化，也会去矮化他人。"

她泛泛地说着，抬头看见冯欣已听呆了，便用一种戏谑的笃定口气结束了这个话题："你将来一定会遇到的，慢慢就懂了。很没必要为他们生气，就让他们抱着这种想法去死吧！就像法国俗话说的，这些人的一只脚已经在棺材里头了。"冯欣这辈子从没听过谁亲口说出"自我矮化"这种似乎只存在于社会学论文里的词语，心里愈发佩服她了，也多少有些沮丧。叶芝生来聪明漂亮，就已经赢过大多数人了，可是老天爷好像觉得还不够，还要给她体面的工作、幸福的家庭和许多的钱，怎么就不能分一点给我这种一无所有的人呢？

她正在痴想，又听叶芝说道："这个行业里有各种各样的歧视，名字里带贵族头衔的歧视其他人；有钱人歧视没钱的，尤其歧视那种没钱还装腔作势的破落贵族；巴黎人歧视外省人；住巴黎市区的人歧视住郊区的人——这还没完呢！"她笑着说下去："同样是住在小巴黎市区的人也互相歧视，住16区的人绝不会去19区。① 谁都不待见谁。"

冯欣听得有点发慌，但又想竭力附和，便说道："其实我们学校也有点像，我们学校外号'亚非拉大学'，我在的班上只有两个白人女生，她俩都不怎么跟我们说话的。基本上就是中国人和中国人在一起，黑人和黑人在一起，越南人和越南人……"

"在你们那个大学读书的法国人，能是什么特别好的家庭出来的呀？"叶芝切着餐盘里的鲷鱼，头也不抬地说，"她们还好意思歧视你们呢！多大的脸呐！"她这话虽然毫无恶意，却让冯欣心里隐隐被刺痛了一下，便低下头不说话了。

叶芝放下刀叉看着冯欣，神情变得有点严肃："歧视，是天底下最平常的事情，任何行业、任何地方都如此，因为人和人本来就是千差万别的，十根手指还有长短呢，何况是人。所以，归根到底还是取决于你自己，如果你很自卑，在哪里都会受不了；不自卑的话，谁也伤害不到你。"说到此，她莞尔一笑，像是为这番话加上一个轻盈的尾声："你看美国人天天嚷着平权啊政治正确啊，别的行业我不清楚，我们这个行业里，永远不会有平权——将来也许会有那一天吧，不过，我的有生之年应该是看不到了。"

冯欣嗯嗯应了两声，又沉默下来，四周回荡着法国大餐厅里特有

---

① 位于塞纳河右岸、巴黎市区西南的16区是法国顶级富人区之一，2020年公布的调查报告显示，16区内财富排名前10%住户当中，个人最低年收入（税后）将近19万欧元，约合152万元人民币。19区里则居住着大量低收入人群，大部分街区都较为脏乱，本书后文亦有描述。

的那种空泛嘈杂:瓷盘碗碟和银质餐具的碰撞声、侍者在地毯上快速走动的脚步声、餐桌旁此起彼伏拉动靠背椅的声音,四面八方不同语言的交谈……空气中混着若有若无的油炸气味、酱汁气味,还有客人往来经过留下的香水味,让人心中渐渐生出一种餍足的倦怠。

鲷鱼做得不太对叶芝的胃口,她皱着眉放下刀叉,似乎想起什么,问道:"你不是要上课吗?怎么实习啊?我之前读研究生的时候,每周有两天半都没课,是专门留出来给我们实习的时间。但我那是个私立高校,你们大学是不是每天都有课啊?"

"也不是每天都有课。"冯欣假装低头切鱼肉,避开她的目光,含糊答道,"有些课不太重要,我,我可以跟同学借一下笔记。"叶芝明白了,便换了个话题说道:"这种实习一般是没有薪酬的,有些公司可能会给点餐饮费,你面试的时候可以问一下。"

"面试"两个字让冯欣心里突地一紧,她热切期望的机遇仿佛已触手可及了,然而叶芝刚才说的那些"厌女症""歧视"的事情,又让她感觉自己梦想的地方是一座潜藏着无数豺狼虎豹的密林,随时都会被撕咬得尸骨无存。她尽量不让满腹的忧虑显露在脸上,陪着叶芝又絮絮闲聊了一阵,吃完甜点,侍者送来餐后咖啡,是两只比核桃大不了多少的白瓷咖啡杯、放在贝壳形小银碟里的各色方糖,还有几枚不同味道的迷你玛德莲娜蛋糕。冯欣抿了一口咖啡,苦得眼里差点涌出泪花,暗自惊呼:"怎么比中药还苦呀!"又想这咖啡也不知有多贵,不喝完就浪费了,赶紧抓了两块方糖扔进咖啡。叶芝像是不经意地把小银夹往冯欣面前推了推,她这才意识到应该用银夹子夹方糖,顿时觉得自己的手碰脏了其他糖块,羞愧得不敢抬头,就盯着咖啡杯的金釉手柄发呆。

叶芝尝了一枚榛子枫糖玛德莲娜蛋糕,打量着冯欣,欲言又止地说:"面试前,嗯,你去弄一下头发吧。"不待她回答,叶芝索性一口气说了下去:"巴黎女孩子很少会留这么长的头发,特别是你这个齐刘海,真的好像《甄嬛传》里那个谁。"

冯欣刷地红了脸,轻声答应着,头埋得更低下去,鼻尖似乎都要碰上咖啡杯了。法国剪头发很贵,最少也要 30 多欧元一次,所以她一直都是自己剪的齐刘海,因为发质比较油,长发永远在脑后紧扎着马尾。她从小就被教育,爱打扮的女人都不正经,像她这种相貌普通的女孩子,更没有什么打扮的必要。现在她明白了,就算是在一家名不见经传的小拍卖行里打杂,自己也太过于平庸土气了,先前还妄想去 T 家拍卖行实习,真是癞蛤蟆想吃天鹅肉啊!她正难堪地缄默着,看见侍者走过来,躬身询问叶芝是否用餐愉快,两人交谈了几句,侍者递给她一本印着餐厅烫金标识的深绿色皮质文件夹。叶芝打开看了一眼,对侍者说信用卡支付,他便离开去取刷卡终端机,冯欣偷偷瞥见了账单上的数字:296 欧元。

"差不多是我一个月的伙食费啊!她还说这家餐厅'很难吃',这里吃顿午饭要 2000 多元人民币啊!"冯欣在心里不断感叹。

叶芝付了账,让侍者帮她叫一辆出租车,他满口答应着,又祝她俩度过美好的一天。叶芝在放账单的文件夹里留了 20 欧元的小费,起身带着冯欣往外走,一路上遇到的所有侍者都向她们微笑道别,这般礼遇让冯欣直冒冷汗,总算到了外面街道上,叶芝拉着她的手说:"你记住啊,见到拍卖师,不要叫他先生,要叫他 Maître。"冯欣困惑地看着她,叶芝解释道:"这个词最开始是'主人'的意思,用在称呼里差不多相当于中文的'阁下'。法国的拍卖师、公证人和律师,他们的一些执业行为通常会直接产生法律效力,所以无论男女、无论年龄,公开场合都要尊称他们为 Maître。你也不用紧张,戴维德这家公司的人都很好,不像有些拍卖行,从实习生到拍卖师全是贵族,说话举止、穿衣打扮,简直像复制粘贴的一样,一个个眼高于顶又笨得要命,连法国人自己都说这种人是'近亲繁殖的悲剧'……"她话音未落,出租车已停在路旁,叶芝抱着冯欣行了贴面礼,随后上车离去。

冯欣呆站在街角默念了无数遍 Maître 这个词，生怕忘了它的发音，这顿午饭让她心中五味杂陈，寡淡的鱼肉被浓稠的巧克力甜点堵在胃里，艰难咽下的两杯气泡水好像还在刺激着口腔食道。她目光涣散地看着周围，林荫大道两旁花繁叶茂的栗树像一团团洇散在湛蓝天幕里的水彩笔触，仲春午后的阳光映照着成片壮美的奥斯曼建筑群，给所有白色外墙染了一层薄金。但她此时根本无心观赏街景，只觉自己像是晃荡在梦境中，又像是被人催眠了，很想撒开腿痛痛快快地跑一阵子，又想赶紧找个地方坐下来静一静，最终还是直接走过马路，下了地铁站。

　　一阵熟悉的音乐传来，是站台上一个东欧胖老头正坐在墙边拉着手风琴，直到地铁进站，冯欣才恍然记起在电影《花样年华》里听过这首歌。她并不知道曲子的名字是"Quizas Quizas Quizas"（《也许，也许，也许》），只觉得缠绵哀婉，似乎正好拨动了心底最柔软的那根弦。

　　当晚，叶芝就把拍卖行负责人的邮箱地址发给了冯欣，她却拖了三四天才准备好简历和动机信，然后在某天课间休息时，觍着脸去求班上的越南裔女同学帮忙修改。周五晚上，她核对了一遍又一遍邮箱地址，终于颤抖着手按下了发送键。

　　大学又放假了，因为 5 月 1 日、5 日和 8 日都是法定假日，所以连着放了一星期。法国的公立大学几乎每个月都在放假，每次放假都至少一周，去年年末更是放了一个多月的圣诞和元旦假期，冯欣当时在中餐厅后厨打了一个月的短工，赚了 1000 多欧元。现在这一周短假，她却完全不想去打零工，更没心思整理法国同学的课堂笔记复印件，之前追了快两个月的韩剧《太阳的后裔》上周也大结局了，眼前正是剧荒的时候。她每天除了搜索这部戏的拍摄花絮、刷刷明星直播，偶尔给客人代购一点奶粉和药妆之外，每分每秒都在等待着拍卖行的回音，可是邮箱里除了广告，什么都没有。她查看了无数次发件箱,确认邮件已经发出,又想:"会不会被对方的邮箱分类成垃圾邮件了?""要不要再发一次?"她甚至给自己的邮箱发了好几次邮件,确认邮箱没有问题。

等待的焦灼日夜折磨着冯欣,直到她看见朋友圈里叶芝在巴塞罗那度假的照片,才反应过来,今年5月5日的基督升天节正好是周四,很多公司都会"搭桥"放假,连着休假四天,有些法国人干脆再请假三天,凑成一周的假日。"可能是拍卖行也搭桥放假了,所以才会回复这么慢。"她反复安慰着自己。周五早上,因为前一晚又是一夜难眠,醒来已过了10点,冯欣睡眼惺忪地摸到床头的手机,习惯性地打开看了一下邮件,竟然收到了拍卖行的回复!

只有一句话:"您可以在下周一5月9日早上11点来面试。"

她激动得气都喘不过来,跳下床狠狠蹦跶了几下,也顾不上外面是否有人路过,一把拉开窗扇,又推开了百叶窗。扑面的凉风让她打了个哆嗦,上周是今春难得的晴暖天气,今早一下子冷了许多,冯欣从窗口探出头去,望见夹在街道房屋之间的狭窄天空阴沉沉的,但也不像要下雨的样子,远处传来几声春鸟的啭啼,听着很是婉妙。她回身打开电脑,每个单词都在网上查了又查,斟酌再三,确认自己的回复没有语法和拼写错误:"非常感谢您,我会准时到达。"她屏着呼吸点下"发送"键,又倒回床上盯着天花板直发呆,仿佛还沉浸在美梦中不舍得醒来。

磨蹭到中午,冯欣才爬起来洗漱,看着镜子里自己蓬头垢面的模样,想起超市旁边有个理发店,上次买巧克力时看见他们正在搞促销,剪头发好像只要25欧元。她在心里算了一下,叶芝请她吃了两顿饭,加上这周放假没去上学,宅在家里每天只吃一顿饭和一些零食,省下来的饭钱差不多也够去剪个头发了。

给她剪头发的是个满头脏辫的年轻姑娘,看着不像是有经验的样子,冯欣很想换个人剪,又不知道要怎么开口,只好听任她摆布。

这姑娘三下五除二给她剪短、吹干,收钱时却要 30 欧元,冯欣惊诧地指着门口的促销招牌问:"不是写的 25 欧元吗?"对方一脸爱理不理的轻蔑神色,撅着乌红色的厚嘴唇说:"吹头发是另算钱的,您也没说不要吹啊!"冯欣愤愤然地付了钱走出理发店,宽慰着自己:"反正都要去实习了,别跟这种人计较。"正想着,手机收到一条信息,一位客人说她的朋友也要请冯欣代购几罐奶粉,"真是双喜临门啊!"头发剪短之后,她感觉整个人都轻盈了,马上回复了客人的信息,返回超市去买奶粉。刚好一位金发女士抱着一大束粉色芍药花从超市出来,在门口与她擦肩而过,清甜的芬芳流散在空气里,让她本就充满希望的心顿时醺然如醉了。

终于等到周一,冯欣早上六点就醒了,她要坐远郊火车再转两趟地铁才能到拍卖公司,为防止遇上火车或地铁延误,她算着要在九点半以前出门,确保准时到达。她没有熨斗,周末时就把最好的一件白衬衣浸了水,仔细地挂在衣架上,此时穿上正合适。临出门前,突然听到手机的邮件提示音,赶忙打开一看,是拍卖行负责人的邮件。她读了两三遍才确认自己明白了邮件的内容:"我今天临时有事,无法接待您面试,您可以在 5 月 13 日周五早上九点,再过来一趟吗?"冯欣像被人从背后狠踹了一脚,跌倒在椅子上,眼里渐渐泛出了泪花,"可能,这就是好事多磨吧。"她喃喃自语着,又勉强笑了起来。

周五早上八点一刻,冯欣就已到了拍卖行门口,这里靠近著名的拉德芳斯商业区,路人大多是在旁边摩天大楼里工作的职员,一个个西装笔挺、行色匆匆。冯欣看见拍卖公司的镀金招牌挂在一栋不太起眼的现代风格三层建筑门口,心里很是畏惧,她有点后悔来得太早,不知该怎么进去,就呆站在路边一家希腊熟食店的橱窗旁。

面前的街心花园里花木葱茏,中间的椭圆形喷水池被各色鲜艳堇花环绕,两排桐树开满了浅紫色花簇,在清晨的阳光中雅丽如华盖。冯欣心想总这么傻站着也不好,便在街心花园里逛了一圈,差不多 8 点 40 了,才慢慢溜达着朝拍卖公司过去。几个法国男女正站在门前抽烟聊天,都压制着哈欠,脸上还挂着疲乏的睡容,冯欣觉得好像有人看了自己几眼,于是更加心虚了,便装作观看橱窗,转身走开了。

又熬过一刻钟,她望见拍卖行的门大开了,才胆战心惊地走进去,前台坐着个栗色卷发的圆脸小伙子,30 岁出头的样子,带着笑容抬头问道:"小姐您好,有什么可以帮到您的?"

冯欣已经在家中演练过无数次这句简单的开场白,但是一张口还是结结巴巴的,反复说了两次,对方才明白她是来面试实习的,微笑着请她稍等,随即打了个电话。几分钟后,一位 30 岁左右的女子来到前台,她娇小秀丽,颧骨有点高,但一双蓝眼睛非常漂亮,化着清爽干净的淡妆,浅金色头发散落在肩上,如丝缎般柔美。她向冯欣伸出手,笑道:"我是克莱尔,您就是欣吧?对不起,您的名字是欣,还是'芬格'?真抱歉,亚洲人的名字我们一般都不太分得清姓和名。"

法国人总会把"冯"发成"芬格"的音,她早已习惯,克莱尔比她略矮,冯欣便躬着腰与她握手,想起 T 家拍卖行里那些冷淡刻薄的面孔,这位克莱尔简直比油画中的天使还要可爱了。冯欣告诉她自己的名字是"欣",一时间忘了说敬语,又慌乱地重新说了一遍。

克莱尔完全没在意,微笑着让冯欣跟她到办公室来,从前台到办公室这几十米的走廊过道上,到处摆放着各式各样的油画、雕塑、家具……冯欣深恐碰坏了什么宝贝,取下双肩包小心提在手里,紧随着克莱尔的脚步往前走。这间办公室不大,地上桌上都堆满了图录、纸张和文件夹,冯欣还没来得及观察一下四周,克莱尔已从一堆杂物中拉出一张椅子,请她坐下。

两人刚坐定,克莱尔就一脸真诚地道歉,说是因为周一临时有急事,所以才改了跟她的预约时间,还请她原谅。冯欣生平第一次亲耳听到"Sincèrement"(诚挚地)这样郑重的词语,受宠若惊得脸都红了,连连摇手说"没关系没关系",仿佛该道歉的是她。

克莱尔拿着冯欣的简历,问了些问题,冯欣每次张口前都要嗯嗯啊啊几下,竭力想在脑海中组织出没有错误的句子,无奈却总是说错时态、语法,每句话说出口才意识到又说错了,恨不能咬住自己的舌头。克莱尔脸上始终带着甜美而耐心的笑容,偶尔听不太明白时,冯欣就再重复一遍。她越是和蔼,冯欣反而越觉得煎熬,她正满头大汗地解释着自己的实习时间,身后传来了一句女人的话音:"早上好,克莱尔!"

冯欣惊得打了个激灵,回头一看,一位高挑的金发女子站在门边,她身形纤瘦结实,两颊微凹,一双灰蓝色的眼睛明亮有神,但眼睛周围全是细碎的皱纹,薄薄的双唇涂得鲜红。她目光犀利地扫了冯欣一眼,仿佛这一秒钟就能将她看穿,同时探着身子问克莱尔,这个亚洲姑娘在这里做什么,克莱尔便说她是来申请实习的。

"不是吧?"那金发女子毫不掩饰自己的鄙薄神色,嗤笑着脱口而出,"她瞧着不太机灵,长得也有点难看啊!"

"哎呀,埃琳娜,友好一点嘛!"克莱尔带着一丝嗔怪的口气笑道,"我觉得她挺诚实可靠,而且是 T 家拍卖行的叶女士推荐来的。"

"这样啊,那就要了她吧!"埃琳娜无所谓地耸了耸肩,"反正实习期只有三个月,正好我们也缺人手干点杂活。"

冯欣脸色煞白,眼睛一直紧盯着地板,双手放在膝盖上端坐着,像一个犯了小错被惩罚的乖孩子。她们的语速很快,冯欣并不能完全听懂,但她清楚地知道她俩正谈论着她、打量着她,好像她是菜市场里一只被拔光了毛的鸡。两人又闲谈了一阵子,埃琳娜才离去,克莱尔也有点厌倦了,问了几个简单的问题之后,便站起身来结束了面试。冯欣满脸堆着笑,尽量让自己看起来不是太窘迫,轻声问道:"我,我什么时候可以知道结果呢?"克莱尔没听清,冯欣只得壮着胆子又问了一遍。

克莱尔作了个不耐烦的手势,说道:"我会写邮件通知您的。"冯欣还是呆愣愣地站着没动,似乎不知道要怎样走出门去,克莱尔看着心里有些不忍,便走过去拉开门,又朝她伸出手:"再会。"冯欣赶紧跟她握手,比先前更慌乱了,手里的双肩包没拿稳,落到了地上,急忙捡起来,点头哈腰地退了出去。

冯欣走出拍卖行,一点一滴回想着面试的所有细节,回想着自己说出的每句话,以及克莱尔每一个细微的神态表情……每句话都有语法错误啊!她万念俱灰地走进街心花园,瘫坐在一张墨绿色的木质长椅上,喷泉里的水花在她眼前不停地翻腾跳跃,有几滴清凉的水珠溅落到脸上,让她猛地惊醒过来。

我真不该来申请什么实习的,我法语这么烂,什么都不懂,怎么可能干得了这种工作啊!我真是太看得起自己了,这次丢人丢大了,还害得叶芝也跟着一起丢人。她越想越懊丧,两颊烫得像发起了高烧,一阵微寒的春风掠过树梢,一朵紫色的桐花正好飘到了她怀里。冯欣拿起这朵喇叭形的小花,抬头望见满树桐花繁密得如同蓝天下一团浅紫色的烟霭,不禁长吁了一口气,仰靠在椅背上。

她想暂时忘掉刚才的种种不堪,便从包里拿出手机翻看朋友圈,正好看到叶芝发了几张别墅花园里桐花盛开的美丽照片:"从巴塞罗那回到枫丹白露的家中,一进花园,'玉井苍苔春院深,桐花落地无人扫'的诗境就在眼前了。"冯欣捏着手里的桐花,默念了两遍这句古诗,只觉音韵悦耳意境优美,心想这朵从天而降的紫色桐花肯定是个吉利的预兆。她准备把花儿放进书包内袋,又怕压坏了它,便翻出一个记事本,将桐花小心夹在里面。

拍卖行面试之后,冯欣在课堂上出神的时间更久了,她跟克莱尔说自己每周四和周五没有课,可以来实习,实际却是因为这两天的课程"不太重要",然而她自己也不清楚究竟哪些课重要、哪些课不重要,反正所有课程她都不太听得懂。刚进入十三大时,她也曾竭尽全力想要弄懂老师讲课的内容,不过很快就破罐子破摔地放弃了,每节课她都是半梦半醒的,好似老年人耷拉脑袋坐在电视机前消磨光阴,周遭的一切声响都只是他们打瞌睡的背景音罢了。

她深知,就凭自己的法语水平,哪怕勉强拿到硕士文凭,也不太可能在法国找到一份体面的正式工作,再混几年就只能回国了。她盯着男老师灰色灯芯绒西装上一个脱了线的衣角直发愣,想起前两天跟一位国内的大学女同学微信聊天,那同学当年考上了本校的研究生,毕业后留在大学里当辅导员,她跟冯欣抱怨了许久学校里的各种人事纷争,同事们为了晋职称如何争得头破血流……冯欣回想着她那些近乎崩溃的长条微信语音,低声叹了口气,这些所谓的高级知识分子,拼死拼活抢来的那点职称工资,恐怕都不够叶芝吃两顿饭吧?

"如果我好好实习,说不定以后能在拍卖行工作啊!"这份朦胧的憧憬让她无数次地心潮澎湃,但是一想起那场糟糕透顶的面试,还有那个看上去很凶的金发女子埃琳娜,她又顿生畏惧。这些纷繁焦虑的思绪让她饱受煎熬,直到周二上午的课间,她在学校公共卫生间里收到了克莱尔的邮件,通知她本周四早上九点开始实习。

冯欣紧握手机坐在马桶上,周围人来人往的脚步声、说笑声、冲水声全都消失了,只听得见自己心跳的声音,就像把一只惊恐万状的雏鸟握在手掌中,能感到它小小的心脏在狂跳一样。

实习第一天,她还是很早就到了拍卖行附近,等到九点差五分才走进去,前台那位卷发圆脸的小伙子微笑着跟她打招呼,告诉她自己名叫弗雷德,又让她直接去克莱尔的办公室。

一周过去,这间办公室更乱了,到处都是横七竖八的纸张和图录,靠墙的一排陈设架里也塞进了更多稀奇古怪的小东西。门是开着的,冯欣不敢贸然进去,只见克莱尔端着杯咖啡,坐在堆满杂物和文件的办公桌后面若有所思。她静悄悄站在门边好一会儿,才轻声说了句"早上好",克莱尔如梦初醒般抬起头来,笑道:"你来得很早啊!"

冯欣不知该怎么回答,就堆起满脸的笑容,像一个乞丐误入了豪华餐厅,生怕被人撵走那样低声下气地笑着。克莱尔放下咖啡杯嘟哝道:"我给你点什么事儿做呢?"她的目光在四周的文件堆上游走,随后拿起身旁一摞空白 A4 信封递给冯欣,又在桌上小山一样的纸堆里翻找了片刻,扯出一叠印着姓名地址的不干胶贴纸,解释道:"这是我们要寄图录的信封,收件人的姓名地址我已经打印好了,你把它们贴在信封上,再给信封分类。"她说得很快,说完了才反应过来,可能冯欣没有听懂,便追问了一句:"你明白了吗?"冯欣连连应声,又小声问道:"请问你,哦,对不起,您,请问您,信封,要怎么分类?"

克莱尔被她这种战战兢兢的样子逗乐了:"你跟我不必用敬语,我们年龄差不太多的。"说着便找了张草稿纸,快速写下:巴黎+郊区//外省+外国,让她按这样分成两类。冯欣答应着,克莱尔又自言自语道:"让你坐哪儿呢? 我这里没多少地方……"她推开办公桌上的一堆文件盒,想腾出一点空间来,冯欣抱着信封和贴纸,低声说:"我可以坐地上。"

克莱尔一愣,旋即问道:"真的吗? 你不介意吗? 抱歉我这里确实东西比较多,一下子收拾不出地方来。"冯欣难得被别人如此善待,连声说不介意,回身往地上一坐,开始往信封上贴地址了。她这种唯命是从的样子让克莱尔多少有些恻然,便俯身问她:"你要喝咖啡吗?"

冯欣道谢说不用,又举起一个贴好地址的信封问:"是这样吗?"克莱尔笑着说是,轻轻拍了拍她的肩膀,说道:"你先做着,我去财务那里把你的午餐卡拿过来。"

"可能是看我笨吧,所以先让我做这种简单的活儿。"冯欣想着,抬起头环顾周围,这里完全没有 T 家拍卖行那种令人生畏的氛围,到处都堆放着她从没见过的物品,弥漫着一种电影片场般的凌乱:晦暗模糊的油画、落满灰尘的石膏像、看不出眼眉的铜塑小人、糟朽剥落的镀金木雕画框、装帧精美却残破发黄的古籍……一切都是陈旧的,似乎看得见空气里飘浮着岁月的尘埃。冯欣坐在地上,认认真真把姓名地址贴到每一个信封上,感觉自己像一个被玩具环绕的幸福小孩。

克莱尔去了好一阵子才回来,法国人早上不管有事没事,总要喝咖啡闲聊的。她把餐卡递给冯欣:"面试的时候我告诉过你,实习没有薪酬,但是会有午餐补贴。你拿这张餐卡去旁边拉德芳斯商业区的餐饮中心吃饭,所有食品都是半价。"冯欣还没问怎么去,她又补充道:"弗雷德他们中午都会去那边吃饭,你跟他们一起过去就好。"冯欣谢了又谢,将餐卡小心放进双肩包,坐回地上继续忙活。她感觉呼吸都顺畅了许多,遇到克莱尔这样漂亮又温柔的负责人,自己实在是太有运气。她几乎是面带微笑地贴完了地址签条,随后开始给信封分类,有些地址她不确定是在巴黎郊区还是在外省,也不敢打扰克莱尔,就悄悄拿出手机查询。她注意到有一封信是寄给某部长的,有一封信是寄给某博物馆馆长的,还有几封信的收件人地址没有门牌号,只写着什么城堡。一些偶像剧的画面在她脑海中走马灯似的闪过,"说不定,改变我命运的那个人,就是这摞信封里的某个收信人呢!"

"你做完了吗?这么快啊!"克莱尔看见冯欣站起身来,颇有几分诧异,她答应着是,将分好的信封放在办公桌上仅有的空隙里。克莱尔拿起其中一摞,随手翻了一下,有点喜出望外地问道:"你居然知道 Croissy-sur-Seine 是在巴黎郊区,而不是外省?"冯欣很少被人夸奖,红了脸说是在手机上查到的,克莱尔赞许地笑了笑,让她抱着分好的信封,起身带她来到前台旁边的一间小屋里。

这是图录仓库,装满图录的大小纸箱沿着墙壁堆了一米多高,角落的桌子上放着一台类似传真机的机器。"这是邮资打印机。你把信封通过一下这个机器，邮资就直接打印上去了，很简单。"克莱尔说着拿一个信封演示了一遍，又看着冯欣做了两遍，确认没什么问题了才放心离开。

　　冯欣站在邮资机前一封接一封地打印着，机器发出规律的嗞嗞声响，让她想起流水线上的工人。这种不费脑子的重复工作很减压，她轻松自在得都想哼起歌儿来，一个尖厉的女人声音突然像一道惊雷炸响在她身后："停下！简直受不了！"

　　吓得冯欣差点叫出声来，她哆嗦着转过身，只见埃琳娜怒气冲冲地站在门口咆哮着，两片鲜艳的红唇像高速运转的绞肉机一样不停迸出无数高分贝的刺耳短句。冯欣在惊恐万状中大致听懂了，因为埃琳娜的办公室就在仓库隔壁，邮资机的噪音吵得她头疼。冯欣汗流浃背地重复了无数遍"对不起"，又忍不住申辩道："可是，克莱尔，克莱尔让我把这些信封弄完，今早，今早弄完——"

　　"停下来！"埃琳娜高声打断了她，转身走了。冯欣被这一通莫名其妙的训斥骂得手脚冰凉，木挺挺地站了几秒，退后两步，跌坐在墙角的一摞图录上。一个人影从她眼前晃过，她惊惶地抬起头来，是弗雷德，他刚才听到埃琳娜冲这新来的实习生发火，进来想要安慰她几句。看见她蜷坐在角落里，手中还捏着几个尚未打印邮资的信封，他便微笑着对她说："你过来帮我整理文件吧。"

　　冯欣赶忙起身跟他走到前台，弗雷德从桌子底下找出厚厚一沓文件，让她按右上角的编号顺序理好。冯欣答应着，又觉得自己灰头土脸的样子坐在前台，肯定会影响公司形象，就指了指图录仓库的方向，说道："我，我去那边整理吧，这样，不影响你，您，工作。"弗雷德笑着说可以，他觉得这个中国女实习生虽然法语讲得不好，又满脸怯懦畏缩，但并不令人讨厌，便轻声对她说："埃琳娜就是那个样子，并不是针对你，别往心里去。"冯欣感动得一时语塞，弗雷德又说："她们几个女人中午吃完饭要在外面抽烟闲聊，你到时候再弄邮资机就行。"

冯欣用微微发抖的声音向他道谢,赶紧抱着文件走开了。

她坐在仓库墙角的纸箱上整理文件,尽量不发出任何声音,偶尔嗓子痒想咳嗽都拼命憋下去。等她整理完文件还给弗雷德,已经是午饭时间,弗雷德让她等在前台,自己楼上楼下招呼了一通,约齐了四五个人一起去吃饭。冯欣并不认识其他人,跟在人群中很是拘谨,一个20来岁的小个子姑娘主动走过来,笑着对她说:"你也是来实习的吧?我叫玛丽昂,在这里实习了一个多月啦!"

这姑娘很是娇俏可爱,卷曲的浅棕色短发,圆脸还带着点婴儿肥,一双亮晶晶的栗色眼睛,像巴黎公园草地上盛开的小朵春黄菊。冯欣刚说完自己的名字,玛丽昂便一脸关切地对她说:"弗雷德告诉我们埃琳娜吼你的事了,她经常发神经的,大家都说她是更年期提前了。"话音未落,她自己先像个孩子似的笑出了声。冯欣没听懂"更年期"这个词,但是被玛丽昂活泼的笑声感染,也笑起来,又问这个词是什么意思。玛丽昂笑得更欢了,踮起脚在她耳边小声说:"就是她没有月经啦,老女人啦!"冯欣这下明白了,一起放声大笑着。走在前面的几位拍卖行员工都是男士,听到她们的笑声,回过头来好奇地看着她俩,玛丽昂朝他们大声笑道:"女孩子之间的事!跟你们没关系!"

过往的车流掩盖了她们的笑语,两人并肩同行,像多年好友一样闲聊,玛丽昂在巴黎一所私立艺术高校读研究生一年级,父母家人都住在南部小城 Albi。冯欣听到这个地名,惊喜地低呼了一声,告诉玛丽昂,自己在图卢兹读书时曾去过那里游玩,至今还很怀念这座美丽的南法小城。玛丽昂没想到一个中国留学生会如此赞美自己的家乡,高兴得拍手笑着,两人心里都多了一份他乡遇故知的欢欣。她们说笑着走进拉德芳斯商业区,数十座摩天大楼的玻璃幕墙在正午的阳光下熠熠生辉,犹如生长在天地间的巨大水晶簇。餐饮中心是在一栋摩天大楼的一层,玛丽昂先教冯欣在入口处给餐卡充值,然后带着她走进去。

冯欣惊呆了,她原以为只是一间小小的员工食堂,没想到竟是两三千平米的敞亮大厅,三面墙都是通透的落地窗,看得见中庭里葱郁茂盛的花木。根据就餐区域不同的装潢风格,餐桌餐椅也分成不同样式和颜色,墙上挂着雕塑大师 Brâncusi 画室的黑白照片,衬着锃亮的不锈钢取餐台和冷餐柜,显得明洁淡雅。顺着墙壁是几十处开放式厨房和取餐台,玛丽昂领着冯欣拿了餐盘,一一指给她看:前菜区、现煎牛排区、特色菜区、比萨区、素食区、奶酪区、甜品区、水果区……

冯欣第一次见到这样气派的大餐厅,端着餐盘很是兴奋,玛丽昂还在滔滔不绝地说着:"面包是免费的,但我一般不会拿太多。我喜欢吃薯条,烤牛排那边的薯条和蔬菜,你想要多少都可以。"冯欣紧跟着她取了意式前菜,又要了一份煎鱼排,随后用长柄餐夹取了满满一餐盘的薯条。玛丽昂转头看见冯欣餐盘里的薯条小山,笑呵呵地说:"你真的要多吃点,你太瘦了!"冯欣腾得红了脸,支支吾吾地说道:"啊,我,我有点饿。"她尴尬得甚至想把一些薯条再放回去,还好玛丽昂已转过身拿了两包番茄酱,径直取甜点去了。

那些小袋的番茄酱堆在一个大沙拉碗里,冯欣见四周正好没人,迅速抓了一大把番茄酱塞进外衣口袋,然后快步走到甜品区,匆忙取了一份不知是什么的甜点。玛丽昂刚拿了一罐可乐,此刻正站在水果区前犹豫着。

这是餐厅里最后的食品区,好似一曲华美乐章里画龙点睛的尾声,各种色泽鲜艳的水果被堆成神话里丰饶角的造型,像是正从上方一只硕大的羊角形柳条篮里奔泻而出,旁边还环绕着许多装在玻璃小杯里的精致水果沙拉。冯欣想了想,水果自己家里有,没必要在这里花钱买,玛丽昂最后挑了一款森林草莓百香果慕斯杯,两人便一同去付款。冯欣看到餐盘里这份沉甸甸的午餐才五欧元,惊得眼睛都睁大了,将餐卡放回衣兜时,她摸到兜里满满的小袋番茄酱,忍不住微笑起来,"算上这些番茄酱,相当于又省了一欧元呢!"

"露台有空位呀！我们去那里吃饭吧！"玛丽昂开心地指着窗外说，"平常露台都坐满了人，今天我们运气真好，还有空位！"冯欣的餐盘太沉，本想就近找个位置坐下，但玛丽昂已高高兴兴朝中庭露台走过去了，她也只好跟上。

法国要到6月21日才立夏，现在还是仲春，碧空明澈如镜，几乎可以看得到鸟儿飞过留在天幕上的弧线。玛丽昂放好餐盘坐下，整个人都沐浴在和暖的春光里，闭上眼睛深吸了一口气感叹道："这让我想起南法啊！巴黎天气太糟糕了！"冯欣笑着坐下来，想起图卢兹那位学姐曾说，法国人对餐厅露台的热爱是深入骨髓的，只要不下雨，哪怕是数九寒冬，他们头顶烤着红外线取暖器也要坐在露台上吃饭。

她问了玛丽昂才知道，这餐饮中心其实是周围很多公司共用的食堂，"迪奥啊，巴黎银行啊，还有好多大公司，他们的员工都在这里吃饭。"玛丽昂往薯条上挤着番茄酱，漫不经心地说道。冯欣见周围用餐的大多数人都是西装革履的样子，有些人脖子上还挂着工作卡，"一份体面的、正式的工作"，这话又在她脑海里回响了。金属餐盘的边缘反射出几道明亮的阳光，让她有些目眩，便低头吃着前菜里的火腿片，暗暗想："一定要把这份实习好好做下去，再过几年，说不定我也能和这些人一样了。"

玛丽昂那种法国南方人特有的热情，像美味的马卡龙小甜饼一样令人快活，两人吃着聊着，冯欣的法语说得磕磕巴巴，玛丽昂却没有丝毫厌烦，反而时不时帮她补充解释。吃完甜点，冯欣一看手机，已经1点40了，慌得差点跳起来，她必须要赶在埃琳娜回办公室之前把邮戳盖完。玛丽昂让她喝杯咖啡再走，她连声说不行，急急忙忙把餐盘端到回收处就飞跑出去，都忘了跟玛丽昂道别。

埃琳娜果然和几位女同事一起，站在公司门口的吸烟柱旁抽烟聊天，冯欣朝着她们浅浅鞠了一躬，这举动让大家都有些错愕，还没

来得及说什么,她已快步进了拍卖行,只隐约听见她们在身后议论:
"是日本女孩子吗?""不知道啊,好奇怪。"

她直奔进图录仓库,抓起没弄完的信封就开始过邮资机,刚才吃得太饱,又跑得太快,此刻胃里正翻江倒海,她用力咽了几口唾沫,压制住强烈的恶心,把信封一个接一个放进邮资机。机器规律的声响让她平复了一些,一股诱人的咖啡香味飘来,冯欣回头一看,是玛丽昂端着杯咖啡走了进来。她把咖啡递给冯欣,说道:"我给你放了糖,不知道你喜不喜欢。"又转脸看了一眼门口,低声说:"别担心,她们抽烟还有一会儿呢!"冯欣感激得喉头都哽住了,除了谢谢也讲不出别的话,喝了一大口咖啡,苦涩混着一丝甘甜在嘴里回味,浓郁的咖啡香气直涌进心底,很快抚慰了胃里的难受。玛丽昂问她要不要帮忙,冯欣连说不用,放下咖啡,又埋头干了起来。

两点半,终于给所有信封都印好了邮戳,冯欣如释重负地长出了一口气,靠着墙壁滑坐在角落的图录堆上休息。玛丽昂带来的咖啡早已凉了,她欠身从桌上拿过来,一仰头全灌了下去。隔壁办公室埃琳娜讲电话的声音隐约传来,冯欣不禁抬起头笑了笑,一种莫名的自豪油然而生。她想起自己从前在美甲店用小刷子清洗老太太皱巴巴的脚趾,在华人雇主家擦窗户擦灶台擦地板熨衣服,还有酒店里无数个待清洗的马桶和浴缸,毒辣阳光下摘不完的葡萄、杏子、黄香李,码放不完的扁桃……再看着桌上那两摞整齐的信封,这点小事算什么!

冯欣把印完邮戳的信封抱回克莱尔的办公室,克莱尔笑起来,起身带着她又回到图录仓库,从墙边一个纸箱中取出一本图录,让她在每个信封里装一本图录并且封好。冯欣认真答应着,克莱尔走到门边,又转身说道:"你慢慢来,信封的纸很容易把手割破,之前好几个实习生都遇到过。"这份不期而至的关心让冯欣极为感动,克莱尔又补充了一句:"万一你割到手,卫生间里有个小药箱。"

实习的第一天很快结束了,或许是因为收获了许多温情善意,冯欣一路都有些昏昏然。回家的火车上,她幸运地抢到了一个靠窗的座位,虽然身边紧挨着一个体味难闻的胖子,但总比站在人堆里被挤成肉饼好多了。

火车轰鸣着驶出巴黎北站的漆黑隧道,金光灼目的夕照骤然袭来,冯欣把脸颊贴在车窗玻璃上,轻轻合上了眼,就这样安静地坐着,同时向远方飞驰,微凉的晚风不断拂过面庞发间,让她无比舒心适意。那些信封上的地址又在她眼前浮动跳跃,"如果,下次我把一张有我联系方式的纸条偷偷塞进某个信封,会不会……"她闭眼微笑着,一幕幕偶像剧里的浪漫情节在心中荡漾,像有粉色的花瓣雨飘洒而下。"如果我遇到一个有钱人,拿到钱,我一定先买买买几个月,衣服包包鞋子珠宝,还要把那些高级餐厅全部吃一遍,再找个老师学钢琴,小时候学的钢琴都忘光了,再找个老师学马术,再找个帅哥私教练马甲线……"这些想法让她无比振奋雀跃,虽然闭着双眼,头脑却似乎空前地清晰。

一声尖利的汽笛刺破了这场美梦,她睁开眼,迎面一趟迅疾驶来的火车似一只从林间窜出的猛禽,尖啸着冲向猎物。冯欣看见窗外涌起漫天茜红金紫的奇丽暮云,如仙山蜃景般幻化莫测,又很快黯淡消逝,只剩下一片湖水般清旷的天光,不觉无声地笑了起来。

2

玛丽昂是周三和周四实习,所以冯欣第二天没见到她,她正想去找克莱尔问问有什么工作,一个身穿灰黑色衣裤的女子风风火火地走了过来。她不过二十五六岁,看着却非常老相,满头蓬松卷发披散在肩膀上，发梢还残留着之前染的金色，发根至发中已经全是深棕色了，很像动物园里滚了一身泥浆的棕熊。她走到冯欣面前，直截了当地问："你是新来的实习生？我有事给你做，过来。"

冯欣跟着她快步走进办公室，她打开桌上一个铝合金小手提箱，说道："这里面是下次拍卖的手表。"冯欣什么都没看清，她已啪的一声关上了："你把这箱子送到摄影师那里拍照，我跟他打过电话了。"她锁上箱子密码，在一张易事贴上飞速写下一串数字，递给冯欣："这是摄影师的电话号码，你到了之后打这个电话，他会下楼来接你，你把箱子给他就行。明白吗？"冯欣努力辨认了一下那龙飞凤舞的字迹，吞吞吐吐地重复着号码，还没等她念完，对方相当不耐烦地又撕了一张易事贴，重新写了一遍电话号码递给她："这样看得清了吗？"

冯欣这次认得清楚了，便点头称是，又低声问道："地址，嗯，摄影师的地址，是什么？"那女子提着箱子往门外走去，说道："我订了出租车，你上车就行。"冯欣紧随着她往外走，听见她说："是一辆黑色的'蓝合瑟得斯'，应该快到门口了。"她语速极快，冯欣完全跟不上她的节奏，心里很是纳闷："'蓝合瑟得斯'是什么？是出租车的名字吗？"

两人刚到公司前台，克莱尔正端着杯咖啡进来，笑着跟她们打招呼，冯欣听到这黑衣女子名叫萨哈。克莱尔简单跟萨哈说了几句，忽然诧异地问道："你就让她一个人去送这个箱子？这些表很贵重，必须两个人送才行啊！万一出什么事，一个人送的话，保险公司是不赔偿的。"萨哈无所谓地一摆手，说道："我知道，但现在我只找到这一个实习生嘛！她坐出租车去，你不必担心。"话音没落，她就大步流星地走了出去，克莱尔一把拉住冯欣，满脸郑重地对她说："你要小心一点，一定要当心。"冯欣虽然没太听懂两人的对话，但也猜出了大意，脑子里乱哄哄地想不出任何完整的句子，只好使劲点头。

"车到了！那个实习生！你快过来！"萨哈在公司门口喊着，冯欣朝克莱尔浅浅鞠了一躬，赶紧跑了出去。萨哈几乎是一下子将她操进了后座，又把手提箱放在她身边，跟司机快速核对了目的地，说了句"再会"便关上了车门。出租车开上了主干道冯欣才回过神来，慌忙把铝合金小箱子抱在怀里。她僵坐了好一会儿，感到浑身肌肉都绷紧了，便轻轻挪了挪身体，却意外发觉，"这座位好舒服啊！"黑色的真皮后座柔软且带有一种恰到好处的韧度，像一双温暖有力的手臂环抱着她。冯欣很快又注意到周围极其安静，听不到一丝一毫车外的声音，好似在童年的夏末睡了个悠长的午觉醒来，静得可以听见自己的呼吸。

"来点音乐？"黑人司机的问话打断了她的思绪，她不假思索地应了声"是"，又补了句"谢谢"，只见他轻触了几下控制屏，一段悠扬曼妙的曲调随即回荡在车里。冯欣小时候学过几年钢琴，听出来这是德彪西的《月光》，那旋律婉转低回，似在倾诉世间所有的爱嗔痴怨。车过了协和桥，经波旁宫开到塞纳河左岸，司机打开车顶天窗，仲春暖阳透过悬铃木繁盛舒展的绿叶泼洒下来，宛若金色雨丝融着飘忽变幻的光影从天而降。冯欣情不自禁地微微仰起脸，安然享受着这美妙的日光浴，几分钟前她还紧张得头脑一片空白，现在却沉浸在一种宁谧的惬意之中，连骨头都是酥软的，真希望永远坐在这里，什么也不要做，什么也都不要想。

一串铮铮强音让她回过神来，全欧洲最美的博物馆之一，奥赛博物馆就在身侧了，她还来不及细看，对岸的卢浮宫又扑入眼帘。沿河一带汇集了法国最壮丽的建筑瑰宝，成千上万的无名匠人将艺术家们的绮梦妙想一斧一凿地镌刻在最坚固的石头上，让所有凝视它们的眼睛幸福了几百年。刚望见新桥，又见西岱岛上几丛小山一样的杜鹃花倒映在塞纳河的粼粼水波里，嫣红粉黛，光华畅满，倏忽经过巴黎圣母院，花园里两树淡紫色欧丁香盛开如香雪暮霞，花团漫溢出墙外，在蓝天碧水间浓艳照眼。

出租车随后驶入一段栗树荫浓的街巷，透过天窗望出去，一簇簇宝塔形的粉白色栗花似点亮的分枝水晶灯悬挂在天幕里,车行其中,犹如身处一座硕大无朋的秀场,周遭美轮美奂的建筑就是鱼贯而行的华服模特,在天地间款款走来,妍冶不可方物。

"很美吧?"司机低声赞叹道,"这条路我开过无数次了,但每次经过,还是会觉得很美。我们多幸运啊,能生活在巴黎。"冯欣微笑着应声,悄悄伸了伸腿,转眼看见后视镜里自己的面庞,便调整了一下坐姿和表情,想摆出"见过世面"的那种样子,"是叶芝那种样子吧?"这个在脑海里突然跳出的名字让她霎时清醒过来,《月光》结束了,空灵的尾音如同一声幽微的唏嘘,把她拉回了真实的世界里。

"小姐,我们到了。"冯欣一惊,忙问多少钱,司机笑着说是手机App支付的,随后下车为她开门。她不无憾意地望着出租车远去,瞥见车标才恍然发现,"是奔驰啊!原来,萨哈说的'蔑合瑟得斯',就是奔驰啊!这是我这辈子坐过最贵的车了"。她心底多少有些怅然,又猛地想起自己手里这个不知价值多少的密码箱,赶紧照着易事贴上的号码,给摄影师打了电话。

冯欣向来最怕用法语打电话,本来法语讲得就烂,电话里更是说不清楚了,重复了两三遍,急得满头汗出,对方才明白她是来送表的。一个20多岁的褐发小伙子很快下楼来取箱子,冯欣以为他就是摄影师,他羞怯地笑了笑,说自己是实习生,摄影师和其他人正在忙着拍照。他拿了箱子刚要走,冯欣喊住他,询问附近的地铁站在哪里,小伙子给她指了方向,又说:"走过去5分钟就到了,但是这条线路最近在施工,经常会延误,现在不是高峰期,应该没有大问题。"

这地铁站果然是在施工,通道天花板还在滴答渗水,站台上到处都是裸露的水泥墙和花花绿绿的电线,地铁站牌摇摇欲坠地悬挂在半空中。冯欣很怕那站牌掉下来砸到自己,便退了两步走到墙角,排水沟里散出的一股浓烈尿骚味呛得她直想吐,赶忙屏住呼吸快步走到站台的另一端,刚缓了口气,就望见一个背着大包小包的流浪汉,牵着两条大狼狗朝这边过来。

冯欣从小就非常怕狗，还好地铁进站了，车门一打开，她几乎是大跨步跳进了车厢里，没想到那流浪汉牵着狗也上了地铁，一面穿行乞讨，一面用嘶哑的嗓音大声说："我露宿街头，各位能不能给点硬币，哪怕一根烟，一张餐券……"幸亏此时乘客不是很多，冯欣紧贴车门站着，拼命想要避开那两条大狗，就恨不能爬到车顶上去了。流浪汉很快走到了她身旁，其中一条狼狗的鼻子几乎蹭到了她的裤管，她躲无可躲，吓得脸色惨白，流浪汉抬起污浊的眼睛，抱歉地看了她一眼，同时用力拽了几下绳子，狼狗听话地退了两步，正好此时到站，他便带着狗出了车厢。冯欣身旁一对老夫妻也下了车，她赶紧坐了下来，心有余悸地喘了口气。

没过多久就到了要换乘的站，这是市中心最大的地铁枢纽，冯欣在迷宫一样的大小通道里绕了很远，好不容易才找到回拍卖行的那条地铁线。她站在站台的角落里发呆，看见几只大老鼠在地铁轨道上窜来窜去，不禁恍了恍神，塞纳河畔的宫殿云影流水花树似乎还在眼前晃动，那辆像襁褓一样舒适的奔驰车，现在会不会正从我头顶的地面驶过呢？或许，巴黎其实是两座城市，有一座巴黎天宇澄澈繁花如海，触目皆美景，就像天地间铺开的瑰丽画卷；另一座巴黎潜藏在地下，无数面无表情的人们挤得严丝合缝，周围窜着看得见或者看不见的老鼠，流浪汉的腐臭味和尿骚味无处不在，大家都活在这两座城市的夹层之中……冯欣被人潮推挤着上了地铁，她木然地看了一眼周围的人群，又转头望向窗外，眼前这黑洞洞没有尽头的隧道，就是我未来几十年人生的样子吧？

回到拍卖行，冯欣先去找萨哈回复交差，只见办公室门大开着，萨哈正眉开眼笑地打着英文电话。她不敢打扰，就缩手缩脚站在门边，萨哈一转脸看到她，捂住电话话筒，低声问："办妥了？"冯欣连忙应声，萨哈又继续讲电话了，她愣在门口不知如何是好，萨哈有些厌烦地摆摆手,示意她出去。冯欣走回前台,弗雷德一见到她就说:"我正找你,今天下午有一场地毯拍卖,你赶紧去展厅搭把手。"

拍卖行一楼有间七八十平米的展厅,开着几扇矮窗透光,靠墙堆满了积年的旧物,平常一些小规模的拍卖都在这里举行。冯欣跟着弗雷德走进拍卖厅,见两个男人正站在梯子上合力挂着一幅褪了色的狩猎场景大壁毯,另一个男人躬着背,跪在一堆码放整齐的地毯面前,核对着挂在地毯角上的号码牌。弗雷德领她来到角落的一张桌子前,指着桌上那几摞印着拍品编号、描述和估价的纸张,让她按页码装订好。"现在已经快 11 点了,"弗雷德看了看表说,"拍卖是下午两点,一定要在午休之前弄好。"

冯欣马上动手做起来,一个小时后就已全部装订完成,她舒了一口气,抬头看见刚才挂壁毯的两人正在摆放一排排的椅子,便过去询问是否需要帮忙。其中一人是个腰圆膀阔的中年男子,脑袋和眼睛也是圆圆的,肩膀壮实得像个柔道运动员,他是公司的罗马尼亚裔搬运工,科斯曼。听见冯欣这样问,科斯曼呵呵笑起来,用带着浓重东欧口音的法语说:"怎么可能让小姐们来干这种事情!"另一人是个年轻小伙子,瘦高个儿尖脑袋,嘴唇又扁又薄,愈发显得脸长,深栗色的头发有些蓬乱,脸也没有刮得很干净,看得见细碎的胡茬,像个实习生的样子。他正在搬椅子,也抬头朝她友好地笑了笑。

冯欣把装订好的拍品清单抱给弗雷德,他道了谢,又说:"你先去吃午饭吧,吃完早点回来,提前准备一下拍卖。"冯欣愕然问道:"我?我也要,参加拍卖?"弗雷德看出了她的讶异,笑道:"是很小的拍卖,你帮着做点小事而已。"冯欣实在想不出自己能在拍卖会上做什么,只好独自去餐饮中心,食不知味地吃完饭,又匆忙回到公司,一个月前 T 家拍卖行那段噩梦般的经历又在脑海里盘旋着,令她惶惶难安。她当然猜到这里的拍卖应该有所不同,但每次一想到"拍卖"这个词,就觉得像有人在她后脑勺用锤子狠狠敲了一下,浑身止不住地发抖。

她回来得太早,在拍卖厅门口探头一看,公司几个女员工正围坐在桌子旁吃饭聊天,赶紧退了出来,其他人也都出去吃饭了,她便坐在前台角落刷着社交媒体。微博上铺天盖地都是霍建华和林心如公开恋情的消息,她这才反应过来,今天是520,网络时代诸多示爱的日子之一,她对这两个明星没什么特别的感觉,刷到好玩的段子时,便笑一笑。

在她28年的生命中,有时也幻想过爱情,但这种幻想虚妄得如同一个食不果腹的穷人臆想皇帝的一日三餐一样,仅有的那一点细节也都是从偶像剧里看来的。前段时间她在网上看到过一个词:"爱无能",说这是现代人的一种心理缺陷,就像"肌无力"一样,是一种需要治疗的病症。她觉得心理学家们真是闲得慌,哪个帅哥美女"爱无能"的,"只有我这种丑人才会'爱无能',520跟我有什么关系嘛!"冯欣低头嘟哝着,听到一阵脚步和说话声,是弗雷德和几个男同事走了进来,她立刻收好手机站起身,堆着笑脸跟他们打招呼。

弗雷德在冯欣面前停住了脚步,其他人径直走去拍卖厅,弗雷德朝着他们的背影高声说:"朱利安,帮我们带两杯咖啡!"随后告诉冯欣,下午的地毯拍卖,每当一个客人第一次竞拍成功时,财务人员就会拿出一个号牌,冯欣需要把号牌递给买家,再把他的身份证和银行卡交给财务,作为之后付款取货的凭证。

"就这么简单。"弗雷德话音刚落,那个瘦高小伙子端过来两杯咖啡,弗雷德指着他对冯欣说,"朱利安也是上周才来实习的,下午的拍卖你俩一起工作。"朱利安看着她,腼腆憨直地笑了一下,然而冯欣根本没听懂弗雷德刚才说的那些话,紧张得头皮直发麻,又害怕被他看出来,便掩饰地喝了口咖啡,苦得她顿时清醒了,就听弗雷德让他俩去拍卖厅看看是否需要帮忙。

大厅里像变魔术般出现了一座高台,拍卖公司的镀金招牌挂在上面很是气派,十几排整整齐齐的靠背椅正对着前方这座宽大的拍卖台,好似弥撒开始前教堂的祭坛,自有一种威严氛围。拍卖台右侧是两张拼在一起的条桌,搬运工科斯曼正在固定黑绒桌布,看见冯欣和朱利安过来,马上叫道:"你们两个实习生,来铺一下桌布。"两人帮着科斯曼忙前忙后,转眼到了两点,仿佛就在一瞬间,无数客人涌了进来。

有些人坐在椅子上静等拍卖开始,更多的人在拍卖台周围转来转去,七八个中年男子或蹲或站,不停翻看着墙边那几堆地毯,科斯曼站在一旁,试图不让他们把地毯翻得太乱。弗雷德让冯欣把早上装订好的拍品清单发给客人,她头晕眼花地穿行在越来越稠密的人群中,嗡嗡的交谈声不绝于耳,却什么也听不清楚。

直到冯欣发完清单,拍卖台上还是空荡荡的,一个50多岁的矮胖女人抱着一台手提电脑走过来,冯欣之前只跟她打过几次照面,并不知道她在公司里是做什么的。她胖得连走路都有点困难,两条腿又粗又壮,深色的眼睛,眉毛和头发也都是深褐色的,又穿了一身黑衣服,越发显得乌沉沉的令人忌惮。冯欣看着她吃力地爬上拍卖台,插上电脑的电源线,一屁股坐下来,似乎这几步路已经耗费了她全部的力气。

"她长得好像萨哈!只不过比萨哈胖了几圈。"冯欣正想着,那胖女人招手叫她过去,从拍卖台的抽屉里掏出一叠印有数字的硬纸牌,以一种胖子特有的低沉的声调说道:"等会儿拍卖的时候,你把这些号牌拿给买家,然后把他们的身份证和银行卡收来给我,懂了吗?"冯欣并不太明白,但还是下意识地答应着,她猜不出这女人的职位身份,但肯定不是拍卖师。

正想着,萨哈急吼吼地走进来,有点诧异地看了一眼拍卖台,对这个黑衣胖女人说:"妈妈,他还没来?怎么又这样啊!"不待她答话,萨哈烦躁地在拍卖台一侧的条桌旁坐下,又抬头跟她母亲说:"他要赶紧拍完啊,我还有好多珠宝要弄呢!"

"他总是要迟到的，你又不是不知道。再说，你就打几个竞拍电话嘛，弄完你就可以走了。"萨哈的母亲随口回答，她一直专注地在电脑上弄着什么，脸上没有任何表情。弗雷德端着一部打开的手提电脑也过来了，登上拍卖台坐在萨哈母亲身侧，冯欣站在旁边听着他们的闲聊，知道萨哈的母亲名叫伊丝黛尔，估计是公司的财务人员。

"他们在等的人，肯定就是拍卖师了。拍卖师就是叶芝的那个朋友，戴维德，他会是什么样子啊？对了，要叫他 Maître……"她默念着这个词，拍卖厅里的人群越来越喧腾，空气中也渐渐扬起无数浊重的尘埃，刺得人鼻孔和喉咙酸痒难受，冯欣正胡乱想着，一个高大的身影三步并作两步跨上了拍卖台，弗雷德和萨哈母女全都抬起头望着他，异口同声地笑道："终于啊！"

那男子看上去 30 多岁，一头浓密的金色卷发，五官俊朗得好似卢浮宫里的大理石雕塑，深蓝色的眼睛闪着迷人的光芒，笑起来露出整齐的牙齿。他穿着一套剪裁合度的浅蓝色暗条纹西服，没有打领带，衬衣随意地开着两个扣子，潇洒挺秀、神采飞扬。冯欣呆呆地仰望着他，直到听见弗雷德对他说："艾里克，快开始吧！"她才豁然反应过来，这是另一位拍卖师。

艾里克拿起象牙拍卖槌轻敲了几下台面，人群随之安静下来，他以清朗有力的声音向众人简短致意，并宣布拍卖开始。科斯曼从墙边的地毯堆里迅速扯出一条毯子，提着它大步上前展示。"200 欧元！"艾里克报出起拍价，拍卖厅后方挤站着二三十个没有座位的客人，其中几位立刻快步过来查看地毯，坐在前排的客人也纷纷伸手触摸，马上有人出价 250 欧元，艾里克用不同的音调重复着："250 欧元！300 欧元！"他握着拍卖槌的右臂向外伸展出去，像是要从人群中拎出一个竞价者来。

冯欣根本看不清到底是谁在竞价，只见那柄乳白色的象牙拍卖槌在尘灰飘扬的空中舞动，忽左忽右，似一只调皮的白蝴蝶在头顶翻飞。她还在发懵，突听一声闷响，是拍卖槌敲在台上，"500欧元成交"。艾里克的话音刚落，伊丝黛尔已将写有数字的号牌递给了冯欣，示意她拿给买家。冯欣望着伊丝黛尔，急得都要哭出来了，小声问道："是谁？"伊丝黛尔抬起肥肉堆叠的下巴往前努嘴一指："那里。"又继续低头敲着键盘，连眼睛都没眨一下。旁边的弗雷德正忙着登记成交信息也顾不上她，而艾里克已经开始拍卖第二件地毯了。

绝望使冯欣猛地生出了勇气，她回头扫视着拍卖厅里密密麻麻的人群，很快看见墙角一个戴鸭舌帽的矮胖男士朝自己挥了挥手，赶紧跑过去问道："是您吗？"对方答应着接过号牌，把早已准备好的银行卡和身份证交给她。转眼间第二张地毯也成交了，冯欣跑回拍卖台前，踮起脚把第一位买家的身份证和银行卡交给伊丝黛尔，又拿起第二张号牌，弗雷德低声告诉她："坐在第四排穿黄衣服的先生。"她万分感激地看了他一眼，握着号牌跑了过去。

接下来的拍卖虽然紧张，但还算顺利，直到冯欣把号牌递给一位坐在拍卖厅中间的白发老先生，他接过号牌，交给她一张名片。混乱喧嚣中冯欣也没注意，等她把名片拿给伊丝黛尔时，对方并没有伸手来接，只斜瞟了一眼说："要身份证和银行卡，这是个什么东西。"冯欣这才发现自己手中是一张轻飘飘的名片，她张着嘴愣住了，仰头看着肥胖的伊丝黛尔，只见她敦实的脖子和手臂像座肉山一样压在拍卖台上。大厅里空气越来越浑浊，艾里克拉长声调的叫价像是从扩音器里传出来的，带着令人心焦的回音，一记重响敲在她耳畔，又一件地毯成交了。伊丝黛尔见她呆头呆脑的，极其不耐烦地又拿出一张号牌，转头看见朱利安正在帮科斯曼拖出一条细长的廊毯，便朝着他低吼道："那个实习生小伙子，快过来！"

朱利安连忙跑过来，接过号牌去递给买家。冯欣的蠢笨木讷惹怒了伊丝黛尔，她微微欠身俯看着冯欣，两只白胖的手紧握成拳，声音嘶哑而迅速："你，去跟那个买家说，我要他的身份证和银行卡，名片不行。快去!"冯欣吓得都要昏过去了,转身在人群中努力辨认出那位老先生,急急忙忙跑过去,又怕影响到旁边的人竞拍,只好单膝跪在过道上,伸长脖子低声对他说:"先生您好,我,我要您的身份证,还有银行卡,这个,这个不行。"她忘了"名片"的单词是什么,嘴里像含着块石头,话音越发含混了。

老先生没有正眼看她,只是用冷漠的细小嗓音说:"他们认得我,不需要。"冯欣还想解释,老先生专横地一摆手,做出一个结束的手势,同时抬头朝拍卖台喊了一声:"600欧元!"冯欣只好走回拍卖台,瑟瑟缩缩地把名片放在伊丝黛尔的电脑旁边,又一记槌声敲响,吓得她打了个哆嗦,朱利安见她仍然被困在那里,主动跑来帮着接过号牌。冯欣正手足无措地傻站着,艾里克伸头看了一眼那张名片,对伊丝黛尔说:"是他啊!我认识这位先生,你登记就好了,没关系的。"

伊丝黛尔瘪了瘪嘴,满脸不情愿地拿起名片,冯欣紧咬着下唇,尽力不让泪水溢出眼眶,周围的一切都像在一片薄雾里晃动。她抬头望着艾里克,真想给他磕个头,然而艾里克对她浅笑了一下,漂亮的蓝眼睛轻轻眨了眨,仿佛两人之间有某种不为人知的深情在传递。这笑容让冯欣满心的感激变成了惶惑,不由自主地往后退了两步,又听见落槌声响,伊丝黛尔差点把号牌戳到她脸上了,她赶紧接了号牌奔走起来。

上百张地毯和挂毯被不断地翻动展示,织物的每个孔隙里都塞满了年深日久的污垢,一束阳光从地毯堆后面的矮窗里透进来,照亮了空中密集的灰尘。人们呼出的气息、身上的汗味,混合着地毯的霉味和酸味,形成了一团纹丝不动的混浊热云凝滞在半空中。冯欣行走在这种令人憋闷的空气里,早已看不清地毯上复杂繁密的花纹,那些暗红色、青灰色、土黄色全部混在一起,伴随着前后左右的竞价高喊,让她愈加昏沉疲乏。几位暂时没有竞价的买家来回打量着这个亚洲面孔的女孩,这些好奇的目光对她而言真是莫大的折磨。

萨哈早早打完委托竞拍电话走了,一些买完地毯的客人也陆续离开座位,站在伊丝黛尔旁边排队付账,此时还坐在拍卖厅里的客人几乎都已经有了自己的号牌,不再需要冯欣奔忙了。她靠在拍卖厅角落的墙壁上,抬头凝望着艾里克,夕阳像一束光柱正照在拍卖台上,空气中无数金色的浮尘衬着他明净的面庞。他的金发略带一点棕色,微翘的鼻头让他看上去似乎总在微笑,光洁的下颌中间有一道浅浅凹痕。冯欣满心里也找不出什么贴切的词语来形容他,只觉得这辈子看过的所有言情小说和偶像剧男主角都在此刻具象化了。拍卖渐近尾声,艾里克的声音也透出几分厌倦的意味,这些杂乱堆摞的地毯对他而言不过是一串枯燥的数字,他现在只想尽快逃离这间闷热污浊的大厅。

　　终于等到拍卖结束,冯欣才感到腿脚胀痛得厉害,转头看见墙角有一张赭黄色暗花织锦面的古旧扶手椅,便过去想坐着休息片刻,没想到椅子里的弹簧早已破烂不堪,她一坐,只听咕咚一声,身子深深地陷了下去,吓得她挣扎两下又站起来。艾里克刚好从她身边走过,像是看见了这尴尬的一幕,朝她笑了笑,快步出去了。冯欣失魂落魄地望着他的背影,反复回味着这一抹动人心弦的笑容,这笑容里或许,应该有什么别的深意吧?她越想越无法平静,跟同事们互道了"周末愉快"走出公司,午后灼烫的阳光已然收梢,天光很是温柔,几声春鸟娇美如蜜的鸣唱从街心花园桐树的枝叶间飘来,冯欣觉得脚下仿佛也长出了翅膀,马上就能自由自在地飞翔在眼前金红灿然的暮色里了。

　　等她辗转数趟地铁回到公寓,累得连鞋都没有脱就倒在了床上,不想吃饭,也不想洗澡,两眼茫茫地盯着天花板直发呆。她从未谈过恋爱,也没有暗中爱慕过什么人,整个学生时代,"早恋"这个刺激而又令人神往的词,永远不属于她这样平庸的女生。她是被遗忘的大多数,只有那些聪明出色或者调皮捣蛋的学生才能引人注目,"我嘛,就是电影里的人肉背景板"。

手机响了两声，又是电信公司的广告，冯欣看见屏保还是韩剧《太阳的后裔》里男女主角甜蜜相拥的剧照，不禁叹了口气，"爱情是他们这种帅哥美女的，人丑就不要做梦了，这点自知之明要有"。她随便吃了些零食，胡乱洗漱了一下，躺上床就睡着了。因为太累，醒来已是上午10点，冯欣靠着床头闷坐了一阵子，那种魂牵梦萦又无法言说的情愫像一团飘浮在头顶的云气，无论她如何想要逃避，却始终被包围萦绕、无法摆脱。她想起很久没有联系父母了，便跟母亲打了一通语音电话。

这时候她父亲肯定是不在家的，去年退休之后，他每天都要和以前的同事们一起在公园里拉二胡、唱红歌，直到晚饭时分才会各自归家。母亲早上买菜做饭，下午偶尔和几个老姐妹们打牌聊天，更多的时候是窝在家里的沙发上，边看电视边打盹。冯欣跟母亲简单说了一下实习的事，"一切都很顺利，公司的人对我都很好"。她从来没有跟父母倾吐心声的习惯，就算心里想说点什么，张口却只有重复的几句话，母亲也只会絮絮叨叨对她说："你要好好做事，要感恩。"

挂了电话，冯欣回想着父母日复一日如钟摆般规律的生活，心中不觉泛起几分惆怅，从她记事起，什么意外都没在父母身上发生过，可能直到将来他们去世，也不会发生什么，除了好几年前跟着单位组织的旅行团去了一趟新马泰，父母一辈子没出过国，当时冯欣提出要去法国留学，他们觉得天都要塌下来了。他们似乎不知怨恨，不知嫉妒，也没有任何期待和激情，父亲唯一的爱好是喝白酒和拉二胡，母亲这几年除了操心自己和丈夫的生活，还要不时看顾自己年事已高的双亲，自从冯欣第一年在法国打工赚钱之后，她便再也没有大的烦恼了。

"这种生活也太无聊了，他们居然能这样过一辈子啊！"冯欣想着，随手翻了翻朋友圈，十多张花团锦簇的照片直扑入眼帘，是叶芝在别墅过周末,细数花园里盛开的"萱草、红蝉、绣球、凌霄、鸢尾、薰衣草"。"真漂亮啊!"冯欣忍不住低声赞叹,马上评论道,"这些都是在你家花园里拍的吗?像森林公园一样啊!花园好大啊!"

"5000多平米,其实有点过于大了,有一部分几乎都荒着。"叶芝的回复里还附了一个调皮眨眼的表情,冯欣感到一阵轻微的厌恶,她皱了皱眉,下床去卫生间,却在洗漱池的镜子前停住了脚步。"鼻子好塌,脸好大。"她越看镜子里的人越觉得丧气,似乎那是另一个女人的脸,一张难看得无可救药的脸。她使劲睁大眼睛,用指甲在眼皮上画了两道印子,想象如果自己是双眼皮,会是什么模样。"要是能攒点钱,明年回国去做个双眼皮手术?现在就暂时买点双眼皮胶来贴一下吧,也不知道哪里能买到双眼皮胶……外国人都是大双眼皮,会不会我这种单眼皮对他们来说反而比较好看?"她探身往前靠,额头都快抵着镜面了,呼出的热气在镜子上蒙了一层薄薄水雾,便扯着睡衣袖口擦去雾气,挤了挤鼻翼上的黑头,又张开嘴研了一番牙齿,想起有人说整牙能改变脸型,或许整完牙,眼睛就会显得大一些。

周二下午放学后,她正在超市给客人代购奶粉,克莱尔发邮件说玛丽昂生病请假了。"明天你可以过来公司吗?我们正在准备一场尚品和高级成衣的拍卖,非常需要你的帮助。"冯欣迅速答复了邮件,如果此时不是在超市里,她简直要开心地蹦起来。"非常需要你的帮助",她把这句话默念了一遍又一遍,这种被人需要的感觉真好啊!

次日一早,冯欣刚到公司,弗雷德便让她去拍卖厅,一进门她就惊呆了,到处堆着大大小小的纸箱和硬塑料货箱,像一座填塞了无数蔬菜、水果、禽畜、鱼虾的菜市场。几个男员工正不停地把物品从货箱里取出来,大家开玩笑的抱怨和叫嚷起伏不断,冯欣朝他们走去,科斯曼刚好推着一排挂满裘皮大衣的展示架过来,拦在了拍卖厅中间,她只好踮起脚探头问他:"我怎么帮忙啊?"

"小姐,你不用干这些!"科斯曼的嗓音有些沙哑,"那边桌上有很多东西,你把它们放进橱窗就行。"冯欣顺着他指的方向走到桌子前,这是她生平第一次看到那么多名牌衣裙鞋履、包袋配饰,它们被胡乱堆放在桌上,好像商场大减价时门口积压成山的便宜货。冯欣只觉得恍惚间浑身的血液都在往头上涌,便假装翻拣衣物,藏起正在发抖的双手。

朱利安扛着个大纸箱过来,看见她这个样子,以为她不知道该怎么工作,就微笑着说:"你把它们放到那个展柜里。鞋子放下层,包和丝巾放在中间显眼的地方,帽子放上层。这几件比较贵的高级成衣,你把它们穿到人体模特身上。"冯欣像从梦中惊觉,连忙答应着,朱利安将纸箱里的东西哗啦一下全抖出来,一股衣物特有的气息随之弥散在空气中,混着陈年香水和脂粉的味道,让人鼻子直发痒。窗外透进来的晨光像火焰一样点燃了这些衣饰,辉耀出一片五光十色的云霞。

冯欣逐渐平静下来,认出了一些她听说过的奢侈品标志,大部分衣物都有点旧了,细处也有磨损,却依然保留着当年的堂皇气韵,如同那些真正的巴黎女人,永远带着一种花期绵长,即使凋谢亦绝不委地的风华。她微微颤抖着拿起一件圣罗兰的黑色羊绒呢外套,整件衣服在浓黑的底色上,以金银线精细绣出一簇簇盛开的金色蓟花,每朵蓟花上都装饰着许多亮片、水晶和珍珠,并用浅金和银白两色细小管珠缝缀出蓟花如雪如絮的冠毛,好似呵一口气就能漫天飞扬起来。

蓟花原本是生长在田间野地,被马匹牛羊随意踩踏的紫红色小花,经由天才设计师的灵思妙手,点石成金般地幻化成黑色羊绒呢上的硕大金色花朵,宛如漆黑冬夜里次第绽放的烟火,勾魂夺魄。冯欣将这件蓟花外套小心地穿在人体模特身上,看见内衬上挂着的拍卖行号牌,翻过来看了一下,专家在号牌标签上写着成衣时间是1986年前后,"我还没有出生啊!"她暗自感慨不已,仿佛错过了一场繁华如梦的盛宴。

科斯曼又推进来几个大货箱，男员工们站在货箱之间的缝隙里传递着物品，冯欣正在整理展柜上层的一排冬帽，转头看见弗雷德领着个漂亮姑娘走了进来。她个子不算高，看上去20岁出头，脸上是巴黎女子那种与生俱来的淡漠神情，但因为年纪还小，又透出几分稚气，肌肤泛着珍珠般的细腻光泽，卷曲的金发落在肩上，衬得一双蓝眼睛更加灵动。她身穿一件略宽松的黑底印花真丝上衣，衣服上满印着日本风格的樱花云鹤纹，正是现下巴黎年轻女子最时尚的打扮。冯欣忍不住用歆慕的眼光打量着她，弗雷德刚要向大家介绍，却见克莱尔急匆匆走进来，手里拿着一只深绿色硬纸板画夹，一看见那女孩子，克莱尔便径直过去对她说："你是新来的实习生吧？快帮我把这些手稿送去专家那里。"说着将画夹递到她面前。

　　那姑娘并没有伸手，而是往后缩了一缩，用两个手指从裤子口袋里轻轻扯出一副洁白的手套，细心戴在手上，然后才去接画夹。

　　所有人都被这副矜贵的做派惊呆了，克莱尔本能地把画夹收了回来，勉强笑了一笑，尽量保持着一贯的友好态度，换了敬语问道："您这是，特意戴了手套来实习吗？"那女孩抬了一下精心画过的眉毛，脸上挂着甜美而认真的笑容："是的。我有洁癖，不习惯摸旧的东西，所以要戴手套。"克莱尔把她从头到脚迅速端详了一遍，明白这姑娘是生长在富贵人家，除了练习马术，从来十指不沾泥的巴黎千金，她有点啼笑皆非地正要开口，突然身后一个男声问道："您要戴了手套才能拿东西吗？"

　　大家都回过头去，一个头发有些灰白的高个子男人从展厅侧门进来，他大步来到克莱尔和那女孩面前，用犀利的眼光看着她，又问了一遍。女孩抬起下巴看着他，依然含笑答道："是的，我有洁癖……"

　　"您不用来实习了。"他直截了当地打断道。

　　"您不能赶我走！"估计那姑娘此生从未被人这样对待过，不由得失声叫起来："我是索邦大学的硕士！硕士一年级！您怎么可以赶我走！"

这话蠢得让所有人都沉默了数秒，站在裘衣展示架旁的科斯曼第一个乐出了声，其他人也开始窃笑，那男子也笑了笑，随后一字一句地说："您听好了，我完全不在乎您的狗屁硕士学位。请您现在就离开我的公司，回索邦大学继续读您的硕士博士吧！"

弗雷德终究是天性温良，看这女孩子羞恼得满面通红，便把她带了出去。冯欣回身继续摆放展柜里的帽子，听见克莱尔和那男子在交谈，她猜测他肯定就是叶芝的朋友，公司老板戴维德，因为所有人见了他都是毕恭毕敬的。她借着展柜里的镜子悄悄细看他，戴维德是犹太人中少见的英俊男子，高大挺拔，略有一点瘦，看上去比实际年龄小很多，一头细软的深褐色头发，有一小半已是灰白，却给他增添了几分温厚的魅力。

克莱尔和戴维德说着话，一起走出了拍卖厅，几个男员工忙完了搬运的活儿也开始布展，弗雷德不时从前台过来指点一下陈设布置，一个穿着紧身粉色衬衣的男员工跟他开玩笑说："就算这是你的第一场拍卖，也不用这么紧张嘛！"弗雷德刚要说什么，前台的电话响了起来，他急忙出去了，冯欣听见这句话很是好奇，但一时也没处询问。

很快到了中午，大家一起去餐饮中心，冯欣是人群中唯一的女生，听见弗雷德对科斯曼说："搞不懂那些女人，餐饮中心的饭菜那么好，又便宜，她们每天中午要么带饭，要么在附近餐厅里叫外卖，总之非得一帮女人围在公司里一起吃，到底是为什么啊！"科斯曼嗓音本来就粗哑，加上浓重的罗马尼亚口音，冯欣只听懂他说："女人都是这样的……我老婆也一样，她们就是需要讲话……"她听得差点笑出声来，又听见走在旁边的朱利安问道："你还好吗？累不累？"

冯欣一直很感念朱利安的友善，连忙回答："还好还好，不太累。"又想起刚才布展时听到的话，便问他："为什么说这是弗雷德的第一场拍卖？上周拍地毯的时候，他不是也在吗？"朱利安怕她听不懂，总会放慢语速跟她讲话，并且尽可能说得简单清晰，他一路走一路说，两人进了餐饮中心时，冯欣大致明白了。

原来，在法国要成为拍卖师很难，必须先学习三年法律和三年艺术史，然后才能参加入行考试，考试通过了，还需要在相关行业至少实习两年，才可以报名参加艰苦卓绝的拍卖师资格证考试，每人终生有且仅有两次考试资格。弗雷德最近刚通过了拍卖师资格考试，后天的尚品拍卖将是他第一次举槌，这场拍卖从筹划到布展到竞拍都由他全权负责，所以是他职业生涯中的重要起点。说完弗雷德，朱利安笑道："我已经学完三年法律了，现在在卢浮宫学院学艺术史，艺术史真的比法律容易太多！"

冯欣听得目瞪口呆，想了想，追问道："那个考试怎么会这么难呢？"朱利安取了餐盘，说道："去年全国好像有 1000 多人报名，只通过了 15 个人，还是 17 个人？总之不超过 20 个。"不待她发问，朱利安又补充："除了考试成绩和个人能力之外，还要看申请者的家世出身，因此很多拍卖师都是子承父业，还有些人，比如——"他用目光示意不远处正在取前菜的弗雷德，"你注意到他有个 nom à particule 吗？"

他看冯欣满脸困惑，又重复了一遍这个词，见她还是不解，便笑着说："在他的姓和名之间，有个'德'（de），这是贵族的标志。"

"贵族！"冯欣低声叫了起来，弗雷德，这个在拍卖行前台工作，对所有人都谦和有礼的圆脸栗色卷发小伙子，竟然是传说中的贵族！

朱利安有些内向，平常话也不多，此刻冯欣的激烈反应一下子把他逗乐了，两人取了甜点，她还在嘟囔着"贵族！贵族"，朱利安便开玩笑地说："你要不要自己去问他？"冯欣用力摇了摇头，她实在没办法把弗雷德和自己想象中的"贵族"联系在一起，可是，想象中的贵族又是什么样子呢？她来到餐桌前坐下，忽然想起前两年看过的英剧

《唐顿庄园》。"啊,贵族应该是《唐顿庄园》里那样的!"

她正纷乱地想着,又听见那个粉衬衣同事正绘声绘色地讲着戴维德的什么事。他浅褐色的头发梳得光亮齐整,蓄着如今巴黎年轻男子中流行的小络腮胡,胡子和鬓角都修剪得非常精致。他每天早上恐怕要用一个小时来刮脸打扮吧?冯欣想着暗自笑了一下,她虽然不能完全听懂这同事说的话,却觉得他讲话时那种满脸跑眉毛的样子很有意思。

冯欣侧着身努力地去听,大概明白这同事昨天跟戴维德去某个贵族的城堡看藏品,中午和主人全家一起吃饭。"女主人向我们介绍同桌的人,一个是她女儿,一个是她姐姐的儿子,都只有20多岁吧,女主人跟我们说:'他俩从小一起长大,彼此相爱,已经订婚了'……"

"太恶心了!太恶心了!"科斯曼嚷了句粗口连声说道。冯欣没太懂,就看着对面的朱利安,低声问:"意思是表兄妹结婚?"朱利安憋着笑答道:"有些贵族家庭是这样的,这样做是为了,嗯,怎么跟你解释呢。"他低头想了想,"为了让血统和家族名号,流传下去"。冯欣惊得握着刀叉的手都僵住了,她不知道"违法"怎么说,就用简单的法语词句问:"法律呢?现在是21世纪啊,没有法律吗?"

粉衬衣同事听到她这句话,笑着用餐叉指了指弗雷德,说道:"你问他嘛,他家也有城堡,说不定他家里也有表亲通婚的,或许能给你点法律建议?"弗雷德似乎对这些玩笑话早就习以为常,只说了句"不要乱讲"继续吃饭,头都没有抬。

"你家也有城堡?"冯欣更震惊了,这几个单词冲口而出,她正在后悔自己的唐突,没想到弗雷德喝了一口水,平静地答道:"是有一座,不过很少去,冬天冷死了。家里有些人夏天会去住一下,每次去还要提前几天找人打扫,麻烦得很,而且维护修理太贵。"

冯欣竭力控制住自己的表情和声音,不要再一惊一乍地让同事们笑话,她记起了叶芝说法国贵族是"近亲繁殖的悲剧"的话,却无论如何也想不明白，家有城堡的贵族弗雷德为什么会在拍卖行做着前台的工作，为什么还要辛辛苦苦考试做拍卖师。她想来想去，又在心里组织了一下句子，对弗雷德说："你们可以把城堡租出去，办个婚礼、宴会什么，就能赚钱了啊！"

粉衬衣同事听见这话，用哂笑的目光斜了她一眼，弗雷德倒是没有表现出什么，只答了一句："老人家们不会同意的。"冯欣看出他不愿多谈，便低下头吃饭了，等到大家吃完午饭出来，她才小声问朱利安，自己刚才说出租城堡的话是不是冒犯了弗雷德。

"没有没有！"朱利安笑起来，他觉得这个中国女实习生总有许多和法国人迥异的古怪想法，便放慢语速说，"大多数法国贵族其实不太善于经营财富，他们祖祖辈辈都认为，谈钱是很粗俗的事，金钱是非常低下的东西。"他怕她听不懂"粗俗""低下"，还做了个向下压的手势，冯欣连连点头会意，又问那位粉衬衣同事叫什么名字。

"他是西蒙，"朱利安眼中闪烁着嬉笑的神色，望着不远处西蒙的背影，他不是太高，身材却很匀称，粉色衬衣包裹着他的上身，浅灰色的裤子也是贴身的剪裁，配上光亮的浅褐色头发——这一带是拉德芳斯商业区，往来路人几乎都穿着大同小异的深色西装，于是显得西蒙更加俊秀出挑。

朱利安侧过脸低声对冯欣说："西蒙这个人真是'手里有根毛'啊！"说着自己也笑了起来。

"什么？手里有什么？"冯欣转过脸不解地问道。

"手里有根毛。"朱利安笑着重复了一遍，又指指自己的头发，表示"毛"，解释道，"这是一句法国俗语，意思是这人特别懒。"

冯欣被逗得笑出声来，马上想起了那部大火的动画电影《疯狂动物城》。她学着电影里树懒"闪电"慢腾腾说话的样子，两人笑得都涨红了脸。法国公司的实习生总是做着最辛苦无聊的工作，员工们通常没有时间也没有意愿去和他们交流，因为相似的境遇和年纪，实习生们之间很容易生出扶持协助的友情。冯欣在法国生活的这几年，因为语言水平有限，很难结交到法国朋友，从前干农活、做美甲和酒店打扫卫生遇到的法国人更不会与她深交。认识玛丽昂和朱利安，使她第一次体会到异国友人的温暖，庆幸感激之余，愈发想要把这份实习工作长久做下去。

下午的布展顺利而高效，5点不到，大厅里已是井井有条，墙上参差有致地挂着许多奢侈品牌的大丝巾和沙滩毯，像一条斑斓绚丽的瀑布倾泻而下，几条风琴褶丝巾被连缀成花环的样子悬在半空中，几张平放的玻璃展柜里铺着黑色丝绒，里面陈设的时尚珠宝在射灯的照耀下映出团团星光。左侧靠墙一排架子上挂满了数十件厚重奢华的裘衣和高级成衣，几件最为精美的华服穿在人体模型上，如盛装侍立的贵妇。五六只色彩鲜艳的稀有皮质奢侈品牌手包被精心放置在中间的高台上，似一座座不可触及的彩色奖杯。

冯欣心满意足地环顾着展厅，想起早上这里还乱得一团糟，那种被人需要的自豪感再次涌上心头，忍不住微笑起来。科斯曼又嚷嚷着喊大家让路，她回头一看，他正用推车运着一大盆玫瑰花树进来，花树有一人多高，修剪缠绕成伞状，所有花朵全部集中在顶部盛开，像一簇天然形成的硕大婚礼捧花。每朵花几乎都有手掌那么大，自花蕊向外，无数香槟色的花瓣由浓而淡，似波浪般涌动散开，泛着莹腴凝润的光泽。这是弗雷德为明天预展特意挑选的花艺装饰，当下连几位男同事都被迷住了，西蒙捧着花朵闻了又闻，看着弗雷德，连声笑道："品位不错啊！"冯欣从没见过如此雍容丰美的玫瑰，不停地触碰着花瓣和绿叶，总觉得像是假的。

西蒙拖了一张扶手椅放在玫瑰花树下，懒洋洋地窝在椅子里休息，他的粉色上衣映衬着大朵的香槟色玫瑰花，倒是俯仰生姿，颇有几分布格罗笔下的妩媚画意。科斯曼推着大吸尘器过来清理地面，噪音震耳欲聋，西蒙皱着眉看了看吸尘器，噪声吵得他很烦，却又懒得动弹,便勉为其难地继续窝着。

冯欣一直在玫瑰花树前徘徊欣赏,没注意到克莱尔已经进来好一会儿了,正拿着拍卖清单逐一核对盘点物品。克莱尔在珠宝展柜里发现多出了一条香奈儿珍珠项链,便拎着那条项链询问众人,但大家都是一头雾水的样子。正好科斯曼推着吸尘器过来看见,张口说了句什么,克莱尔没有听清,他索性朝着她耳朵喊道:"这是埃琳娜的! 去年12月的尚品拍卖,埃琳娜买的! 她忘记取走了。"

克莱尔又惊又喜地看着他,高声说:"不会吧,你什么都知道!"

"必须的。"科斯曼有点不好意思地笑了笑,推着轰隆隆的吸尘器又走开了。

这个五大三粗的科斯曼让冯欣想起武侠剧里那些深藏不露的扫地僧,正觉得有趣,克莱尔招手叫她过去,将项链递给了她。因为吸尘器声音实在太吵,克莱尔凑到冯欣面前大声说:"你把这条项链,送到埃琳娜的办公室去。"她答应了就要走,克莱尔又叫住她问道:"你知道她的办公室在哪里吗?"冯欣回身往外指了指,说道:"图录仓库旁边,邮资机那里。"克莱尔一下子笑起来,摆手让她去了。

埃琳娜办公室的玻璃门虚掩着,冯欣正踌躇着要不要敲门,一个尖利而愤怒的女人声音传出来:"那些人送的东西,怎么可能是真货! 如果是真的,他们会送来这里拍卖吗? 肯定是送到别的大拍卖行啊!"

"我知道我知道,"这是埃琳娜的声音,她像要平息对方的怒火,语气难得的柔和,"但是这些东西能卖钱啊! 你看去年年底的那场拍卖,你说不能上拍的那几件,后来我们还是上拍了,都卖了很好的价钱啊!"

隔着玻璃门,冯欣看得见站在办公桌旁的两个幢幢人影,她们靠得挺近,埃琳娜还不时轻拍一下那女人的肩膀,似乎要做出和善亲密的样子。

"随便你们!"那女人的尖嗓音里依然满是气恼,"这些东西,我不会承担任何鉴定责任,你们在图录上要写清楚,这些垃圾不是我鉴定的。"

"那是肯定的,这个你放心。"埃琳娜的声音始终带着笑意,冯欣很纳闷,究竟是怎样的人,竟能让一向刻薄的埃琳娜如此客气。只听那女人冷笑了两声,又说道:"他们造的假货,费尽心机送到法国来,绕了一大圈,最后还是卖给他们的同胞,骗来骗去都是他们自己,活该!"

"就是就是,买卖双方都开心就好了嘛!"埃琳娜笑道。

"说起来,"那女人声音低沉下来,叹了一口气,"你们公司算是诚实的,如果是那些人送的东西,你们都会告诉我实情。去年我在另一家拍卖行看了个盘子,拍卖师跟我说,那是某个法国贵族家里好几代人的收藏,我就信了他的话!"

"是不是……家拍卖行?"埃琳娜也放低了话音,冯欣听不清拍卖行的名字,就听见那女人的惊呼:"你知道?"

"这圈子很小的嘛!"埃琳娜答道,"我听人说,买家要求退货退款,正在打官司呢,把你也牵扯进去了,是不是?"

"就是到打官司的时候我才知道啊!"那女人又恢复了尖细的嗓音,恨恨地说,"律师调查之后告诉我,那盘子就是那些人送的!我是鉴定专家啊,拍卖师骗我的意义何在啊!他就那么希望我把假的鉴定成真的,好让他多赚那点钱吗?他还把那个盘子当成赚钱的宝贝,其实都是那些人挖的陷阱、埋的地雷啊!我当时信了拍卖师的鬼话,后来拍了那么高的价格……前两天听证会,那个拍卖师居然当着双方律师的面,说什么'专家鉴定不应该考虑物品来源,要看物品本身'!连原告方的律师都听不下去了……"

她俩的对话冯欣只能听懂个大概,但是"假货""律师""陷阱"这些单词、若干含糊不清的大额数字,以及不时冒出来粗口在她耳边不断响起,仿佛某种机密正在迫近。电话铃突地响了起来,站在门边偷听的冯欣陡然一惊,慌忙敲门走了进去。

冯欣一进办公室,原本有点口角的两个女人瞬间变得一团和气,这两人素来是面和心不和的,不过遇到可以嘲笑的对象时,她们便立刻站到了一起。她俩交换了一下眼神,撇着嘴浅笑起来,怎么会有人穿得这么土气啊?头发剪得跟狗啃似的,穿着件皱巴巴的黑白横纹针织衫,再配上那张扁平的脸,真是丑得滑稽。

埃琳娜握着电话,用疑问的眼光瞧着冯欣,她声音发抖地解释说,自己是来送项链的。埃琳娜接过项链,随手往办公桌角落一丢,挥手让她出去。冯欣转过身,看清了刚才尖嗓子说话的那女人,是一位亚洲面孔的女士,三十五六岁的模样,个子很高,几乎和埃琳娜平齐,短发及颈,微凸的颧骨让鼻梁看上去很细,双眼不大但非常有神。她瘦得十分凌厉,穿着剪裁利落的白色真丝短袖和宽幅细褶的黑纱长裙,从背影看,实在像极了王菲。

冯欣正要出去,那位女士像是有些厌烦了,向正在打电话的埃琳娜做了个离开的手势,埃琳娜忙跟电话那头说请稍等,放下电话跟她行了贴面礼道别。冯欣赶紧退后两步低头让她出去,她黑色的裙边轻扫过一叠堆放在地上的文件和图录,发出沙沙的低响,似一条蛇爬过荆棘丛。

3

翌日早上冯欣刚推开拍卖行大门,听见身后有人喊:“等一下!”回头一看,果然是玛丽昂,冯欣关切地问她身体如何,她说只是感冒,在家睡了一天,已经好多了。冯欣知道绝大多数法国人偶尔头疼脑热都以休息为主,最多吃点非处方退烧药,并不会像她从前在国内一样,每次感冒都去医院输液打针。法国人对待这些小毛病的态度就像他们那句俗语:"感冒不去看医生,需要七天才能好;感冒去看医生,一周就能好"。

两人一进公司,萨哈就把玛丽昂叫到珠宝部去了,冯欣暂时无事可做,便走去展厅想看看是否有人需要帮忙。预展要到 11 点才开始,此刻大厅里空无一人,但已完全不是昨天的混乱景象了,地板整洁干净,摆满拍品的展柜好似装备齐全的军营,随时都能投入战斗。窗外吹进来几缕煦暖的春风,一些挂在展示架上的轻软夏装微微飘动着,宛如海滩上一群午憩后刚醒来的美人,在透明的阳光里欢笑雀跃。

那件流光溢彩的圣罗兰蓟花外套穿在窈窕的人体模特上,更显出衣服完美的剪裁,一束明亮的射灯光线从天花板上正照下来,每一枚亮片每一粒珍珠仿佛都被点燃了,像浓黑夜色里的焰火被永恒定格在大幅照片上。冯欣长久凝望着这件艺术品般的华服,过了好一会儿才从金彩交辉的光晕里挪开视线,猛然发现在衣服背后的暗影里,一对男女正凑在一起喁喁私语。

女子是埃琳娜,尽管只看得到她的背影,冯欣还是一眼就确认无疑,毕竟全公司唯有她是那样高挑紧瘦的身材。男子倒是不高,从冯欣的角度望过去,似乎比埃琳娜还略矮一些,他全身都隐没在人体模特的阴影中,只有半张脸被灯光照亮。他并不算胖,只是肚子有点突出,看得出些许中年发福的迹象,面容却十分精神,是法国南方人那种健康的小麦色皮肤,一头浓密微卷的深栗色头发,褐色的眼睛里闪烁着生意人特有的敏锐光芒。冯欣猜不出那男子的年纪,只望见他说话间面色逐渐变得凝重,不时将埃琳娜搭在肩上的狩猎纹饰丝巾的一角绕在指间又松开。她正打算悄无声息地溜出去,就见埃琳娜伸出一只手,轻轻插进那男子蓬松的头发里,温存地抚弄着。

　　冯欣顿时觉得要呕吐出来了,她本能地看出了这两人的关系,心底骤然生出一种饱含恶意的强烈好奇,转眼看到不远处的桌子上有一摞拍卖图录,她便装作取图录,蹑手蹑脚地朝他俩走过去。他们的话语低声而迅疾,除了听到埃琳娜叫那男子威廉之外,就只听懂一些断断续续的词句:"去年他出事之后""美国的一个重要客人告发的""坐牢""我现在情况很麻烦"……还有威廉反复提到一个词,像是个英语词,巴拿马什么的。冯欣一边努力偷听,一边不停默念着那个"巴拿马什么",她确信自己最近曾在某处听过这个词。

　　附近教堂葬礼弥撒的钟声传来,掩盖了两人窃窃的话音,在沉缓的丧钟里,冯欣蓦地想起来了,"巴拿马文件"。从上个月开始,所有老师都提到过这份震动全球的机密文件,有位法律课老师还特意在世界地图上做了许多标志,投影出来,眉飞色舞地给学生们逐一讲解文件中涉事的各国政要,那些赫赫有名的总统、首相、国王……冯欣清楚地听见威廉爆着粗口连说了两次:"我也在那个巴拿马文件上啊!"

　　那些她曾以为比做梦还遥远的人和事,那些只存在于新闻报道里的情节,此时此刻,竟然就在距离自己不到两米的近旁上演。这个威廉到底是谁?

　　老师说巴拿马文件上的人都是顶级富豪、财阀高官,可埃琳娜也不是什么绝世大美女,她居然能有这样厉害的情人?埃琳娜的双手从威廉的发间滑落下来,软软地搭在他的肩头,冯欣虽然看不见她的表情,却明显感到一种欲拒还迎的欢愉在两人之间流淌涌动。"他们谈着这么严肃的话题,还能调情!而且是在展厅里调情!"冯欣越发恶心了,听到侧门传来脚步声,便抱起一摞图录走出去,在门口遇到了玛丽昂,冯欣一把拉住她,指了指展厅,悄声说:"埃琳娜在里面,嗯,还有,一个男人。"

"威廉?"玛丽昂问道,圆脸上浮起揶揄的笑意。

冯欣点点头,玛丽昂向展厅瞥了一眼,两人交换着秘而不宣的眼光笑了笑。冯欣刚小声问了句威廉是谁,玛丽昂立刻把食指放在唇上,做了个"嘘"的手势,顺手帮她拿了一些图录,一起放到前台去,然后说:"弗雷德让我去仓库找几张画,等会儿有个客人要来取,你过来帮我吧。"

到了地下一楼的仓库,玛丽昂从裤兜里掏出一张纸,指给冯欣看上面的编号,又教她如何在货架上找到画作。两人在几百幅堆叠码放的油画中穿行翻找,因为仓库里没有别人,玛丽昂就详细说着跟威廉有关的大小事情。冯欣渐渐听明白了,威廉是法国最著名的古董家具商人和鉴定专家之一,在巴黎经营着一家世界知名的古董行,伦敦和纽约都开有分店。除了在自己的古董行做生意之外,他也和许多拍卖行合作,他经手卖出的古董家具,不仅被各国富豪名流收藏,还有许多入藏国内外的重要博物馆。此外,他还是索邦大学和好几所私立艺术高校的特聘教授,经常上电视、做演讲,拥有各种响当当的头衔。

玛丽昂找到了一幅搁在货架高处的画作,因为她比较矮,冯欣便帮忙把油画取出来,随口问道:"古董家具很贵吗?"

"大部分都不值什么钱,就像这些画,五六百、一两千欧元,到处都能买到。"玛丽昂转身把油画放到墙边,"不过,威廉卖的家具一般都是百万左右的。"

"百万!啊!百万,欧元吗?一件家具?有人会花一百万欧元买一件,家具!你说的家具,是桌子、椅子吗?"冯欣震惊得话都说不流利了,她怕自己没讲清楚,就指着仓库角落那张旧办公桌,又问了一遍,"就是,桌子,桌子这样的家具吗?"

"是的,就是桌椅沙发这些。"玛丽昂弯腰搬出一幅油画,笑道,"法国拍卖行里,古董家具是仅次于绘画的第二个重要门类,埃琳娜就负责这个门类,所以她和威廉嘛……"她笑嘻嘻地朝冯欣抛来一个意味深长的眼神,冯欣跟着笑了笑,还在用混杂着中文的法语嘟囔着:"100万欧元,100万欧元的桌子,镶钻石的吗?"

说话间油画已经全部找了出来,两人把画作靠墙放好,玛丽昂拿着清单核对贴在画框背后的标签号,继续说道:"去年媒体曝光了一个奢侈古董家具的制假大案,说是古董家具的造赝、鉴定、销售多年来已形成了一条完整的产业链,连卢浮宫、凡尔赛宫也都重金购买过赝品。听说威廉就牵涉其中。"

"卢浮宫?"冯欣又惊呼出声,她帮玛丽昂扶着画框,急切地问道,"你说的是那个,卢浮宫吗? 卢浮宫也能被骗?"

"哈哈哈哈,还能有哪个卢浮宫?"玛丽昂笑得鼻子上皱起了几条小细纹,她核对完油画的编号直起身来,清澈的栗色眼睛里闪过一丝嫌恶,冷哼了一声说,"这行业真是烂啊,都烂到骨髓里了! 可是,既然进来了,也就只能做下去啰!"话音刚落,她似乎自己也觉得不妥,便回身拿起一幅油画,又恢复了一贯娇憨天真的笑容,对冯欣说:"我们把这些画搬去前台吧。"

冯欣拿着一幅画跟玛丽昂往楼上走,好像在不知不觉间对威廉生出了许多敬慕,这个深肤色的小个子南方人,是用怎样的手段操纵着几百万乃至上千万欧元的财富呢? 他的古董行里肯定藏着无穷无尽的珍宝,那些赫赫有名的权贵政要都是他的顾客,他狡猾又谨慎地卖给他们真假参半的古董,像海洋一样昼夜不息地吐纳着取之于他人的巨额财富,为自己挣下亿万身家和无数闪闪发光的头衔……冯欣双手握着落满灰尘的镀金雕花画框,反复回想威廉刚才站在蓟花华服暗影里的样子,他真有魅力啊! 可他怎么会跟埃琳娜那个老女人搞到一起呢? 想到这里,她马上又感到污秽恶心,转念一想:"他十有八九是在利用她,他那么有钱,不知道有多少美女往他身上扑呢。"

两人将油画放到前台接待处,又回仓库去取剩下的画作,冯欣蹲下身拿起一幅画,才发现画中是一束插在陶罐里的紫红色蓟花,这个小巧合让她一怔,一种怪异的模糊预感飞掠过脑海。她以前并不认识蓟花,因为昨天布展时那件圣罗兰的蓟花外套实在太美太难忘,她于是拿了本图录回家,读了好几遍上面的专家鉴定描述,又在网上查了许久才知道,带刺的蓟花是苏格兰国花,在最古老与最高贵的蓟花勋章上,镌刻着一句拉丁语格言:Nemo me impune lacessit(犯我者,必受惩)。

这幅蓟花油画尺寸比较大,画框也重,冯欣便将它举起来扛在肩上,画布挡住了视线,她低头紧随玛丽昂的脚步往前走,暗自寻思着:"造假是犯法吗?就算是吧,但被骗的都是些富豪,他们又不差钱,也谈不上伤天害理嘛!"她此时还不懂得,对绝大多数人而言,平庸的善良是索然无趣的,恶,才是平地刮起的飓风,轻而易举就能卷挟整个人的意志。

还剩最后一幅油画放在仓库,玛丽昂自己下楼去取,冯欣便蹲在前台把画作摆放整齐。一阵笑语从身后飘来,是埃琳娜和威廉走出了展厅,他们根本没注意到蹲在地上的冯欣,埃琳娜刚才束在脑后的金色短发现在已披散下来,她的薄嘴唇和指甲都涂得血红,一双蓝眼睛灼热明亮,充满了情欲的火光。两人说笑着往外走,两只手不时触碰在一起,又迅速分开,好像空气里有某种神秘的磁场,将他俩吸来引去。

弗雷德从展厅快步出来,让冯欣过去帮忙,她一进展厅,科斯曼就递给她一瓶清洁喷雾和一块抹布,让她把所有的展柜玻璃都擦一遍。朱利安是周三和周五实习,所以今天他不在公司,冯欣刚擦完最后一架玻璃展柜站起来,就听见身后一片闹哄哄的声响,大门打开了,潮水般的人群涌了进来。弗雷德和克莱尔不知何时也都进了展厅,笑容可掬地跟往来熙攘的客人们寒暄问好。

玛丽昂在前台把油画交给客人之后,也进了展厅,她见冯欣拎着清洁剂和抹布站在角落里，像是被这汹涌人潮吓懵了，便用手肘推了推她，说道："快把抹布放好，来帮忙呀！"冯欣慌忙点着头，又问："哪里，放哪里呀？"玛丽昂笑着拿过抹布和清洁剂，跑到窗前往墙角一扔，刚转过身来，一位老太太拦住她，说要看展柜里的一双鞋子，她便过去开柜子了。冯欣眼看着玛丽昂被拦在密密层层的人群外，感觉自己像被隔绝在一座孤岛上，就要被四面八方的洪水淹没了，她很想找个什么理由躲出去，却发现被堵在人堆里根本无法走动。

　　大部分客人都是上了年纪却并不太富裕的女性，尚品拍卖让她们能用较低的价格买到一些从有钱人衣橱里清理出来的过季奢侈品，以此装点自己凋谢的暮年时光。她们穿梭在衣裙箱包之间，偶尔停下来闲聊片刻、抚摸一番，展厅里弥漫着老年妇女特有的香水气息，让冯欣越来越难以呼吸。

　　"小姐，您在这里工作吗？"冯欣闻声转过头去，看见一位50多岁、衣饰精雅的金发女士站在面前，她还没反应过来该怎样回答，西蒙像突然从地下冒出来一样，殷勤而得体地笑着，对那女士说："夫人您好，您有特别想看的物品吗？"

　　那女士看见西蒙，眼里一下子荡漾起欢欣的神采，含笑说道："小伙子，给我看看那几双手套，就在那个展柜里。"

　　西蒙麻利地取出展柜中所有的手套，逐一陈列好，先取了一双焦糖色的给她试戴。他半倚在柜台上，握着那女士的右手，以一种近似爱抚的手势把手套上的皱褶一点点仔细抚平，同时用他那甜媚的嗓音说着："您看，这双小羊皮手套，品相是全新的，羊绒内衬非常舒服，腕部装饰的这枚小锁和 Kelly 包的锁一模一样，懂的人一眼就能看出来。"那女士怡然适意地享受着他的轻抚，原本有些苍白的双颊泛出绯红的光彩。西蒙又补充道："这才是真正的奢侈品，那种满身大 logo 的东西，只有暴发户才喜欢。"两人会意而笑，又低低说了几句嘲讽的话，西蒙拿过旁边另一双黑色手套，柔声说道："这双也是小羊皮的,但它是真丝内衬,估价就要便宜一些。"他假装沉吟了一下,左手轻按着自己的胸口,摆出一副讲私房话的模样:"说心里话呢,我觉得还是之前那双更适合您这样有品位的太太,品相也更好。"这种触动心扉又滴水不漏的恭维话,是所有女人都爱听的,那女士情不自禁地轻拍了一下西蒙的手背,说道:"我相信您的眼光,漂亮小伙子,我明天一定来拍卖现场,请您给我预订一个座位,不要太靠前。"

"第三排怎么样?"西蒙的唇边始终挂着恰到好处的谄媚笑容。"很好,您真是太周到了。"那女士灰蓝色的眼眸里光华闪烁,还想再跟西蒙多纠缠一会儿,一位女友过来拉她去看高级成衣,她只好跟西蒙道了别,又回头朝他投去一抹浅笑。冯欣看着这一幕,一股反胃的感觉直冲胸口,"也许西蒙就是喜欢年纪比他大很多的女人?那什么'恋母情结'?"这想法实在令她作呕,这才是实习的第四天,将来还会遇到更恶心的事情吗?

几位小个子老太太向这边走来,以西蒙的狡黠,只要扫一眼客人,就能知道对方是不是有足够的购买力,他看出这帮抱团逛展的小老太婆是抠抠搜搜并且难缠的客人,便很自然地蹲下身假装系鞋带,将她们甩给了稀里糊涂的冯欣。一位老太太说要看丝巾,冯欣不知道她想看哪一条,又不敢开口问,只好把展柜里的丝巾一一取出来。她刚摊开两条丝巾,顿时有许多只手伸过来摩挲,好像恐怖电影里从深海中爬出了无数八爪鱼,吓得她只想拼命往后躲开。

"不是这种丝巾!给我看披肩,大的那种!"一个老太太提高了声音说道。然而冯欣听不懂"披肩"这个词,面前摊开的那几条丝巾如同春日里怒放的繁花,吸引了越来越多的客人过来围观抚摸,冯欣也越发昏沉,她完全听不懂这些老太太在问什么,更说不出一个词,只觉得似有许多苍蝇蚊子在脑袋里嗡嗡乱撞。又过来一位女士询问某件拍品在哪里,冯欣现在连数字都听不明白了,几位客人明显烦躁起来,克莱尔刚好看见了这一幕,急忙过来在她耳边轻声说:"你去裳衣展示架那里,给玛丽昂帮忙。这里我来应付。"冯欣万分感激地看了克莱尔一眼,随即奋力在狂热拥塞的人群中扒开一条缝,朝展厅另一边走过去。她几乎看不清这些人的衣着样貌,眼前只有许多颜色不一的衣服、高矮胖瘦的身体,她的四肢跟他们不停地摩擦触碰,像在污浊湍急的洪水中挣扎着溯流而上。

玛丽昂站在垫高的裘衣展示架旁,被十几个争先恐后的女顾客围攻着,她两只手臂上都搭满了衣服,反复说道:"请等一等,一位一位来看。"望见冯欣过来,她兴奋地喊着:"欣!快点来帮我!"冯欣分开众人走到她身边,玛丽昂将几件厚重的皮衣一下子扔进她怀里,高声说:"快把它们挂回架子上,还有桌上那堆衣服,也挂回去!"

冯欣被衣服压得一踉跄,又看见旁边桌上已堆满了小山一样的衣物,立即开始收拾整理,先用木衣架挂好皮毛大衣,再按编号排列。这简单的工作让她很快平静下来,周围女人们尖细的声音此起彼落,触摸奢侈品的欲望给她们带来极为强烈的快感,所有人的脸颊都泛着火热的潮红。冯欣却越来越心安神定,或许是身旁能干的玛丽昂让她不再感到无助,她正专心挂着裘衣,忽听身后一个浑浊的男声问道:"小姐,您能把这件衣服穿上给我看看吗?"

她错愕地转过身,看见一位大脑袋、宽肩膀的矮胖老头,他应该是费了很大力气才挤到这里,呼哧喘着粗气,长满老人斑的胖脸罩着一层湿漉漉的汗水。他一手拄拐杖,另一只手拎着一件米色风衣,盯着冯欣又重复了一遍:"小姐,请您帮个忙,穿上这件衣服给我瞧瞧。"她吃惊地看着老头,不知道这话里是否有什么特殊含义,也不知道自己该不该照他的意思去做,便转头看了看玛丽昂,而她正耐心地向一位气呼呼的老太太解释,拍卖行只是展出拍品,并没有试衣间,根本没有注意到冯欣的困境。

她还在犹疑,那老头已迈开两条粗腿,蹒跚着走上前,将衣服直接递到了她眼前。冯欣只得伸手接过来,在心里不停默念:"这是我穿过最贵的衣服了,千万千万不能弄坏了。"她两手汗潮,用了好一阵子才把风衣的扣子和腰带全部解开,胖老头就站在旁边直勾勾地盯着,喉咙里咕噜咕噜响着痰音。冯欣心惊肉跳地穿上了风衣,也不敢扣纽扣,就敞开衣襟,僵直地站着。埃琳娜正好从侧门进来看到了这一幕,冯欣含胸驼背的蠢样子让她觉得很可笑,便提高了声音说:"站直了,挺起身来!"

冯欣被周遭的喧嚣吵得头晕脑涨,连站都站不稳了,更别说听懂埃琳娜的话,埃琳娜见她毫无反应,索性快步过来扳了一下她的肩膀,让她挺胸抬头。埃琳娜常年健身,下手颇重,冯欣只觉肩膀一阵钝痛,却不敢有任何反应,只能听凭她摆布。埃琳娜推着冯欣的后肩慢慢转过身去,好让胖老头看清衣服的整体剪裁。

"她实在配不上这衣服,不过,衣服本身是很漂亮的。"埃琳娜走到胖老头身边,满脸讥诮地打量着冯欣,像审判官一样冷冷说道。

老头清了清嗓子里的痰,以一种肥胖老年人特有的颤巍巍声音答道:"还好,这位亚洲小姐挺可爱的。"冯欣腾地涨红了脸,她没听懂他后面的话,但猜到大致是说,如果她丰满一些就会更有女人味。这辈子从没有人对她说过这样的话,她窘迫至极,心底却又感到一丝隐秘的甜意。

埃琳娜扯着嘴角笑了笑没接话,脸上满是惯于养尊处优的巴黎富家女性那种倨傲神色,她跟胖老头随口聊了两句,看展厅里越发挤得不成样子,便转身朝侧门出去。恰好伊丝黛尔也从办公室过来看热闹,这一胖一瘦、一高一矮两个女人就站在门边闲谈。

胖老头早已看出冯欣是个新来的实习生,便放肆利用着她的畏缩胆怯,要看这样看那样,还让冯欣给他开路,领着他细看每一个展柜里的每一件拍品。她带胖老头经过侧门旁边时,埃琳娜正跟伊丝黛尔聊得兴致勃勃,说话间不时挥着手,手腕上的卡地亚玫瑰金钉子手镯也上下滑动,一盏射灯正好照着她的上半身,镯子上密镶的钻石不断反射出极为刺眼的冷锐光芒。

"这些老头,都有种对东方女人的变态情结,只要是东方女人,不管丑成什么样子,在他们眼里都是性感神秘的。"这句话是埃琳娜故意灌到冯欣耳朵里来的,仿佛是当面啐了她一口。冯欣脸色煞白,不知道埃琳娜为什么要这样凌辱自己,而胖老头还在背后用浊重的嗓音催她朝前走。

终于熬完了这嘈杂忙乱的一天,冯欣在地铁和火车上挤站了一个多小时才回到公寓,一进门直接瘫在床上,觉得胳膊像要断了,翻个身都能感到肩膀的酸痛。躺了不知多久才挣扎着爬起来,从抽屉里翻出一盒止痛药,打开水龙头接了一杯水,仰头用力吞下药片,心底的委屈却沸沸扬扬直涌上来。她很想痛哭一场,却累得没有力气流泪,想到明天还有拍卖,赶紧啃了两片面包,匆忙洗漱睡去了。

第二天出门才发现平常坐的那趟远郊火车因罢工而停运了,冯欣在车站附近绕了好久才找到临时替代的公交车。第一趟公交车人多得根本挤不上去,又等了将近一刻钟,她勉强挤进车厢,双肩包的带子却被车门夹住了,还好身边一位漂亮的金发姑娘请司机重新开了一下门,冯欣才把包带拽了回来。司机是位胖胖的法国大叔,在早高峰的车流中不紧不慢地开着车,他转眼瞧见那位金发姑娘挤在人群中还一直低头翻看笔记,便问她是在备考还是在备课。姑娘的法语带着浓重的美国口音,说自己刚从华盛顿来没多久,正在巴黎学习法语,准备以后从事文学研究。

"法国人果然都是天生的搭讪高手啊!"冯欣轻轻笑了一下,心想,"我都快被挤成咸鱼了,这胖大叔还能跟美女搭讪!"没想到那司机用法式英语结结巴巴地告诉姑娘,他是位作家,就要出版第七本书了,是本童话集,他正尝试着把它翻译成英语。

"真的吗? 太有意思了! 我在学法语,您在学英语,这太有趣了!"姑娘听着胖司机的讲述,蓝眼睛中满是惊喜,又费力地从衣兜里掏出一本粉色心形的小便签,迅速写上自己的联系方式,放在司机身旁收硬币的小凹槽里,说道:"请您有空时,一定联系我,说不定我能给您的童书翻译帮上忙!"

眼前这一幕美好得简直像戏剧舞台上才有的场景,让冯欣暂时忘却了旁边胖大妈越来越紧贴的黏腻胳膊和腥膻汗味。她忽然觉得这拥塞的公交车厢,有点像父亲养了许多金鱼的玻璃缸,世上没有两条鱼是同样的,它们各自吞吐着自己的小泡泡,不时也会把其他鱼吐的小泡泡吞进自己肚子里,或许能借此呼吸一点到稍微不同的氧气?每一个人在乘坐地铁公交时,总能多多少少窥见旁人世界里的一线风景,这些具体而微的瞬间悄然渗入彼此生命的空白缝隙,让艰难的出行时光变得温软亲切。公交车到站了,冯欣挣扎着转过身,从两个胖大妈之间扒出一条窄道,拼命挤下车飞跑向地铁站。

走出拍卖行附近的地铁站,已是 9 点 10 分,冯欣一路狂奔进公司,看见几个同事正聚在前台闲聊,她忙不迭地道歉,又解释是地铁出了问题。克莱尔刚说了句"不要紧",西蒙看她满头大汗的样子忍不住笑道:"迟到几分钟也不至于跑成这样啊!你要不先去喝杯咖啡?"冯欣连忙摆手说不用,克莱尔把一个橙色的长方形盒子轻推到她面前,说是送给弗雷德的礼物。冯欣认出盒盖中央爱马仕的标志,伸出去的手马上缩了回来,克莱尔又递给她一张卡片,说道:"大家都给他写了祝福,你也写几句吧。"

西蒙一直坐在前台的滑轮靠背椅上,懒得起身,屁股灵活地一扭,连人带椅子溜到办公桌另一边,取了支圆珠笔递过来。冯欣欠身接过笔,问道:"他过生日吗?"

大家都笑了起来,冯欣意识到自己说了傻话,拿着笔涨红了脸,克莱尔笑道:"今天是他第一次举槌,这件礼物是我们从这场拍卖的几百件拍品中挑选出来,特意为他准备的。等到下午拍卖,这就是第一件拍品。我们到时会在现场起哄叫价,无论最后的落槌价多高,弗雷德都要出钱把它买下来,因为这是他职业生涯的一个重要纪念。从这件拍品开始,他就可以被人正式称为'Maître'了。"

"这是法国拍卖行业的一个小传统。"朱利安在旁边低声补充道,冯欣感激地看了看他,克莱尔打开那个盒子,里面是一条素雅的墨蓝色真丝领带,装饰着交错的 H 纹暗花,中间印着一个银白色的倒三角形星座符号。克莱尔的笑容里很有几分得意:"弗雷德是摩羯座,正好今天拍卖有这条摩羯座领带,真是太有运气了!"冯欣并不懂得摩羯座的法语单词,但她对星座的各种说法向来很感兴趣,一眼就认出了星座符号,仔细一想,觉得弗雷德果然很符合摩羯座斯文宽厚的特征,不禁会心一笑。

贺卡上已写满各式各样的祝福,绝大部分字迹都龙飞凤舞的,冯欣看不懂,也不知道该写什么,朱利安见她握着笔发愣,便对她说:"你可以写句中文,多特别啊! 他不认得也没关系,你过后跟他解释就行。"这话点醒了冯欣,她笑着向朱利安道谢,低头想了想,在卡片角落的空白处写下"前程似锦"四个字。

"哇,很 chic 啊!"西蒙一脸夸张的惊讶表情,拿过卡片问道,"这是什么意思?"

冯欣记得当年刚学法语的时候,老师说 chic 这个发音清脆可爱的词,在法语里是很高的赞美,通常用来形容女性的优雅风韵,或者精巧别致的美物,没想到自己随便写几个中文字,在法国人眼里就堪称 chic 了。她暗自好笑,奈何法语说得不利索,磕磕绊绊解释了一通,大家反而对这四个"神秘"的汉字更加好奇了,西蒙还想问点什么,就听见科斯曼的粗嗓子在嚷嚷:"不要瞎聊了,干活干活!"他从展厅里出来招呼着,克莱尔便把领带和卡片收好,拿回自己办公室,朱利安和冯欣跟着科斯曼过去,西蒙虽然满心不情愿,也只好站起身来,活动活动腰肢,磨蹭着一起去撤展。

弗雷德一大早就被戴维德叫出去办事了,快一点半才火急火燎地冲进公司，手里还握着个啃了半截的法棍三明治。众人吃过午饭正在展厅里喝咖啡休息，一见到他，大家都齐声笑道："Maître 来了啊！"他跑得一时透不过气，随手拉过一张椅子坐下，西蒙支使朱利安去倒了杯水过来，弗雷德喝了水，缓了两口气，咬着剩下的三明治，环视展厅问道："都准备好了吗？"

"一切都准备好了。"西蒙心不在焉地回答，他端着咖啡，窝在玫瑰花树下那张舒适的扶手椅里，不时伸手轻抚一下垂到眼前的香槟色花朵。他看着弗雷德，嘴角渐渐露出一抹令人捉摸不透的笑容，说道："戴维德明知今天是你的第一场拍卖，早上还喊你去办事，把你折腾得够呛啊！"

弗雷德忙着咽三明治，差点噎着，狠狠喝了一大口水，喉结也颤动了一下，说道："那个客人住在巴黎郊外，我开车回来的路上还遇到施工改道，堵得我都要疯了！"

西蒙撇着嘴笑出了声，他永远是那种女孩子般细脆的笑声，本想再说点什么，又瞟见矮矮壮壮、一身黑衣的萨哈从侧门进来了，他便闭上了嘴，往后仰了仰，假装靠在椅背上闭目养神。

"弗雷德，今天下午有电话委托给我做吗？"萨哈径直走到他面前问道，弗雷德费力吞下一口三明治，抬头说："我刚回来，还没来得及看电话委托清单。"他转眼看见克莱尔正在拍卖台上整理文件，便说："你去问问克莱尔吧。"

冯欣望见萨哈仰头跟高高坐在拍卖台上的克莱尔讲话，克莱尔翻了翻文件，像是对她说不需要帮忙，萨哈便转身走开了，眉目间似有些许不忿神色。在这四天半的实习中，冯欣已察觉到萨哈母女和其他人之间仿佛横亘着一道透明的高墙，虽然看不见也摸不着，却能真切感知到它的存在，她暂时还不明白这是为什么，又想起昨天预展时人山人海的盛况，估计接下来的拍卖也不会轻松，便趁着这十几分钟的时间，躲在角落里休息。

大家忙了一早上撤展，现在拍卖厅里除了几件贵重的高级成衣还穿在模特身上，其他所有拍品都已按编号顺序码放在墙边的两架展柜中。冯欣想想这场拍卖从布展、预展到今天的正式拍卖，自己都全程参与其中，好似前天埋在地里的一粒种子就要开出花朵——这是弗雷德的第一场拍卖，何尝不是她的第一场拍卖呢？她越想越觉得与有荣焉，看到克莱尔在朝她招手，连忙快步过去，克莱尔扶着拍卖台边缘，俯身说："欣，等会儿的拍卖，由你来展示拍品。"

"我？什么？"冯欣吓了一跳，"展示？怎么展示？"

"我们拍到一件物品的时候，你拿着它，在前排绕一圈就行。"克莱尔抬手比画着，又微笑着说，"这是尚品拍卖，由你这样一个女孩子来展示比较好，给客人发号牌的事，让朱利安去做吧！"她温柔的笑容平息了冯欣满心的惊慌担忧，她仰望着克莱尔，认真点了点头。

2点差10分，拍卖厅大门打开了，等待已久的人们推推撞撞挤了进来，许多老太太看着腿脚不便，抢座位时倒是相当敏捷，西蒙唯恐别人占了他为昨天那位女士预订的座位，干脆就坐在第三排那张椅子上，直到他锐利的眼光在人群中发现那女士的身影，才堆着满脸的笑容起身将她迎接过来。

科斯曼把前10号拍品摆放在拍卖台旁边的桌上，都是些小件的项链、胸针、耳环之类。冯欣和朱利安站在墙角，看着亢奋的人们不停涌入，老年人脚步擦地的声音，高跟鞋的声音，还有此起彼伏的问候与争执……混着展厅里衣物的气息、陈年的脂粉香水味和若有似无的玫瑰花香。"好闷啊！"朱利安低头挽着袖子说道，"好像要有雷雨呢！"冯欣点头应了一声，她正饶有兴致地看着面前的两个白发老太太，她们为争抢一个座位快要吵起来了。

伊丝黛尔抱着手提电脑慢慢吞吞走过来，艰难地爬上拍卖台坐好，这些年来，给每场拍卖做账好像已耗费了她太多的精力，以至于她那张胖得发肿的脸上几乎从来没有任何表情。弗雷德握着象牙拍卖槌快步走进拍卖厅,短短几分钟,他已经收拾得大方帅气,领带、胸袋巾、袖扣全部搭配妥当,头发也精心梳理过,完全不是刚才气喘吁吁大口啃三明治的狼狈模样了。他一步跨上拍卖台,跟克莱尔和伊丝黛尔打了招呼,双手抱在胸前,俯视着大厅里人头攒动的景象,静待几分钟后,他举槌轻敲两下台面,让人群安静下来。

费雷德微微提高了声音问候致意,听得出他有点紧张,但很快就恢复了惯常的沉着。冯欣听见他宣布拍卖开始,正想拿起第一号拍品去展示,朱利安一把拉住她,又用目光示意她抬头看拍卖台,原来在拍卖第一件物品之前,要先拍那件大家给弗雷德准备的开槌礼。冯欣望见克莱尔微笑着举起那只橙色领带盒,打开来向厅内众人展示,弗雷德侧过脸看见这件拍品,颇有些吃惊,显然没料到是如此精美的一份礼物。不过他脸上的惊讶很快消散了,像技巧娴熟的音乐家即兴演奏一样,立即对这件拍品进行描述:"今天我们首先拍卖的是,爱马仕真丝蓝色领带一条,饰有星座图案,嗯,这个星座是……"

克莱尔看出他对星座一无所知,含笑低声提醒:"摩羯座。"

"摩羯座。"弗雷德下意识地重复了一遍,旋即反应过来这是自己的星座,用感动的目光扫视了一圈同事们以示感谢,随后宣布,"这条漂亮的爱马仕摩羯座真丝领带,我们从 100 欧元起拍!"

"120 欧元!"他话音刚落,一个带着笑意的尖细女人嗓音已高声应价。冯欣探头一看,原来埃琳娜和戴维德不知何时也进了拍卖厅,因为人群太挤,他俩只好站在门口,埃琳娜应了价,笑着朝拍卖台挥了挥手。

"现在是 120 欧元,有没有人出价更高?"弗雷德微笑着用拍卖槌虚指了一下埃琳娜。除了公司员工,大厅里的其他人并不知就里,便陆续有人出价,后来连站在展柜旁的科斯曼也用破锣嗓子吼了一声:"180 欧元!"

冯欣瞪大了眼睛看着周围的一切,这条领带如同盛大节日里的第一响礼花,让本就热闹的拍卖厅更加喧腾。她听见朱利安在耳边说:"欣,你也可以出价。"

"啊!我?真的吗?"冯欣震惊地回头问道,她估计是大厅太吵,自己肯定听错了。

"真的真的!"朱利安笑着确认,冯欣听到有个女人刚出价"200欧元",又感到后背被朱利安轻推了一下,"220!"这个数字从她嘴里迸出来,右手也不由自主地伸向空中摇晃着。这一声喊价连冯欣自己都觉得无比陌生,仿佛是有生以来第一次听到自己的声音,她在兴奋而慌张的眩晕中望见弗雷德的白色拍卖槌远远朝她点了一下,又转向众人说:"这位小姐出价220欧元,有人愿意——"

"240欧元。"埃琳娜尖厉的声音从大厅另一头传来,朱利安悄悄对冯欣说:"你刚才的出价,就是跟她顶了。"她含糊应着声,根本没听懂他话里的意思,只感到自己的心脏在剧烈跳动,耳边一记闷响让她霎时清醒,领带以240欧元落槌。拍卖行所有员工都鼓起了掌,祝贺弗雷德的第一件拍品成交。

戴维德侧身分开众人,带着埃琳娜来到拍卖台前,微笑着跟弗雷德握了握手,又鼓励了他几句,便和埃琳娜一起从侧门离开。埃琳娜临去前阴阳怪气地瞪了冯欣一眼,吓得她赶紧垂下脑袋盯着鞋尖,恍然明白了刚才朱利安说的,自己出价"顶"了埃琳娜的意思:200欧元是埃琳娜叫的价,自己随后喊了220欧元,岂不正是跟她作对吗?冯欣后悔得心都揪紧了,又听见弗雷德轻敲拍卖台,示意大家安静,她猛地回过神来,就要拍第一件正式拍品了。

那是一对香奈儿珍珠流苏耳夹,冯欣将它们小心拎起来,克莱尔正好转眼看见,立即探身对她低声说道:"欣,不要这样拿!放托盘里!"冯欣没听清也没听懂,就傻傻愣着,还好朱利安马上递给她一只黑色天鹅绒托盘,她这才反应过来,赶紧把耳夹放在托盘中,捧着托盘在拍卖厅前排缓步走着,偶尔弯腰展示给客人们看。

坐在前排的客人多是上了年纪的女士，冯欣看见那一只只布满皱纹、戴着旧式戒指的手伸过来，不停抚摸着托盘里这对镶满珍珠的镀金耳饰，忍不住皱起了眉头。"都这把年纪了，怎么还在买啊买啊？真的好疯狂！"她正想着，又见一只鸡爪般枯槁的手伸在托盘里，轻抚着耳饰一直不肯松开。冯欣只好停住了脚步，目光顺着这只手看上去，老太太的脸皱皱巴巴，鲜亮的口红涂到了嘴唇外面，混着没有抹匀的粉底，把人中两旁的细密皱纹染成了一道道浅红的纵向沟壑，再加上鲑鱼色的腮红和葡萄紫色的眼影，越发衬得她两眼浑浊不堪。冯欣猜不出老太太的年纪，85？90？又有什么区别呢？

周围竞价的叫喊如短笛的高音不绝于耳，这老太太也频频举手应价，每次竞拍成功，她都要求朱利安把拍品拿过来，再从包里掏出些旧手帕仔细裹好，小心放在怀里。拍卖刚过半，冯欣见她已拍到了不少领带丝巾、戒指项链之类的小玩意儿，花花绿绿地堆放在肚子上，活像一只攒了许多坚果过冬的松鼠。

过了一阵子，老太太像是对今天的收获很满意了，便将怀里的拍品一件件放进包里，拄着拐杖慢慢站起来。她坐的时间有点久，这一起身让她晃了几晃，冯欣正举着一件厚重的黑色裘衣巡行展示到近旁，见她站立不稳，急忙伸手扶了一把，握住了老太太的手腕。"怎么这么瘦！"冯欣一惊，老太太都要倚靠在她身上了，她只好一手举着裘衣，一手扶着老太太，放慢脚步走去拍卖台结账。女人们如醉如狂的竞价在雷雨来临前的低沉热气里回响，让拍卖厅更加燠热窒闷，冯欣却只感到后背一阵寒凉，仿佛自己握着的并非老太太的手腕，而是一截正在朽烂的枯骨。

她将老太太扶到伊丝黛尔旁边付账，科斯曼递过来另一件裘衣让她展示，远处突然传来一阵隆隆雷声，所有人都惊得沉默了几秒，弗雷德立刻说了句应景的玩笑话，引得众人都笑起来，拍卖于是继续进行。弗雷德平和的声音里隐约透出一种按部就班的枯燥，也没有太多的肢体语言，并不像艾里克拍卖那样富有节奏感。冯欣一想到艾里克，就止不住地心潮暗涌，一周前他俩目光交汇的刹那，始终无比清晰地铭刻在她心底，每一次回想都让那一瞬间的记忆更加鲜明而甜蜜。

冯欣机械地展示着一件又一件的拍品，本来就酸痛的胳膊简直要断了，终于拍到了高级成衣，因为这些衣裙都穿在人体模特身上，她得到一丝喘息之机，便退到矮窗前，靠着一张旧桌子休息。窗外天色阴晦得像薄暮时分，闪电的白光不时劈过铅色云层，拍卖厅里却并没有人注意，每一件高级成衣的竞逐都激烈漫长，克莱尔和西蒙有时不得不同时接听两个竞拍电话。弗雷德用手里的乳白色象牙小槌，将来自现场客人的出价、身旁克莱尔和不远处西蒙的电话竞价，像彩球一样轻巧地接过来，再把更大的数字抛向空中，等待下一个勇敢的竞价者接住。

绝大多数人都只是好奇的看客，并不参与出价，但这些如喷泉般快速跳升的数字令他们极度兴奋，每一个成交的数目都能引起人群一阵低声惊呼，整个拍卖厅里弥散着一种酣醉癫狂的气息。冯欣已累到麻木了，顾不得桌上落满了灰尘，爬上桌角坐着发呆，听任那些跟自己毫无关系的大额数字在闷热的空气里飞来飞去。忽听弗雷德提高了声音问道："您确定吗？"人群嗡嗡的杂音也戛然而止，好似大厅里近百人全都屏住了呼吸。冯欣不知道自己错过了什么，赶紧跳下桌子往前走了几步，就听弗雷德以一种隆重得近似庄严的语调，高高举起拍卖槌，悬停在鸦雀无声的人群上方，说道："11000 欧元，第一次！"

坐在第三排的一位女士忽然抬起右手食指，在胸前晃了两下，她的动作是那么轻微迅速，如果冯欣不是正好走到拍卖台前，根本不可能发现。居高临下的弗雷德如鹰隼扑向猎物般捕捉到了她的出价，高声宣布："12000 欧元！这件来自圣罗兰高级定制的蓟花外套，目前现场有人出价 12000 欧元!"

这突如其来的出价引起了拍卖厅里一片小小骚动,大家都在四处张望,试图弄明白究竟是谁神不知鬼不觉地出了这口价。之前 11000 欧元的价格来自克莱尔的电话委托,她原以为会在这个价格落槌,正眉开眼笑地跟电话那头的客人说话,没想到又杀出来一个竞价者,而她甚至没看到是谁。她放下电话,抬头用疑惑的眼神望着弗雷德,他弯腰跟她耳语数句,克莱尔侧目扫了一眼大厅,心领神会地笑了笑,又拿起电话,询问客人是否还要加价,对方犹豫片刻,最终还是放弃了。弗雷德循例重复三遍 12000 欧元的价格,旋即有力地一敲拍卖台,宣布蓟花外套成交。

窗外炸响了一声霹雳,暴雨倾盆而下,大颗的雨点砸得窗玻璃噼啪作响,众人震悚缄口数秒,又很快被下一件拍品吸引了。冯欣在心里用汇率算了一下,"加上佣金和税,相当于十一二万元人民币啊!我爸妈一年的退休工资加起来怕也没有这么多吧!怎么有人会花这么多钱买一件外套!而且还是 1986 年做的外套啊!"

她忍不住盯着这位直到最后一刻才悄悄出价的女士看了又看,她唇边挂着掩饰不住的笑容,仿佛对自己这种高明的竞拍方式十分得意。这女士至少也有 50 多岁了,齐耳的金发精心梳理出圆润优美的弧度,脖子细且长,从侧面看去,像极了一只垂垂老矣的天鹅。她穿着暗洋红色粗花呢上衣,衣领上别着一枚满镶钻石和红宝石的极乐鸟形胸针,还搭配了成套的钻石耳环。如果不是她刚买走了全场最贵的一件拍品,冯欣一定会以为她全身上下的珠宝都是水晶和仿钻,那么大那么闪,实在不像是真的。她正看得入神,这女士朝西蒙那边飞过去一抹媚人的眼色,似有无尽的情思在流转,冯欣想起来了,她就是昨天预展时,和西蒙一起试戴手套的那位女士。

拍卖渐近尾声,剩下都是大件的皮箱和行李箱,由科斯曼直接搬出来展示,冯欣又坐回窗前桌角上,客人们基本都有了各自的号牌,之前发放号牌的朱利安也落了清闲,便走过来休息。冯欣小声问他:"买蓟花外套的那位女士,我记得昨天预展的时候,她好像都没有仔细看那件外套,怎么今天居然会出这么高的价格呢?"

"她早就看过了。"朱利安笑道。"我听说,两个多月前公司刚刚收到这件外套时,克莱尔就专门请她来看过了。她是 VIP 客人,就像,"他停下来考虑了一会儿如何解释才更清楚,接着说,"就像巴塞尔、纽约,还有每年 10 月巴黎的艺博会,正式开幕之前,都会有专门的一天先请 VIP 客人进场挑选,要等他们选定、买完之后,才会向大众开放。"冯欣不知道艺博会是什么,但她大概听懂了他的意思,一时间觉得更疲倦了,便点着头,将目光空泛地投在大厅里。

一位 60 来岁的子金发女士站在拍卖台旁,把刚买到的一只粉色戴妃包细心装进防尘袋里,包上锃亮的金属字母 D 吊坠卡在了袋口,她便低头小心整理着。冯欣也是前天布展时才知道,这些奢侈品手包都配有专门收纳的布袋,叫作 dust bag(防尘袋)。"Dust 是灰尘,bag 是包,有些人是来买包的,像我这种人就是灰尘,是要被擦掉的。"冯欣望着那女士收拾好包袋离去,突然想起今早在公交车上遇到的美国姑娘和司机大叔,她想叹气,又感到一股深沉的惆怅哽住了喉咙。一阵掌声响了起来,是弗雷德宣布拍卖结束,同事们都在为他鼓掌庆祝。

科斯曼招呼朱利安过去帮忙打包物品,弗雷德坐在拍卖台上跟几个相熟的客人谈笑,待人群渐渐散去,他才拿出自己的开槌礼,仔细读着卡片上的留言祝福,转头看见冯欣坐在窗前桌角上休息,便招手喊她过来。弗雷德笑着跟她道谢,又问卡片上的"前程似锦"是什么意思,冯欣用有限的法语解释了一番,弗雷德始终含笑听着,她搜肠刮肚也找不出别的话了,就随着先前听到的祝福语,鹦鹉学舌般地重复道:"拍卖真的很成功!"又觉得这话似乎不够真诚,便加了一句:"那件外套,好贵!好价钱!"她怕自己没讲清楚,忙回身指了指还陈列在大厅里的那件蓟花外套。弗雷德笑了笑说道："这件其实还好，我们去年拍过一件圣罗兰的外套，比这件漂亮得多，15万欧元。"他看周围没人注意，又俯身悄声补充道："同一个买家。"

冯欣半张着嘴说不出话来，她这辈子从没听过这么大的金额，完全不知道要怎么回应。戴维德在门口喊了弗雷德一声，他便跳下拍卖台快步走过去了。冯欣想了好久才算清楚，15万欧元的落槌价，再加上佣金和税款，意味着买家需要支付100多万元人民币——100多万元人民币，买一件衣服！那女人是疯了吗？把100多万元的衣服穿在身上是什么感觉啊！她又退回到角落里，趴桌上坐着发呆，拍卖厅里凌乱得像刚有一场海啸经过，到处都是散乱的纸张、包装袋和杂物，三五个老太太还坐在椅子上聊得神色飞扬，像刚做了一场沉酣美梦，久久不愿醒来。

科斯曼领着朱利安给客人买的物品打包，两人不停地撕开泡沫纸和大卷的胶带，哧哧的撕裂声混着人们无休止的说笑，让本来就很疲惫的冯欣莫名地焦躁。教堂的整点钟声远远传来，大厅里的杂音也随之抖落，亲眼看过亲手摸过这么多奢侈品，却要过一种庸常而拮据的生活，这才是最难熬的人生吧！冯欣觉得自己就是银行地库里的一个搬运工，每天搬着成吨的金砖，却绝不会有一块属于自己。

她转过脸去，窗外的雷雨已经停了，一道阳光穿破乌沉的云翳，正照在满地洁白的泡沫纸上，似一支金箭斜插在雪地中。如果一个人曾有机会被无数昂贵的物品实实在在地环绕包围过，心就很难再平静下来了，可惜鲜有人能够明白，这一切浮华绮丽的幻想，很多时候，只是一张永远吃不到的画饼，一粒永远解不了渴的青梅。

4

　　"现在很多专家来拍卖行做鉴定都不用纸笔了,直接拿手机录音。昨天我在仓库门口听到有个女人在里面自言自语:'19 世纪末女子肖像一幅。'刚刚又看见一位老专家在一堆长枪短枪中间走来走去,对着手机嚷嚷:'1680 年意大利燧发手枪一柄。'好穿越啊!"

　　计量经济学课堂上,冯欣一如既往地坐在阶梯教室最后一排的角落,埋着头把这段话发到朋友圈里,并且屏蔽了同班同学们的微信,不让他们看到。她从来没听懂过这门深奥的课程,现在就更不想去弄懂了,"拍卖行那么多钱出来进去,我随便捡点边边角角都够了"。"难道在拍卖行守仓库还要学高数吗?"她望着讲台上口若悬河的老师,忍不住叹了口气,又从裤兜里掏出手机,看见刚发的那条朋友圈收到了许多点赞,很是喜出望外。一位国内的高中女同学,现在做了公务员,用一连串的感叹号评论道:"哇!你在巴黎的拍卖行工作!那么高大上的地方啊!太厉害了!"

　　冯欣发朋友圈永远是谨小慎微的,既担心别人误会了自己的意思,又生怕没人注意到自己,经常是思来想去斟酌许久,最后索性什么都不发了。现在这条半真半假的朋友圈竟然被这么多人点赞评论,她一时间开心得都不知该如何是好了。

　　叶芝的一条评论突然出现在屏幕上:"秒懂!秒懂!"还附了几个龇牙咧嘴的笑脸表情。冯欣皱了皱眉,心底生出一种异样的反感。她天性拙于表达,偶尔在社交媒体上发点什么,也不过是两三张带着定位的游客照,最多再配几句网络流行语,而刚才发的这条朋友圈,她可真是精心准备了许久。先前在拍卖行遇见古董武器专家录音做鉴定时，她哪里听得懂那些专业术语，是一直等到武器拍卖的图录印好之后，她对照着图录上的拍品描述，在手机词典和网络上查了又查，才写出"燧发手枪"这样唬人的词语，并巧妙地把它编进了这条朋友圈。叶芝是何等聪明的人，我法语说得那么烂，她肯定一眼就看穿了这些话里的假象，那她发这几个笑脸表情是什么意思？是觉得有趣，还是在嘲讽？早知道这条微信就该屏蔽她啊！

冯欣越想越后悔，抬头盯着黑板上那些鬼画符般的公式发了一会儿呆，又默念了两遍刚才发的这段文字，怅然觉得那并不是自己的嗓子在说话，就像有人更换了她的舌头，控制了她的声带——那分明是叶芝的说话方式啊！冯欣忽地打了个寒噤，这个她在巴黎只见过两次的姑娘，像某种可怕的病毒正无声无息地畸化着她的身体和思维，然而最悲哀的是，她从一开始就确知自己永远不可能成为叶芝那样的人。

就像近日阴雨连绵，冯欣和同学们总是抱怨雨水影响了地铁和远郊火车运行，叶芝前几天在朋友圈抱怨的却是法网没有顶棚，下雨导致比赛暂停甚至延期："现在每次去 Roland-Garros 看球，我都恨不能给法国龙王爷烧几炷香，拜托别再下雨啦！"冯欣要去查了维基百科的中文页面才知道，Roland-Garros 是法国网球公开赛的场地，她之前还以为网球比赛是像羽毛球一样在室内举行的。可是知道又有什么用呢？难道我有钱去看法网吗？就算有钱，我都不知道在哪里买票啊！退一万步讲，就算有人请我看、带我进场，我也看不懂啊！输赢规则是什么？一场比赛要打多久？是两个人打还是四个人打？老师宣布课间休息，冯欣心烦意乱得再也坐不下去，便收拾书包溜出了教学楼。雨小了很多，可以不用撑伞了，她想起要给一位客人代购奶粉，就到校门口公交站坐车去超市。

等她抱着几大罐奶粉出来，经过超市附近的报刊亭时，惊骇地停住了脚步,一只脚踏在积水里也完全没注意。报刊亭展示架上摆着一排艺术类报纸,好几份报纸头版都印着威廉的照片,这些照片肯定是他从前为媒体拍的艺术照,穿着考究的三件套西装,站在雕花镀金的古董家具前,无论场景服装和拍照姿势如何变化,他脸上始终挂着志得意满的笑容。报纸的标题都有点长,冯欣不是很明白,但她认得"警察""赝品""拘留"这几个单词,只觉得脚下的积水正在渗进鞋子里,两腿都有点发软了。

报刊亭老板见她站着发愣,伸头问道:"小姐,有什么可以帮您的?"冯欣回过神来,连忙答道:"我,我要买,这个……"她努力腾出一只手,蹲下身想拿起一份报纸,老板看她背着双肩包,挎了个鼓鼓囊囊的帆布购物袋,还抱着几罐奶粉,活像一匹驮着沉重货物的骡子,便起身走过来说:"小姐,让我来帮您。"冯欣连声道谢,往后退了两步,一阵风刮过,报刊亭的雨棚晃了晃,落下大滴的水珠,有几滴正砸在她的后颈上,顺着脊背一直淌下去,冰凉得让她一阵颤栗。

回到公寓,冯欣花了一个多小时才读完那篇报道,她用手机词典把不认识的单词全查出来,又拿铅笔将它们的中文释义写在空白处,可是当这些单词组成一个长句,她依然不太清楚句子的意思。好在文章的关键信息她都看懂了:包括威廉在内的几位法国知名古董商,因为参与制造、销售赝品古董家具,昨日被巴黎警方逮捕质询。

她折好报纸,盯着面前糟朽破旧的百叶窗,威廉和埃琳娜站在蓟花外套的暗影里暧昧低语时,那种浓情蜜意的样子还历历在目,怎么才过了十多天,威廉就被抓了呢?她翻来覆去想了很久,直到过了午夜,躺在床上还是睡不着,总觉得这事不像是真的,便起来又刷了一下手机。

叶芝刚在朋友圈里发了一张《费加罗报》关于威廉被捕的网络报道截图,配的文字是:"身后有余忘缩手,眼前无路想回头。"冯欣咂摸着这两句诗,越发难以入眠,几乎是双目炯炯地等着天亮,期盼明天在拍卖行里能打听到更详细更刺激的内情。窗外雨声淅沥潮湿，像是已落了 100 年的雨，还要继续落下去，无数模糊变幻的画面从她眼前闪过，又倏忽消失在无尽的浓黑夜色中。

因为失眠，冯欣早早就起了床，还好她出门得早，平常乘坐的那趟远郊火车因雨水导致的内涝而停运，加上国家工会闹了一两个月的罢工，好几条地铁线都无法正常运行，她辗转一个多小时才到了拍卖行。公司大多数人都迟到了，西蒙是直到 10 点半过后才优哉游哉地进来。

弗雷德最近都在准备月底的银器拍卖，这会儿和科斯曼一起从仓库拖出几大箱古董银器，展厅里已支起了近两米高的浅灰色背景纸，玛丽昂和冯欣都在帮着安装灯箱支架、固定拍摄台。弗雷德拿着物品清单跟玛丽昂交代了注意事项，又同摄影师商讨了一些细节，转眼看见冯欣正站在背景纸后面打开一块反光板，便招手让她过来，告诉她银器要擦干净才能拍照。他说着便弯腰从纸箱里取出了一只船型尖头大银杯，那杯子虽已氧化发黑，但造型相当纤丽，底座的镂空花蔓衬着杯体雕刻的家族纹章，依稀透出昔日的显贵奢华。杯子的手柄尤其精美，是一只曲颈的天鹅，连脖子上的绒毛都细细錾刻了出来，冯欣不禁低声惊叹："好漂亮！这是做什么用的啊？"她这种少见多怪的样子引得弗雷德笑了起来，耐心解释道："这是 19 世纪初的 Saucière。"他见冯欣没听明白，便放慢了语速说："装调味汁的容器——这个不重要，你看它这么黑，要先擦亮了才能拍照。"说完便去取了抹布和擦银剂交给她。

弗雷德看拍摄的各种事务已经就绪，摄影师也正在试拍测光，刚要离开，又想起什么，笑着对冯欣说："拍照时只会拍到银器的一面，你只擦一面就行，不用把整件物品都擦干净。"大家都被他逗乐了，冯欣原本看着这几大箱银器心里挺慌，也不知道哪个猴年马月才能擦完，听他这样讲，又觉得轻松了一些。玛丽昂拖过来两个收纳摄影器材的木箱，两人就坐在箱子上开始工作。玛丽昂帮摄影师布置拍品、登记编号，偶尔扶一下反光板，有空的时候也来帮冯欣擦银器。

那摄影师是个在法国生活了十多年的英国人，三十五六岁的样子，身量魁梧，一头浓密的栗色卷发，法语虽然带着明显的英国口音，却说得相当流利。他在巴黎生活太久，早已摒弃了英国人保守寡言的传统，变得和地道的法国人一样健谈。玛丽昂跟他一刻不停地聊着，聊法国最近的洪灾，聊塞纳河畔的卢浮宫和奥赛博物馆每天都必须提前闭馆，以便转移地下仓库内的艺术品，聊这些天有不少人在塞纳河里钓到一米多长的大鲶鱼，总之是一些可以谈论终日而不会感到疲倦的琐事。

冯欣吭哧吭哧擦着各种杯盘叉勺瓶罐、茶壶咖啡壶巧克力壶……有些银器氧化得太严重，黑得像煤炭似的，怎么擦都擦不亮，让她想起在华人餐厅后厨打工那段短暂的艰辛时光，于是暗暗鼓励自己："擦银器虽然辛苦，好歹摸的都是古董，总比在后厨洗地板好啊！"她想着便耸起肩膀更用力地擦拭一柄透雕花果纹的大银勺，同时凝神细听玛丽昂和摄影师的闲谈，试图弄懂他们说的每一句话，然而他俩从洪灾一直聊到欧洲杯，始终没有跟威廉相关的只言片语。

闪光灯不停地明灭跳动，再加上银器白亮的反光，晃得冯欣眼睛生疼，她想揉一下眼睛，才发现两手因为擦银器已经弄得黢黑，只好侧着头在衣袖上蹭了蹭眼窝。"今天都星期四了，威廉是星期二被抓的，说不定他们早就八卦过了。"她很是沮丧，好几次都想主动去询问玛丽昂，可是看他俩正聊得兴起，你一言我一语好似用词句织成了一张密不透风的网，委实插不进去话，正在心里纠结着，突然感到一只手轻轻搭在自己肩上。

她转过脸，像噩梦惊醒一般猛地站了起来，是叶芝立在她身后。叶芝是和克莱尔一同进来的，她笑吟吟向冯欣伸出了手，冯欣赶忙放下正在擦拭的银质胡椒瓶，两人右手相握，冯欣才发现自己乌黑的手握着叶芝白净纤细的手,她中指上戴着一枚闪耀夺目的方形黄色宝石戒指,圆润的浅玫瑰色指甲宛若从她指尖生长出来的春日花蕾。冯欣像触电一样飞快松开了自己的脏手,用中文低声问道:"你怎么会在这里呀?"

"你们有一件林风眠的重要作品上拍,我有个客人很感兴趣,我来帮他查看品相。"叶芝微笑着看了一下克莱尔,换了法语说,"克莱尔告诉我,你在这里实习快一个月了,一切都好吗?"

"好好好,都很好!谢谢你谢谢你!"冯欣用混着法语的中文连声答应,悄悄把双手背到身后,在牛仔裤上用力蹭着,想要把手擦干净一点。克莱尔对她说:"叶小姐还要看几件中国织绣,欣,你跟我来仓库,把东西拿过来。"又请叶芝去接待室稍等。

冯欣抱着个装满了古董衣物的大纸箱,跟克莱尔到了接待室,克莱尔和叶芝说了几句套话后离去,留下冯欣陪她看织绣。叶芝从箱中取出一件满绣蝴蝶的藏蓝色女氅衣,放在桌上轻轻展平,用内行人的缜密眼光查看着,由衷赞叹道:"这芝麻纱的品相太好了,真漂亮啊!"

"芝麻纱?是吃的那个芝麻吗?"冯欣好奇地问道。

"是,就是吃的那个芝麻,这是一种布料的名字。"叶芝指着纱衣的细节解释道,"我原来也不懂为什么叫芝麻纱,直到前年夏天回国休假,在四川的一个小镇上,偶然看到有农民在路边晒芝麻,我第一次看到芝麻荚果的时候,哎呀,一下子就明白了!这种纱的纹理和剖开的芝麻荚果几乎一模一样!很多年的疑惑突然解开了,我当时真是高兴了好久!"她说着都有些手舞足蹈了,又轻抚着挽袖上细巧繁丽的折枝花卉打籽绣,喜不自胜地说:"按以前清宫的惯例,五月就要换穿芝麻纱的衣服,今天是端午节,正是穿这件衣服的时候啊!"她拿起纱衣在自己身上比画着,半透明的藏蓝色芝麻纱衬得她的面孔更加白皙,氅衣上精绣的无数只彩蝶仿佛幻化为真,就要绕着她翩然飞舞。

冯欣有些怔住了，叶芝漂亮得好似迪士尼动画片里那些试穿华服的公主，而自己就是蹲在地上，帮公主们整理裙边的女佣。她不知该怎样去赞美叶芝，只好嗫嚅着说："真的，真的漂亮！"叶芝没在意她的反应，自顾自地将纱衣放到一边，又从纸箱里拿出一块折起的衣料，提着边缘轻轻抖开，那衣料上精密织成的大朵缠枝牡丹如流水般涌泻绽放，千丝万缕的金银线经过上百年的自然氧化后，泛出沉着幽丽的暗光。叶芝发出一声惊喜的低呼，小心捧着衣料放回桌上。

这衣料非同寻常的华美让冯欣记起曾在一本拍卖图录上见过一个词：kesi，这单词怪异得完全不像法语，她就在网上查了一番，此刻那个高深莫测的术语闪掠过脑海，她犹疑着问道："这块布是不是那种，嗯，缂丝？"

"不是缂丝，这是妆花缎。"叶芝仔细欣赏着衣料上的花纹，头也不抬地答道。

"装花？布还能拿来装花？"冯欣越发费解了，但看着叶芝专注的样子，也不敢开口问，就悄悄地打量她，她穿着件紫堇色针织无袖连衣裙，因为近日阴冷，外面套了件剪裁优雅的黑色薄西装。"毛线裙子也这么好看呀！"冯欣的目光都快钉在裙子上了，她对针织服装的了解还仅限于小时候妈妈织的毛背心。叶芝这件连衣裙是以深浅各异的紫色和粉色纱线编织而成，混着若隐若现的金银丝线和轻盈颤动的真丝花片，腰间领口用暗玫紫色丝线织成宽边，在娇美灵动之中又透出几分娴雅。

也许是接待室的天花板过于低矮，冯欣觉得胸口直发闷，总算等到叶芝看完了织绣，开始逐一折叠整理，那个在冯欣心里萦绕了许久的问题慢慢溜到了嘴边，她鼓起勇气小声问道："嗯，我看到你昨天发的那条朋友圈，是什么意思啊？"

叶芝把最后一件织绣放回纸箱，抬起清亮的眼睛看着她，似乎并没有明白她的意思,冯欣赶紧补充道:"就是,就是威廉——"

"哦,威廉被抓了嘛,这个造假大案,大家都议论好久了,迟早的事情。我跟他私交还不错,不过,他这些年也捞得太狠了一点。"叶芝心不在焉地回答,拿出手机预订着出租车。

她这种若无其事的态度让冯欣更诧异了,冲口问道:"造假会被抓起来?"

叶芝被这傻话逗得朗声笑了起来,轻拍了一下冯欣的肩膀,笑道:"你太可爱啦!诈骗罪啊,怎么不会被抓呢?"

"可是……"冯欣一肚子的问题就这样被她嘻嘻哈哈地堵住了,一时间不知该怎样说下去。叶芝起身说道:"这些织绣脏得很,我去洗个手,你在这里等我。"

等到她回来,冯欣终于把想问的话在心里组织好了,问道:"威廉都那么有钱了,还在大学里当教授,他为什么要造假呢?"

"是啊,他名利双收应有尽有了,为什么还要造假呢?"叶芝斜倚着桌子,脸色变得有些严肃,"古往今来,造假只有两个目的,首先当然是牟利,牟取暴利。当暴利已经得到之后,所求的无非是,欺世。"

她见冯欣还是一脸懵懂的样子,便补充道:"你想想看,如果你造出来的假货,骗过了全世界顶级的专家、收藏家、博物馆——这是什么感觉?你能想象这种极致快感吗?更何况,造假从来不是一朝一夕的事,冰冻三尺非一日之寒,惯性啊,怎么可能停得下来!你不知道'惯性'是多么可怕的东西……"

叶芝突然闭口不语,沉默了几秒,才继续说下去:"你可能无法相信,当造假达到一定的质量和数量之后,造假者反而会处于一个特别安全的位置,很多被他坑骗的人,不但不会揭发他,反倒会竭尽全力地去掩盖、去维护这个骗局。威廉被抓,从某种意义上来讲,只是因为他还没达到这个量级而已。经济学上有个术语:too big to fail,大到不能倒,也是同样的道理。你是学金融的,这方面肯定比我懂。"

她最后这句话让冯欣唰地红了脸，模糊记得某个老师在讲次贷危机时好像确实反复提到过这个词，可究竟是什么意思，实在是想不起来了。她很是困窘，又完全接不上话，而叶芝见她扁圆的脸上显露出些许不安的神色，便决定打住这个话题。她从包里取出一支鹅黄色的护手霜，挤出一点在手心，细致按摩着双手的每一个关节、每一寸肌肤，连指甲边缘和手腕都照顾到了，同时笑着说："你不要被表象蒙蔽啦！好多人啊，看着光鲜亮丽、人五人六的，其实呢，就像我们家乡话说的'马屎表面光'，背后都欠着一屁股的烂账！"

　　一股清甜的花香漫溢开来，冯欣明白此时自己应当赞美一下这护手霜，尽管她对威廉的故事更感兴趣，却不得不摆出满脸歆羡的笑容说："你这护手霜真好闻啊！"

　　"一个英国朋友送的，说是女王同款，他们那个王室啊，基本也就只剩下吉祥物和带货的作用了。"叶芝笑着把护手霜递给冯欣，指给她看上面的女王御用标识，又故意用夸张的英国腔念道："Dewy lily of the valley——露水铃兰，真是服了这些英国人，护手霜都要起个这么诗意的名字。这支我前两天才打开的，送给你吧。"冯欣正想推拒，叶芝已将护手霜塞进她手中，起身往外走了。

　　每一次和叶芝的对话，都被她轻而易举地掌控着，叶芝想要说到几层深浅，就能说到几层深浅；想要终结一个话题，立刻就能不着痕迹地终结，一切都如行云流水般自然，冯欣感觉自己像一只被松紧绳栓着的短腿小狗，要拼尽全力才能勉强跟上她的脚步。就像现在，她似乎从叶芝这里听到了许多事情，又似乎什么都没听到，她的嘴张开又合上，总想再打探点什么，却问不出半句话，只能默默地陪她一起走出去。

　　到了门口，出租车还没来，两人一时无话，叶芝看看手机说车快到了，便让冯欣回去工作，不必陪自己等车。冯欣道了别转过身，心里到底还是有点不甘，又鼓足勇气回头问道："巴拿马文件，那个，巴拿马文件,你,你是不是也在上面?"她声音还在发抖,叶芝已笑得弯下了腰,冯欣从没见她笑得这么厉害,意识到自己说了极其愚蠢的话,涨红了脸讪笑着。

叶芝乐得差不多了,直起腰来,擦着眼角说:"天哪,我好久都没笑成这样了,眼泪都笑出来了,你真是太看得起我啦!借你吉言啊,希望再过 10 年、20 年,我也能上巴拿马文件哦!哈哈哈哈哈!"

出租车开到了两人面前,叶芝还在止不住地笑着,摆了摆手以示再会,上车绝尘而去。冯欣再次注意到她中指上那枚璀璨闪烁的艳黄色宝石戒指,心想黄水晶做成戒指居然这么好看呢,应该不太贵吧,下次回国去网上搜一下,说不定能找到同款……她握着护手霜,站在门口发了一会儿呆,雨小了一些,街心花园里的桐花早已落尽,几丛刚开的红心白花木槿被雨水浇得垂头丧气,浓绿的枝叶全都湿漉漉耷拉着。今年春末长雨不断,丝毫没有夏日将近的温热迹象,冯欣深吸了几口寒凉的空气,觉得心中也被这枯枝败叶的委顿气息填满了。她回到展厅,摄影师一见她进来,马上停下手里的活儿,两眼放光地问道:"那位漂亮小姐是你朋友啊?"

他这副如雄鸟求偶般的神情让冯欣有些反感,她答应了一声,继续坐下擦银器。摄影师又举起相机拍照,嘴里还在不停地说着:"我见过她几次,每次她都穿着大牌的衣服呢!玛丽昂,反光板靠右一点。"

玛丽昂挪了挪反光板,探头嬉笑道:"你又怎么认得大牌的衣服?"

"我有时候也帮时尚杂志拍照啊!"摄影师不无得意地笑道,"她今天穿的这条裙子是香奈儿,非常非常贵!"他故意加重了"非常"这个词的喉音,听起来像是要从嗓子深处咳出一口浓痰。

"非常贵"是多贵呢?冯欣埋头擦着一架七分枝犹太教银烛台,心想,恐怕要好几百欧元吧?总不可能上千欧元,谁会花一万多人民币去买条日常穿的裙子呢？摄影师还在絮絮叨叨地赞美着叶芝，最后咂着嘴感叹了一句："她真的是很，很 classe 啊！"

"'classe'是法国人对一个人气质风度的最高赞美，比如阿兰·德龙，或者苏菲·玛索，像卡戴珊那样的，最多只能算漂亮，绝不能称为 classe。"当年在国内学法语时，文化课老师特意投影出这几个明星的照片来给大家一个直观的对比，逗得全班大笑——冯欣想起这一幕，抽了抽嘴角却笑不出来。手中的抹布因为用得太久，已经黑得看不出本色了，她便起身去卫生间换干净的抹布，低头看见双手每个指甲缝里都塞满了乌黑泥垢，忍不住打开水龙头用洗手液搓了很久。

冯欣目光呆滞地看着水池里旋转流下的脏水，心中忽地一亮，叶芝手上的戒指是黄钻啊！她是穿香奈儿的人，怎么可能戴廉价的黄水晶！那么大的黄钻，至少也要好几十万吧！她搓洗了好一阵子，手指还是污脏的，不禁叹了口气，反正还有一两箱银器要擦，又何必费劲洗手呢？

"有人住高楼，有人卧深沟；有人光万丈，有人一身锈。"①前两天刷微博时，某个营销号发的这句话在她脑海里响起，不知为何，她心里突然生出一股朦胧而强烈的怨怼。叶芝真像恐怖片中那些盘旋飞绕却永远无法捉住的厉鬼，无论自己去到哪里，她都埋伏在某个角落，时不时飘出来狞笑几声，反反复复提醒着："你真笨，你真丑，你真穷……"

午饭后，三人继续银器图录的拍摄工作，冯欣实习这几周虽然都是干些简单的活儿，但在众人的闲聊之中，她已大致弄清了拍卖行的情况。这家公司是由一位德高望重的拍卖师在 20 世纪 90 年代末创立，到了 2005 年左右，时为拍卖师助手的戴维德购入部分股权，成为

---

① 原为 2010 年美国电影《怦然心动》中的台词："Some of us get dipped in flat, some in satin, some in gloss."该句来自作家韩寒译本。

合伙人。六年前老拍卖师病逝,他女儿埃琳娜便接手了公司事务,和戴维德共同经营。现在公司的拍卖师共有三位:戴维德、艾里克和弗雷德,此外,埃琳娜负责油画部和古典家具艺术品部;克莱尔负责尚品部和亚洲艺术部;西蒙两年前才入职,资历尚浅,所以负责比较冷门的现当代艺术部,并在各部门打杂;弗雷德原本是前台接待,考上拍卖师之后,除了协助各处工作,还负责古籍和银器拍卖。珠宝部原来的负责人多米蒂尔正在休产假,刚工作一年多的萨哈就暂时接管了珠宝部。

"萨哈的妈妈,财务的伊丝黛尔是戴维德哥哥的妻子。"玛丽昂坐在冯欣身旁的摄影器材箱上说道。摄影师正忙着拍一件布契拉提银质卷叶纹大烛台的细节,她一时得空,便随手帮着擦拭银器。说到萨哈母女,她看周围没有别人,凑到冯欣耳畔低声道:"戴维德的大儿子今年刚进了商校,以后肯定也要来这里工作。"冯欣有点明白萨哈母女和其他人之间那堵看不见的高墙从何而来了,但她并不太在意这对犹太母女,她擦着一柄錾刻月桂花冠的银质馅饼铲,假装不经意地问道:"艾里克做什么工作呢?怎么很少在拍卖行里见到他?"说着这话,她只觉心都要跳出嗓子眼了。

"他是埃琳娜的亲弟弟。"玛丽昂把擦干净的银勺放到摄影台边上,笑道:"听说是被他爸逼了好多年,他才去考了拍卖师。他从小就在这个行业里耳濡目染,做拍卖师也不是太难,很多拍卖师都是这样,一代代的家族传承。其实他根本就不想工作,他爸在世的时候,他还来拍卖行混混日子,那也只是为了让他爸高兴。他爸死了之后,他就更少来拍卖行了,他忙得很呢!要忙着打高尔夫、打猎,还要——"玛丽昂突然打住了,抿着嘴笑起来。

冯欣被她这别有深意的笑容弄得有点懵,正不知是否应该发问,玛丽昂已接着说了下去:"公司每年有一两场狩猎和红酒的拍卖,他就负责这个。有时戴维德忙不过来,那些不重要的小拍,比如地毯啊,摄影作品啊,都是他举槌。现在弗雷德也成了拍卖师,他就可以把这些垃圾小拍全扔给弗雷德了。他这个人很聪明,脾气又好,只是他的热情兴趣都在工作之外。"

玛丽昂说的每个单词都像一记重鼓敲在冯欣耳朵里,她隐约预感到,艾里克和自己想象中的那个英俊男子有天壤之别。"他是拍卖行创始人的儿子!他就是小说里写的那种富家公子啊!"她脑子乱哄哄的,极其认真地听着玛丽昂的讲述,竭力从她的话语中攫取尽可能多的信息,同时一直强装出平静而略带好奇的表情,满脸的肌肉都绷得又紧又硬。

"啊!正在说狼,狼就到了!"①玛丽昂欢快地叫起来,把擦了一半的镂空芦笋银夹往纸箱里一扔,迅速站起身,冯欣抬头看见艾里克正大步走过来。玛丽昂像只扑棱着翅膀的小山雀一样,连跑带跳地去到艾里克面前,踮起脚同他行了贴面礼,艾里克伸手摸了摸她蓬松的棕色卷发,像抚摸一个可爱的毛绒玩具。摄影师也是认得他的,两人行了贴面礼,立刻开始法国式长篇大套的寒暄。冯欣也红着脸站起来,手中还拿着一只浅口平底品酒杯,她不敢正视艾里克,只低低问了声好,艾里克也微笑着回复了"您好",又问:"您是今天刚来的实习生?"

这句话像一声炸雷劈响在冯欣头顶,她张了张嘴却发不出任何声音。原来,他根本就没有注意过她。她无数次暗自痴笑着,心潮悸动地回味着那个目光交错的瞬间,在他的眼里从未存在过。艾里克看冯欣呆若木鸡的样子,以为她不太懂法语,便对她温和地笑了笑,转身跟摄影师和玛丽昂聊天去了。冯欣拼命让自己冷静下来,捡起刚才掉落在地上的抹布,坐回器材箱上,继续擦拭手里的品酒杯。

---

① "Quand on parle du loup, on en voit la queue."法国谚语,直译为:"当我们说到狼,就看见狼的尾巴了。"类似于中文谚语:"说曹操,曹操到。"

一股有点怪异的肉桂香味飘来,那不是自然醇厚的植物芬芳,像是用许多化学物品调配出来的浓烈香精味道。冯欣抽了抽鼻子,努力忍住泪花,抬眼看见艾里克正努着嘴,吐出一大团袅袅云烟,好似电视剧《西游记》里那些腾云驾雾的神仙。那片白烟扩散开来,玛丽昂像个被惹恼的小孩子一样笑着嚷道:"喂喂!不可以在这里抽烟!"一边伸出双手在空中挥动,想要驱散这团白烟,艾里克不仅没停下来,反而对着她的脸又吹了一大团烟,笑着说:"我把尼古丁值调到最低了!这只是有香味的水蒸气嘛!"冯欣见他手里拿着一支像黑色记号笔一样的东西,猜测那就是时下最流行的电子烟了。玛丽昂调皮地推着艾里克的后背朝门外走去,摄影师也跟着一起,她走到半路,又笑呵呵地跑回来问冯欣:"我们去门口抽根烟休息,你来不来呀?"

　　冯欣没想到娇憨可爱的玛丽昂也会抽烟,她愣了一下,赶忙摇摇头,玛丽昂便笑着跑了出去。冯欣呆望着面前那一片已经模糊难辨的烟缕,直到它消散得无影无踪,才觉得鼻酸眼涩,仰头深呼吸了好几次,勉强憋住了眼里的泪水。

　　玛丽昂是和摄影师一起说笑着回来的,艾里克不知去了何处,冯欣擦着一柄银质方糖夹,心里还在翻江倒海地乱着。她发现这两人满脸都是兴奋难抑的神色,尤其是摄影师,眼里就像着火了一样,双颊涨得通红,连鼻子旁边的雀斑都显出来了。她讶异地问玛丽昂:"发生什么事情了?你们这样开心呀!"玛丽昂轻咬着下唇忍住笑,说道:"艾里克这次的艳遇太厉害了!上星期——"她俯身在冯欣耳旁一字一句低声说:"他和一个,女演员,有了一段浪漫史!"

　　"女演员?"冯欣惊恐茫然地看着她,一种强烈的不祥预感让她的呼吸都有些颤抖。

　　"是啊!她在那个领域很有名的!"玛丽昂直起腰,比画出一个特别夸张的搔首弄姿的架势,摄影师笑得浑身发抖,把手中的相机放在拍摄台上,大声笑了一阵,又转过身来问玛丽昂:"你怎么知道她很有名？你也看过她的'作品'吗？她可比你年纪大多了！"

两人狂笑不止，摄影师又添油加醋地讲了许多细节，那些在空气中乱飞的狎亵俚语像鞭子一样抽在冯欣的脸上，她虽然不能完全听懂，却感觉全身的血液都凝结了，只好紧闭着嘴，压制住不断涌上喉头的哽咽，奋力擦拭手中的昆庭大银盘。伴随着快门的咔嚓声响，闪光灯又刺目地跳闪了两下，她一眨眼，几滴眼泪落在了盘沿錾刻的家族纹章上。玛丽昂和摄影师正聊得兴高采烈，完全没注意到她的异样，冯欣便起身去了卫生间，一锁好门就跌坐在马桶盖上，双手捧着脸闷声哭起来。

今天真是漫长啊！威廉入狱的事，叶芝不期而至的造访，艾里克跟她说了第一句话……这一个接一个的名字都让她感到真切的苦楚，仿佛被许多可怕的胡蜂追着蛰了又蛰。泪水顺着脸颊直流到嘴唇上，咸涩的味道让她抽噎得更加厉害，这些天无数的浪漫憧憬，竟然是以这样一种不堪的方式幻灭了，我算个什么东西啊，居然还敢痴心妄想做白日梦，这就是老天爷给我的报应吧！

她不敢哭太久，毕竟还有好多银器等着擦拭，她胡乱抹了一把脸，起身走到洗手池镜子前，发现满脸都是两只脏手蹭上的油黑污渍，混着泪水鼻涕流得东一坨西一块，眼睛通红浮肿，活像一只被雨水淋得全身湿透的流浪狗。她赶忙洗干净脸回到展厅，克莱尔和埃琳娜不知何时也过来了，正与摄影师、玛丽昂一起聊天。冯欣很怕别人看出自己刚哭过，就垂下眼帘小声打了招呼，又坐着埋头擦银器了。

大家都在聊周末的安排，克莱尔说自己要去一个女子瑜伽营体验："吃的全是有机素食，连床单被套都是有机棉花织的，只有女孩子可以报名参加，营地在巴黎郊外的湖边，希望周末不要下雨——"

"不是吧！公司这么多女人你还没受够吗？"埃琳娜歪着嘴角打断了她，"整个周末你身边全是女人啊，想想都头痛！我绝对受不了！

我喜欢男人，我从小就讨厌跟女孩子玩。"

大家都轻声笑了笑，摄影师刚想讲句俏皮话，埃琳娜的手机响了，她接起电话往外走，冯欣正好抬起头来，看见玛丽昂满脸鄙夷地翻了个大白眼。克莱尔问还有多少银器要擦，冯欣忙指给她看纸箱里剩下的，克莱尔笑道："你真的太高效了！以前的实习生啊，两天都不一定能擦完！"摄影师也在旁边说："她都不怎么讲话的，这些中国人啊，都像疯子一样工作！"

这意料之外的赞许像一剂强心针注入身体，冯欣有点不好意思地向克莱尔道了谢，更加麻利地清理着大大小小的银器。重复辛苦的体力活让她暂时忘却了心里翻涌的痛楚，这两天发生了太多复杂纷乱的事情，她甚至不敢去仔细回想，自己实在是太蠢、头脑太简单，想起任何一个细节都感觉脑袋涨得生疼。

下班后从拍卖行出来，雨已经停了，一轮冷日挂在灰蒙蒙的天边，给这座城市投下苍白虚弱的夕光，地铁火车依旧延误，冯欣折腾了快两个小时才回到公寓。她原以为自己会号啕大哭一场，然而进了门，蹬掉鞋子往床上一倒，竟然累得睡着了，醒来一看手机，发现已是凌晨，她坐起来发了一会儿呆，脱了外衣裤，钻进被窝一觉睡到了天亮。

因为玛丽昂周五不实习，朱利安又被埃琳娜叫去帮忙盘点油画入库，所以弗雷德自己接手剩下的银器拍摄工作，10点半刚过，所有银器就已全部拍摄完成，摄影师收拾着器材，又跟弗雷德夸奖了一番冯欣的勤劳能干。

克莱尔看到银器拍摄已毕，就让冯欣去市中心的专家鉴定工作室取一只瓷瓶，并把详细地址和门禁密码打印出来交给她。冯欣虽然不知道专家工作室是什么，但取个东西想来不是难事，就连声答应着，克莱尔又问她是否知道该乘坐哪趟地铁，她马上掏出手机说自己有地图导航，克莱尔满意地微笑着让她去了。

这专家鉴定工作室是在法国证券交易所附近一栋雄伟的奥斯曼建筑里,有点像 T 家拍卖行的气派,冯欣站在门口顿生怯意,便从兜里掏出克莱尔交给她的那张纸,正准备照着上面的密码去按门禁键盘,华丽的雕花铁门刚好从里面打开了,一位矮胖的法国老太太抱着个装满物品的大纸箱走出来。冯欣见她吃力,铁门又很重,赶紧帮忙把铁门拉住,又问她要不要搭把手,老太太道谢说不用,径自朝地铁站的方向走去。

冯欣跨过高高的门槛进去,她此前只在街道上无数次观望赞叹过这些奥斯曼建筑群的壮美外墙,却从未有机会进来过。门厅宽绰轩敞,地上是赭红色和浅灰色云纹大理石方砖,两根科林斯柱也是以同样的赭红色大理石雕刻而成,柱顶用黛黑色大理石雕满了卷曲缠绕的花枝藤蔓。冯欣发现门厅后面有个漂亮的小天井,忍不住好奇地走过去,只见左侧五六个红陶大花盆里栽着几丛一米多高的绣球花,粉紫靛蓝正是盛花期,可惜这半个多月来雨水不断,今日虽然难得放晴,绣球花还是有些蔫头耷脑。角落里有一树繁茂的枇杷,这时节已挂满了圆胖的橘黄色硕果,可惜法国人极少吃枇杷,便任由熟透的果实落在地上。冯欣看着满树馋人的枇杷果子,很想去摘几个,又仰头看了看四周合围的六层建筑、几十扇窗户,心想说不定有人正站在窗前盯着天井呢,还是不要贪吃惹事,便不无遗憾地转身回到门廊里。

克莱尔给她的纸上写着"B 号楼梯,二楼",她还没找到 B 号楼梯,先被门厅里的电梯吸引住了。她从来没见过这么袖珍的老式电梯,门宽不过半米,还是黑白电影里那种镂空花饰配铁丝网的铸铁窄门,拉开电梯门,即便是冯欣这样瘦子,最多也只能侧身站进去两个人。电梯四壁铺镶着深棕色的桃花心木墙板,还安了一面细长的镜子,像是要在视觉上扩宽一点空间,却反而更显得局促了。

"巴黎真的寸土寸金啊,什么都是小小的!"冯欣在电梯里看了一圈走出来,想起当年斯特拉斯堡语言学校里有个洛杉矶来的女同学,课堂演讲时,她不停比画着各种夸张手势说:"我第一次去巴黎的时候,看到那么小的洗手池啊! 比一张 A4 纸都小啊! 上帝啊! 那个洗手池真的,只能放进一只手啊! 我想同时洗两只手都不行啊!"她那种美式法语的表达极具感染力,直到今天还历历在目,冯欣想着笑了起来,又四处溜达了一番,终于找到了 B 号楼梯。

楼梯是浅灰色大理石的,中间铺着酒红色波斯花树纹羊毛地毯,每一级台阶上的地毯都以黄铜饰条固定。这地毯厚得让冯欣走路都有些不自然了,"专家在这么阔气的地方工作啊!"她缓步拾级而上,桃花心木的楼梯扶手历经多年使用,已被磨得光可鉴人,她打量着四周豪华典雅的装潢,心中止不住地啧啧赞叹。

克莱尔让她来找专家"汉娜"女士取一只蓝色瓷瓶,"这专家肯定是个白发老太太,就像《哈利·波特》里麦格教授那样的。"冯欣想着,已到了二楼,一扇对开的深红色大门上镶着块镀金铜牌,上面镌刻着考究的法语花体字:"远东艺术专家鉴定工作室",下方有一行略小的字:"仅接待预约客人"。冯欣一愣,她不知道自己算不算预约过,又想克莱尔肯定打过招呼了,便抬手按了门铃,那黄铜门铃也是老式的,像已经使用了一个世纪,上面的镀金层都磨得快看不见了。

一位 20 来岁、戴着细金边眼镜的法国姑娘开了门,冯欣跟她解释了自己的来意,那姑娘害羞地笑了一下说:"我是昨天刚来的实习生,不太清楚情况……请您稍候,我去请'汉娜'女士过来。"冯欣点头道谢,屏气敛声在门厅等着,又飞快朝里面扫了一眼。这是一间高敞明亮的办公室,窗外人行道上浓密的国槐树荫给整个房间蒙上了一层清浅的绿影,地上铺着古朴的橡木镶嵌地板,办公桌椅却都是新式的。两位工作人员全是年轻女性,一位金发清瘦姑娘用小手电筒打着强光查看一只娇黄釉瓷碗,另一位女士正紧皱眉头盯着电脑屏幕,她满头红褐色卷发,微微有些发胖,上衣领口开得蛮低,丰满胸部的一半都露在外面,她看上去年纪略大一些,但至多也不过 35 岁的模样。

那实习生回来对冯欣说:"抱歉,'汉娜'女士正在打电话,请您再耐心等一下。"冯欣说没关系,实习生便自去忙了。这间办公室里到处都是奇奇怪怪的古董:装裱在老式镜框中的古画和折起的日式屏风靠墙堆叠着,形状不一的瓷瓶陶罐沿墙边摆了一溜,两个敦实的橡木展示柜占了一整面墙,里面摆放着数不清的瓷器、铜塑、玉雕、漆器、佛像——所有的一切,都让这里看起来酷似一座塞满了奇珍异宝的神秘仓库。

一阵清脆的高跟鞋鞋跟声传来,冯欣赶紧收回四处张望的目光,转脸看见从里间出来一位黑衣瘦高女子,她走在临近正午的刺眼阳光中,冯欣还没看清她的样貌,就听见一句法语:"您是从 X 家拍卖行来的?"

"是的是的。"冯欣被阳光刺得抬不起头来,慌乱答道,"我,嗯,克莱尔,让我来取一个瓶子。这个……"她从裤兜里掏出那张被自己揉得皱巴巴的纸,眯着眼睛递给黑衣女子。对方接过去,冯欣低着头只看见她十指蔻丹艳红,从前在美甲店里打工时,那股呛鼻的药水味瞬间从记忆深处反刍般地冒出来。冯欣侧身退了一小步,避开炽烈的日光,正想抬头看看这位"汉娜"女士的面容,就听见她带着讥讽的尖利话音:"您就这么来了?空手来了?"

"啊?什么?"冯欣惊慌地抬起头来,天啊!原来是她!是那位在拍卖行办公室和埃琳娜争执的亚裔女士!原来她名叫"汉娜",难道她是韩国人?冯欣还没从震惊中回过神来,只听对方又声色俱厉地问道:"您没有带点泡沫纸过来吗?您有袋子吗?您准备怎么把瓶子拿走?"

"我,我不知道啊……克莱尔,克莱尔没跟我说……"冯欣被这一连串枪子儿一样的问话吓懵了,还没等她在脑海里组织出一个完整的法语句子，对方又问："您是一个人来的？您知不知道这只瓶子的估价？这件东西必须要两个人运送才合法，否则一旦出事，保险公司是不理赔的，克莱尔也没有告诉您这些？"

"没有没有……"冯欣拼命摇着头，"汉娜"女士已快步走开了，只甩下一串响亮的高跟鞋声音。冯欣听见她打电话的声音，好像是打给克莱尔的，慌得都要哭出来了，她不知道克莱尔会说什么，更不明白自己到底是做错了什么，竟被这样劈头盖脸地一通斥责。

"汉娜"女士又走了过来，冯欣缩着肩膀，胆战心惊地抬眼看着她。"克莱尔说她信任您。"她带着寒气的面孔上浮起一丝冷笑，"她相信您不会在运输途中摔坏瓶子，您是打算坐地铁回去吗？"

"是的。"冯欣讷讷应声。

"这可真是齐全了！"她毫不客气地嗤笑出声，"这瓶子一旦出问题，如果是一个人运输，保险公司不赔；如果运输的人是走公共交通，保险公司也不会赔。您两条都占全了，看来克莱尔是真的很信任您呢！无所谓，反正是你们公司的东西，跟我没关系。"虽然她语速极快，冯欣还是听懂了其中满满的讥嘲口气。"卡蜜尔，"她扭头招呼了一声，先前那个实习生快步过来，"你把我办公室里的蓝色瓷瓶取过来，再帮这位小姐用泡沫纸包一下，好让她抱着两万欧元的瓶子去挤地铁。"说完便转身离去。她的话语像无数针尖扎在冯欣耳朵里，她不明白自己只是来取个瓶子，怎么就掉进了这地狱般的陷阱，这位"汉娜"女士究竟是在针对克莱尔还是讨厌这家拍卖行，为什么竟此刻薄狠戾。

实习生姑娘抱着瓷瓶过来，冯欣看见，惊得往后微微一仰，这只孔雀蓝釉方瓶至少有 40 多厘米高，瓶口镶着一圈繁缛富丽的镀金黄铜花饰，底部也安了厚重的铜镀金座子，还配了四只威风凛凛的兽足支脚。那实习生比冯欣还瘦，两条细胳膊环抱着瓶子，如履薄冰般地走来，小心把瓶子放在地上，对冯欣说："我去仓库看看，还有没有剩余的泡沫纸给您。"过了一会儿,实习生拿来许多泡沫纸的边角料,轻声说:"您看,我只找到这些,虽然都是小片的,但总好过没有啊!"冯欣连声道谢,两人蹲在地上,一起给瓶子打包装。

费了好一番力气,她俩终于给整个瓶子都裹上了一层薄薄的泡沫纸,门铃忽然响了,实习生起身去开门,一高一矮两个亚裔男子走了进来。矮的那人约摸50来岁,脸色黑黄,额头上全是深深的抬头纹,一张嘴,露出满口长年吸烟的黄牙。高个子是一位20多岁的年轻人,模样倒是不丑,头发用发胶梳得油亮,穿着件黑色 T 恤,胸前大大地印着 GUCCI。冯欣刚好蹲着,便看见两人的手腕上都叠戴着七八串材质颜色各异的珠串。实习生姑娘问他们是否有预约,小伙子用混杂着法语的蹩脚英语比画着说:"没有。我们,来看一下,那个红,那个剔红的盒子。谢谢谢谢。"

实习生不知该怎么办,就请他们在门厅等候,自己进去询问。几分钟后,先前举着小手电筒看黄瓷碗的那位金发姑娘走出来,板着张冷脸让他们进来看物品,同时反复强调道:"大门上写得很清楚,只接待有预约的客人。如果每个人想来就来,我们还要不要工作啊?原则上是不能接待你们的,这次算是破例,这里是法国,一切都要预约!预约,明白吗?"

那两人半懂不懂的,只好赔着笑脸,嗯嗯呃呃连声应承。冯欣觉得这专家工作室的人都傲气十足,估计这实习生的日子也不太好过,或许正因如此,她才是唯一一个对自己友好的人吧。金发姑娘冷冰冰的声音传来:"东西在这里,你们慢慢看,但是,不能拍照。"她见这两人不像是懂法语的样子,又用英语重复了一遍:"不能拍照!"年轻小伙子连连说 ok。

瓷瓶底部的一块泡沫纸还没粘好,冯欣便起身走到办公室门口,请实习生再给一点胶带纸,她答应着去了仓库,冯欣看见那俩男人半蹲着,头凑在一起,专注地摆弄桌上一个红色圆盒。那位丰满的褐发女士仍旧伸长脖子紧盯电脑屏幕，好像被人施了定身法，自始至终都没有动弹过，金发姑娘刚接起一个电话，笑容可掬地用略显刻意的伦敦腔英语聊着——她们都没注意正在看东西的两个男人。冯欣突然发现那年轻小伙子从兜里掏出了iPhone，拿左手遮挡着屏幕，假装查看信息，其实是在偷偷拍照。仿佛是偶然撞见了作奸犯科的现场，冯欣立刻瑟缩着往后退了几步，回到门厅里，紧闭着嘴站在瓷瓶旁边。

实习生找来了胶带纸，两人刚蹲下准备继续包装瓶子，一记摔门声劈空炸响，伴随着气势汹汹的法语怒吼："不准拍照！听不懂吗！您以为偷拍我不知道吗！"那位"汉娜"女士快步从里间出来，径直走到那俩男人面前，提高了嗓音喝道："我办公室到处都安着摄像头！我在监控里看得一清二楚！您还假装遮遮掩掩！当我是傻子吗！"他俩被这通枪林弹雨般的尖厉呵斥吓呆了，还没反应过来，"汉娜"女士一把扯过小伙子手中的iPhone，狠命摔在地上，又用高跟鞋鞋跟猛踩了几下，随即捡起来递还给他，指着门口从容说道："现在，请你们离开，否则，我马上报警。"

冯欣才发现实习生姑娘已吓得跌坐在地上，连忙伸手将她拉起来，那俩男人夹着尾巴灰溜溜走了，"汉娜"女士在跟两位女员工说话，语气和缓了不少。金发姑娘也被这一幕吓得不轻，垂手站在办公桌旁，为自己没有留神盯着两人而道歉，另外那位女士还是稳稳当当坐在扶手椅里，脸上挂着似有若无的笑容，就像刚看了一场跌宕起伏的好戏，很是余兴未尽。

冯欣蹲在地上撕着胶带，偷偷抬眼细瞧这位"汉娜"女士，她一身黑丝绒吸烟装，锁骨间戴着一枚H形朱红色珐琅小吊坠，笔直贴身的裤管恰好显出她纤细的脚踝。她说话间往门厅这边走了几步，冯欣注意到她穿的黑色尖头高跟鞋非常别致，鞋身两侧镂空，鞋跟竟然是一截棕黄色的竹节。"难道是用真的竹竿做的鞋跟吗？不会断吗？应该很结实吧，她刚才那样踩手机都没事。"冯欣想着，又看见鞋尖上饰有两枚丰盈红艳的树脂樱桃,和真的樱桃一般大小,上面嵌着细碎的红水晶和铜镀金双 G 标识。她此刻走在窗外透进来的正午暖阳中,鞋尖上的樱桃好似刚从树上采摘下来,还带着早晨清澈的露珠。

"太飒了!"前阵子在某个视频网站上看到的这句弹幕从冯欣的脑海中跳出来,她满心敬慕地暗自感叹,紧抱着瓶子站起身,实习生帮她打开门,冯欣道了谢,慢慢走下楼梯来到街上。

一个多月连绵不断的阴霾雨水终于开始消散,久违的明丽阳光让国槐的枝叶舒展开来,散发出树液蒸腾的微细清香。冯欣站在绿荫下等红灯,扬起头,仰望着硕大树冠之间的点点光影,像有一缕清亮的风吹进心底,她生来平庸如草芥,就连小学时全班大合唱都会自觉地站去最后一排,刚才目睹了这杀伐决断的场景,竟让她蓦然生出一种羁绊得解的奇妙感觉。

"这个女专家简直就是网络爽文里那种神挡杀神、佛挡杀佛的大女主啊!"冯欣往地铁站走去,一路都在把"汉娜"女士的模样套进那些网文里,翻来覆去地想象着:她一身肃杀的黑西装,自上而下,双唇、颈间吊坠、十指蔻丹、鞋尖樱桃四点鲜红,夺目惊心,宛若晦暗长夜里几簇摇曳盛放的殷红彼岸花。

5

冯欣万分谨慎地抱着瓶子回拍卖行,幸好有一趟直达的地铁,不用转车,现在不是高峰期,地铁里并没有太多人。离公司越近她越紧张,总想起小时候,母亲让自己去楼下小卖部买香油,她抱着油瓶稳稳当当走了一路,不料却在家门口最后两级台阶那儿绊倒了,香油洒了一地,瓶子也摔碎了,被母亲狠抽了几个耳光……

终于进了公司,冯欣将瓷瓶小心放在前台接待处桌子上,如同卸下了千斤重担。她问弗雷德是否要把瓶子抱去仓库,弗雷德说不用,又让她赶紧去餐饮中心吃饭:"现在都一点半了,你快去,再晚就不剩什么了。"冯欣答应着正要走,西蒙端着咖啡进来,慢悠悠说道:"埃琳娜和戴维德也刚过去不久,不用着急啦!"冯欣小跑着到了餐饮中心,果然大部分取餐台都关闭了,主菜也只剩下碎肉牛排。这种牛排是厨师现场烤炙的,冯欣怕做不熟,所以从来不取这个菜,但现在也没有别的选择,只得硬着头皮对厨师说:"请您,弄熟一点,我要,熟的。"

偏偏法语中"生"和"熟"的发音相似,冯欣舌头打结说了半天也没说清楚,最后急中生智说道:"煎黑一点,黑的,没关系,我要黑的。"厨师是个50来岁的法国男士,早已猜到亚洲人多是吃不惯半熟牛肉的,看冯欣发急的样子觉得很有趣,笑着把牛排煎得熟透,放进她的餐盘。冯欣道了谢,正要端着餐盘走开,厨师又跟她说:"小姐,您去露台用餐吧!您看阳光多好!现在露台上也没有人,平常都挤不到位置的。"这份来自陌生人的小小温暖让冯欣很开心,她谢过厨师,取了甜点便去往露台。

刚坐下来吃了两口薯条,一股刺鼻的烟味飘来,"好不容易在露台上吃顿饭,居然遇到抽烟的!"冯欣皱着眉头四处张望,借着玻璃幕墙的折光,望见不远处一男一女正站着抽烟闲聊。她很是扫兴,心里埋怨了两句,起身正要端着餐盘回室内,忽然觉得那两人的身形有些眼熟,忍不住朝他们走近了几步,才发现竟是戴维德和埃琳娜。

或许是刚才"汉娜"女士雷厉风行的做派给了她勇气,若是在从前,冯欣肯定会悄悄溜走,此时她竟踮起脚尖、缩着身子走到离他俩最近的餐桌旁坐了下来,一排修剪成圆球形的欧刺柏正好遮住了她。冯欣极轻地切着牛排,尽量不让刀叉触碰餐盘时发出任何声响,实习的这些天,她很少见到戴维德和埃琳娜在一起,直觉他俩虽是共同经营公司的合伙人，却似乎总有些貌合神离。冯欣听见他们语气激烈，像是在争执，愈发好奇了，什么事不能在公司里说，却要到餐饮中心来吵架？她忽听戴维德接连说了两次威廉的名字，心脏猛地收紧了一下，又听他提高了嗓门说道："你那些烂事都牵扯到我头上来了！拍卖协会的人今天都来找我问话了！"

"这关我什么事？"埃琳娜也尖着嗓子嚷了起来，"我和威廉关系好又怎样？我又不知道他搞的那些鬼！他那样的身份地位，他拿东西来给我们拍卖，我还能拒绝吗？他把我也坑了啊！我也是受害者啊！"她把"受害者"这个单词说得特别响亮，简直有种喊冤呼告式的悲愤。

"当然了！当然了！"戴维德气得发狂，反而笑出声来，"你以为别人都是傻子吗？全世界都知道你和威廉搞在一起，你现在说你无辜，说你是被威廉骗了！还'受害者'，受害者！过几天，你自己去跟拍卖协会的调查员说，他会信你！他肯定会信你啊！"

"随便他们信不信，事实就是这样！别说是拍卖协会，就算是到了警察面前，我也是这样说。"埃琳娜将手里的烟蒂戳进身旁吸烟柱的沙盘中，冷笑道，"这几年，公司从威廉的东西里赚了至少几百万——"

"你自己没赚吗？这些！"戴维德吼了出来，一把攥住她的手腕，使劲晃了两下，"你戴的这些卡地亚、宝格丽，是哪里来的！是用你的工资，还是每年分的那点红利买的？"

埃琳娜奋力抽回了手，戴维德怒不可遏地接着说："你去跟警察讲，去跟法官讲啊，讲你是无辜的！你看会不会有人信你，会不会有人给你作证！你以为你名声很好吗？除了你丈夫，所有人都知道你跟各种男人搞来搞去！"

这些侮辱的话语如此刺耳，冯欣有点后悔躲在这里偷听了，他俩该不会打起来吧？如果真的打起来，餐饮中心的人会不会报警啊？

她正想着如何才能神不知鬼不觉地溜掉，又听到戴维德鄙夷的笑声："别人在杂志上做拍卖广告，都是登拍品的照片，瓶子、珠宝、银器……就你，全天下只有你！穿条小裙子坐在一堆油画中间，笑成那个傻样子，拍这种照片登出去做广告！前两天有个客人专门来跟我说：'你们公司真是太会做广告了，不仅可以看油画，还可以看腿！'看你的腿！你光着的腿！下一季拍卖，你打算穿比基尼吗？再下一季呢？你干脆像 Carla Bruni 一样，拍张全裸照好了！"冯欣从刺柏层叠尖细的枝叶间望过去，见戴维德咬紧牙关站在吸烟柱旁，腮帮上几道皱纹直裂到耳旁，犹太人特有的鹰钩鼻子似乎都显得更大了。

受了这样异乎寻常的羞辱，埃琳娜却没有反驳一个字，只是转过脸不再看他，空气中飘散着香烟燃尽的味道，偶有一两声急促的鸟鸣传来，沉寂得令人难以忍受。冯欣往嘴里塞着牛肉和薯条，无声地咀嚼着，眼角余光瞥见戴维德来来回回踱着大步，像是想要竭力平息满心的怒火。两人沉默良久，直到戴维德以一种怪异的冷静语调说："我劝你最好小心点，别让你的银行家丈夫知道。你还住着他的房子呢，真要离婚，你领着你女儿未必能在 16 区住下去。"说完这话，他像一头刚结束了一场激烈厮杀的猛兽，悻悻然走远了。

牛排中间并没有完全煎透，冯欣一刀切下去，一股浑浊血水裹着焦黑的肉粒流了出来。她一直在全神贯注地偷听，早就食不知味，现在看见这血水，更觉得倒胃口，便放下刀叉，拿小勺轻搅着希腊酸奶罐底的花蜜。埃琳娜站着抽完了一支烟，踩着细高跟鞋噔噔噔快步离开了，冯欣长舒一口气，吃完酸奶，起身将餐盘端到回收处，往公司走去。

许久没有在巴黎见到这样明净高远的蓝天了，冯欣回望着身后德芳斯商业区里鳞次栉比的摩天大楼，那些玻璃幕墙反射着午后耀眼的阳光，仿佛是无数矗立在天地间的巨大镜子，把往来穿梭的行人车流映照得扭曲而渺小。裤兜里手机震动了几下，一看又是电信公司的广告,冯欣正要收起手机,才发现还不到两点半。刚刚过去的这半个多小时里,她听到了多少不可告人的秘密啊!"巴拿马文件"上名利双收的威廉、从业十余年受人尊敬的拍卖师戴维德、满身珠光宝气目下无尘的埃琳娜……他们就是所谓的"体面的上等人"了吧?却都有各自的黑账和丑闻,像三伏天忘记放进冰箱的隔夜饭,看上去还是白净饱满的饭粒,可是拿筷子一扒拉,那股令人作呕的馊味能直冲进天灵盖里。

　　一阵尖细快速的说话声打断了她的沉思,是埃琳娜讲着电话从拍卖行出来,朝停在门口的一辆出租车走去。冯欣赶紧退到墙边,垂下脑袋盯着地面,假装没有看见她,直到出租车开远了,她才走进公司。

　　"欣,你回来了!"克莱尔刚好跟一位客人在前台道别,看见她过来,关切地问道,"你吃过饭了吗?有时候去晚一点,餐饮中心就什么都没有了。"冯欣感激地答应着,克莱尔又问她下周三能否过来帮忙,因为玛丽昂下周要期末考,不能来实习。冯欣连声说可以,又补充道:"我们下周开始放复习假,要放一个星期,大学的假期真的好多,差不多每个月都在放假……"说着有点不好意思地笑了笑。

　　"很多公立大学都是这样,玛丽昂读的是私立高校,课程就紧张得多。你下周能来帮忙真是太好了!"克莱尔说话间带冯欣进了仓库,指着墙角几个纸箱告诉她,这些是下一场拍卖的图录,今早朱利安已将信封按地址分类、印上了邮资,冯欣要把图录全部装进信封,然后通知邮递员过来取。克莱尔顺手拿起一本图录说:"这是今年的亚洲艺术春拍,非常重要,将会在市中心的拍卖大楼举行。你先把图录寄出去,下周来帮我们布展、预展,到拍卖那天,还需要你打几个竞拍电话,因为有些客人是中国人。"

　　"我?竞拍电话?"冯欣吓得一愣,马上想起影视剧里那些衣着光鲜、神情严肃的拍卖行员工,坐在高高的拍卖委托席上,一手握着电话,转头报出一个接一个天文数字价码的样子——那种人,怎么可能是我啊?"竞拍?拍卖的电话?"她看着克莱尔,惶恐地又重复了一遍。

克莱尔笑道:"不用紧张,到时我会教你。"说着把图录递到她手里,"你抓紧时间把图录装进信封,弄完之后来告诉我。"冯欣答应着做起来,克莱尔离开了好一阵子,她还陷在"下周我要给客人打电话竞拍"的不安之中,机械地装着一本又一本图录。等她终于平复了一点内心的忧惧,回过神来,低头看了一眼手中的图录,才发现封面非常奇特。那是一幅油画的局部,灰白色的背景上,以极抽象的灰黑线条和冷色调的几何形色块,利落勾画出两个三角脸、细眯眼、樱桃小口的女子,绝似儿时看的动画片《葫芦兄弟》里的蛇精。

"怎么选了这么丑的一张画做封面啊?"冯欣心里咕哝着,翻到图录内页,看见这幅画的估价是六位数!欧元!

"这么多钱!在我爸妈那边都能买个大别墅了啊!为啥这么值钱呐?谁画的啊?"冯欣赶紧翻看图录上的拍品描述,那画家的名字却很是陌生,图录里有一篇介绍文章,洋洋洒洒好几页,而且是中法双语,她现在来不及看,只注意到文章作者的名字:韩嘉漪。

"这名字真好听!"冯欣麻利地将图录塞进信封,在心里感慨,"她父母肯定特别有文化,肯定是那种书香世家的高级知识分子,所以才能培养出这么厉害的女儿。这张画稀奇古怪的,我连看都看不懂,人家不仅能看懂,还能写出这么长的文章,还能用中文和法语各写一遍。牛人啊!我今天遇到的都是牛人!"她又想起上午女专家"汉娜"狠踩客人手机的精彩一幕,嘴角不禁浮起一丝笑意,她知道埃琳娜不在隔壁的办公室里,便自由自在地哼起了韩剧的主题歌。有本图录被信封封舌的不干胶粘住了,冯欣小心地扯开,恍惚间觉得似有一张熟悉的面孔闪过眼前。

她迟疑了一瞬,飞快翻开图录扉页。和所有拍卖图录一样,扉页上并列印着两位老板的黑白肖像照和名字:戴维德和埃琳娜;下一行是这场拍卖的负责人,克莱尔的照片和姓名,紧随其后是拍品鉴定专家的照片:"汉娜"女士。冯欣双眼瞪得滚圆,嘴唇翕动着,仔细拼读出了照片下方的名字拼音:Jiayi HAN。

原来她就是远东艺术鉴定专家,韩嘉漪,只是因为法国人普遍发不出 Han 这个字音当中的"H"音,她肯定又不愿被人喊成"An",所以一来二去就变成了"汉娜"女士。冯欣往信封里装着图录,渐渐想明白了,不禁再次翻开一本图录的扉页,照片上的韩嘉漪微抿着嘴,目光明亮、不怒自威,黑白的色调衬得她的双颊更加清瘦,脸上仿佛罩着一层深秋的严霜。

冯欣装完图录后去告诉克莱尔,她马上联系了邮局,又让冯欣在图录仓库休息,顺便等邮递员过来。冯欣接了杯水回到仓库,发现门边桌上放着一本往期的法国拍卖周刊,便喝着水随手翻看。

周刊的广告部分果然有一整版是一张埃琳娜的照片,那是在公司大厅里精心布置后拍摄的:墙上挂满了要拍卖的画作,地上也堆放着一些油画,埃琳娜穿着件黑色真丝无袖连衣裙,微微侧身坐在其中,双手轻扶着一幅画作的雕花镀金边框,跷起的小腿从画框侧边伸出来,脸上挂着一抹踌躇满志又恰到好处的笑容,像极了一个被战利品簇拥的女王。她露着双臂和小腿,但因为身形瘦削紧实,所以并不显得低俗——尽管冯欣很讨厌埃琳娜,也不得不承认,这张照片虽然和杂志上其他中规中矩的拍卖广告大相径庭,却丝毫没有戴维德所说的"卖笑"意味。她又想起一个多月前叶芝讲的那些话,关于这个行业里无处不在的歧视、千奇百怪的客人,还有那个她始终没忘记的单词:Misogyne,厌女症。

邮递员推着搬运车来了,冯欣帮忙把装好图录的信封放进车上的邮政货箱。送走邮递员,已经过了五点,因为是周五,公司里不少人都以各种理由提前下班,冯欣得了空闲,就坐在前台角落,认真研读韩嘉漪写的那篇文章。文章详细介绍了画作的内容、风格、来源，尤其以一种深沉真挚的笔触叙述了画家命途多舛的人生，冯欣边看边在心里反复赞叹："文笔真好啊!"却又说不出究竟好在哪里，更不明白这幅画是贵在哪里。

"骤雨翻空，涤世间之尘垢;飞虹饮海，收天下之风云。本件拍品由现藏家于 20 世纪 60 年代购得，庋藏至今，逾半个世纪后首次面世。如今，一切喧扰都已复归平静，林风眠先生留在世间的艺术财富，使得平庸如我辈，得以窥见大师的流风遗泽，念兹在兹，代代永宝。"她小声念诵着文章最后这一段，想起读高三时，语文老师整天唠叨，高考作文的结尾要"画龙点睛! 你们一定要记住了哇!"那个矮胖的男老师满脸恨铁不成钢的表情，反复说着"点睛点睛"，同时在黑板上画了个大圆圈，再用粉笔头重重戳在圆心上，把粉笔都戳断了，可是又有什么用呢? "我知道要画龙点睛啊，但我下辈子也写不出这种句子啊! 而且人家还能用法语再写一遍。"冯欣沮丧地翻着手里的图录，又转念一想，"这画本来就不是我这样的人买得起的，所以我连介绍的文章都看不懂，也正常"。

"欣，你要走了吗?"冯欣抬起头，看见朱利安过来，她连忙放下图录起身问道，"还没到六点吧?"朱利安拍着衣袖上的灰还没答话，坐在前台的弗雷德对他俩笑道:"没关系，你们可以走了，今天周五嘛!"冯欣道了谢，去仓库拿了自己的双肩包，同弗雷德说了"周末愉快"，然后与朱利安一起往地铁站走去。

两人有六七站地铁是同路的，冯欣便问他，专家鉴定工作室和拍卖行究竟是什么关系:"专家们不是在拍卖行里工作吗? 比如埃琳娜负责油画、家具，她难道不是这方面的专家?"

"不不不，"朱利安解释道，"你说的那种是英美体系的大拍卖行，法国的拍卖行业比较特殊，别说你一个外国人，绝大多数法国人，如果从没在这个行业里工作过，也确实搞不懂。"

他俩在站台上等地铁，朱利安放慢语速告诉冯欣，在英美体系的拍卖行里，通常每个部门都有自己的专家，物品的估价、断代、描述，基本都是由各部门的专家完成。但是法国的拍卖行不同，朱利安笑道："我先前跟你说过，法国要做拍卖师很难，大家都要熬上七八年，甚至十来年才能当上拍卖师。一旦成为拍卖师，只要有条件有机会，肯定都想成立自己的公司，谁也不愿意给别的拍卖师打工嘛！所以法国有很多拍卖行，光是巴黎就有将近200家，如果算上外省的拍卖行，那就更多了。"

"200家！"冯欣低声惊呼起来，地铁进站了，两人走进车厢，朱利安看见有个座位空了出来，便示意冯欣坐下。她连连摆手，又问道："这些拍卖行，都是像我们实习这家一样吗？"

"那怎么可能？"朱利安笑起来，"我们实习这家算规模比较大的，有自己的拍卖厅。许多巴黎拍卖行都很小，尤其是那些位于市中心的，因为办公室租金太贵，都特别小。我去年到一家拍卖行面试，你根本想象不到，世界上竟有那么小的拍卖行！他们只有一间办公室，最多十五六平米。"朱利安指着地铁门比画道："差不多就是这道门这么宽，放了两张桌子，全公司就一个拍卖师加一个秘书，实习生连坐的地方都没有。"

冯欣完全听呆了，正想问这么小的公司如何举行拍卖，还没来得及在头脑中组织好法语句子，就听朱利安说："正因如此，法国拍卖公司不可能都有自己的专家体系，而且拍卖的物品五花八门，油画家具瓷器亚洲艺术品非洲艺术品……拍卖师虽然学过三年艺术史，但也不是全知全能嘛！所以，200多年来，基本都是拍卖师负责征集物品、组织拍卖，而拍品鉴定则是交给各个门类的专家——"

"200多年？"冯欣怀疑自己听错了，忍不住打断他问道，"你是说法国的，拍卖行业已经存在200多年了？"

"那当然了！"朱利安对她的诧异反而有些不解，"认真算起来的话,还不止呢。17世纪就有这个行业了,后来路易十五颁布了第一部拍卖法——你知道路易十五吧?那是18世纪。"

冯欣被身后要下车的乘客轻推了一下,连忙侧身让开,恍然反应过来18世纪就是乾隆皇帝的时代,脑海里马上响起电视剧《还珠格格》的主题曲,实在无法想象同一时期的法国居然已有了拍卖法。地铁车门关上了,冯欣挤回朱利安身边,听他接着说道:"法国的专家体系独立于拍卖行而存在,原则上说,相较于英美体系,这样会更公正客观一些。一个鉴定专家通常会和十几家,甚至几十家拍卖行合作。那些特别有名的专家工作室相当厉害,也相当有钱,比如古典油画方面顶级的那家,一万欧元以下的画作,他们都不屑于鉴定,因为太便宜了,对他们而言纯属浪费时间。他们看不上的这些'破烂',拍卖行会交给其他不怎么有名气的小专家来鉴定,不过,有时候'破烂'里面也能捡到宝,那就是另外的故事了。"

"有人吃饭,有人喝汤,没想到这个行业也是如此。"冯欣正暗自想着,朱利安转头看了一眼窗外的地铁站牌,又对她说:"很多专家工作室也有100多年的历史了,比如古籍专家X先生。"他说了这个名字,随即意识到冯欣应该没听说过此人,便停了停,突然想起来,说道:"威廉入狱的事你知道吧?"

冯欣万万没想到他会提到威廉,连声说知道,朱利安说:"威廉那家古董行,还是他曾祖母在20世纪初创立的,现在嘛,"他眼里透出一种少见的讥讽神情,"现在被查封了。"地铁到了香榭丽舍站,人潮涌入,他俩被挤得紧贴着车门,朱利安意识到此时不该讲这样的话题,便对冯欣说:"法国的法律规定,拍卖行和专家要对拍品的鉴定负责。不过,很多国家并没有类似的法律约束,像加拿大、比利时……这些国家都没有,你们国家是什么情况呢?"冯欣不太明白他的话,只好摇头说不知道。

朱利安见她一脸茫然,于是详细解释道:"比如你买了一幅画,图录上写的是莫奈真迹，可是你买了之后才发现是它一件赝品，如果你能提供确凿有力的证据，拍卖行和鉴定专家就必须把钱退给你。追诉时效以前是 15 年，现在是 5 年。"朱利安估计她听不懂"追诉时效"这个法律术语，又补充道："也就是说，在你买了这件东西之后的 5 年内，只要能证明物品和图录的描述有差异，比如年代、材质、品相，甚至某个细节不对，都可以要求拍卖行退钱。"

"这条法律本是为了保护买家的权益，但是，和所有法律一样，也会被人滥用。"冯欣还在发懵，朱利安已经笑了起来，说道，"我之前在另一家拍卖行实习，就遇到过一个很特别的客人，他这辈子只收藏和'鹰'有关的艺术品。听说好几年前，他在拍卖行买了件日本屏风，图录上写着屏风上画的是只鹰，结果他买回去之后研究发现，那不是鹰，而是隼。他就要求退货还钱，拍卖行也只能接受。当然了，肯定不是拍卖行自掏腰包赔钱，是拍卖行和鉴定专家的保险公司各赔付一半——"

他顿了顿，像是忽地想起什么，看着冯欣说道："讲到这事我才想起来，那件屏风好像就是'汉娜'女士做的鉴定。不过谁遇到这种客人都是倒霉，你说哪个鉴定艺术品的专家会去探究鹰和隼的区别啊？隼，你知道这个单词吗？"冯欣摇着头，朱利安正不知该怎么解释，她赶紧从裤兜里掏出手机，请他在翻译 App 上打出这个单词。她瞪着屏幕上这个从未见过的汉字直愣神，还想问点什么，朱利安已到站，跟她道了周末愉快，又说了句周三见，地铁门一开，他便混入下车的人流中消失了。

冯欣一路都在仔细回想朱利安说的话，又记起第一次见到韩嘉漪，她和埃琳娜争执时那种寸步不让的样子，还有在拍卖行偶遇的那些不同年龄不同面貌的专家，以及报纸头条照片上穿着考究西装、风光无限的威廉——现在他在哪里？是不是和那些杀人放火贩毒抢劫的罪犯关在同一间牢房里呢？她似乎想清楚了一些事情，又似乎更糊涂了。走出车站，阴云密布的天空开始落下稀疏的雨滴。冯欣撑着伞朝公寓走去，路边一丛野生的墨红色蜀葵开得如清明节烧纸盆里的残烬一般，晚风吹来忍冬花冷冽的香气，她抬起头，看见伞骨断了一根，另外几根伞骨也生了锈，在伞面上留下一道道浊黄的水渍。

回到公寓，她发现手机上刚收到几条语音留言，是同班一位中国女生告诉她，下周是期末考前的复习周，自己找法国同学复印了课堂笔记，因为看冯欣最近很少去上课，就用邮件给她也发了一份。冯欣感动不已，连发好几条信息道谢，那女生又发来语音说："你知道的，法国人的笔记都特别潦草，根本看不懂写的是什么鬼。我是找班上那个越南女生借的笔记——就是那个眼线画得特别长的女生，她的字圆个圆个的，最好认了。"

冯欣不知要怎么感谢她才好，接连发了几个道谢的表情包，又回复："考完试我请你吃火锅啊！"

"我听说9区刚开了一家云南餐厅，做的过桥米线很正宗，我们到时候一起去吃米线啊！"那女生娇娇嗲嗲的语音传过来。

"好的好的！一定一定！"冯欣马上打字回答。她总觉得语音信息会给别人添麻烦，自己的声音又不好听，所以不到万不得已，绝对不会发语音给对方。那女生接着闲扯了几句，冯欣总是"秒回"，她从不敢主动结束一场对话，要么是等到对方说再见，或者对方不再回复，她才会心悬悬地放下手机去做别的事，还要不时再看两眼手机，深恐没有迅速回信息而令对方不悦。

"我将来要是能变成韩嘉漪那样的人就好了，哪怕能有她一半的本事和魄力呢。"冯欣躺在床上，百无聊赖地玩了很久的手机，快8点半了才感到饿，起身打开冰箱，看见里面还有昨天剩的半瓶罗勒番茄酱，就在电灶上煮了两把意大利面当晚饭。她盯着蝴蝶形的面片在沸水里翻腾，又想起今早自己抱着估价十几万元人民币的瓷瓶去坐地铁，而现在正煮着超市打折的便宜面片，再过两个星期要和同学去吃过桥米线……她模糊地感觉自己像一只挣扎着爬向井口的青蛙，摇摇晃晃地窥见了一点更广阔的天空，可是天空那样高远，那样触不可及，眼中看到的那些东西，恐怕都只是梦里的魅影幻象罢了。

磨蹭到周二，冯欣才下载了同学发来的课堂笔记，第一页就是统计学的各种公式，看了不到一分钟，她就厌恶地关闭了页面。"算账的伊丝黛尔都用不着这些公式吧，学了有个屁用啊？"她嘟囔着，想起正在追的一个明星谈恋爱的综艺好像是今天更新，便又看了大半天的娱乐视频。

周三早上在拍卖行的工作倒是难得的轻松，科斯曼带着朱利安，把要送去市中心拍卖大楼预展的拍品逐一包装好，码放进运输箱，冯欣只需拿着清单核对装箱的物品即可。中午吃饭时，大家取了各自的午餐刚刚坐定，西蒙不知是从哪里冒出来的，端着餐盘满面春风地快步过来，一坐下就迫不及待地说："猜猜我昨天和谁过夜？"

大家还没反应过来，坐在他对面的冯欣脱口而出："啊！你打了谁？"

众人愣了两秒，轰然笑倒，冯欣明白自己闹了大笑话，窘得满脸汗出，弗雷德本想跟她解释，但他笑得脸都红了，实在说不出话来。还是一旁的朱利安先止住了笑，轻声告诉她："西蒙说的 taper 这个词，在单独使用的时候，确实有'打人'的意思；但他刚才说的是 se taper，俚语里是指'过夜'——法语有很多这种'小陷阱'，你弄错了很正常。"冯欣的双颊红到了鬓边，低着头跟朱利安道谢，好容易众人笑得差不多了，弗雷德揪着手里的法棍面包，笑着问西蒙："到底是谁？"

"一个老女人。"西蒙用刀叉仔细地给前菜里的大虾去壳，头也不抬地回答。

"老女人？"科斯曼哑着嗓子惊问。

西蒙切了一段肥美的虾肉送进嘴里，微微抬起下巴咀嚼着，颇有些享受地看着众人的好奇神色，然后对弗雷德说："上个月你开槌的那场尚品拍卖,买了最贵的圣罗兰蓟花外套那个女人,记得吧？就是她。"众人都低声惊呼起来,科斯曼欠身拍了拍西蒙的肩膀,咂嘴赞叹道:"你够可以的啊!"

预展时西蒙拉着那女士的手,爱抚般地给她试戴手套的样子瞬间出现在冯欣眼前,她觉得这是自己听过最醒龊的事情了,又怕心里的嫌恶流露在脸上被西蒙察觉,便埋下头吃东西。听见西蒙用毫不掩饰的得意语气说着,那女士是一位事业有成的律师,十多年前跟丈夫离婚之后,也没有再婚,前几年退了休,闲着没事就在各个拍卖行买艺术品。她收藏的那些高级成衣,除了自己喜欢之外,还有别的用途。一来可以把它们以赠予的名义送给子女,以避免遗产税,二来——

"二来可以捐给博物馆,抵消富人税。"弗雷德笑着打断了西蒙的话:"去年她在我们公司拍下那件 15 万欧元的外套时,我就猜到了。这些都太寻常了,有没有新鲜点儿的?"

西蒙闻言一下子站起身来,哗地拉开西装上衣的左侧衣襟,众人看见内袋下面缝着一方银白色丝缎的 Dior 标志,朱利安脸上露出一种少见的扭曲笑容,抬头问道:"她送你的?"西蒙回身坐下,撇了撇嘴说:"总不可能是我自己买的嘛,我一个月工资还买不起这件衣服呢!"

"一个月工资还买不起一件衣服!不是吧?"冯欣没忍住,讶然问道,她向来以为拍卖行的员工整天在钱堆里打滚,收入肯定非常高,他们就是她少年时代在杂志上看到的,令无数人艳羡的"金领"啊!她这一脸的惊诧让大家都笑了起来,西蒙懒得搭理这个傻乎乎的实习生,低头继续切着虾肉,还是弗雷德跟她解释:"这是迪奥,一件外套至少要两三千欧元,我们一个月的税后工资也就两千多,当然买不起啊!"

冯欣张着嘴说不出话来,想起第一次遇到叶芝,她那条极美的迪奥黑裙子,还有上周她来看织绣时,让英国摄影师赞不绝口的那件"非常非常贵"的香奈儿针织连衣裙……原来,这世上真的有人会花几万元人民币去买一条日常穿的裙子啊!而且西蒙这件西装看上去挺普通,叶芝的裙子那么精致,更不知道要贵成什么样了,可是,叶芝也是在拍卖行上班,怎么她就能那么有钱呢?看来 T 家拍卖行工资一定特别高。不过,2000 多欧元的月工资也不低了嘛,冯欣在心里算了一下:"相当于一年 20 多万元人民币的收入,我国内的大学同学,几个人能有 20 万元年薪啊?再说他们每年还有五六个星期的全薪假期,法国人真是不知足!"她想着,又结结巴巴地问道:"公司拍卖,赚那么多钱,你们——"

"是公司赚了很多钱,不是我们啊!"西蒙冷笑着打断了她,"一场拍卖不管是拍了几十万还是几百万欧元,我们都是拿那点工资啊!"他用下巴指了一下弗雷德,说道:"他现在是拍卖师了,兴许再熬个十来年,他就能从他举槌的每场拍卖里,分个 1% 的抽成——只要我们老板愿意赏给他。"

"钱都进了那家人的腰包啰!"科斯曼的粗哑嗓子补充道,"说不定戴维德家的地下室里有个巨大的保险柜,伊丝黛尔收到的现金全都直接塞进去了。"

众人都笑起来,西蒙耸耸肩膀说:"钱也不一定都锁在他家的保险箱,还有一半肯定被那个女人拿去豪华酒店开房了。"大家知道他说的是埃琳娜,然而她那些风流韵事早已令人生厌,科斯曼忍不住要继续刚才没讲完的话题,放下刀叉,拍了一下大腿,压着嗓音在西蒙耳边问了一句什么。

西蒙懒洋洋的声音像挥之不去的苍蝇一样在冯欣的耳畔盘旋,在座只有她一个女生,她虽然不能完全明白男人们的谈话,却也感觉到内容越来越不堪入耳,便佯装没有在听,低头吃着薯条。

男人们不断窃笑着,弗雷德又问那女士如何赚了这许多钱,西蒙切着餐盘里的鲑鱼块，说道："她离婚时狠狠宰了银行家前夫一大笔，律师嘛！"或许是因为嘴里塞了鱼肉的缘故，他那种冷淡的声调听起来格外遥远，犹如从墓穴深处传来："她那么有钱，又不止我一个人染指其中，我才无所谓呢！何况她亲口跟我说，是我给了她第二次青春……"

冯欣吃完了主菜，她今天取的甜点是盛在一只浅口高脚玻璃杯里的"漂浮小岛"，一块棉花般松软的蛋白奶泡圆球，漂浮在嫩黄色的香荚兰味蛋奶酱上，淋在上面的焦糖汁已经漫散了，把"小岛"融得没了形状，七零八落的烤杏仁片栽在蛋奶酱里，像许多溺死在诱虫剂中的长翅白蚁。

冯欣不动声色地吃着甜点，她一直都在专注听着男同事们的谈话，虽然许多粗鄙的俚语令她摸不着头脑，但内心深处一种审丑的快感却愈燃愈烈。就像许多人对绯闻艳情、床笫私事总有无比强烈的窥探欲，仿佛是在抠完脚趾之后并不立刻去洗手，反而要狠命闻一闻手指上残留的臭味。

大家终于吃完聊完了，科斯曼站起来伸展了一下胳膊腿儿，端起餐盘对冯欣说："小姐，我们今天下午要去拍卖大楼布展，很辛苦的，要干到很晚，你准备好了吗？"

冯欣不明白他说的拍卖大楼是什么，虽然上周克莱尔也跟她提到过，弗雷德笑着说不必担心，大家都要一起过去。她随口应着，隐隐觉得接下来这场亚洲艺术拍卖将会是人生中无比重要的一个节点，或许能让自己挣脱这许多年无尽的困厄，去靠近那个连做梦都不敢想象的华彩世界。

夏之章

"你使我们进入罗网,把重担放在我们身上。

"你使人驾车轧我们的头,我们经过水火,

"你却把我们领到丰盛之地。"

——《诗篇》

6

　　回到拍卖行喝完咖啡，小憩了片刻，冯欣便同大家坐地铁去往市中心的拍卖大楼，她很想跟朱利安询问关于拍卖大楼的事，然而男人们一路都在闲扯，她只好默然尾随。

　　走出地铁站，又飘起了寒凉的细雨，同事们却都没有打伞，顶着雨丝走得飞快，冯欣看见这一带商店橱窗内几乎全是各式各样的古董旧物，虽然来不及驻足细看，但是明显感觉这里陈设的艺术品，和T家拍卖行附近那些画廊和古董行里的不太一样。这边的店铺少了盛气凌人的架势，所有油画家具、古籍瓷器、座钟雕塑……似乎都蒙着一层被遗忘了太多年的厚厚尘灰。站在路边等红灯时，冯欣注意到身旁一家小店橱窗里凌乱摆着许多花花绿绿的各国邮票，几十枚上百枚邮票装在塑料封口袋里整袋出售，袋口贴着50欧元到100欧元不等的手写价格标签，让她想起小学时在校门口卖明星贴纸的摊贩。

　　跟着同事们拐进一条小巷，冯欣望见一栋四层高的灰色现代风格建筑，楼前空地上停着几辆造型别致的敞篷老爷车，用黄铜柱红丝绒挂绳隔开，有许多人好奇地围着观看。她还没来得及仔细打量大楼的外观，男同事们已快步走进了楼侧的一道红色窄门，弗雷德在门边招呼着她："欣，快过来！这是后门，你跟着我们才能进来。"

　　冯欣连忙跑进窄门，随着众人上了好几层楼梯，又走过很长一段布满通风管的水泥墙面消防通道，管道上方刺目的照明灯消弭了所有阴影，四周静得只能听见迅疾脚步声的回音，仿佛行走在教堂雄浑高耸的穹顶之下。冯欣觉得自己好像动作电影里的小角色，正与大英雄一起穿过隧道探寻宝藏，一种难以言喻的兴奋之情在心里不停激荡着。

走在最前面的科斯曼用力推开了一扇厚重的钢质大门，一大片灿烂的金色光芒混杂着喧嚣的人声泼洒在冯欣眼前，像舞台上圆形的追光灯束，像日出时照耀天际的云隙光，让她惊喜得几乎忘了呼吸。这炫目的一刹那，此后无数次出现在她短暂人生的梦境中，好似在泥沙俱下的浊水里无意打捞出的一粒璀璨明珠。

这间展厅至少有 100 平米，墙壁全都包裹着厚软的深红色天鹅绒，天花板上垂下来好几层交错安置的射灯架，两个电工正站在门边的线路板前调试，将一排排灯架降低又升起。展厅中央堆满了灰色硬塑料货箱，摞得比人还高，包着厚毡子的家具和雕塑横七竖八散放在各处。五六个穿着深红色 T 恤的运输工人穿行在物品堆垒起来的层层高墙当中，一边跟拍卖行的员工们高声闲谈，一边快速拆着各种包装，从冯欣站的角落望过去，有时只看得见他们的头顶和不停挥动的手臂。

工人们搬运东西撕扯包装的声响和大声粗气的谈话混在一起，嘈杂得令人眼花耳鸣，冯欣走到展厅一侧，看见两个工人站在梯子上，用力往墙上敲着大铁钉，朱利安正仰着头，把一幅又一幅装裱在镜框里的浮世绘版画递给他们。冯欣不知自己该做些什么，就呆站在朱利安身旁，电工刚好把一排灯架降下来，她周围满是被明晃晃射灯照亮的物品，堆成小山一样的半透明塑料泡沫纸反射着刺目的白光。她眯着眼转过头去，看到还有许多货箱源源不绝地涌入展厅，车轮滚动的声音不断传来，像一架硕大的机器正在倾倒无穷无尽的食物，准备喂养即将到来的贪婪捕食者。

这一切似梦非梦，交织漫漶在眼前，让冯欣想起童年时看露天电影，总忍不住跑到幕布的背面去，想要弄清那些飞天遁地的场景究竟是如何发生的。现在，我就在这里，在剧院的后台，在电影的片场……

克莱尔望见冯欣站在墙角发呆，便招呼她过来，让她把一些放在地上的瓷瓶摆进墙边的立式展柜里。冯欣连忙答应了做起来，抱着瓷瓶，小心翼翼在满地杂物和货箱的缝隙中往来走动。

数不尽的货箱逐渐被掏空了，各种冯欣叫不出名字的物品像海潮一样升腾着，占据了展厅的四面八方。高低起伏的人声混着成捆的厚地毯摔下来的闷响，铜瓶铁罐磕碰的清脆声音，推车轮子滚动的隆隆声……回荡在这间高敞的大厅里，灌满了所有人的双耳。一架推车运着一件黑漆镶螺钿雕花大立柜过来，正好横在货运通道和展厅之间，工人们带着粗话的吼叫立刻随之炸响。

等到展厅里终于有了点整齐的样子，搬运工们把扔在地上的泡沫纸和厚毡子收拾干净运出去时，冯欣才感到双腿已经累得快走不动了。她看见墙角有一张踩满了鞋印的脏凳子，也顾不上许多，悄悄坐下来掏出手机一看，已过了晚上 7 点。刚喘了口气，就见克莱尔和西蒙往这边过来，冯欣赶忙站起身，弓着腰朝着他们笑了笑，她这副永远谨小慎微的模样总让克莱尔心生不忍，便对她说："欣，你明早 10 点直接到这里来就可以了，今晚回家好好休息一下。"

冯欣连连点头道谢，克莱尔又说："这里 11 点才对公众开放，你到了先给我打电话，我从后门出来接你，不然你进不来。"冯欣答应着，克莱尔转头对西蒙说："我明早 9 点之前就要在展厅，等一个伦敦来的重要客人，你也尽量早点来吧。"

"有那么早的欧洲之星吗？"西蒙满脸不以为意的样子，"你不用 8 点多就在这里等着吧？"

"他又不是坐欧洲之星来的。"克莱尔跟冯欣摆了摆手道别，往门外走去，冯欣只听见她说："他坐 jet privé 来，他一定要在正式开展前先看拍品，没有其他人，清清静静的……"

冯欣累得一时还不想走，便坐回凳子上，直着眼睛想了好一会儿才明白，jet privé 是私人飞机的意思。"我居然还能见到有私人飞机的人！"她坐的地方正对空调的出风口，一阵阵强劲的凉风袭上脖颈，使她止不住地战栗了几下。弗雷德招呼大家离开，他们带着冯欣从消防运输通道出去，四周粗砺的水泥墙面仿佛将整个世界隔绝在外，以至于走到街上时，猛然看见雨后天地间绚烂的霞光，大家都感叹道："啊，终于天晴了！"

　　漫天晚云像胭脂紫色的浪潮，将世间万物包裹其中，街角咖啡馆里传来喧闹说笑的人声，微寒的春风吹拂着街巷里潮湿的气息，弥散出一种繁华而清寂的画意。虽然法国的夏季要等到 6 月 21 日才正式开始，但每年 3 月底左右，全国早早地就换了夏令时，所以直到晚上 8 点过后，天光都是大亮的——这看似不符合自然规律的夏令时，使得热爱生活的法国人能最大程度地享受一年中最惬意的时光。由于今年春天雨水不断，眼前这样晴明光辉的夕照便显得尤为珍贵，科斯曼和弗雷德都要站在街角抽根烟再回家，像是对一天辛苦工作的小小犒赏，又像是不愿辜负这转瞬即逝的美丽暮色。

　　冯欣和朱利安跟他们道别，她发现下午停在楼前空地上的那些老爷车全都不见了，大楼的玻璃外墙上挂着几块巨大的长条形招牌，红底白字印着"拍卖中心"的大字，映照在霞光万丈的天幕中，如同帆船的桅杆指向无尽的天空。四周古董店的招牌灯渐次熄灭，像星辰消逝于暗夜，衬得灯火通明的拍卖大楼更加宏伟。大楼笔直的外墙线条、整齐优美的几何形构架和周围石砌雕花的奥斯曼建筑迥然不同，似一架不可计量的现代机器，有着硕大而神秘的金属肚子，里面安装了无数齿轮、马达、联动轴、平衡杆……熊熊燃烧的火焰让它们疯狂运转，很远就能听见震天动地的轰鸣，望见炽热灼烫的火光。

　　冯欣不太认识路，便跟着朱利安往地铁站走去，她终于有机会问他关于拍卖大楼的事了。果不其然，朱利安开口便是："拍卖大楼在

19 世纪中期就存在了——"冯欣震惊地打断了他,指着身后的大楼问道:"你说这栋楼吗? 19 世纪建的?"

"不是不是,"朱利安笑起来,"这栋拍卖大楼是 80 年代重建的,当时的总统希拉克来揭幕。你知道希拉克吧? 他非常喜欢你们中国的艺术品。"冯欣只模糊听过一两次这位前总统的名字,但听朱利安这样讲,她便坚定地附和着。两人停下来等红灯,朱利安抬头环视了一下周围,接着说道:"拍卖大楼算是这片街区里最新的建筑了,我们现在看到其他的房子基本都是 19 世纪建的。"

在冯欣认识的所有法国人当中,朱利安是唯一一个考虑到她的法语水平有限,每次跟她说话都会特意放慢语速,并且尽量用简单词汇表达的人。冯欣非常感念他这份善意,有什么不了解的事情,也多是询问他。从来法国的第一天直到现在,冯欣跟法国人说话时,心里始终是紧张的,怕说错时态,怕说错单复数、阴阳性,怕组织不出一个完整的句子,所以很多时候她都不说话,或者用窘迫僵硬的笑容掩饰过去,只有在跟朱利安交谈时,她才会比较放松,表达也稍微流畅一点。她对朱利安说:"法国随便一个什么东西,餐厅、商店、博物馆……经常都有一两百年的历史。我来法国之前,真是没想到,100多年前的房子还能住人呢!"

"这就是法国的魅力啊!"朱利安笑道,"这 100 多年来,法国大大小小的拍卖公司,基本都是在这栋大楼里拍卖——当然了,也要他们有这个财力。"

"什么叫作,有这个财力?"冯欣不太清楚他这话里的意思,好奇地问道。

"在大楼里拍卖很贵的啊!"朱利安觉得她这问题有点莫名其妙,又马上意识到,今天是冯欣第一次来拍卖大楼,对这里的一切都毫无所知,便重复了两遍:"很贵很贵的。"这几个词的喉音被他用强调的语气讲出来,像一阵干涩的叹息。

"大楼共有十几个展厅,每个展厅租赁的费用,运输工人的费用,仓储的费用……都很贵。而且每一场拍卖,无论金额多少,都要把成交价的1.5％上交给拍卖大楼,还有,拍卖必须在下午6点结束,超时就要被罚,听说超过10分钟的罚款就是1万多欧元。所以很多经济实力有限的拍卖行就只能在这附近的酒店租个会议厅,或者租个艺术基金会的大厅举行拍卖。"他看冯欣对"贵"这个词好像还是没有具体的概念,低头沉思了数秒,又说:"这样讲吧,租金、工人这些费用其实都是小事,一般也就是几万欧元的开支罢了,要进入大楼拍卖,首先需要购买大楼的股份,至少40万欧元。"

"多少?"冯欣目瞪口呆地看着他,惊得站住了,"你是说,40万?"她想自己绝对是听错了,伸出四个指头比画着说:"不是4万吗?"

朱利安笑出了声:"真的是40万欧元,这几年还便宜些了,以前更贵。而且这个股份不是你想买就能买的,要等到有老拍卖师退休,出售他们持有的股份时,才有可能购买。"

"有可能? '有可能'是什么意思?"冯欣再次惊呆了,"难道有钱还不一定能买到吗?"

"这很简单嘛!股份有限,但是想买的人很多,所以,当老拍卖师出售股份时,一般都是以拍卖的形式出售,出价高的人才能买到。买到股份之后,才可以进入大楼拍卖——这也只是第一步。之后,拍卖行会竭尽所能购买更多的股份,因为持股越多,在大楼拍卖时,才能有越多的优势,比如,租到位置最好的展厅。"两人准备走下地铁站,朱利安蓦地停住了脚步,回过头去,借着昏黄的暮光望了望远处的拍卖大楼,夕阳已从鳞次栉比的建筑群后面落了下去,先前玫瑰色的余晖变得黯淡微茫,他疲惫的面颊上露出一丝浅笑,喃喃说道:"如果有一天,我也能在大楼里面举槌就好了……"

冯欣看着眼前这个顶着满头蓬乱栗色头发的瘦高小伙子,不知为何,心中生出一种忧伤的共鸣,随着最后一抹夕光的消逝,下午布展时的兴奋也在瞬间荡然无存,只感到一股沉重的倦意锈蚀着全身筋骨。

　　两人坐的不是同一条地铁线,便在岔口处道别,朱利安对她说"加油",因为明天的预展会很辛苦。冯欣道了谢,朝地铁站台走下去,突然听见几声狂怒的吼叫,吓得她一哆嗦,探着头往前走了两小步才发现,原来是站台中间有个流浪汉在大喊大嚷。他恶狠狠地踢着墙壁,双手在空中乱抓乱打,却又抓不到什么,便咆哮得更大声了。冯欣看见液晶屏显示下一趟地铁四分钟后才会到,她有点害怕,又不知该怎么办,只好提心吊胆地站在墙角。周围等车的乘客都和她一样,或站或坐远远躲开,只有在流浪汉吼得特别凶时才会瞟一眼,然后继续聊天、发呆、看书、玩手机。有位西装革履的白发老先生一直坐在椅子上,专心读着最新一期的《鸭鸣报》①,不时无声地笑起来,仿佛他身旁五米开外的这个流浪汉根本就不存在。

　　这就是叶芝欣赏的那种,"大城市里冷漠的自由"吧?冯欣看见流浪汉的拳头打在墙上都出血了,觉得他很可怜,但是一想起那些隔三岔五睡在自己公寓窗前臭烘烘的流浪汉,又感到无比恶心。地铁进站了,流浪汉叫得更加狂躁,引得车厢里的乘客纷纷伸头往外看,而在这一站下车的人们则像躲瘟疫一样快步绕开他。冯欣随着人潮挤上了车厢,夹在几个聒噪不休的意大利女人之间,她费力地别过头去,想让耳膜少受点罪,望着车窗外漫长漆黑的隧道,忽然想:"那些拥有私人飞机的富豪看我们,是不是就像我们看这些流浪汉一样呢?"

　　第二天早上 9 点半刚过,冯欣就已到了拍卖大楼,她怕打扰克莱

---

　　① 《鸭鸣报》,法国影响力巨大的讽刺周报,创刊于 1915 年,每周三出版。100 多年来始终以黑白双色印刷,无照片、无广告、无图表,以及深入的调查报道和尖刻的政治嘲讽文章闻名于世。

尔和那位"坐私人飞机来的贵客",便站在大楼的后门外等着,准备等到10点整再打电话给克莱尔。早上虽然没有下雨,天空却布满了云翳,周围的店铺全都锁着防盗卷帘,狭窄的人行道上偶有手握法棍面包的老人蹒跚走过。五六个从拍卖大楼里出来的红衣运输工人,刚卸完卡车上的货物,正靠在门边旁抽烟喝咖啡,脸上带着睡眠不足的厌烦,狠狠吸着烟,连话都懒得多说。堆积的云层里透出几缕无精打采的天光,照得这片街区愈发阴暗寂寥,只有拍卖大楼层叠错落的玻璃外墙在上升的阳光中闪闪发亮。

冯欣正在四处张望,身后忽然传来一阵铿锵的伦敦腔英语,回响在春末清寒的空气里,显得格外矫揉造作,连运输工人们都举着手里的烟,好奇地转头望过去。是克莱尔陪着一位身穿深色西装的矮胖男子从后门走了出来,冯欣还没看清他的长相,他已钻进了街角的一辆黑色轿车,只看见他满头浓密的灰白色卷发,很像港剧中那些顶着夸张假发出庭辩论的律师。

克莱尔目送那辆车远去,回头发现了冯欣,笑着跟她打招呼,带她从后门进了展厅。几个运输工人正做着布展的收尾工作,有人推着一米多高的大吸尘器在打扫地面,震耳欲聋的噪音中,冯欣一眼就望见了那幅"比别墅还贵"的油画。她好奇地走近前去,画作并不大,50厘米见方,装裱在简洁的金色窄边画框里,挂在展厅正对大门的墙上。油画前方以一座黑丝绒覆盖的高台隔开了一段安全参观距离,台上摆着两盆花繁叶茂的白蝴蝶兰,雍容雅丽的花簇如凤尾般铺洒开来,肥厚浓绿的叶丛和洁白硕大的花瓣完美呼应着油画中冷色调的几何形色块。天花板上的射灯也都精心安排过,明亮的灯光以众星拱月的方式照在画作上,可是在冯欣看来,这样隆重的陈设似乎衬得这幅画更加平平无奇了。

因为读了好几遍韩嘉漪写的介绍文章,现在冯欣知道,这画的是昆曲《游园惊梦》的场景,画中两个三角脸的女子,一个是杜丽娘,一个是丫鬟春香。她抬着头以"瞻仰"的方式看了一会儿，终究不明白这幅画到底贵在哪里，她觉得那两盆蝴蝶兰比画作好看多了，"这么大的蝴蝶兰得多贵啊！"冯欣想起以前在华人开的日本餐馆里打工，温州老板娘经常抱怨餐馆里摆设的蝴蝶兰太贵，后来全部换成绢布做的仿真花了——餐馆的蝴蝶兰还都只是一两枝花茎的小盆花，哪像展厅这两盆，每朵花都有手掌那么大。冯欣想着，往前走了两步，看见十几张平放的玻璃橱柜在大厅中央围成了一个长方形的展示区，像珠宝店一样气派，每个柜子里都放着许多稀奇古怪的小玩意儿，她顺着展柜看了一下，只认得其中有几枚玉佩和一串朝珠，还是这两年看清宫剧才知道的。

西蒙站在展柜旁，拿着图录清点柜里的拍品，看他那样子应该是才到没多久，脸上还满是倦意，他一见冯欣过来，顿时喜笑颜开，将手中的图录啪地合上，连着圆珠笔一起塞进她怀里："你继续清点啊，我出去抽根烟。"话音刚落，人影已从后门消失了。

克莱尔便过来告诉冯欣该如何做，其实很简单，只要对照着展厅里每一件物品的编号，在图录上打叉确认就行。冯欣把自己的双肩包随手放在旁边地上，刚要开始清点，克莱尔转眼看见，忙对她说："欣，不要把包放在这里。"冯欣以为是自己的背包又土又旧有碍观瞻，赶紧把包拿起来，克莱尔领着她往大厅的另一头走去，说道："等会儿到处都是人，你千万别把包放在外面，一不留神就会被偷的。"冯欣这才明白了她的好意，连声道谢。

说话间克莱尔拉开了墙边一扇覆着深红色天鹅绒的小门，这道门很是隐蔽，门上只有一枚小小的不锈钢门环，布展时工人们又在门上挂了几幅越南水彩画，如果不注意，根本看不出这里有一扇门。克莱尔带着冯欣走进去，这是一个不到20平米的昏暗房间，四壁都是粗糙的水泥墙，地上堆着装图录的纸箱和许多杂物，靠墙安放着几排空空的铁质货架，只有三五件衣物摆在货架一角。"这里是展厅仓库,比较安全。不过也不一定,之前听说也有人在仓库里被偷过东西……"克莱尔说着,匆匆往外走了,冯欣脱下外套,和背包一起放在货架上。这两天的经历真是越来越奇妙了,谁能想到,外面那富丽堂皇的展厅背后竟藏着这样一间乱七八糟的小库房呢。

冯欣在展厅里逐一清点着每件物品,最后走到墙边一道将近两米高的款彩仕女图六扇屏风前,这里灯光不甚明亮,屏风的暗影落在旁边一套镂空雕花嵌螺钿花鸟纹的硬木桌椅上,仿佛深沉的暮霭。她仰头看着屏风上那些剔刻出来的仕女,她们衣袂翩跹徜徉于林间花下,这一刻实在像极了穿越剧里的场景,冯欣觉得自己只要再跨一步,就能踏进那雕梁画栋的花园中吟风弄月了。她把图录夹在腋下,掏出手机拍了几张屏风影影绰绰的照片,准备过一会儿加个暗色滤镜发到朋友圈里,配文都想好了:"从巴黎市中心一秒穿越到古代,也不是不可以。"还要加上拍卖大楼的定位……她正美美地想着,忽然一句带着浓重非洲口音的法语在耳畔响起:"小姐,给您的花!"

冯欣一惊,转头看见一位虎背熊腰的搬运工把一大瓶娇黄色牡丹花放在旁边桌上,盯着她笑道:"您喜欢这花吗?"冯欣看着他厚厚的大嘴唇和两排白牙,顿时涨红了脸,她当然知道这花是展厅陈设,和自己毫无关系,却不知该怎么应对。那人又呜里哇啦笑着说了几句,冯欣听不太懂,直觉对方应该是在搭讪。我这样的人怎么可能被搭讪啊?她正在慌乱无措,克莱尔疾步过来问道:"你盘点完了吗?"冯欣赶忙回答是,把图录和笔交给她,克莱尔接过,也来不及细看,急急忙忙走进库房去了。那搬运工也已离开,冯欣独自站在屏风的阴影里,牡丹的幽香如丝如缕地散逸,让她心中生出些许不知身在何处的惶惑,便回身坐在一张硬木椅子上发呆。

一直紧闭的大门突然被拉开了一条缝,西蒙和一个西装革履、腋下夹着公文包,大约40来岁的瘦小法国男子一前一后从门缝里走进来。那男子只飞速扫了冯欣一眼,便穿过展厅,熟门熟路地进了库房,西蒙也慢吞吞跟了进去。冯欣从没见过这男子,只觉他身量虽然不高,目光却像鹰一样锐利,再配上他古铜色的皮肤,越发显得有几分阴鸷。这瘦小男子很快又从库房出来,用力拉开展厅的两扇不锈钢大门,冯欣看见门楣上的液晶屏显示11点整,正是克莱尔昨天说的,拍卖大楼对公众开放的时间。

克莱尔也走出了库房,短短几分钟,她已经换上了一双和裙子同色系的高跟鞋,还补了个淡妆,神采奕奕地站在大厅中间的展柜旁。冯欣正暗自感叹这些巴黎女子的气度果然是天下无双,就听到一阵模糊杂乱的喧嚣声在迫近,如同暴雨来临前裂响在云层里的隐隐风雷。她不由自主地站起身,看见展厅洞开的大门里涌入了无数争先恐后的人,男女老少推撞拥挤,好似唯恐错过了什么精彩的演出。宽敞的展厅很快变得像大工厂一样热闹,英语、法语、德语、中文……融混在一起,填塞了所有空间,天花板好像都开始颤抖了。这景象让冯欣惊讶得裹足不前,她一眼望去只有各种肤色的人脸,像翻腾的波涛一样朝各个方向滚动。

“你在这里做工吗?”冯欣听到一句南方口音中文,诧异地侧身一看,是一个矮小的中年华人男子。冯欣嗯了一声,又马上梗着脖子纠正道:“我是这里的实习生。”——“做工”这个词,让她想起从前在华人雇主家打扫卫生、在餐厅后厨洗碗擦地的日子,自己现在被各种价值不菲的艺术品环绕,怎么可能是“做工”呢!“把我当成刷碗的小工吗?”冯欣有点忿忿然地想,对方的脏脸上却没有任何表情,只说了句:“鼻烟壶,给我看看鼻烟壶。”

冯欣愣住了,她不知道鼻烟壶是什么,那男子似乎看出了她的困惑,便指了指旁边展柜里那些花花绿绿的小瓶子。冯欣恍然大悟,昨天布展时她就很好奇,这些仅有六七厘米高的小瓷瓶,每个上面都用细若蚊足的笔触画着花鸟或人物,有几只像是玻璃做的,画面居然是在小瓶的内壁上,也不知是怎么画进去的……原来叫作鼻烟壶啊!

"鼻烟"又是什么东西呢？她掀开了展柜的玻璃上盖，这些平放的展柜都是朝上打开的，她一只手费力地托住沉重的玻璃柜盖，另一只手伸到柜子里，小心地取了一只鼻烟壶。

"不是这个！"那男子提高了声音说，"那个！内画的那个！"冯欣没听懂他的话，只好把手中的鼻烟壶又放回原处，他不耐烦地用手指戳着展柜，戳得玻璃柜盖直摇晃，嘴里不停嚷嚷："那个，那个啊！哎呀——"他忍不住自己伸手进去够那只鼻烟壶，冯欣完全慌了，想起昨天克莱尔再三叮嘱过，无论如何，都绝对不可以让客人伸手进展柜里。她急得满头汗出，然而根本来不及阻止这矮小男子，他早已眼疾手快地拿出了那只内画鼻烟壶，高举在眼前，借着头顶的射灯光线翻来覆去查看。

冯欣不知该怎么办，只能目不转睛地盯住他，展厅里人山人海，她很怕他揣着鼻烟壶混进人群跑了，正紧张得大气都不敢喘，眼角的余光瞥见身后又伸过来一只手，鲶鱼一样滑溜溜地探进展柜，迅速摸出了另一只鼻烟壶。冯欣几乎惊叫出来，托举着玻璃柜盖的手臂一酸，差点把展柜盖子砸落下来。

"小姑娘啊，"拿着内画鼻烟壶的那矮小男人对她说，"这个柜子的盖子，是可以支起来的呀，你不用一直举着嘛。"他说着便轻推了一下玻璃柜盖的支架，将它卡进了展柜内侧的一道小凹槽里，然后对她说："你放手就行啦！"冯欣半信半疑地松开手，厚重的柜盖果然被稳稳支撑住了，她甩了甩酸痛的胳膊正想道谢，就见他又把手伸进柜子里，利索地摸出了另一只鼻烟壶。

此时这个展柜旁边围了不下10人，因为柜盖已经撑开，大家都想直接伸手进去取鼻烟壶，预展才开始不到10分钟，冯欣感觉自己快要被稠密的人潮淹溺了。在这片走投无路的绝望中，一些数字突然清晰地飞掠过她的脑海："500，800，600，1200欧元……"冯欣想起了图录上这些鼻烟壶的估价。"如果有人偷了鼻烟壶，我怎么赔得起啊!"金钱的刺激带给她最直接的痛感,像打了一针强心剂,冯欣在刹那间充满了勇气,她挺身挡开几只正想伸进柜子里的手,清楚坚定地用中文说:"我来给你们拿。要看哪一件?告诉我编号吧。"

混乱的局面终于被稍微控制住了,冯欣把鼻烟壶逐一递出去,在他们观察鼻烟壶时,她也仔细地观察着这些人。他们应该都在法国生活了许多年,彼此都认识,一个人拿到一只鼻烟壶之后,其他人会马上凑过来,指点着物品,并用佶屈艰涩的方言交流着意见。他们普遍身量矮小,手指骨节粗大、皮肤粗糙,看得出经年辛苦劳作的痕迹,穿的也多是褪了色的旧衣。冯欣心里很是纳闷,这些人看起来昨天还在中餐馆的后厨打杂备菜,怎么会来拍卖大楼看预展呢,而且一个个都蛮懂行的样子,连展柜的盖子怎么支起来这种细节都知道。这些人难道有钱买艺术品?

冯欣转脸瞥了一眼那幅高挂在展厅中间的《游园惊梦》油画,回想起韩嘉漪那篇内容翔实文笔优美的文章,再看眼前,一个矮胖男子正歪着脑袋,用粗壮的手指夹着一只玛瑙鼻烟壶,聚精会神地摩挲着上面巧雕的"马上封侯"。他光亮的头顶上挂着残存的几缕油腻头发,因为肥胖,光头便显得尤为硕大,眼睛和鼻头也都是圆滚滚的,挺着个大肚子,一件油黑的平绒外套早不知是哪个年代的了。"小妹妹啊,"他抬头看着冯欣,指着手里的鼻烟壶问,"这个估价多少?"

"啊,我不知道,我没有图录。"冯欣忙着把另一只鼻烟壶递给一位客人,指了指展厅中央的克莱尔,"您去问一下我的负责人,图录都在她那里。"秃顶胖子正要过去,冯欣又补充道:"图录是 10 欧元一本。"

"图录要钱的啊?"胖子悻悻然问道,"你去拿一本给我不行吗?"

这两个问题都如此匪夷所思,冯欣不知该怎么回答,只好假装没听见,转身将一位客人还给她的鼻烟壶摆回柜子里。展厅密集的人流逐渐散开了,拍卖大楼的十几个展厅像无底深渊,敞开大口不断吸纳着人群的洪潮,这秃顶胖子却不肯罢休,一直靠在展柜旁等冯欣拿图录给他。她没有办法,只得暂时关了展柜,带他去找克莱尔拿图录。克莱尔正陪着一位德国老太太看日本漆器,冯欣跟她解释了这胖子的来意,克莱尔便微笑着说:"先生,图录是 10 欧元一本。"

秃顶胖子登时鼓起两眼,用夹杂着南方方言的蹩脚法语嚷道:"我们来买你们的东西,是给你们面子!图录还要收钱!没见过钱啊!"冯欣被这一通劈头盖脸的脏话骂呆了,克莱尔冷冷说道:"先生,请您离开我的展厅,否则我马上联系安保人员。"胖子好像没有听懂,还在骂骂咧咧,克莱尔拿出手机正要打电话,抬头望见刚好有一位膀阔腰圆的保安巡视经过门口,便招手示意他过来,秃顶胖子这才咕哝着满嘴方言离开了。

克莱尔正想安慰冯欣几句,旁边那位德国老太太说要看一件漆器,把她叫了过去。冯欣没想到在拍卖大楼预展第一天就遇到这样的辱骂,站在展柜旁委屈懊丧不已,抬头环视了一下,才发现玛丽昂不知何时也到了,正站在不远处给一群人拿瓷器看,西蒙坐在接待处的桌子后面,仰头跟一位抱着小狗的法国男子嬉笑闲谈。

大厅内的人群虽然比刚开门时少了一些,但还是一锅粥似的乱哄哄,许多人围在那幅《游园惊梦》油画的隔离台前,探着脑袋伸长脖子,指指戳戳地观看画作,都努力摆出一副行家的姿态。各种年龄、职业、身份的人混杂在一起,几个 50 多岁法国古董商站在款彩屏风的暗影里高谈阔论,不时爆出一阵大笑,引得众人频频侧目;两三个趾高气扬富豪模样的人身旁紧挨着一帮目光游离的跳蚤市场旧货商;有些人苍老得好似也变成了古董,拄着拐杖本想要徐行慢看,却被人流推着往前走,便不停地嘟囔抱怨;一群十七八岁的学生跟着老师来参观,对每一件物品都充满好奇,瞪大眼睛隔着展柜玻璃看了又看,彼此间小声低语着,如果有工作人员问他们是否想要取出展品来看,他们立刻红着脸慌忙走开了;偶有几位珠光宝气挎着奢侈品牌包的法国女士像迷路的漂亮小鸟一样溜达进来,通常只环视了一下展厅便皱着眉头想要离开,无奈却被混乱的人丛所阻,只好慢腾腾往门外挪去……每一个来到此地的人都各有其目的:为了学习、为了赚钱、为了收藏、为了交际、为了打发时间,为了偶尔见证天文数字般的成交价,好增加几分钟茶余饭后的谈资,或者只是为了感受一下热腾腾的人气,让自己的垂暮之年不那么凄凉。

冯欣迷茫地看着面前纷扰喧腾的人潮,他们是谁?是从哪里来的?为什么都不用上班,在这里逛来逛去?一个40岁上下的华人男子穿过人群朝这边走来,他身材高大匀称,穿着剪裁得宜的浅灰色薄西装外套,相貌虽无特别出众之处,却有一种自在娴雅的风度。

"这人肯定就是那种特别厉害的收藏家了。"冯欣想着,心里的敬畏之情油然而生。他来到冯欣面前,微笑着说:"小姐您好,请拿一本图录给我。"他声音中带着一种毋庸置疑的笃定,冯欣几乎无法拒绝,但回想起刚才那番辱骂,她还是小声说:"先生,嗯……图录是,10,10欧元一本。"

对方明显吃了一惊,微张着嘴愣了几秒,脸上掠过一丝克制的笑意,仿佛冯欣刚讲了一个令人忍俊不禁的笑话,点了点头说:"好的。"随即在两边裤兜里掏了一会儿,从左边兜里捞出一个皱巴巴的牛皮纸信封,慢慢打开信封,里面是一叠不同面值的欧元,绝大多数是500欧元和200欧元,他一张张翻着钞票,最后找出来一张50欧元,含笑递给冯欣:"我没有零钱啦,您看,最少的都是50欧元,麻烦您找一下吧。"

他这番举动早把冯欣看呆了,这人得多有钱,才会把几千上万欧元像装卫生纸一样塞在裤兜里啊?她不知道该怎么办,克莱尔不在旁边,到哪里取零钱找给这位先生呢?她也不敢去接他递来的50欧元,正面红耳赤地傻站着,一个细瘦高挑的身影,伴着一阵清脆的高跟鞋声和一个女人带着笑意的话音传来:"哎呀,你真是够了啦!"

是韩嘉漪抱着一摞图录走了过来,这是冯欣第一次听到她讲中文,语音语调都比她讲法语时和婉了许多。回想起曾经的种种尴尬难堪,冯欣脸红得直发烫,韩嘉漪却根本没有注意到她,她腾出一只手,一把扯过那男子手中的 50 欧元,笑着塞回他的外衣口袋里,又轻拍了几下他的胳膊,嗔笑道:"你倒是掏一张 500 欧元让人家找啊!"她说着便把怀里抱的图录递给冯欣,并顺手拿了一本给那男子,两人说说笑笑地往展厅的另一边走去。冯欣意识到自己做了蠢事,用力咬着下唇发了一会儿呆,才蹲下去把韩嘉漪带来的图录放在展柜底下整理好。

她刚刚站起身,一位小个子男人凑过来,低声说道:"你不认识他吗?他姓李。"

7

这男子看上去 40 多岁,只比冯欣略高一点,微微有点发福,小平头、低前额,一张南方人的圆脸,衣着普通得仿佛一转身就能融进人堆中消失。他在巴黎生活了几十年,法语虽然不算特别流利,但是比绝大多数混迹于拍卖大楼的华人说得都好,圆脸上总带着笑容,很讨人喜欢。他跟这个行业里方方面面各种人的关系都不错,再加上与生俱来的敏锐直觉,使得他很早就成为了一位相当成功的捎客。

几年前他曾因某些众说纷纭的缘故被捕入狱大半年,获释后第二天他就回到拍卖大楼里转悠了,没有丝毫的气馁消沉。有人半是关切半是猎奇地询问他狱中的情形,他立刻睁大双眼,露出满脸不容争辩的神色回答:"好得很!独立单间、24 小时热水,比住酒店还舒服,吃得又好!"对方见他这样讲,也就无法再探问下去了。

他是发自内心地热爱拍卖大楼,这里几乎拥有人类发现和创造的所有东西:从亿万年前硕大无朋的恐龙化石到古埃及人制作的木乃伊小猫;从古罗马精美绝伦的大理石塑像到近现代不入流艺术家的市井风俗画;从镌刻着王室徽章的全套水晶餐具到乡下人用的长柄暖床铜炉;从中世纪的童贞圣母木雕到雍正的斗彩花鸟瓷碗;从中世纪的泥金祷告书到拿破仑的内衣;从价值连城的彩钻到破烂污脏的洋娃娃;从贝多芬手稿到日本浮世绘春画……最华美和最粗砺的,最杰出和最平庸的,最神圣和最世俗的,最昂贵和最廉价的,真的和假的,新的和旧的,在这栋大楼的十几个展厅里,只通过一个共同点联系在一起:所有的一切,都要变成钱。

除了金钱,这里还充斥着无穷无尽的流言蜚语和传奇秘闻,他徜徉在拍卖大楼里,如同一条长须灰鲶自由自在地潜游在黑色浊水中。他知道所有人的故事,知道最隐蔽和最微不足道的丑闻,这些大大小小的事情不时在他脑子里嗡嗡作响,带给他无限快感。

冯欣此刻当然不了解这些,只是觉得面前这个中年男人两只圆溜溜的小眼睛里透出一种坦诚的善意,无形中消散了自己的窘迫慌张。她感激地看着他笑了一下,他便继续说道:"你是刚来的实习生吧?所以你不认识他。这个人姓李,上海的大藏家,前两年拍卖大楼里出了个乾隆玉玺,好几百万,就是他买的。"

他说话时轻轻倚靠着展柜,双手抱在胸前,望着不远处的韩李二人。韩嘉漪刚打开一个展柜,那位李先生便从柜中随手取出来一枚硕大的翡翠扳指,笑呵呵地套在小指上,然后翘起兰花指,歪抬下巴,摆出一个夸张的滑稽姿势,韩嘉漪笑得几乎要蹲下去,又狂笑着取出手机来给他拍照。冯欣看得呆住了,她印象中凶神恶煞的韩嘉漪,居然也有这样,这样……她一时不知该怎样形容,突然想到前两天在朋友圈看到的一个词:"少女心",对,就是这个词,是一个从前国内的大学同学转发的一段话:"好羡慕那种人啊,在专业领域优秀杰出,私底下又活泼可爱得像个小孩子。能始终拥有一颗珍贵的少女心,真是太美好了。"

她怔怔望着这一幕,又听身边的男子说:"这两个人关系很好很好的啦!这个韩女士啊,你认识的吧?她给你们公司做鉴定的。"冯欣连忙点头,那男子继续说道:"我们都叫她韩女士,她那个名字太难念了,什么加一加二的。"他撇着嘴摇摇头,又转脸看着冯欣说:"我认识她10多年啦,她当年就像你这样,也是从实习生开始做的。"

"10多年?"冯欣一惊,不禁问道,"那,那她多少岁了啊?"

"哎哟,她肯定有40多岁了吧,跟我年纪差不多的。当然啦,人家漂亮,看着年轻嘛,我这张老脸就算了……"他轻拍了两下自己的脸颊,发出类似某种啮齿动物咀嚼般的笑声,又说道:"她孩子都生了两个了,之前还离过一次婚,两个老公都是法国人。听说她以前在国内是跳芭蕾的。"

这男子一口抑扬顿挫的南方腔调普通话,好似一个坐在街角摇蒲扇闲聊的阿叔:"这个女人凶得很呢!几年前她刚离婚,有个国内来的大老板想追她,就在预展的时候问她,要不要一起吃个饭啦喝个茶啦。啊呦,她就拉着一张臭脸,当着好多人的面说:'谢谢,我不吃饭,也不喝茶。'当时那个老板的样子哦!哈哈哈!这种女人怎么可能拿正眼看那些土老板,她们是要嫁鬼佬的啦!"冯欣听着,立刻想象出韩嘉漪那副冷若冰霜的神情,忍不住低声笑了一下,还想接着听下去,一位满头白发的瘦高个儿法国先生过来对她说:"小姐,麻烦您,我想要看那边柜子里的几件东西。"冯欣连忙答应着,那华人男子便笑道:"你先忙,我不打扰你工作啦,你怎么称呼啊?"

他这般礼貌周到让冯欣很是感动,马上把自己的姓名告诉他。"好的,冯小姐,"他微笑道,"我姓付,付斌,你叫我老付也可以。你忙着,我到处转一下,回头我来加你的微信。"说着便朝她摆了摆手,往门外走了。

那位法国老先生要看立式展柜里的一只青花瓷盘,冯欣拿了钥匙去开柜门,才发现柜门因为长年使用,已经有些变形,她旋开了锁舌,门边却被卡在门框里了。展柜里陈设着许多瓷器,冯欣万不敢用力去拽,捏着钥匙急得满头是汗,老先生和颜悦色地对她说:"不着急,您慢慢来。"又帮她扶着柜子,折腾了好一会儿,好不容易才拉开柜门。

老先生笑道:"拍卖大楼里什么都是老的,这些柜子也是老古董啊,再过两年恐怕都能当古董拍卖了。"冯欣被他说得笑起来,把那个画着一堆花花草草的盘子递给他。老先生拿着瓷盘刚看了几秒,一个华人男子凑过来,呲着一口多年烟熏的黑黄牙笑道:"宣德。宣德。"

老先生微微偏头看了看他,脸上浮起一丝浅淡的笑意,用生硬的中文回答:"不。宣不德。"

周围不知何时凑过来的几个华人全都大笑起来,重复着"宣不德"取笑他。老先生却全然不以为意,仔细查看着瓷盘,又翻过来看背面,一个华人小伙子伸头瞅了一眼,指着盘底的字,北方话音冲口而出:"哎呀我去,这章子上有个错字儿啊!"

"底款,底款,不是章子,别乱说。"另一个年纪大些的男子赶紧截住他的话,像是怕他继续丢人现眼下去,然而那小伙子脖子一挺,伸手戳了戳盘底,提高声音说:"你自个儿看呀,这啥大明、宣德,这个德字,是不是少了一横,你就说,是不是吧?"

这话实在是太蠢,众人都闭口无言,冯欣虽然不太明白,但她看见有几个人脸上的笑纹都快绷不住了。法国老先生看完了瓷盘,正要交还给冯欣,那个黑黄牙男子连忙伸手过来,用法语说:"我,我看看。"老先生将瓷盘小心递给他,又转头对冯欣意味深长地说:"在拍卖大楼里,您会遇到各种各样人,加油吧!"冯欣没想到他会这样讲,很有点感动，老先生又指指展柜上方说："麻烦您，请拿那件青铜器给我看一下。"

老先生的温文尔雅让冯欣心中生出几许自信，伸手取下了那只青铜大杯子。这个三条腿、竖着两只"耳朵"的杯子她昨天布展时就注意到了，因为形状太奇特，冯欣昨晚回家特意查过图录上的法语描述，她把杯子递给老先生，微笑着用法语说："这个，叫作'爵'。"老先生不置可否地笑了笑，两手捧着杯子，翻来覆去地细看。冯欣见他没有回答，估摸着是自己的法语太烂，老先生没有听懂，又或者，老先生根本不懂"爵"是什么，毕竟中国文化这么博大精深，很多中国人恐怕都从没见过青铜爵，何况他一个法国人呢！说到底还是我多话了，唉，其实就不该跟他讲这些……正想着，老先生将青铜杯递还给她，冯欣刚要把杯子放回去，老先生突然用流利而清晰、几乎没有任何口音的中文轻声对她说："这不是爵，这是斝。"

冯欣握着杯子呆住了，"jiǎ"是什么？还是说这件东西是假的？难道图录上韩嘉漪写的鉴定描述错了？这老先生就是传说中的那种"中国通"吗？她一头雾水地愣了几秒，刚才那帮凑在一起看青花瓷盘的华人也看完了，她赶忙先把青铜大杯子放回去，再接过瓷盘摆好。黑黄牙男子还要看其他物品，冯欣便一件件取出来，不时张望着展厅四处，很希望能再见到那位白发老先生，可是他早已在人头攒动的洪流中消失了。冯欣正满心遗憾，耳边飘来了一句语气柔缓的中文："明年是我妈的70岁生日，我一直都很想给她买幅唐卡。"

是韩嘉漪和那位李先生信步逛到了这边，冯欣没敢回头，继续给客人递展品，同时竖起耳朵专心聆听他们的谈话，只听李先生说："唐卡多得是嘛，你们这个厅里就有啊！呐，这墙上挂着好几件呢！"

"谁要买这些破烂玩意儿！我其实想买一幅刺绣的——"

李先生笑着打断了她："你要这么说，14年那件永乐的最好了！"

"哎哟，我要是能有那3个亿的闲钱，我也买那件啊！当时香港预展，我就想飞去看看，就算买不起，饱饱眼福也是好的呀！可惜那个时候是年底，我们也忙着准备拍卖，哪里有时间，所以我都没有见过实物，不过，既然是龙馆买的，之后肯定会展出的。"

"哈哈哈，你跟我说这事，算是问对人了！"李先生爽朗地笑着，"我上个月才和龙馆的馆长吃饭，她说明年就会展出，他们要搞一个隆重的主题大展，到时候你来上海看嘛。我这次来欧洲之前，我老爸还问，你什么时候再去上海……"

听着他俩话音渐远，冯欣才敢转过头去看他们，那位高大的李先生说话间始终用温和的目光罩着韩嘉漪，他俩虽然亲密，却并没有埃琳娜和威廉之间那种情欲流动的暧昧。她不太懂他们谈话的内容，虽然每一个字都清晰地灌进了她的耳朵里，什么东西卖了 3 个亿，"龙馆"又是什么……冯欣觉得这些东西遥远得和自己毫无关系，最让她印象深刻的还是韩嘉漪，她在这位李先生面前，完全变成了另一个人。看她此时这种言笑晏晏的模样，谁会想到，她居然狠戾得能用高跟鞋踩烂别人的手机。

"啊呦，这匹马是公马，有小鸡鸡的哦！你看你看！"一个熟悉的声音打断了冯欣的思绪，是付斌又回来了，正指着一位华人男子手中的一尊西藏铜鎏金骑马佛像开玩笑。

"那可不！这必须得是公的啊！"那男子是个北方人，被付斌逗乐了，"哪有佛像骑母马的？"

"这是吉祥天母啦，骑的是骡子，不是马。"旁边一个又胖又矮像尊弥勒佛似的男人笑着插了一句。

"那就不对了嘛！"付斌两只小眼睛瞪得溜圆，说道，"骡子又不能生崽，怎么会有小鸡鸡啊！"

"怎么没有！"手拿铜像的北方男子回过头来，一脸认真地跟付斌说，"骡子呢，只是不能下崽，人家又不是太监！"

众人都笑了起来，那矮胖子大张着嘴笑得尤其响亮，后颈上的肥肉都随着不停抖动。冯欣兴致盎然地听着这些鄙俗的谈话,她正好站在一盏射灯下方,强烈的冷光刺得她有些目眩。她站在这里已有好一段时间了,渐渐觉得眼前这群高矮胖瘦肤色各异的男女老少似乎都差不多,每张脸上都泛着兴奋的红潮,怪异地融在一起,分不清谁是谁。

"小姐您好,请问明天的拍卖,谁是 Crieur?"一位肥胖的法国老妇人摇摇晃晃走到冯欣面前,高声问道。她化着很浓的妆,腮红和粉底夹在纵横的皱纹里,再加上涂得厚厚的火红双唇,让那张宽大的脸看上去像个摔破的旧瓦罐。冯欣从未听过这个词,愣了一愣,老太太以为她没听见,提高嗓音又问了一遍。这老太太比财务伊丝黛尔还要胖,说话声如洪钟,中气足得像个男人,冯欣被她的话音震得脑子嗡嗡响,拼命思索 Crieur 究竟是什么。词根听着像是"喊叫"的意思,再加上一个表示"从事某种职业的人"的后缀——组合在一起,难道是"喊叫的人"? 她越想越慌乱,只好假装忙着给别的客人递展品,来不及回答老太太。一只手从冯欣身后伸了过来,伴随着一个带着笑意的男子声音:"高美斯太太您好啊,明天的 Crieur 是我。您是把我忘了吗?"

是今早拉开展厅大门那位眼神锐利的瘦小男子。这高美斯太太虽然胖,动作却相当迅速,她一看见这男子,激动得连南法土音都冒出来了,一把拽住他的手臂,拖到旁边,大声说:"亲爱的巴斯卡尔,我怎么可能忘记你呀! 我第一次来拍卖大楼就见到你,这么多年过去,你真是一点都没有变啊! 你不会老啊!"那男子耐心听着她絮絮叨叨的夸赞,始终没有停止微笑,他注视着高美斯太太,又仿佛并没有在看她,目光好像早已掠过了这张花里胡哨的胖脸,落在了不知多远的地方。他这种彬彬有礼却面带矜色的做派让冯欣非常难忘,等到展柜周围的人散去一些,付斌过来加她微信时,她便向他打听这个巴斯卡尔是谁。

"他是 Crieur，就是，这怎么解释呢，"付斌歪着头想了想，"就是，拍卖的时候，报价的那个人。"

"报价的不是拍卖师吗？"冯欣越听越糊涂了。

付斌摆摆手说："你明天拍卖一看就知道了，我也说不清楚。"他一向是非常乐意跟别人讲述拍卖大楼里各种内幕八卦的，此刻便顺着话头说下去："我跟巴斯卡尔很熟的啦！他们做这行的，一般都是同一个家族里，父亲传给儿子或者侄子什么的，绝对不会传给外人，这一行很赚钱的！每场拍卖，他们都有提成——我跟你讲啊，"付斌又凑近了一些，在她耳边低声道，"你知道 SMIC 吧？"

冯欣连连点头，SMIC 是法国法定最低工资的简称，1970 年就已开始实行，为的是保障低收入工作者的利益。她这几年假期里千辛万苦地摘葡萄摘桃子、在酒店打扫卫生，拿过的最好收入也只比 SMIC 稍微高一点点：每月 1500 欧元左右，差不多 1.2 万元人民币。这个词在法国人尽皆知，她正疑惑付斌为什么要讲得这样神秘兮兮，就听见他说："巴斯卡尔有一次跟我抱怨，他那天运气不好，只赚了个 SMIC。"

"什么！"冯欣突地抬起头来，惊得脸色煞白，"一天？你是说，他一天赚 1000 多欧元？"

"半天啦！"付斌摇头笑道，"拍卖都是下午两点才开始嘛！一场拍卖下来，他们如果只赚了个 SMIC 的钱，都很不开心的！整个拍卖大楼就这么五六个 Crieur，金饭碗啊——"他正聊在兴头上，手机响了，只好转身走开去接电话。冯欣顿觉似有千斤重的巨石落在胸口，巴斯卡尔在拍卖中到底是做什么的啊，我累死累活干满一个月的苦工才赚到的那点钱，人家一个下午，不，准确地说，4 个小时就能赚到了。她想感慨点什么，却一个字也迸不出来，只能机械地给往来不断的客人拿出展品、收回展品……过了很久，才发觉因为站的时间太长，腿脚都僵硬得不听使唤了，便悄悄往后退了两步，靠着包裹了深红色天鹅绒的墙面休息一下。

从早上11点展厅开门，冯欣几乎一刻不停地走来走去工作着，因为语言沟通方便的缘故，许多华人客人都会找她看展品，她连坐下来喝口水的时间都没有。在这样连轴转的忙碌中，她甚至都不觉得饿，只是感到虽然穿的是平底鞋，但是站了这么久，小腿和膝盖越来越胀痛，脚后跟也开始有点发肿发烫。当她把一只越南铜香炉放到桌上给一位客人看时，一抬头才望见门楣上的液晶时钟显示14点半了。

"欣，你还没去吃饭吗？"弗雷德和埃琳娜刚进了展厅，弗雷德关切地问她，埃琳娜则径直朝库房去了。她还没来及回答，玛丽昂快步走过来，气鼓鼓地说："哇，这些人简直受不了！一秒钟都不让人停下来！我吃饭去了！"又问冯欣："你也没吃饭吧？我去买个三明治，你跟我一起吧？"

冯欣刚要开口，一个华人大妈走过来，用中文说要看一件展品，她没办法，只好对玛丽昂说："麻烦你帮我买一份吧，谢谢你！"

"你要什么样的三明治呢？"玛丽昂问道。

"啊，随便，就和你的一样吧！"冯欣被那大妈催促着去开展柜拿东西，感激地回头看着玛丽昂说道。弗雷德从钱包里取出一张20欧元递给玛丽昂："这是你们的餐补。你慢慢去吧，我和埃琳娜在展厅里照看着，戴维德过一会儿也要来。"

玛丽昂很快买了三明治回来，她见冯欣还站在展柜前被几个华人客人围着无法脱身，便朝一直坐在接待处闲聊的西蒙招了招手，上前拉开冯欣，斩钉截铁地对那些客人说："我们还没有吃饭，请稍等，我同事这就来接待你们。"

西蒙满脸不情不愿地走过来，玛丽昂拉着冯欣进了库房，从角落里拽出唯一的一张椅子给冯欣，自己一回身，两腿张开坐在货架的底层隔板上。冯欣连忙起身把椅子让给玛丽昂，她摆摆手说不用，低头从纸袋里拿出一个包好的三明治和一瓶水递给冯欣。她感动得有点手足无措，看玛丽昂已坐在货架上大口啃起了三明治，她才满心歉意地坐回椅子里。两人都饿坏累坏了，谁都没说话，专心往嘴里塞着食物，小库房里静得几乎能听见她俩吞咽的声音。

库房门忽然被拉开了，埃琳娜和克莱尔说着话走进来，冯欣马上握着三明治起身问好，玛丽昂懒得动弹，继续叉着两腿坐在货架上吃东西。克莱尔看见她俩，满脸同情的神色，说道："两个可怜的姑娘啊，现在才吃上午饭。"埃琳娜只是瞟了一眼，没有任何表情，好像她们并不存在，她在货架的另一端取了自己的包，对克莱尔说："我得去一趟药房，刚刚过来的时候忘了买瓶精油了，你要我顺路捎点什么吗？"

"你买精油做什么？"克莱尔随口问道，手扶着那张椅子，用她漂亮的蓝眼睛看着冯欣。冯欣明白她是想坐下，立刻退后两步，伸手请她坐，自己走到玛丽昂身边，也伸开两腿坐在货架隔板上。

"你看，我又长 bouton de fièvre① 了。"埃琳娜走到克莱尔面前，冯欣装作取餐巾纸，转头偷偷瞟了一眼，见她指着唇角的几个小水疱给克莱尔看，又说："我要去买瓶精油擦一下。"

"擦药不行吗？精油能管用嘛？"克莱尔应该也是站得腿酸了，坐在椅子上脱了鞋放松着双脚。

"我原来都是擦处方药膏的，去年有个药剂师推荐给我一种精油，我觉得还挺有效。精油毕竟是纯天然的嘛，比药好——我最近这日子过得简直像屎一样，保姆上周突然辞职了，我女儿都没人管……"

"克里斯托弗呢？这几天公司大拍这么忙，你让他照顾女儿嘛。"

"我是指望不上他的！"克莱尔话音没落，埃琳娜就恼火地提高了

---

① bouton de fièvre：字面意思为"发烧水疱"，为疱疹性口炎的一种，由病毒感染引起，与性行为并无必然联系。

声音,"他前天又去纽约出差了,每年都这样! 总是挑我最忙的时候出差!"冯欣放慢了吞咽的速度,仔细听着埃琳娜的话,无意中瞥见身边的玛丽昂狠狠翻了个大白眼。

克莱尔在自己的手包里翻找了一下,抬头对埃琳娜说:"我忘了带高跟鞋软垫了,就是那种三角形,像创可贴一样,但是更厚一点的硅胶小垫子,可以贴在脚上舒缓疼痛的,你知道的吧? 我这双鞋穿了两次,还是有点磨脚,你能帮我在药店买一盒吗?"

"知道知道,我平常包里也会备着一小盒,可惜我今天换了个小包,没装着,不然直接给你几个就行,回头见!"埃琳娜说着拉开门出去了。

克莱尔坐着喝了两口水,静静出了一会儿神,然后起身光脚走到货架前,取下放在角落里的电脑包,拿出手提电脑,刚看了几分钟的邮件,弗雷德拉开门,探头进来,匆匆忙忙地把她叫了出去。

冯欣眼看着库房门再次关上了,才转头低声问玛丽昂:"什么是,bouton,呃……"她记不得后面的那个单词了,玛丽昂马上笑着补充道:"bouton de fièvre,这是一种比较'漂亮'的说法,来形容埃琳娜脸上那种病,其实真正的名字是——"她笑得眼睛都眯成了一条缝,让冯欣把手机上的法汉词典打开,飞快地输入了一个单词。

"哇!"冯欣看见屏幕上显示的是"疱疹",吃了一惊,又见玛丽昂笑得那么别有深意,有点明白了。玛丽昂撇着嘴说:"埃琳娜说她是小时候感染的这个病,所以成年了还会复发。谁信呐! 我刚刚来实习的时候,第一次见到威廉,他就肿着半边眼睛,说是眼皮上长了几个小水疱,哈哈哈哈,怎么就那么巧呢? 一个长在嘴上,一个长在眼皮上,谁知道别的地方有没有呢?"她在脸上比画着,笑得愈加大声了。

冯欣也笑了出声,又怕被人听到,赶紧捂住嘴。玛丽昂喝完了一整瓶气泡水,懒得站起来,就捏着瓶子探身朝墙角的垃圾桶一扔,不偏不倚正好投了进去，她开心地欢呼起来，冯欣也乐呵呵地给她鼓掌，忽然想起来，又问："她们说的，'克里斯托弗'是谁啊？"

"就是埃琳娜的丈夫，那个银行家。"玛丽昂揉着自己的小腿肌肉，说道，"她这个丈夫，从来都不管家里的事情，有一次西蒙说，银行家跟埃琳娜结婚，就给了她一个姓，还给了她一个精子。哦，还给她了这套 16 区的房子——不过房子也不是她的。"

"16 区的房子……"冯欣觉得这句话很是耳熟，很快想起来了，上周在餐饮中心的露台吃饭，偷听到戴维德骂埃琳娜时，他就用这个事情警告过她。"可是，"冯欣问道，"她嫁给了银行家，房子，难道不也是她的财产吗？"

"那怎么可能！"玛丽昂有点讶异地笑起来，"婚前财产都要公证的呀！"她估计冯欣听不懂"公证"这个词，就用简单的词汇解释道："有钱人结婚前，都要在公证人面前签合同，财产、债务都是分开的。婚姻合同有很多种，比如，有一种合同规定，不仅婚前财产，连婚后的财产都是分开的。就是说，丈夫赚的钱是丈夫的，妻子赚的钱是妻子的，如果丈夫送给妻子一件珠宝，将来如果离婚，还能把这件珠宝追回来——我有个表哥就是公证人，经常跟我们讲各种离奇古怪的事情。"玛丽昂鄙夷地笑着："说白了，埃琳娜的银行家丈夫，也就是借这个房子给她住，如果哪天她那些丑事抖漏出来，银行家跟她离婚的话，她绝对会被赶出去的。"

冯欣心里豁然明朗了，笑着对玛丽昂说："这和中国太不一样了。很多中国女孩结婚前，都会要求男方……"她卡住了，用中文咕哝着："呃，房产证怎么说？"她低头在手机词典上查了一下没找到这个词，灵机一动，搜出来"所有权"的法语词，指着对玛丽昂说："很多中国女孩在结婚前，都会要求男方，在房子的所有权文件上，加上女方的名字。"

这次是玛丽昂惊呆了，瞪大眼睛问道："意思是，免费的？女人不用付钱买房子,就这么,加个名字就行？男方怎么会同意呢？"

"不同意就不能结婚啊！"冯欣笑道,她觉得这个问题实在是天真可爱极了。

"哇哇哇！"玛丽昂连声感叹,栗色的大眼睛里满是笑意,看着冯欣说,"你一定要回去,嫁个中国人啊！"

两人经过一早上的预展都累得够呛,难得在这间昏暗的小仓库里躲个懒,说笑休息了一阵子,才恋恋不舍地站起身准备出去。玛丽昂转眼看见货架上埃琳娜的外衣,冷笑了一声说:"埃琳娜蠢得要命,话又多,什么事情都到处讲,自以为她女儿漂亮得不得了,经常拿她女儿的视频和照片给别人看,其实谁要看啊！她女儿上小学了,每周三学校都没课,她时不时会带女儿来公司,我遇到过一回,哇,世界上怎么有那么讨嫌的小姑娘！没教养极了！和她妈一模一样啊！"

冯欣笑着听着,拉开仓库门,两人一前一后走出去。连玛丽昂这样娇憨率性的人都如此厌恶埃琳娜,甚至连带着她的女儿也一起讨厌,可见这个女人何其……

"恣睢",这个生僻的形容词猛地从冯欣的记忆深处蹦出来,是的！恣睢。初中语文课要求背诵的,鲁迅《故乡》里描写那个张二嫂还是林二嫂的这个词,当年考试默写总是写错这两个字,总也想象不出来,"恣睢"的女人究竟是怎样的。没想到这么多年过去,居然是在巴黎的拍卖行里,把这个词和现实生活中的真人严丝合缝地对上了号。

冯欣走到展厅一角,依稀望见一个似曾相识的男人身影在门口晃了一下,还没看清是谁,一群年龄身材各异的法国男士用嘹亮的嗓门聊着天过来,其中一人对她说,要看旁边展柜里的几把日本刀。冯欣想起昨天布展时克莱尔特意嘱咐过,有些刀的刀鞘已经开裂,拿动时必须非常当心,防止锋利的刀刃割到手。她打开展柜,拿起其中一把刀,两只手僵硬地握着刀柄,小心屏住呼吸,好像喘气声稍重,刀就会滑出刀鞘割断手指一样,然后把刀轻轻放在旁边的桌子上。

她这副提心吊胆的模样引得那几个男人暗暗好笑,心底对这些"无知女人"的藐视又加重了几分。一个人熟练自如地拔出刀身,他们便围着默默赏鉴,早上看鼻烟壶的一个华人男子溜达过来凑热闹,伸手要就往寒光凛凛的刀身上摸,那些法国男子异口同声地朝他怒喝:"先生! 住手!"吓得他赶紧把手缩回来,怏怏不忿地走开了。

法国男人们又生气又好笑,纷纷低声讥骂着他,冯欣隐约听见他们说,刀身上若是粘了指纹,这柄刀就算废了。她正在好奇,又见一人从兜里掏出一柄特制的黄铜小锤子,那小锤仅有牙刷大小,锤柄末端是个钉子一样的尖刺。他用尖刺轻巧地戳开刀柄前部暗藏的一枚小木塞,再将长刀笔直竖起,用刀柄的尾部撞击着桌面,试图拆下刀柄,不料刀柄却被里面锈蚀的刀茎卡住了,他在桌上撞了好几次都没能拆开,另一人便接手过来,更用力地撞击着。

他们的交谈中夹杂着大量晦涩的日本词汇,而且全都以法式发音讲出来,不但其他法国人听不懂,日本人恐怕就更听不懂了,极像是某个神秘团体的成员凑在一起,正用诡异的暗语交流着绝世机密。冯欣站在旁边直发憷,完全不知道他们在做什么说什么,其中一个男人转头问了她一句话,她愈加茫然了,这句话里竟没有一个词是她明白的。对方看她傻头傻脑的,不无轻蔑地笑了笑,换个说法又问了一遍,冯欣这次听懂了一个词:"署名",但还是不知该如何回答,另一个男子觉得这实习生太蠢,便问:"谁是鉴定专家?"

"啊,是,是韩女士。"冯欣连忙答道。

"哦?"他们都有些意外,不约而同地抬起头来,彼此交换了一下诧异的眼神,有人说,"怪事了,以前都是 X 先生负责的——这个什么女士,她在哪里?"

冯欣环顾四下,发现韩嘉漪和克莱尔坐在接待处说话,便壮着胆朝她们招了招手,韩嘉漪刚好抬头看见,就拿着自己的图录走了过来。一个 30 多岁的男子笑着问她："女士您好，您就是鉴定这些日本刀的专家？"

"是我。这场拍卖里绝大多数艺术品，都是我做的鉴定。"

"那您懂的可真够多的。"这句恭维话里流露出明显的嘲讽语调，韩嘉漪装作没听见，这些年她遇到过太多形形色色的歧视，对她性别的歧视，对她这张亚洲面孔的歧视，对她在如此年纪就能如此出色的歧视……人类是生而性恶的，实在不必耗费太多精力与恶缠斗，她很知道在怒火攻心时，如何保持不动声色的冷漠。

"汉娜，"另一位男子收起手里的黄铜小锤，他发不出"韩"这个音，就看着她笑道，"汉娜女士，您的姓很有意思嘛！有句法国俗语是这样说的……"他叽里咕噜说了一串，问道："您看，这句俗语里有个词和您的姓发音一样——您知道这句俗语吗？"

"不知道，我也不感兴趣。"韩嘉漪扯着嘴角冷淡地笑了一下，"你们有事情要咨询我，是吗？"

这句话似乎一下子戳到了这群男人的兴奋点，他们立刻指着这把拆不下刀柄的日本长刀，七嘴八舌地向她提问。冯欣虽然一点都听不懂，却也觉察出他们那些佶屈聱牙的法式日语词汇，简直像一把把掷向韩嘉漪的锋利匕首。这就是叶芝说的"厌女症"吧？冯欣对眼前这帮自恃博学的男人真是反感到了极点，但她很快发现，韩嘉漪竟然也在用同样的艰深术语回答他们的问题，有一两个男人甚至忍不住小声赞同。韩嘉漪转身把手里的图录递给冯欣，用法语说："请您帮我拿一下图录，我去取个工具。"冯欣赶忙答应着接过图录，就看她大步流星地走进库房，很快又出来了，手里提着一把大榔头。

她走到放着那柄日本长刀的桌前，抡起榔头对准铁刀镡使劲一砸，咔嚓一声刀柄松动了，韩嘉漪放下榔头，熟练地拆开刀柄，指着锈迹斑斑的刀茎对男人们说："你们现在可以核对署名了。"狭长锃亮的刀身在射灯下映出一道寒冽的光芒，返照到冯欣脸上，让她眯起眼打了个冷战,手中握着的那本图录里掉出了一页纸,飘落到地上。冯欣连忙蹲下身捡起来,是一张竞拍委托单,落款处有一个字迹潇洒的签名:李牧遥。

"牧童遥指杏花村。"冯欣把委托单夹回韩嘉漪的图录里,默念了两遍这句诗,"他就是那位大收藏家李先生吧……所以,有文化的父母,给孩子起的名字都这么好听啊!"冯欣的母亲跟她唠叨过很多次,当时知道生的是个女儿,父亲转头就走了,母亲也非常失望,因为她一直都觉得自己怀的是个男孩。母亲生产后第三天一大早就抱着她出院了,正好办理出院手续的护士叫什么欣,就随口起了这个名字。

冯欣苦着脸悄声叹了口气,她想起前两天在网上看到的新闻,说是现在许多年轻父母都会用"梓""轩""涵"之类的字给孩子起名,幼儿园放眼望去全是各种"梓涵""梓轩""子涵"……连名字都有雅俗高下之分啊。

那群法国男人把所有日本刀都细看了一遍才离开,韩嘉漪逐一纳刀入鞘整理好,随后找冯欣拿回自己图录,用法语跟她说了声"谢谢"。冯欣觉得这点举手之劳完全不值得被感谢,正受宠若惊地连声说不用谢,一位衣着朴旧、有点驼背的法国老先生提着个塑料袋过来,看着韩嘉漪问道:"您好,您就是鉴定专家,嗯,汉娜,女士吗?"

韩嘉漪说是,又问有什么可以帮忙的。老先生从塑料袋中掏出一个包着厚厚泡沫纸的圆柱形物品,约有一本卷起来杂志大小,他把泡沫纸一层一层仔细打开,嘴里不停地说着:"十多年前,我去中国旅游,买到这件宝贝……这些年全家人查了很多资料,都不知道是什么,我觉得,应该相当珍贵……"等他拆完外面的泡沫纸,冯欣才看见里面居然还包着许多薄棉纸。老先生慢条斯理地拆着棉纸,喋喋不休地讲啊讲,好像能一直讲一个世纪,韩嘉漪早就没有在听了,其间只说了一句:"我们先看物品吧。"包装终于拆完,最后露出来一个又旧又脏的深黄色卷轴,老先生郑重其事地将它递给韩嘉漪。

她接过卷轴放在旁边的桌子上，只展开了不到 30 厘米，冯欣都没来得及看清画的是什么，韩嘉漪又迅速卷上了。"这是一幅中国名画。"她微笑着把画卷还给老先生，清晰而直白地说："它相当于法国的《拉若贡德》。"

冯欣看见驼背老先生脸上有种不可名状的东西刹那间黯淡了，不是心理感觉，也不是修辞比喻，是她切切实实地看见，他布满褶皱的面容、眼睛里的神采全都暗了下去，就像头顶的射灯突然断路，有一片光域马上随之消失了一样。她从未见过一个人的脸色竟可以如此变化，心里倏地一凛。

老先生错愕地重复了几遍"拉若贡德"这个词，握着卷轴发了好一会儿呆才反应过来，嘟嘟囔囔地拿起薄绵纸和泡沫纸，细心包裹着他的宝贝画轴，双手都在轻微颤抖。韩嘉漪用一种了无生气的眼神看着他，他一边包一边自言自语，声音近乎呜咽，又尽力试图笑起来，并开始用粗俗的咒骂宣泄着内心的恼怒，长满老人斑的脸也涨得通红。连冯欣都听懂了几句他骂人的话，他见韩嘉漪始终毫无反应，只得气急败坏地走了。

"请问，"冯欣实在憋不住内心的好奇，用结结巴巴的法语问韩嘉漪，"韩女士，请问您，那，那是一幅什么画？"

8

"旅游景点地摊买的《清明上河图》。"也许是冯欣满脸的谦卑让韩嘉漪多少有些心软，便用中文回答了她。她的话音里似乎永远带着一股让人自觉疏远的寒意，冯欣小声道了谢，韩嘉漪正要转身走开,付斌大步跑了过来,堆着满脸笑容跟她打招呼:"哎呀,韩女士,好久不见!"

看见付斌,韩嘉漪冷淡的面孔明亮起来,语调中也透出欢欣,又有客人说要看日本刀,冯欣赶忙上前打开展柜小心取出来,付韩两人便退后几步,站在墙边聊天。付斌抱怨着这几天大大小小的拍卖实在太多,昨天一天共有五场拍卖,简直疲于奔命:"哎呀,现在买点东西也是不容易! 累得个要死!"

"你这是花钱都花得不爽啊!"韩嘉漪笑着打趣道。

"又不是我的钱,"付斌瞪着眼摆出一副义正词严的样子,"帮老板花钱啦!"

两人互不相望地讲着有一句没一句的闲话,付斌说起现下已是今年亚洲艺术周的第四天,"看来看去,还是你们家东西最好!"

韩嘉漪笑着感谢他的恭维,付斌马上一脸认真地说:"真的,你鉴定的东西,比 T 家拍卖行的都好。"

这句话好像一下子引起了韩嘉漪的共鸣,她收起了先前那种漫不经心的态度,一口气不停地说着:"是吧! 我看 T 家拍卖行前天的成交记录,真心觉得他们今年拍得很一般啊! 也就那个小碗拍得还不错,1000 多。除了那个碗,这一场总共才将将 500 而已。"

"那个饼干盒子里的'雍正'小碗——"

"什么'雍正',人家是——"韩嘉漪笑着打断他,伸出食指,像是给自己讲的话打拍子一样,一字一顿说道,"康熙珐琅彩黄地开光牡丹纹碗。"

"哈哈哈,厉害厉害!"付斌夸张地大笑起来,跷起大拇指说,"专家就是专家啊!"

"这种珐琅彩瓷器,基本不可能是'雍正'的。"韩嘉漪脸上还带着笑,但已经恢复了一贯的平淡声调,"'雍正'的珐琅彩当年全都整体打包运到了台湾,连北京故宫都只留了几件残器,流散到民间的机会少之又少。T家这件'康熙'珐琅彩小碗，拍了1000多，也算是很好的价格了。"

付斌认真听着，眼里却透出一丝狡黠的光，他欠了欠身，微微放低了声音说道："这个碗啊，我今天早上听说的，买家觉得东西有问题，他们要拿着这个碗，去吉美博物馆对比。吉美不是有一只类似的嘛！他们拍是拍了那么贵，说不定，最后根本不会付钱的！"

"我没有上手看过，不好多说人家怎样，不过，这个法国老太太从饼干盒里翻出来一只小碗，然后就卖了一个亿人民币的故事也太那什么……"韩嘉漪顿了一顿，每当要说一些尖刻讥嘲的话时，她瘦削的双颊上总会掠过一抹这样的微笑，她看了付斌一眼，用揶揄而自信的口吻说："太狗血了。他们为了卖个高价，做的这些戏，太过了。"

付斌刚要顺着她的话头往下讲，韩嘉漪在嗓子里低哑地笑了一声，脸上现出一种不堪的厌倦，叹了一口气说："这几年啊，我越来越觉得，去跟别人争执、纠缠一件东西的真假，其实是这个行业里最没有意义的事了。只要买家和卖家双方高兴，真的还是假的，有什么区别啊！"这句有意无意从心里漏出来的话语似乎让付斌颇有触动，他连连点头附和，也促使他继续八卦下去。

冯欣向来很怕韩嘉漪，不敢转过头去，就借着展柜里的镜子偷偷端详着，她脸上有些倦容，虽然化了淡妆，还是看得见浅浅的黑眼圈，双眼却依然明亮有光。她穿了件米色暗花的真丝衬衣，锁骨间吊着一枚梵克雅宝的 Alhambra 缟玛瑙项坠，中心镶嵌的一粒小钻石不时反射出晨星般的微光。她的话不太多，偶尔面露不屑地笑两声，始终像根竹子一样挺直地站着，和软趴趴靠着展柜的付斌很是对比鲜明。付斌说着说着，朝展厅瞥了一眼，然后对着韩嘉漪的耳朵讲了几句话，她眼神瞬间变了，显出一种不安的惊奇，两人又靠近了一些，声量压得更低，冯欣便再也听不到他们的对话了。

在今天亲历亲闻的所有事情中，这个"饼干盒里的小碗"最强烈地刺激了她的神经。冯欣琢磨了好一阵子才反应过来,他俩谈话中的"1000 多"是指 1000 多万欧元,这个什么康熙牡丹小碗应该是以 1000 多万欧元落槌,算上佣金和税款,相当于 1 个亿人民币。

"他们不知道要过手多少钱啊,说价格都不带'万'字的。"冯欣暗自感叹了许久,又想,这是 T 家拍卖行的事,叶芝肯定是当事人之一,可是,叶芝发每一条的朋友圈她都有密切关注,最开始每一条她都会斟酌后小心评论,后来又觉得评论太频繁可能会令对方反感,就改成偶尔评论、经常点赞了。这上亿元的大事,怎么她的朋友圈里一点迹象都没有呢?

按照韩付两人所说,T 家拍卖行是前天的春拍,冯欣趁着客人正凝神查看刀茎上的铭文,掏出手机翻到叶芝那天发的朋友圈照片。只有一簇盛放的牡丹花束,背景里隐约能看到展厅里金碧辉煌的天顶壁画,配文是一句诗:"最是一年春好处"。冯欣满腹狐疑地收起手机,看着还在窃窃私语的韩付二人,突然想,他俩应该也认识叶芝吧,这世界真是小啊!

客人看完日本刀走了,冯欣刚关上柜盖,就见玛丽昂伸手招呼她过去,原来是玛丽昂要去卫生间,让她帮忙照看一下这边展柜的客人。

楼下正在拍卖一幅雷诺阿的重要画作,吸引了不少人过去围观,展厅里的人比先前少了许多。冯欣难得落了清闲,看见接待处空出了一张椅子,也顾不上许多,连忙快步过去,一屁股坐在椅子上,感觉两腿终于得救了。刚休息了不到十分钟,冯欣望见埃琳娜朝这边走来,她正纠结要不要起身让座,一个瘦小的法国老太太走到埃琳娜面前,抬着头问道:"您是德·梅格里女士吗?"

埃琳娜笑起来,答道:"是,不过那是我娘家姓,我好几年前就换了夫姓。"又告诉老太太自己现在的姓氏。

"太可惜了!"那小老太太脱口而出,"德·梅格里是多好的姓氏啊!"①她穿着褪色的灰绿色粗花呢小洋装,一串双圈珍珠长项链从颈项一直垂到腰间。她细瘦如蜘蛛腿般的手腕垂在袖口外面,右手拎着一个所有边角都磨损了的黑色皮包,头上戴了顶咖色贝雷帽,用来遮盖稀疏干枯的金发,那张布满褶皱的小脸有一半都罩在帽子的阴影里。

埃琳娜脸上那种职业性的微笑有些僵住了,旋即又恢复了自然,看着老太太问道:"您是想了解关于拍卖的事吗?"

小老太太像是没有听见,自顾自地说:"我认识您的父亲。他可真是了不起!"

"是啊,我父亲对任何人都是很友好的。"

"德·梅格里女士,"老太太依然叫着埃琳娜的娘家姓,用她细小的嗓音问,"您了解您所从事的领域吗?"

"您为什么这样问?"埃琳娜当然听出了对方话里有话,虽然还保持着微笑,但眉头已轻轻皱结,眼梢上的几道细纹深得直冲到太阳穴。玛丽昂刚才是和埃琳娜前后脚进来的,这会儿站在旁边黑漆镶螺钿大立柜的暗影中,朝冯欣眨了眨眼,栗色大眼睛里掩饰不住地透出兴奋的神色。

"从您的脸上看不出来。"小老太太以一种不容辩驳的固执语气说,"看不出您对这个领域有任何了解,所以您做不了拍卖师。"

冯欣和玛丽昂骇然相视,埃琳娜气得打了个哆嗦,这话放肆得近乎侮辱,她竟一时语塞,只有涂得鲜红的嘴唇在微微颤抖,看得出她是用了所有气量和涵养,才不至于说出什么生硬刺耳的话来。老太太又开始念叨埃琳娜父亲当年的风采,幸好很快被她身后一个清亮

---

① 如本书第 2 章中所述,姓氏前带有"德"(de)是法国贵族的标志,埃琳娜婚后换的夫姓不是贵族姓氏,老太太故有此说。

的男声打断了:"夫人您好,我可以帮您吗?"

是艾里克,冯欣想起来了,刚才啃完三明治从仓库出来时,望见门口那个似曾相识的身影,就是他。"哎呀,您是 Maître 德·梅格里的小儿子吧?"老太太皱巴巴小脸上的一双细眼睛瞬间放出光芒,眉开眼笑地仰望着他说道:"我听好多人讲起过您啊!您真的太像令尊了!他也是在您这样的年纪就做了拍卖师,也是这样高大英俊的……您现在是 Maître 德·梅格里二代了,名门有后啊……"

艾里克扶着小老太太的肩膀,缓步往展厅中间走去。他凭借自己比老太太高出许多,随口应着声,佯装聆听她废话连篇的讲述,回头朝气得七窍生烟的姐姐使了个调皮的眼色安抚她。刚才一直坐在接待处回复电邮的克莱尔起身把埃琳娜拉到一旁,低声劝慰着。

"Misogyne",冯欣在她俩的话语中反复听到这个词,心想,我这辈子都不会忘记这个单词了,今天真是全方位见识了。连埃琳娜、韩嘉漪这些又凶又能干的女人,都会遭遇厌女症神经病的歧视啊!她很有些不安,觉得自己这个无知又无用的笨人,毫无准备地就落入了一个豺狼虎豹环伺的陷阱里……埃琳娜很快复了情绪,正好手机响起,她便往库房去了。克莱尔陪一位熟识的老先生在展厅里逛着,玛丽昂顺手拉过克莱尔刚才坐着的椅子,在冯欣身边坐下。

"玛丽昂,你知道,拉,呃,拉若——"冯欣想起自己刚才努力记住的那个词,生怕再过一会儿就忘了,赶紧问她。

"拉若贡德,"玛丽昂快言快语地笑道,"当然知道啦!你肯定也知道!这是全世界最有名的一幅画啊!"

"啊?我不知道啊!什么画?我不懂画呀!"冯欣越发摸不着头脑了。

玛丽昂看她一脸迷惑不解的样子,反而急了,比画着说:"哎呀,你怎么可能不知道呢!特别有名,一幅女子肖像啊,Léonard de Vinci 画的,就在卢浮宫呀!"她越急语速越快,冯欣根本没反应过来

Léonard de Vinci 是达·芬奇的法语发音,只好傻愣着,直到玛丽昂终于脱口而出:"啊,就是蒙娜丽莎! 就是你们外国人说的,蒙娜丽莎,我们法国人称之为'拉若贡德'(La Joconde)。"

两人一起朗声笑起来,这个小插曲暂时舒缓了她俩一整天的紧张劳碌,她们靠着椅背休息,累得都不想再多说话,心里却很快活。冯欣恍然明白了刚才韩嘉漪告诉驼背老先生,他视若珍宝的那张画相当于《拉若贡德》时,他为何是那种反应了。

马上就五点半了,展厅里的人比早上少了许多,戴贝雷帽的小老太太还拉着艾里克唠唠叨叨不肯松手,他心不在焉地听着,目光四处游走,看着展柜中的拍品、墙上挂的画作,又仿佛在天花板上搜寻什么东西。冯欣抬头望着艾里克,他永远都是那么帅气迷人,上周才知道他那些风流事,可是自己现在竟已没有那种椎心刺痛的感觉了,就像一个小孩眼见着心爱的玩具被大人无意踩得稀碎,号啕大哭了一下午,晚上昏沉地睡了一觉,隔天也就全好了。那些痛苦的记忆,似乎随着拍卖行卫生间里流下的眼泪一起蒸发,消散殆尽了。

她想着,忍不住笑了笑,觉得自己真是没心没肺,但也确实在不知不觉中恢复了好心情。更何况,自从进入拍卖大楼,在层出不穷的事情和无休止的劳作之间奔忙,实在没有缝隙来容纳这些虚无缥缈的绮思。所有人都只是随着这架庞大机器运作而不停旋转的一枚枚齿轮,没有性别,没有年龄,更没有情欲,就像巢穴里成千上万只职责明确的工蚁。

戴维德下午就到了展厅,冯欣之前一直忙得不可开交,完全没注意到他,现在才看见他和韩嘉漪闲谈着走过来。韩嘉漪正说着自己5月休假时在赫尔格达潜水的经历:"潜到海水里的时候,那种安静,就像全世界都不存在一样。你一定要去试试,你的工作压力更大啊! 潜水真的特别放松、特别舒服……"一位古董商过来跟他俩打招呼,截断了她的讲述。克莱尔陪着客人在别的展厅逛了一圈,回来看见冯欣和玛丽昂坐在接待处,便对她俩说:"马上就六点了,你们可以回家了,今天都累了吧。"

冯欣跟玛丽昂在拍卖大楼门口道别,独自走下地铁站,辗转上了远郊火车。高峰期尚未到来,车厢还是半空的,她坐在靠窗的座位上出神良久,反复回味着这一整天的各种经历,心中的兴奋远多于疲乏。过了好一会儿,她才意识到这趟火车因为故障,已经停靠在站台上将近一刻钟了,窗外的夕阳渐渐隐没在郊区那些毫无美感的灰色房子后面,天幕变成了轻柔的蓝紫色,尚未圆满的月亮刚升起来不久,仿佛还带着日光的余温。

一个肤色黝黑的印度姑娘抱着一盆红白间色杜鹃独自坐在站台上,满脸无趣地低头玩着手机。冯欣想起父母家的阳台上也有过一盆杜鹃,花儿大多是桃红色的,一朵挨着一朵,在细长灰暗的绿叶中闪烁,总有几朵是恹恹的,将枯未枯的样子,平凡得让人有些感动。记得那是父母搬进职工大院后买的第一盆花,也是那一年,冯欣小学毕业,离开父母单位的子弟学校,每天骑半个多小时的单车去市里上初中……

火车长鸣了一声驶出站台,将冯欣从空泛的回忆中惊醒,从昨天下午踏进拍卖大楼的第一步开始,她一点点窥见了这座冰山的一角。它像是被埋藏了数百年,此刻骤然以这般庞杂繁乱的样子出现在眼前,让她真切地嗅到了金钱的气息,忍不住有点头脑发热,但更多的还是无法言说的恐惧,好像随时会被拍卖大楼吞噬。但她来不及想太多,每一件事情的发生,都那么猝不及防。

第二天,冯欣依然到得很早,巴黎终于有了一些入夏的迹象,空气中浸润着暖烘烘的潮气,拍卖大楼矗立在一片尘雾弥散的阳光里,朝气蓬勃。她跟着弗雷德从后门的消防通道走进展厅,再次惊得愣住了,昨天所有精心布置的陈设,仿佛在一夜之间化为乌有。展柜全都不见了,绝大多数物品堆叠码放在靠墙支起的一带隔板上,大厅变得空空荡荡,两个运输工人站在梯子上,把挂在高处几幅花鸟画取下来卷好。一个工人用大推车运过来几十张摞成小山一样的黑色靠背椅,随后与另一个工人一起,以一种惊人的敏捷将所有椅子拆卸下来,并在展厅中间迅速排列整齐。

冯欣把外衣和背包放在库房的货架上,转头看见那两盆华美的白色蝴蝶兰被随意放在墙角的垃圾桶旁,那些硕大的白花依旧开得轰轰烈烈,仿佛雪夜中辉映天地的月光,照亮了这间凌乱阴暗小库房的角落。她很可惜这些花儿,却也无可奈何,拉开门走进展厅,发现拍卖台已经安置好了,比之前她在拍卖行里看到的台子要高大气派得多,像一堵高墙横亘在大厅前端,隔开了拍品和密集的客人座位。

戴维德、埃琳娜、弗雷德、克莱尔和韩嘉漪围坐在拍卖台右侧的一张长桌旁,每人面前都摊开了一本图录,一边交谈,一边飞快地在各自的图录上写着什么,桌子中间摆着一袋面包店早上才烤出来的珍珠糖小泡芙,还有矿泉水和热咖啡。克莱尔望见冯欣,伸手招呼她过来,冯欣赶快跑过去,弯着腰堆着笑向所有人问了好,大家也都回复了早安,只有埃琳娜看着自己的图录没抬头,又提高声音对众人说:"我们继续!继续!"克莱尔转头问冯欣要不要吃泡芙,她连连摆手说已吃过早餐,因为弓腰说话不方便,她索性蹲下身问克莱尔有什么吩咐。

克莱尔见她这样谨小慎微地蹲在身旁,略吃了一惊,便抬手指了指展厅另一边正在盘点拍品的朱利安,说道:"你去问问他,需不需要帮忙。今早是拍日本艺术品,会比较轻松,下午有几个中文竞拍电话需要你打,到时候我会教你怎么做。"冯欣答应了刚要走开,听见韩嘉漪说:"205 号拍品要注意,保留价是 6000 欧元。"弗雷德刚吞下一整个泡芙,喝了口咖啡,有点讶异地睁大眼睛问:"可是,估价是 3000 欧元?"

"没办法,卖家太难缠了,非要这个价。"韩嘉漪皱着眉头说,"她家里还有很重要的一批外销瓷，以后可能会交给我们拍卖，只能这样了。"

"那 205 号这件拍品，您这边有委托吗？"戴维德抬头问韩嘉漪。

"到现在为止还没有，"韩嘉漪摇摇头，"您这边呢？"

"我这边也没有。"戴维德皱起眉头说，"这件恐怕会流拍，到时候看现场情况吧，我会托一下价格。继续，206 号……"

冯欣走到朱利安身边，和他一起盘点着拍品，这工作很轻松，两人就随口聊着。冯欣用眼神示意了一下围坐着的那群人，低声问："他们是在准备今天的拍卖吗？"

"是的。"朱利安也低声回答，"他们在核对确认拍品的委托和保留价这些细节，到了拍卖的时候，才会心中有数。"

"委托，具体是什么呢？"冯欣有点不好意思地问，实习的这一个月里，她已听过无数遍这个词了，直觉这应该是拍卖中最常见的一件事，自己却一直没弄清楚，实在是丢脸。

"哦，你不知道什么是委托？"朱利安也有些吃惊，笑了笑说道，"很简单，比如你想竞拍一件东西，但是你不愿意，或者不能够到现场来，那你就提前把你的电话留给拍卖行，工作人员在拍卖时打电话给你，通过电话帮你竞价——这种情况，之前拍地毯、拍尚品的时候，你可能都看到了。"冯欣连连点头，朱利安继续补充："如果你不想被电话打扰，或者拍卖时你正好在飞机上，接不了电话，也可以直接留下一个价格，比如 3000 欧元，拍卖行就会帮你在 3000 欧元以内竞价，超过这个价格就放弃，这就是定额委托。"

冯欣正要感谢他清晰明了的解释，朱利安摇了摇头，满头蓬松的深栗色头发也跟着轻轻晃动，微笑着说："绝大多数人更愿意留电话委托，因为有些拍卖行很贪的。比如，你留下 3000 欧元的定额委托，可能现场根本没有其他人跟你竞价，但拍卖行的人还是会把价格抬高，一直抬到 2900，或者 3000 欧元——这就是法语说的'宰鸽子'了。

电话委托虽然也能作假,但多少还是要好些。"冯欣半懂不懂地点着头,朱利安便说道:"今天拍卖时你注意一下,肯定会看到的。"

他说的 3000 欧元这个数字让冯欣想起了刚才弗雷德和韩嘉漪的对话,又问:"我刚才听到他们说'保留价',这又是什么呢?"

两人说话间正好走到了那道款彩仕女图屏风前,朱利安指着屏风说:"假设这件屏风是你爷爷传给你的,你现在想卖掉它换钱,就拿给专家鉴定。专家给你的估价是 1 万欧元,可是,你觉得这屏风非常珍贵,绝对不止 1 万,你就对专家说,屏风要卖可以,但是不得低于 2 万欧元——这 2 万欧元,就是你的保留价。"朱利安在图录上给屏风的编号画了个叉表示盘点,接着说道:"现在问题来了,你的保留价和专家的估价差距很大,图录上究竟该写哪一个价格?"

不待冯欣回答,他又说:"拍卖很多时候其实是一种心理战。比如这件屏风,也许最后确实能卖到 2 万欧元,甚至更高,但如果图录上直接写 2 万的估价,很多人就会觉得太贵,根本不来参加竞拍。屏风没卖掉,拍卖公司就损失了这件东西的图录费、运输费用、展览费用,卖家也拿不到 1 分钱。反之,如果图录上的估价比较低,大家都抱着捡便宜的心态来买,想捡便宜的人肯定不止一个,你争我抢,价格就被抬上去了,说不定能卖 3 万呢。"

冯欣有点明白了,便说道:"既然如此,那图录上的估价写得越低越好啊!越低越能吸引人来抢啊!"

"那卖家就要承担东西可能被贱卖的风险啊!"朱利安差点笑出声来,赶紧指着图录解释,"你看,这件屏风的估价是 1 万欧元,按照法律,卖家的保留价不得高于估价,也就是说,哪怕今天拍场上的最高出价只有 1 万欧,拍卖师也必须落槌成交。1 万欧元的槌价,除去佣金,最后你拿到手的钱只剩七八千了,可是,这屏风在你心中的价值至少是 2 万啊!"

冯欣如梦初醒般地点头应声,抬头看着眼前这道将近 2 米高的黑漆款彩屏风，那些花间柳下的仕女们仿佛都幻化成了大大小小的数字，像无数蝙蝠在暗夜里乱飞乱撞。她低下头揉了揉双眼，看见那束娇黄的牡丹花也被丢弃在屏风后面的墙角里。这么大的一把牡丹花，至少也要100多欧元吧，就装饰了昨天一天，不，7个小时而已，还不如用这钱去吃顿饭呢……她胡乱地想着，跟朱利安继续盘点，又想起他说的"按照法律，保留价不得高于估价"。她在心里嘟哝了好几遍这句话，又问朱利安："我刚才听见他们说，有件东西估价3000欧元，但保留价是6000欧元，难道是，违法的?"

"是。"朱利安用平静的声调答道，"有时候也是没办法，卖家死活不肯让步，拍卖行和专家又不太好得罪卖家，所以冒着流拍的风险也必须这么做。话又说回来，如果你手里有一幅梵高的画，别说是保留价了，你开出任何条件，拍卖行都会答应你的。"

她并没有完全听懂这些话，不由自主地望了一眼不远处的韩嘉漪，她依旧坐得笔直，用圆珠笔支着下巴，微仰着脸瞧着正在交谈的埃琳娜和戴维德，脸上没有任何表情，只有那种惯常的冷漠光芒从她细长的丹凤眼里透出来。一个红衣运输工人举着两张刚从墙上拆下来的日本能剧面具从她身后绕过去，冯欣的眼睛被头顶射灯的强光刺了一下，忽觉那张惨白而端丽的"若女"面具竟像是韩嘉漪的脸，都是木头雕的，无悲无喜，好像连眉毛也没有……

巴斯卡尔拉开一条门缝，像道旋风一样快步进来，戴维德等人刚好结束了会议，巴斯卡尔笑着和每个人寒暄问好、拥抱贴面，连冯欣和朱利安这两个实习生他也没漏下，远远地朝他俩挥了挥手示意。因为身材瘦削，西装又过于贴身，再加上古铜色的皮肤，巴斯卡尔看上去像极了一只喙尖爪利、羽翅硬挺的矫健猛禽。

克莱尔过来给朱利安和冯欣安排工作，她递给朱利安一张印有客人名字和电话号码的清单，上面已用不同颜色的记号笔标注好。克莱尔指着清单对他说："蓝色部分就是你要做的电话委托，你看一下,清楚吗?"朱利安伸着食指逐一查点了一遍,确认说明白了,克莱尔放心地笑了笑,转头对冯欣说:"今早你先看看拍卖,熟悉一下情况,下午拍中国艺术品的时候才有你的电话委托,我到时会跟你解释,很简单的。"冯欣一直紧张又认真地听着克莱尔的话,嘴里小声答应着,转眼瞥见门楣上的液晶时钟显示 11 点,顿时觉得气都喘不过来了。

一个运输工人拉开展厅大门,克莱尔和财务伊丝黛尔坐上了拍卖台,每人面前都放着一台笔记本电脑。伊丝黛尔好像更加发福了,她费力地弯下腰安装刷卡机终端,嘟着嘴一个劲儿地抱怨,胖得发肿的两腮直往下坠。刚才众人围着开会的那张桌子已收拾干净,铺上了厚软的黑色天鹅绒桌布,摆放在拍卖台右侧,那是专家席,韩嘉漪和她的助手——之前冯欣在专家工作室里见过的那位红褐色头发的丰满女士,就坐在那里。那女助手穿的依旧是一件低领上衣,露在外面的胸部颇引人注目。

拍卖台左侧是三四张拼在一起的长桌,也铺着黑色桌布,是拍卖行员工的位置,一直延伸到客人座席里。戴维德坐了首位,埃琳娜、西蒙、朱利安、冯欣依次坐了一排,除了冯欣,其他人面前都放着好几支电话和许多散乱的文件和纸张。冯欣身后坐着拍卖大楼的网络竞拍员,是个微胖的蓝眼睛卷发小伙子,正在调试桌子前方用三脚架支起的摄像头。

客人们陆续走进展厅入座,大多是些步履迟缓的法国老年人,并没有昨天预展刚开门时那种一拥而入的壮观景象。弗雷德握着象牙槌从库房出来,精神抖擞地登上拍卖台,低头整理着夹在领口的小话筒。巴斯卡尔站在拍卖台前,仰着头跟弗雷德开玩笑,高大的拍卖台衬得巴斯卡尔更加瘦小了。

仿佛剧院的大幕正在徐徐拉开,眼前的一切都在一种混乱而奇妙的秩序之下运行,冯欣不停环顾着四周,心里好奇又害怕。弗雷德轻敲了几下微微倾斜的台面，向展厅里为数不多的客人问好，接着感谢韩嘉漪和她的助手们鉴定物品、编撰图录，再简单告知买方佣金和提货地点等细节，而后郑重宣布拍卖开始。他的话音刚落，巴斯卡尔便对展厅众人说道："当您竞拍到第一件拍品时，我会给您一个号牌，请您提前准备好您的身份证件和银行卡，以便换取号牌。"他的领口并没有话筒，声音却清晰洪亮，很像舞台上训练有素的男中音演唱家。

红衣运输工人已将第一件拍品放到了展示台上，是一只日本明治时期的七宝烧鸢尾白鹭花瓶，弗雷德先请韩嘉漪宣读拍品描述和起拍价格。她的法语真好啊！冯欣望着她，忍不住在心里感慨，叶芝的法语多少还带着一点中国口音，韩嘉漪则完全是地道的法国声气了。每当韩嘉漪宣布了起拍价之后，弗雷德便扬起拍卖槌，提高声音再报一遍价格，紧接着，在拍卖台前和大厅座席之间不断走动的巴斯卡尔以浑厚绵长的嗓音朝着众人又重复数次——好似经典的三段体乐章，回旋呼应、彼此相和，更像教堂弥撒时身披白袍的唱诗班少年们在穹顶下祭坛旁唱响圣歌，只不过此时此地，他们三人吟唱的是金钱。

冯欣想起朱利安曾告诉过她，法国所有公开拍卖的物品，都必须经由专家鉴定，如果图录上印的鉴定内容有错漏，专家可以在拍卖现场进行口头纠正。"她说的每一句话都具有法律效力，真厉害啊！"冯欣满怀敬慕望着韩嘉漪，很快又被巴斯卡尔吸引住了，他穿梭在大厅里，随着弗雷德拍卖的节奏反复叫价，同时取了竞拍者的银行卡和身份证件，递给财务伊丝黛尔。

"难怪他的职业叫作 Crieur，字面意思是'喊叫的人'，他就是个人形传声筒嘛！"冯欣猛然反应过来，"除了喊价之外，巴斯卡尔的工作，不就是我刚开始实习的时候，在第一场地毯拍卖干的活儿嘛！可是我实习连工资都没有，他一下午赚1000多欧元还嫌少！难怪付斌说他们是金饭碗啊!"正想着,朱利安递了瓶矿泉水给她,冯欣神情忧郁地笑了一下,轻声道谢,拧开瓶盖灌了一大口,才发现这是瓶气泡水,无数气泡从上颚直冲进鼻孔,呲得她眼泪都流出来了,深恐呛出声来影响了拍卖,赶紧转过头使劲把水咽下去。

"260欧元!"脑后突如其来的一声大喊吓得冯欣打了个激灵,是旁边的网络竞拍员,因为坐得离拍卖台比较远,他喊价的同时还挥手朝拍卖师示意。站在高台上的弗雷德用小槌虚指了他一下,又望着展厅里寥寥十几位客人询问:"网络出价260欧元!是否有人愿意超过此价格?这枚日本根付的价值远不止于此啊!"

一位坐在冯欣附近的胖老太太举起了手,弗雷德立刻用赞许眼神看着她,微笑着说:"太太,您真是有眼光!280欧元!"冯欣看见老太太两只手腕上叠戴着好几条粗细不一的金银手链,像是爱马仕的风格,每次举手竞拍都叮铃哐啷一阵脆响。她身边坐着个比她更苍老的先生,或许是她的丈夫,背已经弯成了弓形,头发也掉得一根都不剩了。他半眯着眼,打了个深长的哈欠,大张着嘴露出浅黄的牙齿,又把下巴放在乌木手杖的蛇形弯柄上蹭了两下,喉咙中发出一种满足的沉闷呼噜声,很快合上了眼。

整个上午的拍卖都是如此,尽管弗雷德和巴斯卡尔竭尽全力活跃气氛,但坐在大厅里的这些老人们,有好几位都半睡半醒地打起了盹儿。网络竞拍员偶尔的高喊出价搅扰了他们的浅眠,惊醒后就瞪着浑浊的眼睛直发愣,仿佛一时不知身在何处,白亮的射灯光线照在他们皱纹横布的脸上,愈发显得枯槁朽迈。除了几柄日本刀和一些浮世绘初版版画拍出了两三千欧元之外,其他物品大多只卖了四五百欧。冯欣很是不解,之前布展和预展时,她看到许多漂亮的日本小漆盒,比中国的鼻烟壶略大一些,虽然不知道是做什么用的,但都极其精美细巧,估价也多在1000欧元以下,怎么鲜有人问津呢?

拍卖行员工们的电话委托也不多,冯欣看见西蒙无聊地仰靠着椅背,把手里的圆珠笔向上抛起又接住,再抛起再接住……然后又垂下头没精打采地玩手机。朱利安倒是很认真地在图录上记着每件拍品的成交价,但是不少价格数字前他都写了个R,冯欣趁着两件拍品之间的空档,指着他的图录,小声问道:"R是什么意思?"

朱利安飞快地在空白处写下了完整的单词:Ravaler,冯欣不敢再打扰他,便在手机法汉词典上查找,却更加摸不着头脑了。屏幕上显示的释义是"(重新)吞下;翻修(建筑)外墙",朱利安这时没有电话委托,看见她正在查这个词,轻声告诉她:"你在字典上找不到这个意思的,这是拍卖场上的行话,表示这件东西没有卖掉。"冯欣感激地看着他点点头,明白这就是中文所说的"流拍"了。

"冯小姐!"一句中文的低声呼唤飘过来,冯欣连忙转过头去,果然是付斌。他从网络竞拍员背后的空隙中笑嘻嘻跻身过来,手里握着两部叠在一起的手机,耳朵上挂着两条白色的耳机线。冯欣赶紧起身凑过去,"麻烦你,冯小姐,今天下午请你打电话给我哦!"虽然展厅里几乎没有其他中国人,但他的声量还是不高不低,恰好只能让冯欣一个人听清楚。话音没落,他已飞快塞了一张纸条到冯欣手里,她还不及打开纸条细看,就听他说:"我刚跟韩女士微信打过招呼了,辛苦你啊!"他直起身,朝坐在远处专家席的韩嘉瀚眨了眨眼,对方心领神会地点了点头,付斌跟冯欣道了谢,转身消失在门外的人流当中了。

纸条上只写着四个编号和一个手机号码,好像谍战剧里特工们传递消息的密信。冯欣紧捏着纸条回到座位上,心怦怦直跳,呆坐了一会儿,才发觉自己手心里满是汗,怕不要把纸条上的字迹洇化了啊!她马上掏出手机,给纸条拍了张照片,又见手机电量只剩40%,万一下午手机没电了怎么办啊?她很后悔没带个充电宝过来,只好在桌子下面再次悄悄展开纸条,像祈祷一样默诵着手机号码和那些编号,以便将它们烙刻进脑子里。

日本艺术品部分直到将近下午一点才拍完,克莱尔之前就在附近的餐厅预订了三明治、甜品和咖啡,拍卖结束后让朱利安和西蒙去取了回来,大家关上门,一边吃东西一边随口聊天。吃完午餐已经两点差一刻了,有几个人从运输通道走去后门抽烟,韩嘉漪独自坐在角落用粤语煲电话粥。

克莱尔叫了冯欣过来,把下午的电话委托单交给她,并跟她解释电话竞拍时需要注意的事。冯欣专注地听着,力求听懂每一个单词,等到克莱尔讲完,问她是否明白时,她局促不安地笑着连连应声,又拿出那张已被捏得皱巴巴的小纸条,话音低微而颤抖:"刚才,付先生给我这个,他,他说让我打电话,打电话给他竞拍。"克莱尔接过纸条,冯欣赶忙又补了一句:"他说,他跟韩女士说过了。"她怕克莱尔没明白自己的法语,便指了指不远处还在打电话的韩嘉漪。

克莱尔有些意外,便拿着纸条去找韩嘉漪,两人简单说了几句,克莱尔回来把纸条还给冯欣,说道:"你到时候打电话给付先生吧!如果他竞拍成功,巴斯卡尔会过来问你竞拍者的编号,你就告诉他:'为专家工作室276号客人竞拍'。因为他是把委托留给'汉娜'女士的,我们这边没有登记编号。"

冯欣喃喃念着"为专家工作室276号客人竞拍"这句话,又找了支笔,歪歪扭扭地把这句话写在那张小纸条上。因为法语数字76的说法是60加16,她怕自己没听清楚,写好之后指着这个编号问克莱尔:"是2、7、6吗?"克莱尔忍不住笑起来,对她说:"不要怕,朱利安就在你旁边,有什么不懂的你可以问他。"冯欣点着头,忽听身后一片喧闹的人声奔腾席卷而来,迅速充塞了整个大厅。

大门开了,戴维德站在拍卖高台上俯瞰着蜂拥而至的人潮,脸上逐渐有了满意的神色。早上拍卖的惨淡让他多少有些志忑,虽然大家都知道日本艺术品的行情这20多年来持续低迷,但他内心深处还是有种不足为外人道的迷信在隐隐作祟。他的目光越过面前这些争抢座位的人群,望见大门右侧墙上挂着一道日本泥金彩绘孔雀牡丹四曲屏风,工人们怎么没把这屏风拆下来?戴维德皱了皱眉,按照这个行业里某种约定俗成的说法,孔雀不是什么好兆头。但他很快藏起了这一丝莫名的隐忧,像一位出征在即的将军,无论战局如何,总要在士兵面前表现出雄赳赳的派头。他意气飞扬地微笑着,偶尔欠身跟熟悉的客人寒暄几句。

今天是周五,也是今年巴黎亚洲艺术周春季拍卖的最后一天,仿佛是一场演出的压轴节目即将开始。大厅里的喧哗声越来越炽烈,坐席早已没了空位,有些来晚了的老人没抢到位置,气咻咻地在狭窄的过道上走来走去,彼此不停地擦肩碰肘,最后只得站到坐席后方的人墙当中。几个灵活矫捷的年轻人爬上靠墙的折叠展板,坐在上面,洋洋自得地垂下两条腿晃荡着。所有站着的人都紧贴在一起,如果其中一人打个喷嚏,旁边人的五脏六腑似乎也会随之颤动,然而每个人心里对近在咫尺的他人都有一种模糊又明确的敌对感,他们悄悄地互相打量,对视到一起时却马上把各自的目光迅速虚开。空气中充满了一种难以形容的浓烈味道,像是由各种体味、香水、烟灰、汗臭以及无数旧物的霉气混合而成的有毒雾霾,从这个巨大的金钱洪炉里不断扩散开来。

戴维德居高临下地观看着这一切,这是他期待已久的混乱拥挤,早上的萧条都烟消云散了,这架庞大的金钱机器此刻就踩在他的脚下,冒出腾腾的热气,发出轰轰的巨响,令所有人如痴如狂。

开拍不久,冯欣很快就注意到,戴维德的拍卖能力确实比他人更胜一筹。他举止优雅又富有激情,有时候一个眼神、一丝笑容就能鼓动人心,手里那柄小小的象牙拍卖槌似有点石成金的魔力,不断引逗着价格节节攀升。但冯欣并没有太多时间来关注欣赏这些细节,她已不知看了多少遍那几张电话委托单了,一直翻来覆去地回想着克莱尔说的种种注意事项。她的第一个委托电话是 25 号拍品,现在正拍着 14 号,她拿起桌上的电话,深呼吸了好几次,才让自己的手不再颤抖。

法国的电话号码只有 10 个数字,而中国手机号加上国际区号后就变得很长,冯欣接连按了几遍都按错数字,慌手慌脚又挂了重来,最后终于确认号码无误,听筒里嘟嘟的拨号音传来,她在心中继续念叨着:"'电话都会被录音,接通之后,要先说您好,再跟对方确认姓名'……您好、确认姓名……"

"喂? 喂?"电话通了,是一个北方男人的声音。

"您好。"冯欣看着电话委托单上的名字拼音 Jianguo Wang,冲口而出,"您是王建国先生吗?"

坐在旁边的几个中国客人噌地一下齐刷刷回过头来看着她,满脸哂笑和惊奇,冯欣反应过来自己泄露了客人的信息,心里准备好的话语像根尖利的鱼刺卡在喉咙里吐不出来。对方又喂喂了几声,她慌忙别过脸去,用手挡住话筒和嘴,尽量压低声音说:"请问,您是,王建国先生吗?"

对方说是,冯欣鼓足勇气,有点结巴地说自己是拍卖行的工作人员,现在拍到第 21 号拍品,请对方稍候片刻。朱利安见她紧张得连握着电话的手都在抖,轻声问了句还好吗,这份关切让冯欣更慌了,刚想回答他,又被身旁网络竞拍员的一声大吼"4000 欧元!"惊得一哆嗦,猛抬头望见液晶屏显示拍到 23 号了,急忙对电话那头说:"您好,下一号,就拍到了。啊,不,现在是 23 号,还有两个号。不,不,23 号刚拍完,现在 24 号——"

"你这整的啥? 现在到底是多少号? 你可别乱啊! 姑娘,我要拍的是 25 号! 是个小鼻烟壶儿,玛瑙的,上头有个猴儿!"

对方连珠炮似的一串话让冯欣脑子更乱了,只好连声应着"是是是",突然听见了戴维德的声音:"现在是 25 号拍品,玛瑙浮雕鼻烟壶一枚,起拍价 600 欧元。"

"我们开始拍了，王先生，25，现在是 25 号。"冯欣说着这话，觉得舌头都是僵硬的，额头上的冷汗顺着鬓角直流下来。一个运输工人举起那只鼻烟壶向众人展示，她正好抬头看见，猛地记起了这只昨天自己从展柜里取出过无数次的鼻烟壶。这种熟悉感让她像吃了粒定心丸，终于说出了一句顺畅的话："600 欧元起拍。25 号玛瑙鼻烟壶，是从 600 欧元起拍。"

不等王先生回答，场内价格已飙到了 800 欧元，冯欣握着电话张口结舌，根本来不及把那些数字翻译成中文，对方在电话里一叠声地嚷着："现在啥价格了啊？你倒是说话呀！"

"850 欧元。"冯欣听懂了这个数字，缓过来一口气报价给对方，他立马吼道："加！给我加！890 欧元！"

"890 怎么说啊！"冯欣满心绝望地想："应该是，800 加上 4 个 20 再加 10——"还没等她算明白，早有人出价到 1100 欧元了，万万没想到在拍卖场上，拍卖师说的竟不是 1100，而是 11 个 100！喊价声在她耳边不断炸响，每个复杂的法语数字都像蜈蚣一样直往耳膜里钻，冯欣感觉浑身的血液都在灼烧，这间四壁包着深红色天鹅绒的大厅简直要把她烤化了。她奋力张着嘴想要说话，嗓子里却像塞满了砂石，憋得遍体冷汗淋漓，14 个 100 是什么啊！而听筒那边还在喊："多钱了啊？你快说话啊！"

"1700 欧元。"此起彼落的叫价声总算开始放缓，戴维德也终于不再说多少个 100 欧元了，而是说一千几百欧元了。冯欣手心里全是汗水，电话差点从手中滑落下来："现在是 1700 欧元了，王先生，您还要加吗？"

"呃……"对方犹豫了，冯欣看见戴维德已扬起了拍卖槌，慌忙提高了声音说："你要不要啊？1700 欧元！"话一出口才意识到自己无礼了，还没等她补救，就听戴维德响亮地敲了一下微倾的拍卖台面："1700 欧元落槌。"韩嘉漪随即宣读下一号拍品的图录描述。

"王先生,对不起,您——"对方愤然挂断了电话,只甩下一句刺耳的粗话,冯欣握着电话愣了几秒,像刚逃出地狱一般浑身发抖。她很是沮丧,又非常难堪,便强笑着扭头看了一眼朱利安,他正忙着做自己的电话委托,无暇顾及到她。冯欣脑子里哄哄乱响,坐在近旁的一个华人男子回过头来,似笑非笑地瞅了她一眼,她咽下两口哽在喉头的唾沫,恶心得直想吐,好像就要晕倒在周遭这片深红色的乱影之中了。

朱利安刚做完一个电话竞拍,克莱尔招手把他叫到拍卖台那边去了,冯欣竭力缓和了一下内心的紧张,发现还有 10 多个号就要拍到那幅《游园惊梦》油画了。克莱尔先前反复叮嘱过,自己要打的这个中文电话是一位"非常非常重要"的客人,她赶忙把双手的汗在裤子上蹭干,认真仔细地开始拨号,这才发现客人的姓名挺特别。"Kai Nam Choy,这是什么拼音啊?"冯欣看着电话单寻思:"难道是个越南人? 不对啊,如果是越南人,不可能让我用中文给他打电话啊!"

电话接通了。"您好,"冯欣硬着头皮低声问,"请问您是,凯,南么,抽,先生吗?"

对方明显笑出了声,说道:"没关系,我跟克莱尔都认识,登记好的。我要拍林风眠的那张油画。"

冯欣没想到对方如此和蔼,连声称谢,又告诉他此时正在拍第几号拍品,请他稍等。对方道了谢,冯欣放下电话,盯着委托清单想了一会儿,忽然明白过来,他应该是位香港客人,难怪电话的区号不同,也难怪他名字的拼音是那样,还有他讲话的口音,也像港剧里的腔调。她望见朱利安走进库房去了,自己身旁朱利安的空位紧挨着西蒙,他也正在打委托电话,准备帮客人竞拍那幅油画。

油画开拍前,戴维德特意停下来,逐一核实每位员工的电话委托线都已接通。埃琳娜的电话一直没打通,他便微笑着请大厅众人一起耐心等待几分钟,因为这是本场拍卖的重要拍品之一,不能在电话委托上有任何失误。巴斯卡尔也站在拍卖台前再次告知，这件拍品不接受网络竞拍，现场众人当中，也只有预先缴纳了保证金、获得竞拍号牌的人，才可以参与竞价。

大家都猜到这幅作为图录封面的油画肯定会拍出一个令人振奋的价格，谁也不想错过这场热闹，于是拥挤愈来愈甚，大厅里本来人就多，现在更是水泄不通了，连门外的走廊上都挤满了蚁群般的看客。挤不进来的人们忍不住踮起脚尖伸长脖子往里探看，仿佛那些神秘莫测的中国艺术品是一只只蛰伏的金钱怪兽，随时都可能一跃而起，同时发出令人肝胆俱裂的咆哮。

埃琳娜终于打通了电话，朝戴维德做了一个确认的手势，油画早已被放置在展示台上，两位红衣运输工人小心地扶着画框。韩嘉漪详细介绍了画作的基本信息和来源品相，戴维德随即以一种沉稳矜重的语调宣布："我们从16万欧元起拍。"

冯欣还没来得及把这句话翻译成中文说给电话那头的香港客人，突听身旁一声钝响，西蒙颓然倒地。

周围的人们全都惊呼起来，冯欣吓得把电话甩在桌上，惊恐万状地跳开了，连连往后退，一直退到墙边，秋叶般战栗着。西蒙并不是一下子晕倒休克的，而是扶着桌子边缘缓慢滑落下去，双膝跪在桌椅之间的空隙中，脑袋耷拉在胸前，右臂像条蛇一样软软搭在桌角。他猛地抽搐了一下，继而便直挺挺横躺在满是脚印的木地板上。冯欣魂飞魄散地靠着墙壁，双腿瑟瑟直抖，西蒙穿着黑西装白衬衣，面如死灰、两眼紧闭，像是睡在棺材里，嘴角却怪异地歪斜着，竟有点微笑的样子。

9

正在门口巡视的黑人保安分开众人冲过来,坐在旁边的弗雷德和展厅里几位法国男士也跑来帮忙,有人抬起西蒙的腿,有人托着他的肩膀,七手八脚把他抬了出去。

克莱尔跳下拍卖台,从库房里叫出了朱利安,两人快步来到西蒙的座位前,克莱尔一把拿起西蒙丢在桌上的电话,才发现电话已被掐断了。她飞快地在桌上那堆文件中翻出电话委托单,镇定地拨号,电话一接通,马上跟电话那头的客人解释,拍卖现场出了一点技术故障,请稍候片刻。她随即把电话递给朱利安,让他接手这位客人的竞拍委托。戴维德站在拍卖台上俯瞰这一切始终没有作声,直到看见朱利安坐在西蒙的位置上,冯欣也惊魂未定地重新拿起电话,他才对着员工席和专家席再次逐一确认所有的电话都已接通,然后面对大厅众人说:"很抱歉一位员工的突发健康问题让大家受到惊扰,现在拍卖继续。"

西蒙此刻是死是活,完全不是冯欣能考虑的了,韩嘉漪宣布起拍价,戴维德扬起了拍卖槌,她只听见"165个1000""166个1000"……所有数字都像大头针的针尖一样不断刺痛着她神经,张着嘴却一个字也说不出来。电话那边的Choy先生一直耐心等待冯欣给他报价,等了好一会儿,他只听得大厅里人声喧嚷,冯欣却嗯嗯啊啊没一句整话,便问道:"小姐,请问您,现在的价格是多少?"

"170万,啊,不,172万!"冯欣拼命想跟上戴维德的节奏,在几近崩溃的焦灼中把"172个1000"的出价翻译成了172万。Choy先生惊呼道："什么？172万？这么高了吗？你说的是欧元吗？"

冯欣才意识到自己多说了一个0，戴维德和巴斯卡尔报出的价格还在不断攀升，高音喇叭一样轰响着，每一声出价都让她的神经越绷越紧，嘴巴舌头都不听使唤了："啊，不不不！不是172万，是172千，现在是175千了，就是17万，啊，18万2千——"

Choy先生的好涵养终于被耗尽了，他打断了冯欣的话，简洁冷峻地问："到底是多少钱？18万还是180万？你有懂英文的同事吗？"

冯欣根本无法思考和表达，只感到太阳穴上的脉搏像打鼓一样在狂跳，眼前不时升起一片蓝影，她想哭，也想学着西蒙的样子就地晕死过去。她很怕得罪了这个"非常非常重要"的客人，好在戴维德总算报出了一个简单的数字："20万欧元！"他停顿了几秒，仿佛是一曲乐章中恰到好处的休止符。冯欣哆嗦着把这串数字写在委托单的空白处，拿圆珠笔的笔尖指着，"个十百千万"数了一遍，用一种讨好的声调问Choy先生："现在是20万，20万欧元，请问您要加价吗？"

"21万。"

冯欣的嘴唇神经质地抽搐着，完全想不起来21万用法语该怎么说，又生怕错过了客人的出价，只好张着嘴朝拍卖台使劲挥手。戴维德注视着大厅众人没留意到她，巴斯卡尔倒是看见了，立刻转头告诉他："Maître，那个中国女实习生应价。"戴维德看了一眼不停招手的冯欣，举起象牙槌远远点了一下她，说道："22万欧元。"

像脑袋上挨了一记重击，冯欣呆住了，戴维德怎么会一下子从20万欧元加价到22万欧元呢？可是客人只出了21万啊！怎么办？现在也没有其他人出价了，不会就22万欧元卖给Choy先生了吧？她结结巴巴地对电话那头说："您好，现在是22万欧元，是您的，您出价的22万。"

"我出的是21万啊！"对方话音中带着火气，"你是不是报错价格了？"

"啊！我，我没有啊！"冯欣越发慌乱了，"是拍卖师，拍卖师给您的，22万。"

"22.5万欧元！"大厅里短暂的沉默被埃琳娜急促而清晰的声音打破了，这口出价像一只有力的大手把冯欣从泥沼中扯了出来。她激动得眼泪都要流出来了，赶紧对电话那头说："现在是25，啊，不，22万5千欧元——啊，又有人出价230，呃，现在是23万欧元了。"

对方没有发出任何声音，冯欣还以为他挂断了，看了一眼电话屏幕，发现上面仍然显示"正在通话中"，她明白对方是在犹豫，心里顿时松了一口气，简直有种劫后余生的庆幸。她继续把电话紧贴着耳朵，以备万一这位 Choy 先生还要出价，同时观看着拍场上的情况。

此时的竞逐已变成韩嘉漪和埃琳娜两人电话委托之间的厮杀，韩嘉漪微侧着上身，把脸转向拍卖台，像是要执拗地避免和埃琳娜对视。戴维德手中的象牙小槌在她俩头上来回摆动，如同一位高明的乐队指挥，正将这曲精彩的乐章引向最急板。所有人都紧盯着他们三人，许多时候韩嘉漪和埃琳娜并不报价，只需望着戴维德轻轻点一下头，或者做一个微妙的手势，他便能心领神会。

尽管大厅里早已没有其他人竞价，戴维德依然用一贯的清亮声调把数字不断地朝着众人抛出去，在快要凝滞的空气中搅起了一股湍急的金钱涡流。大家都紧张地屏着呼吸，这些一直跳跃飙升数字似乎因为带着许多个零而让人自然而然地心生敬畏。

"30万欧元！"戴维德重复了一遍韩嘉漪的最新出价，又将它高高抛向空中，好似猎手扔出了一块鲜血淋漓的生肉，等着豢养多日的鹰犬飞扑去捕捉。不料这数字冻结在了热烘烘的空气里，大厅中的静默像琴弦剧烈震颤后留下的尾音，戴维德重复了两次"30万欧元"，缓缓扬起拍卖槌，所有人都以为他要落槌了，埃琳娜忽然迅疾轻巧地抬了一下食指，戴维德微一颔首，眼角浮上几道细小的笑纹，以一种极富魅力的深沉语调对众人说："我一直都认为，最好的成交价，不应该是个整数,所以——32 万欧元。现在是 32 万欧元。"

众人绷紧的情绪被他这句玩笑话缓和了,连大厅后面挤站的厚厚人墙也松动了一些。冯欣望见韩嘉漪握着电话朝戴维德递了个眼神,戴维德会意,果断举起拍卖槌,伴随着明确的声调:"32 万欧元成交。"小槌落在了拍卖台上。宛如一个悠长的乐句却以一枚短促的纯净高音结尾,众人都愣了两秒才反应过来,随即响起热烈的掌声。

"多少钱落的?"听筒里传来问话,冯欣回过神来,Choy 先生还没挂电话,赶忙回复道,"320,啊,嗯,32 万,32 万欧元落槌。"

对方道了一声谢,挂断了电话。冯欣慢慢把电话放到桌上,这两个电话委托都被自己搞得一团糟,客人会不会向克莱尔投诉啊?她像刚挨了一顿拳脚乱棍一样浑身酸痛,正在垂头丧气地出神,朱利安用手肘轻轻碰了碰她,示意她看专家席。

韩嘉漪身旁那个穿着低胸上衣、一头红褐色卷发的女助手,正在和戴维德一唱一和地喊价,运输工人用托盘举着拍品巡行过来,冯欣看见正在拍卖的是一串琥珀朝珠。那女助手并没有打电话,却一直不停地出价,刚开始大厅里还有几个人争相叫价,等价格涨到 12000欧元之后,现场已无一人与她竞争,戴维德却并没有落槌的意思。每当女助手报出一个价格,他马上就以更高的价格压过去,他甚至都不看大厅里的情况,只低头看着自己的图录,还顺便刷了几下手机。

朝珠是 19000 欧元成交的,从起拍到落槌仅有三四十秒,女助手在图录上写下成交价格,韩嘉漪已开始宣读下一件拍品了。冯欣清楚地看见那女助手脸上洋溢着得意的笑容,令她感到极其强烈的厌恶。以前她在国内坐公交车时,经常遇到抢占座位的老头老太,当他们抢到一个座位时,脸上也是这种不可一世的笑容。还有那种在超市散放的蔬菜水果区,偷偷薅走许多免费塑料袋的人,脸上也挂着这种笑容……

"你看,12000 欧元之后,就根本没有人抢了,戴维德完全可以在这个价格落槌。"朱利安低低的声音传来,他以为冯欣没看懂这个小把戏,就解释给她听:"可是那个女助手和戴维德还是把价格抬到了19000欧元,我猜客人留给专家工作室的定额委托肯定是20000欧元。现在你知道他们为什么要在拍卖之前开会了吧?就像演员要彩排一样嘛。"

冯欣轻轻笑了笑,所以,标记着各种委托信息和保留价的图录,就是他们演戏的剧本吧?那这女助手的演技可真够烂的,连我都看出来她在假拍。还有20多件物品就要拍到付斌的电话委托了,他留的是法国电话号码,只有十个数字,简短清晰,冯欣想起他笑嘻嘻的模样,虽然耳边喊价应价的声浪依然轰鸣如雷,心里却放松了许多。

帮付斌竞价真是很容易啊,他直接用法语报价,冯欣只需将他的出价高声重复一遍给拍卖师就行,不用再焦灼万分地把那些复杂的数字在法语和中文之间翻译来翻译去了。而且他加价或者放弃时都会用中文非常清晰地说"要"或"不要",没有任何迟疑,绝不会让冯欣为难。付斌总共拍到了三件东西,冯欣每次放下电话,对着巴斯卡尔说出"为专家工作室276号客人竞拍"时,心中都会生出几分小小的欣喜,她很希望付斌能够如愿以偿、满载而归,毕竟在这个行业里,像他这样友善的人实在太少了。

做完付斌的电话委托,冯欣就没有别的工作了,她观望着四周,像是刚从惊涛骇浪中逃生上岸,正坐在滩涂上喘息。在越来越炽烈的竞价声中,戴维德突然急促地连敲了几下拍卖台,用陡然冒火的音调朝一群站在大厅后方的人厉声喝道:"先生们,看着我!拍卖是由我决定,你们如果要竞拍,请看着我!不要彼此使眼色!"

冯欣还没明白他在说什么,就见戴维德满脸怒气狠狠敲了一下台面:"5000欧元!现在我们拍下一件,206号拍品。"她猛地回想起来,今早明明听到韩嘉漪说,205号拍品的保留价是6000欧元,而且卖家还很难缠,怎么5000欧元就落槌了呢?这不是违背卖家的意愿贱卖了吗？她转眼看了看旁边朱利安的图录，他在205号拍品的照片旁边写下5000欧元，却又在数字前面加了个R。冯欣憋不住轻声问道："我看见，刚才亲眼看见戴维德5000欧元落槌的啊，你怎么写了R呢？"

"他只是敲了一下桌子，"朱利安凑到她耳边，用极低的声音说，"敲桌子不一定表示成交，落槌有时只是为了，怎么说呢，就算是活跃一下现场气氛吧……你要注意听，只有当拍卖师说出'成交'这个单词并且落槌，才表示是真正成交。"

"啊！"冯欣惊得倒吸了一口气，"还能这样啊！这不是，作假吗？"朱利安耸了耸肩，歪着嘴角笑道："法律上来说是不能这样，但是，谁管呢！"冯欣也跟着笑了笑，注意到接下来好几件拍品韩嘉漪都没有宣读图录上的鉴定描述和价格，是戴维德自己简单宣读并起拍。她正想问朱利安，他似乎已察觉到她的疑惑，侧身对她说："这几件拍品不是'汉娜'女士鉴定的，所以她不能宣读，万一有什么问题，她也不承担法律责任——当然，她也就没有鉴定费了。"他翻到图录扉页，指着韩嘉漪照片下方一行小字给冯欣看，果然，上面清楚地印着有十多件拍品并非由她鉴定。

这行小字很像商场促销时那种故意印在边角上的免责声明，果然天下商家都是一样的精明心思。冯欣看着图录笑了一下，又记起上个月在埃琳娜办公室门口偷听到的对话："那些人送的东西，怎么可能是真的？""但是能卖钱啊，买卖双方高兴就好了嘛！""你们在图录上要写清楚，这些垃圾不是我鉴定的"……韩嘉漪和埃琳娜争执的尖利嗓音还在她脑海中回荡，却被巴斯卡尔响亮的喊价声打断："15万欧元！"巴斯卡尔又重复了一次场内的出价，弗雷德的电话委托已迅速还击："15.5万欧元！"

韩嘉漪拒绝鉴定的不都是些"垃圾"吗？冯欣简直不敢相信自己的耳朵，什么"垃圾"会拍这么贵？红衣运输工人举着拍品正在前排展示,冯欣探身望过去,看见是个黑不溜秋的木雕笔筒。价格还在飞快攀升,一个挤站在大厅后方人墙中的华人小伙子塞着电话耳机,唯恐戴维德没看到他的喊价,每次都夸张地朝拍卖台挥手示意。他穿着件短袖上衣,细瘦的手臂在空中挥舞,仿佛在故意挑衅其他的竞价者。每当他因为给电话那头翻译而延误了几秒出价,让别人抢占了先机时,他都会捶胸顿足地骂上几声。最终,这小伙子成功竞拍到了笔筒,22万欧元。

笔筒的起拍价仅有800欧元,经过一番火药味十足的混战抢夺,最终以这样出乎意料的高价落槌,大厅里看热闹的人们都亢奋不已,如同免费观赏了一场绝无仅有的精彩好戏。那小伙子穿过人群,走到拍卖台前把自己的护照和银行卡递给巴斯卡尔,一路都在得意洋洋地接受着众人的注目礼,他黝黑的短发根根直竖,活像一只顶着大红冠子的斗鸡。冯欣发现韩嘉漪也在看着这小伙子,清瘦的脸上挂着一丝冷漠的嘲笑。

"可惜啊,拍了这么贵,'汉娜'女士一分钱的鉴定费都没有。"朱利安的话语里带着幸灾乐祸的笑音,周遭炽烈的氛围似乎点燃了他内心深处隐秘的火苗,连满头蓬松的栗色乱发都像有了光彩。冯欣附和着轻声笑了笑,那天偷听到的话语又在耳边萦绕:"他们造的假货,费尽心机送来法国,绕了一圈,最后还卖给他们的同胞,骗来骗去都是他们自己,活该!"

拍卖渐入尾声,许多已经拍到物品的客人都站在拍卖台一侧,排着队跟伊丝黛尔结账。冯欣正坐着发呆,望见克莱尔朝她招了招手,赶紧跑过去,绕到拍卖台后方,踮起脚仰头问她有什么吩咐。克莱尔指了指旁边正在排队的一群华人顾客,俯身说:"好像有人付款出了点问题,你去看看伊丝黛尔需不需要帮忙。"

伊丝黛尔高高坐在拍卖台上,正握着一张银行卡在终端机的侧边刷卡,看见冯欣过来,她费力地转过臃肿的脖颈,用简单的短句说:

"你，告诉这位先生，现金支付，最多只能付15000欧元，他买了40000多欧元的东西，所以，只能刷卡。明白吗？"冯欣正要翻译给那位华人男子，他已急不可耐地嚷了起来："哎呀，这老外也忒轴咧！"他挥舞着手里的发票单，朝冯欣高声说，"丫头，你跟这老外讲，我给她付一万五的现金，剩下的刷卡！我卡里没那么多钱，刷不出来嘛！"他一口抑扬顿挫的北方方言，非常喜感，加上着急，语速又极快，冯欣强忍着没笑出来，抬头问伊丝黛尔："他说，他付15000欧元的现金，其余的刷卡，可以吗？"

伊丝黛尔厌烦地甩了一下手，把终端机重重摔回底座上："你是听不懂吗？一张发票，要么全部刷卡，要么全部付现金，不能拆开来支付。这是法律规定。"因为满心不耐烦，她说话时有点咬牙切齿，脸上堆积的横肉也随着抖动，颇令人畏惧。

冯欣只好把这些话又翻译给那男人听。"那不中啊！"他瞪着眼睛嚷道，"这老外咋寻思的呢！这不是存心难为人吗？"冯欣跟他解释法国法律如此，并非故意针对他，他却喊得更大声了："这啥破法律啊！我们也知不道啊！"冯欣又为难又好笑，伊丝黛尔早已开始处理其他人的付款了，她不知该怎么办，只好任由那男人气哼哼地骂着。她虽然不完全明白他的方言，但也听懂了其中混杂的许多粗话，冯欣觉得自己是来帮忙翻译的，为何却要站在这里听人骂脏话。这一天里应接不暇的各种事情已经让她精疲力尽了，她很想转身走开，又没有那份决绝的勇气，只好陪着一张无可奈何的笑脸瞧着他。

身旁点钞机刷刷刷的声响充盈于耳，那男人的声调突然从高到低急转直下，掏出一张100欧元递到冯欣面前："丫头，你看，我给你点好处费，能不能帮我通融一下？"

她像被烈焰灼烧一样往后跳开了，惊慌失措地连连摆手说："不要不要！我帮不了你！"

"欣！你过来！"克莱尔刚好看见了这一幕，招手把她叫了过去。

"我没有！没有！他，他给我钱——"冯欣很怕克莱尔以为自己收了那人的"贿赂"，慌张地辩解着，急得眼泪都要流出来了。

"我知道，我知道。"克莱尔温和地说，"拍卖场上什么样的人都有，他们也不是有意侮辱你，他们就是没教养而已。你就当是被狗咬了一口，千万别存在心里，让自己难过。"

她这番话让冯欣感动得眼涩鼻酸，一时间不知该怎样回答，只能连声道谢，又听见伊丝黛尔的高喊："那个中国女实习生，过来！"她马上又跑过去，原来是伊丝黛尔让一个中国男子写下自己的地址和姓名，以便登记入账做发票，然而对方一脸无奈地说："我哪会弄这个啊，我还能写法语啊？"

"您用拼音写就行。"冯欣说着取了纸笔递给他。

那男子约摸五六十岁，腆着圆溜溜的大肚子，听她这样说，露出满脸的为难神色，接过纸笔纠结了半天，才歪七扭八地写下几个字母。冯欣惊诧地看着他像凿石刻碑一样艰难地写着自己家庭地址的拼音，连"北京"的拼音都想了又想才写出来——克莱尔刚才说的话果然是真的啊！可是，这种人怎么会来买艺术品呢？艺术品，不是那些有闲钱又有品位的文人雅士才懂得欣赏吗？昨天预展时的疑问又冒了出来，这两天见了这么多人，好像真没几个人看上去和"艺术"两个字沾边啊……冯欣把他写好的姓名地址递给伊丝黛尔，就听到戴维德轻敲了一下拍卖槌："女士们，先生们，本次亚洲艺术拍卖到此结束，再次感谢您的光临。"

冯欣悄悄长舒了一口气，看付款这边不再需要自己帮忙了，便走回员工席坐下休息，大厅里回荡着一片浑浊噪声，似一只庞大的怪兽饱餐后胃肠蠕动的沉闷声响。除了正在排队付款、取货的顾客，还有许多人或站或坐，三五成群聚在一起，兴犹未尽地闲聊着。一位法国老先生半眯着双眼蜷坐在角落的椅子里，脸上挂着困乏而愉悦笑容，恍如迷失在了先前那片神奇喧嚣的云雾之中。运输工人们搬运着空无一物的展柜,满地散落着凌乱的纸张和杂物,像一场鏖战刚结束,沙场上被屠杀的尸体还在冒着热气。冯欣疲倦地靠在桌子旁,看着眼前的一切,脸颊莫名地涨得通红,这两三天实在发生了太多的事情,她只觉脑海中无数芜杂纷乱的想法正像火花一样不停迸涌。

"这是你的小女儿啊?太可爱了!"一句欢欣的话音传来,冯欣转头看见一位中年华人男子牵着个五六岁的小女孩,正同韩嘉漪站在那幅《游园惊梦》的油画前聊天。韩嘉漪逗弄了一会儿那女孩,随后便跟那男子讲解画作,她的双手以一种优雅美妙的姿势指点着画上的细节,纤长的手指像素心兰的花朵徐徐绽放。在越来越混乱的人声和点钞机的呲呲声响中,冯欣仅能听见一些只言片语:"每种蓝色都是不一样的,深浅不同、彼此渗透""色彩就像海浪一样散开""低明度的极简背景""笔直的线条和丰富的色块碰撞在一起,形成了一种非常漂亮的韵律感"。那男子听得入神,小女孩却有些站不住了,蹭着父亲的腿嘟囔着要抱抱,他俯身抱起她,对韩嘉漪笑道:"等我女儿长大了,也让她学艺术,和你一样。"

韩嘉漪的眼中流露出少见的脉脉温情,讲话的速度也慢了下来,她轻抚着小姑娘额角上细软的碎发,像是在回答那位父亲,更像是自言自语地呢喃:"不要读艺术啊!艺术只是可有可无的点缀,永远都不会成为社会主流……不过,也许这才是艺术存在的意义吧……"她白皙的手指从女孩脸上慢慢滑落下来,仿佛在一瞬间又恢复了惯常的沉静,抬起头看着父女俩,认真地说:"将来她如果真的喜欢艺术,那就千万别来做这一行,拍卖行和艺术没多大关系,不要把这两者扯在一起。"

"120万!"巴斯卡尔带着胜利的笑容走过来,对拍卖行几位员工说出这个数字,这是今天的成交总额。他那张略显疲惫的古铜色脸庞似乎因为这串数字,反射出一道耀眼的光辉。点钞机还在响着,花花绿绿的欧元无休无止地滑进那座张着大嘴的拍卖台里,冯欣看见韩嘉漪叹了一口气,继续对那中年男子说:"你是在娱乐圈工作的,我觉得啊,我们这两个行业真的太像了……在这种地方,真还是假,对还是错,根本就不重要。说白了,人们恨的不是假话或者赝品,恨的是造假造得不够高明,恨的是有些人连撒谎都撒不圆。只要一个人造假的水平够高,他就能到处讲课、出书、上电视、带一帮徒子徒孙满世界博物馆里'游学',还有无数人愿意花钱听他演讲——"

"前两天一个做媒体公关的朋友跟我讲,人们从来不关心事实,只关心这个公众人物的……"那男子像是怕小女儿听见,略微压低了声音说了句什么,两人一起大笑起来。冯欣皱了皱眉头,感觉自己的脑袋像一台太旧的电脑,这两天输入了过多的数据,涨得都要爆炸了。"冯小姐,谢谢你哦!"付斌笑眯眯地走了过来。冯欣吃惊地看着他,问道:"付先生,怎么是您? 我还以为您今天下午不在巴黎呢,您不是给我留了电话委托吗?"

"哎呀!"付斌凑过来低声说:"我不想跟他们搅在一起,很烦的!"他用目光示意了一下前方一群正在排队提货,同时用南方方言高声谈笑的男女,又看着冯欣问道:"冯小姐,我们去喝杯咖啡吧?"不等她回答,他微笑着补了一句:"你今天一定很辛苦啦!"

这不期而至的邀请让冯欣一愣:"我,我不知道……能不能下班了……"付斌挥了一下手,似乎要扫去她所有不必要的担忧:"马上就六点了,周末啦,走吧!"他故意用法语说出"周末"这个词,带着笑意的声音中又多了一分煽动的味道,冯欣便不再坚持:"我去跟克莱尔说一声,她是我负责人,请您等我一下。"

两人一起走出大厅,冯欣这才第一次有机会仔细环顾拍卖大楼内部的样子。他们所在的二楼有六间大展厅,现在拍卖和预展都结束,人群从楼上楼下各个展厅出来,嘈杂的声浪在空气中滚动着,扩散着,渐渐消失。两人一前一后从电动扶梯下楼,刚到门口,一片灿烂夕照透过玻璃门扑面而来,漫天落着明光闪烁的太阳雨,整个世界都像被包裹在一块硕大的金黄色水晶之中。潮湿的空气中隐约飘来清甜的椴树花香，不少人站在拍卖大楼门前等着这阵急雨变小。

一只小麻雀半飞半跳地来到冯欣脚边，不停抖着羽毛上的雨水，看得见它骨碌碌转动的乌黑眼睛。付斌机灵的眼睛望见五六个男女说笑着进了马路对面的一家小酒馆，他嘴角浮上一丝笑纹，对冯欣说："冯小姐，走，我带你看场好戏。"

"啊，什么？"冯欣还在低头看那只小麻雀扑腾蹦跶，一时没反应过来，付斌已经快步冲进了雨幕，她只好紧跑两步跟上。付斌推开小酒馆的红漆铁门，又跨了一大步，掀开里面厚重的深红色天鹅绒门帘，让冯欣先进去，她眼里还满是外面晶莹明亮的雨丝夕阳，站着直恍神。付斌笑嘻嘻地和正在吧台擦杯子的法国胖酒保打了声招呼，带她走到墙角一张还没铺桌布的铸铁小桌旁坐下。

这会儿还太早，巴黎人的晚餐一般是七点半才开始，店里只亮着几盏昏黄的壁灯，整间小酒馆都是暗沉沉的。中午食客用过的餐巾、侍者忘记收走的抹布还留在桌上，两人进门时带来一股外面的凉风，吹散了些许餐馆里温郁的酒气。

冯欣脱下外衣搭在椅背上，两人坐在吧台酒柜的暗影中，斜前方就围坐着先前进来的那一群男女。刚才冒雨跑过来，虽然距离不远，但冯欣感到鞋袜都已湿透了，很想在桌子下面悄悄脱了鞋，又觉得太无礼，就在鞋子里活动着脚掌脚趾。她很拘束地四下看着，这一整天的喧扰烦乱似乎已然消散，变成了门外的瑟瑟雨声。不待冯欣开口，付斌轻声说："他们在标一个东西——这叫'围标'，你先看，我等下解释给你听。"

侍者用小托盘端来了那群人点的饮品，冯欣看见他们每人点的都是一杯最便宜的意式浓缩咖啡。四个男人中，除了一个瘦骨嶙峋的小伙子，其他三人都有 50 来岁，虽然相貌各异，口音也不相同，却都穿着看不出本来颜色的旧外套，再加上眼眶凹陷、面色黑沉，冯欣一眼望去只觉得他们都像某种怪异的昆虫。另外两个中年女人化着浓妆,左边那位身材圆滚滚的,声音却尖细得像个小姑娘,另一个女人略瘦一些,但也有着壮硕浑圆的肩背,染了一头枯草般的黄头发,她话不多,头靠着墙壁,眼睛不时望向天花板,像是在翻白眼。他们热烈而快速地讲着话,小酒馆里只听得见他们纷杂的交谈声,谁也没注意到旁边的冯欣和付斌。

"手机都拿出来啊!准备标了啊!"一个秃顶胖子提高声音说道。他脸上泛着不健康的红潮,大大的酒糟鼻,肥胖的身躯几近水肿,光秃秃的脑袋油光可鉴。众人都拿出手机放在桌上,忽然一道刺眼的阳光直射进来,大家停了手抬起头。一位极漂亮的长发高挑女孩掀开天鹅绒门帘快步走来,伴随着高跟长靴踩在木地板上的清脆声音,是她悦耳的笑语:"你们谁有 5000 欧元呀?先借给我,我要去拍卖行交个押金。"

一直在高声谈笑的这群人安静了几秒,还是那个胖女人最先反应过来,仰着头说:"妹儿,你等一下啊,我今天好像没带那么多,等我给你找找啊!"说着她取出钱包,拿出一沓钞票数了一下,然后把钞票递给漂亮女孩:"妹儿,姐今天只带了 2000 欧元,你看成不?"她话音刚落,旁边那瘦小伙已从上衣内袋掏出一卷用橡皮筋扎好的钞票,脸上带着一种跟美女说话时特有的笨拙笑容,轻声道:"我这里也刚好有 2000 欧元,是我今早才取回来的押金,你拿去吧。"秃头胖子也数了 10 张 100 欧元递给她,那姑娘伸出手指,笑吟吟地朝着他们点了一遍:"小葛,2000 欧元;杨姐,2000 欧元;沈哥,1000 欧元。我下周一就还你们,谢了啊!"她声音中的笑意洋溢开来,小鹿般的眼眸闪闪发亮,转身走了出去,冯欣只看见她拉开门帘时,飘扬的黑色长发泛起落日金光,像一阵带着春末花香的清风,轻拂过面颊便散去了,小酒馆又恢复了之前的黯淡。

"来来来,标一下标一下。"还是秃头胖子招呼着,冯欣看见他们全都埋下头去,遮遮掩掩地在手机上弄着什么,好像生怕被旁人看见了,那个染着黄头发的女人干脆把手机放在桌子底下,鼻子都要贴到桌面了。过了一两分钟,秃头胖子抬头问:"好了没?好了就开啊!"有人答应了一下,有人没吭声,秃头胖子一个接一个地扫视着他们,好似在用眼睛聆听,等他感觉众人都准备好了,便神情严肃地说:"那咱们就开啊!一、二——三,开!"

众人随着他的话音,同时把手机翻了过来,还没等他们看清彼此屏幕上的数字,秃头胖子突然以一种不可思议的敏捷,咔嚓一声把自己的手机狠命摔在了地上,还使劲踩了两脚。冯欣吓得紧捂住嘴以免叫出声来,付斌也是满脸震惊,几句粗话冲口而出,连连惊叹:"老沈可以啊!牛的咧!前两天刚买的 6s plus,还跟我嘚瑟那个粉红色多么难买到,现在说踩就踩哦!他也下得去脚哦!"他兴奋得都忘了压低声音,然而那桌人根本没注意到他,他们已经快打起来了。

南北西东的方言脏话在空气中喷薄,黄头发女人噌地站起身来,冯欣才发现她竟然那么高,至少有一米七,站在那里像一堵厚实的人肉山墙。她戳着秃头胖子的酒糟鼻大骂:"你太不地道了!哪有这么坏规矩的!你要脸不要啊!"有个矮小的男人嚷着"不标了!不标了!"愤愤然抄起搭在椅背上的外衣就走,差点拽翻了椅子,连带着桌子也一起摇晃起来,坐着的那个胖女人赶紧扶着桌子吼道:"喂喂,别把我的手机也摔了!"秃头胖子一言不发地闷头坐着,双手紧握着手机插在大腿之间,他本来脖子就短,现在更像一只缩在壳里的大胖乌龟了。

小酒馆的法国老板、酒保和侍者都好奇地凑在吧台,连后厨的杂役也跑了出来看热闹,他们虽然听不懂吵什么,但作为一家在拍卖大楼门口经营了近百年的老店,大家对这些人做的事情都心知肚明。

黄头发女人差点打了秃头胖子一耳光,还好被另外那个胖女人拉住了,她俩骂骂咧咧往外走,其他几个人也气急败坏地陆续离开。

秃头胖子任由他们大吼大叫，等到人都走完，他才慢慢站起身，扯着袖口把手机擦了又擦，喝干净杯子里最后一点咖啡，拿手背抹了几下嘴巴，起身找酒保结了账出去。

"他们到底在干什么啊?"冯欣看着胖子走出门外，急切地询问付斌，"怎么突然就打起来了呢?"

"他们在标一个东西，我估计就是刚刚你们公司拍卖的东西。"付斌喝了一口水说，"拍卖场上，如果大家看上了同一件东西，那就开始抢嘛，谁出的价格高谁就能拍到。可是后来发现，抢来抢去的全都是同胞，把价格抬得老高，最后都白白送钱给鬼佬了! 所以就想了这个'围标'的办法。"付斌看她听得入神，又补了一句:"围标一般都很正常，有时候也会有个把人耍诈，今天这种摔手机打架的，还真是少见——反正我是第一次见到，哈哈哈哈。"

"围标，"这个词听着陌生又神秘，冯欣喃喃地重复了两遍，问道，"具体是怎么，怎么围，围标呢?"

"比如啊，"付斌顺手拿过桌上的玻璃水杯，指着它说道，"比如这是个'乾隆'的杯子，我们几个人都想买，东西上了拍卖场，价格肯定一下子就被喊上去了。可是喊着喊着，突然发现场上喊价的人都是认识的，那我们就相互使个眼色，谁也别抢了，就让这件东西低价落槌，等拍卖结束之后，一起出来在咖啡馆里标一标就行。这样大家都省了钱，拍卖行的鬼佬们也占不到便宜了嘛!"

"啊! 我想起来了!"冯欣恍然大悟，"难怪刚才拍卖的时候，我看见戴维德凶巴巴地朝一帮人喊什么'我是拍卖师! 你们如果要竞拍，看着我! 不要彼此间看来看去，'我当时还很奇怪，拍卖又不是考试，怎么就不能看别人呢，原来如此啊!"

"就是啦，他们这样一搞，这件东西就拍不出高价了嘛，拍卖行还怎么赚钱? 所以鬼佬那么生气啊!"付斌指着水杯继续说，"比如这件东西，如果大家都在拍卖场上硬抢，说不定要抢到 15 万，但是大家使个眼色，都别抢，可能 5 万就落槌了，这不就省了很多钱？然后大家就出来标一标，刚才参与喊价的人都有份，咖啡厅里坐下来，每人要一杯咖啡，把各人的心理价位写在手机上，写好了就说'一二三开'，一起把手机翻过来，接着就来比手机上写的数字。"

"不管有多少人参加围标，数字从大到小排下来，永远只看前三位，其他人就出局了。"付斌拿出自己的手机比画道，"前三位里面，如果第一名写了 10 万，第二名写了 8 万，第三名写了 7 万，那么，写 10 万的这个人，就可以去拍卖行付款提货，这件东西就是他的了。然后，他还要给第二名 1 万作为补偿——10 万减去 8 万除以 2，就是第二名的补偿金；第三名的补偿金是 5 千，因为第三名算的是和第二名之间的差价，也就是 8 万减去 7 万除以 2。"付斌掰着手指说："所以你算一下，这件东西 5 万欧元落槌，第一名只要花 5 万加上 1 万 5 千，也就是 6 万 5 千欧元就能把东西拿下来了，是不是很划算？总好过送钱给鬼佬嘛！"

付斌自己也有点得意能把这件事讲得如此清晰明白，忍不住轻轻拍了几下桌子说道："围标呢，外人看起来神秘得不得了，其实总结一下，就是第一名拿货，第二名和第三名拿钱。冯小姐，你是学经济的研究生，我大女儿去年也刚进了商校，这肯定比你们学的那些什么期货啊、做多做空啊简单得多嘛！"

"研究生"三个字让冯欣不由得红了脸，难为情地笑了一下："是，嗯，是您讲得好，讲得特别清楚。"又赶紧补了一句："这样说，第二名和第三名很爽啊！什么都不用做，就可以拿到钱。"

"那是！"付斌笑起来，"大楼里天天都有拍卖，有的人运气好，每周都能赚个几百上千欧元的，有人拿货、有人拿钱，大家都开心嘛！"

冯欣吃惊又钦佩，不禁感叹道："这个办法太聪明了，想出这个办法的人，真的太厉害了！"

"所以说同胞都精得很，鬼佬怎么玩得过我们啊！"付斌眨了眨眼睛笑道："光脚的不怕穿鞋的嘛！鬼佬们本来就笨，法国各种条条框框又多，这个法律那个法律，一点都不懂得变通，法国人还特别懒，别说加班了，一年到头 vacances（休假）都不断的，等他们穿好鞋来追，我们这些光脚的早就跑了个马拉松啦！"他越说越起劲，声音也提高了，手舞足蹈像是在发表演讲一样。冯欣觉得他说的这些事情虽然离自己遥不可及，仍然很用心地听着，又问道："不过，我还是没明白，刚才那个胖子，怎么一下子就把自己手机砸了呢？"

"他肯定写高了嘛！"付斌故意夸张了说话的语气，似乎那耸动刺激的一幕还在眼前，"比如第二名写了 8 万，他写了 16 万，他就要给第二名 4 万欧元，那不亏惨了啊！"

"这样啊！"冯欣点着头笑道，"这胖子真是够狠，反应也够快的啊！"

"嗨！什么人都有！"付斌摆了摆手，一脸见多识广的不屑表情，"我以前也遇到过耍诈的，最开始那几年我们都是把价格写在手上，后来发现，有人居然在两个手里写不同的数字！以后我们就写在纸上了，结果有人故意把数字写得不清不楚，我们说他写的是 7，他非说自己写的是 1——吵来吵去也是要打起来了，我就说，大家都别吵，我们找个咖啡馆里的鬼佬来看，鬼佬说是几就是几。"他皱起眉头，做了个不耐烦的手势："所以现在我都是电话拍，不想跟他们搅在一起，烦得很！"

正说得兴起，他的手机响了，付斌看了一眼屏幕，连忙接着电话站起身，又请电话那头稍等，对冯欣说："冯小姐，实在不好意思，我有点事先走了啊！"说着便跟她握手道别，冯欣觉得手心里有个硬硬的小东西，还没反应过来，就见他挤了挤小眼睛笑道："给你喝咖啡啊，刚才麻烦你帮我做电话委托。"她腾地涨红了脸，还来不及道谢，付斌已打着电话往门外走了，只听见一句："单我已经买过了啊！冯小姐，再联系！"

冯欣紧紧攥着那个小东西，环顾四周无人，把手藏到桌子底下，展开手掌低头一看，是一张折起的50欧元。

这张土黄色纸钞的防伪银边在餐桌的暗影中闪着美丽的虹彩，冯欣突然有种想落泪的冲动，从前在一个华人雇主家做钟点工，她一刻不停地收拾打扫3个多小时才能赚到30欧元，今天下午只不过是打了几个电话而已啊！她百感交集地坐在小酒馆的角落，这里昏黄慵懒的氛围，空气中微酸的酒味，厨房飘散出的热气和窗外走过的幢幢人影……都让她心底荡漾着一种温存的微醺，直到第一批来用晚餐的客人陆续进门，她才起身出去。雨小了很多，夕阳返照也更加柔暖，千万条闪光的细小雨线落地后汇成一股股金色的水流，像一条富含着金砂的溪流在眼前流淌。冯欣站在小酒馆的屋檐下，一个雨点啪地砸在头顶，沉重而清冷，她打了个哆嗦，又伸手摸了摸脑袋，无声地笑了起来，想起家乡的一句俗话，水生财，这肯定是个好兆头。

快到家时，冯欣终于在远郊火车上挤到了一个靠窗的位置，她疲乏地往外看去，雨已经停了，薄暮的阴影从火车的玻璃门窗缓慢涌入，这是一天中最动人的时刻，街道上的路灯还没有亮起，远处各家各户的窗里透出暖黄的灯光，像点点的烛火在晃动。这一天真的好累啊，但是也好开心！她拿出手机刷着朋友圈，第一条就是叶芝刚发的照片，她极少发跟拍卖有关的内容，大多数时候都是漂亮的花草猫狗和美不胜收的旅行照片，要么就是画廊和博物馆的展览、书籍电影的点评，或者豪华精致的米其林餐厅——让人感觉她似乎从来不用工作，一直都在无忧无虑地享受生活一样。

是啊，人生在世，谁不想活成她那个样子呢！叶芝刚发的这张照片是她穿着一件很美的长裙，从迪奥总店金碧辉煌的螺旋式楼梯上走下来，裙幅上印染着层叠泅散的同心圆绮丽花纹，令人目眩神迷，配的文字很简单："Dior最新的'万花筒幻象'系列，美到词穷。万花筒做好了，你要不要透过它，看一看外面的世界？"

冯欣马上评论道："亲爱的，太美了！你又美出新高度了！"她放下手机，想起读小学的时候，曾经跟班上最优秀的女生做同桌，每次期末发奖，同桌的奖品都堆了满满一桌子：益智玩具、彩色铅笔、硬壳笔记本、汉语大词典、有许多按键的文具盒……最让她羡慕的，是某一年自然课比赛的奖品：一支能不停变幻图案的万花筒。冯欣长久凝望着天幕上舒卷流散的粉紫色晚云，看见一轮将满的月亮在云霞中隐现，心里反复念诵着叶芝的这句话："万花筒做好了，你要不要透过它，看一看外面的世界？"

10

期末考试的教室里，冯欣趴在桌上，噘着嘴，一下又一下地吹着额前的刘海，无聊地等着交卷的时间。虽然她连那些法语题目都看不懂，却没有提前交卷的勇气，从小到大，只有特别厉害的尖子生或者敢交白卷的差生会提前交卷，她就算是一道题也做不出来，也会一直熬到考试结束。冯欣望着讲台上低声聊天的两个监考老师，暗自算了一下，自己在拍卖行实习了一个月，其实满打满算只有 12 天，可就在这 10 多天里，似乎有一种奇妙的东西在她心底慢慢发酵。也许是拍卖行里数不尽的旧物散发出尘埃和金钱的气息，润物细无声般浸透了她的身体，好像皮肤表面长出了新生的汗毛……

窗外忽然传来了调试音响喇叭的声音，考生们全都停笔抬头嬉笑了一下，今天是夏至音乐节，法国的夏季由此开始。每年的这一天，全国各地的大街小巷里都有无数人载歌载舞，在白昼最长的一天中，欢庆悠闲夏日的来临。

最近饱受期末考折磨的大学生们绝不会错过的这种举国狂欢的机会,各个社团都组织了活动,冯欣考完试出来时,看见到处都是衣饰夸张的年轻人畅饮欢歌。她忍不住闲逛了一会儿,虽然不时有陌生人热情招呼她一起看表演或者唱歌跳舞,但她总是害羞地拒绝了。她只想融在快乐的人潮里,安安静静地溜达观望,琥珀色的夕阳和强烈的演出照明灯晃得她双眼迷离,她眯起眼,看见不同肤色的年轻脸庞像花朵一样飘过傍晚的校园。

今天的白昼真长啊,好像永远不会天黑一样;那些兴高采烈的年轻人啊,好像永远不会老一样……这个初夏黄昏,是她在这座巴黎郊区大学里最惬意美好的一段回忆,天地万物都像洒满了金粉般闪闪发光,有那么一刻,她甚至觉得所有的歌舞音乐是在为她庆祝,庆祝她找到了一条崭新的人生道路。

因为西蒙的事,拍卖行一时人手短缺,克莱尔问冯欣能不能周三就来实习,她当然是很愿意的,期末考反正她也考不过,周三周四本来还有两科考试,她索性就不去考了。冯欣早上刚进了拍卖行,就见好几个同事聚在前台谈笑,玛丽昂不停说着:"哇,好可爱!好可爱!"冯欣跟大家打了招呼,玛丽昂立刻递给她一张贺卡,笑着跟她解释,珠宝部原来的负责人多米蒂尔上周刚生了女儿,这是她寄来的诞生贺卡:"你瞧这胖嘟嘟的小脸,多可爱!"弗雷德在一旁补充道:"这是法国传统,小孩子出生,父母都要给亲朋好友寄一张印有婴儿照片的贺卡。"

冯欣笑道:"你们这个传统好温馨啊!在中国一般都是发个微信朋友圈就行。"

"那你们的做法更省钱啊!"科斯曼脱口而出,大家都笑了起来,冯欣见贺卡上是三个并排坐在花园中的金发碧眼小孩,都乖巧漂亮得如洋娃娃一般,最大的孩子约摸五六岁,是个小男孩,他怀里抱着一个裹在襁褓中的婴儿。冯欣指着那婴儿讶异地问道:"是这个吗?

这是她刚生的女儿？这些，这些小孩全都是她生的？"

"是啊，"克莱尔微笑道，"这是她第四个小孩了。"

"第四个！"冯欣刚伸出四个手指比画了一下，就听见耳边一句带着冷笑的话音："这些老派的家庭，就知道生啊生啊！"冯欣满脸的惊诧表情僵住了，侧头一看，果然是埃琳娜走了过来，接着说道："多米蒂尔的爸妈生了他们兄妹九个，她怕是也要生那么多。"

众人知道她是生性刻毒的，但也没想到竟会这样公开嘲讽曾经的同事，一时间都缄口无言。埃琳娜从冯欣手中扯过贺卡，斜瞟了一眼照片，嗤笑一声说道："我前几天在网上看了篇文章，说是根据社会学家的调查，一对夫妇的第二个孩子有 60% 的可能是偷情所生，第三个孩子有 80% 的可能是偷情所生——你们看，多米蒂尔的二女儿和大儿子长得根本就不像呀！三女儿也不像她的哥哥姐姐，多半就不是同一个父亲嘛！"

"不要这样讲话嘛！"科斯曼粗声粗气地嘟哝了一句，又说，"我去喝杯咖啡去，你们都来吗？"弗雷德和朱利安连忙跟上，克莱尔尽力摆出和善的样子，轻推了一下埃琳娜笑道："去办公室吧，我有事跟你说。"埃琳娜眼皮微微动了一下，似乎对克莱尔这种和事佬的做派表示不屑，随手把贺卡往桌上一甩，和克莱尔一起走了，留下一串高跟鞋声，冯欣听见玛丽昂从牙缝里挤出一句："真是个烂人。"

中午和同事们吃饭时，冯欣才知道，西蒙那天晕倒其实是他存心使诈，故意在拍到最重要的一件物品时假装晕倒，同时掐断委托电话，为了制造混乱，借机报复戴维德。西蒙对戴维德积怨已久，他现在准备以"多次强制无薪酬加班""心理虐待员工"等理由申请劳动仲裁。由于法国劳动法总是优先保护雇员权利，所以，哪怕他说的这些事都是夸大其词甚至子虚乌有，戴维德的处境也非常被动。"戴维德现在麻烦啰！"科斯曼粗着嗓子笑呵呵说道。冯欣越听越觉得匪夷所思，问道："西蒙折腾这么一出，究竟是要干嘛？就为了告戴维德？"

"为了敲诈戴维德一笔钱嘛!"玛丽昂快言快语地笑道,"西蒙现在只是吓唬戴维德,说要申请劳动仲裁,如果真的走法律程序,戴维德肯定打不赢这场官司,到时候还要赔上律师费、诉讼费,而且要耗费多少时间精力啊! 所以我猜,戴维德这几天正在跟西蒙的律师讨价还价,商量赔偿金数额呢!"

"西蒙的律师?"冯欣更加诧异了,"他还请了律师?"

大家全都笑出声来,朱利安克制了一下笑意,说道:"你忘了那个女律师了? 尚品拍卖的时候,西蒙勾搭上的那个有钱老女人,就是买了最贵的蓟花外套的那位太太。"

冯欣如梦初醒般地低呼了一声,上周三午餐时,西蒙眉飞色舞地跟大家讲述与律师情人恋情的场景顿时重现在目。这十来天实在发生了太多太多事情,她感觉自己每天都处在一种信息过载的眩晕之中,又听玛丽昂嬉笑着说:"这肯定是那个老女人律师出的主意,不然,正常人谁能想出这种假装晕倒、讹诈老板的招数?"

"说不定他们私底下都演练过无数次了!"科斯曼说着自己都哈哈大笑起来。玛丽昂强忍住笑,放下手里的刀叉,以一种蹩脚话剧演员的浮夸姿态和腔调比画着说:"啊! 我亲爱的女律师,你看,我这样晕倒好不好? 什么? 这个角度略显做作? 那我爬起来再晕一次吧! 亲爱的,我这个表情怎么样?"玛丽昂说着就往冯欣肩上靠过来,像小猫头鹰一样睁着一只眼闭着一只眼,右手扶额,左手捂着胸口,科斯曼、朱利安和弗雷德拍着桌子笑得前仰后合,引得旁人屡屡侧目。

大家说笑得差不多了,起身将餐盘端去回收处,透过宽大的落地窗,冯欣望见中庭花园的一株橡树上有几片黄叶飘落,被一股穿堂风吹得上下翻飞。现在正是草木葱茏的初夏,很少有黄叶,估计是被虫吃或者染病的树叶,冯欣站在回收处排队还餐盘,看着窗外这几片飘扬的黄叶,忽然想起高中生物课本上那种古怪的枯叶蝶。昆虫们伪装成枯叶、树皮、苔藓,一开始也许只是为了自保,后来却慢慢发现,可以借着这层伪装发起更有效也更致命的攻击。西蒙假装钟情于女律师、假装在拍卖场上晕倒，和热带雨林那些进化得千奇百怪的拟态昆虫，似乎并没有太大区别。

世间无论男女，但凡确知自己拥有魅力，就难免会将这种魅力精心织成罗网，以捕获更有价值的猎物，毕竟，稍有头脑的人都会懂得，欢愉和美貌实在是最不可凭恃的东西。这样想来，那些甜言蜜语艳妆精饰，何尝不是人类在林林总总的世界里进化出的高级拟态呢？

下午在库房，冯欣正帮着科斯曼盘点一批即将运往拍卖大楼的油画，克莱尔进来递给她一张发票清单，说道："付先生来提货，你把这几件东西找出来，顺便帮他包装一下。"冯欣没想到付斌会来拍卖行，有点喜出望外，连忙把发票上的三件东西找了出来，是一只小玉瓶，一尊寿山石雕的罗汉坐像和一串翡翠十八子手串，她用托盘装着，小心端到前台。科斯曼帮她拿了一团泡沫纸过来，付斌跟他也熟识，两人用带着各自母语口音的法语嘻嘻哈哈说笑两句，科斯曼自去忙了，留下冯欣跟付斌两人，一边给物品打包，一边闲聊。

付斌问了一些冯欣实习的情况，低头撕着泡沫纸，随口说道："你在这里实习很好啊，说不定以后我还要请你帮忙的。"

这句看似无心的话语让冯欣心中隐隐一惊，她盯着正在专心包装物品的付斌，僵硬地笑了笑，轻声问："我，帮忙？我怎么帮得上您的忙呢？"

"哈哈哈！"付斌爽朗地笑起来，从外衣兜里掏出一个皱巴巴的塑料袋，把包好的三件东西装进去，看着她说，"这个谁知道呢，不过，将来我如果找你帮忙，冯小姐，拜托哦！"他的率直让冯欣有点困窘，只好嗯嗯地应着声，陪他往外走去。

"这些鬼佬啊，脑筋死板得很，冯小姐，你不要被他们那些条条框框套住啦！"付斌一脸坦诚的神情，掩盖住了嘴角的狡黠笑纹，"你认识T家拍卖行那个叶小姐吧，我看你经常给她的朋友圈点赞的。她有钱成那个样子,你觉得她是靠工资活下去的啊?"

冯欣刷地红了脸,仿佛是深藏多年的秘密被人无意道破,又马上觉得在别人眼里,自己和叶芝那样的人做朋友,简直拉低了叶芝的朋友圈档次。她咬着嘴唇一时说不出话来,付斌已走到了门口。他是骑摩托车来的,打开摩托的储物箱,取出头盔,把装着古董的塑料袋放进去,刚要跨上摩托,又想起什么,回头说道:"哎呀,我刚才忘记跟克莱尔讲了,你帮我告诉她一声,我前两天得到一件特别好的唐卡,是绣的,不是画的,漂亮得不得了!等我哪天有空了送过来,看看能不能放到你们公司12月的秋拍。"冯欣还没来得及答应,他发动了摩托,又自言自语嘀咕了一句:"本来想放到你们上星期那场春拍的,可惜没赶上,前两天才拿到的。"

摩托车的发动机轰响着,付斌戴好头盔,朝冯欣挥了挥手道别,刚开出去几米,突然听到身后声嘶力竭的呼喊:"付先生!付先生!"他吓得赶紧刹住车,冯欣跑了过来,激动得浑身直哆嗦:"付,付先生,我,我知道,有个人……有个人想买一件,唐卡,刺绣唐卡。"

付斌一下子没明白她的意思,眨巴着小眼睛莫名其妙地瞧着她,冯欣直勾勾地看着他被头盔挤压得有点变形的脸,感觉自己的心脏狂跳得像要吐出来。她努力控制着颤抖的声音,清楚地重复了一遍:"我知道,有个人想要买一件刺绣唐卡。"

"私下买?"付斌下了摩托车,摘掉头盔,笑容可掬地说:"私下买当然更好哇!大家都有好处呀!冯小姐,到时候你也赚点零花钱喝咖啡嘛!"他细眯的双眼中闪着几星火光,似一只潜行于暗夜的狸猫。

付斌重新停好摩托,迅速跟冯欣商定了"计策"。他让冯欣先回拍卖行,在克莱尔面前绝口不提此事,随后他在路边给克莱尔打了个电话,说有件很好的东西想送过来看看能否上拍,克莱尔自然是欢迎的,等付斌再次来到拍卖行时,已将近五点。

冯欣隔着前台的玻璃门,望见付斌提着个宜家的蓝色大塑料袋朝克莱尔办公室走去了。她快步躲进厕所里，心惊肉跳地坐在马桶盖上，紧盯着手机屏幕上的时间数字，每过一分钟都感到一阵心悸，终于熬到了付斌跟她约定的时间："你看我进了克莱尔的办公室，差不多再过个五六分钟就过来。"冯欣深吸一口气，按下马桶的冲水按钮，将满手的汗在裤子上蹭干，往克莱尔办公室走去。

这段路只有十几米，然而每一步都艰难得像是走在沼泽中，冯欣在门口呆站着，只觉一阵凉意直溜下脊背，忽听里面付斌咳嗽了两声，不知道是不是他在传递什么信号。她下意识地抬手敲了敲门，正在担心自己的敲门声不够响亮，里面的人可能没听到，就听见克莱尔的声音："请进。"

她推开门进去，克莱尔和付斌正隔着办公桌面对面坐着，她的桌上一向堆满了各种杂物和文件，此刻一幅巨大的刺绣就摊开铺在那些杂物上面，光华耀目。冯欣一直绷紧的神经被这件唐卡的奢丽惊得一震，克莱尔微笑着抬头问道："欣，有什么事吗？"

"我，啊，我，"冯欣红着脸把准备了许久的话说了出来，"克莱尔，抱歉打扰，我想问一下，我今天可不可以提前10分钟，呃，15分钟走？我，我有个预约，跟房东……"

"当然可以啊！"克莱尔含笑答道，又说，"你来得正好，快来看看这幅唐卡！太漂亮了！我们真有运气，得到这么好的一件东西！"

冯欣应着声，跟付斌问了好，弓着腰往前走了几步，那幅唐卡有将近两米长，因为尺寸太大，织有宝相花暗纹的石青色锦缎宽边全都垂在办公桌外侧。唐卡中间以无数缤纷丝线绣出站立在莲花座上的千手千眼观音，四周祥云飞天花树宝物团团围绕，绣线致密得看不出一丝一毫底布的痕迹，五色斑斓、品相如新。冯欣从没见过如此精美的刺绣，忍不住俯身仔细欣赏，感觉每一条丝线都泛出温润的光泽，像晨晖夕雾一样将自己包裹在其中。她抬起头时正好碰到了付斌似笑非笑的眼神，慌忙侧脸望到别处去，又听见克莱尔在问："付先生，您刚才跟我说,这件唐卡,您是希望做一个 gré à gré(私洽)吗?"

"如果能做 gré à gré 最好啦!"付斌微微皱起眉头,露出为难的神色说,"你们下一场亚洲艺术专场拍卖要等到 12 月啊,太久了!"

"Gré à gré?"冯欣重复了一遍这个词组,像是因为它怪异的发音而感到好奇,同时用单纯的眼神看着克莱尔,轻声问,"Gré à gré,是什么意思?"

"就是不通过拍卖,直接交易。"克莱尔简洁地回答。

冯欣点头道谢,又说:"抱歉打扰您二位了。"随后道别往外走,按计划在门边停住了脚步,回过头来,磕磕绊绊地讲出了那句已在心中念了无数遍的"台词":"上周预展的时候,我好像听到韩,呃,'汉娜'女士跟一个客人说,她,她很喜欢唐卡,想要买一幅,说是给她妈妈的,生日礼物。"

克莱尔一脸尴尬地沉默着。"哈哈哈哈哈!"付斌笑得仰靠在椅子里,"哎呀,克莱尔,你招的这个实习生也太老实了吧!怎么把买家名字就这样说出来了啊!"克莱尔锐利地瞥了一眼冯欣,见她站在门口进也不是退也不是,两颊充血嘴唇发白,怯怯地反复说着对不起,也不知是在对不起什么。不等克莱尔开口,付斌已爽快地对她说:"我无所谓的,你也知道我这个人,好说话得很!唐卡就放在你这里,麻烦你去联系韩女士,如果她要,我肯定照样付你们的佣金。"

克莱尔的目光颤动了一下,侧过脸看了看电脑屏幕上的日程表,笑着说:"正好,'汉娜'女士明天会过来公司鉴定拍品,我到时就把唐卡给她看,有什么消息我一定告诉您。"

"谢谢谢谢!实话跟你说啊,克莱尔。"付斌提高了话音,右手的手指不断弹敲着左手的手掌,像是要敲开一扇厚重的房门。"虽然我跟韩女士认识这么多年,但她那个人,实在难搞得很!如果我直接去找她,把唐卡拿给她看,她绝对不会要,她就觉得我送拍的东西都是假货,成见太深,没办法啊!可是你想,我们这些做生意的人,各个国家到处跑，有时候在英国买的东西，拿到法国来卖；在瑞典买的东西，送到英国去卖——都是正经拍卖会上买的呀！我从来不弄那些乌七八糟的货，你懂的嘛，我哪有精力去搞那些事！"

他的法语虽然带着明显的中国口音，也有不少语法错误，但表达得非常清楚，加上目光诚挚、神情恳切，让人不得不信服。克莱尔目不转睛地看着他，不时轻声认同，付斌又说："所以，拜托你，请你在中间周旋一下，总之，千万别告诉韩女士这件唐卡是我拿来的。"冯欣觉得自己站在这里很不合适，正想离开，听见付斌说："克莱尔，你跟戴维德讲，和从前一样，你们的佣金我还是给现金，没问题的啊！"

克莱尔秀丽的蓝眼睛倏忽一闪，又笑了一下掩饰过去，她见冯欣傻乎乎地缩着脖子站在门边，便抬头朝她说："欣！这幅唐卡的事，请不要告诉别人。"

"啊？哦！"冯欣惊慌地答道，"一定一定，我什么都不会说！不说。"话音没落她就赶紧往外走，嘴里咕哝着："我先走了，我和房东，房东那里有个预约。"也不知道克莱尔听见没有。她像逃命一样飞快拿了自己的包和外衣就往外走，玛丽昂有些诧异地问她怎么这样着急忙慌的，她涨红了脸又说了一次"着急去见房东"的鬼话，匆匆跑下地铁站。刚好地铁进站，冯欣在车厢里找了个空位坐下来，只觉得喉咙直发干，好像张口就要呕吐出来，忽然裤兜里的手机震动了一下，她颤抖着手掏出来一看，是付斌的留言，只有一句话："配合得不错！谢谢！"还有一个调皮眨眼的表情。

冯欣紧握着手机闭上双眼，一种没来由的恐惧像遮天蔽日的阴霾覆盖在心头。我为什么要"配合"他？为什么要演这样一出戏？付斌到底想干什么？明天韩女士看了唐卡会怎么说？她的脸颊烧得滚烫，这些年在法国吃过不少苦，也经历过许多艰难的处境，但这一次不同，完全不同，可是到底有什么不同，冯欣自己也说不上来，只是暗自恐慌着，仿佛目睹了一场可怕的谋杀。

她辗转反侧一夜难眠,第二天很早就到了公司,克莱尔让她来办公室给信封分类,刚拿起一叠信封,就听见身后高跟鞋的声响,回头一看,果然是韩嘉漪站在门边朝克莱尔笑着问好。克莱尔过去同她行了贴面礼,冯欣怕自己碍眼,正想抱着信封出去,克莱尔已顺手关上了门,对韩嘉漪热情地笑道:"昨天我在一个法国老太太家里看到一件唐卡,太漂亮了!你一定要看看!"她的蓝眼睛闪着喜不自胜的光芒,不停地说着:"唐卡就挂在那老太太卧室的床头,她一推开房门我就看见了,天啊!我当时都惊呼出来了,实在是太漂亮!我当时就想,一定要用这件唐卡的照片做12月秋拍的图录封面……"

　　克莱尔这种睁着眼睛说瞎话的做派让冯欣有些呆住了,她紧闭着嘴站在角落里,不知是否应该留在这里看她演戏,就见克莱尔微笑着对她说:"欣,你帮我把唐卡打开给'汉娜'女士看。"

　　冯欣连忙放下手中的信封,帮着克莱尔小心展开这幅硕大的唐卡,韩嘉漪显然是被唐卡的华美绮丽深深震撼了,有一瞬间连眼神都变了样,冯欣甚至能听到她急促的呼吸声。韩嘉漪用指尖轻抚着唐卡上的刺绣细节,一语不发,冯欣紧张地窥视着她脸上最细微的表情,这短暂的静默显得无比漫长,直到韩嘉漪从唐卡润泽的丝光中抬起头来,感叹道:"这是乾隆宫廷的,确实漂亮。品相也这么好。太难得,太难得了。"

　　"老太太的卧室是朝北的,又是在二楼,几乎没有阳光照射,品相才这么好。"克莱尔始终微笑着,话音也是惯常的温柔,"老太太告诉我,这件唐卡是她祖父留给她的,在床头挂了几十年,她一直都不舍得卖掉。现在她准备明年住进养老院去,才狠心把它买了,来支付养老院的费用。"

　　"这样的话……"韩嘉漪又俯下身去欣赏唐卡,脸上满是思索的神情,但很快就消失了,缓缓说道:"老太太是急等着钱用了,只是,这件唐卡如果要上你们的秋拍,那就是12月了,她最快也要等到明年年初才能拿到钱。"

"就是啊!"克莱尔不无遗憾地叹了口气,"可是 12 月之前,我们也没有别的亚洲艺术专场拍卖,没办法,只能让她等着了。"

"我有一个朋友,"韩嘉漪从唐卡上慢慢抬起目光,"他对这样的唐卡有兴趣。你帮我问问老太太,愿不愿意做个私洽。"她又加了一句:"他可以付现金。"

克莱尔终于等到了这句话,心里松了一口气,脸上却没有丝毫特别的欣喜表情,含笑答道:"当然可以啊! 我等会儿就去联系老太太,有回复了就告诉你。"不待韩嘉漪回答,克莱尔又笑着说:"万一老太太不同意私洽,你可以让你朋友到 12 月秋拍时再来竞买嘛!"

韩嘉漪点了点头,克莱尔意味深长地问了一句:"'汉娜'女士,你不打算拍几张唐卡的照片,发给你朋友看看,好让他做决定吗?"韩嘉漪的脸绷紧了一下,旋即恢复了自然,拿出手机拍了几张照片,笑道:"我兴奋得都忘记拍照了,实在是太漂亮了。"冯欣一直站在旁边默默观望,她当然明白韩嘉漪的那位"朋友"并不存在,就像克莱尔口中要卖掉唐卡支付养老院费用的老太太一样——这两人的演技还真是旗鼓相当啊!

自从在拍卖行实习,冯欣关注了几个国内的艺术公众号,她看着韩嘉漪一边拍照一边跟克莱尔闲聊,想起昨天某个公众号推送了一篇讲日本能剧面具的文章。文中说几百年来,每一位能剧的表演者,上台前都会无比郑重地从桐木盒里取出自己角色的面具,双手捧着面具的两侧,把面具的正面对着自己脸,认真地对面具说:"我要演你了。"她想着这篇文章,上周预展时那张凄厉而美艳的"若女"面具又浮现在了眼前。从昨天跟付斌商量"计策"开始,冯欣心中一直极度恐慌不安,此时却不知为何,所有的惊惧好似在顷刻间全都烟消云散了。或许是因为目睹向来尊敬的两个人技巧娴熟地撒谎做戏,就像一个孩子看着手中松开线的红气球消失在蓝天尽处,难免有些怅然。

韩嘉漪拍完照片,又量了尺寸记在手机上,克莱尔让冯欣把唐卡收好放回仓库去。见她抱着唐卡不方便开门,克莱尔便过来帮忙,在门扇被拉开的瞬间,冯欣听到耳畔清晰而迅疾的话音:"不要告诉任何人。"她一惊,猛地回过头去,正好迎上了克莱尔凌厉的目光,她从没见过克莱尔露出这样的目光,吓得满脸通红,用力点着头垂下眼帘,克莱尔微笑着关上了门。冯欣知道她们要谈价钱了,她本该躲得远远的,却忍不住站在门口假装整理怀中的唐卡,拼命想要听到些什么,可是什么都没有听清,只隐约听见几次"60"这个数字,仿佛在空气中嗅到了金钱猎物的气息,很不甘心地抱着唐卡慢慢往仓库走去。

　　仓库里没有其他人,冯欣打开唐卡铺在地上,掏出手机拍了十几张照片,然后才用薄棉纸将它仔细卷好,放到货架上。她握着手机踌躇再三,终于鼓起勇气把这些照片用微信发给叶芝,又很怕打扰到她,先发了一条文字信息:"真不好意思,能不能请你看看这件东西,你觉得怎么样?"地下仓库信号不好,过了好几分钟才有两张照片发送成功,冯欣急忙又写了条信息发过去:"图比较多,网速有点慢,抱歉抱歉。"她正要出去找个信号好的地方重新发照片,叶芝已经回复了。

　　"'正则绣'都出来了,这唐卡也够新的啊!"

　　在光线昏暗的仓库里,这句话犹如骤然撕开乌黑云翳的一簇电光,冯欣还没反应过来,"不用发其他照片了。"叶芝又发来一条信息,像是怕冯欣听不懂自己的嘲讽,补充了一句:"这件唐卡是全新的,特别特别新。"还加了好几个捂脸狂笑的表情符号。

　　冯欣赶忙回复了好几个谢谢,叶芝又发来信息:"这是私洽的吧?"

　　"啊! 你怎么知道!"冯欣低声惊呼出来,才反应过来对方听不见自己说话,正在打字询问她为何这样说,叶芝的信息已出现在屏幕上:"这种东西太假,破绽太低级,如果公开拍卖,人多眼杂,肯定会被人看出来。私洽的话就万无一失了，找一个什么都不懂的冤大头就行。"

"这是乾隆宫廷的。"韩嘉漪刚才说这句话时，那种底气十足的笃定神情还在冯欣眼前挥之不去。她看了好几遍叶芝发来的信息，只觉得脑子里一锅粥，不知该说什么好，想了一下，又接连发了两条微信问道："可是，这么大的一张唐卡，绣得密密麻麻的啊！""造假的人，一针一线绣这么久，也好辛苦啊！成本太高了吧？"

"农闲的时候，在南方找几个阿姨绣这个，花不了多少钱的。"

冯欣发了两个磕头作揖的表情包给叶芝道谢，倚着货架长出了一口气，每个人都在说谎，付斌在说谎，克莱尔在说谎，冯欣自己也在说谎，所有谎言编织成了一张紧密严实的罗网，就等着韩嘉漪往里跳。难怪之前韩嘉漪会那样愤怒地对埃琳娜说："那些人送的东西，怎么可能是真货！如果东西是真的，他们会送来这里拍卖吗？"她肯定是吃过亏的，然而就算她这样精明，也架不住众人怀着各自不同的目的，齐心协力地给她下套，她法语说得那么好有什么用，她那么多年鉴定拍卖的经验有什么用，还不是栽在这幅农民阿姨们绣的唐卡上了。

上个月玛丽昂跟她说威廉的事情时，感慨过这个行业"烂到骨髓里了"，这行业真的烂吗？还是像韩嘉漪说的，"人们恨的不是造假，而是造假造得拙劣"。冯欣心里低沉了一阵子，环顾着四周那些落满尘灰的油画瓷器铜塑，似乎有点明白了，拍卖行里并不存在"艺术品"，只有"货品"，无论怎样的年代风格材质流派，也无论真假，在电脑清单里都只是一串数字而已。每次她清点这些物品，就像超市的运输工人清点一箱箱蔬菜水果卫生纸洗洁精，而公司员工给这些物品拍照推广做图录，和流水线上的工人组装手机也没有本质区别。

下午在拍卖大楼有一场俄罗斯艺术品拍卖，所以玛丽昂今早没来公司，而是直接去了市中心的拍卖大楼。午饭后冯欣就在图录仓库给信封打印邮资，直到五点过才把所有图录都装进信封，刚从仓库里出来，就见玛丽昂快步走进公司，在前台跟弗雷德叽叽喳喳地说着什么。冯欣走过去，玛丽昂用眼神跟她打了个招呼，继续对弗雷德说："那个英国人的委托电话！我打了十多遍都打不通啊！等到拍卖快结束了，他自己打电话过来跟我讲，刚刚他们在投票！什么 polling station（投票点），我一开始都没听明白。他自己错过了拍卖，还打电话来问我，有没有补救的办法……你说这些英国人是不是有毛病！今天星期四啊！地球上哪个正常国家会在工作日投票啊？而且全国上下，天翻地覆瞎折腾这么一通，就为了一件蠢得不能再蠢的事情！"她圆乎乎的脸庞因为语速飞快、表情丰富，显得更加娇憨红润，冯欣虽然不太懂她在抱怨什么，但一直微笑听着，好像在看一只小奶猫喵喵地叫唤，几乎想要伸手去摸一摸她蓬松的卷发。

弗雷德等到玛丽昂停下来喘气，转头对冯欣解释道："她在说 Brexit 的事。"看她依然不解，弗雷德又用简单的法语说："英国全国都在今天投票，决定是否退出欧盟。"

冯欣点着头跟弗雷德道谢，她其实不太清楚这究竟是件什么事，甚至连英国首相是谁都不知道，但是听弗雷德的语气，Brexit 应该很重要，不过，"管他的呢！"冯欣在心里对自己说："英国人的事跟我有什么关系。"光是眼目前的人和事就已经让她烦得睡不好觉了。

第二天整个早上，拍卖行里所有人都在谈论英国脱欧和首相卡梅伦辞职的爆炸新闻，冯欣听不太懂更插不上话，就默默地帮朱利安盘点着昨天拍卖的入库物品。克莱尔快步走过来，看着冯欣，张嘴正要说什么，又把话咽了回去，转过脸对朱利安说："你帮我送一件东西给专家'汉娜'女士，我刚订了出租车。"朱利安放下手中的清单答应着，克莱尔领着他往外走，冯欣只听见她用一如既往的柔和声气说："你把东西拿给'汉娜'女士之后，她会交给你一个信封，是很重要的文件，千万不要弄丢了。你回程也别坐地铁，打车回来，记得跟司机要小票。"

冯欣拿起朱利安放在货架上的入库货品清单,不动声色地继续盘点,她明白朱利安是去送唐卡并且取钱,也明白克莱尔为什么故意把自己排除在外,她扯着嘴角笑了一下,心想,这要是在武侠剧里,我是不是该被灭口了?可是我知道的事也不多啊,连她俩谈好的价格是多少都不知道,付先生说我"配合得不错",他会给我一点"喝咖啡的零花钱"吧?会有两三百欧元吗?要是能有 500 欧元就好了,差不多够我付一个月的房租……我真是做白日梦哦,他都说了是"零花钱",怎么可能有 500 欧元,能有 100 欧元就不错了,我又没有做什么苦活累活,人家凭啥给我几百欧元啊?她满脑子乱糟糟的,几次都听错了科斯曼报出的货品编号。熬到了中午,跟同事们在餐饮中心吃饭,冯欣吃完主菜,刚拿起覆盆子提拉米苏甜品杯,就感到手机在裤兜里震动了几下。

"冯小姐,两点之前有没有空?我拿盒巧克力给你啊!"

指尖上甜点杯的凉气瞬间传遍全身,冯欣微微打了个寒战,抬眼看了一下周围的同事,他们还在长篇大套地嘲笑着英国人愚不可及的脱欧,没人注意到她。冯欣努力保持着平静的神色,飞快地把附近的商店餐厅咖啡馆都想了一遍,她必须马上想出一个绝对不会被同事们发现的地方和付斌见面。

"我们公司旁边有家兴业银行,我 15 分钟之后可以在那里等您。要我把地址发给您吗?"

"不用,我知道那里的。等下见。"

冯欣三口两口吃完甜点,跟同事们说要去银行取钱,提前走了。银行中午不营业,没有工作人员,只有自助服务区开着,此时空无一人,冯欣从餐饮中心过来跑得太急,有点岔气,便捂着肚子,背靠一台存支票机大口喘气休息,还没等她完全平复下来,付斌骑着摩托车到了。他停好车进来,扁圆的脸被头盔压得更扁了,他笑着跟冯欣打招呼,从夹克内袋里掏出一个对折的牛皮纸信封给她,说道:"克莱尔还没把钱给我,我先把你的这部分给你。"

冯欣接过信封捏在手里,感觉信封并不是很厚,似乎还带着他的体温。她没想到付斌会这样做,盯着他的小眼睛,低声说:"这样不好吧? 要不,嗯,等克莱尔付了您的钱之后,您再给我就行。"

"嗨,没关系的,我先给你。"付斌习惯性地摆摆手,满不在乎地笑道,"等下到了你们公司,我不方便把钱给你,东搞西搞又要拖上几天。冯小姐,一点零花钱,你别嫌少啊,以后我们争取做大一点。总之,不管是多少,我都会分你 10% 啊!"他像是不经意地说出 10% 这个数字,冯欣却感觉似有一块大石头落入深井,在心底激荡起轰隆隆的回声,连忙答道:"您太客气了,我,我也没做什么,真的没做什么……"

"哎呀,冯小姐你太谦虚啦! 这次的唐卡多亏了你啊!"付斌拉上夹克拉链,调整着头盔带子,始终挂着一脸坦诚的笑容,"我先走了,我逛一圈再去你们公司,克莱尔我跟约的是两点半见面。再联系啊! 周末愉快!"他往外走去,自助银行的感应门开了,冯欣想跟上去再说几声谢谢,一个扶着助行器的驼背老先生趔趔趄趄地走进来,挡住了她,隔着玻璃门,只看见付斌骑着摩托远去了。

冯欣绕过老先生,走出银行,初夏的阳光终于穿透了连日不散的阴云,给这一带高耸矗立的摩天大楼镀上了一层金光闪耀的薄膜,刺得人眼花缭乱。她紧捏着信封放进裤兜,又担心这一路走回去,万一不小心信封掉了出来,索性把手也插在兜里,早已汗潮的手掌贴在信封上,牛皮纸有些粗糙的质地让她激动又安心。同事们围在门口的吸烟柱旁聊天,冯欣笑着跟他们打招呼,尽量让自己看起来和平常没什么两样,其实大家从来不会多看这个呆头呆脑的中国实习生一眼。

拍卖行里没有其他人,冯欣走进卫生间、锁好隔间的门,才把信封从裤兜里掏出来,看见手心的汗已在信封上留下了一团深色的印痕。她转身放下马桶盖,蹲在旁边,小心翼翼地扯出信封里的东西,放在马桶盖上，那是 10 张 500 欧元面值的钞票。

她只觉心脏都要炸裂了，背靠着卫生间的隔板，慢慢滑坐到地上。马桶刷就竖在脸旁，冯欣却根本没有注意到，这两三天堵在心里的无数情绪翻涌上来，她扶着马桶盖，热泪滚滚而下。眼前这 10 张钞票，是上天赐给她的珍贵大礼啊！她这一生从没中过奖，就连小时候学校门口卖的那种刮刮卡都没有中过，现在竟会有这样的好运气，只是"配合"付斌说了几句话，就赚了 5000 欧元。

以前在酒店打工，要刷多少个马桶，洗多少个浴缸才能赚这么多钱啊！有一次她按了客房门铃，里面没有反应，她以为没人，就直接开门进去，没想到一个大胖子从浴室里赤条条走出来，吓得她尖叫着落荒而逃，一不留神撞上了装满换洗床单的推车，大腿和胳膊上瘀青了好久……冯欣很快回过神来，慌乱地擦着眼泪鼻涕，整理好钞票仔细放进信封，走出卫生间。她不敢把信封放在自己的双肩包里，尽管他们实习生的外衣和背包向来都是放在图录仓库，很安全，但她还是觉得贴身揣着这个宝贵的信封，随时都能摸到才更放心。

终于熬到了下班，因为夏令时的缘故，六点钟的天色还非常明亮，热烈的阳光已然褪去，蓝天上没有一片云，水晶般透明的空气中好似浮着一团喜气。冯欣从公司出来之前，悄悄把信封塞进了双肩包内袋里，她像几年前刚到法国时一样，把双肩包背在胸前，一路都紧抱着这个用了快十年的旧包。出了远郊火车站，回公寓的路上很少行人，偶有鸟儿的啼啼随着晚风飘来，许多人家临街花园里的蔷薇、萱草和鸢尾都开得如火如荼，连野地里也盛放着数不尽的虞美人花，在荒草丛中宛若红烛熠熠。

冯欣不由自主地一直微笑着，打开公寓门时，激动得手都有些僵硬，以至于被门框夹了手指。疼痛让她遽然清醒，倒吸了几口凉气，忍着痛迅速反锁好门，把环抱的双肩包往床上一甩，顺势坐在床边的地上。这张床被租客们用了许多年，床垫早已变形，双肩包扔在上面,让床中间陷下去一个小窝。冯欣拉开背包,再小心拉开内袋拉链,像采撷一朵洁白的蒲公英一样,紧紧抿着嘴唇、屏住呼吸,从内袋里拿出那个宝贝信封,将钞票一张一张摊在床单上。

今天是她生平第一次亲手摸到 500 欧元面值的钞票,这钱真好看啊!而且每一张都是簇新的,深深浅浅的紫色背景上,印着斜拉桥和方块形的建筑,还有欧盟的五角星和欧洲地图,摸上去有明显的凹凸感,就像抚摸着橡木的纹理,让人心中顿时生出一种安稳踏实的感觉。水印也这么特别,右下角还有一个泛着虹彩的五边形防伪银签……冯欣伸直了两腿放在床底下,慢慢俯下身,将脸埋在钞票中间,什么也不做、什么也不想,就这样用力地呼吸着,呼吸着金钱的芬芳,觉得这小半辈子憋在胸里的闷气都发泄出来了。

也不知这样趴了多久,冯欣交替眨着双眼,闭上又睁开,睁开又闭上,越眨越快,钞票似乎也变多了一倍,她像沉浸在一场前所未有的美梦中,咧着嘴痴笑起来,却懒得动弹,这几天殚精竭虑没有睡好,现在才真切地感到身心俱疲。她伸手拿起一张钞票,在头顶轻轻一甩,纸钞发出一种清脆而坚韧的声音,似利刃划过冰霜。冯欣笑着眨了眨眼,一股温热的泪水顺着眼角流淌下来,她突然想,眼泪把钱弄湿了会不会损伤钞票?便噌地一下坐直了,愣了几秒,总觉得该犒赏犒赏自己,但又不知该怎么做,她住在这萧条破败的郊区,周围什么都没有,难不成坐公交车去超市买只烤鸡?想着又笑了起来,觉得自己很没见识。

她将面前摊开的钞票拢在一起,然后像电影里一样,仰着头把钱高高地往空中一抛,看着这 10 张钞票像紫色的花瓣雨一般飘洒下来,有一两张轻拂过脸庞——这场景恍惚有些似曾相识,是了,上个月实习面试出来,当时觉得自己肯定不会被录用,灰心丧气地坐在街心花园的桐树下发呆,就有许多紫色的桐花像这样随风飘落到怀里。

她又整理了一遍钞票,发现竟少了一张,吓得差点尖叫出声,赶紧趴在地上到处找，才看见有一张钞票刚刚飘进了床底下，立刻伸长手臂去够，却把钞票推向了更深处。她又气又急，转眼看到旁边的拖鞋，便拿起一只拖鞋，翻过来，用鞋面去够那张钞票，总算给它弄了出来。冯欣丢开拖鞋，小心吹掉纸钞粘上的灰尘污垢，把所有钱都收进信封，刚要放到抽屉里，又觉得不太安全，环顾了好几遍这间十来平米的小公寓，最终决定，把信封塞进枕套，压在枕芯下面。

藏好钱，她起身看着凌乱的小床，心满意足地傻笑了好一阵子才感到有点饿，打开冰箱，惊喜地发现里面还有大半瓶红酒，那是穷人超市里最便宜的红酒，之前买来做菜，也不知打开多久了。此刻顾不上那么多，她拨开瓶塞，对着瓶口猛喝了几大口，酸涩刺喉的酒液像一股烧熔的铅流直冲进空荡荡的胃里，瞬间只觉腹中火烧火燎的，她终于奋力大哭了出来。

委屈、困乏、悲伤、愤懑……全都化作嚎啕的哭声，随着眼泪奔涌而出，冯欣倒在唯一的一张椅子里哭了许久，直到力倦声哑，才揉着痉挛的胃部，起身扯了一截卫生纸来擤鼻涕擦眼泪。她混混沌沌地呆坐着，从童年记事开始，许多曾经淡忘的回忆，不知为何都从心底浮了起来，像有一只手在摇晃着她的记忆之瓶。"快感"，嗯，叶芝说的那种"快感"："如果你造出来的假货，骗过了全世界顶级的收藏家、专家、博物馆——你能想象这种极致快感吗？"

我能想象了，我现在可太能想象了！冯欣抄起酒瓶又狠灌了一大口，韩嘉漪啊，我那么崇拜她，我做梦都想成为她那样牛哄哄的人，现在才知道，我根本不需要成为她！我坑了她！哈哈哈，我拿农民阿姨绣的唐卡坑了她5万欧元！她还要拿这张唐卡去给她妈做70大寿！冯欣猛地推开椅子，握着酒瓶站起来，下巴一抬、脖子一梗、胸一挺，学着韩嘉漪那种不苟言笑的模样，在房间里走了几步，重复着那天偷听到的话："那些人送的东西，怎么可能是真货！他们送来这里的，都是垃圾！垃圾！"她笑得捂着肚子弯下腰，索性一屁股坐在地上，靠着床沿仰头继续傻笑着。

还有克莱尔，平常那么温柔，一遇到有钱赚，就凶巴巴地瞪我、吓唬我，让我不要告诉别人，呸！装什么装——冯欣突地打了个激灵，记起在克莱尔办公室门口模模糊糊听到好几次"60"这个数字，啊！克莱尔给韩嘉漪的价格肯定是6万欧元！60个1000嘛！而她给付斌的价格是5万欧元，自己从中吃了1万欧元。反正都是现金交易，没有发票、无须入账，公司其他人更不可能知晓，真是神不知鬼不觉啊！付斌还说鬼佬们笨，其实在钞票面前，谁都不笨啊！冯欣大声骂了好几句脏话，恨恨地想，这女人也不说给我点封口费，1万欧元全都自己独吞了！

酒已经喝完了，冯欣很后悔当时没有多买两瓶，她浑身上下都是热乎乎的，眼前这间陋室里的一切都无比温馨，简直令人骨软魂酥，此时此刻，她知道自己终于冲出了28年来艰辛困顿的桎梏，正在飞向一种全新的生活。

"是的，我要一飞冲天了。"她四仰八叉瘫倒在地上，把酒瓶笔直地举起，伸长舌头接住瓶中落下来的最后几滴酒液，用孩子般清晰的嗓音一字一顿地说，"我，要，一飞冲天了。"

11

除了周六上午拖着购物拖车去超市买了一大堆吃的之外，整个周末冯欣都宅在公寓里。因为住在人来人往的临街一楼，不方便打开遮光的百叶窗，只要不开灯，房间总是漆黑的，所以她每天都睡到自然醒，醒来也不知是几点，靠着床头刷一刷社交媒体，追几集综艺电视剧，一躺就是大半天。最近有一部讲法语翻译人员的偶像剧挺火，冯欣吃着薯片，看剧中号称精通法语的男女主角讲着没有章法的法语、演着胡扯瞎掰的情节，"这法语说得比我还烂，居然好意思演什么'翻译官'！"剧情又极度拖沓，她开了2倍速，同时刷着公众号推送的文章——这种充满智商碾压感的娱乐让她开心极了。

吃完一大袋薯片，右手上满是残渣和油污，但冯欣也懒得起床去洗手，又看了一集电视剧，想起昨天买了一公斤樱桃，就下床从冰箱里拿出樱桃，在洗漱池里一粒一粒清洗着。这是最贵的有机樱桃，鲜红饱满，不是那种便宜樱桃的黑红色，冯欣一边洗一边吃，甜蜜多汁的樱桃果肉让她美滋滋地笑起来。想起最近网上热议的要赚钱实现"车厘子自由"的话题，她忍不住嗤笑了一声，车厘子自由算什么，我实现的是有机车厘子自由！普通樱桃一公斤才7、8欧元，有机的要30多欧元一公斤！有几个人舍得花240多元人民币去买一斤樱桃呢？

冯欣找出一个最好看的浅瓷盘，把洗干净的樱桃放进去，摆在唯一的那张桌子上，借着台灯光线，调整角度拍了十几张樱桃带着晶莹水珠的照片。然后坐下来挑选照片、套滤镜修图，同时往嘴里塞着樱桃，心中不无鄙夷地想，那些连樱桃都买不起的人，还好意思在网上哭穷，说自己没有实现"车厘子自由"，丢不丢人呐！她修好樱桃的照片，发在朋友圈里，配了一句话："今日份的 bio（有机）'车厘子自由'。"

吃着樱桃又看完了一集电视剧，她伸了个懒腰，打开朋友圈一看，只收到零星几个点赞，叶芝倒是评论了一句："亲爱的，我推荐你尝尝另外一个品种：Rainier 樱桃，口感要好很多，不像普通樱桃那种死甜死甜的。就是产量比较低，不太容易买得到，不过现在正是季节，巴黎应该有卖的。"冯欣皱起眉头把手机往床上一扔，她是故意的吗？连樱桃这样的小事她都要秀一下优越感吗？好讨厌啊！

她想起昨天跟妈妈打电话,只说自己帮了一个客人的忙,对方给封了个5000欧元的红包,并没有讲其他细节,妈妈高兴得在电话里大叫起来,语无伦次地说了无数遍"太好了太好了"。冯欣也被妈妈感染得几乎热泪盈眶,直到母女俩都稍微平静下来,妈妈才说:"你这个实习真好啊!不用风吹雨淋做苦力,给客人帮个忙就能赚钱!你一定要继续在这里实习下去啊!给你红包的这个客人,你千万要跟他搞好关系,还有你实习的领导,对了对了,介绍你去实习的那姑娘,特别是她,你可得好好感谢人家,做人要懂得感恩呐!"她当时听着妈妈的唠叨,随口答应着,可是到了超市,她一口气买了无数从前不舍得买的零食水果,却真不知道可以买点什么来感谢叶芝。

两个月前在P家咖啡厅,她郑重其事地举着一大盒巧克力送给叶芝,却被对方伸手挡回来的尴尬场景,她这辈子都不会忘记,超市里的东西,叶芝怎么可能看得上呢?连P家咖啡厅的酒她都嫌弃有木塞味儿呢!想到这里,她记起昨天在超市买了一瓶玫瑰香槟,因为之前在叶芝的朋友圈看到过,她庆祝一件什么事情时就是喝的这种香槟。冯欣下床从冰箱里取出香槟,又翻出了房东留在餐具抽屉里的一个硬塑料红酒开瓶器,然而她把开瓶器摁在香槟瓶口使劲戳了几下都没戳进去,觉得恐怕不太对,赶紧上网搜索"怎样开香槟"的中文视频,才知道原来香槟是不用开瓶器的。

冯欣跟着视频有样学样地鼓捣香槟瓶塞,心里嘲笑着自己这种"没见过世面"的土样子。有些人永远都是一副从容优雅的派头,因为他们这辈子都不用自己动手开香槟,我这种人嘛,花60多欧元买了这么贵的一瓶香槟居然搞不开——"嘭"的一声闷响,木塞像子弹一样飞了出去,冯欣尖叫一声,朝后一踉跄,差点把瓶子摔在地上,还好瓶塞只是弹到了墙壁,没有击碎什么东西。香槟的泡沫喷涌出来,弄得她满身满手的酒液,她也顾不得这些,握着瓶子凑到墙边仔细查看了一番,确认木塞没在墙上留下痕迹,这才松了一口气,还好还好,不然的话,等到将来退租的时候,房东恐怕还要用这个理由来扣押金呢!

她扯下两张厨房纸擦干了酒瓶,想起刚刚看的视频里说,喝香槟要用专门的杯子,便把椅子拖过来,站上去,在墙上的小橱柜里找了许久,终于翻出来一个某位前任租客留下的玻璃啤酒杯。"管他呢,透明的就行了嘛!"她嘟哝了一句,洗干净杯子,小心翼翼把香槟倒进去,这么贵的一瓶酒,可千万不能再浪费了。没想到香槟的气泡越积越多,很快漫出杯沿,冯欣嚷了句粗口,也来不及擦了,就像驴马在河边饮水一样,凑过去猛吸了一大口,无数气泡在她嘴里炸开,一直刺进鼻腔和喉咙,她难受得憋了两三秒的呼吸,紧接着响亮地连打了好几个嗝儿。

看着啤酒杯里清冽的粉红色香槟,冯欣失望地想,这么好看的酒,我还以为是像果汁一样甜甜的呢,或者像网络小说里神仙喝的那种"桃花酒",没想到这么难喝!有钱人都有毛病吧,花钱喝这破玩意儿!她赌气又喝了一大口香槟,呛得差点喷出来,转头看见床尾那堆零食,便拿过一大盒花边小饼干吃起来。

昨天在超市购物的时候真是爽啊!想买什么就买什么,同一种商品,货架上哪个牌子最贵就买那个,我这辈子活了将近 30 年,现在才过上了这种"只买贵的"的生活啊!从前为了省钱,加上经常要搬家,饼干糖果总是买简易包装的,而昨天买的零食全都是精装的,看着那些漂亮的铁盒木盒像小山一样摞在床尾,冯欣心里也像塞满了稳稳当当的幸福,总忍不住地微笑着。

周一她又睡到自然醒,看了好几集电视剧和综艺之后才从床上爬起来,匆匆洗漱了,从枕头底下掏出那个信封,仔细放进双肩包的内袋,去附近的银行存钱。到了银行门口才发现,周一银行不上班,"这些法国人啊,懒死算了!"冯欣气呼呼地抱着双肩包又回了公寓,第二天睡到中午起来,正要出门,又想起银行中午也是休息的,只好等到下午两点之后再去。

由于法国现金监管非常严格,本国公民单笔现金消费的最高上限只有 1000 欧元,外国公民在法国的单笔现金消费也不能超过 15000 欧元,所以大多数法国人钱包里平常最多只有三五十欧元的现金,日常生活中,连 100 欧元面值的钞票都很少见到,500 欧元更是极为罕有。冯欣走在去银行的路上,想起当年刚到法国,语言学校里有个中国男同学第一次去超市买东西,结账时掏出了一张 500 欧元,顿时把所有收银员全都吸引过来了,大家围观这张稀奇的钞票,好像他是在用金条购物一样。谁都不敢收这张钱,最后是保安把值班经理从楼上请了下来,经理拿着欧元又看又摸又用紫光灯照,折腾了将近一刻钟,才拍板决定把钱收下。很长一段时间里,这件事都是语言学校里的笑谈,那个男同学多次一脸无奈地感叹:"500 欧元才4000 多元人民币啊!法国好歹也是发达国家,怎么法国人都是这种没见过世面的样子!"

冯欣想着笑起来,她这些年打工赚的钱大多是支票或者转账,现金也基本都是小面额的,从没在银行存过这许多钱。进了银行,她跟坐在前台的胖姑娘说要存钱,对方像一大摊融化的巧克力一样懒得起身,抬手指了指左前方的一台机器,让她自己用机器存。冯欣厌恶地看了她一眼,说自己不会用机器,她才万般不情不愿地用屁股挪开椅子走出来,像存心为难似的用飞快的语速指着机器解释了一通。冯欣其实大致听懂了,但怀里抱着的金钱仿佛给了她强大的底气,她斜着眼睛对她说:"我没听明白,麻烦您再说一遍。"

胖姑娘应该是有些烦躁,撅着赤红的厚嘴唇没好气地说:"麻烦您把钱和卡拿出来,我来帮您操作。"冯欣拉开胸前的双肩包,又拉开里面的拉链内袋,胖姑娘本来还满脸轻鄙不屑,一看到冯欣掏出这叠崭新的 500 欧元钞票,圆滚滚的双眼瞬间亮了一下。她瘪了瘪嘴,板着脸帮冯欣存好了钱,冯欣临走前故意笑着跟她说:"谢谢您!祝您今日愉快！"她绷着一张胖脸习惯性地道了谢，冯欣转身摁了开门按钮走出去，乐得满脸都是笑纹。有钱真是好啊！真好！

她正心花怒放地想着，忽然闻到一丝熟悉的香气，环顾四周，原来是路边一家花店门口的木架子上放着几盆栀子花，乳白色的花朵点缀在青翠肥厚的叶簇之中，真如粉妆玉琢一般。她惊喜地低低叫了一声，小学和初中的校园里都种着许多栀子花，她们一群女孩子每到课间都会凑在花坛边，伸长脖子闻了又闻，好像要把所有花香都吸进身体里，这种清甜如蜜的花香，实在是整个童年少年时代最美好的夏日回忆了。没想到许多年过去，竟然在巴黎郊区这家小店再次遇到栀子花，真有种他乡遇故知的狂喜。其中一盆花的盆沿上插了个黑漆小木牌，上面用白粉笔写着栀子花的拉丁语名称和价格。法国的花都卖得很贵，如果是从前，冯欣肯定悄悄闻几下花香就走了，今天她甚至没有看价格牌，直接挑了一盆最漂亮的栀子花进店付账。

店主是个深肤色的矮胖印度男子，用带着浑浊口音的法语问她，是否需要礼物包装。冯欣刚脱口而出"不必"，又马上改口说："是的，请您包装一下，这是一件礼物。"店主答应着，又建议她选一个陶瓷外盆，因为这花只有个黑色塑料盆。冯欣毫不犹豫地同意了，随后在陈设架上的几十个花盆里，一眼相中了一个凹凸条纹装饰的金釉瓷盆。店主连声夸她眼光好，她很少被人这样夸赞，红了脸微笑着，心想，金色当然最好看，要不怎么都说"土豪金"呢？

店主给花盆裹上云纹纸，又在外面罩了一层软塑料纸，一边系着金边暗紫色缎带，一边对她说："好像要下雨了，我给您的花多保护一下。"冯欣道了谢，看他像创作艺术品一样精心包装着栀子花，感觉自己的舌头好像一夜之间被神奇地捋直了，不仅讲话流畅了许多，也更容易听懂别人说的话，连这位大叔印度味儿的法语都能听懂，就像武侠电影里说的，"打通了任督二脉"。

她把包装好的栀子花小心拢在怀里，跟店主道了日安离去，果然没走多远，大颗的雨点就重重地落了下来。她任由雨点噼里啪啦溅落在头顶和全身，微仰起脸张嘴笑着，像一个在沙漠中跋涉了太久的旅人，热切渴盼着一场让天地欢腾的暴雨。雨很快下大了，冯欣退了两步，站到路旁面包店的屋檐下，看着大雨在眼前倾泻如注，无数雨丝落在上泛起水花，怀里的栀子花芬香扑人，空气清凉得如同湿漉漉的苔藓，她很有些神思迷离，只觉眼前这一幕比看过的所有偶像剧都更真实……

　　一个词突然从记忆深处的某个角落里跳出来："洗礼"。是啊！我活了28年，现在才第一次"活明白了"，这场突如其来的大雨，就是上天给我的洗礼啊！洗过这一次，我的人生就要重新开始了。冯欣的左手不知不觉地紧握成拳，指甲掐在肉里有点疼，她却完全没有注意到，只是坚定地想着，新的人生就在我手中，我一定要掌握住我的未来。

　　一辆公交车缓缓停在面前，冯欣一抬头才发现这里有个临时改道的公交站牌。司机让车身微倾，以方便一个推着婴儿车的印度胖女人下车，冯欣隔着雨幕望见这趟车正好是开往自己公寓方向的，便上了车。这时候车上多是些老年人和家庭妇女，大部分座位都空着，她走到车尾，找了个靠窗的高处位置坐下来，把怀里抱的栀子花放在身旁空座上，拿出手机翻看着。一个新闻公众号刚推送了今天的消息，头条自然还是在讲英国脱欧，并且预测英国下一任首相很可能是位女性，冯欣对此毫不关心，也懒得点开，就转头向窗外看出去。

　　公交车停下来等红灯，远处教堂的钟声回荡在潮湿的空气里，每一下都沉缓而规律，似乎要唤醒沉浸在午后慵懒气息中的人们。一道刺目的白光从云层雨雾间直透出来，冯欣眯起眼睛向窗外看去，周围那些原本灰扑扑的建筑全都在明丽的雨光里闪耀，焕然一新。一个挂着拐杖的白人小老头一步三晃地走过来，明明车厢里还有其他空位，他却非要坐在冯欣身旁，刚坐下就咧着一口残缺不全的牙齿对她笑道:"小姐,您的花很漂亮!"冯欣有点恶心,随口说了句谢谢,低下头继续刷着手机,小老头还想说点什么,见她一脸冷淡,只好讪讪地闭了嘴。

朋友圈里,国内的一个大学女同学在问,上海迪士尼乐园刚开业不久,有没有人准备国庆节一起去玩。另一个女同学评论道:"国庆节肯定人山人海啊!排队都要排死个人呢!"发朋友圈的女生无奈地回复:"除了国庆节,我没有别的假期啊!"冯欣看见快到站了,收好手机抱起栀子花往车门走去,又在心里感慨,迪士尼乐园又算什么呢,碧昂丝一家前年还在卢浮宫包场呢!她又想起叶芝曾经说过,有一次她和丈夫在北京休假,住的那个什么安缦酒店,就在颐和园里,随时都可以入园游玩,如果想要晚上去颐和园临湖赏月,酒店还有专人提着灯笼引路陪同。冯欣那时战战兢兢地问:"这酒店很贵吧?"叶芝不以为意地说:"还好啦,1000多欧元一个晚上,比威尼斯的安缦便宜多了!"

"总有一天,我也要住这家酒店。"冯欣下了公交车,反复默念着这句话,像是在跟自己许下承诺。她走在被雨水冲刷过的澄净蓝天下,鞋袜都湿透了,却觉得脚步轻盈而充满力量,每一步都踏踏实实地落在地上,真切地感到一股清爽的气息从脚底板往上透,一直透进心田,有种说不出来的舒坦。

回到公寓,她开了灯,把栀子花放在地上,细心拆开淋湿的包装纸,荡开满室幽香。"这是一件礼物",她自言自语地重复着刚才对花店店主说的这句话,是的,这盆在法国难得一见的栀子花,是我给自己的礼物,我的,美丽新人生的礼物。

里里外外的衣服全湿了,冯欣把湿衣服脱下来甩在床脚摞着的塑料箱上,换了软和的睡衣,哼着偶像剧的主题歌,撕开一袋零食,舒服地躺在床上开始追剧。也不知道看了多少集,迷迷糊糊地睡过去,又昏昏沉沉地醒来,她摸过枕头旁的手机,点开朋友圈,见叶芝刚发了一张照片，应该是在她家别墅拍的，朝阳的金辉洒在窗前一大束盛放的粉色牡丹花上，隐约看得到窗外绿树成荫的广阔花园，配的文字很简单："到处都是虚妄的热情和梦幻的呓语，尤其是那些和自己口袋没关系的。"

　　冯欣还在半梦半醒之间，懒得去琢磨她这话的意思，随手点个赞便丢开了手机，靠着床头直发怔，不知道自己是该继续睡觉，还是爬起来去做点什么事。手机接连震动了几下，她一惊，拿起来一看，竟然是付斌发来了好几条语音，冯欣连忙点开来听："冯小姐啊，我看你给那个叶小姐点赞，你知不知道她在说什么呀？我跟你讲，她们拍卖行 14 号的时候拍了一只'康熙'的珐琅彩小碗，卖了 1000 多，嗯，1000 多万欧元，这个碗吹得好神奇的咧！说是有个法国老太太从她家一个饼干盒子里头翻出来的，拿去给 T 家拍卖行鉴定，然后就拍了那么多钱。叶小姐刚刚发的这句话，就是拐弯抹角地在抱怨这个事情啦！她不好直说嘛！买家是那个谁啦，你肯定知道的。"

　　他说了个名字，冯欣虽然从没听说过此人，但马上连连点头，随后才反应过来付斌看不见自己。他继续发来语音，冯欣一条一条认真听着，大概明白了，买下这只小碗的那个富豪，在拍卖结束后听到许多流言，于是怀疑拍卖行"做局"，自己花 1000 多万欧元拍下的是高仿赝品。于是在拍卖后的第二天就提出，要把这只碗拿去和巴黎吉美博物馆里另一只类似的珐琅彩小碗进行比对，据说比对之后他非常失望，觉得自己被骗了，就拒绝付款。

　　"哇！怎么可能！他还没付钱就可以把这么贵重的东西从拍卖行拿出去，拿到博物馆去对比？"冯欣觉得这流言简直胡说八道，忍不住发了条文字信息给付斌。

　　"哎呀，别人肯定不行，像我这种小打小闹的人肯定不行，但是这个人不一样嘛！他每年都要在全世界的拍卖行买十几个亿的东西，谁敢得罪他啊？"付斌以一种毕恭毕敬的语调讲出最后这句话，仿佛说的不是某个人,而是一位能将世界轻易操控于鼓掌间的神明。"这就是'客大欺店'嘛!"他补了一句,又接着说道,"我还听说,这个碗啊,就是几年前两兄弟在自家窑里烧的,烧了几千只几万只才挑出来这一只最完美的,然后在法国花了很多钱找人'铺路',让这个法国老太太送到 T 家拍卖行去,就说是她家里祖传的。做这个局,他们花了好多心思呢!"

冯欣连着听了两遍才确定自己大致弄明白了"这个局",摇头嘟囔着"太夸张了,拍电影啊",又赶紧发了条信息问:"可是,预展的时候,这个大买家,肯定亲自上手看过啊!怎么拍完了才觉得东西有问题呢?"

"他懂个屁!他以前是卖豆芽的!"付斌迅速发来这条简短的语音,冯欣听完都呆住了,他又补充道,"他根本不懂的!有一帮人围在他身边,给他出个点子、传个话,看看东西对不对——就像那种黑社会老大,旁边总要跟着一群马仔一样。听说这一次,有个马仔跟他讲,不仅碗不对,连饼干盒子都不对!老太太说这个碗在饼干盒子里放了四五十年,可是,那个饼干盒上居然印着条形码,四五十年前哪里有什么条形码哦!"

这些充满细节的"猛料"让冯欣兴奋得脸颊发烫,在付斌绘声绘色的讲述中,她感觉自己似乎也身处其中,就像参演了一部能载入史册的伟大电影,与有荣焉。付斌说了好一阵子,才发现已过了 12 点,赶紧说自己要睡觉了,冯欣祝他晚安,又连连道谢,感谢他告诉自己这些内情。

冯欣盘腿坐在床上把一些关键的语音信息又听了几遍,这些天睡得太多,现在不仅毫无困意,反而愈加激动了。她突然想起从前在美甲店打工时,自己也攒了一套美甲工具,却从来没用过,她跳下床,在床脚那堆塑料箱里翻了好久,终于找到了那个粉色小包,里面指甲油、打磨条、抛光块、推子、剪子……一应俱全。冯欣拧开指甲油和软

242

化剂的瓶子闻了一下，又摇了摇，觉得应该没有过期，便把这些东西全都摊在桌子上，又在电脑上点开新的一集偶像剧，喜滋滋地给自己做起了美甲。

付斌为什么要讲这些事给我听？也许他天生就是这样爱八卦吧？冯欣用打磨条搓着指甲边沿，那些挫下来的白色粉末让她心中生出一种除旧迎新的快意。他这人肯定是个双子座，一定的。他跟我说了这么多，是把我当成"自己人"了吧？"自己人"，冯欣低声念叨着这个词，忽然想，这样的话，那之前唐卡的事，就是我给他的……呃，那个词儿怎么说的来着？她歪着头用力想了一会儿，"投名状"！对的，卖给韩嘉漪的唐卡，就是我给付斌纳的投名状。

她有个大学男同学，这两年工作之余都在一个民间慈善组织做义工，每月都会给盲人讲述一部电影，前天正好讲到电影《投名状》，他写了很长的一段感慨发在朋友圈，冯欣因此想起了这个词。她放下手中的打磨条沉吟着，先前她一直觉得，这 5000 欧元是一笔天降横财，自己何德何能，怎么就配得到这么一大笔钱呐？可是，怎样才算"配"得上这些钱呢？难道要去搬砖背煤扫大街，或者像自己从前一样在酒店刷马桶，才是"配"吗？那些抠图配音用替身演戏的所谓"演员"，难道他们就"配"日进斗金吗？她鼻中冷哼一声，瞥了一眼手边的电脑屏幕，一个整容整得连表情都快做不出来的女演员正假模假式地哭着，冯欣恨恨地呸了一声，我的演技可比她好多了！

更何况，我不仅是配合付斌演戏，冯欣又拿起了打磨条，心想，是我给他提供了最重要的信息啊！这要是在律政剧里，我就是那种带着背景音乐出场、扭转大局的重要证人嘛！想到这里，她不禁洋洋自得地笑起来，从桌上的五六瓶指甲油里挑出了一瓶最浓艳的正红色。在美甲店打工时，她们几个中国女生都把这个颜色叫作"女王红"，感觉涂上它漂亮又大气。后来有位法国客人告诉她们，英国女王，包括整个英国王室的女性，为了彰显王室端庄高贵的形象，公开场合永远只能涂裸色或者透明的指甲油,当时她们听了都挺感慨,原来那些高高在上的女王公主王妃,竟也有这么多约束和不自由。在美甲店打工不过是一年多以前,现在却觉得好像上辈子的前尘往事一样,自己蜷坐在矮凳上给黑人大妈的脚底板搓死皮的时候,哪里想到会有今天啊!冯欣拧开指甲油瓶盖,一股强烈的化学气味飘散出来,混着桌角栀子花的芬芳,她抽了抽鼻子,只觉得醺醺欲醉。

她全神贯注地涂着指甲油,每一抹艳红的油彩都像刷在她的心上,让心里开出一朵花来。她渐渐想明白了,如果不是自己偶然听到韩嘉漪跟李先生说想买唐卡,如果不是自己把这个消息告诉付斌,这件事根本就不能做成。就算他把唐卡放到12月的拍卖,像叶芝讲的,这么假的东西,肯定会被人看出破绽,绝对是流拍的下场,他一分钱也赚不到!所以他那么爽快地给我5000欧元,这就是我应得的!冯欣想起高中语文课要求全文背诵的《出师表》里那句话,"陛下不宜妄自菲薄",摇头晃脑地笑着重复了好几遍:"不宜妄自菲薄啊!我不能,妄自菲薄。"

她这几天吃吃睡睡,完全不知白天黑夜,加上房间不便开窗,早就没了时间概念,给自己做完美甲,正好偶像剧又播完了一集,瞟了眼屏幕,才发现已经快凌晨两点了,但也没什么睡意。因为手上的指甲油还没干,她抬脚踢开被子,举着两只手躺在床上,盯着天花板回想刚才付斌讲的那些八卦,还有叶芝的那句话:"到处都是虚妄的热情和梦幻的呓语,尤其是那些和自己口袋没关系的。"有文化的人就是不一样,她是在讽刺那些造谣的人吧?这话说得真是太高级了。

浑浑噩噩又混过了一日,直到晚上冯欣才想起明天要去实习,赶紧洗掉指甲油,又确认了两遍闹钟设定无误,才胡乱睡去。第二天的工作是整理一批下周预展的摄影作品,冯欣和玛丽昂在仓库里一件件清点核对,再贴上号码标签。绝大多数都是名人的签名限量照片,一多半都是黑白照,装裱在纯黑的卡纸框中,更显得庄重隽雅。冯欣陆续认出来一些照片上的名人：麦当娜、迈克·杰克逊、皮雅芙、阿佳妮、戴安娜王妃……

"哇！这是阿兰·德龙啊！我的天，他好帅啊！"冯欣惊呼着把手里的照片递给玛丽昂看，这是一张 20 世纪 60 年代的黑白签名照，他上身赤裸，与一位极其美丽的女子相拥，两人微微侧着脸面向镜头，又完全无视镜头的存在，肆意畅快地大笑着。那女子仅用一块有褶皱的布料掩盖胸部，几绺卷发凌乱散落，露出光洁丰润的肩背颈项——看着这样一张照片，真让人由衷赞叹，青春和美貌，实在是上天造物的奇迹。

玛丽昂捧着照片，栗色眼睛里满是歆羡赞美的光芒，冯欣指着照片中的女子问道："她是谁啊？"玛丽昂有些诧异地笑起来："碧姬·芭铎呀！你不认得吗？"冯欣连连应声："哦哦，我知道她的名字，但是没看过她的电影，她真漂亮啊！"

"以前的明星们是真的'star'，是天上的星辰，不可触及的。"玛丽昂将照片装进塑料文件夹，贴上编号标签，笑道，"现在这些所谓的'明星'，动不动就在社交媒体上发些无聊自拍，比如卡戴珊那一家人。"她放下照片，撩着头发，夸张地摆出一个嘟嘴翘臀自拍的样子，逗得冯欣狂笑不止。

玛丽昂拿起下一张照片给冯欣看，感叹道："你瞧，她多美啊！"照片中是一位身着浅蓝色浴袍的年轻女子，坐在化妆镜前往自己脸上涂着小丑的红鼻头，虽然照片只呈现了她的侧脸，依然看得出她明艳妩媚、丽质无双。冯欣只觉这美女十分眼熟，却叫不出名字，便问："她是谁啊？""Romy Schneider。"还没等她想明白这个法语发音的姓名，玛丽昂已补充道："就是她演的茜茜公主呀！"

"哇！"冯欣喜出望外地拿着照片看了又看，玛丽昂继续说道："好多年前，我父母在摩洛哥塔鲁丹特的一家酒店里遇见过她，她就静静地躺在泳池旁边晒太阳，也没有什么保镖啊助理啊，但大家都不会去打扰她。那个年代，是这样的距离感，才造就了这些真正的'明星'啊！现在么……"她皱了皱眉懒得再说下去了。冯欣给这张照片贴上编号，想起前两天网上疯传的一个笑话：某男演员在专访中说，自己正在读一本"诺贝尔数学奖"得主写的书。她摇着头笑了笑，如今这个时代，能做个合格的演员都很难得了，更不要说那些一夜暴红的"流量明星"们是多么荒唐无聊。她正想着，看见玛丽昂绕过货架，往仓库另一头走去，过了片刻，她头戴一顶紫红色宽檐羊绒帽，抬起下巴，扭着浮夸的猫步走了过来。

冯欣惊呼着大笑出声，玛丽昂走到她面前，一手叉腰一手轻扶帽檐，像模特在 T 台上一样摆了个定点展示的造型。冯欣笑着给她鼓掌，连声说："太棒了！这帽子好适合你！"玛丽昂笑嘻嘻地又走了几步，才把帽子取下来，告诉冯欣："这是 Nicole Kidman 演摩纳哥王妃时戴的帽子哦！"

她的法语发音让冯欣想了一会儿才豁然明白，用中文脱口而出："妮可·基德曼啊！"又赶紧换了法语说："我看过那部电影，很好看！"这顶帽子也是一件拍品，冯欣用小别针把编号标签仔细挂在帽子的里衬上，再将帽子连同鉴定文件一起放进圆形帽箱中。她不舍得立刻关上箱盖，就轻轻摩挲着帽顶，仿佛那柔软的紫红色羊绒还沾染着电影的神秘气息，又掏出手机拍了几张自己的手轻抚帽子的照片。玛丽昂抬头看见，便问她要不要戴着帽子拍一张，冯欣连连摆手，红了脸不好意思地笑着，她心里还是觉得自己不配，能摸到这顶帽子就已经是莫大的幸运了，怎敢奢望更多。

"这是我离妮可·基德曼最近的一次。"冯欣在上厕所时，将自己手抚帽子的一张照片精心修好图，配着这句话发到朋友圈里。刚要收起手机，叶芝的一条微信传了过来："你明天在拍卖行吗？我跟戴维德有约，要过来一趟。"

冯欣马上回复说自己明天实习，很高兴可以再见到叶芝。她拿着手机愣了愣神,又想起妈妈说的,一定要好好感谢叶芝,可是,该怎么谢她呢?空口白牙的自然不行,但她什么都不缺,普通的东西她又看不上,再说了,要是我咬咬牙去买个一两百欧元的贵重礼物送给她,她说不定还会起疑心呢。冯欣叹了口气走回仓库,玛丽昂刚整理好一摞照片,让她帮忙放到货架上方,她正要抱起那摞照片,忽然震惊地发现,最上面那张是一位女子的正面全裸黑白照!

"哇哇哇!这!"冯欣惊得都说不出一句完整的话了,"天啊!这种照片也可以拍卖吗?她,全裸啊!真的,真的全裸啊!"她这种少见多怪的样子让玛丽昂好笑极了,欠身瞟了一眼说:"这是 Carla Bruni 一张很有名的艺术照。"冯欣没听懂,追问道:"她是谁?"

"总统的妻子,以前的第一夫人。"玛丽昂见她还是满脸惊愕不解,用英语又说了一遍。

"第一夫人!"冯欣尖声叫了出来,忍不住用中文嘟囔了好几遍,"第一夫人啊!"又指着照片问玛丽昂:"第一夫人居然拍这种照片?!她真是裸的,完全,裸体啊!"

玛丽昂笑得连鼻梁上都皱起了浅浅的细纹,说道:"这是她成为第一夫人之前拍的,是著名摄影师的作品。"她翻过照片,指着背后一串手写的数字说:"你看,这是限量编号,拍卖会上,这张照片能卖好几千甚至上万欧元呢!"

"太夸张了!太夸张了!"冯欣越听越觉得不可思议,拿过照片,想了想又问,"就算这是她以前拍的,可是,当她成为第一夫人之后,这些照片,难道不应该,呃,那个词怎么说的……销毁,不应该销毁吗?"

"销毁!"这次是玛丽昂惊呼出声了,因为太吃惊,她语速很快地说,"天啊,你怎么会有这种想法!为什么要销毁?这又不是什么违法的事,她是国际名模,这是她拍的艺术照,又不是色情照——再说了,就算是色情照,也并不违法嘛!我们是在法国,不是在美国,你以为我们像那些假惺惺的美国人一样吗？克林顿那点事情跟密特朗比起来算什么啊，居然闹得被弹劾！"

冯欣不知该说什么，连声感叹着，抱起这叠照片放到货架高处，又拿起这位法国前第一夫人的裸照细看。她面无表情地站在摄影棚的灰色背景布前，双腿一前一后微微分开，眼窝深陷双颊瘦削，坦坦荡荡地展示着全身，只有双手随意轻挡着下体，上身微侧，腰部呈现出完美的S形。

"像不像波提切利的名画，《维纳斯的诞生》？"玛丽昂见冯欣拿着照片看得出神，笑着补充道，"我有个朋友跟我讲，几年前他在爱丽舍宫附近遇见过她一次，他说，这个女人走路的样子，简直不像人类，而是像某种猫科动物，让他终生难忘啊！"冯欣点着头，她当然承认这张照片是美的，这位世界名模、前第一夫人的身材更是无可挑剔，但她还是难以理解，或许这辈子都无法理解，这种"露点"的照片为什么竟能公开拍卖。她已经在法国生活了将近四年，却总觉得对这个神奇国家的理解始终停留在浮光掠影的表面。

两人用了大半天整理好这几百张摄影作品，下午刚在展厅休息了片刻，科斯曼推进来一个巨大的垃圾箱，又把弗雷德也从前台叫了过来，告诉他们，自己正在清理仓库里的无主旧物，让他们看看有没有喜欢的东西，有的话尽管拿走。冯欣有点不相信自己的耳朵，低声问玛丽昂："真的可以拿吗？免费的吗？物主如果来找怎么办？"玛丽昂笑着轻推了她一下，说道："都是些拍卖了好多次没卖出去的东西，堆在仓库很多年了，没人会要的，你放心。"

说话间科斯曼已从仓库拖出来几个大纸箱，大家都蹲下身在箱子里翻找，积年的尘灰呛得众人连连咳嗽，又不约而同地笑出声来。弗雷德翻出来一大叠20世纪90年代的《艺术知识》杂志，使劲儿拍着上面的灰，引得玛丽昂打了好几个喷嚏，大声嚷嚷让他站远点，弗雷德笑着退了两步，说这些旧杂志是帮朱利安留着的。玛丽昂找出一堆硬面烫金的精装古籍,其中有几本是儒勒·凡尔纳的作品,里面还带着当年的彩绘插图,兴高采烈地说:"这个我要了,等到圣诞节送给我的小堂弟,他肯定喜欢!"冯欣暂时没翻到什么特别喜欢的东西,只觉得他们很像一群在废铜烂铁里淘宝的小孩子,有趣极了。

"欣!你看我找到什么!给你这个!"玛丽昂猛咳了两声,欢呼雀跃地递过来一个玫红色的小玻璃瓶。冯欣连忙接过来,是一瓶用了一小半的旧香水,上面落满了灰尘,感觉像是放了100多年,她用手掌抹去一些尘垢,才发现这香水瓶真是精巧别致极了。整个香水瓶的形状是一朵将开未开的虞美人花,四片薄如蝉翼的花瓣正好拢成瓶身,花瓣上无数如毫芒的脉络都被雕琢刻画出来,犹如最柔滑的丝缎纹理,泛着莹润的光泽,瓶中的香水正好是深玫红色,更显得这朵玻璃虞美人花栩栩如生。

玛丽昂从纸箱上大步跨过来,走到冯欣身边,示意她将香水瓶翻过来,冯欣才看到瓶底用套色玻璃的技法,点缀出层叠散开的黑色花蕊,那些花蕊花丝都是立体的,摸上去有令人舒服的凹凸感。冯欣握着香水瓶啧啧称赞,玛丽昂又指给她看,在黑色花蕊中间,藏着一个很小的蚀刻署名:R. Lalique。"这是法国新艺术风格时期最伟大的艺术家之一。他创作了许多精美绝伦的珠宝、金银器、玻璃器,这是他自己品牌的香水。"玛丽昂语气中透着满满的自豪。

"这是Lalique在1930年左右创作的香水。"弗雷德凑过来说道,"香水早就过期了,但这瓶子是个艺术品,平常拍卖也能卖个一两百欧元的,不知道怎么会丢在这里了,你留着做实习纪念吧!""真的吗?"冯欣激动得声音都有点颤抖,感觉自己像中了大奖一样幸运,弗雷德和玛丽昂都笑道:"真的真的,你收下吧!"

大家翻拣完各自想要的东西,科斯曼将剩下的物品连同纸箱一起扔进垃圾箱,推了出去。快到五点的时候,萨哈让冯欣去寄几封挂号信,等她从邮局回来,弗雷德告诉她,玛丽昂已经提前下班走了,今天是她实习的最后一天,她让弗雷德代她跟冯欣道别。

冯欣顿时怔住了,这个像田野里盛开的蒲公英花一样娇俏的南方姑娘,就这样匆促地退出了她的人生。她没有抱着玛丽昂贴面告别,也没来得及要她的联系方式,甚至没能对她说一声"A bientôt(后会有期)!"这世界就像电影里快放的延时摄影,云彩飞速流动,光影飞速变幻,街上的行人飞速相遇又飞速分离,似乎永远都遇不到那个能让生命为之静止一秒的人。

回家路上,在转乘远郊火车的枢纽车站里,冯欣又望见了那家护肤品商店,明黄色的装潢门面,像南法特有的阳光,让人远望一眼就心生温暖。她从没进去过,总觉得自己这种人实在没必要用那么高级的护肤品,今天她停下了脚步,直觉那里应该能买到让叶芝"看得上"的礼物。

上百种不同系列不同用途的护肤品和化妆品陈设在明洁的柜台里,镜子反照出的射灯光线略有些刺眼,许许多多的香氛混合在空气中,呼吸着这种太过馥郁的气息,仿佛冬日的一领轻裘环绕着颈项,让人的四肢身体都是暖融融的。冯欣默默地看了一圈,价格不算便宜,不过也买得起,她心想,还好,基本都是两位数的。一位长得有几分像克莱尔的金发美女店员微笑着走过来,问她是否需要帮助。冯欣已大致看过所有商品的价格,心中有了底,便说自己想选一份礼物送给女性朋友,请对方给点建议。

美女店员问了收礼人的年龄,带她来到香水柜台前,告诉她送香水总不会错。说着便拿起一瓶浅粉色的香水,在试香条上喷了两下递给冯欣,那香味很是沁人心脾,店员说这是多年来最畅销的一款樱花香水。樱花也有香味吗?冯欣印象中并不觉得,又见那玻璃瓶上装饰有凸起的樱花枝条和飘扬的花瓣,配着粉色的香水,的确很清新讨喜。

但是哪有我白捡的那瓶古董香水漂亮!冯欣庆幸又得意地想,

就像玛丽昂说的，以前的明星都比现在的明星高级，东西也一样啊！店员还在柔声介绍这瓶香水的细节，冯欣闻着手里的试香条，并没有太认真地听，却注意到价格标签上写的商品名称是"Eau de Toilette"，她一惊，"Toilette"不是厕所的意思吗？便诧异地指着标签问道："这怎么是，厕所水？"

美女店员微微笑了起来，放慢语速跟她解释，香水按照香精含量的不同，分成若干等级，"Eau de Toilette"是指香精含量较低的淡香水，香味轻柔，更适合亚洲人使用。她说着拿起展示台上另一瓶香水给冯欣看，告诉她这种被称为"Parfum"的浓香水，香精浓度高、留香时间长，价格自然也就更贵一些。

冯欣谢过她如此细致的介绍，又闻了闻浓香水，最终还是选了樱花淡香水。店员给香水盒包上雅致的包装纸，点缀上浅金色缎带，随后取出柜台下叠好的纸袋，哗啦一声抖开——这种清脆悦耳的声音在芬芳的空气中响起，真令人神气一爽。冯欣记得某位市场营销的老师曾讲过，奢侈品牌的官网上通常不会展示太多商品，还会在网页上写着"更多商品，请莅临店铺赏鉴"，因为奢侈品销售提供的不仅是商品，更是一种高级服务。他们装修豪华的店铺、无微不至又恰到好处的殷勤接待，都是商品价值的一部分。

比如此刻，这位美女店员双手递过纸袋，脸上挂着发自内心的微笑，用漂亮的蓝眼睛注视着她说："小姐，祝您今晚愉快，愿您的朋友喜欢这瓶淡香水。"冯欣只觉像是在阴冷的深秋走进室内，有人端来一杯温暖香茶，饮一口下去，五脏六腑瞬间都妥帖舒服了。这家店远远算不上奢侈品牌，服务尚且如此周到细致，真不知道叶芝常去的那些奢侈品大牌商店有多么高级呢！她提着香水纸袋往外走，又在心里念叨，果然有钱真好，一定要有钱啊！

第二天下午，冯欣正在仓库和科斯曼清点一批入库的拍品，就听见戴维德爽朗的说笑声，还夹杂着一个女人的话音，回头一看，果然是他和叶芝走了过来。看见冯欣，叶芝立刻笑逐颜开地快步走来，抱着她行了贴面礼，用法语问她最近可好，又半开玩笑半认真地问戴维德，自己推荐的这个实习生怎样。

戴维德笑道："你推荐的人肯定不会错啊！'人以群分'嘛！"叶芝笑着夸他太会讲话，戴维德便问冯欣："我们要找一幅夏尔丹的石印版画，《吹肥皂泡的男孩》，您知道放在哪里吗？"冯欣见到戴维德总是畏惧的，此时只听懂了两个词："版画""肥皂"，叶芝看她一脸茫然尴尬，正要翻译，科斯曼已弯腰从货架下方的一堆画作里抽出来一幅，递给戴维德问道："Maître，您看是不是这件？"

那是一幅装裱在镀金细花边玻璃画框中的黑白版画，戴维德还没开口，叶芝已惊喜地对科斯曼笑道："是的是的！您太厉害了！"又抬头对戴维德说："你的员工都是这么能干吗？"戴维德随手拿过版画看了看，面有得色地说道："科斯曼在我这里工作了十多年，在这个领域，你恐怕找不出比他更好的人了。"科斯曼有点不好意思地挠了挠圆圆的大脑袋，干笑了两声，喊着冯欣继续盘点了。

戴维德和叶芝站在仓库门口谈笑，冯欣听见叶芝说这幅版画是她之前留了定额委托买下的，也不知前几天的拍卖到底是多少钱落槌，让戴维德给她发票清单，等会儿就去付账。戴维德朗声笑着说，这张画是自己送给她的，让她不要客气。叶芝笑着连连推辞，戴维德坚持让她收下，她才答应了。戴维德又把画拿进来交给科斯曼，让他用泡沫纸包一下，随后跟叶芝行了贴面礼告别。

科斯曼在一旁包着画作，叶芝便把手里挽着的一个松石绿色小纸袋递给冯欣，微笑着说："这是我公公婆婆别墅花园里的樱桃，就是我前两天微信上跟你讲的那种 Rainier 樱桃，特别好吃！这些是真正100％有机的哦！是我公公搭着梯子从树上一个一个摘下来的——其实也不是他们种的樱桃树啦，是邻居家的樱桃树'出墙'，长到了他们的院子里。"叶芝说着笑出声来："有些上面还有小鸟啄过的坑儿呢！不过,给你的这盒是我挑过的,相对比较完好,我都洗干净了,樱桃放不了多久,你拿回家要赶紧吃。"冯欣受宠若惊得汗都快流下来了,想起自己之前还那样腹诽过叶芝,更觉得满心羞愧,连声谢着接过纸袋,看见里面是一个玻璃密封盒,讷讷地问道:"那,我之后怎么把这个盒子还给你呢?"

"哎呀,这有什么关系。"叶芝笑着摆摆手,科斯曼包好了版画递给她,她道了谢,夸他包装得仔细,又问道,"先生,我可以跟我朋友聊聊天吗?会不会影响您的工作?"她这种明眸巧笑的样子让生性粗犷的科斯曼一下子红了脸,连忙说:"不会不会,您二位慢慢聊。"转身走开了。

叶芝见冯欣一直紧张地双手提着装樱桃的纸袋,便把袋子拿过来,和版画一起,随手搁在旁边的空货架上。冯欣这才注意到袋子上印着蒂凡尼的标识,轻轻咬了一下嘴唇,又闻到一丝似有若无的幽香,这是她熟悉的栀子花香味啊!忍不住问叶芝:"你家也有栀子花吗?怎么会有栀子花的味道?"

"哇,亲爱的,你好厉害!"叶芝欢喜地笑道:"我前一阵子去娇兰做 SPA,偶然遇到一瓶他家的限量版香水,和真实的栀子花香几乎一模一样,让我开心了好久!我在法国从没见过卖栀子花的,真是太想念这个味道了,小时候我妈在阳台上养了好多栀子花……"她高兴地诉说着,心里的快乐像要随着身上的花香一起漫溢出来,冯欣想起那瓶放在自己双肩包里的樱花淡香水,紧紧闭上了嘴。待叶芝说完,冯欣才轻声问道:"你今天怎么会有空过来呢?"

她这一问,叶芝好像才记起了自己此行的目的,笑着说:"4 月底的时候,你们公司拍出了一幅印象派的油画,180 落槌的,连佣 200多,买家是个法国大古董商,但是他不付钱。所以戴维德找我来问一下,有没有我认识的客人可以接盘。"

"180?"冯欣听糊涂了,以为叶芝说的是法语的计数方式,180 个

1000，她迟疑着问道："你的意思是，180，嗯，18万，18万欧元吗？"

叶芝摇头笑道："180万欧元。行里大家都是这样说的，你慢慢就习惯了。"冯欣顿时回想起亚洲艺术拍卖预展时，偶然听到韩嘉漪和付斌议论那个"饼干盒里的'康熙'小碗"，他俩也是这样讲话的，什么"1000多""500多"，其实是1000多万、500多万欧元。这个行业果然遍地都是钱啊，我赚的那5000欧元，在他们这些人眼里，恐怕连个零头都算不上吧！

她还在出神，就听见叶芝说："我倒是认识一两个客人对印象派油画蛮感兴趣的，说不定还真能找到人接盘，让这事儿有个皆大欢喜的好结果。"她轻描淡写讲出的这些话，每个字都让冯欣觉得像是天方夜谭，她瞪着眼睛愣了几秒，才一脸困惑地问："180万啊！1000多万元人民币啊！怎么，这个大古董商还可以，不付钱？戴维德就不能告他吗？"

"告他？"叶芝嗤地笑出了声："他是法国前总统的艺术顾问，手眼通天的程度，不是你能想象的。如果真的撕破脸，他要搞垮你们这样一家小拍卖行，简直易如反掌。"

冯欣像是被人当胸踹了一脚，一时间动弹不得，也反应不过来，在"前总统""手眼通天""搞垮""小拍卖行"这几个词当中，究竟哪一个更令人震悚。叶芝平静地继续说下去："更何况，这个大古董商有充分的理由不付钱。他打电话告诉戴维德，他在拍卖结束后了解到，这幅油画的卖家是个旧货店的店主，这幅画是这店主在一座城堡的后人清算遗产、处理旧货时，用500欧元买来的。可是，法国有一条法律规定，一个懂行的人——法语称之为'业内行家'，购入一件艺术品之后转售，售出价不得高于买入价的7倍，否则即为非法，售卖行为无效，而最开始的物主可以依法追回自己的物品。"

"这是什么破法律啊！"冯欣这次听明白了，惊呼道，"意思是，一个人凭着自己的眼力和运气，在垃圾堆里捡了个漏，淘了个宝，转手卖出去赚了钱,就犯法了?"

"法国这种神经病一样的法律多得很。"叶芝以一种明显讥讽的声调答道,"所以,这个大古董商跟戴维德讲,由于这幅画的卖家是个旧货店店主,属于'业内行家'的一种,那么,这幅画从 500 欧元卖到 180 万欧元,根本就不是合法行为。他拒不付款,也是为了保护自己的利益,说得更冠冕堂皇一点,是不想参与违法活动。"叶芝叹道:"他这话说得多高明啊!也亏的是戴维德见过些世面,如果换个年轻点的拍卖师,估计都被他吓傻了。"

这些话像引来了许多无头苍蝇在冯欣脑袋里嗡嗡乱撞,她竭力想将清其中的关系,最后终于憋出来一个问题:"这个大古董商,他是怎么,怎么知道油画的卖家是个旧货店店主呢?我们公司的卖家信息都是严格保密的啊!"

"所以我说他'手眼通天'嘛!其实打听这些信息对他而言,根本就不是个事儿,他不仅打听出卖家是个旧货店店主,连这人的姓名年龄家庭和商店地址都知道得一清二楚。"叶芝轻轻挥了一下手,像是要挥走空气中看不见的尘埃:"再说了,你们公司因为威廉的事受牵连,拍卖大楼给你们下了三个月的禁拍令,现在正是要大事化小的时候,哪能再惹上麻烦?不过,也算是戴维德有本事,他把禁拍期限调整到 7、8、9 三个月。"叶芝说到此,不禁笑出声来:"8 月份全国休假,到处都关门,7 月和 9 月通常都没有什么大拍,原本也不用去拍卖大楼拍卖,你们在自己公司搞点小拍就行。这样一来,所谓的禁拍令,对你们几乎没什么影响。"

冯欣完全跟不上叶芝说话的节奏,更不明白禁拍令是什么,她还在想着前总统艺术顾问的事,又问道:"你说的这个,法国前总统,到底是谁啊?"叶芝说出一个名字,冯欣觉得很是耳熟,低头思忖片刻,猛地想起来:"这个前总统,不是被判刑了吗?我记得,当年我们刚到法国的时候,媒体天天都在报道这个前总统被判有罪什么的,语言学校的老师还拿着报纸上的文章,给我们做法律词汇的阅读理解呢!你记得的吧?总统都被判刑了,他一个艺术顾问还能这样为所欲为?"

叶芝看着冯欣满脸的惊疑困惑,本想再解释点什么,心里却忽然生出一丝同情,笑着拍了拍她的肩膀说:"再过几年吧,再过几年你可能就不会这么天真了。"她轻轻叹了一口气,清丽的脸庞阴沉下来,将视线散漫地投向仓库昏暗的深处,讲话速度也慢了下来,似在喃喃自语:"我见过日光下所发生的一切事,不料,一切都是虚空,都是捕风。弯曲的,不能弄直;缺少的,不能数算。"

12

像是因为说了太多话而有点腻烦,叶芝转头问道:"对了,你上周微信跟我说的那张唐卡,是哪个冤大头买的啊?"冯欣还沉浸在前总统艺术顾问的故事里,一时没回过神来,半张着嘴愣住了,叶芝见她这样,立即爽快地笑道:"你别为难,我只是好奇,随口一问,你不方便说就算了。"

她如此一说,冯欣反倒难为情了,连忙和盘托出:"不不不,没什么不方便,没什么不能说的,就是我们那个鉴定专家,韩女士买的。也确实像你说的,私洽,她私洽买的,而且她都给的现金。"

叶芝意外得说不出话来,迅速抿了一下嘴,掩饰住脸上嘲弄的笑容。冯欣见她似乎不愿多谈此事,便轻声问道:"你说,那个唐卡是,农村阿姨绣的?真的吗?我还以为,嗯,造假的人,难道不是都很厉害吗?"

"你以为是拍电影啊？"叶芝笑起来，抬手比画了两下，"那些造假的人，是不是要都穿一身黑风衣、戴着墨镜，帅得跟金城武一样？"她说着自己都哈哈大笑起来，摇了摇头继续说道："造假很辛苦的，都是又脏又累的手工活儿，除了吃苦耐劳的农民工，谁会去干啊？说起来，几个乡下阿姨凑在一起绣个唐卡算是轻松的，有些做高古玉的，都是用化学药水，还有什么酱油陈醋，甚至埋在粪坑里、塞在动物尸体里……总之各种稀奇古怪方法给玉器做旧染色。我之前遇到过一个客人，裤腰带上挂个小玉蝉，到处跟人嘚瑟什么'血沁'什么'腰蝉万贯'，其实吧，也不知道他那个宝贝玉蝉在粪坑里埋了多久呢！"她笑得眼睛都眯起来了，又说："外行总是以为，造假的人都聪明得不得了，怎么可能呢！他们当中大部分人都很蠢，所以才会有人坐牢嘛，就像威廉。"

　　这是她今天第二次提到威廉了，冯欣回想自己上次见到威廉只是一个多月前而已，转眼间竟已发生了这么多跌宕起伏的事情。又听叶芝说："你想象中那种特别厉害的造假者，当然也有，不过，在任何一个行业里，能把一件事做到极致的人，都是极少数，金字塔尖上站不了几个人的。"冯欣接不上话，就用力点着头，她这副认真聆听的样子让叶芝忍不住多说了几句："你们那位专家韩女士，业务水平当然是不错的，可是，法国拍卖行业的这种专家体系，要求一个专家的知识面必须极其广博，而我们英美拍卖体系的专家，相对而言就比较精深一些。你看你们一场亚洲艺术拍卖，里面除了中国的艺术品，还有日本的、朝鲜的、柬埔寨的、老挝的、泰国的、尼泊尔的……甚至犍陀罗的艺术品都有，都是韩女士一个人鉴定，她再怎么优秀，再怎么学无止境，也不可能无所不知啊！"

　　"是的是的。"冯欣连声附和道，"光是中国几千年的艺术品就已经够复杂了，还有日本那些刀啊剑啊浮世绘什么的，感觉都跟天书一样，能弄懂其中的一样都很不容易啊！"叶芝用赞同的目光看了她一眼,又说:"所以这件唐卡,可能正好撞在韩女士的知识盲点上,她就栽了。但这也没什么,谁没交过学费呢。"她耸了耸肩,眼中闪过一丝无奈,冯欣察觉到她不想再谈这个话题,便指着货架上那幅包好的版画,问道:"你买的这幅画,是什么呀?"

"一件小东西,不值什么钱,但我对夏尔丹有种特殊的'情结'。"叶芝脸上浮起一抹稚气未泯的笑容,"画上是一个正在吹肥皂泡泡的小男孩,夏尔丹很喜欢这个主题,他画过不止一幅,目前存世已知的共有三幅,在洛杉矶、纽约和华盛顿,我都见过真迹。我买的这件是19世纪的法国版画家根据其中一幅真迹制作的石印版画。"她扭头看着货架上的版画,话音渐渐低沉下去:"这就是夏尔丹笔下的'梦幻泡影'啊,可惜很少有人能明白……"冯欣糊里糊涂地瞧着她,"夏尔丹"是谁?听名字应该是个女人吧,法国的女画家?她这神叨叨地发啥感慨呢?

叶芝很快恢复了惯常的神态,用眼神示意了一下周围的物品,说道:"这幅版画,还有刚才你清点这些拍品,全都来自同一个藏家,这也是我买它的另一个原因。"

原来,这位藏家曾是卢浮宫博物馆馆长、法兰西学院院士,他的豪华公寓位于 Odéon 歌剧院旁,那是拉丁区里最美的街区,紧邻壮丽的卢森堡花园。"离我家不远,"叶芝笑了笑,"我也算是见过不少豪宅了,但是当我第一次走进他家的时候,真是震撼得说不出话来。在他的公寓和歌剧院之间,有一条专门为当年的法国国王修建的密道,国王在歌剧院看完演出之后,可以通过密道来到这间公寓里,跟演员们寻欢作乐。"

冯欣睁大双眼,带着一种近乎虔敬的神情听着,也没去细想既然是叶芝他们公司经手的藏家,为什么物品会拿到这里来拍卖。叶芝又讲了些"不足为外人道"的细节,随后像是给院士的生平下断语一般,说道:"他一辈子皓首穷经,能有这样的成就,又是馆长,又是院士——光辉荣耀、财富自由，算是人生无憾了。可惜我没见过他。"

院士于 90 岁高龄离世，他晚年长久鳏居，与两个儿子也甚少往来。当 T 家拍卖行的工作人员应邀去他家中清算遗产时，两个已经不算年轻的儿子当着众人的面先是互相辱骂，继而大打出手，拍卖行员工只好匆忙离去。后来听说其中一个儿子，连夜运来水泥砖头，在地下车库里砌起一圈矮墙，将父亲留下的一辆奔驰车围在其中，还把车身划花、砸烂，又用红油漆在车上喷了许多诸如"你不配得到这辆车！"的话。经过一年多高潮迭起的持久战之后，兄弟俩终于签下了遗产拍卖合同，他们不仅要卖掉父亲的公寓，还要卖掉他所有的物品。

"所有，就是字面意义上的，'所有'。一张纸、一支笔、一个纽扣都不要留下。"不仅是院士毕生收藏的艺术品，他的书籍、信件、家具、窗帘、暖气片……连客厅墙上 19 世纪设计定制的细木雕花墙板都要拆下来卖掉，还有他的各种荣誉勋章，甚至法兰西学院选举他作为院士的官方文件，甚至他的院士袍、院士帽和院士佩剑。

"'通通要卖掉！我们对这些玩意儿不感兴趣'，或者'我们要交遗产税'，或者'我们等着钱重新装修房子'——这些是我在工作中最常听到的话了。"叶芝的嘴角现出一道浅浅的皱痕，像一抹苦涩的微笑，"无论后人的经济状况如何，我几乎从没见过后人想要保留长辈留下的物品。"

"院士那些比较重要的物品，比如他那件 Lanvin 高定的院士袍，都在我们公司 5 月底的一个专场里拍出了。还剩一些价值不太高的东西，我们不便拍卖，我就跟戴维德商量，拿给你们拍了。"院士的故事让叶芝有些黯然，现在似乎又多了几分厌倦，她拿起货架上的版画，对冯欣说，"我该走了，跟你聊了这么久，打扰你工作了。"冯欣连连摆手说"没有没有"，又说："我送你出去。"叶芝探身朝仓库深处的科斯曼笑道："先生，再次感谢您，再会！"科斯曼粗着嗓子也回复了一声"再会"。

叶芝取出手机预订出租车，和冯欣一起往外走，总是在这种时候，冯欣才意识到自己满肚子的那些疑惑，再不问就没机会了。她瞥见叶芝已订好了出租车，便小声问："你们是不是拍卖了一个，嗯，特别贵的，一个小碗？"

"你也听到了很多流言吧？"叶芝用清亮的目光看着她，笑道，"这很正常，要是哪天我们拍了一件重器之后没有流言，我还不习惯呢！你听到些什么？说来给我听听。"

冯欣没想到她答得如此坦率，本能地想辩解两句，张口又不知道该说什么，只好嗫嚅着说："没，没什么，我也没听到什么，就是，听说是买家不想，嗯，不想付款——"

"今早财务告诉我，"叶芝打断了她，简洁地说道，"买家已经付了一半的款项，再过两三个月就能结清。"

"我就说嘛！我就说嘛！"冯欣红了脸嘟哝着，窘得像一个撒了小谎被当面揭穿的孩子，又想起付斌讲的八卦里最匪夷所思的那个细节，鼓起勇气问道，"他们都说，买家要拿这个碗去博物馆对比，是真的吗？"

"算是真的吧，我们公司可以把碗暂借给他带出去——这个没问题。但是吉美博物馆不允许他把这个碗拿进去比对，这也是为馆藏品的安全考虑，两件那么重要的瓷器放在一起，万一磕碰到了呢？"叶芝说着一摊手，"所以后来就折中了一下，他去博物馆负责人的办公室，上手看了那只相似的小碗，拍了照片，再来我们拍卖行对比他拍到的那只。"

冯欣看着她波澜不惊的脸，赶紧把那句"客大欺店"的话咽下去，又想了想，才怯怯问道："这个碗，他们都说，嗯，真的，是从饼干盒子里找出来的吗？"

"哈哈哈，我就知道你要问这个饼干盒！"叶芝放声大笑起来，像赢了一步意料之中的好棋,"老太太住在外省,她确实是用一个饼干铁盒装着那个小碗,坐火车带来巴黎的,可是,饼干盒只是一个小细节而已,她可以装在饼干盒里,可以装在糖果盒里,可以装在鞋盒里……现在所有人都揪着这个细节在八卦,却没人注意到,老太太的家族是一个延续了上百年的贵族家庭,通常来说,只有在这种非富即贵的家里,才会有真正的珍宝流传。问题在于,每个人都幻想从自家阁楼上、地窖里掏出一个价值连城的宝贝来,其实这种事情发生的概率,比中彩票还要低。"

叶芝话音刚落,就望见出租车开了过来,便跟冯欣行贴面礼道别,拉开车门又转头对她说:"我以前专门写过一段话讲这种心态,等会儿我发给你。"冯欣刚进了公司大门,就收到了叶芝的信息,是她去年发的一条微博的截图:

"媒体总是乐于让你看见毒枭的游艇豪宅大飞机,却不会让你知道种罂粟的农民是何等凄惨;媒体只愿意告诉你明星 10 分钟出场费过百万,却不屑于报道影视城里漂着的数万群演;同样,媒体也乐于传播阁楼里找到或者地摊上发现一件物品,然后天价售出的传奇……他们太知道,你想听怎样的故事,你的 G 点在哪里——这样的故事,是让你我在日复一日的生活泥沼中努力活下去的,强心针。"

她翻来覆去地琢磨着叶芝今天说的这许多话,刚走到前台,一个高大挺拔的男人快步出来,神采飞扬地讲着手机:"人家给了我两张欧洲杯决赛的票!特别好的位置!我请你去!我们一定会度过一个终生难忘的夜晚……"是艾里克,他像飞掠过花枝柳条的蝴蝶一样走远了,冯欣只望见他穿着浅灰色西装的背影和一头漂亮的金色卷发。周五下午,拍卖行员工多半都会提前下班,克莱尔见没什么事,也让冯欣先走了。

回家路上,她看到许多巧克力店和面包店的橱窗里都陈设着欧洲杯主题的精致糕点:红白蓝三色的巧克力大公鸡、足球形状的小甜品……她隔着玻璃拍了些照片,想起前两天一个国内的大学同学问她会不会去现场看球,得知她对足球毫无兴趣之后,那同学几乎是捶胸顿足地感叹:"你在东道主国啊!多难得的机会,怎么能不去看欧洲杯呢?浪费啊浪费!"

她不知道一张欧洲杯决赛的票要多少钱,或许有钱也买不到吧,艾里克说是别人送他的票啊!冯欣在远郊火车上找到一个空位坐下,把叶芝送她的樱桃纸袋小心抱在怀中,没过一会儿,看见三四个穿着铁路公司制服的工作人员过来查票。法国的火车、地铁和公交车上并没有检票员,运输公司只是随机派人抽查,这趟火车冯欣坐了好几个月,今天还是头一次遇上查票。冯欣把交通卡拿给一位工作人员查验完,听见旁边起了点纠纷,她伸头望过去,是一对坐在走道对面的白人老夫妻正在和检票员争执。她仔细听了片刻,大致明白是他俩的老年证已经过期了,所以他们购买的半价火车票无效,检票员要求他们补全票价。

两位老人都苍白瘦小,穿着褪色却干净的旧衣,老先生的头发脱得不剩几根,老太太有点驼背,身体极轻微地抖动着,不知是因为患病还是习惯性的焦虑不安。老先生仰头对面前腰圆膀阔的检票员说:"先生,很抱歉,我们一直住在乡下,很少来巴黎,真没有注意到老年证过期了,确实不是故意的。"

"我相信您不是故意的。"检票员在手中的刷卡终端机上输入金额,也一脸诚恳地对他说,"所以我没有罚您的款,只是请您二位补全票价,总共60欧元,您可以刷卡支付。"

老先生把目光转向窗外,像在躲避周围人们的注视,他沉默了几秒后拉开外套,又停下来喘了口气,似乎想让自己平静下来,脸色也变得更加苍白。他从外套内袋里掏出钱夹,拿出银行卡递给检票员,突然说:"先生,我每月只有1000多欧元的退休金,我不知道,如果您每月只有这点收入要怎么生活。"检票员的眼神闪烁了一下,但也没有说什么，只是将银行卡插入终端机，请老先生输密码。支付完成后，他撕下收据递给老人，说感谢他的配合，又补了一句："先生，请您理解，我做这些，并非为了我自己，更不是要针对您。"不待对方回答，他习惯性地说了句"祝您周末愉快"，走开去查下一位乘客的票了。

冯欣怕两位老人难堪，赶紧扭过头假装没有注意到他们，刚才她很有一种冲动，想去帮帮他们，可是怎么帮呢？总不能替他们付钱啊，他们看上去都是体体面面的，如果帮着付钱，他们更会觉得是种羞辱吧！她低头看着怀里的松石绿色蒂凡尼纸袋，悄然叹了口气，只觉像有一块沉重的铅块在心底落了下去。夕阳把半边天幕染得血红，火车经过一排破败肮脏的廉租房，一些阳台上深红淡粉的天竺葵和红蝉花正在盛开，夏日晚霞的金光照耀在玻璃窗上，如暮霭里的点点星辰。

手眼通天的大古董商、声名煊赫的法兰西院士、出身贫寒的亿万富豪、收入微薄的白人老夫妇，还有，冯欣抬头看见不远处一群举止粗俗的青年男女正在高声谈笑，身边刚挤上来两个气味难闻的深肤色瘦小男子——他们一定是餐馆的后厨杂役，周身散发着一股刺鼻油腻的味道。她又想起自己唯一一次在法国坐出租车，是上个月萨哈让她送那箱名表去拍照，当时她就觉得，巴黎是同时平行并存的两座城市：地上的繁华壮美，地下的污秽混乱……这一个多月来经历了桩桩件件百味杂陈的事，她再一次在心里告诉自己："要活在地上的这座巴黎，一定要，活上去。"

周六是法国一年一度的骄傲游行狂欢，冯欣根本不知道有这么一回事儿，她睡到将近中午才醒来，看见朋友圈里巴黎的同学们基本都在游行区凑热闹。视频和照片中到处都是遮天蔽日的彩虹旗，成千上万穿着奇装异服，或者穿得极其清凉，甚至全身赤裸、遍体彩绘的游行者一边走一边欢呼。有个刚到巴黎没多久的男同学，被一位袒胸露乳顶着满头雉鸡长羽的游行者搂着拍了张照片，发在朋友圈里:"真的开眼了,满世界群魔乱舞啊!"

冯欣乐呵呵地看了好久游行直播,不时被那些夸张的举止和劲爆的造型惊得目瞪口呆,甚至有点想出门去巴黎市区亲身感受一下,又转念一想,这种大游行,很多地铁站肯定都会关闭,还是别瞎折腾了。直到下午两点,她饿得受不了才从床上爬起来,准备弄点吃的,手机突然响了,是付斌邀请她语音通话,冯欣赶紧把电脑上热闹喧天的视频按成静音,接起了电话。

付斌拜托她帮个忙,他和国内的几个朋友准备成立一家公司,需要法国的一个通信地址,以便收取各种注册文件。"冯小姐,你知道的,我'进去'过,所以不太方便留我家地址呀!能不能借用一下你的地址啊?"

冯欣被狂欢游行刺激得晕晕忽忽,反应也有点迟钝,不太确定自己明白了他的请求,便问道:"是不是在我公寓的信箱上加个你们公司的名字,等邮局寄信过来的时候,我帮你代收一下就行了?"

"就是啦!就是啦!"付斌声音里洋溢着明显的笑意,"你方便吗?"

"当然方便啊!我马上把我的地址发给你。"冯欣觉得这样一件小事,付斌竟如此郑重其事地请求,也实在是太客气了。此时视频上一辆挂满彩虹旗的花车正缓缓开过,车上全是舞动跳跃、几乎一丝不挂的肌肉猛男,冯欣差点惊呼出来,赶紧捂住嘴,使劲憋着笑,又听见他说:"过两天我把公司的名字发给你啊,冯小姐,麻烦你啦!"

付斌果然在周一就把公司名字发给了冯欣,还反复跟她道谢。冯欣宅在公寓吃吃睡睡好几天,直到周三早上出门购物时,才把那个什么国际贸易公司的名字写在一张不干胶标签上,随手贴到信箱上自己名字的下方。

周四早上一到拍卖行,冯欣就觉得有些不对劲,平常这时候总有几个人围着门口的抽烟柱喝咖啡抽烟闲聊,今天那里却空无一人。

她刚走到前台，弗雷德正蹲在桌子下面，冯欣都没有发现他，他突然噔地一下站起身，把手机举到她脸前，急急问道："欣，你见过这件东西吗？"冯欣吓了一跳，往后仰了仰，才看清他手机上是一张旧乐谱的照片。她连连摇头说不知道，又问这是什么，弗雷德告诉她，这是一张贝多芬的手稿，几个月前一位客人拿过来估价的。"现在，找不着了！怎么会找不着了呢……"他又弯腰在桌子底下那堆旧文件里翻着，不停地念叨，"也不可能被丢在这里啊！"冯欣看他急得满头大汗，赶忙放下双肩包，蹲着一起找，又问道："这个手稿，很贵吗？"

"现在就是不知道啊！"弗雷德随手递给她一摞文件，说道，"当时是艾里克接待的那个客人，这种手稿如果是真迹，能拍10多万甚至20多万欧元，赝品就一钱不值了。客人是三月份送来估价的，但我们忘了拿去给专家鉴定了，所以一直都没回复他。昨天客人打电话来追问，埃琳娜只好跟他说，东西还在专家那里，因为专家太忙，而且这种手稿的鉴定比较复杂，要花时间仔细研究，所以暂时还没有鉴定结果，请他再等两天，好不容易才安抚住那客人。"他翻完了桌子下面所有的旧文件，起身拍了拍手上的灰，紧皱着眉头说："我们昨天就打算把手稿找出来，赶紧送去给专家看，结果到处找都找不到啊！埃琳娜打电话问她弟弟，当时收到这张手稿之后放到哪里去了，艾里克那个人，他怎么会记得这些事嘛！"

冯欣没想到拍卖行里还会丢失东西，正在发懵，克莱尔疾步过来问道："我办公室也没找到，你这边有没有？"弗雷德刚说了句没有，克莱尔便对冯欣说："欣，你帮我去展厅再翻一遍，说不定能翻出来。"冯欣跟着她往里走，听见她愤然自语道："艾里克两三个月才来一次拍卖行，这客人怎么刚好就遇上他了呢！什么'运气'啊！"

所有人在公司里掘地三尺找了大半天，终究还是一无所获，听说埃琳娜后来打了很长时间的电话去跟客人解释手稿遗失的情况，但也不知具体结果如何。

最近这段时间,所有法国人见面寒暄时都会互相询问 8 月的度假计划,再就着这个话题闲闲扯开,又能聊上好一阵子。每年 7 月的法国人就像高考最后一天的学生,忙不迭地要给一段辛苦时光画上句点,准备敞开双臂去迎接或慵懒或疯狂的四周带薪暑假。生活总是不易的,若没有一年中这些长长短短、名目繁多的 vacances(假期),让生性潇洒落拓的法国人如何去爱去享受去品味这几十年的漫长人生。

冯欣这两天的工作是给一批藏品拍照,大部分是估价几百欧元的欧洲瓷器和铜器摆件,许多都有残损或修复。因为物品价值不太高,所以拍卖行决定做个网络竞拍,把所有物品编号、拍照后上传到公司网站,设定一周的竞拍时限,有意购买的人在截拍前随时都可以在线出价,拍到之后直接来公司提货就行,这样节省了大量人力物力,能把拍卖成本降至最低。因为是网络小拍,不需要专业摄影师来拍照做图录,克莱尔就安排冯欣拿着个卡片相机在展厅的灰色背景布前拍照:"把每件东西拍清楚就行,不用拍得多漂亮。"

周五朱利安来实习,也帮着冯欣一起工作,她听见克莱尔和朱利安说,这批物品的藏家已在今年年初去世,他前些年退休后就一直都在各个拍卖行买这些小玩意,虽然每件物品都不算贵,但是经年累月越买越多,也花了不少钱。去年他的独生儿子逐一联系每家拍卖行,说父亲已确诊为阿尔茨海默病前期,请拍卖行不要再接受他的竞拍委托。克莱尔当时接到电话,颇有些伤感,毕竟她和这位藏家相识多年、私交甚好,但还是立刻答应了藏家儿子的请求。没想到第二天藏家自己又打电话给克莱尔,再三强调自己的意识还很清醒,他儿子这样做,无非是想将来继承更多的钱。

克莱尔左右为难,只好在每次拍卖结束后以"竞拍电话打不通"或者"我没有收到您的定额委托邮件"等理由搪塞过去。不料这位年逾八旬的老人后来竟无师自通地学会了网络竞拍,他不再需要拍卖行给他打电话,自己每天在法国大大小小的拍卖网站上点击出价、远程付款。直到临死前一个月,他还在拍卖网上买得不亦乐乎。

他完全不在乎买的是些什么东西,后来甚至连克莱尔的名字都记不得了,对他而言,竞拍似乎只是一种证明自己还活着的方式,是他朝这个生机勃勃的世界伸出去的颤抖双手。克莱尔指着货架底部一堆又脏又旧的动物小铜塑,对朱利安说:"这些都是他在我们去年10月的拍卖上买的,他拍到之后就一直寄存在这里,至死他都没见过实物。"

这句话中的寒凉意味让旁边正在给一尊梅森犀牛瓷塑拍照的冯欣心里一惊,右手轻轻一抖,镜头磕到了犀牛的脑袋上,一只耳朵应声而落。这声轻响犹如晴空劈过的一道炸雷,冯欣呆若木鸡地愣了几秒,脸颊神经质地抽动着,两腿直发软,差点瘫坐在地上。"我,我,对不起,对不起……"她只说得出这几个词,克莱尔也吓了一跳,马上过来拿起断掉的耳朵看了看,迅速冷静下来,说道:"没关系,这个地方之前就断过,也修复过。"

冯欣还在哆嗦,根本没听懂克莱尔的话,朱利安拍了拍她的肩膀,轻声说:"没关系,这是以前的旧修,所以你一碰就断了。"她只听明白了一个词:"没关系",眼睛瞪得滚圆,惊恐不安地盯着克莱尔问道:"是不是,要赔?我,我赔?"

克莱尔一手拿着断耳,另一手拿起犀牛,镇定地重复道:"欣,别担心。"又转头对朱利安说:"你先把它包装一下,我打个电话给修复师,你帮我送去她那里,两三天就能修好。"两人说着话离开了,冯欣靠着拍摄台呆站了好一会儿,感觉全身的血液都在发烫,手心却冰冷潮湿,她又惊又怕直想哭,但喉咙中像是爆开了一枚苦涩的药丸,哽得她透不过气,过了许久才稍微缓过来,勉强打起精神继续工作。她再也不敢碰瓷器,就挑那些小铜像来拍照,五点过后,朱利安回来告诉她已经把犀牛送去修复了,下周就能弄好,不会耽误拍卖。然而冯欣还是不明白，自己闯了这样的大祸，怎么不声不响地就能了结，她小声问修复费用是由谁来支付，朱利安笑道："放心，不会让你付钱的，当然也不是拍卖行付钱。"

"啊！是要卖家，付钱吗？"冯欣吓得说不出一句完整的话来，一个词一个词从嘴里往外蹦："卖家，如果卖家，知道是我，摔坏的，我……"

"别担心啦！"朱利安微笑着截住了她的话，又顺手摆好摄影台上的一只黄铜野兔，压低了声音说，"卖家不会知道的。修复费用才100多欧元，等到拍卖结束，财务在卖家佣金上稍微'操作'一下就行。比如'调整调整'运输费或者保险费——都是些小事，没有谁会去细算这点钱的。"

朱利安的话让冯欣更加困惑了，她确知自己犯了错，她从小接受的教育是犯错就要被罚，就要承担责任，刚才趁着展厅没人，她特意查看了这只犀牛瓷塑的估价：1200欧元，是这批藏品中最贵的一件。她还暗自庆幸，还好还好，如果价格再多一个零的话，那就真的赔不起了。但是现在听朱利安这样讲，这件祸事竟如此轻而易举地就被抹去了，好像抹去冬日公交车车窗上那层薄薄水汽一样。而且看克莱尔镇静自若的样子，这种事恐怕也不是第一次发生了……她正纷乱地想着，克莱尔挎着手包过来，跟他们说今天周五，可以提前下班，又说下周四是国庆节，拍卖行要连着周五和周末，"搭桥"放假四天，问他们愿不愿意将下周实习的时间调整为周二和周三。冯欣此时全然是一种戴罪立功的心情，连忙答应，朱利安也同意了，克莱尔便向他俩道了"周末愉快"离去。

冯欣接连做了好几天的噩梦，不是梦见那只被摔断耳朵的犀牛，就是梦见一个面目模糊语气凶狠的法国男人朝她怒吼，喊她赔钱。好容易熬到周二去实习，幸好朱利安包揽了剩下瓷器的拍照工作，她只需干点整理盘点的杂活。周三时大家已无心上班，都在聊着明天开始的小长假和 8 月的暑期安排,还有刚刚成为英国历史上第二位女首相的特蕾莎·梅。

下午朱利安去把修复好的犀牛瓷塑取了回来,果然修得天衣无缝,如果不用强光检查,几乎看不出曾经断裂的痕迹。朱利安笑着告诉冯欣,听说这位藏家因为预算有限,他买的物品基本都有品相问题,他在家中陈设这些东西时,有磕碰缺口的地方朝里面摆放,相对完好的一侧朝外,这样,如果有客人来他家,也就看不出藏品是破损的。冯欣想象着一个八九十岁的小老头蹲在橱柜前,仔细调整着物品角度的样子,觉得滑稽又可爱,这些天因为碰坏犀牛而一直压在心上的负罪感终于逐渐消散了。

国庆节晚上看完网络直播的埃菲尔铁塔焰火表演,冯欣磨蹭到很晚才睡,不料一早就被手机持续不断的铃声吵醒,睁开一只眼睛瞟了一下,见屏幕上有十几条消息。"出什么事了吗?"她嘟哝着打开手机一看,才知道昨晚南部城市尼斯发生了惨烈的恐怖袭击,好些国内的朋友都问她是否有受到影响,妈妈更是发过来好多条带着哭腔的语音信息,让冯欣瞬间回想起去年 11 月巴黎恐袭的那段日子。她赶紧跟妈妈视频,让她确信自己一切安好,又逐条回复了朋友们,然后才起床去找吃的。

微信上所有法国的朋友同学都在讲着这件事,付斌说自己本来准备带家人去尼斯度假的,还好没去,躲过一劫。叶芝发了一张三只日本染色牙雕小猴子的照片,一只捂着眼睛,一只捂着嘴巴,一只捂着耳朵,配了很长的一段话:

> 每个人都活在自己的"茧"里,每个人都以为自己生活的"茧"就是整个世界,茧里有同事、上司、客户、家人、房贷、道指、比特币、学区房……这个茧真的太小了,你看看茧外面的非洲、叙利亚,看看奥兰多,看看地中海海滩上数不清的难民尸体,或

者,看看昨天晚上 11 点的,尼斯。

椎心泣血。

我有一个法国医生朋友,他告诉我,每次他无能为力的时候,都会在心里说几遍:"算了"。这个词,就是他的祈祷,他的咒语,多念几遍这个词,仿佛就能超脱自己,让自己跳出三界外不在五行中,从容不迫地隔岸观火。

就像你我翻过一页报纸,刷过这条微博微信,换个电视频道,转眼就会忘记这些事,继续朝着未来,好好活下去,比如想一想今天的晚饭要吃什么。

我把这叫作,以不视为悯。

然而日子很快就从悲怆惨痛之中逸去了。7 月接下来的时间里,叶芝的朋友圈除了别墅大花园中花开似锦的照片、环法自行车赛的趣闻轶事,就是各种艺术展,什么大皇宫 Vigée Le Brun 的回顾展,什么装饰艺术博物馆的"时尚 300 年"服饰展……看了展还要写篇感受发出来,文章都写得跟花儿似的,冯欣每次点赞时都在想,她那种人的社交圈子肯定跟我的不一样,我要是发这么一篇文章,别人肯定以为我被盗号了。

那个装饰艺术博物馆看着比宫殿还豪华,也不知道在哪里,大皇宫恐怕也不是寻常人能去的地方吧?冯欣以前也问过叶芝,怎样才能"看懂"艺术品,她回答说一定要多去博物馆、多读书。"博物馆里基本都是经过时光筛选的精品,你只有多看这些精品,才能慢慢培养出好的艺术品位,也就是行业里老话说的:'一定得把眼睛养娇贵了'。只有这样,当你再去看工作中的物品时,心里才会有一个审美的准则,才会知道什么是对的、什么是美的——审美的培养必须要趁早,一般来说,如果过了 35 岁还不懂得美,那就没救了。"

冯欣回想着这些话,退出了微信,心里又想,按照叶芝自己说的,造假的人都是些作坊小工、农村阿姨，而拍卖大楼里那些买货的同胞，大部分连普通话都说不好，甚至拼音都不会写，又何必培养什么审美，何必逛什么博物馆呢？

她随手点开微博，演员陈晓掀起新娘头纱亲吻的一张动图正在被疯转，她痴痴地看着屏幕，艾里克那张俊朗的面容又闪过眼前，还没等她在脑海中描画出他的模样，心底已生出一股难以遏制的反感。这段朦胧的情思对她而言，早就没有任何追忆往昔的甜蜜，偶尔想起来，也只剩下满腔厌弃。这种事不值得对别人讲述，却始终无法忘怀，就像无意间咬到一颗变质的草莓，虽然马上吐了出来，再用清水反复漱口，但那种难言的腐臭味却留在嘴里久久无法散去。冯欣看见手机屏保还是几个月前韩剧《太阳的后裔》热播时男女主角相拥的剧照，便搜了一张陈晓的结婚照换上，照片中一对璧人的幸福似乎要溢出屏幕，让她止不住地嘴角上扬。

7月底拍卖行歇业休假之后，冯欣在华人网站上找了份暑期工，是在19区的一家美甲店工作。从她住的地方到19区，比去拍卖行要近得多，而且跟干农活、餐馆传菜或者酒店打扫卫生相比，美甲的工作轻松又清净，她偶尔还做着代购，估算了一下，8月份至少能赚到一两千欧元。

仿佛一夜之间巴黎就热了起来，好在美甲店安了两台大电扇，冯欣每天早来晚走，中午自己带饭，用微波炉热一下就在店里吃，正好避开白天的热浪。19区内有很多肮脏混乱的贫民区，走在路上常会遇见形迹可疑的人群，甚至有流浪汉蜷在街角吸毒，所幸现在是夏令时，直到晚上8点天还是大亮的，冯欣每次看到这些人都低着头远远绕开，倒也没出过什么事。

因为天气热，她每天从美甲店下班后，都会在火车站出口的一家蔬果店买一块切好的西瓜带回家，再吃点零食，就是一顿晚餐。一来二去店里的售货员大妈也记得她了，会把最好的西瓜留给她。8月中旬黄香李上市后，她偶尔也会买些来换换口味，黄香李甜美的滋味让她想起从前在果园干农活的时光，那时满树的黄香李都是任由大家敞开肚子随便吃的，现在却要花好几欧元去买，这也算是巴黎"特色"了。

她每天的日子都大同小异，在同样污脏嘈杂的街巷里行走，在同样呛鼻刺激的美甲药水味中工作。8月全国几乎都处于停摆状态，许多餐厅、商店关门度假，大多数报纸杂志也停刊，路上行人稀少，冯欣终于能把百叶窗打开，晒一晒这间永远没有阳光的公寓，再半掩上窗扇，换了睡衣，舒舒服服地靠着床头吃零食、追剧、玩手机。每个傍晚，当虚掩的百叶窗将夕照筛成无数条细小的金光洒进来时，她都觉得自己像是坐在空无一人的大舞台上，偶尔听得见一两声远方鸟儿的长啼，寂寥而安心。巴黎的夏天很少有蚊子，也没有鸣蝉，这座空荡荡的城市似乎稀释了燠热的暑气，身上微微渗出汗水，又很快被轻柔的晚风带走，她时常会想起高考结束后那个悠长闲适的暑假，她越来越热爱这里，越来越想要一辈子生活在这里。

周六早上，九点半刚过，冯欣就到了市中心的商场，前两天有个一直跟她代购奶粉的女士说她弟弟看中了一双某奢侈品牌的鞋子，听说那款鞋是今天发售，请她帮忙去买一双。冯欣当时满口答应着，又记下了客人需要的鞋码，心里却觉得这些人"烧包"得很，花钱买国外的食品、奶粉、护肤品什么的自然无可厚非，怎么一双运动鞋也要在巴黎买了再漂洋过海地寄过去？

客人还特意叮嘱她要早点去排队，说新品上市的第一天肯定很多人，去晚了可能抢不到。冯欣看着那运动鞋的照片，心中颇不以为然，这鞋子也太丑了，谁疯了才会去抢吧！等到客人把定金转账过来，她顿时愣住了，定金通常是物品价格的一半，她盯着手机上的4000元人民币，还以为对方多打了一个零。客人又发来语音："麻烦你啦！这定金可能比价格的一半少一点，回头等你买到了，我再补全款给你啊!"她跟客人道了谢,又点开那鞋子的照片看了看,不禁摇着头想:"花将近一万块去买这么丑的鞋子啊,真是有钱烧的!"

她在商场楼上楼下转了好一阵子才看到那个品牌的店面,门口居然真的排了几十米的长队!队伍中有不少华人,还有一些黑人和阿拉伯人,冯欣估计大部分人和自己一样,都是来代购的,但她还是不敢相信这么多人都要买那双奇丑无比的鞋子。转头看见队伍的尾巴上有个学生模样中国姑娘,冯欣便将信将疑地问她:"请问,这都是排队买鞋的吗?"那姑娘焦躁又无奈地看了她一眼,答道:"是啊!听说今天只有50双的限量,8点钟我就在外面等着了,一开门我就冲进来排队,结果这些人居然一帮一帮地来插队——"话音没落,几个阿拉伯男子大声嬉笑着走过来,直接站到了队伍最前面,旁边一位烫染着满头棕黄色卷发的矮壮华人大妈忍无可忍地用法语吼了声:"先生们!排队!"

"闭嘴!"一个男子转过脸来,凶狠地瞪着她骂了一句,其他几个插队的阿拉伯人连头都没有回,继续高声说笑,许多污言秽语像一口口的浓痰一样吐了出来。华人大妈其实听不懂那些龌龊的俚语,但这群人嚣张跋扈的态度惹怒了她,她向前迈了几步,朝着他们又喊了一遍:"排队!"同时指了指队伍后方,示意他们到后面去排队。

她正在犹豫是否要排队,一个阿拉伯男子转身狠狠推了华人大妈一下,将她搡出了队伍,大妈踉跄不稳,差点摔倒在地,还好旁边一个黑人小伙子扶住了她。那群阿拉伯人笑得愈发肆无忌惮了,冯欣听到一声中文咆哮:"你敢碰我妈!"只见大妈身后一个20来岁的华人小伙子举起拳头朝他们冲过去,嘴里怒吼着中文法语混杂的粗话。他很快被那帮阿拉伯男人摁在地上拳打脚踢,几个保安飞奔过来,先前在排队的许多人也试图拉开他们,一片尖叫混战中,冯欣望见这华人小伙子被一个壮实的男人压在胯下殴打,两只手臂拼命挥动着,像一个马上就要被沼泽淹没头顶的人在挣扎。

冯欣快步退到中庭走廊上,很多逛商场的人都过来看热闹,不少人举着手机拍视频,几个华人不停地嚷着"报警!""找领导!""种族歧视!""就是存心的! 就知道欺负中国人!"那个华人小伙子刚被保安们七手八脚地解救了出来,对方又骂了句什么,他像一头浑身是血的公牛,挥着拳头嚎叫着就要冲过去,幸亏旁边几个人死死拉住了他。眼前的嘈杂混乱让冯欣厌恶至极,她想起上个月的尼斯恐袭,实在不想再多看一眼这群流氓,转身飞快地走出了商场。

仲夏上午的蓝天明洁广阔,只有极远处的天际浮着几团小小的云朵,阳光给周围壮美的奥斯曼建筑镀上了一层清亮的釉彩,高低起伏的铅灰色拱顶让这些房子看上去更加雄浑巍峨,无数红砖小烟囱错落点缀在山墙顶端,将天际线勾勒得如同逶迤的山峦。这一带有太多漂亮的店铺,每家商店的橱窗都像是要跟邻居们竞赛一样,陈设得美不胜收,冯欣悠然自在地徜徉在悬铃木冠盖般铺展的绿影下,感觉不到往来穿行的人群,也听不到车水马龙的喧嚣,整个街区就像一张摆放着无穷无尽璀璨珠宝、精致食物和华丽服装的大桌子,只要她一伸手就能触摸到。

她看见了那家著名的巧克力店,叶芝前一阵子在朋友圈说,这是世界上最好吃的巧克力。店里是纯黑色调的装修,酷得好似科幻片中的宇宙飞船,虽然进来前已有了心理准备,但是当冯欣看到价格标签时,还是暗暗心惊,一小盒九粒只有围棋棋子那么大的彩色半球形巧克力,居然要将近60欧元! 她现在知道自己拿着超市买的巧克力送给叶芝是有多蠢了。

"来都来了,总不能空着手出去嘛!""既然要买,就要买贵的啊!"她在心里纠结着,抬眼看见前面两个从头到脚满身名牌的美国女子,一口气买了五六盒最大盒的巧克力,她瞟了一眼价格,每盒都超过300欧元。冯欣竭力掩盖住自己脸上吃惊而羡慕的表情,拿了最小盒的巧克力去结账。

"我很喜欢你们包装袋的颜色。"冯欣对收银台漂亮的金发姑娘说:"这种绿色,像,蒂凡尼的颜色。"她觉得这样说会让自己看起来比较有面子,不像一个只舍得买最小盒巧克力的"穷人"。

金发美女店员一时没有听懂,堆起笑脸请她再重复一遍。冯欣微微红了脸,指着包装袋,用简短的句子说:"这种绿色,很好看,像蒂凡尼,就是,那个珠宝,很有名的珠宝品牌。"店员美女这回明白了,温和地笑了一下,将巧克力包装好递给她,又问:"小姐,请问您是否愿意品尝一块我们的巧克力?"冯欣一愣,店员姑娘已取出小银夹,含笑问道:"您更喜欢哪一种,黑巧克力还是牛奶巧克力?"

冯欣这才反应过来是免费的,赶忙说:"黑,黑巧克力。"店员夹了一块正方形的黑巧克力,仔细地放在她的掌心,巧克力的右上角点缀着一片小小的食用金箔,在空气中轻微颤动着,好似蝴蝶的触须拂过花蕊。

"掌上明珠啊!"冯欣心里冒出了这个词,真舍不得吃下去,又立刻意识到千万不能露出没见过世面的蠢样子来,赶紧把巧克力囫囵个儿地放进嘴里。她一时间也尝不出个所以然,就笑着跟店员姑娘道了谢离开。

外面就是玛德莲娜教堂广场,市中心最繁华的街区之一,然而在这烈日炎炎的时节,巴黎几乎已成为一座空城。路上的行人多半是外国游客,玛德莲娜教堂矗立在高远湛蓝的天幕下,透明的阳光勾勒出它万神殿式的庄严轮廓,科林斯柱廊前的台阶上有三三两两的游人坐着休憩,许多人的皮肤都被晒成了粉红色。一个身穿黑白条纹丝绸连衣裙、戴着墨镜的法国老太太牵着只卷毛小白狗,另一只手提了个草编菜篮,两根粗壮的青白色韭葱从篮子里露出来,慢悠悠从广场上走过。那小狗到处撒欢儿,老太太的牵引绳被扯到最长,一个坐在台阶上的印度小男孩跑过来调皮地逗弄小狗,老太太索性停下脚步看着小狗和男孩嬉闹,还用法式英语跟男孩的父母打了声招呼。

冯欣在广场上蹓跶了一圈儿,因为阳光太晒,又走回路边悬铃木的树荫下。巧克力的香甜一直在嘴里回味,她觉得尝了这块免费的巧克力,相当于至少赚了一欧元,正美滋滋地闲逛着,忽然在身旁橱窗里看到了叶芝穿过的那件万花筒印花长裙。她退了两步仰头一看,果然是迪奥的店铺,隔着橱窗中的陈设和模特,可以窥见店里无数精雅绚丽的华服。冯欣凝望了好一阵子,实在没有胆量走进去,她发现橱窗地板上竖着一块小标牌,上面用芝麻大小的字体标注着模特全身服饰鞋履的价格。她低头瞧了一眼,怀疑自己看错了,便蹲下身凑到橱窗前看了又看,才确定地告诉自己,付斌给的那笔钱,勉强够叶芝买一条裙子和一双鞋。

"你认识 T 家拍卖行那个叶小姐嘛,她有钱成那个样子,你觉得她是靠工资活下去的啊?"付斌的这句话又在耳边响起,巧克力的味道堵在喉头有点发腻,冯欣开始感到饿了,看到马路对面有个地铁站,刚好是绿灯,便走了过去。

地铁站口旁有一家小酒馆,两位至少年过七旬的白人老太太面对面坐在露台上,用德语开心地畅谈着,时不时还会手舞足蹈,或者伸手拍几下对方的肩膀。两人的白色短发造型相似,戴着同样款式的黑框老花镜,穿着同样风格的粉色 T 恤,连说话的神态表情都很像,每人面前的餐盘里也都是牛排配薯条,还有一大杯堆满泡沫的啤酒。

悬铃木宽阔浓密的绿叶遮住了灼热的骄阳,把点点光斑洒在她们泛红的脸颊上。两人聊得兴起,同时举起酒杯,在树影里响亮地碰了一下杯,然后每人喝了一大口啤酒,嘴唇上都沾满了白色的泡沫。其中一位老太太伸出食指把上唇的泡沫左右一抹,变成了圣诞老人一样的两撇胡须,两人大声笑着,脸上的皱纹好像都舒展开了。玛德莲娜教堂敲响了恢宏的午钟,冯欣只觉眼睛像被阳光刺痛似的酸胀,低头匆匆走下地铁站。

这两位老太太是一起长大的姐妹？是推心置腹的挚友？还是相伴多年的爱人？无论如何，她俩在明媚夏日里畅饮啤酒的这一幕都无比动人。在讲着另一种语言的异国他乡，她俩就这样旁若无人地笑着、闹着，完全是五六十年前青春少女的模样。地铁进站了，冯欣当然不会忘记，四个多月前，自己也在斑驳浮晃的绿荫光影中和另一个女孩子碰杯，只不过现在回想起那顿午餐，最难忘的却是叶芝那句："摘葡萄那么辛苦，你为什么不买个小板凳，坐着摘呢？"

　　她走进地铁，找了个门边的空位坐下，一个瘦高个儿法国男子扛着个大包进来，像变魔术一般，在车厢中部的两根扶手柱之间挂起一块黑色幕布，用响亮的嗓门对乘客们说："女士们先生们，请允许我展示一段吉尼奥尔木偶戏，为各位的行程带来一些欢乐。"说完便半蹲着藏在幕布后面，两个手偶小人冒出来，在这简易的舞台上插科打诨、吵嘴逗乐。

　　地铁运行的噪声和表演者飞快的语速让冯欣听得不太清楚，但手偶小人滑稽的举动还是引得她笑个不停，也慢慢听懂了一些嘲讽总统的段子。表演持续了大约三五分钟，谢幕之前，其中一个木偶小人一本正经地对所有人说："感谢您的观看，有件小事要提醒您，我对'红色硬币'过敏哦！"——铜红色硬币是面值最小的欧元，只有一分、二分和五分，表演人这句高明又得体的幽默话让全车人都不约而同地鼓起掌来。一位披着满头红棕色长卷发的姑娘高举双手用力鼓掌，大声欢呼："Bravo！Bravo！（精彩）"走到表演人面前，递给他20欧元，冯欣也从钱包里找出一枚两欧元的硬币递给他。

　　红发姑娘热情洋溢地夸赞了一番表演人，听得出她的法语里带着英国口音，正好地铁进站，她跟他道了别，走到门边准备下车。冯欣这才注意到她穿的衬衣非常特别，乳白色的棉布上错落有致地印着许多不同肤色的小人儿，乍看以为只是普通的碎花装饰，细看原来是各种体位的绘画。

冯欣憋着笑低下了头，回想着自己在地铁上遇到过的种种趣人趣事：演奏手风琴、吉他和小提琴的艺人最为普遍，偶有吹萨克斯风的，还有几位技巧不错的乐手组了个乐团，不定期在地铁一号线宽阔的换乘平台里演奏古典音乐；还曾遇到过一位帅气的金发小伙子，坐在地铁通道的一角，从容自若地演奏竖琴，乐音清越有如天籁；还有自带音箱话筒来唱歌的东欧姑娘，俨然把地铁车厢当成了练歌房；某天在去往华人区 Belleville（美丽城）的地铁上，一位 60 来岁的华人大爷一上车就唱起了《在那遥远的地方》，字正腔圆、嗓音浑厚，颇有老年艺术团里民族唱法台柱子的范儿；有次偶遇一位穿得整洁体面的法国老太太，在车厢里声情并茂地朗诵波德莱尔的诗歌……当然，最常见的还是牵着大狗的邋遢流浪汉，上来就开始讲述自己的悲惨人生，顺便臭骂几句总统无能。

　　地铁因为小故障停在了站台上，车厢的照明灯光也暂时全部熄灭，几个外国乘客吃惊地低呼了两声，法国人倒是早就习以为常了。冯欣转头望向窗外，看见站台墙上有一幅巨大的广告，照片上是两个赤裸上身的金发帅气男人，满脸无奈地坐在桌旁数着豆子，下方有一句醒目的广告语"无安全套，无情爱"和一个抗击艾滋病的红丝带标志。她想了一阵子，直到地铁重新启动开出站台时，她才领悟了这幅广告的意思，会心微笑起来，再次感慨这个国家的神奇。

　　地铁行驶的单调机械声让冯欣出神良久，不知为何，她忽然想起去年冬天曾在地铁上见过一位很漂亮的法国姑娘，她一直把脸扭过去对着车窗，默默地流着眼泪，实在忍不住抽泣两下时，也拼命压低声音，周围肯定有人注意到她了，却都心照不宣地不去打扰。每个人都有难以言说的悲欢哀乐，偶尔借由网络、文字或者公共交通不小心窥见他人的生活片段时，就像用电视机遥控器换台，一会儿看见小孩号啕哭闹，一会儿看见侠客飞檐走壁，一会儿看见谐星反串耍宝，一会儿看见婆媳怄气撕打……只要你不停下换台的手，就永远只能看见支离破碎的一鳞半爪。然而每一个看似不可理喻的片段背后都有其完整的故事，甚至那些画面虚浮的低劣广告，也都是由许多人策划设计、剪辑制作而成的。比如眼前这个刚走进车厢乞讨、臭不可闻的流浪汉，想来几十年前他应该也是一个天真可爱的小男孩。

所有人都会极其短暂地误入旁人的世界，偶尔还会留下雪泥鸿爪般的印迹，却很少有人会为他人停驻片刻。大家都只是彼此的生命中沉默的旁观者，在这变幻无常的世界里，能有几分钟的交集，已然足够奢侈。

冯欣回到公寓已是下午两点，打开门口的信箱，又收到了寄给付斌那个国际贸易公司的信，这一个多月来她收到过好几封这样的信了，里面都是些长篇累牍的法国行政文件，她看不懂也懒得看，此刻正饿得发慌，先撕开一袋薯片吃着，打算晚一点再把信拆了，拍照发给付斌。她刚从厨柜里找出一袋意大利面，就听见手机连响了好多声，她舔了舔油腻的手指，点开屏幕一看，是那位请她代购运动鞋的女士的信息。

她发过来好几个视频链接和截图，全是今早巴黎商场里打架的场景，还问冯欣是否受伤，话音里愤怒又担心。冯欣心想这些自媒体的速度真是够快，又见那些文章和视频标题全都写着"辱华""种族歧视"等字眼，点开来看了两篇报道，才知道早上的冲突之后，商场和品牌方的负责人不仅没给华人一个"说法"，反而将在场的所有华人全部"请"出了商场，那几个打架的阿拉伯人倒是买到了想要的鞋子，耀武扬威地走了。

请她代购的女士还在不停地发语音过来，忿忿然说道："这些外国人太过分了！为了一双鞋子让你摊上这么些烂人烂事，真是不好意思啊！"冯欣把定金退给她，又说自己当时看见他们打架就走远了，并没什么要紧。电灶上的水开了，她煮着面，跟这位客人随口闲聊，下午炽烈的阳光渐渐晒了过来，虽然百叶窗紧闭，没有阳光直透进来,但房间还是越来越闷热,暑气仿佛都凝滞在空中,令人有些窒息。冯欣胡乱扒拉完意大利面,很想吃个冰激凌,但她的小冰箱没有冷柜,只好把冰箱里剩下的半瓶石榴果汁大口喝完,给自己降降温。

一个多月前买的那瓶玫瑰香槟,她喝完后不舍得把那么漂亮的瓶子扔掉,就一直搁在洗手台的角落里。前两天她买西瓜时,蔬果店的黑人大妈送给她一枝百合,现在这枝百合花在香槟酒瓶中开得有些颓败了,却散出极浓郁的香气。桌上那盆栀子花也只剩最后一朵萎黄的花儿,花香和暑热,还有厨房、卫生间里各种说不清道不明的味道混合在一起,让人心中生出一种怏怏的乏味。

冯欣倒在床上打了几个嗝儿,随手打开电脑放着最新一期的明星综艺,同时刷着手机的社交网络。有朋友在京都欣赏花火,有人熬夜看里约奥运会,叶芝夫妇在北欧度假一个多星期了,每天都要在朋友圈发几组精心挑选的照片。除了美景美食博物馆,她还会貌似不经意地发一句"在斯德哥尔摩一家米二餐厅吃饭,居然发现酒水单上有一款酒是我先生堂兄的酒庄生产的,世界真小啊!"一看照片,那款酒的价格是3000多瑞典克朗。刚才又看见她在朋友圈里说,这两天正赶上北欧百年难遇的高温,酒店每天会给住客免费提供冰激凌。冯欣打了个长嗝儿,想起前几天叶芝问她暑假在干什么,她说自己在美甲店打工,叶芝发来的语音里满是诧异:"怎么美甲店还开门吗?我家附近的美甲店、美发店全都关门了,大家都去度假了,根本没有客人呀!"

这个问题确实令冯欣困惑,她想了好一会儿才明白,告诉叶芝:"住在你们区的人肯定要去度假,我打工的这家美甲店在19区,这边都是些穷人嘛,不会去度假的。"

"哇,你在19区打工!千万要小心啊!我从来都没去过19区呢,听说那边很危险,你上下班一定要当心哦!"冯欣听着她一惊一乍的语音,满脸嫌恶地看着手机屏幕,至于这么夸张吗?你这是在表示关心,还是又在秀你的优越感啊?你自己不是说什么"每个人都活在自己的'茧'里"吗?你倒是从富人区的"茧"里出来,到 19 区来走走啊!算了算了,冯欣想起那句网络流行语"圈子不同,不要强融",翻个白眼退出了微信,刷了一下微博,发现首页上所有人都在转发王宝强的离婚声明。这场物料丰富的八卦迅速成为社交媒体上的轰轰烈烈的谈资,直到一周后中国女排在奥运会上荡气回肠地夺冠,这条娱乐新闻的热度才逐渐退去。

整个炎热的 8 月似一曲漫长的乐章奏响了激越高亢的尾声,一场骤雨伴随着轰隆不绝的雷声,将巴黎上空盘踞已久的酷热暑气一洗而空。倾盆大雨中不会有行人经过,冯欣敞开了公寓的百叶窗,狂风卷荡着千万条雨丝,像无数条湿漉漉的绳索在天地间抽打,把久违的冰凉空气狠命甩到她脸上。她趴在窗前幸福地战栗着,贪婪地呼吸着,仿佛所有的毛孔都已张开,纯净的雨水正在渗入自己的肌肤和血液。她圆睁双眼望着乌云雨幕里稍纵即逝的闪电光亮,那种朦胧而美妙的预感再次涌现在心里,这是我的"洗礼"啊,我的重生。终有一天,我也会拥有自己的精彩人生。

秋之章

五色令人目盲，五音令人耳聋，
五味令人口爽，
驰骋畋猎，令人心发狂，
难得之货，令人行妨。

——《道德经》

13

克莱尔只休了三个星期的暑假，八月底就回公司上班了，付斌正好那段时间在巴黎，就送了一本"特别特别漂亮的，乾隆宫廷的画册"去拍卖行，还告诉冯欣："我不方便发图给你，等你回去实习的时候就能见到了，紫檀盒子装着的，画的那些狗啊，细得不得了！对了，送货人就是你信箱地址那个公司啊。"冯欣被他说得很期待见到这本画册，也隐约猜到他为什么要弄个皮包公司，应该是为了方便给拍卖行送货和收款。

9月1日，她早早起了床，像第一天上学的小朋友那样兴奋，还没走出公司附近的地铁口，就望见一个金发女人大步流星地朝拍卖行走去。她穿着一双黑色鞋尖米色鞋身的香奈儿中跟鞋，背影虽然不胖，但腰臀浑圆，冯欣只觉非常眼熟，又似乎哪里不对，直到那女人转身走进公司，她才看清那竟是埃琳娜。她两颊瘦得陷了进去，面色憔悴灰暗，不知道她怀孕几个月，但肚子分明是凸起了。

冯欣赶紧放慢脚步，直到望着埃琳娜进了办公室，她才走去前台跟费雷德打招呼，也来不及问候暑假是否愉快，指了指埃琳娜的方向，小声问道："她，怀孕了？"弗雷德虽然天性温厚，甚少议论他人是非，这时也忍不住笑起来，轻声说了句"是的"。

"天啊！"冯欣惊呼出声，赶紧捂住嘴，迅速回想了一下自己上次见到埃琳娜是什么时候，说道，"可是，7月份都还看不出来啊！完全看不出来啊！"弗雷德努力憋住笑，压低了声音说："我听说，是6月份，意外怀孕的。"他看周围没有其他人，别有深意地补了一句："6月嘛,那个人,还没'进去'呢——"

"啊,威廉!"冯欣冲口而出,弗雷德没想到她竟这么直接地就说了出来,笑得把头埋到桌上的文件堆底下去。朱利安也过来了,站在他俩旁边微笑着没说话,只是眨了眨满是讥讽意味的眼睛。他们又聊了几句,冯欣才知道,那张失踪的贝多芬手稿一直没找到,藏家已经以盗窃罪控告拍卖行,而戴维德还在休假,要到下周才回来。"告就告嘛,无所谓,反正法律程序要走好几年的。"弗雷德不以为然地说,又告诉冯欣,朱利安已被聘用入职,正好补上西蒙的空缺,她高兴得拍起手来,连声恭喜朱利安。

弗雷德又笑着补充,听说埃琳娜本来是想招聘另一个她认识的小伙子,那人曾在另一家拍卖行工作过几年,确实更有经验一些。但是他年初刚从原公司离职,现在正领着失业金,而埃琳娜给他的薪酬比他的失业金略少,这就意味着,一旦他接受了这份工作,如果将来再次离职,失业金也会随之减少,所以他回绝了埃琳娜。冯欣开始还以为是自己法语太烂没听懂,等她确定真的有人为了避免影响失业金收入而拒绝工作,一时都找不出合适的法语词来表达,连连感叹:"太不可思议了,这是什么制度啊!"

9月初的法国公司里总弥漫着一种慵懒闲散的意味,大家刚度完暑假归来,仿佛是睡了个漫长舒坦的午觉,都还在揉着惺忪的双眼。中午吃完饭,拍卖行几个员工站在门口吸烟柱旁聊天,让冯欣给他们带几杯咖啡。她端了咖啡过去,听见弗雷德望着天际对朱利安说:"你看那边的天空多蓝,我们这边虽然有云彩,但再过一会儿阳光肯定就能照过来了……"冯欣笑着把咖啡递给他们,觉得这些热爱阳光、自由散漫的法国人,真是那个网络流行语形容的,"蠢萌蠢萌的"。

当天下午她就在仓库见到了那本"紫檀盒子装的乾隆宫廷画册"。她并不知道紫檀是什么样子,当年出国前,有个朋友送了她一柄檀木雕花的梳子,她至今还在用着,是黄棕色的,所以当她看见付斌那件东西时,颇有些意外。那是个颜色很深的长方形木盒,既不是紫色,也不是木梳的颜色,有点像烤焦了的巧克力蛋糕的深褐色。木盒只有一本书那么大,盒盖和四围都浮雕着极精美的云龙纹,盖子正中阴刻填金三个端正的隶书文字:骏犬册。盒里是一本小小的十开册页,封面装裱着清雅的烟色四合如意纹天华锦,中间贴着一张泛黄的题签,上面也写着三字隶书:骏犬册。

画册绢本设色,以精密写实的西洋技法描绘出十只姿态各异的猎犬,每幅画的左上角分别写有"金翅彪""锦斑猊""雪爪豹"等十个满汉双语的名字,最后一开画上钤有"五福五代堂宝"和"石渠宝笈"朱文印,右下方落款"臣安德义恭绘"。每幅画都仅有明信片大小,更显出画家纤若发丝的传神笔触。克莱尔郑重地把这本画册展开给冯欣看,她不敢伸手触碰,把两只手背在身后,屏气敛息地低头欣赏,听着克莱尔的啧啧赞美之声:"太美了!这只狗像真的一样!你看它的毛发!还有眼睛!好像都要跳起来了!"

冯欣认真地附和着,她虽然不懂那些笔墨细节,却也发自内心地觉得画中的猎犬都非常漂亮。乾隆那会儿不是有个洋人画家叫什么郎世宁嘛,记得刚到法国那年,新版《还珠格格》正在热播,里面好像就有这个角色。这些狗都画得那么好,说不定这个安德义就是郎世宁的徒弟,也不知道要卖多少钱呢,付斌真有本事,这么稀罕的宝贝他都能找到。

她这样想着,便摆出一副好奇的神情问道:"这件东西是谁送来的啊?收藏家吗?"

"是一个法国古董商送来的,他跟我们合作了好多年,这次他舍得把自己珍藏的这件宝贝给我们拍卖,真是非常难得了。"克莱尔说话时俨乎其然的模样让冯欣不觉一愣,而后在心里暗暗笑了一下。克莱尔把盒子翻过来,指着底部的一角说:"欣,你拿小刀在这个地方削一点木头下来,只要一点点就够,我要做个测试。"说着便将旁边桌上的美工刀递给她。

"啊!"冯欣吓得往后一仰,也不敢去接那把刀,面露难色地说:"这,这不好吧,如果,卖家知道了……"

克莱尔笑着连声说"没关系的",又比画着说:"只要很小的一丝就行,我去取测试的东西,马上就回来。"她走了出去,冯欣万般无奈地拿起美工刀,想起小时候妈妈过年杀鸡让自己揪着鸡翅膀放血的场景,又转念一想,这件东西反正是付斌送来的,他那么好脾气的一个人,应该不会说什么吧?

不料这木头竟然相当坚硬致密,她很费力才从盒子底部的角落削下来几丝木屑,生怕喘口气就把木屑吹飞了,便小心翼翼地用食指按着。克莱尔很快回来了,手中握着个一次性塑料杯,里面盛着些透明的液体,她屏着气捏起木屑,投进杯底轻晃了几下,然后对着灯光举起杯子,欣喜地提高了声音说:"你看!"

木屑在透明液体里析出了一缕缕橘黄的色带,似点燃的线香在空中袅出轻烟,冯欣看呆了,有点语无伦次地问:"这是什么? 这是,你,在测试什么?"克莱尔放下杯子,脸上挂着称心如意的笑容:"这个测试结果说明,这盒子确实是紫檀做的。你知道紫檀吧? 一种很昂贵的中国木头。"她用法语讲出"zitan"这个词,有点怪异,但冯欣还是听懂了,克莱尔又补充道:"这是韩女士告诉我的,用酒精泡一下木头,如果酒精变成这种颜色,就一定是紫檀。这个'秘方'你别说出去哦!"冯欣连连应声,感到胳膊上些微地起了鸡皮疙瘩,心里生出一种没来由的不安,却又很快消散了。

翌日清晨冯欣刚到公司,就见埃琳娜挺着肚子在大门外高声唤道:"那个女实习生! 你过来!"冯欣反应过来是在叫自己,赶紧跑出去,埃琳娜指了指路边停着的一辆黑色标致508汽车,用简单的短句吩咐:"车上的东西,你去,搬下来。"她是坐的Uber过来,此时司机已下车开了后备箱,冯欣便和司机一起,把后备箱里十几幅装裱在镜框中的版画和素描都搬出来。

埃琳娜看着他们卸完了货,司机开车远去,便对冯欣说:"你把它们,搬去前台。"说着便大步走进公司,留下她一个人搬运这些画。她一次搬不了这么多,又怕把画作留在路边会被人偷走,只好先抱起三四幅,抵着公司大门的墙根放好,再从门口慢慢往里运。幸好朱利安此时也到了公司,两人一前一后地把画作陆续都搬了进去。

所有的画框都覆盖着一层厚厚的灰尘,两人放好画站起身,冯欣正要去洗手,埃琳娜端着咖啡出来,指着这堆画对她说:"你把画框拆掉,注意,不要损坏画芯。"冯欣点头答应着,朱利安在前台的抽屉里翻出一把小钳子递给她:"欣,你用这个拆。"她接过钳子正要道谢,前台的电话响了,朱利安接起电话,冯欣拿了一幅画走到接待处的角落里,研究怎么才能弄开画框。

折腾了将近一刻钟,她已是满身大汗,好几次险些被镜框玻璃划破手,才终于拆开了第一个画框。许多法国镶框匠人都有种千针万线、密不透风的装裱技艺,一个木框背后能打入十几枚细小的暗钉,有些甚至不是钉子,而是一种特制的双曲形长钢针,深埋在背板里,只能靠指尖反复触摸才能找到针头,还要费尽九牛二虎之力才能撬出来。

今天弗雷德和克莱尔一起去巴黎近郊的一个客人家做财产清算,朱利安独自在前台应付着此起彼伏的电话和不时到来的客人,实在没空帮她。冯欣索性坐在地上,用双脚夹着画框,紧握尖嘴钳,咬牙切齿地拔着暗钉,每次拽出一个锈迹斑斑的铁钉,都像从牙缝中剔出一丝残肉般爽快。她正吭哧吭哧地拆着画框,一个甜美的女声让她抬起了头:"抱歉抱歉,我迟到了,真是不好意思啊!"

这是冯欣此生见过最漂亮的姑娘,二十三四岁的样子,皓齿明眸肌肤胜雪,像极了拉斐尔前派油画里那些被蓝紫色睡莲和洁白苇花簇拥的美人。她高挑匀称,鬈曲披散的红棕色长发下有一双清澈的深绿色眼睛，好似瀑布下的一汪深潭。她笑脸盈盈地对朱利安说："您好，我是新来的实习生，菲德丽卡。抱歉来晚了，今早地铁出了点故障。"朱利安涨红了脸，局促不安地起身跟她握手，冯欣也放下钳子过来问好，朱利安便问她是不是意大利裔，因为菲德丽卡是个典型的意大利名字。菲德丽卡朗朗地笑起来，说自己父母都是米兰人，小时候在美国生活，8岁才到了巴黎，又俏皮地歪着头问："我讲的法语是不是有意大利味儿呀？"

"啊，没有没有！你的法语很好！很好！"朱利安的脸更红了，冯欣微笑着细细打量菲德丽卡，心里不断感慨，怎么会有这么好看的人啊！这种美丽如春风雨露般不会让人心生嫉妒，仿佛只要看她一眼，心中所有的烦恼就全都烟消云散了。

菲德丽卡告诉朱利安，自己以后是周三和周四实习，因为这周三和周四学校临时有安排，所以今天周五先来实习一天，熟悉一下工作环境，又问有什么工作给自己做。朱利安说前台暂时没有别的事，又问冯欣需不需要帮手。冯欣连忙摆手说不用，她觉得拆画框这种糙活，自己干就好，实在不能让这如花似玉的意大利美人插手。朱利安便让菲德丽卡去各个办公室走一圈，打个招呼，说不定有人会需要她帮忙，果然，萨哈把她留在了珠宝部整理拍品。

直到下午四点过，冯欣才拆完了所有画框，她正用扫把和畚箕清理着满地的铁钉、碎纸和木屑，忽然听到身后一个熟悉的声音："冯小姐，在忙啊？"

她没想到付斌会来，挂着扫把转身笑道："付先生，您怎么会在这里呢？我还以为您回国休假啦！"

"我们这种人一年忙到头，休什么假哦，又不是鬼佬，哈哈哈。"付斌笑着说，"我刚从英国回来，克莱尔告诉我，你们收到一个掐丝珐琅的小东西，让我得空来看看。我在你们公司买了很多珐琅，她晓得的。我今天正好来附近办点事，就顺路过来了，冯小姐，麻烦你找来给我看一下。"

冯欣有点懵,克莱尔昨天并没有跟她交代这件事,她支支吾吾地问道:"我不知道……掐,掐丝珐琅,是什么啊?"

"没事没事,"付斌依然满脸和气的笑容,掏出手机说,"那天克莱尔发了照片给我,你等我找一下啊!"他在屏幕上划拉了一会儿,把那张图递到冯欣眼前,她立刻想起来了,笑道:"啊,这个小盒子呀,我知道!就放在那本狗的画册旁边——"这话说出口连她自己也吓了一跳,霍地闭上了嘴,赶紧环顾四周,还好旁边只有朱利安正在接听电话,何况就算有其他人,也听不懂中文,冯欣想到这里才定下心神。付斌好像并没有听见,只是微笑着说:"那就麻烦你,把这个小盒子拿来给我看看。"冯欣答应着,将扫把靠墙放好,快步往仓库去了。

那个小圆盒拿在手里恰好盈盈一握,却颇有点沉,冯欣估摸着应该是铜的或者铁的。上面的花纹也挺奇怪,不是画上去的,也不像瓷器那种涂上去的,厚厚的一层又有点坑坑洼洼,深蓝的底色上有几圈挺粗劣的缠枝花儿,环绕着盒盖中间一个有点像汉字,但更像道士画的神符一样的纹饰。怎么付斌会特意跑来看这么个小玩意儿呢?冯欣拿着小盒往前台走去,很是不解,而且这东西摸上去脏兮兮的,就像灶台旁搁了很久都没用完的调料瓶,全身都腻着一层油污。

她把盒子放在接待处的桌上,付斌的小眼睛倏忽亮了一下,情不自禁地赞叹道:"哎哟,这个好!难得啊!"他立刻从兜里掏出小手电,用强光照着,里里外外细看了好一阵子,又让冯欣帮忙举着小电筒,他要拍某些特定角度的照片。等到他终于看完,冯欣才问道:"这是什么呀?"

付斌似乎舍不得把这小盒子放下,一直握在手里摩挲着,对她说:"这是'香盒',是以前那些文人雅士熏香用的。一般都是三个东西一套,叫作'炉瓶三事':一个香炉,一个小瓶子,还有一个小盒——这个小盒子就是拿来装香料的。这种'三事'有铜的、玉的、瓷的,还有这种掐丝珐琅的。"他指着盒盖正中那个鬼画符一样的纹饰说："你看这个寿字。"

"瘦?"冯欣一愣,"胖瘦的那个瘦吗?"

付斌笑出了声,耐心跟她解释:"是长寿的'寿',这是草书的一笔寿字,所以比较难认,一个'寿'字有上百种写法呢,你不认得也正常。这肯定是明代宫廷的,太漂亮了,可惜就是没款。"他又低下头,轻抚着小圆盒,像抚摸一只蜷卧在掌心的毛茸茸小仓鼠,连眼神都变得柔和起来,自言自语道:"话又说回来,要是有款的话,那不知道要拍多贵呢,我肯定买不到。这个没款嘛,我倒是可以试一试。"

不知是出于对器物的真心热爱或是别的原因,付斌说这些话时的神情与他闲聊八卦时完全不同,然而冯欣只听懂了"熏香""明代宫廷"等几个词。她想起以前在寺庙见过的香都是很长的一根,怎么能放进这个小圆盒里呢?难道明代皇宫用的是那种盘起来的香?就像小时候夏天用的蚊香一样?皇帝也要用蚊香?有可能吧,古代肯定也有蚊子啊!

冯欣越想越糊涂,付斌又指着寿字外围一圈红绿相间的花纹说:"这个叫作宝相纹,这算比较常见的。"她更懵了,这些枝枝杈杈好似蕨类植物的纹饰和"宝象"有什么关系,哪里有大象?她想问,又怕自己的问题太蠢,便闭上了嘴,就见付斌的食指在盒盖最外沿那圈白色缠枝小花上慢慢抚过:"真正难得的是这个,这是栀子花纹,实在太难得了。"

"栀子花!"冯欣这次没忍住,指着那些小白花笑道,"这画得也太丑了吧?就跟幼儿园小孩画的一样啊!"

"不是画的,这是掐的铜丝。"冯欣的无知让付斌从对美物的沉醉中回过神来,他把小盒放回桌上,像是不经意地问:"冯小姐,这件不会是那些人送来的吧?"

"啊,我,"冯欣被他问得一怔,瞪大了眼睛,说话也有点结巴了,

"我，这个，我不知道呀！我真的不知道。"

"嗨，没事儿没事儿！"他做了个夸张的挥手动作，笑道，"东西很开门的啦！谢谢你，我先走了啊！"

冯欣朦胧意识到付斌可能是怀疑自己存心隐瞒实情，便定睛看着他，一脸诚恳地说："付先生，我真是不知道。克莱尔昨天都没告诉我您要来看这件东西，我，嗯，我之后帮您留意看看……"

"哎呀，冯小姐，真的没关系，东西很开门的！不过，"付斌眯上眼微微一笑，"如果你能帮我确认一下，看是不是那些人送来的，那就最好啦！这样我心里就有底了嘛！我跟你讲啊，"他凑近了一点，压低声音说，"现在作假那帮人有多牛，你简直都想不到！"其实整个拍卖行只有他俩会讲中文，付斌就算高声大喊也没人能听懂半个字，但他这副推心置腹的样子让冯欣感动极了，她连连点头，也低声说："好的好的，我一定留意。"

"拜托你，多谢多谢！"付斌恢复了平常的神态语调，小眼睛眨了几下，"我先走了，冯小姐，周末愉快！"又朝着刚放下电话、抬起头来的朱利安招了招手，用法语说："先生，周末愉快！"他往门外走去，冯欣突然想起昨天刀削紫檀盒子的事，她本不想多话的，现在又觉得，或许说出来能让付斌更信任自己，"投名状"啊，不是吗？

"付先生，我送您出去。"她快步跟了上去，不等付斌反应过来，便笑着说道，"我跟您说一件事，边走边说吧！"她三言两语就把克莱尔让她削木屑放进酒精，测试木头是否是紫檀的事讲了出来。付斌已走到摩托车旁边，听她说完，反而笑了起来，说道："我以为是什么大事呢——不过，鬼佬们也会这一招啊！哈哈哈，也不晓得是跟谁学的。"

冯欣连忙补充道："我只削了一点点，而且是在盒子底下，看不出来的。"说着捏起食指和拇指比画了两下，付斌摆了摆手，打开摩托车储物箱，取出头盔说："没关系，不影响什么。"冯欣又问："这个测试，真的可靠吗?"

"你要说可靠呢,也算可靠,但是,"付斌戴着头盔笑道,"我这么跟你说吧,这个酒精测紫檀啊,就像我老婆看的那些宫斗戏,哎呀,那帮女人,一天到晚拿着个银簪子,试这个毒试那个毒。"他戴好头盔,握起拳头学着古装戏里银针试毒的姿势,在空气中戳来戳去:"其实你拿银筷子去夹个皮蛋,银筷子也会变黑的呀! 总不能说皮蛋也有毒嘛!"冯欣被他逗得哈哈笑起来,两人互道了"周末愉快"告别,付斌骑车远去了。

回家路上,远郊火车因为道路施工,又延误了,冯欣看着液晶屏上"延误"的标志叹了口气,准备找个角落的椅子坐下,一阵悦耳的钢琴乐音传来,是著名的英国民谣《绿袖子》。她忍不住跟着哼起来,循声望去,是一个衣衫褴褛的流浪汉坐在火车站的公共钢琴前弹奏,琴凳上还挤坐着两个五六岁的金发小男孩,不停晃荡着双腿,满脸好奇地仰头瞧着这个满头乱发的大叔叔,似乎不敢相信这双瘦骨嶙峋的脏手竟能弹出如此动听的旋律。

两三年前开始,法国政府陆续在各大城市设立了"街头钢琴",在人流量较大的公共场所,比如广场、火车站、商场中庭、博物馆入口等处放置钢琴,上面贴着"Play me, I'm yours"(弹奏我吧,我是您的)的标语,任何人都可以弹奏。此刻流浪汉弹完了《绿袖子》起身,周围众人都为他鼓掌喝彩,冯欣望着这一幕,也很想走过去摸摸久违的琴键,她小时候被妈妈逼着学过几年钢琴,考过六级之后就再也没碰过琴了,家里那架钢琴也半卖半送地搬去了表弟家。妈妈当年逼她学琴并非要培养她的什么艺术细胞,只不过因为那两年国企效益不错,单位大院里一多半的孩子都在学琴,妈妈不想自家孩子落在人后罢了。

她正在出神,又见一个十来岁的金发小姑娘坐上了琴凳,娴熟地弹起了舒伯特的《鳟鱼》,这也是她曾经练过的曲子,可惜早就忘得一干二净了,冯欣自嘲地笑了笑,我现在去弹的话,恐怕最多只能弹个《七里香》了。

她转身朝火车站的另一个方向信步走去,看见三四个法国小伙子正像比赛一样疯狂蹬着几架固定在地上的自行车。她走近看了一下,才明白这是火车站最近安装的服务设施:骑车充电器,给手机连接上数据线之后,踩动踏板就可以充电了。这群小伙子估计也是等车无聊,索性来了一场脚踏车充电比赛。冯欣站着看了一会儿他们热火朝天的比赛,觉得这些不靠谱的法国人实在是有趣,明明是火车经常晚点、延误、罢工,可是他们不去从根本上解决问题,反而将错就错,把漫长的候车时间拿来弹琴、锻炼,这或许就是所谓的"法式魅力"吧!

周一到周三,冯欣依然会去学校上课,因为期末考几乎所有的科目都没有及格,她今年有许多重修的课程,再听一遍就能听懂吗?就算听懂了又有什么用呢?她还是坐在阶梯教室的最后一排,木然望着老师在讲台上喋喋不休地讲着税法。班上有个中国女留学生这次没有来学校报到,听说是加入了一个奢侈品代购公司,赚了许多的钱,看着其他人兴奋又好奇地谈论着这个女同学的事,冯欣只是默默坐在一旁发呆。

这几个月来,她有意无意地疏远班里的中国同学,曾经一起打工的朋友也鲜少联系。以前她很厌烦来大学上课,总是无比期待实习那两天,现在连这种厌烦也不复存在了,似乎在经历了20多年的自卑怯懦之后,她终于进入了一种安然恬逸的状态,像个小孩子快活地跳进了一团松软的鹅绒被里,舒服得感觉不到自己的存在,只想完完全全沉浸其中。

她越来越喜欢自己那间破旧狭小的公寓,这个仅有一张床、一张桌子和一张椅子的斗室,却能给予她最温暖的庇护,让她和外面的世界完全隔绝。这种遗世独立的孤单令她获得了前所未有的满足,如同漂浮在广袤的热带海洋，摆脱了世间一切羁绊，任由无穷无尽的海水阳光浸透全身的每一寸肌肤。

自从菲德丽卡开始实习，艾里克来公司的次数明显增加了，恐怕是生平第一次，他对拍卖行各种烦琐工作产生了浓厚的兴趣，像个刚入职的小伙子一样积极主动地忙这忙那。他身为拍卖师，可以去客人家中进行财产清算，最近便常以姐姐埃琳娜怀孕不便为由，开着他那辆炫目的红色阿尔法·罗密欧敞篷车在巴黎市内和郊区到处跑，每次都以"财产清算工作繁重，需要个细致能干的帮手"为由带着菲德丽卡一同前往。菲德丽卡虽然有种生长富家、不谙世事的单纯，却因为遇到过太多的追求者，很懂得该如何保持恰到好处的安全距离。她像一朵盛开的虞美人花，花茎纤弱得看似都支撑不住硕大的嫣红花瓣，然而当你伸手想要采撷，才发现那细细花茎上其实布满了无数隐藏的毛刺。

明天就是中秋节，国内的朋友们都在聊着中秋小长假的安排，周三冯欣本不去实习，但因为这天拍卖行有一场重要预展，克莱尔便让她过来帮忙。刚到了前台，就见朱利安正拿着手机，添油加醋地跟同事们讲着巴黎要开一家全裸餐厅的新闻。他入职之后颇有一些变化，不再像从前那样畏首畏尾了，满头蓬乱的头发也用发胶精心梳理得整整齐齐。冯欣看见他手机上的照片是一对坐在餐桌前的漂亮金发男女，照片中只有他俩的上半身，男子上身赤裸，露出结实的腹肌；美女微微侧身，右手举着个白瓷水杯，左手托着个装了甜点的小瓷盘，正好挡住自己胸部，两人对着镜头都笑得很开心。

朱利安说这餐馆是临时的，9月开业，10月底就会关门，据说火爆至极，提前在网上预约都不一定能订到位置。弗雷德一脸嫌弃地说："你不是真的要去吧？"朱利安还没回答，一股清爽怡人的香水味飘来，伴随着艾里克嬉笑的话音："这种地方啊，只有变态老头子才会去的！你千万别以为在那里能看美女、饱眼福……"大家刚被他逗得笑起来,旁边展厅里传来一阵尖厉怒吼:"这是些什么破烂! 臭死了!"是埃琳娜的声音,众人都吓了一跳,艾里克马上掏出兜里的电子烟,假装要抽烟,快步往公司门外躲出去。弗雷德急忙领着冯欣进了展厅,只见埃琳娜像要打喷嚏一样抬起手肘掩住半张脸,指着桌上一大瓶黄色的花束嚷道:"谁搞来的这些垃圾! 搬出去!"

冯欣赶紧抱起花束往外走,她这才看见展厅布置得宛如一座装满了华丽鞋履的奇妙水晶宫,但她根本来不及欣赏,身后埃琳娜的呵叱像冰雹一般噼里啪啦地砸过来:"到处都是这些破花! 到处都是! 马上给我弄出去! 马上!"

冯欣听见弗雷德在试图跟她解释,花束是为了呼应这个专场最重要的一件拍品:鞋履设计大师 Roger Vivier 先生亲手制作的"金合欢花"过膝长靴,这只靴子也是拍卖图录的封面。然而埃琳娜的声音更加恼怒了:"法国电视一台就要来采访了,我难道要在这种臭气里接受采访吗? 我要吐出来了! 要吐了! 谁出的这个主意!"冯欣抱着硕大的金合欢花束走到前台,那一团团黄绒球一样的花穗遮住了她的脸,这味道确实浓郁了些,也谈不上有多好闻,但不至于说"臭"吧,我前两天还在药妆店看到金合欢味道的香水呢! 这女人就是有毛病……

"欣,你抱着金合欢要去哪里?"听见克莱尔的声音,冯欣从花束里探出头来,抽了抽鼻子,答道:"克莱尔,早上好! 呃,这个花,是,埃琳娜,要我搬出来的。"她的话音低沉含混,克莱尔听不太清楚,正好弗雷德抱着一瓶金合欢也走了过来,看见克莱尔便皱起眉头,用眼神示意了一下展厅的方向。冯欣怕影响他俩交谈,抱着花走开了,暂时把花束放在接待处的墙角,又跑回展厅去搬出其他的金合欢,看见埃琳娜站在窗前,正对着展厅的镜子补妆,冯欣不敢跟她有任何眼神接触,抱起一束花就转身快步出去。

没过多久,果然有四五个法国男人进了公司,跟克莱尔等人打了招呼之后,就开始往展厅里运大包小包的拍摄器材。冯欣进去搬最后一瓶花时,见埃琳娜正笑容可掬地对其中一个40多岁的男子说:"等会儿您拍摄的时候,请不要拍到我的肚子,拍上半身就好了,我可不想挺着大肚子出现在明晚的电视上。这不仅是为了我和公司的形象,也是考虑到节目效果,您如果拍到了我的肚子,到时候所有观众的注意力都会集中在肚子上,没人会听我讲什么了——这就是女性的弱势啊,请您理解……"借着花枝遮挡,冯欣看见埃琳娜穿了件深V领的黑色无袖长裙,宽大的裙幅让她的孕肚看起来没那么显眼,一条卡地亚的豹首项链挂在她的颈间,豹子嘴里衔着的玫瑰金珠长流苏垂落在她因怀孕而变得丰满的胸前,工作人员打开了照明灯测光,项链上密镶的钻石在白晃晃的灯光里灼然如炬。

"这个死婆娘,连我订的金合欢她都要找茬!金合欢现在是反季节花,我多不容易才订到啊!"冯欣蹲在接待处的角落,收拾整理那些放在地上的花束,听见克莱尔愤愤不平地跟弗雷德低声抱怨着:"她如果对这花过敏,早说嘛!从头到尾她什么都没干,是我累成狗一样做了整场拍卖,为了联系藏家,从去年到今年,我坐了多少趟火车去南法,才谈下来这场拍卖啊!昨晚布展你们都走了,我一个人搞到晚上10点半才弄好,图录是我一个人做的,媒体通稿也是我写的,连电视台这帮人都是我找来的!现在倒好,这个死婆娘,又来了!又把我踢到阴影里,她自己去戴上桂冠!为了今天的采访,她还让我专门给她准备了一份材料,就是为了在电视上摆出一副无所不知的样子,她是拿我当奴隶使唤啊!"

"我们谁不是奴隶呢?"弗雷德淡笑了一声,说了句发音古怪的拉丁语:"'*Pulvis et umbra sumus*',我们只是尘埃和影子。"

14

　　然而，11点刚过，当第一批客人进入展厅时，全都被眼前的美景惊呆了。没有任何人注意到空气中残留的金合欢味道，鞋履大师Roger Vivier生前设计制作的300多只鞋样，以一种难以想象的瑰丽方式呈现在众人眼前。

　　"你看啊！天哪！"一位老妇人两眼瞪着大厅中央，浑身僵直地对同伴低声喊着。那里搭起了一座金字塔形的高台，层叠错落展示着最华贵的十几只颜色、材质各异的过膝长靴，顶端便是那只著名的"金合欢"过膝靴。靴身超过70厘米高，通体覆以润泽流光的金色丝缎，膝盖至大腿的部分装饰着一层鹅黄色细密网纱，上面绣满了立体的金合欢花枝，那些黄色小绒球花儿和羽毛般的绿叶，好似正在春风里轻轻摇曳。金合欢的法语是mimosa，前人曾将其音译为"迷梦纱"——倒是与这只堪称艺术品的金合欢过膝靴完美契合，让人止不住地去想象当年穿着它的女子应是何等风情万种的佳人。靴子矗立在金字塔顶，被射灯柔暖的光线环绕，恍若教堂的玫瑰花窗滤进来无数七彩阳光，笼着穹顶下的一尊镀金圣像。

　　靴子的鞋跟旁有一方巴卡拉水晶镜框，中间嵌着一张7寸黑白照片，是满头白发的Roger Vivier先生坐在工作台前，手握剪刀，全神贯注地做着这只长靴的收尾工作。镜框的水晶琢面折射出钻石般的光辉，给这张30多年前的照片围上了一片虹彩。"照片里的靴子就是这只啊！太奇妙了，像时光静止了一样啊！"一位金发女士指着照片向朋友惊叹道。

这座过膝靴展台以黄铜柱红丝绒隔离带围开,冯欣就站在隔离带旁,防止有人乱动展品,许多人在这座美轮美奂的金字塔前驻足赞赏,久久不愿离去。这种过膝长靴在法语中有个特殊的名字:cuissarde,词意本是古罗马将士的护腿甲,2000 多年来一直是士兵上阵杀敌时穿戴的护具,直到 20 世纪 30 年代才有前卫的时尚设计师尝试将它引入女性的日常穿着中。20 世纪 60 年代,经由 Roger Vivier 先生极具突破性和美感的创作,这曾经裹满沙场血污的坚硬甲胄,幻化成最性感的女性鞋履之一,直至今日。

除了这座绮丽的过膝靴金字塔,展厅里另一处引人注目的地方是一座名人鞋履台。黑色展架高低有致地陈列着几十双鞋样,每只鞋样旁都有一枚小标牌,标注着它们曾经的主人:约翰·列侬、马文·盖伊、加里·格兰特、玛琳·黛德丽、碧姬·芭铎、伊丽莎白·泰勒……以及众多王室成员。

其他的鞋样则以色系分类展陈,绝似巴黎植物园中精心布置的花境,玉兰的乳白,桃花的淡粉,棣棠的艳黄,凌霄的朱红,薰衣草的浅紫……没有任何一种颜色是 Roger Vivier 先生不敢使用的,也没有任何一种颜色是他用不好的。他在一双低帮女鞋上铺满鱼鳞状深浅变幻的紫色亮片,再画龙点睛般在鞋尖缀上闪烁的紫水晶簇;他用靛蓝色水波纹丝绸做成男鞋,用橘红色鳄鱼皮做成女鞋……

也没有任何一种材质是他不敢使用的,雉鸡羽、鸵鸟毛、孔雀羽、极乐鸟羽、螺钿、珊瑚、珍珠、锦缎……有一双短靴名为"任性",是在半透明的浓黑硬质绢网上,以各色彩珠和丝线绣出几枝盛开的樱花和翻飞的柳叶,又在花枝间隙里装点上许多黑色莱茵石,似明明灭灭的萤火虫穿行于夏夜花丛,娇媚至极。

也没有任何主题是他不能驾驭的,他会在长靴上用不同颜色的皮料拼接出马蒂斯的剪纸画作,波洛克的抽象泼彩图案,康定斯基的色块线条,也会在芭蕾平底鞋上装饰一只可爱的米老鼠,或者别致的扑克牌，抑或魅人的红唇；世间万物都能成为他的灵感：船帆、海盗、面具、火焰、西班牙舞女、蔚蓝海岸的阳光波浪、18 世纪威尼斯的奢靡与没落⋯⋯

此外，Roger Vivier 先生创造了十数种全新的鞋跟形式，并为它们一一命名：康康舞鞋跟、逗号鞋跟、金字塔鞋跟、艒柱鞋跟、路易十五鞋跟、山羊蹄跟、木偶鞋跟⋯⋯1987 年，当卢浮宫博物馆为他举办个人回顾大展时，影响最为深远的几种鞋跟，被制作成将近 4 米高的巨型木质雕塑陈设在卢浮宫中庭。这个国家最重要的博物馆以这种雄伟壮阔的方式来礼赞艺术、礼赞美。因为他们深深懂得，美，是需要仰起头、踮起脚来瞻仰的，它像充满仪式感的节日一样，代表着人类对生活的敬意，对粗鄙与麻木的抗争。

这些鞋跟雕塑也是这场拍卖的拍品，只不过因为场地限制，实物存放在仓库，现场只展出照片。冯欣长久凝望着墙上那张 Roger Vivier 先生站在巨大的艒柱鞋跟木雕前的黑白照片海报，彼时他已年过八旬，虽然盛年风姿不再，却依旧站得挺拔昂然。他环抱双臂看着镜头，一脸泰然自若的神色，似乎在对众人说："美，是更微妙的一种智慧。"

整间展厅的墙面都覆盖了一层银色巴洛克暗纹锦缎，靠墙放着张一米多高的 19 世纪鎏金雕花抽屉柜，几只细高跟鞋样的鞋跟搭在半拉开的抽屉角上，颇有几分古代贵妇闺房的旖旎风情。墙上挂着十几幅 Roger Vivier 先生的亲笔手稿，又挂了几面镀金边框的大镜子，锦缎的光泽、鞋样的色彩，加上镜子的反射倒影，使得陈设的拍品看起来无穷无尽，像用万花筒造出了一个摄人心魄的梦境。许多人都找不到更复杂的词汇来表达满腔的惊艳之情，就不厌其烦一遍又一遍地感叹着："太美了太美了"。

冯欣特意一直站在展厅中央的过膝靴金字塔旁，她知道这里的拍品贵重且容易损坏，因此原则上不允许客人触碰，她只需站在此处,保持微笑看着来往的人群就好,不会再像上次尚品拍卖预展时,被乌泱泱的人潮围攻了。她在喧闹的展厅里找到这么一处安适的乐土,暗自高兴,便仔细打量着看展的人们。

绝大多数都是上了点年纪的法国女性,偶有几位衣着考究的中年女士,尽管冯欣对法国人的生活不太了解,却也看得出她们的家境出身各不相同。有人对鞋子的款式年代如数家珍,有人则戴起老花镜一页页翻看着图录上的估价,不时小声喟叹,这些在她们年轻时就被视为奢侈品的鞋子,近半个世纪之后,她们仍然难以收藏……冯欣正饶有兴致地看着眼前的景象,一个微胖的高个子老太太走过来,她一头稀疏的白发在脑后绾成个圆髻。这在法国倒是很少见,冯欣正想着,老太太向她问道:“小姐,这些鞋子为什么都只有一只啊?这可怎么穿啊?”

“太太您好,这些都是设计鞋样。”冯欣还没开口,克莱尔刚好过来,微笑着回答,“我们这场拍卖,并不是普通的尚品拍卖,而是Roger Vivier 先生 50 年创作生涯的展示。鞋样通常仅有左脚的一只,从未被真正穿过,所以品相非常好,是作为艺术品收藏的,并不是要买来穿。”她说着便陪老太太逛了起来。直到下午预展结束,冯欣都没见到埃琳娜的身影,估计她还是嫌大厅里有金合欢的气味,不愿过来吧。

第二天下午的拍卖是艾里克举槌,展示鞋样的工作自然是由漂亮的菲德丽卡来做,冯欣还是和第一次参加拍卖一样,给竞拍成功的客人递号牌。经过 6 月那场亚洲艺术专场大拍的磨练,她现在没那么紧张了,很多鞋样的成交价都不低,除了几位出手阔绰的法国女士和一些场外的电话竞拍之外,拍卖厅里大多数人都只是来看热闹而已。冯欣很轻松地站在拍卖台旁边,偶尔给科斯曼打打下手。

拍卖过半,到了过膝靴部分,菲德丽卡戴着白手套,捧出第一只过膝靴的鞋样,那是一只名为“夜色”的长靴。整个靴筒都以影影绰绰的黑色缠枝蔷薇蕾丝绢网制成,膝盖至大腿的部分则是在蕾丝底色上,用无数玫红色和明黄色的莱茵石密密缝缀出一宽一窄两带漩涡纹的花边,仿佛是暗夜中远近绽放的华丽烟火。最妙的是膝盖下方点缀了半圈黑色和红色水钻垂坠的短流苏,想象穿着这双长靴时,隔着若隐若现的黑色蕾丝,可以看得见曼妙的腿部曲线,行走时又有一串串流苏摇曳生姿,会是怎样迷人的风韵情致。

菲德丽卡双手举着长靴缓步展示,所有人都仰头注视着这件奢华的艺术品,价格飞速攀升到了 6000 欧元,竞价也很快变成了克莱尔的电话委托和场内一位已买到不少名人鞋样的金发女士之间的缠斗。两人这场针尖对麦芒的拉锯战持续了好一阵子,最终以现场女士 9500 欧元的出价结束。艾里克扬起象牙小槌,循例问了三遍是否还有人加价,随即轻敲一下拍卖台,宣布成交,众人刚要鼓掌祝贺,坐在第二排的一位老太太突然抬起手,用音量不高却清晰明确的语调说了一个词:"Préempté!"

大厅里静默了几秒,艾里克立刻反应过来,举起拍卖槌指了一下老太太,说道:"Préempté par le Musée(博物馆以优先权收藏)。"众人这才恍然大悟,齐刷刷看着这老太太,有人开始鼓掌,于是大家的掌声一起响了起来。

冯欣不清楚究竟发生了什么,但她听懂了"博物馆"这个词,猜测这位老太太应该是博物馆的负责人,她瘦瘦小小的,皮肤有点苍白,却没有太多皱纹,一头白发剪得很短,面容中透出一种因为经年累月伏案工作而特有的安详气韵,让人联想起古代钱币上那些面目模糊的头像。接下来几乎所有的过膝靴都被她以博物馆优先购买权收藏,图录封面上那只金合欢长靴当然也不例外。当老太太再一次说出"Préempté"时,艾里克一边在自己的图录上登记,一边望着她笑道:"这只金合欢过膝靴,是不是为总统先生买的?"

众人都被这句俏皮话逗乐了,坐在他旁边的克莱尔此时正用英语耐心地跟电话那头的客人解释:"没错,确实是您出到最后一口价格,我知道您听到落槌的声音了,但是万分抱歉,这件拍品,真的不是您的……请您听我说,法国的法律规定,如果落槌价在博物馆的预算之内,博物馆就可以行使优先购买权收藏这件物品,任何人不能反对……所以您之前的出价是无效的。不不不,您现在不可能再加价了,这件物品已经属于法国博物馆……您下次来法国时,欢迎您去博物馆参观。是的,很遗憾,我也为您感到遗憾,不过,这又给了您一个来法国的理由嘛!"

除了过膝靴之外,博物馆还以优先权收藏了一批设计手稿,那些巨型鞋跟雕塑也全部被博物馆购买。全场价格最高的拍品是 Roger Vivier 先生在 1962 年为伊朗王后设计的一只银丝刺绣缀红珊瑚珠晚宴鞋鞋样,2 万欧元落槌时,大厅里掌声雷动。

在 3 个多月的实习当中,这场鞋履艺术拍卖是冯欣最爱的一场,她也说不上为什么,或许是因为预展和拍卖的工作都相对比较轻松,让她得以仔细欣赏这些藏品,或许只是简单地因为"实在太美了!"——这是两天来她听得最多的一句话,她并不懂"美是一个灵魂唤醒另一个灵魂"这种哲学家才说得出的话,却在这场拍卖中直观真切地感受到美最本源的意义:赏心、悦目。

拍卖结束后,虽然已过了六点,冯欣却自愿帮着克莱尔和科斯曼收拾整理拍品直到七点半。临行前她带了一本图录回家,打算下次把装樱桃的盒子还给叶芝时,送这本图录给她。这样一件小礼物,她应该会喜欢的吧?

出国这些年,对国内的各种节日早就淡漠了,但今天毕竟是中秋,冯欣思前想后,还是发了一条简单的祝福信息给叶芝,对方也只回了一句"谢谢,同乐"。她立刻把已经提前编辑好的信息发过去:"亲爱的,我想把那个装樱桃的盒子还给你,放在我这里都两个多月了,真是不好意思! 这周末你有空吗? 会不会太打扰你?"

"你下周六过来吧，这周末是欧洲遗产日，我有安排了。"冯欣赶紧回复"好的"。她不知道欧洲遗产日是什么，但是周六上午，她看见叶芝在朋友圈发了一张自己站在联合国教科文组织总部演讲台上，笑得意气风发的照片，配了一句话："每一个真实的现在，都曾是你幻想的未来。"

冯欣看着屏幕上的照片叹了口气，有几个人幻想过站上联合国的演讲台呢？而这种大多数人连想都不敢想的事，有人却不费吹灰之力就能做到。

法国的秋季是从秋分开始，早上冯欣在地铁里奇迹般地挤到一个座位，刚坐下来喘了口气，掏出手机刷到的第一条朋友圈就是叶芝的："2016年的夏天结束了，我很想念它。这种感觉好像是一瓶限量版的香水见了底，无数真实发生过的故事都随着香气消散在了夏风中。"

"请不要推我了！里面真的没有地方了！"一个紧贴门框站着的小伙子费力地扭过脖子朝站台上的人高喊："您等下一趟地铁吧！""已经等了两趟都没挤上去啊！"车厢外传来好些人不约而同的叫喊，地铁发车的尖啸声响起，车门随之关闭。冯欣看着眼前挤得像要爆炸的人群，心想，或许只有亿万富豪才会说"我对钱没兴趣"；只有不需要每天挤地铁的人，才有闲情逸致去伤春悲秋。

好在这个秋天还是给了冯欣一份意料之外的大礼。临下班前，克莱尔把冯欣叫进办公室，让她坐在自己对面，她满心忐忑地挨着椅子边儿坐下，也不敢正视克莱尔，微微垂着脑袋，目光盯着那张永远混乱不堪的办公桌一角。

克莱尔简单夸赞了几句她的实习表现："你很认真、很勤奋。你是我招的第一个中国实习生，老实说，一开始我也有点犹豫，现在看来，我做了正确的选择。"冯欣听着，猜测这些夸奖的话后面肯定有个"但是"。她到底要说什么？会不会是付斌那件事？不可能啊，这事绝不会有别人知道……她越想越紧张,克莱尔的话也听得半懂不懂,忽地听见一句:"你的实习期就要结束了,你愿不愿意再续签三个月?"

"什么?"冯欣实实在在地打了个哆嗦,猛地抬起头来,"愿意!愿意!是是!我当然,当然愿意!"她语不成句,两眼闪着泪花,很想说"感谢您看得起我",又不知道这句法语该怎么讲,就接连说了无数遍谢谢。克莱尔笑着等她稍微平静下来,才继续说道:"等到你续签的实习期结束,我将会聘你入职。"

她清楚地听见了"embaucherai"这个单词,这是"聘用"的将来时态,这是冯欣此生听过的,最美妙最动听的一个法语词。她浑身直打颤,不管不顾地一下子站起来,汪着两眼热泪涟涟鞠躬,克莱尔被她这番举动吓了一跳,笑着说:"欣,不用这样,我们又不是在日本啊!"她这才重新坐下,低头抹了抹眼泪,觉得非常不好意思,就深深埋着头,听见克莱尔带笑的声音:"欣,真的不用这样,你值得的。"

"你值得的"这三个法语单词让冯欣刚憋住的泪又涌出了眼眶,赶紧吸了吸鼻子,极力收了泪,抬起头对克莱尔说:"我,我不知道,该怎么,表达……"克莱尔抽了张纸巾递过来,她对这个中国实习生始终怀有一种特别的友善,待冯欣拭了泪,克莱尔便坦率地告诉她,埃琳娜的确不太同意聘用她,甚至都不愿让她续签实习合同。

"我告诉你这些,不是要给你压力,也不是要评论埃琳娜什么。不过,说真的,能让她喜欢的人也不多,尤其是女人。"她说到此,不禁撇嘴笑了一下,"埃琳娜自己才是厌女症呢,还一天到晚说别人。现在的情况你也看见了,她明年 2 月的预产期,之后还有好几个月的产假,所以,我相信你,我相信等她休完产假回来,你会工作得更好。其实,你现在已经工作得很好了,你需要的,只是再自信一点点。"

冯欣拼命点着头,克莱尔特意用简单的词句来跟她讲这些话,她感动得喉咙都哽住了,此刻虽然狂喜振奋百感交集,却也真切地听懂了"自信一点""我相信你"。她一想起自己这 28 年人生里历经的各种不如意,想起自己一步步走来的艰辛,又是一阵鼻酸。克莱尔把实习合同交给她,让她拿去给大学的负责人签字盖章,然后看着她的眼睛又说了一遍:"等你把实习合同盖好章还给我,我就跟你签明年的聘任要约。"

克莱尔笃信的眼神让冯欣霎时间斗志昂扬起来,她接过合同,反复默念着刚才听到的那个短句"你值得的,你值得的",满心荡漾着武侠剧主角最终逆袭成功的那种酣畅快意。出了公司大门,冯欣步履轻快地走在路上,感觉整个巴黎的大街小巷都被踏在自己的脚下了。

在路口等红灯时,她望见对面有位顾长秀美的巴黎姑娘,黑色吊带衫外面松松地套了件今年流行的日式真丝长外衣,上面印满了折扇和樱花纹饰,搭配着一条牛仔裤,娇艳又洒脱。冯欣在马路中间与她擦肩而过时,正好一阵晚风吹来,看她衣袂飘飞金发轻扬,宛如舞台上盛装的艺伎舞袖蹁跹。

冯欣心底忽然生出一种迷离的幻觉,仿佛自己还是十五六岁的时候,每天早晚和几个女同学踩着自行车,叽叽喳喳说笑着穿过大街小巷,最开心的事情是周末作业比较少,最憧憬的事情是上大学后能谈一场恋爱,最自由自在的事情也只不过是暑假里能把头发披散下来、穿上碎花棉布裙,不用再穿米口袋一样的校服。那时,所有女孩子都相信未来的工作会像港剧里一样充实而有成就感,也都相信自己终有一天会变成《瑞丽》杂志上模特的可爱模样……她望着那位巴黎姑娘渐渐消失在马路尽头,暖风吹过她的鬓发,地上无数黄叶翻飞作响,栗树间弥散出一股非常好闻的气息,"2016 年的夏天结束了,希望我没有辜负它,希望我没有辜负许多年前那个穿着棉布裙的女孩子"。

周五一整天,冯欣都待在图录仓库里,把下个月一场重要拍卖的图录装进信封,埃琳娜今天下午做产检去了,她便能毫无顾忌地使用邮资机。克莱尔告诉她这是公司下半年的第一场大拍，会在市中心的拍卖大楼举行。冯欣往信封里塞了近百本图录，想起叶芝说的"拍卖大楼给你们公司下了三个月的禁拍令，戴维德用了些手段，把禁拍期调整到 7、8、9 三个月"，她拿起图录一看，果然拍卖时间是 10 月 5 日。她翻了翻图录，这场拍卖并不是某个艺术门类的专场，而是各部门把最重要的拍品集中起来，组成一个精品荟萃的大拍，拍品虽然不算多，但每一件都是精中选精，图录也做得非常高级。

可惜封面不太好看，那是一幅法国 19 世纪著名画家柯罗创作的风景油画，氤氲晨雾遍布秋林，冯欣只觉得灰不溜秋的看着压抑得很，不明白为什么选了这样一幅画来做封面，可能那些富豪收藏家就喜欢这种风格吧？付斌送的那本狗图册页，其中最漂亮一张"金翅彪"的画被选出来印在封二，"画得真好啊！"冯欣看着图录上的照片，忍不住在心里感叹。画中那只威风凛凛黄色大狗，像是正在迎风奔跑，画家细致地描绘出它尾巴和四肢金色长毛飞扬的动态，连身上毛旋儿都用细若游丝的笔触画了出来。"乾隆那个时候的洋人画家就能画这么好了，真了不起啊！"

图录给这本册页做了两个对开，整整四页的内容，韩嘉漪写了很长的一篇法语文章来介绍乾隆宫廷西洋画家和清宫御用犬的历史。冯欣试着读了两段，觉得云里雾里的，便放弃了，只注意到狗图册页的估价是 10 万—12 万欧元。她掏出手机给印着估价的内页拍了照片，准备发给付斌，门外传来女人的说笑声，她赶忙收起手机，继续往信封里装图录。是萨哈母女走了过来，萨哈只在门口晃了一下，顺手拿了本图录，压根没瞧见角落里的冯欣，她母亲胖得一步三摇，更没有进来，冯欣只听见伊丝黛尔说了句："明年生出来的如果是男孩，十有八九是个栗色头发的矮个子嘛！"

萨哈很快地讲了句什么，冯欣没听清，伊丝黛尔带着惊诧的腔调笑出了声，说道："另一个情人也是这个类型的？ 她口味还蛮固定的哦!"母女俩嬉笑着远去了,冯欣放下手里的图录笑起来,她当然知道她们议论的是意外怀孕的埃琳娜,又想起三个月前,埃琳娜指着前同事多米蒂尔的婴儿出生贺卡诬蔑人家不忠的那副嘴脸,"现世报来得快啊!"她越想越快活,觉得终于出了一口恶气。

下班后冯欣在公寓信箱里发现了一封信,是拍卖行寄来的合同,要求狗图册页的卖家在上面签字认可,再把合同寄回拍卖行之后,物品才能合法上拍。她拿着这两张纸寻思了好一会儿才明白过来,付斌是用那个皮包公司的名义把狗图册页送去拍卖,所以合同自然就寄到这里来了。她拍了合同的照片发给付斌,说自己可以找个时间,把合同带给他签字。付斌很快回复道:"冯小姐啊,不用麻烦,你随便乱签个名字,再把合同寄给你们公司就行啦,这种事就是走个过场嘛!"

冯欣想想也是,这种合同她在公司见得太多了,这仅是物品上拍的一份法律凭证而已,确实没有谁会去细看。月初刚休完暑假回去实习的时候,萨哈还让她把五六年前的一大摞拍卖合同都塞进碎纸机,那天光是弄碎这几百份合同都耗了她一上午。她想着便随手在合同上画了个龙飞凤舞的签名,翻出个信封装进去,贴好邮票,准备在明天去叶芝家时,找个顺路的邮局寄出去。

叶芝让她周六下午来"喝下午茶",把地址和门禁密码都发给了她,却没有说具体时间。冯欣也不敢多问,只好上网搜了一些下午茶的知识,估摸着应该在两点半左右到叶芝家,又查了一番地铁线路,一点过一刻就从公寓出去,转了好几趟地铁,终于到了卢森堡花园站。

一出地铁站口,冯欣不禁感慨,果然富人区都是类似的:气势恢宏的奥斯曼建筑、精丽雅致的商店橱窗,连路上的行人也大多是一副不曾为生活所苦的安闲神态。街道两旁的栗树已染上了秋色,湛蓝如水的天幕下弥漫着初秋特有的萧瑟气息,她看着手机地图,踏着满地黄叶往叶芝家走去,阳光透过稀疏的栗叶洒在脸上,微微有些刺痛。仿佛是上天对今年春季过于湿冷的补偿,这个初秋格外炎热,透过卢森堡花园的铸铁镀金围栏,依稀望见许多法国人穿着泳衣、悠然自得地躺在草地上晒日光浴,好像要拼命抓住夏天的尾巴。

难怪叶芝说起那位法兰西院士的豪宅"离我家不远"时是那种表情,谁住在这种地方不得意啊? 我要是能在这里买个房子,肯定天天跟人嘚瑟啊! 她找到了叶芝家的门牌号,两扇紧闭的橡木雕花大门将近五米高,堂皇庄严得像城堡入口一样。冯欣在门禁键盘上输入密码,"嘀"的一声轻响,嵌在大门上的一扇小门的门栓松开了,她用力推开门扇,一束极亮的白光像探照灯一样直射过来,她惊呼了一声,本能地抬手挡住双眼。

"哎呀! 抱歉抱歉!""小姐,您没事吧?"冯欣听见身旁响起一片嘈杂人声,眯着眼睛放下手,才看见面前有二三十个法国人正在宽敞的天井里架设着照明灯、反光板、收音话筒等拍摄器材。她惊讶地问其中一个卷发小伙子:"你们在拍电影吗?"对方笑着回答说是,再次道歉说妨碍她了,冯欣连连说没有,小伙子便请她顺着墙边用铁栅栏临时围起的一条小通道上楼。她道了谢离开,转身看见天井另一侧挂着一块巨大的绿色幕布,几个穿着燕尾服、戴着黑色礼帽的男子站在绿幕前闲聊,像极了黑白电影里的卓别林.

一进门厅,一股沁人心脾的凉气扑面而来,冯欣深深吸了口气,像喝了一大杯冰茶,顿觉浑身的暑热一洗而空,瞬间明白了为什么大多数巴黎人不需要空调。这些修建于 100 多年前的奥斯曼建筑,是由来自法国小城 Saint-Maximin 的坚实石材筑成,厚重的石墙如同一道天然屏障,能让每个房间冬暖夏凉。她想起每年盛夏,国内许多自媒体都会一本正经地说因为在法国安装空调太贵,法国人太穷,所以安不起空调——这些瞎话是有多蠢啊! 住在这种房子里的人,吃一顿饭的钱都能买好几台空调了吧?

叶芝家在四楼,冯欣不敢坐电梯,就慢慢拾级而上,楼梯上铺着厚实的波斯花鸟纹深红色地毯,每级台阶的地毯都以黄铜条固定,螺旋形的铸铁栏杆装饰着镂空卷草纹,与地毯上回环往复的缠枝花树相映生辉。墙上的采光窗镶着新艺术风格的彩绘玻璃,从一楼直到顶楼,鸢尾、菖蒲、芦花、睡莲渐次在玻璃窗上盛开,将秋日暖阳染成无数五彩缤纷的光斑洒进来,冯欣觉得自己好似走在彩虹上一般。

　　到了四楼,走廊里回荡着一阵生涩的钢琴声,是《欢乐颂》,冯欣四下看了一圈,发现整层楼只有这一扇门,正要抬手按门铃,门开了,一个戴眼镜的高大法国男子挎着个运动包站在她面前。看见冯欣,他愣了两秒,旋即反应过来,微笑着跟她问好,又提高声音转头朝房间里说:"亲爱的! 你朋友来了。"琴声戛然而止,叶芝快步出来,喜笑颜开地抱着冯欣行了贴面礼,又跟丈夫亲吻道别。冯欣有些手足无措,用中文小声问:"你们是不是要出去? 要不,嗯,我等会儿再来……"叶芝笑着摆摆手,目送丈夫出去,随手关上门说:"他去游泳,我这两天生理期。"说着拉了她就往里走,冯欣见眼前的门廊好像望不到尽头,不知这房子究竟有多大,脚下又是古雅的橡木几何纹拼花地板,便瑟缩着站在门边,讷讷地说:"我,我,换一下鞋吧。"

　　"别这么客气呀,没关系的。"叶芝揽着她的肩膀走进去,冯欣略高一些,便不由自主地弓起腰,想让自己的身量缩短一点。又听她说:"你是走楼梯上来的吧? 我忘记把电梯密码给你了,真是不好意思啊!"

　　电梯还能有密码? 冯欣诧异地想着往里走,这才看见门廊尽处是一面高敞的玻璃窗,明亮的秋光透过栗树黄绿相间的树冠照进来,晃得令人睁不开眼睛,难怪刚才觉得这门廊像没有止境一样。她紧跟着叶芝进了客厅,只觉得大,真大啊,在巴黎这种寸土寸金的地方,怎会有这么大的客厅啊! 稍后才注意到客厅几扇对开的落地窗外正是景致如画的卢森堡花园,这座玛丽·美第奇王后建造的壮丽花园,历经 400 多年的沧桑变迁,已成为整个塞纳河左岸最美的所在之一。这时节花园中无数秋色斑斓的栗树和悬铃木将满目阳光树影筛入屋内,衬得窗前那架黑色斯坦威三角钢琴更加华贵了。叶芝见冯欣目不转睛地盯着钢琴,笑着说:"我两个月前才开始学琴,小时候光顾着读书了,都没时间学点乐器……快坐吧。"

冯欣轻手轻脚地在叶芝指给她的沙发一角坐下,像是生怕把沙发坐坏了,叶芝回身坐在琴凳上,笑着继续说:"我买琴的时候才知道,斯坦威去年出了一款能自动弹奏的钢琴,特别神奇!钢琴放在那里,不需要人去弹,你用 iPad 选好曲目,它的琴键就会自己落下去又抬起来,奏出音乐。而且它记录的都是钢琴大师的指法,同一支曲子,你可以亲眼看见、对比不同演奏家的区别,据说能还原出所有细节。我先生都准备买一台了,他说如果我弹得实在太糟糕,可以定期让那个钢琴自动弹奏一阵子,安抚一下他悲催的耳朵。"她说话时不停地比画着,笑得眉眼都弯了,冯欣不知道这有什么好笑的,但也尽力附和着笑道:"这个钢琴,是不是有点,嗯,听起来有点瘆人呢?"

"就是啊!我也是这样说!"叶芝轻轻拍了一下手,好像冯欣的话引起了她强烈的共鸣,"你想想,要是晚上客厅里一个人都没有,琴键自己这样动来动去的,不知道的还以为闹鬼了呢!"冯欣陪她笑着,眼里满是窗外透亮的阳光和摇摆不定的树枝秋叶,她看着叶芝未施粉黛的脸庞,觉得有些刺目,便微微侧了一下脸,望见钢琴旁边的墙上挂着一张装裱在镜框中的泛黄乐谱手稿。她想起拍卖行里那张至今下落不明贝多芬手稿,便指了指墙上的乐谱问:"这是你的,嗯,你的收藏吗?"

叶芝回头看了一眼,笑道:"这是德彪西的手稿,去年那个轰动全国的庞氏骗局名人手稿公司破产后,我在一场资产清算拍卖上买的。那骗子也真是个传奇人物,他二三十年前就开始搞诈骗,后来拆东墙补西墙快要垮台了,就拿了几万欧元去买彩票,居然中了一亿七千万欧元的彩票！那是法国有史以来最高金额的彩票，这笔天降横财都够他花几辈子的了，他居然坚持不懈地继续搞诈骗！还拿中彩票的钱去填补诈骗的资金窟窿，真是，"她摇着头笑出声来，"作为一个骗子，他真是相当有契约精神了。"

冯欣听得直发懵，叶芝口中这个"轰动全国"的诈骗案，自己怎么从未听闻呢？又一想，自己几乎从来不看法国的新闻报道，所以啥也不知道啊！又听叶芝说："这张手稿其实也不贵，才几万欧元，但我太喜欢德彪西了，特别巧的是，我有一套房子刚好就在德彪西的故居附近。"

"哇！你在德彪西故居旁边买了房子啊！"冯欣惊呼了出来，而且，她怎么能把买房这种大事说得如此稀松寻常呢？

"巴黎到处都是名人故居，不稀奇嘛！我刚来巴黎的时候，住的一个学生公寓，对面就是笛卡尔故居。这里周围就更多了，呐，"她笑着抬手指了指窗外，"外面就是卢森堡宫，法国参议院。"

冯欣一直面对窗户坐着，此刻特意顺着叶芝的手势，挺直上身抬起下巴向外望去，摆出好像真的能望见、并且能认出参议院建筑的样子来。同时又迅速地扫视了一圈整个客厅，房间的装潢简洁而富有设计感，每一处线条、每一种颜色、每一件物品的搭配都极为和谐，尽管她说不出个所以然来，却也忍不住发自肺腑地赞叹："你家好漂亮啊！"

"谢谢夸奖。"像艺术家欣赏自己的一件杰作一样，叶芝环顾着四周微笑道，"我和先生之前在米兰度假，住的是 Armani Hôtel，我们都太喜欢那个酒店了，所以后来买了这套房子，特意找了 Armani 的设计师做室内装修。这些意大利人啊！"叶芝笑着连连摇头，"品位确实是全世界第一，不过办事太不靠谱了，比法国人还不靠谱啊！"

"Armani，"冯欣只觉得这个词听起来非常耳熟，模糊记得似乎在叶芝的朋友圈看到过，想了一下才犹犹豫豫地问，"是，是阿玛尼吗？卖口红的那个？他们还搞装修？"

叶芝笑了笑，好像这问题并不值得回答，站起身来说："亲爱的，走，我带你去我的 boudoir，我们在那里聊天更舒服。"冯欣慌忙跟着站起来，这才记起自己带了礼物，赶紧弯腰把那个一直放在脚边的蒂凡尼纸袋拿起来递给她："上次装樱桃的盒子，谢谢你！真不好意思，过了这么久才还给你。"叶芝接过来，说着"你太客气"正要随手一放，冯欣连忙说："里面有一本图录，是，是送给你的。"叶芝面露惊喜地取出图录，冯欣心里有点发虚，但还是一口气说了下去："这是我们上周一场拍卖的图录，是一个制鞋大师，名叫，嗯，Ro 什么——"

"Roger Vivier！哇！"叶芝一下子欢呼起来，猛地抱住冯欣亲了两下贴面礼，"哎呀，我居然错过了这场拍卖啊！戴维德怎么也不告诉我一声，好可惜！多亏你想着我，还给我带图录过来！你太好了！"冯欣从没见过她这种兴奋雀跃的样子，只好手足无措地傻笑着。

叶芝开心地低头翻阅图录，不时发出赞美声，冯欣转眼看见旁边展示架上有一方银质相框，里面是一张双人合影，应该是叶芝的父母。两人并肩站在云冈石窟的大佛雕像前，看上去都相当年轻，像只有 40 来岁的模样。她父亲身穿一件印有涂鸦花纹的米色夹克，母亲穿着白色的古驰连帽卫衣，胸前的刺绣图案是一对正在拥吻的日本武士和艺伎，应是从浮世绘春画里得来的设计灵感，武士和艺伎的下半身被一枚星形绣片挡住了。冯欣记得上个月代购运动鞋那天，曾在商场橱窗里见过这件涂鸦夹克，好像要将近 2000 欧元，至于叶芝妈妈的卫衣，肯定就更贵了。他俩身形匀称挺拔，穿着这些奢侈品服装，完全不像那些满身名牌标志的俗气暴发户，反而显得朝气蓬勃又有品位。她本想对叶芝说："你父母都好年轻"，又把这话给咽了回去，她和叶芝是同龄人，父母也应该年龄相仿，都是 60 来岁的人，她的父母早已是穿着"夕阳红"服装的大爷大妈了。

冯欣又注意到墙角堆着一摞一米多高的奢侈品牌服饰图录，最上面摊开了一本 Dolce & Gabbana 的新品图册，叶芝身穿一件印有许多活灵活现猫咪的白底 T 恤和一条牛仔短裤，短发在脑后扎了个马尾，比图册上穿着同款 T 恤、高鼻深目的模特更加俏丽。冯欣暗自叹了一口气，稳了稳神，笑着说："真没想到，你这么喜欢这本拍卖图录——"

"我经常去他家买鞋子的！"或许是因为太高兴，叶芝又一次打断了她，"他家的鞋子很好穿，优雅又百搭。"冯欣刚刚平复的心情顿时又掀起了波澜，她原以为 Roger Vivier 先生 1998 年去世之后，他的鞋履事业就烟消云散了，完全没想到至今还有品牌门店。

她想起拍卖时见过的那些法国老太太，她们年轻时买不起的鞋子，现在白发苍苍了，也只能在预展时小心翼翼地摸一摸鞋样、在拍卖时满眼艳羡地看着他人竞逐高价。她们就是我，我将来就是她们吧！冯欣突然有种强烈的冲动，想要逃离这间金装玉裹的豪华大宅，她曾无数次地想象过这里，现在真正身处其中了，她才实实在在地意识到，一切都是别人的，和自己毫无关系，就连呼吸的空气也和自己那间 15 平米的蜗居完全不同。

叶芝翻完了鞋履拍卖图录，脸上还挂着意犹未尽的笑容，随手把图录搁在墙角的奢侈品图册堆上，拉着冯欣穿过长长的门廊往房子的另一端走去。经过一间半掩着门的小房间时，冯欣隐约看到里面似有人影走动，忍不住低声问："你家还有客人吗？"叶芝头也不回地答道："是家政服务员在 buanderie（洗衣间）熨衣服。"这是个冯欣闻所未闻的法语词，还没等她猜出来是什么意思，就听见叶芝笑吟吟的话音："欢迎来到我的 boudoir！"

房间里挂着厚软的丝绒织金窗帘，有些昏暗，冯欣还在恍神，叶芝轻按了一下门边墙上的一个小按钮，窗帘像舞台幕布一样，自动朝两侧拉开了。她惊呼出声，瞪圆了双眼看着正缓缓停下来的窗帘，连声说："太高级了！哇！太高级了！"叶芝走在前面，听见她的啧啧称奇之声转头看了一眼,一时间没明白,又顺着冯欣的目光看过去,有点意外地笑道:"你是说窗帘吗?这很常见的呀!过来坐吧。"冯欣随着她坐在窗前,叶芝还在泛泛地讲着:"我有个客人,他伦敦家里的泳池边有个巨大的电视,平常都是藏在地板下面,按一下遥控,那电视就像变形金刚一样从地下慢慢升起来,我第一次看见的时候差点笑疯了。不过,他其实是个老派英国人啦,这些花里胡哨的玩意儿都是他那个年轻的美国妻子弄的……"冯欣找不出话来回答,就一脸真诚地笑着。

"我这个小房间呢,法语里有个专门的词,叫作 boudoir,是以前贵妇人的小闺房——这个词的另一个意思是那种手指形状的小饼干,就是做提拉米苏的那种,你知道的吧? 现在的人一般都会把这种小闺房改造成儿童房或者运动房什么的,我是坚定的丁克,所以这里就是我的 boudoir 啦!"叶芝声音中的笑意洋溢开来,抬手指了指天花板上的吊灯,说道,"你看,它就是我这间小闺房的灵感之源!"

那是一盏 Lalique 在 1929 年设计制作的白琉璃虞美人花吊灯,由八朵盛开的虞美人花组成。艺术家凭借高妙传神的技艺,以硬脆的琉璃再现出虞美人花朵娇弱不胜凉风的姿态,而纤细的花茎正好成为了灯臂,将这些姗袅绽放的琉璃花儿从天顶的灯座上悬垂下来,花叶的丝络纹理和花茎上的绒毛都精雕细琢、形神毕肖。叶芝在一场拍卖会上得到这盏灯,爱如至宝,便以这盏灯为基调,设计了整个房间。

"这个房间虽然小,但所有装修都是我自己的主意,没让 Armani 的设计师插手。"叶芝眼里闪着难掩的自豪,指着房中的细节逐一向冯欣介绍:右侧墙上的虞美人花墙纸,也是 1930 年前后法国生产的,那幅来自院士收藏的《吹肥皂泡的男孩》的石印版画就挂在上面,泛黄的纸张和黑白的画面正好压得住墙纸鲜艳的色彩;旁边的弧形壁龛漆成了沉稳的砖红色,装上隔板做成书架,里面码放着满满当当的书籍；书架旁的墙上挂着两幅小画，一幅是装裱在法国摄政时期镀金画框里的乾隆御玺"敬胜怠"朱红印文——T家拍卖行去年以数百万欧元拍出这方御玺，这是叶芝亲手钤盖的印文；另一幅是一张画着几枝虞美人花的手稿，其中两枝花苞仅是铅笔素描，还有两三朵半开的花儿也只在瓣尖涂了数抹茜红色，唯有一枝怒放的虞美人花点染如生，好似在这张纸上展示了从孕育到凋零的整个过程，非常动人。"这是Delacroix的手稿，你肯定知道他的，就是画《自由引导人民》的那位画家。"

冯欣再次惊呼出声，差点起身冲过去看这幅手稿，又赶紧把"这得多少钱啊！"这句话连同口中的唾液一起咽下去。叶芝起身笑道："你先坐一会儿，我去拿茶具过来。我不喝茶的，平常喝的都是花草饮，你要喝什么茶？我这里红茶绿茶白茶倒是都有。"冯欣连声答道："不用麻烦，不用麻烦，和你一样就好。"

叶芝微笑着出去了，冯欣坐着也不敢乱动，就用目光打量着周围，一张舒适的浅珊瑚红色羽毛纹锦缎躺椅斜放在窗前，靠窗养着一株高挺的琴叶榕，提琴形的叶子丰茂舒展，像是窗外卢森堡花园的草木绿影漫进来染绿了这些叶片。

这房间的一切都很美，而且每样东西都有来历、有讲究，看得出主人热爱生活的点滴用心。冯欣仰起脸凝望着那盏精美绝伦的虞美人花琉璃吊灯，想起两个多月前自己在公司白捡的那瓶Lalique虞美人香水，不禁长吁了一口气。这里的每一件东西都是许多人梦寐以求的，可这只是叶芝的日常生活罢了，她买一张价值几十万元人民币的德彪西手稿或许比很多人买杯咖啡还更容易。就像她一直在说这间闺房很"小"，真的小吗？比我住的公寓大一倍都不止啊！

叶芝用银托盘端进来各种茶具，冯欣连忙起身去接，她笑道："不用不用，你坐着就好。"说着便把托盘放在面前的大理石圆桌上。托盘中间一个点着蜡烛的白瓷炉座上搁了只玻璃茶壶，叶芝斟着茶说：

"这个花草茶是英国王室的御用品牌,前几年我每次去伦敦都要买一堆囤着,现在巴黎也能买到了,你尝尝看,也不知道你喜不喜欢。有一次我泡开喝了半天之后,才发现里面有条虫子,哈哈哈,女王同款虫子……等我看看今天有没有虫子。"她笑嘻嘻地揭开壶盖朝滤网里看了一眼,笑道:"暂时没看到虫子。这是接骨木花和焦糖苹果粒,还配了些其他的花花草草,是英国人最喜欢的花草茶之一。英国那个鬼地方啊,又冷又潮,菜也超级难吃,只有饼干和茶饮还不错。"

她把茶杯放在冯欣面前,继续说道:"我没有英国人那么矫情,他们自己家里喝茶还要搞个茶托什么的,我都是用马克杯喝茶。前两天我在一个公众号上看到,居然有中国人特地跑去伦敦,找专门的英国老师学什么贵族下午茶礼仪,哎呀,真是'作'得很!"

冯欣实在是接不上话,就捧起骨瓷马克杯,在花草茶的清润香气中,微笑着听叶芝说下去:"现在国内有些人,对所谓的'贵族'简直有种丧心病狂式的崇拜,用四川话讲就是:脑壳有包哦!我这几年差不多天天都在和各种贵族打交道,《陋室铭》说'往来无白丁',我真是'往来皆贵族'啊!就连我买房子的时候,有两套房子的卖主也都是贵族。法国的贵族头衔是姓氏前有个'de',除了这种姓氏,我还见过带两个'de'的双贵族头衔,或者一个法国的'de'加一个德国的'von'……其实呢,很多贵族并不比别人更聪明或者更富有,相反,奇葩神经病倒是不少——毕竟那么多近亲繁殖嘛!不过,有的人就吃这一套,一个愿打一个愿挨,也挺好。"

她那种温柔甜美的嗓音嘲讽起人来,真像一只毛茸茸的小白猫冷不丁龇出了尖牙利爪。冯欣抿了两口花草茶,想起刚开始实习时,朱利安告诉她弗雷德是贵族,还有西蒙挖苦贵族人家近亲通婚的样子,不禁局促地笑了笑,仿佛曾在众目睽睽下出过糗,纵使许多年过去,当时在场的人也全都失去了联系,但偶尔回想起来,昔日的尴尬依然历历在目。

"这杯子真好看。"等叶芝讲完,冯欣举起手中的马克杯轻声说,试图转开话题。这是个浅松石绿的骨瓷杯,杯身以抽象的白色线条勾勒出纽约第五大道附近的地图,下方印着蒂凡尼大楼的图案,杯沿装饰了一圈银边,很是淡雅别致。叶芝给自己斟着茶,瞥了一眼说:"当时他家刚出这个杯子的时候,我也是喜欢得很,那阵子正好有个朋友在旧金山休假,我还特意托他去买,结果都没买到,只有纽约才有。后来是我在巴黎这边订购,然后从纽约调过来的,没想到费了这么多工夫,用起来却挺失望。泡了一次红茶之后,里面的茶渍怎么都洗不掉,家政服务员也没办法,最后还是我偶然在网上看到个'偏方',用细盐才洗掉的。"

冯欣见叶芝手中是一个金辉灿然的骨瓷马克杯,上面一圈圈致密堆叠的金釉浮雕旋纹,好似高清天文照片里奇丽的土星光环。她突然想,或许这就是人生吧,有些人满手捧着黄金还不以为然,而有些人拼尽全力也只能捡到一点别人指缝里漏下来的金砂。记得有个成语叫作"拾人牙慧","'牙慧'是什么呢?"初中那个黑瘦的语文老师在讲台上特别夸张地做了个剔牙吐痰的动作:"就是别人吃完饭之后从牙缝里剔出来的渣渣,你要去捡吗?"

"你尝尝这个巧克力和马卡龙,里面都加了虞美人精油。"冯欣连忙答应着,这才注意到那些小小的方块夹心巧克力上都印着可爱的红色花朵图案,而叶芝说的"马卡龙",却是一种看起来像迷你曲奇一样的浅粉色小饼干,和常见的那种表面光滑、鹅黄嫩绿的马卡龙截然不同。叶芝像是看出了她眼中的好奇,微笑着说:"这是法国旧式传统做法的马卡龙,有点像意大利的 Amaretti,现在全国也只有几家甜点店铺在做了,我只吃这种。那种甜得要死的马卡龙实在是太齁了。"盛放巧克力和马卡龙的小银碟上浅浮雕了一圈虞美人花,连装方糖的玻璃罐上也蚀刻着同样的花纹,冯欣觉得自己就是《红楼梦》里那个进了大观园的刘姥姥,一辈子什么都没见过,所以见到的一切都是稀奇的、绝妙的。

这种旧式马卡龙果然好吃，她忍不住又拿了第二个，听见叶芝在讲："我特别喜欢虞美人花的法语发音：coquelicot，就像安徒生童话《夜莺》里面说的，小宫女们想模仿夜莺的歌声，故意在嘴里含着水说话，弄出咯咯的声音来。"也许是马卡龙的甜美滋味让冯欣体会到了一种难得的惬意，也鼓起了她的勇气，终于问出了那个困扰她许久的问题："亲爱的，你这么有钱，为什么还要工作呢？"

15

叶芝正在小口喝花草茶，听她这一问，惊得脱口而出："天啊，我算什么有钱人呐？"冯欣刚要说话，却见叶芝把手中的马克杯放回桌上，笑道："好，我来大概跟你讲讲，我能接触到的有钱人是什么样的。"

她偏着头思索了片刻，似乎一时之间不知从何说起，迟疑着问："你知道什么是'晨室'吗？"不待冯欣回答，她自己摆了摆手说："算了，这个不好讲。"她微一仰头瞥见了天花板上那盏虞美人花琉璃吊灯，指着它笑道："这盏 Lalique 在八九十年前创作的吊灯，我在拍卖会上花了 3 万多欧元就买到了，我先生的姐姐前两年重新装修她家别墅时，有一间浴室是请 Lalique 公司做的整体设计，光是一个洗漱柜就将近 10 万欧元，够买一辆车了——不过，这些都是小事啦。"

冯欣心中又是一惊，Lalique 不是 100 多年前的艺术家吗？怎么现在还有他的公司？记得玛丽昂说他是做珠宝和玻璃器的啊，他的公司还搞装修？洗漱柜应该就是安着洗手池、下边放毛巾的那种柜子吧？怎么可能卖 10 万欧元！80 多万元人民币一个洗漱柜？叶芝会不会是记错了？她正暗自疑惑，又听见叶芝说："你是不是觉得我买了几张手稿就很厉害了？我认识好多收藏家，都有自己的艺术品管理公司，除了提供购买出售的咨询之外，还有专门的团队监督成千上万件艺术品的仓储、借展、出版等等各种情况……我说这些你可能也没有什么直观的感受。"她突然容光焕发地笑起来，轻拍了一下双手说："我跟你讲个好玩儿的！"

"我有个好朋友，前几年他买了个恐龙化石放在门厅当摆设，对了，应该就是跟你们公司买的，那时我还在画廊实习，都还不认识戴维德呢。你们公司那段时间到处给这个恐龙化石打广告，那恐龙得有六七米长，壮观得不得了，后来好像是拍了 100 多，连佣不到 200 吧，就是我朋友买的。他买了恐龙之后，我给他起了个特别搞笑的外号：龙傲天，现在我们几个关系好的朋友都还这样叫他，哈哈哈！今年他准备卖掉巴黎的这栋房子，要搬去——"她正手舞足蹈地说着，蓦地截断了自己的话，顿了顿，才接着说下去，"他要搬去的那个国家，恐龙化石的申报入境特别麻烦，他跟我说：'就为一堆破骨头啊，费那么多事儿，是不是有病！'所以他告诉置业顾问，那条龙就放在这里，连同房子一起卖，反正恐龙的价格还不到房价的 1/10，买房子送恐龙了啊！走过路过不要错过啊！"

她笑得眼泪都要流出来了，冯欣并不觉得很好笑，但也跟着大声笑起来，又在心里飞快地算了一下，恐龙拍了 100 多万欧元，加上佣金和税，相当于 1000 多万元人民币。所以，这位"龙傲天"先生在巴黎的房子，价值 1 个亿？这世上真有价值过亿的房子吗？那房子是黄金铺地钻石镶窗吗？他的门厅就能放下 7 米多长的恐龙化石，面积得有多大啊？

叶芝笑得差不多了，又说道："我的一个客人，上个月她刚克隆了她的宠物狗，那条狗是得癌症死的，但克隆出来的小狗却是完全健康的。我一开始还天真地以为,克隆宠物这种神经兮兮的事,恐怕没几个人会去做,后来这客人告诉我,恰恰相反,因为想克隆宠物的人实在太多,排队都要等好久,她利用自己在商界的人脉插了队,才优先克隆了她的狗。"

冯欣对克隆的了解还停留在小学时电视新闻报道的克隆羊多莉,那不是很神秘的高精尖科技吗?怎么现在有钱人都能随随便便克隆自己的猫狗了呢?她还没想好要怎样答话,就听叶芝说:"其实这些都不算什么,有个词叫作'富可敌国',我见过这个词,亲眼,见过这个词。"

她轻轻笑了一下,声音里透出几分自嘲的无奈:"我家在枫丹白露附近有一栋别墅,10多年前,一个阿拉伯国家的君主在离我家别墅不远的地方买了一座19世纪的城堡。买下来之后,他花了几千万欧元进行扩建翻修,那城堡内部至少有五六千平米,还有100多公顷的花园和森林——100多公顷是多大呢?你去过北京故宫吧?故宫的总占地面积是70多公顷。但这位阿拉伯君主还是觉得不够大,没过几年又买下了旁边一座稍微小一点的城堡,顺便把周围所有的土地房屋全买了下来,就为了让两座城堡连成一片。可是两座城堡之间隔着一条公路,按照法国法律,国家公路不能买卖,怎么办呢?他的建筑师就设计建造了一座横跨公路的、19世纪风格的宽大石拱桥,桥上种了两排精心修剪过的矮紫杉,像屏风一样挡住外人的视线,以确保主人的私密性。你以为这就够了吗?当然不够啊!"

叶芝两手一摊,笑出了声,冯欣听得都傻眼了,微张着嘴听她继续说下去:"石拱桥对他这样的一国之君而言,未免也太小家子气了嘛!于是他又派人去跟市政府说,想在两座城堡之间修一条地下通道,可以开车跑马的那种。政府官员们商量之后告诉他,附近公路上有个年久失修的环岛,你把那环岛整修好,我们就给你挖地道的建筑批文。这简直就是小菜一碟嘛,他的工人们以迅雷不及掩耳的速度修好了环岛,然后就去挖地道了。前前后后那么多工程,三四年间就全部完工了。除了两座城堡之外,他还买了四五十公顷的马场马厩……所有的一切弄好之后,这位阿拉伯君主总共来过几次呢?平均算下来,他每三年来一次,就在这里避个暑,最多住一个月就走,每次光是随行的护卫队就超过千人。"

叶芝停下来喝了两口花茶,冯欣在震惊错愕中回味着这些离奇的故事,还是不敢相信自己的耳朵,她想象不出占地数百公顷的城堡究竟有多大,更不明白一个人为什么会需要两座城堡。她满肚子的疑惑最后只憋出来一个问题:"他来的次数这么少,这两座城堡,平常都空着的吗?"

"怎么会空着呢?"叶芝放下手中的金釉马克杯笑道,"城堡无论大小,总需要大量的人力物力进行日常维护,这个'大量'是怎样一个概念呢?法国所有的城堡,在几百年前设计修造时都已建有配套的仆人和工人的住宅,加上这君主又扩建过,按理说,无论如何都应该住得下所有员工。但是为他服务的工作人员实在太多,他后来又在城堡附近的塞纳河对岸买了一大片土地和房屋给员工们居住。"她抬起手臂做了个横扫一切的姿势,好像那位君主是一位不费吹灰之力就能移山填海的天神,又摇着头笑道:"前两年城堡里的一只黑豹还跑了出来,在路上到处溜达,把周围居民吓得够呛,可惜我没有见到,不然也算是难得的人生经历了。"

她声色并茂地诉说着,不时抬眼看看窗外的秋空丽日:"去年秋天,我和先生有一天晨练的时候,绕着那座比较小的城堡外墙跑步,最多只绕了外墙的1/10,但我们实在跑不动了,就坐在马路牙子上休息,那条路,就是阿拉伯君主想买却没有买成的那条路。我俩累得像狗一样伸着舌头喘着气,满头大汗地望着那一带高墙发呆。那是19世纪建成的水泥石墙,非常坚固结实,可那君主还是觉得不够,就把所有围墙全部加高了一米多,再安上护栏,又运来几千棵高大的月桂树,沿着围墙密密麻麻地种了一圈,遮挡得固若金汤。仰望着那堵墙的时候,是我人生中第一次明白,这世界上有许多东西是可望而不可即的,一个人无论多么拼搏多么努力,永远都不可能触碰到那些东西。"

"我前几天看了个帖子,有人算过,如果你每小时挣 2000 美元,从基督出生那年开始全职工作直到今天,就算一分钱不花也不用上税,目前美国还是有 30 个人比你更富有。"叶芝说到此处,叹了口气笑起来,冯欣还在心里咂摸着黑豹出逃和挖地道的事,并没有察觉到叶芝的声音渐低,目光也有些空茫,望着窗外卢森堡花园的远方天际说:"我这样的人,顶天了勉强算个中产吧,那些真正的富人,是不可想象的,也是不可触及的。你记得我们刚到法国那年,电影《触不可及》特别火,语言学校的老师还在课上放了几个片段,给我们做听力练习。那电影讲的就是一位亿万富翁和他的黑人护工之间超越阶级的友情——太假了,太虚伪了,我到现在都想不明白,这么虚伪的一部片子,怎么就能创下法国的票房纪录呢?"她捧着金釉茶杯,左手无名指婚戒上密镶的一圈钻石折射出刺目的火彩,像是在自言自语:"可能是因为,人们只相信他们愿意相信的东西。"

花草茶细细的甜香飘散开来,午后的阳光被窗台上繁盛的红蝉花柔化了,叶芝话语中的惆怅哀凉听着也似乎没那么刺耳:"富人们只是长得和我们相似,事实上,他们应该算是人类的另一个亚种。前两天我先生说,现在我们跟他们的区别还是肉眼能看见的,比如他们有城堡马场飞机游艇之类的东西。或许再过几十年,这种区别就会变成,我们能活个 80 岁、90 岁,而他们可以用什么克隆器官、什么基因优化,这段时间又出来个什么水熊虫,等等各种方式,千年万年,而且永远年轻、永远健康地活下去……"

"可是,活个一千年一万年,也挺没意思的嘛!"冯欣终于想出了一句合适的玩笑话,"又不是歌里唱的:'我真的还想再活 500 年'!"

叶芝被逗乐了,欠身为冯欣续上花草茶,像是要结束这个话题,略略低沉地说:"我这个工作,还有我先生的工作——他是金融行业的,让我们能够遇见一些金字塔尖的人,所以保持头脑清醒就特别重要。刚才我跟你说的,那个家里有'变形金刚'电视的英国人,他家的厨房分成两部分,一边是开放式厨房,有我这个小房间两三倍那么大;旁边还有个面积更大的隐藏厨房,那是给专业家庭大厨做饭的。大厨工作的时候,基本不会出现在主人和客人面前。我们这些围绕富豪工作的行业,其实和家庭大厨是一样的,雇主需要的是你的服务,并不想看你在他眼前晃来晃去,所以,你要做到专业,也要做到隐身。"

冯欣很认真地听着,不知不觉地把脚尖伸进了桌子脚踏边和地板之间的缝隙里,像是在聆听一堂广大而空泛的人生哲学课,暂时还不明白这些道理和自己有什么具体关系。这个秋初午后永远镌刻在了她的记忆深处,她俩坐在云纹大理石圆桌旁,落地窗洞开,明净的蓝天上飘着几朵小小的浮云,白瓷茶炉的烛火安稳地燃烧着,偶尔跳动两下,像是给叶芝温言细语加上标点,她那张清丽的脸庞,在瑟瑟的黄叶晚风声中,现出一种秋光潋滟的美好。

"我和我先生都是普通人,只不过因为工作的缘故稍微多了一点见识。我有时在网上看到一些人,有了点儿小钱之后就瞧不起这个瞧不起那个,连小孩子学体育都有所谓的'鄙视链',自己勒紧裤腰带送孩子去学什么击剑、马术,转头就看不起别人小孩打乒乓球、踢足球,说那些都是'穷人的运动',太可笑了。在这种人的眼里,世界上所有生活悲惨的人,都是因为他们不努力或者不聪明。"叶芝叹了口气,继而用一种坚定的口吻说道,"人生不是这样的。更何况,富人也有富人的烦恼忧愁,有些非常富有的人,其实也过得很不快乐。我去年在国内的一场拍卖会上,见到过一幅于右任先生写的对联,特别有道理,'天下断无易处之境遇,人间哪有空闲的光阴'。"

冯欣手里捧着的花草茶有些凉了,她将骨瓷杯轻轻放回圆桌上,云纹大理石桌面在夕照中变成了柔暖的奶油色，规整黄铜桌边泛着绯红的微光。她注意到托盘里雕刻虞美人花的银器都洁净明亮，不由得想起公司拍摄银器时，自己吭哧吭哧擦了那几大箱氧化发黑的银器，差点就张口问叶芝，这些银器是如何保养得这么干净的，还好及时忍住了。她不是有"家政服务员"吗？冯欣又暗自叹了口气，连"保姆"都说得这么文雅。

两人静默了片刻，冯欣犹豫再三，终于红着脸小声说，自己已被拍卖行聘用，三个月的实习期之后，明年年初就可以正式入职了。这分明是她人生中最值得自豪的事情之一，此时此地说出来，却有种莫名的自惭形秽之感。叶芝倒是开心地欢呼起来，一时都不知该如何是好，先是以茶代酒跟冯欣碰了个杯，又站起身在房间里来回踱步，不停念叨着："你怎么也不提前说一声呢？早说的话，我给你好好准备一份礼物呀！这么一件大喜事，总不能让你空着手回去啊！"

冯欣受宠若惊得有点发慌，连声说不用，甚至有点后悔把这件事讲了出来。然而叶芝已走到了门边，转头说道："等我一下，我去找个小礼物给你。"冯欣面红耳赤地刚要阻止，她已经出去了。等她把那个"小礼物"拿进来，冯欣看见，顿觉心跳都停了一拍。

"真是太仓促了，你别嫌弃啊！"叶芝笑道："这应该是 LV 最便宜的一个包了，特别能装，所以叫作 Neverfull，什么都能往里塞，而且又相当结实。我当年来法国留学就是背的这个包，拿它当行李袋使的，现在就作为你入职的小礼物吧！实在不好意思，你如果早说的话，我肯定去买个新的送你。"冯欣慌乱极了，反复嗫嚅着"太贵了太贵了，我不能要"，叶芝并不给她言语推辞的时间，一口气不停地说着："这个行业里无聊的人太多了。我以前也不在乎这些，我第一天实习，背个布包就去了，结果前台那几个金发姑娘的嘴脸啊，简直了！难怪法国人有种根深蒂固的成见：金发女人一般智商都不太高。"

冯欣根本不敢伸手去接这个包，在满心惊慌中忽然听到这么一句刻薄话,立刻想起自己见过的那些金发女性,忍不住笑了起来。叶芝便顺势将包包塞进了她怀中,她还要推拒,就听叶芝说:"这些 logo 呢,虽然是俗气,但有时候也真的管用。在这个行业里,这些东西就像你的铠甲,说不定什么时候就能保护你,不被那些无聊的人欺负。"冯欣握着皮包的双手已悄然汗潮,一种稍纵即逝却无比强烈的感伤刺痛了她的神经,叶芝还在细碎地说着:"这个包我其实没用过几次,但因为买了好几年,你看皮质都氧化变色了。这是 LV 家老花的特点,颜色变深之后会显得含蓄一些,看着没那么扎眼,所以还有人在网上出视频,教大家怎么加速变色,说是放在太阳底下暴晒什么的……"冯欣不敢打断她的话,只好不时点头应声。

初秋的熔金落日把窗外卢森堡花园里翁翁郁郁的栗树叶染得焦黄,房间四壁、家具、窗帷都罩上了一层金红的轻纱,叶芝清亮的眼睛时而望向远方,时而看着冯欣,快活地说着行业里的一些趣事。她光洁的额头在暮霭中勾勒出优美的曲线,窗外夕光似乎倒映在了她的眼眸中,冯欣本来就容易被人感染,此刻觉得几乎要被她神采奕奕的目光淹没了。究竟是余晖落霞让叶芝如此光彩照人,还是内心深处的欢喜洋溢在了脸上,冯欣并不清楚,只觉得这一刻微醺如梦境般的脉脉温情,自己一生都不会忘记。

书架上叶芝的手机响了两声,她拿起看了一眼,说了句抱歉,侧身低头回复着信息。等她放下手机,冯欣岔开话题轻声问道,"亲爱的,一直想问你,你的微信昵称为什么叫作'庭初'呢?"

"我很喜欢上官婉儿的两句诗:'叶下洞庭初,思君万里余',我姓叶嘛!我初中时第一次读到这首诗,喜欢得不得了,嚷着要去改名,可惜我爸不同意,只好拿来当网名了。"手机又响了起来,叶芝皱着眉头起身抱怨道,"大周末的还来骚扰!这客人有毛病啊!不好意思,我去回个电话。"她快步走了出去,冯欣一直双手紧抱着 LV 包,低头瞥见自己那个又脏又旧的双肩包靠着桌腿放在地上,在昏沉的暮光里,似一摊正在腐烂的厨余垃圾。

不知怎地,她忽然想起了曾有一面之缘的那位李先生,或许,这些有钱又有文化的人都有一个好听的名字吧? 李牧遥、韩嘉漪……还有叶芝那位买了恐龙化石的朋友,应该也是这样吧? 冯欣的网名是"欣欣","欣欣向荣"是她唯一能想到的,让自己这个普通得不能更普通的名字看上去没那么俗气的成语了。别人初中就读过上官婉儿的诗,而她对上官婉儿所有的了解都来自一位香港女明星在一部胡编乱造古装戏里演的一个小角色。

她低头看着骨瓷杯中几丝沉浮飘动的花草沫,回过神来,掏出手机悄悄搜了一下怀里这款包的价格,国内卖一万多元人民币啊! 原来叶芝所谓的"便宜"是这样的。也对,她住一个晚上的酒店都要一两千欧元呢! 命运多么残忍,让我看见这种人的生活。

暮色像一股浑浊的水流逐渐漫进房中,那幅虞美人花手稿的玻璃镜框反射出落日残照,宛如一摊殷红的血渍。最后的几缕霞光落在壁龛书架的巴卡拉水晶瓶上,瓶中一束翡翠般颜色的绿菊花流溢出微苦的香气,白瓷茶炉里的烛焰噼啪闪跳了几下,随后无声地熄灭了,袅出一线青烟。冯欣愣了愣神,猛然清醒过来,这是别人的生活,自己并不配拥有这样的美景。

叶芝再进到房间时,手里提了个白色小纸袋,笑盈盈地说:"这个也给你,这家糕点店 30 多年来只做一种甜点,名叫 Merveilleux(精妙绝伦)。他们有一家分店就在附近,我有个同事特别喜欢这种甜点,我经常帮他带一两盒,我自己其实不太喜欢,太甜了。正好今早我跑步回来顺路买了几盒,你拿一盒去尝尝吧。"

冯欣不敢细看,更不敢推辞,连声道谢接过来,她知道自己该走了,便起身告辞。叶芝见她拿着两个包,还提了一个甜品纸袋,就让她把 LV 包挎在肩上,冯欣涨红了脸喃喃道:"我住的那边,不太安全,这种大牌包包可能会被抢……还是算了,我把它放进书包吧,呃,这样会不会弄坏它啊?"

"不会不会,这个包真的特别结实。"叶芝说着拿过那只 LV 包,像塞一团废纸一样将它塞进双肩包,随口问了句:"现在是夏令时,晚上八九点天都还是亮的,你坐地铁回去,应该没什么问题吧?"

"没事没事。"冯欣答应着,同时把双肩包的拉链小心拉好,又想起下午时在天井里遇到的那群人,便问道,"楼下是在拍电影吗?"

"是的,不过现在应该弄完了吧,估计是个小成本电影、学生作业什么的。"叶芝有点心不在焉地说,"拍电影这种事,这个街区算比较少的了。我以前有套房子在圣马丁运河岸边,年初卖掉了,安妮·海瑟薇的电影《一日》就是在那楼下拍的,去年还被《孤独行星》评为全世界十佳求婚地点之一。夏天的时候,我每次去那边,几乎都能遇到拍电影的。"她抱着冯欣行了贴面礼道别,再次祝贺她入职,冯欣不敢坐那个"有密码"的电梯,叶芝便含笑看着她走下楼梯,才关上了房门。

走到外面的大街上,冯欣才终于长长地叹出声来,天空还是湖水般的薄蓝,透过栗树苍黄的枝梢,看得见一弯边缘锋利的残月,三三两两的巴黎人从卢森堡花园出来,有人归家有人寻欢,都匆匆走在暮色四合的林荫道上。她不言不语地走了好一阵子,混乱地回想着今天听到见到的点滴细节,下地铁站时,又回头望了一眼远处叶芝家那栋雄伟的奥斯曼建筑。要怎样才能过上她那种生活呢?下辈子投胎的时候,记得找个好点的人家吧!

等她转了好几趟地铁和远郊火车终于回到公寓,天已全黑了,她脱掉衣服鞋子瘫在床上,像一口气吃了太多油腻的食物难以消化,瞪着天花板直发呆。也不知过了多久,才起身拿过手机翻看,叶芝已经给那本图录拍了张漂亮的照片,发在朋友圈里了:"感谢好友带来的 Roger Vivier 的拍卖图录。错过了这么难得的一场拍卖,深以为憾,只能再去买两双 RV 的鞋子安慰一下自己了。"

她为什么总能把好好的一件事说得这么膈应人呐？冯欣悻悻地丢开了手机。叶芝那种永远春风得意的人怎么可能懂得，许多不幸的人是生而自卑的，有时旁人一句无心的话都会带给他们沉重的打击。在这样经年累月的痛苦郁结之后，最初的自卑逐渐变成了毕生挥之不去的噩梦，甚至在最高兴的时候，这种情绪都会猛地从记忆深处跳出来，仿佛是被人照着后脑勺狠狠敲了一记闷棍。

　　就像冯欣在克莱尔办公室里签明年的入职要约时，兴奋得几乎都握不住笔，克莱尔耐心等她在合同每一页的下方都签上名，又告诉她，菲德丽卡也同意续签实习合同到明年。冯欣很开心能和热情漂亮的菲德丽卡一起工作，正想问克莱尔会不会也招聘她入职，还没在脑子里组织好这个法语句子，就听克莱尔说："不过，菲德丽卡最多实习到明年2月，她要去纽约读硕士，哥伦比亚大学。"冯欣正在合同的最后一页上签名，听到这句话，手中的圆珠笔顿了一顿，但马上就接着签完了，微笑着把合同还给克莱尔，又谢了她许多遍，才退出办公室。不然呢？还能怎样呢？有些人就是又美貌又聪明又有钱啊，那些你苦苦追求的机会，在他们眼中并没有多大价值，因为他们轻而易举就能飞到更高的天空。哥伦比亚大学，王力宏妻子就是那个学校毕业的嘛！冯欣想着都有点鄙视自己了，别人能去读书深造的地方，我却只知道跟它相关的娱乐新闻。

　　"哎呀，你们绝对不会相信我遭遇了什么！我家整栋楼的住户都被紧急疏散了！"周五早上大家刚抽完烟喝完咖啡进了公司，正要开始各自的工作，就见埃琳娜满脸通红地从门外大步进来，高声嚷嚷着："我女儿今晚只能去她朋友家借宿，她连牙刷都没带出来啊！逃难一样的啊！还好我老公去伦敦出差了，警察把我安排到附近的酒店先住着。"她飞快地说着，同时拿出手机给大家看照片。

　　原来是因为她家那幢楼的街道对面正在拆除一栋建筑，工程已进行了大半年，除了偶尔有些噪声之外，对周边居民的日常生活并没太多影响,不料就在两天前,由于地基松动,一辆大吊车的起重臂开始逐渐倾斜。埃琳娜指着手机上的照片,细嗓音因焦虑而变得更加尖厉:"我昨晚和我女儿在露台上玩,天啊,我感觉那个起重臂都要砸过来了!"冯欣站在看热闹的人群外围,努力憋住脸上幸灾乐祸的笑容,法语中"起重臂"和"仙鹤"是同一个词,她瞟了几眼手机屏幕上的照片,觉得那架高高的黄色起重臂,真的好像一只硕大无朋的仙鹤,马上就要戳到埃琳娜的脸上了。

埃琳娜平常连女儿被老师罚抄一个单词 5 遍这种鸡毛蒜皮的事都要拿出来讲半天,如今遇到这样"惊心动魄"的大事,更是说个没完没了。以前玛丽昂就私下刻薄过她无数次:"就算她跟老公没啥交流,不是有那么多情人吗? 去跟情人们叨叨啊! 谁要听她这些鸡零狗碎啊!"冯欣看见众人虽然摆出一副为她担心的样子,眼里却都隐约透着看好戏的调侃神色。大多数法国人是绝不会将腹诽心谤流露在言辞上的,还是大大咧咧的科斯曼问出了一句:"你不是住在 16 区吗? 16 区也会有这种事啊?"

朱利安差点没绷住笑出声来,还好前台的电话响了,他接起电话说了几句,又喊着冯欣一起去公司门外:"摄影师马上到了,我们去帮他搬一下器材。"

整个早上,冯欣都在协助一位法国摄影师拍摄下个月的动物标本拍卖。她收拾清理着上百件飞禽走兽和各种稀奇古怪的昆虫、海螺标本,正忙得不可开交,付斌发信息问她下午在不在拍卖公司,他要过来再看一看那只掐丝珐琅的小香盒。

下午两点刚过,付斌就到了拍卖行,拿着那个小香盒翻来覆去看了将近一刻钟。冯欣站在旁边陪着他,很想问问这小铜盒究竟有什么玄机,然而见他一脸讳莫如深的表情,也就没有开口。付斌看完,问了一下关于狗图册页合同的事,冯欣笑着说上周六寄了出去,估计合同早就放在克莱尔办公室里了。说话间她见前台桌上正好有一叠下周那场精品拍卖的图录,便递了一本给他,说道:"您还没有这本图录吧?给您一本,图录做得蛮漂亮的。韩女士还写了好长的一篇法语文章来介绍那本狗图册页呢!"

付斌接过图录,赞许地对她笑了笑,又指着桌上的小香盒说:"冯小姐,你要是有机会的话,帮我留意一下,想买这个盒子的人多不多啊。"冯欣点点头,他像是不经意地又加了一句:"方便的话,你看看是哪些人要买,告诉我一声啊!"说着眨了眨小眼睛,狡猾地注视着她。

"没问题,我如果能看到,一定告诉您。"冯欣想也没想就满口答应着,她经常能在克莱尔乱糟糟的办公桌上见到打印出来的竞拍委托清单,付斌这请求不过是举手之劳。况且,她早已想过,韩嘉漪给这本狗图册页定的估价是 10 万—12 万欧元,就算只拍到 10 万欧元,按付斌说的 10% 的好处费,她也能拿到 1 万欧元。1 万欧元啊!相当于 7 万多元人民币呢!这个数字在她心中叮当作响许久了,每次想起来都止不住的心跳加速,所以付斌的任何要求她都不会拒绝,更何况是这样一件小事。

送走付斌,克莱尔把冯欣叫到办公室,告诉她自己半小时后要去看医生,让冯欣帮忙把下周那场拍卖的卖家姓名、保留价、拍卖委托等信息全部抄写在自己的图录上。她因为着急,说得有些快,见冯欣似乎有点发懵,索性拉她坐在电脑前面,自己站在一旁,指着屏幕一一解释:点击这个图标可以看到拍品卖家的姓名、联系方式和保留价,点另一个图标可以看到委托竞拍者的详细信息……冯欣看见传说中的"商业机密"就这样完全袒露在眼前,一时间根本反应不过来,只能嗯嗯啊啊地应着声,并尽量跟上克莱尔的说话节奏。

等到克莱尔讲完,问她是否听懂了,冯欣机械地点了点头说:"嗯,能不能请您,看我做一遍?我的意思是,我操作一遍给您看看,确保不会做错。"她的周全细致让克莱尔有些喜出望外,连声说好,冯欣便点开第一件拍品,找出卖家信息,又指着图录上这件拍品照片旁边的空白处问:"我把卖家的姓名和保留价抄在这里,对吗?"克莱尔满意地笑着肯定了她,拿起挎包正要走,冯欣又问:"我用大写字母抄,可以吗?这样您看起来会更清楚。"她记得当年在斯特拉斯堡的语言学校,有个女老师跟他们说过,在法国填写重要文件或信函地址时,最好使用大写字母,以防止连写让人误解。克莱尔已走到门口了,听她这样说,不禁回身夸了句:"很好!"冯欣起身跟她道了周末愉快,话音没落,她已经关门离开。

冯欣深吸一口气坐下来,听着门外克莱尔远去的脚步声,心跳却越发剧烈,电脑屏幕上那些浅灰色的大小图标窗口,仿佛是一个个全新的巨大诱饵,她用冰凉的双手紧捂住滚烫的脸颊,想借此尽快平静下来。

她迅速找到了那个掐丝珐琅小香盒的卖家资料,是一位住在凡尔赛市的法国男士,姓氏前有一个 de,是贵族的标志,看他的身份证,已经 70 多岁了。她又点开了香盒的委托竞买信息,已有三位客人登记了电话委托:一位姓章的华人,另外两位看地址和姓名应该是法国人和英国人。冯欣紧盯着屏幕,同时侧耳细听了一下,确认门外没有脚步声,飞快掏出手机把所有信息页面都拍了照片。

她随后找到狗图册页的拍卖详情,果然,卖家资料栏是那个皮包公司的名字,冯欣看着自己的公寓地址顶着个国际贸易公司的头衔,堂而皇之地出现在拍卖行的数据库中,觉得真是滑稽又刺激。点开狗图册页的竞拍委托页面,已登记了好几个电话委托,其中一位客人留的定额委托是,12 万欧元!也就是说,无论如何,狗图册页的成交价不会低于 12 万欧元!

冯欣握着鼠标的右手直发抖,哆嗦着往椅背上靠了靠,喉头也哽住了,战栗了好一会儿才把嘴里的唾液咽下去。她咬了两下自己的手背,混乱的脑海里唯一清晰的念头是:"我,要赚到 1 万 2000 欧元了。差不多 10 万元人民币,10 万啊!"

她竭力让自己冷静下来,飞速将狗图册页的信息详情拍了照,又仔细研究了一番留下电话委托的那几位客人,这才发现,6月亚洲艺术大拍时,竞拍《游园惊梦》油画的那位 Kai Nam Choy 先生也在其中。她一直很想知道这位香港客人的名字究竟是什么,便点开了他的证件复印件,顿时哑然失笑,原来是"蔡启南"啊!冯欣红了脸摇摇头,想起自己当时在电话里问人家是不是"凯、南么、抽先生",实在太丢人了。

5点不到,她就做完了克莱尔交代的事情,这张办公桌委实乱得不成样子,真不知道克莱尔每天是如何在这堆乱七八糟里见缝插针工作的。冯欣很想整理归置一下,又觉得不妥,就闲坐着发呆,忽然想起埃琳娜今早嚷嚷的起重臂事件,便好奇地在客户信息页面搜了一下她的名字。家庭地址当然是在16区,备注栏却写着她丈夫的名字和联系方式,是9区法国巴黎银行的地址,应该是他工作的地方。冯欣顺手把这个页面也拍了照,下班回家路上才想明白,埃琳娜登记丈夫的姓名地址多半是为了方便在拍卖行买东西。朱利安有一次告诉过她,按照法律,从业人员不能在自己工作的拍卖行里买卖物品,所以当公司员工想要竞买或出售物品时,一般都会用亲友的信息登记,以避免违规。

晚饭后冯欣将这些照片发给了付斌,他自然十分感激,不过,相较于那本狗图册页,他似乎对掐丝珐琅小香盒的委托信息更感兴趣。他还笑嘻嘻地告诉冯欣,那位留下电话委托,想要竞拍小香盒的章先生,他熟识多年:"这个人是我们老乡,做鳗鱼生意发家的,没想到他也要买这个盒子。谢谢你,冯小姐!改天请你喝茶啊!"

这场精品拍卖是周三,冯欣这天不用实习,她原本想跟克莱尔说自己可以去市中心的拍卖大楼帮忙,思前想后还是算了。或许是付斌用皮包公司登记狗图卖家的缘故,又或许是因为她把香盒的卖家信息和委托名单透露给了付斌,尽管都只是些神不知鬼不觉的小事,但她心中多少有点忐忑,隐隐觉得如果自己对这场拍卖表现得过于积极,恐怕会引起别人的怀疑。到了周三下午拍卖时,虽然学校有课,冯欣还是早早就回到公寓坐在电脑前,通过网络竞拍平台,观看拍卖现场的情况。

这两天是犹太新年,所以拍卖是弗雷德举槌,戴维德和萨哈虽不在现场,伊丝黛尔却一如往常地高坐在拍卖台一角准备收款。

网络竞拍页面中央有个醒目的"出价"按钮,注册登录后,只要点击就可以出价。冯欣深恐看拍卖实况时不小心碰到这个按钮,干脆拔掉了鼠标,又还是担心万一按到了电脑触控板或者键盘上的某个键,导致出价竞拍,想来想去,索性把双手放在屁股底下压着,这才放心。

这场拍卖集中了不同门类的精品,因此各个领域的专家在宣读、拍卖完自己负责鉴定的拍品之后就离开了。亚洲艺术品只有 10 来件,韩嘉漪是在拍到这部分物品前半小时,将近下午 4 点才走进拍卖厅的,冯欣在电脑前已等得心焦难耐了。终于拍到了掐丝珐琅栀子花寿字小香盒,冯欣看见现场只有两个人在准备电话委托,一个是坐在拍卖台上的克莱尔,另一个是员工席里的菲德丽卡。她很是不解,上周五公司电脑里登记的明明有三个电话竞拍,怎么几天过去,电话委托没有增加,反而减少了呢?

小香盒从 5000 欧元起拍,很快就拍到了 2 万欧元,克莱尔的电话委托早已放弃,只剩菲德丽卡电话那头的客人和现场一位客人的竞逐。现场的出价者不知是谁,因为此人一直站在拍卖厅尽头的角落里,正好是网络直播摄像头的死角,屏幕上只看得见弗雷德手中的白色象牙拍卖槌时不时朝那边虚指一下,接住这人的出价。会是付斌吗?冯欣盯着屏幕,紧张得大气不敢出,两只手被屁股压得都发麻了。可是,付斌不是说过,他一般都不去现场拍卖的啊?难道他就是菲德丽卡电话里的那个客人?不可能,她是在用英文报价啊!

弗雷德猛地一敲拍卖槌,吓得冯欣一抖,掐丝珐琅铜香盒以 4 万欧元成交。她拿起手机,正犹豫着要不要发信息去问一下付斌,他兴奋难抑的语音已发了过来:"冯小姐,这次你真是帮我了大忙了! 是我买的,千万不要对外人说哦! 过两天我来提货,请你喝茶啊! 哈哈哈!"

　　还有 5 件拍品才到那本狗图册页,冯欣只觉得喘气都艰难了,她不知该怎么回复付斌,也很诧异他因为买到这个挺难看的小铜盒而如此激动,他难道不应该更关心狗图的成交价吗? 毕竟狗图是能帮他赚钱的,买小香盒是花钱的啊! 也许是上周我告诉他有人留了 12 万欧元的定额委托,让他心里有了底,所以反而不太在意狗图了?

　　韩嘉漪开始宣读狗图册页的创作年代、物品描述,又简单介绍了一下清宫西洋画家的成就,弗雷德对着员工席逐一确认所有的电话委托都已就绪,随即扬起拍卖槌宣布:"这本精美绝伦的,中国清代乾隆宫廷十开御犬图册页,我们从 8 万欧元起拍。"现场和电话竞价立刻纷然而起,连韩嘉漪都在用自己的手机给客人打电话竞拍。

　　狗图最终以 21 万欧元落槌,比封面那幅柯罗的风景油画还贵 1 万欧元,这是全场成交价最高的一件拍品。现场响起了掌声,冯欣却只想大哭,但又没有眼泪,蜷在椅子里捧着脸干嚎了几下,才发现脸颊烫得灼手,似乎全身的热血都冲破血管喷了出来。她很想飞奔出门去疯狂跑上几圈,2 万 1 千欧元! 我要赚到 2 万 1 千欧元了! 相当于 15 万元人民币! 15 万! 天啊!

　　这个数字每一次在脑海中响起,都像有火焰在炙烤着她的肺腑,她在这间蜗居里来来回回踱了无数圈,直到把冰箱里的两瓶啤酒都喝完了,才瘫倒在床上大声打着嗝,眼泪也流了下来。她哭哭笑笑地折腾了许久,晚上关了灯也无法入眠,无数幻影浮光在眼前明灭闪烁,一些曾经不敢想象的事情,仿佛一艘乘风而行的帆船,正缓慢地朝她靠近。直到将近天明,她才蒙眬睡去,一听见闹钟响,赶紧掀开被子跳下床,想要马上赶到拍卖行去,探听更多关于狗图册页的消息。

"这个'让格'先生是傻吗!"朱利安正在跟冯欣交代事情,就见克莱尔气呼呼地握着手机进来。她平常极少爆粗,大家都有些意外,冯欣想起法国人总是把"章"发成"让格"的音,心中一凛,这正是付斌说的那位"做鳗鱼生意发家的老乡"的姓氏。克莱尔一口气不停地讲着:"这个'让格'先生,昨天拍卖之前打电话来,让我取消他的竞拍委托,他亲口说,他不想买那个掐丝珐琅的小铜盒了。好嘛,刚才他居然打电话来质问我!问我昨天为什么没有打电话给他竞拍!这人有神经病吗!"

朱利安听了马上说道:"他是不是上年纪了?有阿尔茨海默病?所以忘记了先前取消自己委托电话的事?"

"不可能啊!"克莱尔皱着眉头说:"他看着也就50来岁吧,而且今早他在电话里朝我嚷嚷的时候,说话清楚得很呢!"

"那可不一定,我一个朋友的姑妈就是早发阿尔茨海默病,不到50岁就发病了。"朱利安有板有眼地讲着,又劝克莱尔别把这事放在心上。

一种不可名状的恐惧让冯欣缄口难言,像雷雨来临前一大片乌云直压向头顶,她转眼瞧见伊丝黛尔抱着个铝合金密码箱摇摇晃晃地走过来,大家都知道她这是要去银行存现金。伊丝黛尔打断了朱利安的话,笑得满脸横肉堆积:"克莱尔,你要开心啦!昨天那本画着狗的册子,汇款明后天就能到账了,这些香港人真是爽快啊!"

"我认识 Choy 先生好多年了,"克莱尔露出满意的微笑,"他向来都是48小时内就付款的。"冯欣觉得自己的心像是被揪成了一团,悄悄用指甲掐着手心,还好科斯曼招呼她去登记昨天拍卖的物品入库,她便赶紧走开了。

难怪付斌会那样激动地说"冯小姐,这次你帮了我大忙",冯欣在入库清单上勾画着,心中百味杂陈。是她把掐丝珐琅香盒的竞拍者名单告诉了付斌,而名单上那位卖鳗鱼发家的章先生,估计颇有实力,付斌便假装章先生,在拍卖之前联系克莱尔,取消了他的电话委托。少了一个强有力的竞争者,他就能以较低的价格买到这件心心念念的宝贝,而克莱尔和章先生则永远想不通这背后究竟发生了什么。

她知道自己被付斌利用了,可是,冯欣看周围暂时没有别人,重重地叹了口气,像是要把内心深处的憋屈全给叹出来,"就算是被利用,也说明我有被利用的价值嘛!"她拿起货架上这个掐丝珐琅小香盒仔细打量着,这丑不拉几的小玩意儿能带给我多少"喝茶钱"呢?冯欣盘点完,发现那本狗图册页和柯罗的风景油画都没有入库,问了科斯曼才知道,这种高价成交的物品,拍卖结束后就直接放进市中心拍卖大楼的地下保险库了,不会再运回公司。

次日一大早,付斌就乐颠颠地跑来付款取货了,冯欣把掐丝珐琅香盒从仓库拿出来时,他那双小眼睛笑得都快成了一条缝。不待她发问,他已按捺不住地说:"冯小姐,我告诉你这个盒子有多么难得啊!"他小心取下盒盖放在接待处的桌上,再把盒底翻过来,指着盒底中央说:"你看这里,看出什么来没有?"他激动得连黑黄色的脸颊都透出了红潮,冯欣两眼瞪得滚圆,也只看见盒底镀了一层金,上面仅有一些划痕和磨损:"看什么呀?这什么都没有啊?"

"你再看,仔细看,来来来,你伸手摸这里。"冯欣刚伸出手,付斌便捏着她的食指,在盒底中间来回触摸着,"你闭上眼睛感受一下,能不能摸到什么?"冯欣像盲人摸盲文一般,用指尖反复摸了又摸,才似乎隐约触到些许凹凸不平的痕迹。她睁开眼,看见付斌嘴角挂着一丝神秘而得意的微笑,她满腹狐疑地收回手,付斌举起盒底,借着头顶明亮的射灯光线,不停地调整着角度,过了好一会儿,他才终于找到了他想要的视角,兴奋地说:"冯小姐,你从这边看,就能看出来了!"

冯欣凑到他身边,顺着他的目光,在铜盒底部那层薄薄的镀金层下,依稀看出了两个歪歪扭扭、像是用小刀划出来的字,她眯着眼,喃喃说道:"大?大什么,呃,这个字是,嘉?韩嘉漪的那个嘉?"

"大明嘉靖年制。"付斌用食指一下一下点着那六个几乎已经完全掩盖在镀金层之下的字,又重复了一遍,"大明嘉靖年制"。

"哇!付先生,您是透视眼吗?这是怎么看出来的!这几个字……等等,我再看看!"冯欣万分惊诧地拿过盒底,在灯光下看了好一阵子,付斌指明了之后,她总算有点辨认出来了。这六个字好似儿时在沙滩上用脚丫踩出的图案,被海水一冲就不剩什么印迹了,她轻抚着盒底,对付斌简直佩服到了极点。就听他滔滔不绝地说道:"我一开始也没看出来啊!你记不记得,我当时还跟你讲,这东西肯定是明代的,可惜就是没款。后来我把照片给故宫的一个专家看了,他马上跟我说,这是有款的,只是不知道哪个鬼佬手欠,在盒底重新做了一层金水,就把那个款给盖住了。嘉靖款啊!嘉靖款的掐丝珐琅,他们故宫都没有几件!"

"不会吧!"冯欣觉得更加不可思议了,"我拿着这个盒子看了那么久都没看出来,怎么故宫的那位专家,看您手机上的照片就能看出来吗?他是千里眼吗?"

"所以人家是故宫的专家啊!就有这么厉害!"付斌情不自禁地提高了声音笑道,"像我这种人,肯定做不了专家嘛!"他用泡沫纸包好小铜盒,又笑着说了一句:"这个款也多亏是被藏在了金水底下,要不然,怎么可能才 4 万欧元就敲了槌啊?"冯欣听到这句话,立刻想起那位莫名其妙被取消了电话委托的章先生,无声地笑了笑。付斌跟坐在前台的朱利安道了"周末愉快",转身往外走,又忽地扬起眉毛,对冯欣笑眯眯地说:"上海有个大藏家,专门收藏这种明代珐琅器,正好月底我要回一趟国,到时候给他看看这个宝贝。"

冯欣送他出去,顺便告诉他狗图册页已经付款,付斌也讶异竟然这么快,通常都要拖两三个月的。冯欣跟他说了买家的名字。"哎哟!原来是他买的啊!"他一下子笑起来:"这个人倒是出了名的付钱快!这样就太好了,冯小姐,等我那边收到钱,我再联系你,到时候我们分一分啊!"说着两人已走到门外,付斌把包好的小香盒放进摩托车储物箱,看着四下无人,跟冯欣握手道别时,将"喝茶钱"放在她手心里。

冯欣攥紧手中的钞票,望着付斌的背影渐渐消失在明净的秋空艳阳下,突然想,这个行业看似遍地黄金,其实真要赚钱也不容易啊!比如这个小香盒,首先要识货,要懂得它是什么东西,要知道它的市场行情;其次要有各方面的人脉,要认识火眼金睛的大专家,要结交拍卖行的"内鬼",才能在竞拍时做手脚;之后,还要找到肯出大价钱买它的藏家,才能把宝贝变成现钱;最后,还要能爽爽快快掏得出5万欧元来:落槌价4万,加上佣金和税,还有给冯欣的"喝茶钱",就5万出头了——这样说起来,还是狗图册页那样的东西来钱更快,也更容易啊!

她装出若无其事的样子走回公司,去厕所里锁好隔间的门,看见手中的钞票是两张折起的500欧元,便在裤管上蹭了蹭满手的汗,将钞票小心放进裤兜。冯欣安静地坐在马桶盖子上,觉得自己就像神话传说里拿到宝库钥匙的勇士,打开了一扇又一扇封锁了千百年的大门,发现每座宝库的珍宝都堆积如山,每座宝库都令她迷醉流连,也令她的好奇心越来越强烈,越发迫不及待想要冲进下一座宝库。

只有在付出了很惨重的代价之后才会懂得,这不是好奇,而是贪婪。

16

"我爸是总统,我妈是个妓女,我跟着我妈在妓院长大,我都成年了我爸还不肯承认我……"弗雷德坐在前台,脸上挂着职业性的笑容,耐心瞧着这小老头一边絮絮叨叨,一边从购物手拖车中掏出一个又一个瓷盘。那些瓷器都用许多破抹布、旧毛巾包裹着,冯欣帮他把瓷器从破布里取出来,再小心放在前台桌上。弗雷德懒得起身,就扭了一下屁股把办公椅滑过来,用目光快速清点了一遍那堆东西:"八个东印度公司瓷盘,五个伊万里瓷盘,三个塞弗尔咖啡杯——是这样吗,密特朗先生?"

小老头正在把破布毛巾塞回手拖车里,听见这话,立刻过来佝偻着身子又亲自点了一次。弗雷德告诉他,这些瓷器价值不高,而且都有破损,只能放到无保留价的网络小拍上出售。老头脱口而出:"那不就和 eBay 一样了吗?"弗雷德跟他解释,这种物品在大拍上反而容易流拍,网络小拍里往往还能找到买主,"毕竟,无论是您,还是我们,目的都是一样:让这些物品成交嘛!"小老头似乎并没有听他讲话,只是埋头嘟哝,大约还有点生气,不仅红了脸,连光秃秃的脑袋上都渗出了汗珠,自言自语地念叨着:"我倒是没能从我爸那里继承些金条啊,名画啊……"

弗雷德虽然善于言辞,此时也不便开口,只好坐在电脑前默不作声地微笑着。这位密特朗老先生干瘦矮小,下垂的眼睑让他的面容更显憔悴,穿着一件本应是米白色的宽松夹克,经年的磨损和污垢已让衣服变成了黄色,暗条纹深灰平绒裤子太短,露出了里面的旧袜子,不合身的衣服让他看起来愈加骨瘦如柴。冯欣打量着他,想起之前远郊火车上那对因老年卡过期而被罚款的法国老夫妻,心中很有些恻然。小老头最终还是同意把这些破烂瓷器放在网络小拍里,不情不愿地在收货凭证上签了字,直到弗雷德起身同他握手道别,他还在不停絮叨父亲是总统、自己生长于妓院的事。

弗雷德让冯欣给这些瓷器贴上编号,放去仓库,她好奇地问:"这个人,真的是总统儿子吗?"弗雷德皱起眉头答道:"我第一个月来上班就遇到他了,每隔一年半载都送些垃圾东西给我们拍卖,每次都要把他是总统私生子的旧事讲上无数遍。"他叹了口气,"可能他这辈子就只有这一件事值得说吧!"

冯欣也跟着叹了口气,抱起几个瓷盘正要去仓库,一个西装革履的黑人男子提着两个铝合金手提箱走了进来。冯欣见他30多岁的模样,身材修长笔挺,虽然谈不上英俊,却也穿得体面文雅,忍不住停下脚步想看看他是来做什么的。

他向弗雷德问了好,说自己要见戴维德,弗雷德便问他是否有预约,他迟疑了一两秒,有点欲言又止的样子,然后才说:"请您把我的名字告诉拍卖师先生,他知道我要来的。"弗雷德打电话通知戴维德之后,他果然很快就来到前台,非常热情地领着这黑人进了自己办公室。冯欣和弗雷德都觉得这黑人男子很是与众不同,但一时也纳闷不解,便交换了一下眼色,各自忙去了。

下午克莱尔让冯欣去韩嘉漪的专家工作室取狗图册页的"文物护照",法国艺术市场上,所有落槌价超过15万欧元的油画和超过5万欧元的其他门类艺术品,出境前都必须向文化部和相关博物馆申办一份"文物护照"。这样一是为了确保物品的合法性,防止不法分子串通拍卖行洗白赃物,二是为了让文化部对物品的艺术价值和文物价值进行评估。如有必要,政府有权将一件已经成交并且付款的物品列入国家文化遗产名录,从而禁止其出境,同时以国家名义向社会各界募集捐款(所有捐款者均可获得纳税优惠补偿)。如果 30 个月内政府未能征集到足够捐款,这件物品才可以解禁,合法出境。

由于评估手续烦琐、募捐实施不易,文化部极少拒绝各个拍卖公司的文物护照申请。只不过法国行政部门办事效率普遍低下,文物护照总要等三四个月才能拿到,时常会出现买家早已付完所有款项,却因文物护照还没办好,不能提货的尴尬状况。因此,绝大多数有经验的拍卖行和专家工作室,都会在拍卖前两三个月就为重要拍品申请文物护照。

克莱尔这次就是在 8 月底收到狗图册页时,第二天就让专家工作室去申请了文物护照。"真是奇迹啊!这才两个月不到,文物护照就办下来了,文化部和吉美博物馆是冬眠睡醒了吗?"克莱尔喜不自胜地说着,又写了一张易事贴递给冯欣:"专家工作室那栋楼刚换了门禁密码,说是前段时间有流浪汉晚上会溜进天井里去睡觉,报警也没什么用,只好换了门禁密码。这是新密码,你拿着。"

冯欣点头道谢,刚要出门,克莱尔忽然想起什么,看着她说:"对了,你让你的家庭医生开个处方,去做个简单的健康检查,明年签正式合同时会需要。"冯欣很是感动,克莱尔又补充道:"拍卖大楼旁边就有个化验中心,环境很好,也不用预约,我好几次检查都是在那里做的。等到我们 12 月亚洲艺术大拍,预展前你顺便去那里抽个血就行。"她在电脑上查了一下,将化验中心的名字和地址也写在一张易事贴上递给她。冯欣满心感激地接过易事贴,觉得离"正式入职"这个憧憬许久的目标又近了一步,情不自禁地给克莱尔鞠了个躬,克莱尔现在已习惯了她这种诚惶诚恐的样子,笑着让她出去了。

专家工作室今天只有那位红褐色头发的丰满女士,她开门时还拿着手机不停地闲聊,不待冯欣张口,她做了个手势,示意自己知道冯欣的来意,让她在门厅稍等。办公室里有一部座机响了,那女士飞快地拿起听筒,请对方耐心等候,又继续跟手机那头海阔天空地瞎扯,随后从抽屉里翻出文物护照,快步出来交给冯欣。没等冯欣道谢,那女士已坐回了办公桌前,看她聊得口沫横飞,冯欣不敢多打扰,把文物护照小心装进双肩包,便转身离开了。

走到大街上,冯欣想着下午公司里似乎也没什么重要的事,就打算在附近逛逛,顺便去找一找克莱尔说的那个化验中心。没走多远,猛地感到下身一阵隐隐钝痛,她意识到是生理期,"不是吧!这个时候!"她在心里抱怨着,还好马路对面就有家小超市,她左右看看没有车辆往来,顾不得还是红灯,飞奔着过了马路。

在超市拿了卫生巾去排队结账时,站在冯欣前面一位50来岁的金发女士正侧着头,用脸颊和右肩夹着手机,语速极快地在打电话,同时从一只很大的黑色名牌包中掏出钱夹付账,手腕上镶满钻石的梵克雅宝玫瑰金手镯熠熠夺目。她说话的神态,以及整个人的气质举止,真是像极了埃琳娜,冯欣忽然想,也挺像那位英国女首相,叫什么梅姨的。所以"相由心生"这个词真是有道理啊,你是怎样的人,富有或贫穷、自信或自卑、强势或怯懦,终究都会流露于外,一切隐藏和矫饰都只是枉费心机的自欺欺人罢了。

金发女士付完账,还在讲着电话,随手把刚买的东西一股脑儿往包里乱塞,收银员问她是否要保留购物小票,她有点不耐烦地摆摆手,斩钉截铁地对电话那头说:"只有1000万欧元,这样不行,绝对不行。我不要。你马上回复他。"说着提起那只鼓囊囊的大包往外走了。

两位女收银员都是白人胖子,胖得看不出是30岁还是40岁,软塌塌地坐在转椅里,听到这句话,两人惊骇对视,又转过脸直盯着那女士的背影。待她走出门外,其中一人马上对另一人说:"1000万啊!她说,1000万她都不要啊!你听到了吗?"

冯欣付了钱走出超市,她知道金发女士偶然说出的这句话,将会成为这两个收银员此后很长一段时间里的谈资,套用当下的网络流行语,这恐怕是她俩离 1000 万欧元最近的一次了。在叶芝那间精雅的小闺房里,叶芝曾经不无感慨地说起,她最近读了一本美国的社会学著作,书中通过大量翔实的案例和严谨的数据分析,指出当下美国社会富人和穷人的区别,不仅体现在银行账户上,更体现在这两种人群的生活方式上:他们从小住不同的街区、上不同的学校、从事不同的工作、在不同的地方购物,他们的饮食、服装、审美、思维方式、信息渠道……都完全不同,连常用的母语词汇都不同,甚至在 Google 上搜索的关键词都不一样。

这片街区因为靠近巴黎证券交易所,几个世纪以来都有许多犹太人居住,去往地铁站的路上,冯欣看到好些身穿黑色大衣、头戴黑色宽檐帽的犹太男子,每人手中都握着一束长长的、有点像端午节菖蒲艾草一样的植物,有几家犹太餐厅门口也在售卖这些东西,她不知道这是什么,也无从知晓。①

晚上回到家,社交媒体上被鲍勃·迪伦荣获诺贝尔文学奖的消息刷屏,冯欣从未听过这个名字,看了好几条诸如“听说有人已经开始给汪峰下注了”的段子才大致明白他是个歌手。“和我有一毛钱关系吗?”生理期让她很是疲倦,也懒得吃东西,就躺在床上有一搭没一搭地看着最新一期的明星综艺。还是多考虑一下我自己的事吧!比如,等我拿到 2 万 1 千欧元,要怎么花?付斌怎么把这笔钱给我呢?难道还是现金?那得有多厚的一沓啊?要数多久啊?不过,如果都是 500 欧元的钞票,42 张钞票,好像也没多少……

直到下周四去实习,中午和同事们一起在餐饮中心吃饭时,冯欣才知道那个衣着讲究的黑人竟是非洲某位著名独裁总统儿子的私人助理,他来找戴维德是想出售一些艺术品。其实那天他先去了 T 家拍卖行,正好是叶芝接待的,本来都已经收下了他送拍的物品,那黑

---

① 2016 年 10 月 16 日—23 日,犹太住棚节。

人却提出了一个"不情之请"：他要求先预付两万欧元，因为他的老板，那位非洲总统的儿子，急等着一笔钱用。T家拍卖行是跨国大公司，账目监管严苛，更没有现金小金库，只能婉拒了他的请求。叶芝便建议那黑人来找戴维德，因为他们这种类似家族企业的小拍卖行，财务管理相对比较灵活。

"不会吧？你说他是总统的亲儿子，又不是私生子。"冯欣握着刀叉讶然问道，"怎么可能连两万欧元都没有啊？"

"太正常了。这种人花钱都不过脑子的，就像有句俗话说的：往窗外扔钱。"弗雷德继续切着餐盘中的煎牛舌，头也不抬地说，"他们从不知道'预算'这个词怎么写，一辈子都在花钱，也一辈子都在欠债，永远是从左边借钱来填右边的债。"

下午在仓库，冯欣见到了黑人送来的那批艺术品，有四五件狮子老虎的小铜塑，听弗雷德说都是20世纪法国著名雕塑家的作品，每件估价都在一两万欧元左右。还有一只玲珑薄透的白玉壶，通体明润莹白，真正是"美玉无瑕"，雕工又极其精美，壶身浅雕着许多盛开的花朵，有点像牡丹和莲花的结合体，被牵连缠绕的枝叶簇拥着。壶盖上也雕满了俯仰生姿的莲瓣纹，最特别的还是壶柄：一枚微微偃垂的小花蕾，好似被清晨的露水压得有些抬不起头来，便正好和支撑花蕾的两片嫩叶组成了纤巧别致的壶柄。弗雷德小心地取下壶盖放在一旁，指着玉壶的内部对冯欣说："你看，这雕得多薄啊，几乎是透明的，从里面都能看到外面的花纹。"冯欣不断应着声，又问："这是中国的吗？什么年代啊？很贵吗？"

"当然是中国的呀！"弗雷德像是觉得她作为一个中国人，问出这种问题来有点奇怪，又补充道："'汉娜'女士前天来看过，说是18世纪莫卧儿（moghol）风格的，她估价倒是不贵，一万欧元，估计能拍到三万欧元左右。"

偏巧法语中"莫卧儿"和"蒙古的"（mongol）发音非常相似，冯欣便以为这玉壶是蒙古的,心里越发困惑了,蒙古不是一个国家吗？怎么又说这玉壶是中国的？难道说的是内蒙古？这玉壶虽然很漂亮,但是和平常喝茶的茶壶也太不一样了吧！还有,这手柄雕成个花骨朵的样子,好看是好看了,可这么小的一点点,怎么拿啊？也许是蒙古人用来喝奶茶的？她也不敢多问,就拍了几张照片,晚上发给付斌请教。

"哎哟,这个漂亮的咧！痕都斯坦①,开门'乾隆'啊！"冯欣收到付斌的语音,更加不解了,很嘟斯坦是什么？她只听说过巴基斯坦,好像还有个哈萨克斯坦……难道是雕刻玉壶的工匠的名字？外国人？还没等她想好要怎么问才显得不太蠢,他又发来一条语音:"这个壶来源怎么样？谁送的啊？难得玉质这么好,照片上看很白啊,少见少见。"

冯欣把非洲总统儿子要卖艺术品换钱的事告诉他,又说玉壶会在12月的亚洲艺术专场上拍卖。付斌很快回复:"这个壶来源好,玉又白,很难得的。我过两天要回国一趟,下个月找时间来你们公司来看看品相啊！有些南方老板蛮喜欢这个路数的玉器。不过,这种东西啊,这两年仿的实在太多了,真东西反而很难卖得起价。不能买贵了,买贵了就要赔钱。你说韩女士的估价是一万欧元？嗯,最好能在两万欧元之内买下来,才有空间啊！"冯欣认真听完,正要发个点头的表情过去,他又问:"对了,你们公司的财务发邮件给我了,准备下星期把狗图的钱打到我账上,你那一份钱,打算怎么拿呢？"

"我都可以的,看您方便。"冯欣马上回答,付斌这句话她已等了

---

① 痕都斯坦玉器:清代宫廷玉器中特殊而罕有的一类。"痕都斯坦"之名由乾隆帝核定,其地理位置大致在今天的印度北部。这类玉器纹饰多取材于植物或动物,器壁薄如纸,常有伊斯兰华丽风格的装饰,会在玉器上镶嵌金银细丝和各色宝石,与中国传统玉雕风格迥异。乾隆帝对痕都斯坦玉器钟爱有加,并为这类玉器屡屡题咏。

将近半个月，此刻终于在微信语音中听到，心里却反而出奇地平静，只是无声笑了一下。

"冯小姐，是这样的，钱虽然不多，但我觉得呢，你最好还是给我一个中国的账户，让我转人民币给你吧？你恐怕不晓得，法国银行很有毛病的，你户头上如果一下子多了2万欧元，银行肯定要你提供各种文件，证明这些钱是怎么来的，搞不好还要让你交税，麻烦得不得了！我有个兄弟，去年收到一笔钱，还不到10万欧元，银行问都没问，直接就把他账户注销了，寄了封挂号信给他，让他一个月之内把账上所有的钱都转出去。哎呀，那段时间他都急死了！所以，我送狗图给你们公司的时候，留的是个香港的户头，谁敢留巴黎的户头哦！"冯欣仔细听了两遍这些语音，很是感动，再次无比庆幸认识了付斌，因为他的精明睿智，自己才能一次又一次赚到钱，他还这么细致周密地考虑到了收钱时会遇到的麻烦。她想自己也没什么可报答的，好在明年就要正式入职了，一定要更加密切跟他合作。

她越来越坚定地相信，付斌就是自己生命中的"贵人"，是冥冥中命运对她的垂青。她在穷困卑微的境地中挣扎了将近30年，现在才体会到，只有拼命靠近那些富有的、成功的人，他们的幸运和财富才有可能降临到自己身上，就像酷热的盛夏傍晚，在暴风雨来临之前，总会有一星半点的雨滴砸到行人的头顶。

冯欣次日一早就找妈妈要了个国内的银行账户信息发给付斌，果然，10月31日，换了冬令时后的第一天，她还在睡懒觉，就被手机持续不断的振铃声吵醒了。她披头散发地坐起来，迷迷糊糊点了接听键，才发现是妈妈发来的视频通话，猛地看到妈妈那张几乎填满整个屏幕的胖脸，冯欣吓得一激灵，赶忙皱着眉把通话主屏幕换成了自己，把妈妈的脸缩小到屏幕右上角，才觉得没那么别扭。

她已经提前告诉过父母，会有10多万元人民币到账，但他们在视频里还是激动得话都说不清楚了："15万6千元啊！我今天收到银行的短信,戴着眼镜,用手点着数了好几遍! 这么多啊!"冯欣极少跟父母视频,连电话也是两三个星期才打一次,就算打电话,也只是跟妈妈闲聊,破天荒地,此刻父亲也出现在了视频画面中。他笑得脸上的皱纹都挤到了一起,翻来覆去地夸她"能干、厉害",希望她"以后多赚大钱啊"。

她自然是高兴的,从小到大,父母从未夸奖过她,可是她这种既不聪明又不漂亮的女孩子,实在也没什么值得夸奖的地方。就连偶尔一两次期末考试成绩不错,亲戚来家里拜年时,顺口说些赞许的客套话,父亲也只是面无表情地来一句:"就那样吧!"她出国这 4 年多,只在暑假回过一次国,父亲还整天埋怨她回来游手好闲的也没啥用,白白浪费机票钱和打工的时间。而今天在视频里,父亲居然跟她说:"你现在也算站住脚跟了,明年就要正式上班了,春节回来过个年吧?"

她下意识地点了点头,刚要开口答应,又掐断了自己的话头,说道:"到时候再看吧,春节机票很贵的。"父亲还没说什么,母亲立马凑到摄像头前说:"就是就是,虽然赚钱了,咱还得省着花,春节是高峰期,咱可别去给航空公司送钱啊! 你看啥时候有那种特价机票,再回来就行,反正法国假期那么多嘛!"冯欣默然听着妈妈长篇大套的唠叨,只有她自己知道,那句回绝父亲的话语里藏着多少年的憋闷委屈。也许是因为突然被吵醒没吃早餐的缘故,她只觉满心的困乏正逐渐汇成一股难以遏制的反胃感直往上涌。她深知如果不打断母亲,她还会喋喋不休地一直讲下去,于是在母亲停下来喘气时,她故意用一种略显夸张的恳求语气,说出了那句早已准备好的话:"苹果刚出了新手机,我打算这两天去买一个。"

这话一出口,像是因为网络不畅,视频画面卡住了,母亲的脸庞僵了几秒。冯欣早就猜到妈妈将会怎样回答,果不其然,每一句都在她意料之中,连语气都和她预想的一样:"你看看你啊! 我就知道你是这个样子，刚赚了点钱就要乱花！这手机好好的，干嘛又要换呢？你现在用它跟我们视频，不是挺好的吗？钱得省着用，万一哪天又要过穷日子呢？难怪网上说你们85后90后都是这样，钱还没拿到手呢，就先花出去了。现在多少年轻人借那什么网贷，被骗了多少钱都不知道，说来说去啊，就是虚荣！"

冯欣悄悄把视频音量调到最低，看着母亲的嘴像快要窒息的鱼嘴在开合翕动，心底生出一股隐秘而强烈的报复快感。她并没有把付斌给她1000欧元"喝茶钱"的事告诉父母，她随时都可以去买个新手机，根本不需要他们同意。然而，她就是要说出来，就是要看看他们的反应，就是要听他们亲口讲出那些可笑的陈词滥调——整个青春期，她连逆反的念头都从没敢有过，那些背着父母早恋、逃课、打架的同学们，在她眼中简直是传奇般存在。现在，她终于可以做一点叛逆的事情了，她再也不是那个怂头怂脑、永远被人忽视的冯欣了。

想想这样的亲子关系何其悲凉，如果没有这15万6000元，我这一生在他们眼里都没有任何价值吧？童年和少年时代听过无数遍的那些高分贝话语又在耳畔轰轰炸响："你看XX家的儿子，多给他爹妈争光！""我骂你还不是为你好啊！""人家成绩不好，起码长得漂亮又会打扮啊！你呢？"……小孩子最可怜了，他们没办法选择自己的相貌、性格、智商、家庭，也从来没有人问过他们，他们自己愿意来到这个世界上吗？比如像我这样的废物，为什么要来这世上呢？为了给父母丢脸吗？还是为了浪费地球上的粮食空气和水？28年了，直到今天，我才终于能让父母在他们的同事朋友面前嘚瑟一次，如果我真能像他们说的"赚大钱"，他们是不是要带我回老家去祭祖啊？万一我以后再也赚不到这么多钱，他们又会变成从前那样了吧？她突然想起自己曾经问过叶芝，为什么她还这么年轻，就这么坚定要做丁克。

"你觉得一家餐厅好吃，才会把它推荐给别人；小孩子也一样啊，你觉得这个世界好吗？值得他们来一趟吗？"

是啊，如果是为了体验我的这种家庭亲子关系，还是算了吧，太令人窒息了，太苦了。不仅我自己苦，20多年来，父母不得不养育我这种一无是处的女儿也挺苦。话又说回来，难道法国人的亲子关系就更幸福吗？大部分法国父母和子女各自独立、互不打扰，亲情通常淡漠至极，想想那位给每一家拍卖行打电话说自己父亲罹患阿尔茨海默病，让拍卖行不要再接受父亲竞拍委托的儿子；想想那位法兰西院士两个儿子之间旷日持久的厮打争斗；还有弗雷德前几天说的，他去一户人家里做财产清算，那寡母去世后留下五个子女，每个子女都带着自己的律师，兄弟姐妹身处同一个房间，彼此却始终不说一句话，全程都是由律师代为沟通交流……你见过这么多可悲可叹的人间闹剧，还愿意让另一个无辜的人再来体悟一遍吗？体悟这众生皆苦的人世间，到底又有什么意义呢？

这一周是大学的万圣节假期，周三下午，冯欣特意转了两趟地铁和远郊火车去市中心的苹果专卖店买手机。最新的iPhone 7确实漂亮，不过她在挂满了蜘蛛网、南瓜灯、骷髅蝙蝠等各种万圣节装饰的店里纠结了许久，最后还是决定买一个稍微便宜点的粉红色iPhone 6s。接下来的几个星期，她每天最开心的事就是捣鼓这个新手机。

天气渐渐凉了，换了冬令时之后，天黑得特别早，伴随着特朗普当选美国总统的消息，巴黎迎来了第一场冰雹。悬铃木和栗树的黄叶早已落尽，偶尔走过一些种着国槐的街道，落叶铺洒得遍地金黄，在潮湿昏暗的天地间绚丽如锦。

这样的阴冷时节中，冯欣有时会在周六午后特意坐几个站的公交车去买一桶美式炸鸡，再配着冰箱里的啤酒，看看偶像剧，一个周末就这样快活地消磨掉了。

有一天她去得比较晚，从炸鸡店出来时，天已经全黑了，到了公交站看见车刚开走，站台的液晶屏显示下一趟车至少一刻钟之后才会到。冯欣想反正也没下雨，还不如走回去，便紧了紧围巾和外套，抱着炸鸡桶往公寓走。

这时候路上没有什么人，经过一段开阔的街道，她忽觉眼前一亮，一轮非常大的橙黄满月，低悬在墨蓝色的天幕上，恍若童话绘本中描画的梦境，一伸手就能把这个圆圆胖胖的月亮抱在怀里。或许是寒凉的深秋让人止不住地多愁善感，她眼眶里一下子噙满了泪，吸了吸鼻子，炸鸡特有的浓烈气味直冲进脑门。

时光真是没有痕迹的啊，比如，现在谁还记得两年前风靡一时的"炸鸡和啤酒"呢？说起这个词，感觉都像是许多年前的旧事了，曾经那样火爆的韩剧会被所有人迅速淡忘，就像曾经铭心刻骨的人会从记忆中完全消失；就像打过的耳洞，只要不戴耳环，一两个月就会完全堵上；就像去年冬天痒得她挠心挠肺、彻夜难眠的湿疹，现在都不记得疹子是长在哪个地方了……这些切身体会过的悲喜哀乐竟然都不像是真的，仿佛只是做了一场梦，只是脑电波的无序活动而已。

但眼前这一轮美得不可名状的明月，我永远都不要忘记。冯欣独自站在空无一人的路边，周围是一片辽旷的野地，湿润的泥土味、苔藓味和无数枯枝败叶正在腐朽的气息混合在一起，没有寒风，没有星辰，只有一轮温暖硕大的月亮，以一种不可思议的亮度照耀在天地间，耳畔充满了无数细小得几乎不可听闻的声音，似秋夜的脉搏在轻微跳动。

冯欣抬手擦了擦脸上的泪水，突然有种强烈的冲动，也顾不上没洗手，掀开怀中炸鸡桶的盖子，拿出一只鸡翅就啃起来，啃完的鸡骨头便随手往旁边的空地上一扔。夏天的时候，这片野地上曾开满了红艳如血的虞美人花，现在，就让这些鸡骨头变成来年的花肥吧！在这艰难苦痛的一生中，就算你不能幸运地拥有完美的家庭、甜蜜的爱情和杰出的才干，可是，当你凝望着这轮不会沉落的明月，它温柔的黄色光芒陪伴着你，陪你在清寒的空气中流着热泪、啃着炸鸡，你会明白，这一刻是上天的慈悲和眷顾啊，你其实并不孤独。

拍卖行的工作按部就班地继续着，冯欣在朋友圈看到叶芝去路易威登基金会看了一个什么俄国人的收藏大展，激动得语无伦次热泪盈眶，嚷嚷着"人活着多么好！可以看到这么多、这么好的马蒂斯！"她搞不懂一个卖包包的 LV 怎么还有基金会，更搞不懂叶芝是在激动个啥。她这些天在网上搜了一下巴黎远郊的房价，盘算着，如果跟付斌合作顺利，再有几次狗图册页这种机会，再贷点款，过几年应该就能在远郊买个 30 多平米的小公寓了。搜索房价信息时她才发现，这次赚的 15 万元人民币，甚至不够在叶芝家所在的富人区里买一个平米。这让她很是沮丧了一阵子，但又对自己说，没关系，饭要一口口吃、路要一步步走，说不定有朝一日我也能住进富人区呢！

也许因为这次不是直接拿现金的缘故，冯欣的心中并没有太大的波澜，更没有像上回那样买香槟瞎折腾。现在虽然才 11 月中旬，超市已陆续上架圣诞节的食品了，她买了盒鹅肝和一小罐鱼子酱，鹅肝当然是很美味的，鱼子酱却实在吃不出什么好来。她还是更喜欢抱着一瓶便宜的果味气泡酒，用长吸管吸着喝，这让她想起小时候暑假里喝汽水吃西瓜的往事，想起那些无忧无虑却稍纵即逝的时光。

周四上午菲德丽卡在展厅帮那位英国摄影师拍摄银器，冯欣又坐在一旁埋头擦银器了，艾里克像是担心摄影师会跟菲德丽卡调情，就一直站在旁边跟他俩没完没了地闲扯。他刚讲完上周和朋友们去索洛涅森林去打猎野猪的事，摄影师说自己昨天在另一家拍卖行拍摄，拍卖师给他看了一张所谓的藏品来源旧照，黑白照片上是个法国老头坐在书房里，怀抱着一只瓷瓶，乍看并没有什么问题。"但是，那张照片是用 Photoshop 做的！喷墨打印出来的！"摄影师洋洋自得地大声笑着，"我一眼就看出来了！现在这些人造假的手段，简直不可想象！"

菲德丽卡睁大了漂亮的深绿色眼睛，惊奇地问道："你能看出一张照片是喷墨打印,而不是洗印的?"

"那当然!"摄影师笑着正要往下说,朱利安高喊着跑了进来:"天啊!你们快看,我找了什么!"大家全都停下了手里的工作,连摄影师也握着相机回过头去。朱利安举着一个小小的灰色硬纸圆筒冲过来,激动得连眼睛都有点发红,抹了发胶的栗色头发也跑乱了,两缕头发垂在额前,像滑稽的刘海。艾里克一看见朱利安手中的纸筒,眼睛也亮了起来,一把拿过来打开,从里面抽出一个泛黄的纸卷,轻轻展平——正是四个多月前,所有人到处搜寻的那张贝多芬手稿。

菲德丽卡和冯欣都欢呼起来,摄影师问明了原委,也连声感慨:"奇迹啊,真是奇迹,居然还能失而复得!"一直在前台忙碌的弗雷德闻声而来,朱利安说这是在库房角落垃圾桶和墙壁之间的缝隙中偶然发现的,弗雷德如梦初醒地感叹:"难怪我们翻箱倒柜都没找到啊!肯定是当时有人顺手放在货架上,这个纸筒又不知怎样滚到了地上,那个垃圾桶经常被人踢来踢去的,就正好把它卡在墙角里了。"众人都连声称是,艾里克便让朱利安将手稿送去埃琳娜办公室,让她赶紧通知手稿的藏家,弗雷德长出了一口气笑道:"藏家现在可以撤诉了。"

"或者,有另一种可能。"艾里克皱了皱眉,迟疑着似乎不知要从何说起,稍微顿了一顿,才继续说道,"有可能,乐谱手稿确实被人偷走了,但因为它是赝品,小偷找不到买家脱手,所以又悄悄地放了回来。藏家送手稿来的时候,是我接待的,我还顺手拍了几张照片,但后来我东忙西忙就给忘了。等那藏家说我们弄丢了手稿,起诉了我们之后,我把那些照片给几个最权威的手稿专家看了,他们都说,看照片就觉得像是赝品。所以我跟戴维德讲,不怕跟那藏家打官司,专家们到时都可以出具鉴定证明,确认这张乐谱是赝品……"

"打扰了!请问有人吗?"他的话被外面前台传来的一个男人声音打断了,弗雷德快步出去,冯欣见自己两手乌黑,准备去洗个手,也想从那三人的打情骂俏中出来透透气,就跟着他一起过去。一位 50 来岁的法国男人拿着一封信站在前台,弗雷德微笑着上前问道:"先生,请问有什么可以帮到您?"

"我是法警,来给你们送传票,请您签收并盖章。"

17

"你到现在还不打算告诉我,狗图的卖家究竟是谁吗?"第二天一大早,韩嘉漪就在埃琳娜的办公室里跟她吵了起来,她作为被告之一,昨天也收到了传票。那位购买了狗图册页的香港客人,蔡启南先生,上个月收到册页之后,经过一番仔细研究和多方咨询,认为狗图是当代人伪造的赝品,因此通过律师提告,要求拍卖行全额退款。

"我和克莱尔之前都跟你说过,狗图册页是一位法国古董商送来的,真的没有骗你啊!"听埃琳娜的声音,似乎极力想要让韩嘉漪平静下来。冯欣独自在图录仓库里,把下个月亚洲艺术大拍的图录装进信封,隔着一堵薄薄的板墙,她俩争吵的每个词都能听得很清楚,她紧张得呼吸都要停止了,拿了个信封僵硬地贴墙站着。韩嘉漪尖细的嗓音又响起来:"你现在还跟我说卖家的名字是'商业机密'!等将来司法调查介入,你是不是也要对法院说,卖家信息是商业机密?"

"卖家名字"这个词像一柄巨大的铁锤砸在冯欣脑袋上,"司法调查是什么?会查到我吗?会查出那个皮包公司的地址就是我公寓的地址吗?"她惊恐地战栗不止,感觉全身每一块骨头都在哆嗦,竟然像偶像剧的烂俗桥段一样,一不留神被手中的信封划破了左手。

一张薄薄的纸怎么会划出这样深的伤口,冯欣痛得倒吸一口凉气,微弓起背抵着墙,用另一只手紧捏着流血的手指,仿佛这样就能减轻一些疼痛,她现在绝不能出去包扎,必须要偷听完隔壁那两人的所有对话。韩嘉漪一直很生气,再三强调:"我们在同一条船上!"埃琳娜后来也失去了耐性,提高嗓门辩白自己没有撒谎。等到韩嘉漪终于怒气冲天地摔门而出,冯欣手指上的血已淌得满手都是了。

她飞快地跑进卫生间,打开药箱找到消毒水和创可贴,刚包好了伤口,马上掏出手机,把早已想好的话写成文字发出去:"付先生,我告诉您一件事,请您先别着急。狗图的买家把我们公司和专家都告了,他说是赝品,要求退款。请问,现在要怎么办?"

"赶紧把这条消息撤回去。"看见付斌这句话,冯欣才意识到自己慌乱中干了错事,立刻撤回了消息,他又发来一句简短的语音:"别担心,没事的。我现在不方便,晚上打电话跟你细说。"

冯欣在惊惧悔恨中煎熬了一整天,直到晚上 9 点过,付斌才打来了电话:"冯小姐,真的不用担心啊!让他们打官司去好了,跟我们有个屁关系!你想啊,我手里有这么一个东西,我自己又不晓得它是个什么鬼,我把它送到拍卖行,是拍卖行和专家说,这个东西是乾隆宫廷的,给它估价 10 多万——那又不是我定的,跟我有什么关系?还有,那天拍卖场上,多少人都抢着要买这件东西,哗啦啦一下子就抢到 21 万,难道是我逼他们出价的吗?你放一万个心啦!这种事情,拍卖行又不是第一次遇到,就算输了官司,也不是他们赔钱,都是保险公司赔钱,怎么可能会让卖家赔钱?哎哟,要是让卖家赔钱,那还得了!那这一行不早就乱套了嘛!"冯欣越听越觉得入情入理,他又在电话里笑道:"再说了,你不是告诉我,克莱尔让你用酒精试过,那个盒子确实是紫檀的嘛!如果画有问题,怎么可能有个紫檀盒子?那盒子还是云龙纹的,标准的乾隆宫廷风格,多漂亮啊!"

虽然对方看不见她,冯欣还是止不住地点头,又说了许多遍谢谢,挂了电话很久她才想到,就算盒子是真的紫檀,画册会不会是假的？她依稀记起小时候看过的法制节目,有些卖假酒的不法商贩,高价回收真的酒瓶之后往里灌假酒……又转念一想,不会不会,那盒盖上也刻着"骏犬册"三个字,可见盒子跟画册是配套的,肯定是这样。她其实不敢多问付斌,虽然他总是那样和和气气,但她还是很害怕得罪他,失去这些宝贵的赚钱机会。她瘫在床上直发呆,不断想起坐牢的威廉,想起朱利安跟她说过的什么"追诉时效",什么"拍卖行和专家要对拍品负法律责任"。她有点想哭,但又没有眼泪,只觉得躺在这间蜗居里,就像一只蚂蚁毫无方向地爬行在幽暗无际的密林草丛中,每一秒都有可能被踩死、被吞噬。

她迷迷糊糊地睡着了,醒来已是上午 10 点半,顾不上此时外面会有行人经过,飞快地打开了窗户和污脏糟朽的百叶窗,深秋难得的清亮阳光卷着寒冷的空气,直扑进这间令人气闷的小屋里来。不知为何,这世界在阳光下看起来似乎没那么可怕了,事情到白天总会变得好一点吧!这种听起来自欺欺人的想法,让冯欣逐渐挨过了许多漫长的黑夜。

她无数次梦到自己被警察押着站在法庭里,绝望地用中文呼喊,拼命想证明自己是无辜的,可是没人听得懂她在讲什么,那些顶着灰白色假发的律师们全都像看笑话一样瞧着她。直到冷汗淋漓地惊醒过来,才感到心脏抽搐得有些刺痛,要过好一阵子才能稍微松弛一点,也才想起法国律师并不戴假发,梦中的法庭场景,都是港剧里看来的。她好几次想询问叶芝,狗图册页到底是不是赝品,又不敢把照片用微信发过去,在这件事情上,付斌谨慎得就像拍间谍电影一样,任何文字的痕迹都不会留下。

他这样做肯定有他的道理,冯欣想,一定要找个理由约叶芝出来,当面问问她。但她暂时找不到合适的理由去联系叶芝,这让她想起读高中时,数学课上那些听不懂的地方,她不敢拿去请教班上那几个尖子生,他们课后总是凑在一起解题刷题,冯欣偶尔听见几句他们的讨论,都像是某种玄妙深奥的外星语言。她多么嫉妒这些尖子生啊,却又不得不鼓足勇气、厚着脸皮,在他们看上去不是很忙且心情愉悦的时候,低声下气地去求教。是啊,我只有去乞求他们,才能获得想要的信息,而他们随口指点的一句话,对我来说,却重要得如同圣旨纶音。我有多崇拜他们,就有多仇恨他们,这种在每一个暗夜中疯狂滋生的恨意,那些始终被命运眷顾的幸运儿们,永远不可能懂得。

周四是感恩节,一早起来,冯欣就被社交媒体上国内朋友们各式各样的"感恩"帖子刷屏,她心中一亮,这是个很好的由头,今晚就用感恩节的祝福联系叶芝,这样她总不会拒绝吧。她终于觉得松快了一些,为自己想出了这个主意而倍感欢欣,早上八点刚过,她就高高兴兴出门去公司了。

一大早,菲德丽卡又被艾里克拉着一起去讷伊的一位客人家里清算财产,午后有个瘦瘦小小的法国老太太拖着个购物手拖车过来,说是在自家地窖里找出了十几瓶陈酒,问能不能放到拍卖会上卖掉。弗雷德告诉她,分管酒类的拍卖师艾里克暂时不在,可以先帮她把酒收存,等艾里克看了之后再给她回复。冯欣便帮着老太太,从手拖车里将那些覆盖了多年尘垢的红酒一瓶瓶拿出来放在前台桌上,被呛得直打喷嚏,弗雷德接了个很短的电话,放下听筒对她说:"戴维德找你。"

"我?"冯欣正要打喷嚏,被他这话给憋回去了,使劲吸了吸鼻子,问道:"现在? 我,现在去他办公室?"她很是诧异,实习快半年了,她还从未进过戴维德的办公室,能有什么事? 难道……她顿时恐慌起来,弗雷德又说:"不用,他马上就过来。"

"这些酒最好能值点钱。"老太太嘟哝着,"要是只值个几十欧元,我就不卖了,把它们拿回家喝掉。"弗雷德刚要开口,就听见戴维德的声音:"您就是那位实习生吧?"冯欣闻声连忙转过身去,答应着"是",

快步走到他面前。戴维德递给她一个信封，用简单的短句说："请您，把这个，带给 T 家拍卖行的叶女士。"

冯欣赶紧把满是灰尘的双手在裤子上蹭了蹭，接过信封，戴维德严肃地注视着她，像是怕她听不懂，一字一顿地说："这里面，是很重要的，文件，请一定，亲手交给叶女士。"冯欣连声答应着，他好像仍然不放心，又拿回信封，从前台取了支圆珠笔，在信封上写下：叶芝女士亲启。

"我本来是要亲自送给叶女士的。"戴维德重新把信封交给她，"不过叶女士告诉我，你们经常联系，所以让我把这份文件拿给您。您一定不要弄丢了，明白吗？"他说话的神色非常郑重，冯欣点头如捣蒜，反复说着"好的好的，一定一定"。

"哈哈哈，戴维德，好久不见哦！"居然是付斌笑呵呵地走了进来，戴维德一见到他，也朗声笑起来，两人热情地握着手，像久别重逢的老朋友一样真挚地寒暄着。付斌说前些天克莱尔告诉他，有一只很漂亮的玉壶会在下个月上拍，自己今天正好在附近办事，就顺路过来看看实物。"那只玉壶啊，确实特别好！来源也很好！"戴维德一把揽住付斌的肩膀，将他拉到旁边的角落里，低声跟他聊了足有十来分钟，像在讲述什么神乎其神的奇闻。付斌的一双小眼睛时不时瞪得溜圆，表情也像是听了不可告人的惊天秘事，他俩互相递着眼色，声音低得只有他们自己能听见，连握手道别的动作都显得那样诡秘。

送陈酒的老太太已离开了，冯欣便去图录仓库，将戴维德给她的信封小心放进自己的双肩包，又去楼下仓库取出了玉壶。她把玉壶放在前台桌上时，抬头正好遇上付斌带笑的目光，便也心照不宣地笑了笑。付斌一言不发地欣赏着玉壶，用小手电筒照着仔细看了几遍，又将玉壶拿到窗前，在自然光下看了许久，还跟冯欣要了张 A4 纸，把玉壶放在白纸上拍照。

刚才看到戴维德和付斌那种勾肩搭背的亲密样子，冯欣心中久悬不安的隐忧已渐渐消散了，付斌的话似乎有一种魔力，让她不知不觉地变得勇敢，变得无所畏惧，现在反而对自己之前的顾虑感到有点惭愧了。付斌临行前问她，要竞拍这只玉壶，是不是要先交5000欧元的保证金？冯欣点头说是，又有些不解地问："您是公司的老客人，应该不用交这个保证金啊？戴维德刚才没跟您说吗？"

"是的是的，他说我不用交保证金，不过……"他紧皱着眉头没往下说，像是在考虑什么棘手的难题，然后用一种犹豫不决的声音说，"到时候看情况吧。我先走了，冯小姐，那件事，你放心啊!"他又恢复了惯常的笑脸，顺便跟前台的弗雷德也道了别，冯欣含笑看着他的背影，知道自己完全不用再担心狗图册页的官司了。刚才她还很开心戴维德给了她那个信封，让自己有了名正言顺的理由去联系叶芝，此刻却只觉得满心厌烦。又要再去陪她聊天，又要熬受她那些花样翻新的炫富，又要拼命把一肚子的恶心憋在喉咙里，把想翻白眼的冲动压制住，全心全意地去奉承她——她这辈子听到的奉承还少吗？她就那么缺我这一份儿吗？是不是因为她在巴黎住久了，很少听到母语的奉承话呢？

冯欣恨恨地想着，然而到了晚上，还是不得不去联系叶芝，正好看见她刚在朋友圈发了几张精美菜式的照片："和先生在我们第一次约会的日本餐厅吃饭，很巧的是，餐厅安排的还是当年的位置，也是密特朗总统曾经的座位。主厨依然记得我，聊了聊这两年来彼此的生活，或许，这就是巴黎最动人之处吧，这些动辄上百年的餐馆、随处可见的名人故居，都在以一种温情脉脉的方式提醒你:光阴荏苒，一定要享受人生、要爱自己。"

我真的要吐了。冯欣看完这段话，丢开手机去上厕所，她觉得叶芝这种看似"高级"的炫富方式，实在比那种直接晒大logo奢侈品照片的锥子脸网红更令人倒胃口。从卫生间出来，她想起了那个信封，其实今天下午她已大致猜到了信封里是什么东西，但还是想要确认一下。她把信封从双肩包的内袋中拿出来，打开台灯，举起信封对着灯光看了又看，不出所料，隐约看出里面是几张钞票，是她熟悉的那种紫色，500欧元。她捏了又捏，估计至少有五六张，这应该就是叶芝建议那个黑人把物品送来戴维德的拍卖行而得到的"好处费"了。而且，这很可能只是好处费的一部分，还有一部分要等到这批物品全部卖出、结完账之后再给她。

"T家拍卖行那个叶小姐，你认识的吗？她有钱成那个样子，你觉得她是靠工资活下去的啊？"果然还是付斌看得透彻啊！冯欣随便吃了点东西，洗完澡，已经快九点了，想着无论那个前总统曾经光顾的餐厅有多么高级，这时候叶芝总该吃完晚饭了吧，于是把准备好的信息发了出去："亲爱的，今天是感恩节，感恩遇到你！戴维德给了我一封文件，让我亲手交给你，你什么时候有空呢？"

"谢谢你！但是，法国不过感恩节的，法国又没有五月花号。"

冯欣握着手机呆住了，正不知要如何回复，叶芝的信息又来了："你跟我这样说没关系，你的心意我明白，但是，你千万别跟法国人这样说啊！你跟法国人祝贺感恩节，就像你跟中国人祝贺日本天皇生日一样啊！"

这几行字像一盆浓盐水泼到了冯欣还没愈合的伤口上，她感到手指有些发麻，紧咬着牙发了个"不好意思"的表情包过去。是啊，我在法国生活了四年多，居然还会犯这种常识性错误，我多丢人啊！看我这样丢人，你是不是很爽呢？不错，我法语说得很烂，也没什么法国朋友，就连大学同学也都是些"亚非拉"，不像你，能嫁一个有钱又帅气的白人老公，所以，我没有途径深入了解法国社会，没有办法融进法国生活，上网我也只上中文网，追剧我也只追国剧和韩剧……我住在你们永远不会踏入一步的贫民区，我们生活在同一座城市，却隔着几辈子都无法跨越的鸿沟。就像昨天上课无聊，在桌子底下刷微博，看到有人说："这两年越来越多的人开始抱怨什么'阶层固化'，其实你们都该去欧美发达国家看看,什么才是真正令人窒息的'阶层固化',中国现在才哪儿到哪儿啊!"

叶芝说自己这周六要加班,因为当天有个预展,"你可以来我们公司逛一下预展,然后我们一起去吃中午饭。你入职这么大的喜事,我都还没有请你吃顿饭庆祝一下呢!"

又来到 T 家拍卖行那栋气势非凡的建筑门口,七个多月的时光就这样过去了,路旁曾经葱茏繁茂的栗树叶早已落尽,清冷的秋风摇晃着光秃秃的树枝,一种空寂的枯萎气息飘散在阳光中。那两扇布满青铜鎏金雕饰的厚重大门缓缓向内自动打开,冯欣还是被吓了一跳,不由自主地往后退了一步,又稳了稳心神,看看周围并没有人注意到自己的尴尬,才红着脸往里走。她人生中最重要的一次偶遇就发生在这里,眼前的一切都是她亲眼见过的,可是此刻她竟然记不清那一天的情形了。那天她是怎样在这里兜兜转转惊慌迷路,怎样找到那个瓷盘拍照,怎样被那位金发女主管呵斥……好像全都记不起来了,只觉得似有许多模糊迷离的画面迅疾闪过眼前,越往里面走,心跳得越厉害。

澄明的秋阳透过中庭庞大的金字塔形玻璃天顶泼洒下来,似一顶悬在空中的金色纱帐,罩着大厅中央一座鲜花怒放的高塔。花塔主体是这个时节罕见的粉白色和香槟色芍药,其间点缀着无数明黄和翠绿的蜡菊、花色丰艳的玫瑰与毛茛,还有许多芬芳硕大的百合花,再配以秋色尽染的丹枫红叶、金灿灿的麦穗……花塔仿佛在向上生长,无穷无尽地朝着天顶的玻璃金字塔塔尖一直升腾上去,底部环绕着几圈珊瑚红色的重瓣郁金香,那些微微卷垂的锯齿边花瓣,像极了被巧手剪裁出的天鹅绒裙裾。冯欣围着这座流光溢彩的花塔且行且赏,很有些心醉神迷,在转角处看见一个俊秀的金发小伙子坐在办公桌前,正跟对面一位白发苍苍的老先生低声说着话,隐约听得见他那优美而略显刻意的法语口音。

这里的地毯还是那么厚,冯欣也还是像上次那样局促瑟缩,踏在软乎乎的地毯上,她觉得自己好像都不会走路了。她终于看见了叶芝,她正站在角落里打着电话,冯欣不敢过去打扰,就远远地站着,等到她打完电话才堆起笑脸走过去。两人行了贴面礼,随口寒暄几句,冯欣小心地找着话题说:"我有个客人,昨天正好给我发了条信息,让我来你们这场预展看一个'挂瓶','挂瓶'是什么瓶子啊?"

叶芝噗地一声笑出来,又立刻把笑容掩饰了过去,认真解释道:"是'挂屏'不是'挂瓶',是屏风的那个'屏'字,就像几扇比较小的屏风挂在墙上,是装饰用的。你客人要看的,应该是那件百宝嵌博古图挂屏,就在那里。"她说着便带冯欣走到挂屏前,原来是个一米多高的长方形木板,上面用大大小小的白玉、碧玉、红玛瑙、青金石、紫水晶、芙蓉石俏色雕琢拼接出兰花、书卷、笔筒等图案,好似一幅浅浮雕的古画挂在墙上。冯欣赶紧掏出手机拍了几张照片,又勉强微笑着对叶芝说:"原来是这个'挂屏',我就说嘛,瓶子怎么可能挂起来。"

"当然有可以挂的瓶子,那叫作'壁瓶',乾隆特别喜欢。"叶芝见她已经拍完照,一边往展厅中间走去,一边说:"你有机会的话,去三希堂看看,墙上挂了好多不同的壁瓶,非常非常漂亮!我们前两年还拍卖过一只粉彩带御题诗的,我记得也不是太贵,好像不到 20 吧……"

"山西堂?你还去过山西啊?"冯欣脱口问道。

叶芝没回答她,只是笑了一笑,说道:"现在也快 12 点了,我之前跟同事打过招呼,我们去吃饭吧!那个餐厅不是很远,今天难得天气这么好,走路过去好了。你等我一下,我上楼去拿外衣。"冯欣明白自己又问了很蠢的问题,站在中庭金光耀目的阳光下直发怔。

叶芝披了件墨蓝色的羊绒斗篷走下楼来,系着一条浅烟色的薄羊绒围巾,她身量不算高,这短斗篷衬得她俏皮又贵气。冯欣和她并肩来到外面,街道旁有些商店已布置上了圣诞节装饰,在久违的蓝天艳阳下,一股松枝柏叶的清苦气息荡漾在萧瑟寒风中,让人不禁心生温暖。

一路上好几家餐厅酒馆的门口和临街露台上都铺着厚厚的干草,有的餐厅还在入口处摆了几垛一米多高的干草堆,就像有人要赶着牛羊来放牧一样,在繁华的巴黎市中心,这种带着乡土田园味道的景象格外惹眼。冯欣从未见过这样的装饰,觉得新奇极了,然而叶芝穿着一双中跟靴子一如既往地健步如飞,冯欣快步尾随,好容易遇到一个红灯停下来,她轻轻喘着气问道:"这些餐馆,为什么铺这么多稻草啊?"

"这是 Beaujolais 新酒上市的营销手段啦!"叶芝抬起手臂拢了拢斗篷笑道,"这种酒每年 9 月入桶,11 月底就上市,味道其实一般,酒商只是用这种比较新颖的方式把它推广给巴黎人,毕竟,我们这些'可怜的'巴黎人一直住在城市,没机会亲近散发着草香味的大自然嘛!"她故意摆出一脸无奈的表情,又笑着补充了一句:"不过,听说这种酒在日本卖得特别好。"

"你真厉害,什么都懂啊!"冯欣由衷赞叹道。

"我住在这里啊,这是我生活的城市,我的家。不出意外的话,我一辈子都要住在这里呀!"叶芝悠然笑道,环顾着四周沐浴在秋阳中的壮美街景,"如果我去你的家乡,你肯定也能跟我介绍那里的各种事情嘛!"

冯欣张了张嘴却无言以答,很多人都没有听说过她生长的那座小城,她正在思考该如何接话,跟着叶芝转过街角,听见她说:"我们到了,半岛酒店。"

虽然已经去过两次 T 家拍卖行,冯欣还是在这栋宫殿式的恢宏建筑前惊呆了,这片纯白的建筑群在明净的蓝天下光辉夺目,宽敞的露台占据了大半条街道,铸铁支架撑起波浪形的透明天棚,好似雪国中一座光芒万丈的水晶宫。冯欣还没想明白为什么要来酒店吃饭,叶芝已带她走了进去。

大厅里就更像宫殿了,地上铺的全是白色云纹大理石,雕镂繁复的花窗、围栏、廊柱……无处不在,行走其中,仿佛穿行于琼花玉树之间,徜徉于白雪皑皑的山顶。最引人瞩目的是中庭那一大片水晶灯饰,无数形状各异的抽象水晶花饰,被许多几乎看不见的细线悬着,从十几米高的穹顶上错落有致地垂下来,像千万只静止的白蝴蝶和白天鹅,更像许多被施了魔法的白兰花飘浮在天宫。皎洁柔和的灯光自天顶倾洒而下,宛若一阵阵银色的雨丝,辉映出一场轻灵旖旎的梦境。一路上所有穿着酒店制服的工作人员都向她们微笑致意,冯欣忙着四处张望,本来就感觉眼睛不够用,还要应付此起彼伏的问候、附和叶芝的讲话,只恨不能长出三头六臂来。

叶芝熟门熟路地领她进了电梯,一刻不停地说着:“我住过好几个国家的半岛酒店,纽约和上海的半岛酒店,客房装饰真是如出一辙,尤其是卫浴,简直一模一样!设计师还真是省心呢!不过,巴黎这家半岛的装潢设计倒是真的漂亮,比上海的还漂亮。这里一楼是粤菜馆,菜做得不错,比香格里拉好多了,而且服务特别好!我和我先生在无数家中餐厅吃过饭,只有在这里,我们刚吃完前菜,服务员就留意到我先生是左撇子,后来上主菜时就很自然地把筷架移在了他左手边。”话音未落,电梯已到顶楼,叶芝笑着说:“但我觉得,咱们吃中餐的机会有的是,这次庆祝你入职,还是来尝尝法餐比较好。”

接待处一位英俊的金发侍者微笑着向她俩问好,叶芝说了预订的名字,他低头在电脑上查了一下,旋即说道:“欢迎二位来到‘白鸟’餐厅。”又问是否需要把外衣挂去衣帽间。叶芝便脱下斗篷交给他,冯欣见他接过衣服时眼睛一亮,用歆羡的口气说:“您的斗篷真漂亮啊!”叶芝笑着道了声谢,冯欣这才发现那件斗篷里印满了 LV 的花纹。这斗篷其实是可以双面穿着的,但叶芝有意把全是品牌 logo 的那一面穿在里边,这样就只有领口和下摆露出一点 LV 的标志来,便不显得俗气招摇。

冯欣身上这件深灰色大衣是当年从国内带来的，因为很"经脏"，每年秋冬都会翻出来穿几个月，从来没有干洗过，实在不好意思把它递给侍者，她迅速把外衣脱了拿在手中，红着脸跟他说不用麻烦了。侍者挂好斗篷，带她俩来到一张双人桌前，为叶芝拉开座椅请她入座，正要过来为冯欣拉座椅时，她已经自己坐下了，侍者笑着祝她们用餐愉快，转身离开。

这间餐厅是在酒店楼顶搭起了一片开阔透亮的全玻璃天棚封闭式露台，置身其间，好似在天幕下野餐一般。她们来得比较早，客人还不多，正好可以欣赏这广袤壮阔的巴黎天际线美景。

四周无数奥斯曼建筑的铅灰色拱形屋顶环绕着她们，目光沿着参差错杂的砖红色小烟囱望向远方，雄伟的埃菲尔铁塔清晰得仿佛伸手可及。深秋的阳光虽然和煦喜人，却没有什么温度，辽远晴空绝似一片无垠的湛蓝湖水悬在头顶。餐厅装潢以白色为基调，就连花艺装饰也都是奶白色的玫瑰花束，跳脱点缀着些许蓝色元素：宝石蓝色的丝缎靠枕、灰蓝色的皮质座椅……冯欣注意到摆在面前的餐盘很特别，瓷盘上是蓝天白云的图案，盘沿上还画着一架云中翱翔的白色双翼飞机，让人恍惚觉得是此刻窗外的天景倾泻下来，点染了这只盘子。

一位穿着白衬衣和藏蓝色马甲的金发男侍者走来，微笑致意并呈上菜单，又问是否需要开胃酒。不等叶芝开口，冯欣已慌忙用中文连声说自己不会喝酒。叶芝便笑着对侍者说，自己下午还要工作，就不点酒了，请他先上一瓶无气泡的矿泉水。在法餐厅点菜对冯欣而言，实在是一种酷刑般的折磨，菜单上至少有 2/3 的单词她都看不懂，就算看懂了也不知道该怎样选择，所以依然像前两次那样，"我跟你点一样的，一样的就好"。

叶芝点了菜，另一位侍者过来撤走了她们面前那两只蓝天白云的瓷盘,并根据所点的菜式,在桌上原有的银餐具旁再加减更换一两样。冯欣很是不解,那个瓷盘那么漂亮,她本来还想拍几张照片发朋友圈,怎么用都没用就拿走了呢?她忍不住向叶芝询问,才知道这是法餐中的展示盘,只是作为餐桌装饰的一部分,并不会在这种盘子里用餐。

"Pour le plaisir des yeux(为了让眼睛愉悦)——这句话真的是法国人的生活准则,大到一座宫殿,小到一只盘子,一副刀叉,一定要美,要讲究,要让眼睛看上去舒服。"叶芝笑着解释道。冯欣正在遗憾刚才应该早点给盘子拍照的,一转眼突然发现就在自己座位旁边,玻璃天棚窗外和酒店顶楼的铅灰色屋顶之间,竟然悬停着一架白色双翼飞机,只比真正的飞机略小一点,好像是拍老电影时留下的道具。她刚才被远方的埃菲尔铁塔吸引了所有注意力,完全没看见这架近在咫尺的飞机,像一个在夏日雨后偶然抬头望见彩虹的小孩子,她喜出望外地指着窗外问叶芝:"哇!怎么会有架飞机在这里!是真的吗?好漂亮啊!"

她的惊喜让叶芝为选择了这家餐厅而感到很开心,她抬手指了指餐厅中央,笑着说:"你看那里。"冯欣转头看见餐厅中间桌上有一瓶将近一米高的白玫瑰大花束,左右两旁摆着两尊铜塑半身像,是两个戴着飞行员帽的男子。叶芝温柔的声音传来:"这家餐厅叫作'白鸟',这个名字就是为了纪念这两位伟大的法国飞行员。1927年的时候,他俩驾驶着一架名叫'白鸟'的飞机,尝试飞越大西洋,开辟从巴黎到纽约的直飞航线,可惜没有成功。直到今天,都快100年了,人们还是没能找到'白鸟'飞机的残骸。"

冯欣听着,又扭头看了看窗外那架飞机,恍然大悟地说:"所以,外面这个飞机,就是'白鸟'飞机的复制品,对吗?"

"是的,为了纪念这两位英雄,餐厅做了这架'白鸟'飞机的复制品,并且将它朝着埃菲尔铁塔的方向。"叶芝放下手中的水晶杯,凝神望着这架似乎马上就要起飞的双翼机,感叹道:"你想象一下当年的科技水平,他俩在那样的条件下去挑战这样的壮举,是多么勇敢!而且,其中一位飞行员在 37 岁时,因为一次坠机事故,已经失去了右眼,可是他竟然能够在仅有一只眼睛的情况下继续自己的飞行事业。'白鸟'失踪时他才 45 岁,另外那位飞行员就更年轻了,只有 35 岁。所以,这家餐厅所有装饰都是围绕这个主题设计的,比如这些餐具、雕塑,还有,"叶芝用目光示意了一下身旁,"你看,就连照明灯也都是机场探照灯的造型。"

侍者过来给她们倒水,打断了叶芝娓娓动听的讲述,冯欣听得心中多少有点不舒服,法国人是有毛病吗?怎么用坠机事件来作为餐厅主题啊?连餐桌上摆的花也全是白玫瑰,这不是死了人才用的花吗?不过,叶芝可能也没有别的什么意思吧,她不是经常说自己是"法式思维"吗,她应该无所谓这些吉利不吉利的说法吧?冯欣正暗自别扭着,侍者过来呈上了一盘珠宝般精致的小食,大厨巧妙利用当季食材的天然艳丽色彩进行搭配,将八枚仅有胸花般大小的彩色点心摆成了一架双翼飞机的形状。

侍者以一种抑扬顿挫的语调向两人介绍着这些小食,冯欣脸上保持着微笑,尽量摆出专注聆听、心领神会的模样,其实她只听懂了"鱼子酱""甜菜"和"扇贝"这几个词。等到侍者终于说完离去,冯欣只觉这些小食看上去令人垂涎欲滴,却又精巧得简直不舍得下咽,估计这就是叶芝点的前菜了,前菜都讲究成这个样子,主菜更不知道会有多么高级了。

"这道菜叫 amuse-bouche,意思是'给嘴巴的娱乐',是前菜之前的开胃小食,并不会出现在固定的菜单上。"像是为了避免让冯欣感到尴尬,叶芝并没有重复刚才侍者对菜式的介绍,她热情地让冯欣品尝小食,微笑着说,"这几年,好一点的法餐厅都会这样做, 是让主厨'炫技',因为它不受菜单的限制,厨师能有更大的发挥空间;二来有助于唤起客人的食欲，能更好地品尝接下来的菜肴。法餐都是分餐制，但是 amuse-bouche 通常会摆成这样一盘，让同桌的人可以分享。"

冯欣学着叶芝的样子，用雕花银餐叉取了一枚小点心放入口中，虽然吃不出是什么东西，却觉得那滋味真是妙不可言，难怪叫作"给嘴巴的娱乐"。唉，我要是像她这么有钱，我也天天来这种地方吃饭啊！又听见叶芝带笑的声音："我去年有一阵子很想当大厨，我先生就给我报了个体验班，在塞纳河的一艘游艇上，跟着米其林大厨学做法餐。哎呀，上了两次课，真是把我累惨了！从此再也不想当什么大厨了，还是老老实实做个吃货吧！"

冯欣陪着她笑了笑，忽然记起自己此来是有"任务"的，赶紧说："不好意思，我差点忘了，戴维德让我带一份文件给你。"说着便钻到桌子底下，拉开放在地上的双肩包内袋，将信封交给叶芝，她笑着道了谢，随手将信封放进挎包中。说话间她们的 amuse-bouche 已吃完，侍者撤下餐盘，上了前菜，是一道新式做法的传统法餐，鸽胸肉烤馅饼。

主厨再次呈现了令人叫绝的创意，在画着规整线条花纹的小圆饼上交叉装饰了几根细细的、微炙过的百里香嫩枝，再配上几点乳白色的酱汁，让这道菜看起来俨然就是飞机螺旋桨的形状。冯欣握着刀叉根本不敢切下去，生怕破坏了这么精美的一道菜式，直到看着叶芝切开了馅饼，她才跟着动了刀叉。叶芝说她猜想冯欣可能不太习惯吃比较生的，刚才点菜时特意让厨房把鸽肉馅尽量烤熟一点。

她这种一贯的体贴细致让冯欣很是感动，切开馅饼才发现，里面并不是鸽肉剁碎做成的馅儿，而是把一块用香料渍过的完整鸽胸肉，垫在一层香梨碎丁上，上面再覆以一层薄薄的鹅肝酱。金黄酥脆的饼皮与鲜嫩的鸽肉、肥美的鹅肝融合在一起，已是美味无比，又有香梨的清甜调和了菜里的油脂，冯欣吃了两口，再次暗暗感慨，有钱真好啊！我这辈子肯定不可能像她这么有钱了，能混到她的一半也好啊！狗图册页的疑问始终在她心中盘桓，但她知道此时不能直接开口询问，便努力找一些小话茬闲聊着。

她说了些公司里犹太人和其他人之间的隔阂以及彼此的厌恶，也说到艾里克原本很少来上班，自从漂亮的菲德丽卡来实习，周三周四他一定在公司，还经常带着菲德丽卡去客人家里做财产清算。叶芝听得笑出声来，连连摇头道："他真是本性难移啊！他以前也追过我，哈哈哈，他这个人啊，就算到了80岁也是个色眯眯的老头子。"

虽然冯欣内心深处对艾里克那份朦胧的情愫早已化为乌有，但猛然听见叶芝满脸戏谑地说出"他以前也追过我"这句话，她的心还是像被什么东西紧紧地钳了一下。她努力克制住，岔开了话题，慢慢说道："我觉得啊，这种家族企业里，老板首先安排的都是自己的亲戚朋友，其实也不太好。现在不是有个词很流行嘛，叫作什么，嗯，德不配位。"

"哪里都一样的，我们这种大公司比你们更夸张。"叶芝低头切着鸽胸肉馅饼，露出一种见怪不怪的神色，说道，"这也谈不上什么'德不配位'。比如前总统那个傻乎乎的外孙也在我们公司工作，我们公司有好多听着很唬人的虚职，什么国际关系总管啊，什么高级客户经理啊，就是专门给这些人安排的位置，并不需要他们做具体的工作——话又说回来了，就算给他们具体的工作，他们也干不了啊！"

叶芝笑开了，她要存心挖苦人的时候，是绝不会口下留情的："我在的部门有个国际关系总管，是法国驻某国的大使夫人，顶着我们公司'高级专家'的头衔到处嘚瑟，她还写书呢！那书写得烂啊，不仅我看不下去，我问了好几个收到她那本书的人，就没人能看得下去！可是人家还写了英法双语版本，还找人翻译成中文，在中国出版，厉害吧？"说到这里，她忍不住放下刀叉，拿起餐巾拭了一下嘴角，笑嘻嘻地说着："有一次也不知道她是发什么神经，非要来'指导'我们的一场拍卖,哎哟,大家在旁边看了多少笑话啊,她自己还得意得不行呢!"

冯欣像一个听懂了老师讲解的学生,看着叶芝的脸问道:"所以,你们公司养着这些人,其实是为了利用他们的人脉背景,对吧?"

叶芝点点头,又把散淡的目光投在窗外的"白鸟"飞机复制品上,语气中带着几许尖刻的意味:"'利用'这种事情嘛,如果你自己没有私心企图,又怎么会被他人利用?"

这句看似随意的话让冯欣心头一紧,她无言以答,便低头切着馅饼,那块鸽肉的中间部分并没有完全烤熟,金黄的饼皮碎裂成了许多小块,混在鸽肉流出的血水里。她皱了皱眉,又起一块浸泡着血水酱汁的饼皮勉力咽下去,正在犹豫要如何开口说狗图册页的事,忽听到叶芝问了句:"你认得那个古董商威廉吧? 你们公司的埃琳娜,就是他的情人之一。"冯欣讶然"啊"了一声,连忙说:"认得认得,我见过他的。"叶芝头也不抬地继续讲着:"他保释出狱了,我昨天在预展上遇见他,头发都全白了。听说他那间牢房关着三个人,但是只有两张床,他们就轮流睡床,他经常是睡在地上。他现在戴着电子脚环,所有财产都被查封了,幸好他90多岁的老母亲还活着,收留了他,不然他就要露宿街头了。"

"我昨天见到他,就好像看见发明了'庞氏骗局'的那个意大利人庞兹,他骗到了堆山填海的钱,最后却病死在巴西的一家贫民医院,死的时候身边没有一个亲友,也没有一分钱。"叶芝抬起头望着窗外的"白鸟"飞机,温和而审慎地说:"我一直觉得,这世上所有的道理,都写在《道德经》里了,'知足不辱,知止不殆':知道满足,就不会受辱;知道适可而止,就不会有危险。"

她吃完了前菜,放下刀叉轻轻叹了一口气,接着说下去:"不管怎样,人生的事情都不会是白白经历的。除了威廉之外,我听说过,也见过许多古董商搞的那些花招。有个非常有名的英国古董商,七八十年代的时候卖了许多中国画给一位法国外交官，全是假的，假到什么程度呢？有一幅落款徐悲鸿的画，上面的印章都盖反了。"叶芝抬手比画着："头朝下脚朝上的那种盖反了。外交官一个中文都不认得，当然是百分之百信任这个大古董商了，一辈子都在跟他买买买，花了很多钱。外交官夫妻过世之后，这些书画就留给了他唯一的儿子，我和我同事看到这批画的时候，那真是……"她停下来摇着头长叹了一声，突然又换了语调，像开玩笑似的说："不过，很有意思的是，外交官当年在非常偶然的情况下，用相当便宜的价格，跟这位大古董商买了许多黄花梨家具。去年我们给他的这批家具做了个专场，全部成交，总共拍了差不多2000。"

"哇！"冯欣惊呼出声，在心里算了一会儿，才说道，"你说的是2000万欧元吧？一个多亿元人民币了啊！那句话怎么说的，嗯……上帝关了一扇门，又在别处开了一扇窗，是不是？"

叶芝微笑着点了点头："这个行业有很多这样的事，你叫它黑幕也好，做局也好，但是，如果没有这些操作，这行业可能就没那么好玩了。我还知道另一个很有名的法国古董商，80年代初的时候，中国艺术品的行情远远比不上日本艺术品，那时还是法国经济的黄金年代，许多法国人都酷爱日本艺术品，就像今天中国人排队买奢侈品一样，法国人当年疯狂收藏各种日本艺术品。这个法国古董商就悄悄找了几个小作坊，大量仿造日本的掐丝珐琅香炉、花瓶、盘子之类的东西，再运到他在巴黎的古董店来卖，那些年，他真是日进斗金啊！"叶芝脸上浮起一抹嘲弄的笑意，喝了一口水，也顺手给冯欣的杯子续上水："可是现在呢，别说这些仿的，就算是真正的、日本19世纪的掐丝珐琅，也不值几个钱了。反而是许多法国人当初看不上眼的中国艺术品，这两年动不动就拍出高价。"她握着水晶杯，微微歪着头，像是在问自己："或许，有时候人生最大的乐趣就在于，有点荒唐？"

在这些嬉笑怒骂的谈话中，气氛逐渐热烈起来，冯欣也轻松自在了一些,在侍者撤去前菜,等着上主菜时,她终于鼓起勇气开口问道:"亲爱的,有个事情想请教你,我们公司上个月卖了一本'乾隆'的,狗图册页,21万欧元,你知道这件东西吗?"

叶芝闻言抬起清澈的眼睛看着她,像是不明所指,冯欣连忙掏出手机,飞快找出狗图册页的照片给叶芝看。还不等她解释,叶芝已像个小姑娘一样笑出声来了:"哈哈哈哈,我想起来了! 这本册页就是你们拍出去的,前几天法院来找我们公司做第三方鉴定,是我的一个同事写的鉴定报告。那同事在卢浮宫学院讲课,他还特意把这本狗图册页的照片投影给学生看,说是他这辈子见过的、最好笑的赝品教材之一!"

"居然还盖了一个'五福五代堂宝',笑死我了,做戏做全套啊!"叶芝伸手拿过冯欣的手机,双击放大图片,指着那张拍卖行特意选出来印在图录封二的"金翅彪"画作,笑得眼泪都溢出了眼眶,"你自己看,这个什么'金翅彪',不就是只金毛吗? 哈哈哈,乾隆的时候有金毛犬吗? 那康熙是不是就应该有拉布拉多了? 再给雍正配个吉娃娃——不对不对,按雍正的品位,应该给他进贡一只萨摩耶!"冯欣脸色惨白,瞪圆了眼睛看着面前笑得几乎要跌倒的叶芝,两只冰凉的手藏在桌子底下,紧紧地互相掐着。叶芝却根本没注意到她的异样,好容易略止住了笑,擦着眼角笑出来的眼泪,说道:"这上面的满文全是乱写的,不过,就算不懂满文,哪怕是不懂画,对书画完全一窍不通,只要懂狗就行了啊! 你们的专家韩女士,难道看不出来,画上的这些狗,全都是把宠物摄影师拍的照片,直接投影在绢上,然后一笔一笔描出来的吗?"

"还有,这套狗图的尺寸,为什么会这么小? 因为这就是一张照片的尺寸啊!"叶芝滑了一下屏幕上的照片,指着那个装狗图册页的木盒说:"这些画就是'天津货'而已,造假的人居然肯这么花心思、下本钱,还专门配了个紫檀盒子!"

冯欣一个字也说不出来,只感到一阵阵刀戳似的心痛,她很想尖叫一声阻止叶芝讲下去,却又无比热切地渴望听到更多关于狗图册页的详情,哪怕这些详情像一把钝齿的长锯,来回不停地锯着她的心脏肺腑。这种怪异的渴望好似伤口快要愈合时,许多人总忍不住要把深褐色的痂皮狠狠揭开,看见里面鲜红的嫩肉,心中便能获得一种隐秘的快感。

侍者过来上主菜,再次用那种拿腔拿调的语气介绍着菜品,冯欣完全没有在听,只觉得嘴里干涩难受得很,仿佛刚咽下的一枚苦果在喉头裂开了。主菜餐盘的边沿上也印着"白鸟"飞机的图案,她又一次在心里恨恨地抱怨这餐厅真是太不吉利。

在叶芝的说笑声中,冯欣终于明白,自己是彻头彻尾被付斌利用了,她打了个深深的寒颤,一抬头,又望见了窗外悬停的"白鸟"飞机复制品。坠落的是飞机,是两位英雄飞行员,是我曾视为偶像的韩嘉漪,更是被我当作"贵人"和"财神"而无比信任的付斌。然而,"利用"这种事情,如果你自己没有私心企图,又怎会被他人利用?

18

在冯欣后来的短暂人生里,每次回想起"白鸟"餐厅,总觉得那是个十分晦气的地方,那架失事的双翼机,象征着英雄的殉命,也预示着自己生命中唯一一段美好时光的终结。她不记得在遭遇了五雷轰顶般的打击之后,自己是怎样吃完的那顿午饭,却永远不会忘记午餐结束后,两人起身正要离开,叶芝像是忽然想起什么,拉着她走到餐厅的另一端,指着窗外远方的一片建筑群笑道:"你看那边!我也是上次来这里吃饭才发现的,从这个角度可以望见市中心的拍卖大楼啊!再过十来天,你们就要去那里准备秋拍了吧?每年春秋两拍都很忙很累,你要注意身体……"

她还在絮絮地说着,冯欣站在窗前怔住了,她从未这样居高临下地俯瞰过那栋拍卖大楼,它是一座 U 形的灰色建筑,楼顶有两个巨大的通风口,犹如怪兽瞪大的双眼,夹在成片齐整壮丽的奥斯曼建筑中,很是难看。现在临近年底,大楼里有许多场拍卖和预展,门口那些进出往来、或坐或站的人群,像极了一簇簇蠕动的爬虫,又似一群营营役役的蚂蚁,仿佛一阵秋风袭过,就能将他们全部吹散、化为尘埃,不留下一丝痕迹。冯欣突然感到一种难以言喻的辛酸,自己似乎在不知不觉中卷进了一个巨大的漩涡,被湍急的浊黑水流裹挟着,朝着永远也填不满的深渊坠下去、坠下去。

她头昏脑涨地跟叶芝道了别,两条腿像断了一样难以迈步,不知用了多久,才终于躺倒在公寓的床上。她反复回想着叶芝讲述的那些大古董商的旧事,不知怎地,心中反而平静了许多,不断安慰着自己:他们做过那么多昧着良心的坏事,现在不都还活得好好的吗?除了威廉比较倒霉之外,其他人照样腰缠万贯飞黄腾达,就算有报应,也该先报应到他们身上啊!我满打满算总共才捞了不到 20 万元人民币,在这个行业里连小鱼小虾都算不上,天打雷劈也劈不到我嘛!

接下来的一段时间,因为拍卖行年底工作较多,冯欣主动提出周三也可以过来实习,她几乎是随叫随到、废寝忘食地干着各种杂活,像一台开足马力的机器,昼夜不停地运转着。她故意用疲劳折磨自己,让自己不要去想任何与狗图册页有关的事情,其实这时节大家都非常忙碌,谁也没有时间和精力去关注这件官司,但冯欣的神经已在长期的焦虑中变得极为敏感,听到任何一个与"狗""画册"发音相似的词都会令她不寒而栗,反复联想起刑侦剧里那些可怖情节。

韩国抗议总统朴槿惠的游行罢工愈演愈烈,冯欣在手机上刷娱乐新闻时也会刷到,忍不住感慨这一年实在是丰富多彩。年初《太阳的后裔》火爆时,连朴槿惠总统也是男主角的粉丝,谁能想到才过了半年,竟然变成了这样天翻地覆的局面。最近有小道消息说男女主演因戏生情,也不知道是不是真的,他们那样一对天造地设的璧人,如果最后能走到一起,真是人世间最浪漫的故事了。远方这些纷乱的新闻,让冯欣日夜绷紧的神经多少有些缓和,巴黎这段时间因为所谓的"重度雾霾",空气污染指数超过90,整个大巴黎区的公共交通全部免费开放,上下班的地铁更挤了。其实哪有什么雾霾,冯欣每次挤出地铁口时都在想,天都还是蓝的呢,就嚷嚷着污染严重,法国人实在是娇气。

亚洲艺术秋拍的预展是7日,克莱尔让冯欣11点直接到拍卖大楼就行,她想着去早一点,正好可以先去旁边的化验中心抽血,便饿着肚子早早出了门。她没有家庭医生,是找大学校医开的处方,出国这几年,她偶尔感冒发烧都是像大多数法国人一样,昏睡两天扛过去,最多去药店买点非处方退烧药,不知道是否因为如此,身体抵抗力反而增强了,近两年很少生病。

化验中心距离拍卖大楼不到100米,冯欣推开门进去,颇有些意外,她原以为会像国内的医院那样繁忙纷杂,没想到里面竟完全是一间奥斯曼豪宅的样子。天顶挂着几盏分枝水晶灯,地上是厚实的橡木地板,大理石雕花壁炉上方镶着一面硕大的镀金边框镜子,将原本就宽敞的空间映照得更加开阔。等候区的座椅也全是古典风格的桃花心木扶手椅,靠背和坐垫都包裹着银蓝色的卷草纹天鹅绒,几幅色彩鲜艳的抽象油画点缀其间,给素雅的空间又增添了些许妍丽。她来得很早,等候区只坐着三五个人,安静得像学校考场一般。

冯欣将处方和医保卡交给前台接待员,等了不到十分钟,一位漂亮的金发护士微笑着过来问她,是不是"欣·芬格"小姐。冯欣笑着说是,心想,又是一个把"冯"读成"芬格"的法国人。护士领着她往采血室走去，冯欣随口问道，自己没吃早餐，不知是否符合采血要求。护士闻言有点吃惊，马上翻看了一下手里的化验单，对她笑道："您并不需要空腹呀！"又让她稍等，自己快步走回前台，抓了一小把糖果给她："您先吃几颗糖垫一下，别饿坏了。"冯欣接过糖果连声道谢，护士美女的体贴让她感动极了，那是布列塔尼地区特产的盐花焦糖，香甜的滋味融化在嘴里，一股美妙的幸福感也随之浸透全身，她忍不住轻轻笑了起来。

采血室洁净明亮，墙上挂的小音箱里放着悦耳的古典音乐，护士关上门，耐心等待冯欣将外衣和挎包在衣帽架上挂好，然后让她躺靠在舒适的长椅上，请她说一遍自己的姓名和出生日期。护士对着化验单核对个人信息无误之后，才开始消毒抽血，下针前还特意柔声提醒："请您小心，我要扎针了。"她动作麻利地采完血，在针孔上贴好药棉，一边整理血样管，一边说："请您坐在这里，我同事会再来为您采一次血。"

冯欣听了她的解释才明白，因为这是自己第一次在法国抽血并建立医疗档案，为了慎重起见，需由两位不同的护士进行两次采血，从而最大限度地避免人工操作导致的失误。护士说完，跟她道了日安离开，冯欣心想这些法国人平常办事拖拖拉拉不靠谱，在医疗健康方面倒是细致得令人佩服。采血室的门很快又被推开了，这次进来的是一位小个子的女护士，像是为了活跃气氛，确认完个人信息之后，护士一刻不停地跟她聊天，又问她在哪里工作。冯欣估计她不一定知道拍卖行的名字，而拍卖大楼就在化验中心附近，那么气派热闹的一栋大楼，说出来肯定能让她高看一眼，便微笑着回答："我在旁边的拍卖大楼工作。"

"那是什么？餐馆吗？"护士正好一针扎下去，痛得冯欣胃里一阵痉挛，过了几秒，护士松开勒住上臂的绑带时，她才缓过气来，意识到这护士根本就不知道拍卖大楼的存在。

冯欣想要解释几句，又觉得无趣而无聊，便闭了嘴。她起身从衣帽架上取下外衣和挎包时，分明瞥见那女护士用藏不住的妒羡眼神紧盯着她的包——她今天特意背着叶芝送的那只LV包来上班，毕竟，预展和拍卖，是"抛头露面"的大日子嘛！她跟着护士去到前台，接待员将医保卡还给她，冯欣接过卡问道："请问多少钱？"

接待员有些讶异地笑道："不，您不用付钱，有国家医保。"又告诉她，24小时后就可以来取化验结果。冯欣道了谢，出门去附近一家美式连锁咖啡厅里买了个蓝莓麦芬当早餐，又要了一杯时令热饮，苹果肉桂焦糖咖啡，安然自在地喝着咖啡，慢悠悠往大楼走去。

拍卖大楼外面早已站了许多人，等着11点大门一开就好进去，越来越喧嚣的声浪让这幢灰扑扑的大楼在深秋的冷风中逐渐苏醒。冯欣走过门口的落地窗前，一晃眼看见玻璃映出了自己身影，不禁停住了脚步。她简直有点认不出自己了，玻璃中这个身穿深灰色大衣，手握一杯咖啡，肩上挎着一只LV包的中国女孩，和巴黎街头那些自信美丽的法国姑娘们并没有任何不同。其实，我也可以成为别人眼中羡慕的对象啊！将来我一定会过得更好，越来越好，让那些看不起我的人，都只能干瞪眼羡慕嫉妒恨。她微微仰起下巴，浅笑了一下，心想，等拍卖结束之后，一定要跟着网上的美妆视频，学一学怎么化淡妆。

大楼里暖气开得很足，冯欣一进门，一股强劲的热风扑面袭来，让她满是寒气的脸有些不适应。此刻正是人最多的时候，无数人等在上行的电动扶梯前，嗡嗡的人声汇聚成浪涛般的噪声，还是和六月亚洲艺术春拍时一样，一样的嘈杂，一样的气味，唯一不同的只是所有人都换上了冬装。冯欣随着鱼贯而行的人群站上电动扶梯，听见前面两个法国老太太揶揄嬉笑的话音："这些中国人啊，都穿得像个袋子一样。"其中一个老太太转眼瞟见冯欣站在她们身后，便做了个示意低声的眼色，两人窃窃说笑着往一间展厅走去了。冯欣环顾四周，见大楼里的华人几乎全都穿着鼓鼓囊囊的深色羽绒服，而大多数法国人则穿着呢子大衣或裘衣，对比很是鲜明。她翻了个白眼，觉得这俩老太太真是可笑极了，羽绒服不比呢子大衣更暖和更轻便啊？何况这些法国老太太穿的皮草裘衣，恐怕都已经穿了三四十年了吧，她们一辈子就这一件裘衣，每年冬天翻出来穿几个月，浑身一股樟脑球气味混着陈旧的香水味儿，究竟有什么可得意的啊？

冯欣到了自家拍卖行的展厅门口，看见里面已挤满了人，不由得往后退了一步，又马上被后面的人推进了这片熙攘人潮之中。她每走一步都要停一下，努力穿过人群朝里走，远远望见克莱尔被十来个客人围在一架立式展柜前，冯欣向她招了招手，提高声音道："我马上就来！"

她将外衣挎包和咖啡放在库房的货架上，关好门刚走进展厅，一个矮胖的男子迎面过来，他左手握着本图录，右手指着图录中某件拍品编号前的一个小星号问："丫头，这星星是啥？你们这书里头有十来件东西都印着这个星星，啥意思啊？"冯欣被他问懵了，朱利安正好过来，冯欣拦着他询问，才知道这些带星号的拍品都是从非欧盟国家入境，明天拍卖时，如果竞拍到这些物品，在原有佣金和税款的基础上，买家还需要再多付 3% 的临时入境税。

听完朱利安的解释，冯欣转身把这些话告诉那男子，他脱口而出："那这些玩意儿来路不正呗！"

冯欣万万没想到他会这样说，一时语塞，还好刚才朱利安讲得详细，她马上补充道："不不，您别这样说。您想啊，瑞士，瑞士也不是欧盟国家，这批东西是，是一个瑞士收藏家的。"她之前根本没有注意到图录上的星号，更不知道这些带星号的物品究竟是从哪里入境的，她此时简直有些佩服自己了，现编大话竟也能编得这么像模像样。这男子明显是相信了她的话，吸溜着鼻涕，低头翻着图录嘟哝："那就好，那就好，要是那些人送来法国拍卖的玩意儿，肯定都是些'地雷'……"他自顾自地走开了,这几句没头没脑的话像是刺到了冯欣心中某个痛处,正好克莱尔在前方朝她招手,她赶紧快步走过去,不留神被固定在地板上的几根电线绊了一下,险些跌了一跤。仿佛一道电流刹那传遍全身,冯欣瞬间明白了付斌为什么要用她的公寓地址注册那家皮包公司。

皮包公司的银行账户在香港,如果不用巴黎的地址登记,付斌就必须在海关为狗图册页办理出入境文件并缴纳相应费用,而拍卖行也要在图录上用星号标明这件拍品来自非欧盟国家。如此一来,不仅客人在竞拍时会对物品的来源有所怀疑,鉴定专家韩女士那里也不好糊弄过去。

冯欣站在展柜前想着来龙去脉,木然地取出几只瓷盘递给一位瘦小的法国老先生,再将他看完的瓷盘放回去。等他看过全部 20 多只瓷盘,她蹲下身整理时,小老头忽然在她身后用含讥带讽的笑声说:"现在的小姐们啊,都不在家里洗盘子了,反而来拍卖大楼里摆弄古董盘子。"冯欣虽然法语水平有限,这句话却完全听懂了,她蹲在地上,手里正握着两只瓷盘,真恨不能回身把盘子全砸到这小老头的秃顶上。

一个熟悉的女人声音传来:"是啊,我们女人都进化了,你们男人还活在恐龙的年代呢! 不过,恐龙全都死绝了,不是吗?"冯欣收拾好盘子站起身,是韩嘉漪刚好走了过来,听见这厌女症小老头出言不逊,便冷笑着回击了他。小老头吃瘪,又见韩嘉漪比他还高,一张冷脸凌厉,不像是好惹的,便讪讪地走开了。冯欣满心感激地道谢,韩嘉漪用眼角瞥了一下小老头的背影,换了中文说:"这些法国老头老太,傻得很,还倚老卖老,要你尊敬他们,其实这种烂人,有什么好尊敬的。"

她这样自然而然地爆粗,冯欣不知该怎样接话,只好真诚地对她微笑着。一个剃着短短寸头,模样干净帅气的华人小伙子走过来,热

380

情地跟韩嘉漪行了贴面礼,两人聊了几句,小伙子请她把一只粉彩胭脂红地四开光山水图小碗拿出来看看。冯欣这边来了一群人要看东西,她正忙着取展品,听见身后韩嘉漪带笑的声音:"这个碗啊,只有底是真的,所以我在图录上写的是现代,那帮人要觉得是'乾隆'的,就让他们觉得好了,我还能管人家脑子里怎样想啊!管天管地,中间还管拉屎放屁啊!"那小伙子被她逗得笑出声来,又说道:"我看也是接底,那些人的'聪明才智'啊,真是厉害! 这几天好多人都在传,说这是个大漏呢,毕竟你的估价才 2000 欧元嘛!"

这些只言片语让冯欣很是不解,什么叫做"只有底是真的"? 难道还能在一个真的碗底上长出一个假的碗来? 她正想着,感到后背又被戳了两下,一回头,一个黑黑瘦瘦的男子面无表情地指着展柜说:"那个。那个。"冯欣猜到他想看一只青花瓷瓶,但一股无名火在她心底窜了起来,她受够了这种粗鄙行为,他明明可以客客气气地说一句"请您拿这只瓶子给我看看",却永远不会开口,永远只会戳一下她的背、拍一下她的肩,仿佛她是某种听任使唤的低等动物。想到此,她便故意问:"哪个?"同时把他想看的那只瓶子递给了另一位客人。

"哎呀,就是这个嘛!"那男子气鼓鼓地用别人听不懂的方言嘀咕了一句脏话,又对拿着瓶子的客人说,"你看完给我看一下。"

那客人是个壮实的北方男子,比他高出许多,闻言低头瞅了他一眼,看出这黑瘦男子是个混迹在拍卖大楼里的小喽啰,每天早上 10 点半就在大楼外面候着,既没眼光也没实力,只是靠着时不时参与"围标"的小把戏赚个几百欧元,便懒得搭理他。旁边两个华人正谈论前天德国拍卖会上高价成交的三尊佛像,另外几个人凑在他们身边,伸长脖子也想探听到一些消息。韩嘉漪和那个帅气的小伙子早已走远了,冯欣站在这个展柜前一直忙到将近下午一点,直到埃琳娜姐弟走进展厅,同样忙碌了一上午的菲德丽卡才抽身出来,喊着她一起去吃饭。

两人在大楼旁边一家快餐厅买了三明治和沙拉，冯欣狼吞虎咽地吃着，菲德丽卡笑着劝道："公司有那么多人在展厅，不差我们吃饭这几分钟。"冯欣一想也是，自己不过是个实习生，确实不必这么拼命，便和菲德丽卡边聊边吃。从餐厅出来，菲德丽卡想起附近有一家很出名的意式冰激凌店，拉着她就要过去，冯欣笑道："现在吃冰激凌是不是太冷了一点？"菲德丽卡连连摆手，不容分说地带她过了马路："你尝尝他家的意大利热巧克力，相信我，你绝对不会失望的！"一说到来自本国的美食，她那种意大利女孩与生俱来的活泼瞬间迸发了出来，冯欣也被她感染得对这热巧克力充满了期待。两人正快步走着，菲德丽卡突然停下脚步，指着路旁一家古董店的橱窗朗声笑道："哈哈哈，欣，你快看，太丑了！"

橱窗里摆着一整套十几只大小各异的瓷盘，每只瓷盘上都画着一只伏在草丛中的棕黄色野兔，店主还在瓷盘间点缀了一些真正的枯叶、板栗、松果，似乎想让橱窗看起来更有秋林野趣。然而那些野兔虽然画得栩栩如生，却委实谈不上可爱，全都像是古物陈列室中落满了灰尘的旧标本，难怪菲德丽卡连呼"太丑"。这种瓷盘通常是老式贵族家庭每年狩猎季的应景餐具，现在已极少有人使用，橱窗如此展陈，想来店主十有八九是个穿着褪色平绒大衣的法国老头子。两人站在橱窗前取笑了一番，冯欣想着这些丑兔子瓷盘发到朋友圈倒是蛮好玩的，便掏出手机拍了两张照片，还没等她拍完，店门开了，一个化着浓妆的瘦高个儿老太太气势汹汹地指着她吼道："谁允许您拍照了！"

冯欣吓得向后一缩，老太太满是皱纹的眼睛周围描了一圈乌黑的眼线，再配上蓝紫色的眼影，看上去活像一具还没完全风干的木乃伊。老太太见她张口结舌的样子，愈加凶横起来，往前走了两步，直盯着她呵斥道："谁允许您拍我的橱窗了！您得到我的许可了吗——"

"太太,请您看看自己的橱窗,这里有'禁止拍照'的标志吗?"菲德丽卡尖厉的声音打断了她,老太太这才看见冯欣身边还站着个高挑漂亮的法国姑娘。她先前以为冯欣是独自一人,又见她是亚洲人,料想她不会讲法语,所以那样肆无忌惮地吼她,现在被菲德丽卡抢白了一句,老太太自知理亏,却把脖子一挺,两眼瞪得更大了,满脸的脂粉好像都要倏倏地落下来。她不敢直面菲德丽卡,就继续恶狠狠地朝着冯欣嚷道:"这是我的店!您要拍我的橱窗,就要经过我的同意!您听得懂法语吗?"

"我,我可以删掉,没,没拍什么……"冯欣被这一通怒骂吓呆了,嗫嚅着支离破碎的法语词句,又把手机举到老太太面前给她看。老太太满脸洋溢着得意而轻蔑的神情,扁着嘴笑了起来,这笑容彻底激怒了菲德丽卡,她血液中意大利人的好斗天性像火苗一样被点燃了。老太太张了张口还要骂下去,菲德丽卡一把将冯欣拉到自己身后,对着她愤然高声道:"请您搞清楚,您自己没有写明'禁止拍照',别人就有拍照的权利!还有,她拍这些照片,并不是因为您的橱窗有多美,恰恰相反,是因为我们很难见到这么丑的橱窗!尤其在这样一个街区,周围都是古董行和拍卖行,您的橱窗真是丑得别具一格!"

菲德丽卡像个地道的意大利女人一样,说话时用力比画着各种手势,仿佛随时都会死死掐住对方的咽喉。这条街不算宽敞,午后行人也不多,她清脆响亮的嗓音在空气中荡出回声,宛如高音歌唱家在空旷的剧院唱起了花腔。冯欣这辈子从没跟人吵过架,更没想到一向甜美可亲的菲德丽卡竟会如此泼辣,她又高兴又紧张,还很担心老太太会恶言辱骂菲德丽卡,然而她根本没给老太太回嘴的机会,噼里啪啦骂完之后,她拉着冯欣转头就走,只甩下一句热气腾腾的粗口给老太太。

冯欣跟着她一路无语,直到快步走进冰激凌店,才终于憋不住笑出了声,菲德丽卡也像刚从狂风骤雨般的怒骂中回过神来,两人扶着彼此的肩膀笑得东倒西歪,好似两个从学校逃课跑出来的高中生,如释重负地快活大笑着。这家意式冰激凌店很有名,从春末到秋初,每天都有许多人排长队购买,现在正是淡季,店内没有其他客人,除了冰激凌之外,还出售现烤的华夫饼、可丽饼和各种热饮。店员小伙子看这俩姑娘笑得这么开心,就不去打扰她们,等她俩笑够了,才微笑着问:"两位快乐的美丽小姐,请问您二位要点什么?"

菲德丽卡听出了他的口音,马上笑着跟他讲起了意大利语,点了两杯热巧克力。店员准备着热饮,同菲德丽卡说着乐音般的意大利语,飞快的语速伴着丰富的面部表情和身体动作,热情洋溢得好像连彼此的话音都听不见了。冯欣一个字也听不懂,就含笑看着他俩,回想起叶芝朋友圈里那些意大利美景美物的照片,暗暗对自己说,等我以后有钱了,一定要去意大利旅行。菲德丽卡是米兰人,第一站就去米兰吧!

她正出着神,菲德丽卡递给她一杯热巧克力,店员又用一个小瓷碟托着送过来两枚马卡龙,菲德丽卡面带不解地问了他两句,接过瓷盘,对冯欣笑道:"这是他送我们的马卡龙,来,你先拿一个。"冯欣惊喜不已,赶紧向他道谢,又听菲德丽卡说,她刚才告诉了店员她们和老太太吵架的事,这是他的小礼物,让她们消消气。

那巧克力浓稠得如同蜂蜜一般,一缕白色的热气飘绕在浓褐色的巧克力上,让人心底暖意顿生。冯欣呷了一小口,不禁发出轻微的赞叹声,真是香甜暖润,自唇齿直达心间。"这里头不知道有几千卡路里啊,哈哈哈!"菲德丽卡笑道,"可是,真的真的太美味了啊!这是我们意大利的吃法,天气这么冷,就要这样浓浓地喝一杯下去才舒服呀!法国的热巧克力都稀得像牛奶一样,难喝死了。"两人吃完马卡龙,跟店员小伙子道了别,捧着还没喝完的热巧克力往外走去。

天色又暗沉了些,虽然没有下雨,空气依然是湿寒的,这时节少有游客,除了她俩,街上其他人大都独来独往、行色匆匆,巴黎人似乎永远走得那么快。昨夜不期而至的降温让许多人猝不及防,有人竖起大衣领子,把手深深插进口袋,有人裹着厚实的羊绒围巾,半张脸都埋在围巾里,只有她俩,手中握着温热的巧克力,闲庭信步般地走着、聊着,从手到心都是暖融融的。

菲德丽卡一路不停地说着:"这些法国老人,很多都非常非常蠢,一辈子没见过什么世面,还骄傲得不得了,谁都看不起。在他们心里,法国还是全天下最厉害的国家呢——你别误会,我当然也很爱很爱法国,不过这种老蠢货我真的见过太多,刚才那老太婆就是看你是个亚洲人,存心欺负你的,你别在意啊!"她时常会用叠词来强调自己的感受,像一个已颇有阅历却未脱稚气的大孩子,无论说的内容是什么,话语间永远充满了纯真善意。冯欣这几年在法国受过不少歧视欺侮,她虽然很厌恶古董店那老太太,但并不觉得这是奇耻大辱,刚才如果只有她自己,可能当着老太太的面删掉照片就走了,现在菲德丽卡如此善解人意地安慰着她,反倒让她觉得有点过意不去。

"这个巧克力真的真的太好喝了!欣,我跟你讲,我答应了克莱尔,下周带一盒我自己做的提拉米苏来公司给大家尝尝,那是我奶奶传下来的做法,和外面卖的提拉米苏完全不同,你到时一定要尝尝!"她俩走到拍卖大楼门口,都有点恋恋不舍地喝完了最后几口热巧克力,把纸杯丢进垃圾桶,走进大楼。刚过了安检,菲德丽卡看着面前的人群,继续说道:"这两年越来越多的中国人来买艺术品,那些法国老头老太就觉得,中国人侵占了法国的领土,他们本来就是天生的种族主义者,现在就更加仇视中国人了。偏偏很多中国人都出手阔绰,动不动就拍个几十万上百万欧元,他们又歧视又嫉妒……"

"你看到了吧?她肚子有那么大!怕是过几天就要生了!"她俩刚到展厅门口,几个四五十岁的法国男人眉飞色舞地聊着天出来,他们兴奋得脸颊都泛着红光,其中一个男人扯着自己的大衣衣襟,夸张地比画着:"也不知道到底是谁的种啊？哈哈哈哈！"

"反正肯定不是戴维德的,不然的话,如果生个男孩,包皮要不要割呀?"另一个人话音刚落,所有人都放肆大笑起来。菲德丽卡皱着眉回头瞪了一眼,小声说了句:"这些男人好粗俗!"冯欣虽然没听懂最后一句话,但也猜到他们是在议论埃琳娜,好不容易才忍住没笑出来。她俩前后脚进了库房,埃琳娜正好也在里面坐着休息,顺便用笔记本电脑回复邮件。两人跟她打了招呼,放好各自的外衣和挎包正要出去,埃琳娜突然微微抬起下巴,瞟了一眼冯欣搁在货架上的LV包,用一种尖刻的笑音说:"这个包,是您的同胞生产的吧?"

这话像是朝冯欣脸上重重甩了一鞭子,她气得张着嘴想跟埃琳娜大嚷,可是她已经转头继续看电脑屏幕了,仿佛冯欣根本就不存在。看着埃琳娜那张憔悴浮肿的脸,刚才听到那几句关于她孕肚的污言秽语马上在耳边响起,冯欣咬着牙,鼻中冷哼了一声。菲德丽卡原先还因为那些诋毁中伤而对埃琳娜多少有点同情,现在也觉得她刻毒极了,但她也不便多说什么,就拉开库房大门,揽着冯欣的肩膀一起走出去。

冯欣进到展厅才冲口骂出一句:"这个死婆娘!"这完全是从前玛丽昂私下骂埃琳娜的腔调,因为她骂这句话的次数太多,早已铭刻在冯欣的脑海里,此时不禁脱口而出,她自己都觉得好似玛丽昂正在眼前一般。菲德丽卡轻轻拍着她的背,低声安抚道:"算了算了,她就是这样的,也难怪别人那样议论她……"话还没说完,艾里克笑着走来,朝她飞了个眼色:"菲德丽卡,你过来一下。"她有些为难地看着气得面红耳赤的冯欣,正想推拒,冯欣连忙跟她说没关系,菲德丽卡才面带歉意地握了握她的手,走到艾里克身边,又回头看着她,温柔地说:"你别往心里去啊!"

她真挚的友善让冯欣很是感动,朝着她点了点头,像是要让她放心,他俩往展厅另一边走去了,艾里克的话隐约飘过来:"我姐就是那个鬼样子,连家里人都讨厌她……"冯欣站着发了一会儿愣,脑子空空的,埃琳娜的羞辱像一把直刺入胸膛的尖刀,让她长久回不过神来。展厅里的人比上午少了许多,她注意到挂在大厅中央的那件石青色缎绣团鹤纹氅衣前面的桌上,摆着一大束怒放的火焰百合。她从未见过这种花,也不知叫什么名字,只觉得在刺目的射灯光线下,这一簇簇艳黄娇红相间的花瓣,翻卷着朝上伸展,好似许多小孩的手指举在空中,徒劳而癫狂地想攫获些什么。视线从火焰百合妖娆的花瓣上越过去,越过那些聒噪吵闹的人群,她望见了一个熟悉的身影,那是……天啊,那是威廉!

他真的像叶芝所说,头发全白了,依旧穿着体面的三件套西装,和他被捕之后报纸头版登载的照片几乎一模一样,那张报纸冯欣至今好好地收着放在抽屉中,偶尔整理房间还能看到。展厅里不少人应该都认识他,毕竟他曾是法国最有名的古董商之一,他还是和从前一样,彬彬有礼地向所有人微笑着,然而,当他朝站在展厅一角的戴维德走去时,冯欣眼看着戴维德决绝地转身大步走远了。一阵轻微的寒颤掠过冯欣的颈项,她见威廉神色大变,假装刚才并没有看到戴维德,迅速把脸转向另一侧,将仓惶失落的目光慌乱地投在几幅越南漆画上,在大厅里转了一圈,很快离开了。

一群法国男人高声争辩着走进展厅,一个年轻男子挥着手,怒火中烧地低吼道:"马克龙代表的就是我们这代人!他将会改变政府体系,做出些实事来!至少,他不会像那些老政客一样东摸西搞、贪污受贿!"旁边一位灰白头发、穿着驼色呢子大衣的先生做出个专横的手势截断了他的话,语气生硬地说:"谁听说过马克龙的名字?他是谁啊?他属于哪个政党?是左派还是右派?关于他,我只知道一件事!他就是个变态!你看他娶的那女人,比他妈还老啊,如果这种变态当了总统,法国不知道会堕落成什么样子!"

他们在讨论明年的总统选举,法国人谈论政治时永远这样热血沸腾，也永远不会被别人说服。他们在展厅里逛着，漫不经心地看着周遭稀奇古怪的亚洲艺术品，不时停下脚步激烈地争执一番，大家都在抢着说话，那年轻男子尤为激动，不断用大幅度的肢体动作宣泄自己的愤懑和抗议。灰白头发的老先生越听越不耐烦，正好看到一个他认识的人过来，老先生便和那人打着招呼，撇下他们走开了，这群人很是败兴，一时又找不出什么话可说，便分道扬镳各自散去。那个年轻人仍然不停地念叨着，仿佛是在咀嚼刚才的论调，万分遗憾无法将自己的信念强加给他人。

韩嘉漪站在不远处，饶有兴致地望着这群法国男人，他们那种郑重其事的傻样子让她觉得很有趣。付斌缩头缩脑地进了展厅，外面深秋的寒气似乎让他看起来更加矮小，他跟韩嘉漪说笑着，冯欣本想过去跟他打声招呼，却又被几个客人叫过去打开展柜看玉器，便远远地向他挥了挥手，交换了一下彼此心知肚明的目光。

上午那个黑瘦男子又来了，让冯欣拿一只玉瓶给他，他双手捧着那个看起来脏兮兮的玉瓶，睁大了浑浊的小眼睛翻来覆去地打量，像是期望在某一条难以察觉的雕刻痕迹上，甚至在玉料的纹理上发现一点其他人都没注意到的线索。旁边一个矮胖子瞟了一眼他手中的玉瓶，笑着说："你看这个干嘛？这东西很闷的，老也没什么用。"黑瘦男子不言不语地继续看着，只在喉咙里发出几声类似干笑的响声，算是回复了对方。等他们陆续散去，菲德丽卡满脸笑容地走过来，将一张明信片大小的素描纸递给冯欣，大眼睛中闪着亮晶晶的光彩，说道："这里真是什么人都能遇到啊！"

那张素描纸上是菲德丽卡肖像的速写，寥寥数笔却神形俱佳。她告诉冯欣，自己也不知是何时被人描摹入画的，刚才她接待完一位看浮世绘的老太太，一个四五十岁的法国男人过来递给她这幅速写，只说了句"祝您日安"就离开了，她连那人的相貌都没看清楚。她俩开着玩笑聊着天，现在客人渐少，楼下一间大厅正在拍一件珍罕的大理国铜鎏金佛像，很多人都去看热闹了。

喊价员巴斯卡尔陪一位年轻的法国拍卖师进来看日本刀，那拍卖师想买一柄日本刀送人，巴斯卡尔告诉他，送人刀剑的时候，要向对方讨一枚硬币作为回礼，不然会有斩断情谊的不好寓意。那年轻拍卖师显然是生平第一次听到这种说法，两人在日本刀展柜前研究了好一阵子，把每一柄刀都取出来细看。冯欣转头望见韩嘉漪正陪一位40来岁，个子不高，衣饰却十分精雅的华人女士在展厅里逛着，那位女士举止从容又派头十足，韩嘉漪为她介绍拍品，脸上始终挂着一种殷勤得近乎谄媚的微笑。冯欣从未在她那张冷厉的瘦脸上见过这种神情，正暗自纳闷，菲德丽卡在她耳边低声说："我刚才听两个英国客人讲，那位中国女士，呐，就是'汉娜'女士陪着的那位，她是中国一家大拍卖行的老板呢！"

冯欣吃了一惊，随即点点头，有些明白了韩嘉漪此刻的举止，可能在她的心里，只有这样的人才是她的知音，才配听她说话吧！韩嘉漪陪着那位拍卖行女老板逛完了这间展厅，又同她一起出去参观别的展厅了，等冯欣看见她再次进来时，已经过了五点。韩嘉漪似乎有些疲倦，坐在接待处的椅子上休息，正好克莱尔也坐在那里，两人信口聊了几句，一个体态臃肿的矮小法国老先生走过来，用胖子那种浑浊的嗓音说，他要看一个香炉。克莱尔和韩嘉漪都没听懂，韩嘉漪便微笑着请他重复一遍，不想那胖老头瞪着她嚷了起来："女士，您懂'香炉'这个词是什么意思吗？"

"先生，我和您一样，也是法国人。"韩嘉漪反唇相讥，"我每年要鉴定上千件不同材质的香炉，我相信，我绝对比您更懂得'香炉'是什么意思。"她的法语说得迅疾而精简，像冲锋枪将一排子弹扫射在老头的胖脸上，正好有位客人要看一件东西，韩嘉漪便起身走开了，留下胖老头满脸尴尬地站在那里，克莱尔也假装低头回复邮件懒得理睬他，冯欣看着这一幕，几乎要乐出声儿来。

韩嘉漪的果决冷峻让冯欣心中再度生出对她的无限仰慕,至于之前唐卡的事,还有狗图册页的鉴定失误……谁还没有个知识盲区呢?人非圣贤孰能无过啊!展厅门楣上的液晶时钟显示已过了五点半,冯欣见韩嘉漪刚送走一位客人,正站在一道鸡翅木透雕万字纹屏风前出神,便鼓起勇气过去,用中文说:"韩,韩女士,嗯,今早谢谢您……"她紧张得都没有意识到自己的话音在颤抖,话一出口,她便觉得再啰嗦一遍早上的事实在太蠢,赶紧堆起满脸崇拜的表情说:"您,刚才,怼那个法国老头,真厉害!"韩嘉漪以一贯的寒凛目光看着冯欣,听她这样讲,似乎受了一点感动,对面前这个见识浅薄的女孩有了些微怜悯的好感,但也没说什么,只是轻轻笑了一下。

　　冯欣像是受到了鼓舞,钦佩地看着她说:"我真的,好羡慕您。"

　　"羡慕我?羡慕我什么?"她的双眼疲乏地眨了几下,身体却依旧站得笔直,"羡慕我有多么厌倦这个行业吗?"

　　"啊?厌倦?"冯欣没想到她竟会这样说,讶异地低呼了一声,又觉得自己冒失无礼,立刻低下了头。

　　韩嘉漪冷冰冰地哼了一声,像是因为今天说了太多话,嗓音有些沙哑:"这世界乱七八糟的,也不能马上就去死啊,只好凑合着活呗。"

　　冯欣无言以答,困窘地涨红了脸,韩嘉漪根本没看她,一口气讲了下去:"最好的时光早就过去了,你没见过 2013 年前后的光景,说起来才三四年,感觉都一个世纪了。现在,每一年、每一天都在江河日下……"她脸上的冷漠变成了悲哀,声音里有股遥远的伤感,她的手机响了,她低头看了看手机,不再说话,也没有跟冯欣道别,径自往外走了。

　　等到六点预展结束,冯欣和同事们从大楼后面的窄门出去时,才看见天已全黑了,搬运工们的叫喊在寒意肃杀的空气中回响,许多工人忙着把十几架堆满货箱的推车运进宽大的货运电梯,另一些搬运工正从卡车上卸下一些体积较大的货物,稍加整理后再往大楼里运。

几个同事要抽会儿烟再回家,冯欣与他们道别后离去,在街道转角处等红灯时,一阵强劲的穿堂风骤然袭来,让她的鼻子感到灼烧般的疼痛。她裹紧了大衣,微微别过脸去,眼角的余光看见拍卖大楼外墙上那几块高悬的长条形殷红色招牌,在冰冷的秋风和明亮的灯光中颤动着,仿佛一颗巨大的心脏正在奋力运作,将生命之血注入到所有的血管里。

第二天的拍卖还是和六月的春拍一样喧腾吵闹,室内暖气太热,空气中充斥着浓郁的汗味、烟味、香水味、樟脑球味,还有无数说不清道不明的味道,让高敞的大厅越来越热,让所有人头脑发昏,而拍卖大楼这架庞大的机器,也在令人窒息的热气中轰响,等待着爆炸的那一刻。许多拍品的竞逐都非常激烈,落槌声、应价声,还有人们的捶胸顿足之声混在一起,有时甚至淹没了喊价员巴斯卡尔洪亮的嗓音。

冯欣坐在员工席,看见人们脸上的肌肉在吵吵嚷嚷中颤抖,一双双不同颜色的眼睛紧盯着拍品,犹如荒原上凶残的鬣狗盯着同一只猎物,不停地左冲右突,伺机撕咬搏杀,恨不能生吞了对方。这是年底最重要的一场拍卖,公司几乎所有人都来了,冯欣没有太多委托电话,好在,克莱尔把冯欣最想打的那一通委托电话交给了她。她觉得人生最称心如意的事莫过于此了,便平静地看着人们拼抢争斗,好整以暇地等待拍到"那一件"物品。

213号拍品,那只来自非洲独裁总统收藏的痕都斯坦风格白玉壶,有七八位客人通过电话竞价,他们都提前缴纳了5000欧元的保证金,除了冯欣电话那头的这位吴女士。她是在今天早上才用邮件紧急联系拍卖行,说自己是很有信誉的玉器收藏家,因为拍卖是当天下午,她已来不及从中国汇款交保证金,就在附件中发来几张自己在英美大拍卖行高价购买艺术品的发票复印件,以证明自己的实力和竞买的诚意,恳请拍卖行破例允许她参与竞拍,并且安排会讲中文的员工帮她竞价。克莱尔收到邮件后,立刻询问戴维德的意见,他看了吴女士的发票复印件,见她购买的艺术品基本都超过 10 万美元,便同意了她的请求,让克莱尔安排"那个中国女实习生"做吴女士的电话竞拍——他到现在还是记不住冯欣的名字。

然而只有冯欣知道,这位吴女士根本就不存在,电话那头是付斌的妻子。吴女士的护照,还有她那些拍卖行的发票复印件,全是冯欣在几天前用 Photoshop 做出来的,电话号码也是临时买来的,拍卖一结束,这个号码的手机卡就会被丢进垃圾桶。就连赶在拍卖的当天上午,发邮件说自己来不及付保证金,请拍卖行破例同意这个点子,也是冯欣想出来的,因为她之前在别的拍卖上见过类似的先例。每场拍卖开始前的上午,都是公司最紧张混乱的时候,没有人会去仔细审查竞拍者的资料是否真实可信,大家都在为准备下午的拍卖而忙得不可开交。付斌之所以这样做,是为了不用缴纳 5000 欧元的保证金:"节约成本嘛,冯小姐,省下来钱,请你喝茶呀!"

冯欣知道,无论玉壶最终的成交价是多少,一定是吴女士成功买到,而一直站在拍卖厅角落里的付斌,一定会和吴女士争抢到前一口竞价。等到拍卖结束,付斌也一定会满脸遗憾地来到戴维德面前,反复感慨:"哎呀,那个玉壶我是真的喜欢!可惜啊!我抢不过你们的客人啊!"跟戴维德打了几句哈哈之后,付斌会笑着道别离开,再不经意地回过头来,放低声音对戴维德说:"万一,我是说万一啊,万一你们那个客人不付款,你记得联系我啊!我一定买的!"吴女士既然根本不存在,也就谈不上付款,拍卖行多次联系不上吴女士之后,只能紧急联系付斌,因为非洲总统的儿子催着要钱,付斌就可以借机狠狠杀个价,以最合适的价格买下玉壶。

此刻所有人都兴致勃勃地看着玉壶的价格越拍越高,只有冯欣知道,这仅仅是好戏的第一幕,只有她知道故事的前因后果起承转合,她手中握着自己书写的剧本。

白玉壶是 2.8 万欧元落槌的,冯欣微笑着放下电话,迎着人们形形色色的目光,向走过来的巴斯卡尔说出了早已在心里准备好的那句话:"53 号客人竞拍成功。"巴斯卡尔笑着微一颔首,转身用他那独特的浑厚声音朝着大厅重复道:"53 号客人竞拍成功!"冯欣看见一个红衣运输工人万般小心地将玉壶从展示台上取下来,拿去仓库放好,人们又开始抢夺下一件拍品了。

眼前这些人,不同国籍、不同职业、不同家庭背景,年轻的,不年轻的,大腹便便的,瘦骨嶙峋的,被长辈拉来而坐立难安的小孩子,第一次参加拍卖会的艺术高校学生,脸上涂满脂粉的白发老太太……除了极少数志在必得的藏家和掮客,大部分人都像耗子掉进了米缸,眼中闪着好奇而贪婪的光芒,他们发出的噪声好似拍卖大楼这只庞然巨兽正在碾磨嘴里的食料,最终会把他们消耗成一吹即散的尘土。什么乾隆啊,什么宫廷珍宝啊,什么一片冰心在玉壶啊,韩嘉漪说得对,拍卖行和艺术没多大关系,这里只有货物、行情、生意和算计。

拍卖结束后,付斌果然从角落走到拍卖台前来跟戴维德聊天,冯欣被伊丝黛尔喊到付款处去帮忙翻译,才知道有个中国客人已刷卡付完款,却不能提货——正是他买下了韩嘉漪说的那个"接底"的粉彩小碗。因为小碗的落槌价超过了 5 万欧元,必须办理文物护照才能合法出境。那客人听完冯欣的解释顿时就爆发了,嚷嚷道:"这啥情况啊!怎么付了钱不给东西啊!这不诳人嘛!"冯欣现在也有经验了,不会再因为这些人的喊叫谩骂影响自己的心情,安静地站在一旁等他咆哮完,再一次告诉他,文物护照一般要三四个月才能办好,只能等待。那人还要叫骂,冯欣掏出手机,装作要回复电话,转身走开了。

她去库房拿了自己的外衣和挎包,正要往外走,菲德丽卡和巴斯卡尔说说笑笑地进来,一看见冯欣,菲德丽卡立刻将手中的花束分了两枝出来,学着戏剧舞台上古代绅士的姿势,弯腰伸腿,行了个浮夸的鞠躬礼,把花朵递到冯欣面前,笑道:"亲爱的小姐,这些美丽的花儿是对您今天辛勤工作的小小犒赏，请您笑纳。"巴斯卡尔和旁边几个精疲力尽正靠墙休息的搬运工都被她这俏皮的举动逗笑了，冯欣又惊又喜地接过花枝，连声道谢，她认出这是昨天装饰展厅的那些火焰百合，看着菲德丽卡问道："我可以拿这个花吗？真的吗？"

菲德丽卡笑着告诉她，弗雷德刚才把这束花拆开送给公司所有的女性，以庆祝今天的成交价超过 100 万欧元。大家都拿了花，除了埃琳娜，"她说她过敏，受不了花粉的味道，其实这花哪有什么味道嘛！菲德丽卡低头闻着花儿，嘀咕了一句。冯欣不禁笑了笑，又想起 Roger Vivier 鞋履预展时埃琳娜冲着金合欢花大发雷霆的样子，心想，她哪里是过敏，就是发神经而已。菲德丽卡说朱利安去买香槟了，准备等会儿在展厅简单庆贺一下，问冯欣要不要留下来一起喝香槟。她很有些动心，但最终还是婉拒了，换了冬令时后，天黑得很早，她住在远郊，担心回去晚了不安全。菲德丽卡漂亮的深绿色眼睛中透出遗憾的神色，拉着冯欣的手跟她贴面道别，因为她俩明天不会见面，就提前祝彼此这周末愉快。

冯欣拉开库房门，走进拍卖厅，视线所及之处都是乱糟糟的，付斌早已演完戏离去，现在还留在大厅里的除了那些排队付款提货的客人之外，只有几位因为看了一下午热闹而疲惫倦怠的法国老年人。他们都瘫坐在椅子里，目光迟钝地看着周围的纷乱吵闹，直到下一场拍卖的公司员工开始入场布展，另一批红衣搬运工熟练利索地把座椅收起叠摞在推车上，他们才不情不愿地站起身，摇摇晃晃往外挪去。

到了大厅外面，冯欣看见源源不断的拍品正从巨大的货运电梯运往每一个楼层，每层楼的走廊都是一条河床，大大小小的货箱、家具、地毯、雕塑形成一股股汹涌的激流，被不同的拍卖厅吸纳吞没，她在货物的洪水中努力寻找着空隙，好让自己能够走过去。这 100 多年来，拍卖大楼吞进了数不尽的货物，经过一天的预展和一天的拍卖之后,再把它们毫不停歇地吐出去。

　　虽然还不到七点,天色已很暗了,午后就飘起了纷密的细雨,灯火如昼的拍卖大楼如同黑暗海面上的灯塔,在秋夜寒雨中闪耀着。冯欣走出温暖的拍卖大楼,不禁打了个冷战,还没来得及从包里拿出雨伞,一辆汽车驶过一滩浅浅的积水,她躲闪不及,被溅了半身的泥污。一个黑人搬运工刚好从旁边经过,也被泥水溅到,马上竖起中指朝着汽车大骂了几句粗口。冯欣觉得这黑人很是帮自己出了一口气,便转头看着他微笑了一下,轻声说了句"谢谢",也不知他听到没有。

　　巴黎的大街小巷早已挂满了圣诞节灯饰,那些闪烁跳跃的灯珠组成雪花、松树、星月等形状,在浓墨般的夜色里荡漾出令人沉醉的温情。许多巴黎人在这样的细雨中是不惯打伞的,冯欣撑着伞走在行人如织的街道上,小心避免撞到旁人,伞沿上的雨滴映照着暖黄的街灯和圣诞节彩灯,泛出潮湿的亮光,绝似一幅雷诺阿的柔媚油画。

　　街边商店的橱窗也全是圣诞节应景的展陈,所有商家都像铆足了劲儿要在一年中最重要的节日呈现出最漂亮的物品。冯欣情不自禁地走到橱窗前,雨点打在身上也没有在意,透过玻璃上的水痕和暖气在橱窗里形成的薄雾,望见星云般迷蒙的光辉围绕着店内中央那座精美的基督降生马槽,圣诞树上无数鲜亮的装饰变得更加耀眼,树下仿制的雪堆也更加洁白晶莹。她伸出手指,隔着玻璃去触碰橱窗里那些长着透明翅膀的小仙女人偶,她们穿着浅粉色纱裙,踮起脚尖站在圣诞树翠绿的枝头,伸展双臂,甜蜜地笑着,好像就要跳出橱窗,跳进巴黎苍茫的夜色里,冒着霏霏细雨去赴一场花开似锦的盛宴。

　　"真美啊!"她梦呓般地低语,没想到身边传来一个柔和带笑的男人声音:"可不是嘛!"冯欣错愕地转过脸去,是一位戴着栗色鸭舌帽的法国男士,50多岁的模样,个子很高、身体微胖,大衣外面系着一条沾满颜料污渍的长围裙,手里提着个小木箱。不待她发问,他就笑着解释，自己是个画家，这段时间都在给商店的橱窗玻璃画圣诞节装饰，他很骄傲地指着附近的几家店铺说："这些都是我画的！我会根据不同的装修风格和橱窗商品，为每一家店设计不同的圣诞装饰画。"冯欣顺着他指的方向，欣赏着橱窗玻璃上画的圣诞老人、驯鹿、小精灵、冬青枝叶、槲寄生……有一家酒馆的露台玻璃上居然画着一位身穿红白相间毛绒超短裙、戴着圣诞帽的性感舞女！她看着不禁笑出了声，画家说这舞女是自己从英国电影《真爱至上》中得到的灵感，冯欣一下子惊呼起来，欣喜地问道："您也喜欢《真爱至上》吗?"

两人在清冷的秋雨中聊了片刻，那画家还邀请冯欣去喝一杯，她微笑着谢绝了，她知道对方从一开始就是在搭讪，却很愿意和他聊下去。这种巴黎人独有的浪漫，宛若一股温暖的泉水淌过她的心底，在这样美丽的一座城市里，任何故事都有可能发生，世间实在没有哪一座城市能像巴黎这样动人，它不只是流动的盛宴，更是爱与美的奇迹，是无拘无束的自由生长，就像茨威格所说："我把巴黎作为礼物奉献给自己……谁年轻时在那里生活过一年，他一生都会怀着一种莫大的幸福回忆。"

冯欣与画家道别后穿过马路，转头望见他走回橱窗前完成装饰画的收尾工作，每一家店的橱窗画完，他都会在角落处用雅致的花体字母写下自己的电话号码，借此招揽更多的主顾。他就这样永远无名无姓地留在她的记忆深处，就像她手里这两枝在夜雨中摇曳的火焰百合，尽管它们很快就会凋零枯萎，她却一生都不会忘记。

她往地铁站走去，忽然看见路旁两位至少年逾六旬，头发都已花白的法国男女隔着很远就欢呼着跑向对方，随后热烈地拥吻，周围的雨声人声车流声在他们眼中完全不存在，狭窄的人行道上，无数步履匆忙的行人摩肩接踵，各式各样的雨伞碰来撞去，他俩却旁若无人地长久亲吻着，畅快开心地大声谈笑着，天地间似乎只有彼此在熠熠发光。他们是一望而知的婚外关系，在巴黎湿漉漉的寒夜里，看到"情欲"两个字以这样一种真实可感的方式呈现在眼前，胜过一切灿烂瑰丽的精饰和灯光。

回到公寓，冯欣换下湿透的衣服鞋袜，穿上软和舒服的睡衣，将火焰百合插在洗手台旁的香槟瓶子里，这两天经历的种种事情还在心底闪动，像儿时阳光下弹跳的七彩玻璃球一样让人快活。她想起冰箱里还有半罐鹅肝酱，正好拿来当晚餐，又琢磨着该看点什么综艺或者影视剧下饭呢，一直在追的偶像剧和综艺暂时都还没更新，又到了剧荒的时候。她打开鹅肝酱的盖子，想起昨天无意中刷到一条推广微博，说是网剧《无间道》过两天就要上线了，当年《无间道》大火时她还在读高中，只隐约记得是讲警察和黑社会之间"内鬼"互相渗透的故事，现在正好重温一下经典。

她在网上找到视频点开，往香料蛋糕上抹着鹅肝酱，电影片头那些法相威严的佛像和熊熊燃烧的烈焰逐渐隐去之后，屏幕上现出一句《涅槃经》："八大地狱之最，称为无间地狱，为无间断遭受大苦之意"。

原来《无间道》是这个意思啊！她这才第一次明白，往嘴里塞了一片涂满鹅肝的蛋糕，突然想："我也做了'内鬼'，难道我也要下地狱吗？"这想法实在太荒唐了，冯欣摇摇头，鹅肝那肥美的滋味让她心满意足地笑了起来。

冬之章

人在世间爱欲之中，
独去独来死生，
当行至趣苦乐之处，
身自当之，无有代者。

19

第二天早上冯欣刚进公司，坐在前台的朱利安就抬头对她说："欣，埃琳娜要见你。"她一惊，脱口问道："为什么？为什么要见我？"朱利安用一种怪异的目光看着她，说道："你过去吧，去了就知道了。"冯欣勉强笑了笑，正要朝埃琳娜的办公室走去，他又补充："她在戴维德的办公室等你。"

肯定不是什么好消息。从前台走去戴维德办公室这段路，此刻在冯欣眼里，简直比一个死囚爬上绞刑架更艰难，她真希望这条路是没有尽头的，可以永远不停地走下去。终于到了门口，她抬手敲门时感觉身体都凉了半截，听见里面埃琳娜的声音让她进去，推了两次才推开门。

这是冯欣第一次走进戴维德的办公室，房间很宽敞，迎面是一张方正敦实的路易十五式橡木办公桌，桌面镶着烫金细花边的墨绿色真皮书写板，旁边两张扶手椅的靠背和坐垫也包裹着同样色系的织金丝绒。一排象牙镶边的乌木书柜占据了一整面墙，里面全是暗色书脊的精装古籍，让办公室看起来更显沉郁。窗台上摆了十来座大小不一的方尖碑，由绿松石、青金石和各色水晶雕刻而成，都配着铜鎏金月桂纹底座，很像一排庄重肃穆的皇家仪仗队士兵。冯欣并没有注意到这些细节，进来后也不敢直视埃琳娜，怯懦地垂着脑袋，用眼睛的余光看着坐在宽大办公桌后面的埃琳娜，仿佛她是个马上就要张开血盆大口吞噬自己的女妖。

"'芬格'小姐，您真是和您的同胞一样精明啊！"埃琳娜劈头说道,她整个上半身都窝在椅子里,日益沉重的孕肚让她近来很疲累,然而当她开口说出第一个词,就像突然获得了某种强大的能量,一下子挺直了臃肿的身体,刻薄地笑道:"您知道我为什么请您过来吧?不用我再多说了吧?"

这句问话把冯欣吓傻了,连"不知道"都说不出口,紧咬嘴唇摇着头,埃琳娜靠在椅背上笑出了声:"您觉得我们法国人都是傻子,对吗?"冯欣像个垂危的疟疾病人一样止不住地战栗着,拼命摇头否认。埃琳娜冷笑着从桌上一堆文件中拿出几张纸,她懒得起身,就高举其中一张纸,涂满艳红指甲油的手指狠狠戳着上面的一行文字,冲着冯欣尖声怒斥道:"这是不是您的公寓地址? 那本狗图册页,就是您和付先生搞的鬼吧! 您从这里面拿了多少钱! 两三千? 四五千? 难怪您现在买得起路易威登的包了,我昨天还以为您的包是假的,真是小看您了!"

她将那几张纸啪地拍在桌上,口中说出的每个单词都像毒箭一样迅疾地穿过空气,直刺进冯欣心里:"我刚收到传票时就觉得奇怪,什么国际贸易公司会设立在那种贫民区啊! 昨天拍卖回来,我来戴维德办公室找文件,刚好看到这个!"她又翻起几张纸,举起向冯欣晃着:"这是您的入职要约,我无意中翻到这个,才发现登记狗图册页的那个狗屁贸易公司,就是您的地址啊! 您隐藏得够深啊! 所有人都夸您,说您虽然话不多,工作却勤恳认真,没想到您在背后玩大的啊……"她越说火气越大,虽然捧着孕肚坐在椅子里,那盛气凌人的神态却俨然是一位主宰万物的女王。冯欣想要辩解,但舌头根本不听使唤,无论埃琳娜讲什么,她都只能使劲地摇着头,喃喃重复着"不不不",眼前仿佛起了一层迷雾,双手紧攥成拳,竭力不让自己哭出来,直到听见一句冰冷而简洁的话语:"您被辞退了。"

冯欣惊叫出声,猛地抬起头来,这可怕的三个法语单词,在只有她们两人的办公室里显得极为响亮。她僵直地站着,面无人色,这副蠢样子让埃琳娜更加怒不可遏，她眼中冒着火光，又拿起那份入职要约哗啦啦地抖着，同时吼道："您听不懂吗？您真是个大傻瓜！"她骂了好几遍这句粗口，似乎还不解气，干脆把入职要约三下两下撕得粉碎，又伸脚把办公桌旁的垃圾桶勾过来，将纸屑全扔进了垃圾桶。

完了，全完了，冯欣觉得浑身的血都冻结了，她恨不能像电视剧女主角那样瘫在地上哀号，或者砸烂几件办公室里的东西，甚至狠狠咬埃琳娜几口，可是嘴里只迸得出几个断断续续的单词："不，不要，请不要……"

"小姐，您觉得我请您来这里，是因为我很闲，没有别的事可做吗？"埃琳娜经过一通宣泄，终于平静下来，她抬起灰蓝色的眼睛看着冯欣，淡漠地说了句"再见"，冯欣却还像个木头人似的没有任何反应。埃琳娜从一开始就不喜欢这个中国实习生，现在简直对她厌恶到了极点，也顾不得怀孕不便，起身挺着肚子过去拉开门，走廊上明晃晃的射灯光线一下子照了进来。冯欣闭了闭眼睛，腿脚软得直打晃儿，勉强镇定地走到前台，朱利安一看见她就站起身，满脸关切的神色。她向朱利安挤出一丝笑容，他却无奈地轻声说："欣，埃琳娜刚才打电话给我，请你把午餐卡退回来。"

冯欣如梦初醒般地"哦"了一声，刚才她一到公司就被埃琳娜叫了过去，一直都背着那只旧双肩包，她吸了吸鼻子憋住泪水，从双肩包内袋中取出午餐卡还给朱利安，他想安慰几句，但她已转身出去了。周五早上大家都来得比较晚，冯欣没遇到其他同事，她像被人打断了全身筋骨，踉踉跄跄走在路边，抬头望见人行道正好是绿灯，便过了马路，找到街心花园里离自己最近的一张长椅，像个麻袋一样颓然跌坐下来。

这是深秋少有的晴天，阳光透亮，却裹着彻骨的寒气，排水沟流出的清水沿着街边凝成了两条薄薄的冰带，春天时那些开满浅紫色花朵的桐树，如今只剩下几片挂着白霜的枯叶在冷风中颤动，望去犹如几只栖息的雀鸟。现在正是早高峰，无数车辆从几条主干道汇入旁边的拉德芳斯商业区，喧闹的车流声在明洁如镜的蓝天下嗡嗡作响，鳞次栉比的摩天大楼反射着耀眼的阳光，似一根根从地下穿刺而出的利剑。街心花园里环绕喷泉的三色堇早已换成了耐寒的欧报春，喷泉的弧形水柱不断飞溅出水滴，在清冷的空气中散出一片薄雾，偶尔拂过冯欣的脸，让她不停地想起夏天抱着栀子花淋的那一场太阳雨。

她只感到冷，又非常困倦，连大哭一场的力气也没有，把双手插进外衣兜里，忽然摸到右边口袋底部有两个硬币，便翻来覆去地在口袋中摩挲着硬币。她记起来了，这是她和叶芝在 T 家拍卖行重逢那天，吃完午饭后叶芝放在餐桌上的小费，被她顺手拿走塞进了自己衣兜。那一天，4 月 16 日，她一辈子都记得。冯欣抬起眼睛看着喷泉中飘溅出的水雾，终于长长地叹出声来，这八个月，真像做了一场梦啊！

只是梦醒得太突然了，她就这样被埃琳娜粗暴地赶出了公司，像个流浪汉一样坐在街心花园里，又稀里糊涂地在街上逛了许久，双脚仿佛被人拉扯着，周围行色匆匆的人群恍若无数飘来荡去的幽灵，他们的脸都是模糊的，扭曲的，无声无息、无形无味。回到黑漆漆的公寓，冯欣没有开灯，把外衣和鞋子胡乱一甩，仰面倒在床上，她哭不出来，用双手捂着脸，紧闭着眼睛，似乎这样就能让自己消失在无尽的黑暗深处。她记得小时候有一年过春节，妈妈带她去游乐园玩蹦床，她摔了一跤倒在蹦床上，旁边的人还在不停欢呼蹦跳，自己却无论如何都站不起来了，永远也站不起来了，只能随着别人的每一次跳跃，越沉越低，他们好像都要跳到天上去了，阳光刺得眼睛好痛……

冯欣在公寓里浑浑噩噩地过了两三天，或者四五天？她不知道，只觉得时间完全静止了，或者说，时间对她而言，已经没有任何意义了。某天下午收到大学同学发来的信息，问她为什么不去参加期末考，她才想起这周是考试周，但也没有回复关心她的同学。她知道自己的学生居留证还有三个多月就要到期,要续签新的居留证,必须提供考试合格的成绩单,她先前想着反正都要换成工作签证了,就没必要再去上那些毫无用处的经济学课程,更不用考什么试了。现在她的入职合同被埃琳娜撕碎扔进了垃圾桶,该怎么办呢?怎样才能在这个国家继续合法居住下去呢?

她不知道。出国这几年,她受够了这种朝不保夕的漂泊生活,活着太累太卑微了,真是命如草芥啊,一个天资平庸的人再怎么努力奋斗,能收获的结果终究也是有限的,她实在已经用尽全力了。想想这样活着有什么意义呢,却又不得不勉为其难地活下去。很多人之所以活着,或许不是因为他们有多么热爱这个世界,只是因为懒得去寻死,因为怕痛、怕麻烦,就像韩嘉漪说的,既然不能马上就去死,只好凑合着活呗。

她有时也会后悔,并不是后悔跟付斌"合作",直到现在,她还没告诉付斌自己被辞退的事,她怕付斌知道后会认为她不再有利用价值,而对她弃如敝屣。她后悔的是没有好好跟那些友善的同事们道别,克莱尔、弗雷德、科斯曼、朱利安,还有漂亮的菲德丽卡和孤傲的韩嘉漪……很久之后她才意识到,就在她"配合"付斌竞拍白玉壶的那场拍卖结束时,这家公司的绝大多数人,已经和她见完了此生的最后一面。那天傍晚,她真应该留下来跟他们一起喝香槟庆祝啊!

整天整夜的虚无让冯欣很是委顿,她无精打采地看着早就看过好几遍的偶像剧和明星综艺,有时候除了上厕所,一天都不会下床,公寓的百叶窗很久没有打开过,根本不知道外面天黑还是天亮。她或许哭过几次,但自己也记不得了,她不时想起那只白玉壶,这两天拍卖行应该已经发现,无论邮件还是电话都联系不上那位"吴女士",戴维德肯定正以"现在是圣诞和新年假期"的理由暂时稳住催款的黑人总统儿子,等到1月2日大家休完假回来上班时,他们就会马上联系付斌商量洽购事宜。

喝完了冰箱里最后一瓶红酒,冯欣又倒回床上,她头疼得厉害,脑袋上像有一块火炭在燃烧,想着想着却又笑了起来,自己和付斌给拍卖行埋下的这一手"后招"真是好极了,螳螂捕蝉黄雀在后啊!就像付斌常说的:"鬼佬怎么玩得过我们?"

那两枝插在香槟酒瓶中的火焰百合散发出腐败的气息,冯欣自己闻不到房间里令人反胃的味道,她怔怔地盯着天花板上一块剥落的墙皮,脸上的泪水干了之后,绷得皮肤有点发痒。一种难以言喻的冲动越来越剧烈地刺激着她的神经,像许多火苗在绷紧的皮肤下蔓延,她想大吼大叫,想撞墙捶地,想去干些残暴或者凶险的事,想要报复。

是的,报复。当一个人痛苦得无法控制时,常会试图用报复来减轻自己的悲伤。在这艰辛漫长的人生中,或许只有当愤怒的烈焰烧尽所有伤痛之后,才能忘掉曾经遭遇的种种不堪,才能让活着变得稍微容易。

一个念头如电光石火般闪现在脑海,冯欣噌地跳下床,光脚踩在地砖上,凉得心脏都抽紧了一下,但她已激动得浑身血液都在沸腾,飞快地从抽屉里翻出那个用了多年的旧手机,充上电,又找出一张白纸,随手把桌上各种零食残渣和包装袋稀里哗啦全撒在地上。拿起笔她又愣住了,法语怎么说"你老婆给你戴了绿帽子"?她在网上查了又查,确保查到的是最地道的表达,绝不能让对方看出这句话是个外国人写的。

终于查好了这句话,冯欣先在一张草稿纸上练习了许多遍,务必要写得和自己平常的笔迹截然不同。旧手机充好电可以开机了,她很快在手机相册里找到了那张她先前偶然拍到的,公司电脑里埃琳娜详细个人资料的照片。这女人是有多蠢啊,居然在所有员工和实习生都能看到的资料库中,大大咧咧地留下她丈夫的姓名和工作地址。她清楚地记得玛丽昂在拍卖厅的库房里告诉过她,埃琳娜的丈夫是个银行家，名叫"克里斯托弗"，他跟埃琳娜结婚，"就给了她一个姓、一个精子，还有 16 区的一套房子——房子也只是让她进来一起住而已"。戴维德也说过，如果埃琳娜的烂事被抖出来，银行家跟她离婚，她肯定会被赶出来："真要离婚，你和你女儿未必能在 16 区住下去。"戴维德说这话时满脸嫌恶的表情依然历历在目，冯欣大笑了几声，又很快静默下来，想象着埃琳娜丈夫收到这封匿名信时的反应，想象着埃琳娜和丈夫吵架甚至厮打，然后被扫地出门的场景。她握着旧手机坐了很久，脸上一直挂着笑容，似乎正在有滋有味地观赏一部曲折离奇的狗血电视剧。

她在 Google 上搜索埃琳娜丈夫的姓名，出来的第一条就是他在领英上的信息，头像是专业摄影师拍的肖像照，是个穿着深色西装、50 来岁的法国男子，金发中杂着不少灰白头发，已有一点谢顶，虽然谈不上英俊，但一双淡蓝色眼睛透出刚毅沉着的神采，颇有种久居高位的气派。这位银行家和威廉那种热情奔放的深肤色南方人真是截然不同，冯欣看着他的照片，想起萨哈母女在背后讥讽埃琳娜："她所有的情人都是同一个类型，口味还蛮固定哦！"

冯欣在白纸上认真写下那句法语，感觉心头积压的恨意总算痛快发泄了出来。兔子急了也咬人呢，我从实习第一天就被你这个贱人欺负，终于轮到我来收拾你了！她贴好封口、粘上邮票，郑重地将信封摆在桌子中间，仿佛这封信是灾难电影里的核按钮，按一下就能毁天灭地。

她窝在这间小公寓里许多天都没出门，现在才第一次感到有点胸闷，迫切想要呼吸一下新鲜空气，推开百叶窗，看见天色漆黑满目寒寂，只有路灯发着惨淡的黄光。冷风穿透了身上的薄睡衣，冯欣低头看了一眼手机，才发现早已过了午夜，哆哆嗦嗦地关上窗钻进被子，躺了很久还是睡不着，仿佛并不是躺在这张小床上，而是卧在无边无际的旷野中，幽暗潮湿的夜色幻化成千万条滑腻的巨大水蛭，正从四面八方爬过来,覆盖在她的身上,用无数吸盘疯狂吸走她全身的血液。

不知做了多少噩梦,醒来已是第二天中午,冯欣躺在床上仔细盘算了一阵子,她本想去公寓旁边的邮局寄信,又想起埃琳娜是知道自己住址的,万一这封信最后落到了埃琳娜手里,她说不定会从邮戳上看出什么蛛丝马迹来。冯欣想着便下床胡乱洗了把脸,换好衣服拿起那封信就出了门,像有一股无法抵抗的强大力量在推着她往前走,没有一丝一毫的犹豫。

早晨落了一阵雨,地面还是湿的,午后的阳光却很明亮,天空晴朗得如同初春,简直可以一眼望到城市的另一端。冯欣特意坐地铁去到夏天打工的 19 区美甲店附近的邮局,一开始想寄平信,又还是不放心,索性花 4 欧元寄了封挂号信。她将填好的挂号单交给邮局工作人员,眼看着对方贴好挂号单,把信封放进分拣箱,才成竹在胸地微笑起来,在法国生活了 4 年多,她还从未像此刻这样平静而满足。

她兴冲冲地回到公寓,开门时惊觉房门没有反锁,心头一凛,每次出去她都会小心确认反锁了门,难道有贼?她吓得脸色煞白,屏住呼吸弓着腰推开门,房间里亮着灯,一个又高又壮的人影从她眼前晃过,是那个女房东。冯欣瞪圆了眼睛,还没说出一句您好,房东的大嗓门已响了起来:"哎呀!你可算回来了!你给我这屋造得也太埋汰了!"那神情好似老鹰逮住了一头吓呆的猎物。

原来今天房东有事来找冯欣,到了之后敲门发现没人,索性打开门在里面等她回来。她叽里呱啦地指责冯欣把公寓住得像个狗窝,冯欣只好赔着笑连声解释说自己正准备今天搞大扫除。一种说不清的恐惧迅速在心底滋生,她直觉要大难临头了,果不其然,房东抱怨完,提高了声音说:"我跟你说啊,你赶紧收拾收拾再找个地方吧,过完元旦,我就要收回这套房子了。"

冯欣吓懵了,陷入一种再也隐藏不住的惊恐之中,房东还在念叨,她国内的亲戚过完春节,2月中旬就要来法国,所以冯欣必须在1月2日之前搬出去。"你最好能赶紧搬,我还要找人来重新粉刷打扫呢,你一个姑娘家,咋的这么不讲究呢!"

冯欣想哀求她,想哭诉这一时半会儿怎么可能找得到住处,但张着嘴一个字也吐不出来。房东看她没啥反应,觉得她这就是默认了,便准备离开,走到门边又回头说:"你弄好了发信息给我,我来取钥匙,把押金退给你。我可不是那种黑心房东,扣着别人押金不还的,我这个人敞亮得很!不过咱可先说好了啊,你得给我把这屋拾掇干净了,要还是这么埋汰,别怪我扣你押金啊!"冯欣面如死灰地点着头,直到房东把门关上,她好像还没明白究竟发生了什么,过了好一会儿才瘫倒在床上,脑袋疼得像要炸开了。

怎么会这样呢,我今天还有一张可以睡觉的床,再过两个星期就没有了,现在全国所有人都在忙着过圣诞节,要去哪里找房子啊?想到这里,眼泪和恸哭从她心底一下子喷涌而出,在这间小屋里失声号啕着,泪水鼻涕沾满了脸颊也懒得去擦,直到精疲力竭地昏睡过去。

接下来的几天,冯欣联系了所有在法国的中国同学和朋友找房,有两个从前在语言学校认识的同学,因为要回国过年可以让她暂住一个月,只是他俩一个在克莱蒙费朗,另一个在尼斯,都离巴黎很远,尽管如此,冯欣还是千恩万谢地回复了他们,毕竟,如果真的走投无路,不管多远都得去啊!她也试着去附近的房屋中介询问,但那些法国人简直有一万种方式来拒绝她:"小姐,您的居留证明年就到期了呀""您能找到担保人吗?担保人的收入必须是房租的三倍以上""我们登记了您的需求,有合适的房源会联系您的"……当年刚到法国时,就有同学告诉过她,很多房东都不愿意把房子租给外国留学生,因为学生没有收入,房东怕他们不付房租。冯欣在路上来来回回地兜着圈子,有时遇见拖着行李箱回家过圣诞节的法国人,就马上想起自己这些年无数次拖着行李箱辛苦搬家的情形，可是，这一次，要搬去哪里呢？

有一天她从房屋中介出来，站在路旁等公交车，望见马路对面的一家花店门口堆满了圣诞树。从上个月月底开始，法国所有花店和超市都会在门口摆上许多圣诞树售卖，那些高矮各异的冷杉被装在特制的白色塑料网兜中，挤挤挨挨地堆叠在路边，像许多穿着病号服、行动不便的肥胖症病人。公交车一直没来，她也没别的地方去，就木然地望着进出花店的客人，她渐渐意识到，选购圣诞树时能最直观地看出一个人的家境情况。选择两米以上圣诞树的人，肯定有宽敞挑高的大房子；选择一米五到一米七高度圣诞树的人，应该也是小康之家；这个街区大多数人买的都是一米二以下的最小号圣诞树，那完全不似一棵"树"，更像是电影里侏儒国的滑稽道具。更穷的人，就只能买一棵小小的塑料仿真圣诞树了，前两天她刚好在微博上看到一条"冷知识"：第一棵人造圣诞树诞生于 20 世纪 30 年代的英国，由生产马桶刷的机器制造而成。

天气越来越冷，天黑得也越来越早，冯欣像一头将要被拉进屠宰场的牲畜，盲目地走在茫茫夜色中。周围房屋窗户透出的温暖灯光总让她触目伤怀，就在不到半个月的时间里，她什么都没有了，没了工作，没了住处，在这寒冷陌生的城市上天无路入地无门。

直到她看见叶芝在朋友圈盛赞 Netflix 的新剧《王冠》，这部讲述英国女王生平的英剧，"是我近五年来看过最好的剧集，没有之一。玛格丽特公主实在太美了！每次看到她的段落我都忍不住想起她儿子，他是我们公司名义上的高管之一，还与我们部门有过合作，可惜他完全没有继承母亲风华绝代的美貌啊，真是一点儿也没有，哈哈哈哈。"世人的悲欢哀乐固然不相通，但或许她能拉我一把，不，她都不用拉我，只要她动动小指头，就能把我从这万劫不复的深渊中拯救出来。

她不记得是怎样去联系叶芝的，也不记得是怎样跟她哭诉自己"被炒了""被赶出来了"，这些细节从她的大脑中完全抹去了，仿佛从未发生过。她只记得在自己涕泪交流的诉说中，叶芝一次又一次发出那种"何不食肉糜"的惊呼："你被炒了是什么意思？法国公司不能随便炒人的！员工都有法律保护，你可以去告他们啊！""房东怎么能把你赶出来呢？每年11月开始，别说是你这种按时交房租的，就算不交房租，也不能赶人啊！"……客厅角落那株高大圣诞树上缠绕的彩色灯串不停跳闪，像无数只正在窥视的眼睛，令她一阵阵地心悸。

直到她哭得差不多了，叶芝起身去泡了一杯热茶过来，冯欣才听明白，法国法律规定，每年11月到3月，因为天气寒冷，哪怕房客不付一分钱房租，房东也不能将房客撵走。即使是在其他月份，房客如果拖欠房租，房东想要收回自己的房子，也不能用换锁或者驱逐的方式赶走租客，必须向法院提告，经过漫长的司法程序之后，才有可能申请强制执行。所以经常会有房东的房产被无赖房客霸占数年，甚至十几年的情况，因为房客如果拖家带口，就算他们不付租金，警察也无法将孩童及其父母赶出去露宿街头。在这种看似保护弱势群体，实则损害租赁双方利益的法律制约之下，法国房东对房客的选择严苛至极，很多人宁可房屋空置也不愿出租，而与此同时，许多人却只能哀叹在法国租房难于上青天。

叶芝握着她的手，柔声细语地讲述着，冯欣喉咙里哽满了泪水，叶芝这种天真的残忍让她几乎要绝望地吼出来："你说这些有什么用呢！我下周就没有地方住了，你让我现在去告拍卖行，去告我的房东吗？"她哭得越发厉害，赶紧用一只拳头掩住嘴，生怕哭声吵到隔壁房间里叶芝的丈夫，叶芝一时也不知该如何是好，便回身又抽了一张面巾纸递给她。冯欣接过纸巾，尽量稳住话音，鼓起了最大的勇气，断断续续地说："你，你有没有空的房子，可不可以，让我住，暂时，暂时住一段时间？"

"啊！这样啊！"叶芝恍然明白了她的来意，轻拍了一下手说："房子倒是有，但是，唉，真是太不巧了。"她看着冯欣的泪眼，诚恳地说道："我和我先生本来有一套房子空着，好像我上次跟你说过，就在德彪西故居附近，一直都没人住，借给你住一阵子正好。可是，我先生的侄儿要从瑞士过来巴黎实习半年，过完圣诞节他就要搬进去了。"

冯欣直勾勾地盯着叶芝的嘴唇，这张嘴里说出的任何一个字都牵动着她的神经，当她以为自己彻底山穷水尽时，却清楚地听见："不过，我家楼上空着两间小阁楼，从来没有人住过，我记得床和家具什么的都有，但就是特别特别小，像鸽子笼一样的。"她抬起双手形容着那阁楼的"小"，好像说的不是一间房子，而是一件小孩子过家家的玩具，冯欣冲口而出："可以！可以！我可以的！求求你，谢谢你！谢谢你！"她两眼噙满了泪，很想给叶芝鞠个躬甚至磕个头，叶芝被她这种感激涕零的样子吓到了，连忙摆了摆手说："别这样，我先带你上去看看吧。"她皱着眉头轻叹了一声："阁楼条件很差的，唉，你先看看，看了再做决定吧。你等我去找一下钥匙，我都多少年没上去过了。"

这种小阁楼叫作"chambre de bonne"，刚学法语的人一听这名字，还以为是"好的卧房"，其实真正的意思是"女佣房"。所有奥斯曼建筑的顶层基本都是这样的阁楼。19 世纪的法国建筑师在设计奢华壮丽的奥斯曼建筑时，首先考虑的当然是二楼至顶楼大宅里住户们的需求，这些非富即贵的住户不可能自己做饭洗衣打扫卫生，每天都需要佣人为他们服务，而为了保障他们生活的私密性，佣人们晚上必须住在主人的豪宅之外。因此，这种小得几乎只能放下一张床的阁楼便应运而生。它们藏在奥斯曼建筑外观优美的铅灰色拱顶之下，屋脊倾斜、低矮狭小，一不留神脑袋就会碰到天花板，每个房间通常都不到 10 平米。由于当今的法律禁止出租小于 10 平米的房间，所以许多女佣房都闲置着，作为杂物间或临时客房，也有不嫌麻烦的投资者会买下同一层楼的数间女佣房，将非承重墙推倒之后，连成一间比较大的公寓出租。

叶芝带着冯欣坐电梯到了顶楼，一出电梯，叶芝便提醒她要当心，因为通往女佣房的楼梯不太好走。冯欣紧随她的脚步，沿着铺了深红色波斯地毯的螺旋形宽大楼梯走上去，转过一处平台，面前是一道陡直的狭窄楼梯，不仅没铺地毯，而且每个台阶都有些下陷，以一种令人生畏的方式倾斜着。扶手和梯级盖满了尘垢，叶芝再次提醒她不要滑倒，又感叹道："这地方太可怕了，怎么住啊！"说着便小心挪步朝上走，虽然楼梯很陡，叶芝却始终不愿去碰楼梯扶手，仿佛沾到扶手上的污垢就再也洗不掉了。

终于爬完了所有楼梯，叶芝领她走过一条狭长的走廊，廊道灯早就坏了，只有阴晦的天光从巴掌大小的采光窗透进来。冯欣看见身旁都是式样相同的深棕色窄门，像极了监狱里整齐排列的牢房。叶芝还在不停地嘟囔着这里没法住人，冯欣却早已打定了主意，不管怎样，只要有一张床，就一定要搬进来、住下去。

她正想着，叶芝打开了一扇小门，窗外冷冽的白光扑面而来，恍似漂浮在一潭幽黑的死水里，遽然看到一线刺目的阳光。冯欣打了个寒噤，眯起双眼瞧进去，这间女佣房又窄又长，就像直接砍了一段走廊放进来似的，低斜的屋顶上开着一扇椭圆形窗户，抵墙摆了张小床，上面罩着防尘的白布，紧靠着床头有一只极小的抽屉柜，此外几乎就没有空间了。

"这比我的衣柜还小！你怎么住啊！"叶芝摇着头，又打开了隔壁的一扇门，说道："这间也是我家的，两个房间，总共好像是 12 平米，还是 11 平米？"另外这间女佣房也是一样狭小，没有床，放着一张落满灰的书桌、一把折叠椅和一只蓝色无纺布罩的简易铁架衣柜，临窗的一大片墙纸因受潮已脱落了下来，耷拉在半空，上面结满了密密的蛛网。叶芝站在书桌和衣柜的空隙间，掩着鼻子环顾四周，说道："买房的时候，置业顾问跟我们讲，把这两间打通，就可以租出去了，谁有心思去弄这些事啊!这些家具都是以前房主留下的东西,唉,早知道应该好好弄一下,现在就能让你住下了……"

"我可以的!真的很好了!"冯欣很怕叶芝讲出什么让她失望的话来,忍不住打断了她,用发抖的声音说,"真的很好了,我能住下去的。"叶芝一愣,用困惑的目光看着她,好像不太确定她说的是否是真心话,随即把手中的钥匙递给她,叹了口气说:"那你先住着吧,环境真的太简陋了,你在这里暂时过渡一下。巴黎这么大,总能租到房子的,你肯定不会在这里熬太久。"

终于等到了这句话,冯欣的喉咙像被什么东西猛地钳紧了,她强忍着泪接过钥匙,叶芝又说:"后天就是平安夜了,我要跟家人一起去Saint-Tropez的别墅过节,反正你有钥匙,想什么时候搬进来都可以。我等会儿去地下仓储室找点小电器来,给你烧个热水什么的,我好像还有个电暖器,是以前读研究生的时候买的,回头要是找到了也给你搬上来。这里太冷了,太冷了。"不等她说出感激涕零的话,叶芝已往廊道的另一端走去,指着走廊尽处的一道小门说:"卫生间是公用的,在那里。"想了想又说:"洗澡的话,附近有个公共游泳馆,你可以去那里洗澡,回头我把地址发给你——我想起来,你不用去办游泳卡,你拿我的卡去就行,反正从来都没有人检查。就算检查,法国人眼里,亚洲人长得都差不多,我的照片和你也没什么区别。"

"那,你,你要游泳怎么办呢?"冯欣小声问道。

"我马上就要去度假了,现在忙着过节的事,也没时间去游泳。待会儿我就把游泳卡给你,那个游泳馆挺好的,25米的泳池,游着很舒服。有时候我在Ritz酒店做SPA,也会去那边游泳,但是Ritz的泳池太小了,都不到20米长,所以我平常还是会去这个游泳馆。"她关上两扇房门,说道,"而且我的自由泳游得不太好,公共游泳馆里有时会遇到一些游得特别好的人,我会看看他们怎么游,自己就能学着练习一下。游泳和钢琴一样,再好的老师也只是教个方法,还是要靠自己多练，Ritz那边经常都只有我一个人，清静倒是清静了，也有点无聊。走吧，这里真的太冷了。"

　　冯欣默然无语地听着，她不知道Ritz是什么酒店，更不知道要怎样对叶芝说，自己这辈子从没进过游泳馆。走廊上冷得滴水成冰，她却没有太多感觉，只知道自己"得救了"，有一个落脚的地方，有一张可以过夜的床了。绝处逢生的狂喜和真诚深挚的感激杂糅在心里，让她有点喘不过气来，跟着叶芝走了几步，听见她说："以前的佣人是不能走主楼梯的，所以奥斯曼建筑里一般都有专门的小楼梯给他们，那边就是佣人楼梯。"她顺着叶芝的手望出去，只见走廊尽处有一道黑魆魆的门洞，看着不像楼道入口，倒像是个白骨堆累的暗井。"那个佣人楼梯早就没人用了，你也别走那个楼梯，特别陡，很容易摔跤。"

　　从叶芝家出来，天已经全黑了，冯欣在楼下站了一会儿，仰望着这幢豪华的奥斯曼建筑，隔着大落地窗，依稀看得见二楼人家里熠熠生辉的水晶吊灯和挂满彩球缎带的圣诞树。她把围巾拉得更紧了一些，两只手都插在大衣口袋中，不停地把兜里那两枚硬币拨得铮铮作响。走下地铁站时，她忽然想，自己也像一枚被抛向空中的硬币，落在地上是正面还是反面，只能听凭老天爷的安排。

　　冯欣在平安夜傍晚把第一批行李搬进了女佣房，叶芝去度假前发信息告诉她，家政服务员已打扫了那两个房间。她打开门看见蜘蛛网和灰尘都被清理干净了，放着小床的房间里多了一个电暖器，另一个房间多了个电茶壶和一盏台灯，床上依旧铺着防尘的白布，在阴沉的暮色中，犹如一块冰冷的裹尸布罩在那里。

　　屋脊透下来的寒气直侵入她的身体，她决定今晚还是回原来的公寓睡觉，走到街上才发现整幢楼从一楼到顶楼的百叶窗全是紧闭的，唯一亮着灯光的是临街的那间小门房，里面住着一对葡萄牙裔看门人老夫妇。冯欣想了很久才明白，楼里所有住户都去各自的别墅过圣诞节或者滑雪了,所以现在只有门房还有人居住。

　　她拖着两个空行李箱走在回去的路上,街道两旁绵延不绝的圣诞彩灯如星辰洒落,这是一年中最重要的节日,家家户户都欢聚在圣诞树旁,只有她,白天拖着两个沉重的大行李箱在地铁站艰难上下了几百级台阶,现在又独自走在寒夜里。这一整天她都忙着搬家,只随便啃了两片面包,现在感到胃蜷成一团,像被烙铁烫着一样难受,便靠着行李箱在路旁休息了片刻。天边挂着一弯细小的残月,在绚烂的圣诞彩灯映照下泛出虚弱的冷光,冯欣仰头环顾着周围这些美轮美奂的奥斯曼建筑群,一辆火红色的跑车呼啸而过,车灯的强光刺痛了她的双眼,她闭上眼睛别过脸去,自己这个身无长物的穷人,就这样,以一种残酷直接的方式坠入了富人们的世界里。

　　"今年圣诞晚宴的主题是松露,主厨特意为我们预留了最后一季顶级白松露,小叔子说,侍者用松露刨擦下一片片白松露的声音,好像点钞机的唰唰声,全家闻言大笑。"冯欣看着叶芝发在朋友圈的照片,她丈夫家那栋海滨别墅富丽堂皇得像座宫殿一样,餐盘餐具比她之前在法餐厅见过的还要更精美,家里有好几棵圣诞树,每棵至少三米多高。她家的圣诞节晚餐竟然还有主厨和侍者?松露是什么?冯欣不知道,她此时饿极了,厨房里只有满满一抽屉的袋装番茄酱,都是她在餐饮中心吃午饭时"顺"回来的。每次把这些番茄酱悄悄藏进衣兜时,并没有想过将来会不会用得上,只是本能地觉得,这是不要钱的便宜,不占太可惜。她把最后一点意大利面煮开,拌着番茄酱风卷残云地吃得精光,又起身打开水龙头,接了杯水喝下去,凉得她干呕了几声,很快倒回床上沉沉睡着了。

　　房东 31 日来取钥匙,看冯欣把房间收拾得很干净,如约将押金全额退给了她,分别前两人还互道了"新年快乐"。冯欣提着最后一箱行李,打开了女佣房的窄门,她茫然怔忪地站在门口,这狭小得像棺材一样的房间,就是她以后要生活下去的地方了。

低矮倾斜的天花板下,空气冷得让人艰于呼吸,她关上门打开电暖器,想让房间稍微暖和一点,灰白的日光从小圆窗透进来,有时明亮晃眼,忽而又黯淡阴沉,应该是天上云翳涌动的缘故。快到下午四点,她才感到饿得难受,趴在窗口一看,似有零星细雪在灰蒙蒙的天地间飘扬,还未落地就消失了,只剩满地泥污。她下楼想去买个便宜的土耳其烤肉卷填一下肚子,走了好大一圈才发现附近全是各种装潢典雅的餐厅,恍然反应过来,这是巴黎顶级的富人区之一,怎么可能有廉价快餐店。

　　好不容易找到一家比萨店,端着比萨纸盒出来时,冯欣都快饿晕了,掀开盒盖扯出一块比萨就大口吃起来。一位身穿裘衣的法国老妇人遛着狗经过,见她吃成这种狼狈样,不无鄙夷地斜了一眼,冯欣哪里顾得上她,继续埋头吃着比萨。一辆警车尖啸着驶过,那老妇人迅速俯下身捂住小狗的耳朵,像是生怕刺耳的警笛吓到了它。冯欣看见这一幕,差点噎着,老妇人还轻声念叨着什么,似乎在安抚那只小狗。

　　冯欣抬起手背擦了擦满是酱汁的嘴角,突然想起叶芝说的那些花重金克隆宠物的富豪,她现在有点明白穷人和富人为什么住在各自的街区,“老死不相往来”了,如果天天瞧见这种人不如狗的场景,谁受得了啊! 就像前两天在网上看到一个帖子,有人问:“为什么飞机头等舱和经济舱之间要拉上帘子?”点赞最高的回答是:“为了不让你看见头等舱的旅客有无限量供应的香槟红酒热茶冷饮,空姐面带微笑的半蹲式服务,可以舒服平躺的宽大座椅,还有拖鞋和睡衣……航空公司知道,挤坐在经济舱的你,为生活奔波委实不易,于是用一块深色布帘挡住你的视线,让你别太难过。”

　　尽管有电暖器,女佣房还是冰冷的,寒气不断从墙壁和窗缝渗进来,夜色愈深,冷风愈加刺骨,被子又很薄,冯欣穿着毛衣蜷在床上,手脚都冻麻木了,脑子里只有一个念头,祈求明天是个大晴天,天亮之后,寒意能稍微退去一点。公用卫生间的洗手池有点漏水,滴滴答答的水声在冬夜里响得格外清晰,这就是我的新年夜,冯欣想,明年我就 29 岁了。

一道金光蓦地飞掠过眼前漆黑的墙壁,旋即隐约听见焰火爆开的闷响,她一惊,披着被子挺身坐起来,差点撞到倾斜的天花板。一簇金灿灿的星火在夜空中散开,像一大群冲天飞起的萤火虫,在幽黑天幕中划出五光十色的弧线,随即抛撒下无数星星点点的花雨。一团银色火焰直冲云霄,瞬间变成了万花筒般的火球,升腾飘落,将天空染成了一片不停变换颜色的锦缎……一枚接一枚的焰火放了上去,巴黎的天际线被辉映得宛如起伏翻卷的浪涛,这是埃菲尔铁塔上燃放的新年烟火。冯欣裹着被子跪在床上,前额紧贴着冰凉的圆窗玻璃,屏息凝望着忽明忽暗的夜空,直到最后一朵烟火炸开,天幕上只留下一眉极细的静谧新月。她记起了高中语文课上背过的一句话:"有谁从小康人家而坠入困顿的么? 我以为在这途路中,大概可以看见世人的真面目。"

或许绝大多数人的坠落,就像小孩子走在平地上跌了一跤,没有多疼,更不会受伤,可我多少爬上过更高一点的地方,窥见过一角普通人无缘得见的胜景。哪怕只是一些瞬息即逝的光影,我也真实地望见过,就像这些烟花,盛放是泯灭,消逝是新生……但我再也不会有飞上天空的能力和运气了,这一生剩下的所有日子都只能心灰意冷地仰望,怀着满腔的"不甘心",苟延残喘地活下去。

20

1月7日,叶芝才回到巴黎。冯欣一直很想去游泳馆洗个澡,却没有游泳衣,也不知在哪里可以买到,只好忍着越来越痒的头皮,熬到叶芝回家那天晚上八点,估摸她这时应该有空,就拿着昨天特意去花店买的一小盆风信子下楼拜访。叶芝接过风信子,开心地同她行了贴面礼,一口气不停地笑着说:"现在就是风信子的季节,我最喜欢了!你快到我的 boudoir 里来,我有个特别狗血的八卦要讲给你听!"

一走进那间小闺房,冯欣就看见壁龛书架上的巴卡拉水晶花瓶中插着一大束风信子切花。风信子是岁末年初法国人最喜欢的时令花卉之一,冯欣每年冬天也会买一个风信子球根养在自己的小屋里,只需浇两三次水,过上十来天,洋葱头一样的球根中就会抽出茁壮的花茎,开出一穗穗粉白蓝紫的花朵。

风信子据说是自然界最香的开花植物,冯欣每次都只敢买一个小球根,多了的话会被浓郁的花香熏得有些头晕。然而在叶芝家"最小"的这个房间里,竟然用水晶瓶插着二三十枝斑斓艳丽的风信子切花,每枝切花都比那种栽在土里的风信子丰硕得多,许多花色都是她从未见过的,真正是繁花如簇。叶芝用银托盘端着茶具进来,冯欣忍不住对她说:"风信子还有切花啊?我还是第一次见,太漂亮了!"

"这种切花风信子是从荷兰进口的,要更香一点,花也更大更多。"叶芝头也不抬地斟着茶:"这个房间虽然小,但是层高比较高,种在土里的那种风信子,摆在这儿都闻不到什么香味。"冯欣捧起叶芝斟好的花草茶,轻声道了谢,想起自己刚才送给她的那盆风信子,陶瓷花盆里只有两枚小小的球根,开花之后,只有放去卫生间才能闻到香气吧。

骨瓷茶杯的暖热让冯欣长着冻疮的手感到一阵美妙的安稳适意,叶芝家里永远漫溢着整洁温馨的氛围,夫妇二人的高雅品位和对生活的热爱,令冯欣觉得周身像是围着一圈松软的羽绒被,身心都完全沉溺其中。可是她又无法真正沉溺其中,这种舒适对她而言近乎一种酷刑,就像第一次跟叶芝去餐厅吃饭,她紧张得几乎不敢拿起刀叉,深恐弄脏了餐盘桌布。叶芝并没有注意到她的局促,抿了一口冬日花草饮,眼中闪着兴奋的光芒,笑嘻嘻地开始说那件"我这辈子都没想到,会亲耳听到这么狗血的事情!"

是埃琳娜,据说圣诞节前她丈夫收到了一封匿名信,信中说她出轨。大家都在传,肯定是她某个情夫的妻子写的,那写信人相当神通广大,居然不是把信寄到埃琳娜家,而是直接寄到了她丈夫工作的银行。"我小叔子刚好跟他在同一家银行工作,他们不在同一个部门,彼此不认识,但这事儿在银行里都传疯啦!说是那天早上她丈夫一拆开那封信,差点当场晕过去!哈哈哈哈……这样在背后说人家虽然不太好,但是天啊,真的太狗血了!"叶芝握着那个金釉骨瓷马克杯,笑得连杯子里的水都要晃荡出来了。冯欣极其专心地听着她说的每一个字,心脏突突直跳,事情果然沿着我计划好的轨道发展,不,比我计划的更好,更痛快淋漓!埃琳娜从来都看不起我,她一次又一次欺负我的时候,她把我工作合同撕碎扔进垃圾桶的时候,绝对想不到,我就是那个"神通广大"的写信人!

"她老公跟她离婚了吗?"冯欣雀跃地问道。

"比离婚还夸张!所以我说,这是我这辈子听过的,最狗血的八卦了!"茶杯里的水洒到了叶芝手上,她回身抽了张面巾纸,擦着手笑道:"听说埃琳娜的丈夫跟她大闹了一场,没过几天她就早产了,可是,他们夫妻都是金发,她女儿也是金发,结果这次……"她笑得都说不下去了，用手扶着额头笑了好一阵子，才略微止住了，继续说道："她生出来一个栗色头发的儿子！"

冯欣也笑得前仰后合，又冷哼了一声说："还好她没生个黑人儿子。"叶芝擦着眼角笑出的眼泪，连连点头，又说道："她丈夫当天就去做了亲子鉴定，果然不是他的儿子，听说现在正闹着呢。可惜你不在那里工作了，不然的话，你一定可以听到好多八卦！"

两人又聊了一会儿，冯欣才犹犹豫豫地问，哪里能买到泳衣。叶芝有些吃惊，马上说："我前两天正好在网上买了几件运动衣，昨天刚收到，都还没来得及试穿，里面刚好有一件泳衣，我给你好了。"冯欣想她的衣服不知得有多贵，连忙推拒，叶芝摆摆手，起身出去了，很快拿着一件玫瑰红色的连体泳衣回来，递给冯欣。

泳衣上还挂着尺码吊牌，冯欣认出这是一个她以前代购过两次的法国轻奢品牌，就听叶芝说："我俩身量差不多，你拿去穿吧！泳衣我都是丢进洗衣机去洗，所以买的都很便宜，你穿去游泳馆正合适。"冯欣不停地道谢，小心折起泳衣，看见吊牌上的价格：189 欧元。正想着她所谓的"很便宜"果然和大多数人"很便宜"的概念完全不同，叶芝忽然惊呼了一声："天啊，你的手怎么了？"

冯欣窘迫得想把双手藏到身后，叶芝一把拉起她的手，满脸吃惊又心疼的神色，这两只手上长满了冻疮，又红又肿，有些地方已经开裂，淌出脓血，十根手指好似泥地里翻出来的粗大蚯蚓。"怎么会这样呢？你去看过医生吗？赶紧去药房买点药吧，可惜我家没有擦冻疮的药膏，要么我去找一副手套来……"叶芝捧着她的手，忧心忡忡地说着。冯欣低声嗫嚅道："没关系没关系，我每年冬天都会长冻疮的。"

她不敢告诉叶芝，那间女佣房是多么寒冷，更不敢告诉她，自己在公用卫生间的洗手池清洗内衣，那个水龙头没有热水管道，流出来的水冷得像针扎一样。叶芝把冯欣的手轻轻放在玻璃茶壶上，茶炉里的小蜡烛一直燃着，她让冯欣先捂着茶壶暖一暖手，自己又出去了，回来时递给她一管药膏，说是治皮肤皲裂的："这是非处方药，小孩子都可以用的，不知道会不会对冻疮有效，但应该没什么坏处，你试试看。"又把一条浅咖啡色的围巾塞到她怀里，说道："你穿得太少了，这条围巾给你。这是 Dior 的，你摸着像羊绒，又软又厚，我第一次见到的时候也以为是羊绒，其实是真丝的，用真丝做出了羊绒的质感，特别暖和。"围巾绒乎乎的微妙质感令冯欣无法开口拒绝，叶芝又让她把那个蒂凡尼的骨瓷马克杯也带走："我之前在阁楼上给你留了一个电热水壶，你烧点开水用杯子暖着手，冻疮可能会好一些。"

　　她拿着这些东西，吃力地爬上小楼梯，倒在床上，心潮起伏。她当然很感激叶芝，但这份感激从一开始就掺杂了如丝如缕的恨意，这种恨意甚至都不是嫉妒，她知道自己不配嫉妒叶芝那样的人，只是生活对于她来说实在太艰难了，每一天都是无休无止的努力，结局却总是令她沮丧。而叶芝似乎从生下来就确知自己的人生道路，她永远活在一种安逸的粉红色幸福之中，她怎么可能想象得到，一个从没进过游泳馆的人，会遇到哪些麻烦呢？

　　比如，不知道要在哪里换衣服；换好泳衣后不知道怎样把衣物锁进密码箱；也不知道要带双拖鞋，只好光脚走在湿漉漉的地面上，小心翼翼不让自己滑倒；甚至不知道怎样按淋浴按钮……历经这许多波折，冯欣终于洗完了澡，感觉浑身上下憋了十来天的油腻污垢一洗而净，整个人都轻松了许多。

　　这游泳馆宽阔明亮，一整面墙都是通透的落地窗，看得见外面灌木冬青环绕的草坪和日光浴场，另外三面墙上满镶着 Art déco 风格的大幅蓝色调马赛克抽象壁画。冯欣洗完澡本来想走，又望见许多人在碧蓝的泳池中游得正欢，水声人声混响不绝，心里也有点跃跃欲试，她觉得池水肯定像电视上的温泉一样舒服，很想下去泡一会儿。还没走到池边，坐在落地窗前的一位工作人员远远朝她挥手，高声喊道："小姐，要戴泳帽才能下水！"

　　她困惑地站住了，那工作人员是个 40 来岁的秃顶白人男子，穿着短裤短袖坐在窗前晒太阳，同时观察着泳池的情况。他见冯欣站着发愣，便指着自己的光头又大声说了一遍："必须戴泳帽才能下水！"冯欣涨红了脸点了点头，转身想要离开，险些滑了一跤，还好一位白发老先生经过，一把扶住了她。

　　过了 10 多天再来游泳馆时，冯欣在门口的自动售货机买了个泳帽，想着这次终于可以下水泡一泡了。等她洗完澡、戴好泳帽走到池边，看着池壁上的台阶却愣住了，她想伸脚下水，但这笔直的金属台阶要怎么踩上去呢？还好旁边有一位女士正靠着池壁休息，见冯欣傻站在台阶前手足无措，便好心提醒她："小姐，您要转过来！转过身来！"同时抬起手臂比画着转圈的动作，她这才明白了，转过身背朝泳池，抓住扶手往水里走。脚掌刚碰到水面就凉得猛地缩了回来，池水竟然那么冷！

　　这根本就不是想象中的"温泉"，冯欣全身都起了鸡皮疙瘩，哆嗦了好久才走完那四级台阶，站在池底的地砖上，冷得都快抽筋了，真不明白泳池里的人们怎能游得如此酣畅。她想起小时候家里热水器坏了的那个夏天，她不得不洗了半个多月的冷水澡，虽然是盛夏，每次打开喷淋头前都要先深吸好几口气，才能承受住从头到脚的透心寒凉。冯欣搓摩着双臂，小步小步朝休息区走过去，刚才善意提醒她的那位女士正在伸展四肢热身，冯欣看她面容至少有 60 岁了，身材却线条优美、肌肉结实，心想，难怪听人说游泳是最完美的塑形运动……

　　轰的一下，冯欣的脑袋右侧挨了狠狠的一掌，正打在右耳上，她仿佛瞬间聋了，太阳穴上隆隆直响，脚下一滑，仰面倒在了泳池中。虽然身在浅水区，她却无论如何也站不起来，泳池四壁镶满了蔚蓝的马赛克，午后的阳光透过落地窗洒在水面上，荡着点点浮光,她眼前一阵黑一阵蓝又一阵金光闪烁,清冷的池水从鼻孔直往上灌,她无法呼吸也喊不出声,双臂疯狂地划动,几秒钟的挣扎漫长痛苦得像一辈子,幸好旁边急速伸过来几只有力的手臂,搀扶她站了起来。

冯欣惊魂未定地张着嘴大口呼吸,鼻孔里的池水咕嘟嘟流下来,刚才提醒她转身的那位女士轻拍着她的后背,她在耳鸣声中逐渐听见了一些周遭的话语:"抱歉抱歉!我没有看见您啊!我真的不是故意的!""我们扶您上岸好吗?""您可以走动吗?"冯欣眼前还在一阵阵发黑,也说不出任何一个法语单词,就任由旁人把自己扶出了泳池,坐在落地窗前的椅子上。

两位工作人员过来与扶她上岸的几个人交流了一番,才知道冯欣刚下到泳池,一位男士正好游着自由泳过来,向前挥臂时没留神,一巴掌打在了她脸上。

那男子40多岁的模样,紧张地跟工作人员反复解释,自己绝不是故意的。其实冯欣当时所处的休息区并不允许游泳,尤其不允许游自由泳,但工作人员懒得计较这些事,那位上周让冯欣戴泳帽才能下水的秃顶工作人员听完男子的讲述,满脸无所谓地说了句"没关系的,一点小事而已"便走开了,又坐回落地窗旁继续晒太阳。另一位工作人员是个金发小伙子,见她红肿着半边脸坐在椅子上直发抖,满脸湿淋淋的不知是池水还是眼泪,心中有些不忍,便去找了个冰袋给她敷着。

误打了她的男子还站在一旁道歉,冯欣现在耳鸣眼花,也没法回答他,金发小伙子问她冰敷之后有没有好受一点,她只感到半边脸被冰袋冻得毫无知觉,就木然地点点头。秃顶工作人员示意那位男子可以走了,冯欣憋在喉头的委屈顿时迸发出来,哽噎着用结结巴巴的法语嚷道:"为什么!为什么他可以走!他,他打了我!我是,我是,受害者!他怎么可以走!"

秃顶工作人员白了她一眼，满脸不屑地说："您要我们怎样？我们只是监管泳池安全，我们的工作又不管这些事。怎么，您要告他吗？您要报警吗？您要叫救护车吗？"他这一连串诘问，好像冯欣反倒是那个犯错的人，她说不出一个字，在泪光中只听见那位男子语气诚恳的道歉声。金发小伙子看她实在是可怜，便让那男子留下姓名和联系方式，如果冯欣真的受伤严重，之后可以联系他商量赔偿事宜。那男子爽快地写下了姓名电话，再次向冯欣道歉之后便离去了，金发小伙子坐在她身边，不时安慰两句，她休息了半个多小时，然后慢慢走了出去。

她觉得自己真是命苦又倒霉，去游泳馆洗个澡都会遇到这么糟心的事，冰袋的镇痛效果已经过去了，整个右边脸颊和耳朵都火烧火燎的，冷峭的寒风一激，满心悲切都化作热泪涌了出来。她不想被路人看见，就埋着头朝前走。快到卢森堡花园时，一道灿烂夕光照在整条街上，所有建筑似乎骤然亮了起来，她听到一阵规律的唰唰声，抬眼一看，是个黑人清洁工挥着绿色的塑料扫把正在清理街道。他扫到一家蔬果商店门口时，阿拉伯店主老先生走出来，将两个漂亮的大橙子递给他，笑呵呵地说："这个很甜，拿去给你老婆孩子尝尝！"

眼前这一幕让冯欣很是刺心，急忙低下头走过去，拐进了一条小巷。那一抹火红的夕照很快熄灭了，消逝在灰烬般的暮色中，刚才冰凉的池水让她的小腿有些抽筋，越走越酸疼，她停下脚步，抬头望见三楼阳台上一位西装笔挺的男子捏着支雪茄，倚靠栏杆正欣赏着薄明天光中的街景。这座城市多美啊，可惜与我毫无关系，我生活在这里，就像刚才在冷水里挣扎，随时随地都会死去。

几次寒流相继袭来，女佣房冷得像冰窟一样，冯欣每天都把大衣和裤子压在被子上取暖，还是冻得无法入睡。她怕再这样下去迟早要生病，便问了叶芝，知道附近有个"LBM 百货公司"可以买到毛毯被褥，周四一大早就查着手机地图过去。没想到竟是一座占据了两条街道的巨大商场，比之前代购去过的那些商场更金碧辉煌，里面也没有乌泱泱的外国购物旅行团，往来顾客看上去都像是附近生活优渥的住户。

叶芝告诉她："我平常都是去那里购物的，特别好，东西齐全又很清净，不像别的商场里全是排队扫货的旅行团……左拉就是以这座商场为原型写了那本著名的小说《妇女乐园》。"当然好，像她这种住在卢森堡花园旁边豪宅里的富人，生活中还有什么不好呢？她肯定不会注意到，这商场的东西有多贵，连一瓶依云矿泉水都比别的超市要贵得多。

冯欣在家居用品区挑选了许久，好不容易才找到一床最便宜的毯子，什么花色都没有的素色毛毯，200多欧元。除了房租、手机和飞机票，她还从没花过这么大一笔钱，付款时真是感到实实在在的"肉疼"。她提着毯子在商场里闲逛，店内暖气很足，正好可以打发时间，一直逛到快下午两点，饿得不行了，才恋恋不舍地往外走，虽然什么都买不起，但是饱一饱眼福也好啊！

出口附近的家居艺术区陈设着几张精心布置的餐桌，不仅是餐盘刀叉，就连烛台、花饰和餐巾环等细节都极其用心，让人看见富足殷实又有品位的家庭应有的模样。冯欣站在这些雅致讲究的餐桌前欣赏了许久，忍不住想，只有像叶芝那样的人，有假期有闲钱，还有"家政服务员"，才会挖空心思去考虑餐巾和餐盘是否搭配，才会琢磨一块纱的纹理像芝麻还是像西瓜。

她提着毛毯正要往外走，一转眼看见旁边货架上摆放着许多瓷器餐具，都标有价格，便好奇地凑过去瞧了瞧，一个画了几丛雪滴花的餐盘竟然要400多欧元！她惊得目瞪口呆，仔细地一件件看过去，看见了一只似曾相识的金釉马克杯——是叶芝喝花草茶用的那只杯子，278欧元。她花2000多元人民币买一个杯子啊！冯欣叹了口气转身离开，又记起在从前在酒店打扫卫生时想过的那个问题："花1000多欧元住一晚上酒店的那些人，都是钱多得没地方花的神经病吧？"

回到女佣房，冯欣打开电暖器烤着身体，刷了一下朋友圈才想起明天是小年，便给母亲打了个电话。她到现在都没有告诉父母自己丢了工作、搬了家的事，只说今天来巴黎市区逛街，无意中看到叶芝用的那个马克杯："她好有钱啊，一个喝水的杯子，差不多300欧元啊！都够我一个月的伙食费了！"她把这事儿当作件趣闻讲给母亲听，有点纳闷平常总唠叨个没完的母亲今天话却很少，无论她说什么，母亲都只是心不在焉地随口应一声。"欣欣啊，我跟你说个事。"母亲用一种异样的郑重语调说，"你别太着急。你要是能回来，春节回来一趟吧。你爸查出来肝癌。"

她的手机差点滑落到地上，下意识地用另一只手紧紧握住手机，听见母亲在说，已经做了第一次介入，现在正用印度的靶向药治疗，医保也报销了一部分。"你爸别的本事没有，人缘是很好的，出这了个事，大家都挺愿意帮忙，我们老两口也有点积蓄，你之前赚的那笔钱我们都还没动用……你能不能跟你们领导说一下，春节回来看看你爸，你这工作可千万不能丢啊！这工作那么好，那么赚钱，千万不能丢啊……"

冯欣不记得自己是怎样挂断了电话，她倒在床上昏睡了很久，醒来已是日暮，床头矮柜上放着那个绿松石色的蒂凡尼骨瓷杯，杯沿的细银边闪着白昼最后的光芒，似一星火花跳跃在这窄小的房间里。她摸索到枕边的手机，点开最近循环播放的一首歌："有段时间只在黑暗中张望/也曾经在钻石上熠熠发亮/一粒尘埃在尘世中的日子就这样/被吹起，又被掸落/被吸入，也被排放/没有意义，无所谓方向"。

这一个多月以来，她好像把一生的眼泪都流尽了，现在知道父亲得了绝症，只想紧闭双眼久久地躺着，仿佛一段朽木浮在湍急的水面上，只要漂着就好，最好能永远漂下去，不要再遇到那些漩涡深潭……

人生一世，父母子女的关系何其哀凉。她不断回想着这些年父亲对她的冷漠和忽视，他一直都很想要个儿子，所以对冯欣谈不上什么喜爱，从小学到大学，她也从来不是那种能令他脸上有光的孩子，年岁越长，父亲对她愈加冷漠。母亲有时还会念叨几句"别人家的孩子"，父亲根本就不在乎她，出国之后，她跟父母的关系更是疏离得如陌生人一般。死亡的迫近冲淡了将近30年的怨怼，"他不喜欢我，对我不好，可我也不希望他死啊！"

冯欣在床上躺得腰酸背痛也不想动弹，新买的毯子让被窝暖和了很多，她真想一辈子都窝在这里，像蜗牛或者乌龟，永远蜷缩在自己的壳子里，甚至像生物实验课上那种丑陋的黑色小爬虫，鼠妇一样，从生到死，一直埋藏在潮湿阴暗的砖石地缝中。就让我烂在这间五六平米的女佣房里吧，让我一个人悄无声息地腐烂、消失。

晚上实在睡不着的时候，她就不停啃着手指上冻疮结的痂，把干硬的痂皮啃掉，脓液流出来，看得见下面粉色的肉，也许是痛的，只不过比起她心中的绝望，冻疮的疼痛太微不足道了。白天她会跪在床上，额头抵着那扇小圆窗冰凉的玻璃，望着街景长久发呆。窗口正对一条通衢大道，两旁的奥斯曼建筑群绵延在天幕下，一直延伸到地平线尽头的漠漠浮光里，恍如一片广大无垠的海水。

她甚至注意到，傍晚时分，巴黎的路灯并不是一下子变亮的，所有路灯同时亮起之后，慢慢发散出越来越强的黄色光芒，最后稳定在一个温和的色度，像一个个暖意融融的小太阳。她不记得远郊贫民区那边的路灯是否也如此，应该没有这么高级吧，谁会在意贫民区住户的生活或者生死呢。

那瓶从拍卖行捡来的 Lalique 古董香水，搬家时她弄丢了瓶塞，玫红色的玻璃瓶搁在窗台上，溢出一种难以名状的香气，像一束枯萎了许多年的蔷薇花。冯欣时常会想起古装剧那些卖身葬父的桥段，总忍不住想，人都死了，还卖什么身啊？

特朗普当选美国总统的新闻和段子在社交媒体上刷了好几天的屏，冯欣只注意到叶芝夫妇前两天到了洛杉矶，因为"*La La Land*（电影《爱乐之城》）当然是要在洛杉矶看才最有意义呀！"有的人，想看《爱乐之城》就能马上去到洛杉矶。她望着临窗那块剥落的墙纸叹了口气。这声沉重的叹息，像一只黑色的蝴蝶在屋里盘旋，她躺在六楼的女佣房，叶芝夫妇住在四楼的独立大平层，他们之间的垂直距离不到 10 米，却隔着一道永远无法逾越的天堑鸿沟。她听不见也看不见他们，却似乎能真切感受到他们在她脚下的世界里呼吸，他们行走坐卧，他们饮食说笑，他们男欢女爱……这幢房子连同它巨大的阴影，像长夜中铺天盖地涌来的海潮，正从四面八方将她淹溺。

付斌发来语音信息，兴高采烈地告诉她，自己跟拍卖行谈妥了，只用 15000 欧元就买下了白玉壶，"冯小姐，真是太感谢你啦！这次太顺利了！我杀了个半价啊！哈哈哈哈，太爽了，好好耍了鬼佬们一把！对了，我昨天去提货，怎么没见你在公司呀？你回国过年去了吗？哪天有空，我请你喝茶呀？"她并没有像平常那样立刻回复他，继续晕沉沉躺在床上，软和的被褥让她脑海中的理智逐渐苏醒，她握着手机爬起来，望见残月在天穹上散出乳白色的幽光，旁边围着一圈暗红的光晕，犹如一只得了结膜炎的细眯眼。

寒风顺着窗缝灌进来，她赶紧又钻回被子里，用冰凉的手在屏幕上写下："付先生，因为拍卖行发现狗图的卖家地址是我公寓地址，所以把我炒了。您别误会，我没有任何怪您的意思，但我真的有事求您帮忙。"

不待付斌回复，她飞速写下第二条信息发了出去："我父亲得了肝癌，您可不可以借我一点钱？"

付斌那边显然被吓到了，接连误发过来几条只有一两秒的空白语音，冯欣赶忙又补充了两句："您放心，我一定会还的！""真的，求求您！"对方沉默了几分钟，冯欣意识到自己太冒失了，但是撤回消息已于事无补，她很害怕他就此把自己拉进黑名单，心中无比忐忑，纠结着是否要找补几句缓和一下。

"你回国吧，我介绍老板给你认识。"这几个字像焰火一样，倏地照亮了这间黑沉沉的女佣房。像是怕她难堪，付斌又发过来一句："你别误会啊！"

"没有没有，我懂的。"冯欣打出这行字，忽然觉得视线有些模糊，鬼使神差般地又加了一句："我从来没有交过男朋友。"

"我明白。冯小姐，你到了国内之后，告诉我一声，我来安排。我也要回国过春节，再联系。"

公用卫生间的水龙头还在漏水，寒夜中一点一滴，仿佛在听自己的心跳，微茫的月光把倾斜屋脊的阴影投射在地上，冯欣感觉自己直挺挺地躺在一个幽暗洞穴的最深处。她已然完全忘记了刚才和付斌的那几句对话，也并不清楚自己在瞬息之间做出了一个多么重要的决定。

如果你身陷沟渠，必然会觉得每一个踏过你头顶的人都是救世主，至于尊严、品位、羞耻感、爱这些东西，对一个只想活下去的人而言，实在太奢侈了。可是，一个人想要活下去，想要活得好一点，并没有什么过错。

她订了大年初六的机票回国，俄罗斯航空那一天的票价最便宜，随后又一次开始收拾行李。三个星期前从远郊搬来这里时，她就已扔掉了不少东西，现在还要继续扔掉那些"不是特别重要"的东西，可究竟什么东西是真正重要的呢？

冯欣每次下楼把东西扔进垃圾箱时，经常会想起叶芝说过的一件事。叶芝去年曾为一位法国老太太的收藏做清点估算，老太太年轻时是名模，为许多奢侈品牌走过秀，现在年近八旬依然仪态优美、谈吐不凡。她一生热爱日本艺术，收藏了几百件日本根付和印笼，每一件藏品的购买时间、拍卖公司和成交价格，她都整整齐齐记录在笔记本上，数十年如一日，连拍卖图录和发票也全用档案盒妥善收存。前两年，她需要卖掉所有藏品和房产来支付养老院费用，叶芝最后一次去见她时，她家中的家具、书籍、艺术品已悉数变卖，那间富丽精雅的豪宅四壁萧然。

为防止盗窃，养老院不允许携带任何贵重物品入住，叶芝临别前，老太太将自己贴身佩戴多年的一枚小吊坠取下来送给了她，吊坠是用一件明治时期的象牙根付改制而成，雕刻的是一只可爱的女孩人偶。"《红楼梦》说得最透彻啊：'赤条条，来去无牵挂'。"叶芝当时拿着那枚小吊坠给冯欣看，话语间掩饰不住的怅惘："收藏，甚至整个人生，终究是一个风流云散的过程。"

冯欣收拾完最后一批要丢掉的东西，才发现天色已晚，她把垃圾袋放在走廊上，打算明早再下楼扔掉，顶楼一直都只有她一个人住，周围这排紧闭的窄门在寒夜中显出一片冷飕飕的寂静。她转头望见走廊尽处的那个"佣人楼梯"，胆怯和好奇驱使她走过去，借着昏暗的天光，握紧了栏杆扶手朝下看。那频频转弯的陡峭楼梯一眼望不到底，像个飞速旋转的黑色漩涡就要将她吸进去，冯欣头晕目眩地赶紧退了回来，快步走进那间寒碜的女佣房。

又下雨了，整座城市像被凝冻在一块污浊的灰色寒冰中，从小圆窗俯瞰下去，只见层层混杂的各色雨伞，似无数猛禽在暗夜张开了翼翅，盘踞在灯火辉煌的大街上。窗前的屋脊上站着一只灰鸽子，脑袋塞在翅膀里，支着一条细瘦伶仃的腿睡着了。

冯欣的东西都丢得差不多了，还剩几本法语字典和语法书，她联系了夏天打工的那家美甲店老板，准备送过去给她。老板有个亲戚的女儿过完年就要来法国留学，这些书给她正好。

从美甲店出来,去往地铁站的路上要经过一片破败混乱的街区,这里总能遇到不少站街女,她们中的许多人早已不再年轻,化着浓烈的妆容,穿着超短皮裙和高跟鞋站在凛冽寒风中。冯欣不愿也不忍看见她们疲倦枯槁的面容,低着头匆忙走过,险些被一根树枝绊了一跤,一抬头才发现几个工人正站在升降机上给路边的槐树修剪枝条,黑色的枯枝扔了满地。

她绕过树枝来到路口,望见两个浓妆艳抹的臃肿妇女,在路边的快餐店买了几个热气腾腾的帕尼尼,走到不远处两个站街女面前,将帕尼尼塞进她们手中。冯欣听不太清她们在讲些什么,估计双方的法语都不很流利,只见她们用力地笑着,又听那俩胖女人响亮地说了句:"祝您二位周末愉快!"大家抱着行了贴面礼道别,两位站街女高兴地吃着帕尼尼,大声用母语说笑着。

这世界真小啊,你总能遇到和你一样,为了受苦而来到世上的人们。冯欣走下地铁站,因为连日的阴雨霜冻,为防止行人滑倒,地铁站入口的每一级台阶上都撒了工业盐,那些盐粒早已被踩踏得污脏不堪,混着满地流淌的雨水,愈加显得满目凄惶。

叶芝和丈夫前两天从洛杉矶回到了巴黎,她听说冯欣要回国,很是意外,也有些伤感,虽然不知道她脸上的伤感表情是不是装出来的,冯欣还是挺感动。叶芝坚持要请她去歌剧院看芭蕾舞《春之祭》,冯欣现在哪有心情去看什么芭蕾,一群骨瘦如柴的姑娘穿着小天鹅裙子蹦来跳去有啥好看的?然而叶芝告诉她这场表演多么难得,多么一票难求,她是把自己丈夫的票让给了冯欣:"我之后再跟他去看一次就行。今天是除夕夜,我虽然不过春节,但你既然要回国,这就算是我为你饯行吧,下次见面不知道是哪个猴年马月了。而且巴黎歌剧院啊,是一生中必须要去的地方,太美了!你要去过了才知道,那是无法形容的,也是无法想象的。"

是的,那是无法形容的,也是无法想象的。冯欣后来偶有机会向别人讲起巴黎歌剧院时,她也会学着叶芝的口吻这样说。如果非要形容的话,用大文豪雨果对圆明园的想象来描述巴黎歌剧院,真是再恰当不过了:"您尽可以用云石、玉石、青铜和陶瓷来创造您的想象;您尽可以用云松来作它的建筑材料;您尽可以在想象中拿最珍贵的宝物,用华丽无比的名绸来装饰它……您尽管去想象那里住的全是神仙,遍地都是宝;您尽管去想象这座建筑全是用油漆漆过的,上了珐琅的,镀金的,而且还是精雕镂刻出来的。"一个人只要走进巴黎歌剧院,目光所及的每一处,都会成为此生不可磨灭的记忆。

在冯欣的记忆里,歌剧院就是一支绮丽硕大的万花筒,每一秒都幻化出无穷无尽的奇妙虹彩。她不知道夏加尔是谁,只记得他画的穹顶像个铺天盖地的梦境一样笼罩着所有人;记得自己坐在红丝绒帷幔低垂的包厢里,叶芝兴致勃勃地向她展示,包厢座位前方有暗藏的挡板,将挡板抽出来竖立在面前,旁人就看不见包厢里坐的是谁了:"19世纪时的贵夫人们经常这样做,你看多有趣!这座歌剧院原本是为拿破仑三世而建造,可是直到他去世两年后,歌剧院才正式完工,所以,每一个进入这座歌剧院的人,都比当年的法国国王更幸运啊!"

冯欣很感激叶芝带自己来这种"高级"的地方,如果不是她,我永远不可能走进这里,就像春天的时候,也是她带我在歌剧院旁边的P家咖啡厅吃饭,才有了后来的实习和种种经历……两次改变我人生的机会都跟歌剧院有关,这就是俗话说的"人生如戏"吧?

那芭蕾舞并不是穿着白裙子的小天鹅,而是一群上身赤裸的男人和穿着睡裙的女人在铺满泥土的舞台上奔跑旋转,轰隆隆的交响乐环绕在耳畔,冯欣只觉像有许多疯子在嘶喊,令人烦躁而焦虑。

演出过半时,冯欣听见几声低低的抽泣,转眼一看,惊讶地发现叶芝趴在包厢围栏上泪流不止。她心底顿时涌起一股无声的愤恨,她哭什么？这些人像跳大神一样上蹿下跳，居然把她看哭了？如果我告诉她，我爸得肝癌就要死了，她会掉一滴眼泪吗？叶芝身旁垂着褶皱层叠的织金绛红丝绒帷幔，四周墙壁上也铺镶了同样的暗花丝绒，在大厅昏黄的灯光中，她一身黑色真丝连衣裙，右手托着下巴，指间耀眼的黄钻映着鬓边微颤的水滴形钻石耳坠，像极了一条粘在朱槿花上摇晃触角的蛞蝓。

冯欣知道自己不会再回法国了，去银行问了一下，注销账户很麻烦，便想把卡里的钱全部取出来，这才知道 5000 欧元以上的取现必须要预约，否则每月最多只能取现 2000 欧元。她赶紧办了预约，最后卡上还剩不到 500 欧元，盘算着把这些钱都在机场免税店用掉，买些鹅肝香槟巧克力马卡龙带回去，父母还从没吃过这些东西呢。收拾好全部行李，她一连睡了 10 多个小时，睡得混沌昏沉如僵死一般，醒来时，玫瑰色的霞光从小圆窗透进来，在脱落的墙纸上浮晃移动。这是冬季难得的晴朗日子，她望着这一抹久违的朝霞，心想，我终于知道躺在棺材里是什么感觉了。

离开的那天，叶芝夫妇在枫丹白露的别墅庆祝结婚纪念日，让冯欣把女佣房的钥匙放进楼下信箱里就行。她生平第一次预订了出租车来接自己去机场，60 欧元，真是舒服啊，上下车都是司机来提行李，再也不用拖着笨重的箱子在地铁站爬上爬下了。叶芝说得对，"提着行李箱就别坐地铁了嘛，打车又花不了几个钱。"

她在机场买了许多东西，两只手都提不下了，便想把几盒巧克力塞进双肩包，忽然发现包底还放着那本去年的记事本，之前收拾东西时没注意，早该扔掉的。她掏出记事本，一朵压扁的桐花飘落在地上，她蹲下身拾起那朵桐花，干枯的花瓣上还残存着一丝浅紫色脉络，摸上去很像儿时爱吃的那种鱼干片。登机的广播通知传来，冯欣果断站起身，将记事本和桐花一起丢进了垃圾桶。

生命中总有一些吊诡而又至关重要的节点，过了这个节点，此前的一切都会消亡湮灭,你自己甚至都没有察觉,从前的那个人已经死了,现在是另一个人替你继续活着。

　　飞机落地之后,冯欣刷了一下社交媒体,今日立春。

春之祭

在世人中间不愿渴死的人，
必须学会从一切杯子里痛饮。
在世人中间要保持清洁的人，
必须懂得脏水也可以洗身。

——《查拉图斯特拉如是说》

21

冯欣推开会所包厢的门快步出来,两扇包裹着厚实隔音软垫的铜红色大门在她身后紧紧关闭,发出"砰"的一声闷响,仿佛切断了她和门里那个世界的所有联系。

我要去哪里?她顺着长廊盲目地朝前走了几步,从胃里到口腔都泛着辛辣苦涩的酒味,今晚又喝了那么多酒,也不知道是哪种酒的酒劲这么大,她想吐,却又感到腹内空空,似乎并没有什么可以吐的。也许令她呕吐的不是烈酒,是身后那道门里的那些人。他们是人吗?她并不这么认为,他们应该只是具有灵长类外形的某种低等生物。

记得两年前第一次在巴黎的拍卖大楼预展时,她就非常困惑,为什么很多来竞买艺术品的客人都粗鄙而无礼,有的人甚至连汉语拼音都不会写。自从回国后她做了赵老板的"艺术品经理人",不得不整天和这些人打交道,总算是明白了。他们多半是机缘巧合,陡然而富,热辣辣的金钱在他们脑子里一刻不停地燃烧,令他们癫狂亢奋,只恨不能把"老子有钱"四个字烙印在额头上。从前只是每年亚洲艺术春秋拍卖那三四天能遇到他们,就已令她厌恶至极,现在从早到晚都要面对这些人——"他们怎么不去死呢!"她无数次在心底绝望地呼喊,也总忍不住想,或者,我可以去死。

她现在也明白为什么韩嘉漪对这些人永远是一副冷若冰霜的轻蔑态度了,她多么希望自己也能活成韩嘉漪那样,但她这辈子恐怕都不可能拥有韩嘉漪的才干与魄力,只能继续跟这些张老板李老板王老板混下去,陪着他们吃饭喝酒泡夜店打麻将,听着他们露着满口黄牙吹嘘胡扯,再坐在他们身边,眼看着一个个浓妆艳抹的姑娘在烟味呛人的昏暗包厢里跳艳舞。

刚才她起身出来时,清楚地听到沙发里的赵老板对旁人说:"她是法国留学生,不是这圈子里的人,还不习惯。"

"哎哟,留学生还能不习惯?老外玩得更刺激啊!我看网上那些留学生天天开各种'趴体',男女老少搞在一堆,比我们乱多了!他们那种地方,枪支大麻都是合法的呀!超市里都能随便买,跟买大白菜一样,她还能不习惯?"

确实没什么不习惯的。她很快就习惯了做赵老板的情妇,毕竟去年是他给了 70 多万元治疗她父亲的肝癌,尽管最后两个月的治疗几乎没有任何必要。而她这样一个样貌普通的人,之所以能得到这笔"卖身救父"的钱,不过是因为赵老板忙于新公司的业务,分身乏术,正好需要一个人来帮他打理艺术品的竞拍、运输和退税等琐事。此外,每次赵老板跟别人介绍她时,他也颇觉得面上有光,其他老板的情妇多是整容脸嫩模,冯欣则是法国海归经济学硕士。

去年 8 月父亲病故之后,她就搬来这座北方城市,在赵老板的"圈子"里机械地活着,仿佛完全枯槁了一样,过一天算一天。人生在世,总要把那些屈辱艰难的记忆尽快忘掉,这种忘记,是自欺欺人也好,是自我催眠也罢,就当是自己给自己注射的吗啡,唯有如此才能勉强熬完这一生。她亲眼见过父亲那样痛苦地挣扎求生,自己却觉得人生实在是毫无意义,为什么大家都感慨人生苦短呢?人生太长了,真的,太他妈的长了。

她发现自己已经走到中庭,楼下就是会所大堂,一帮男人正大呼小叫地进来,两排迎宾姑娘整齐划一地弯下腰去,谄媚的甜美话音同时回荡在空气里:"老板好!"无论在哪个城市哪个会所,所有被称为"老板"的中年男子似乎都大同小异:个子不高、头发稀少,腆着圆滚滚的肚子,松弛肥厚的下巴和粗短的脖颈连在一起,根本看不清面庞轮廓……就像这些会所的装潢,无一例外的水晶灯大理石罗马柱再配上所谓的欧式家具,连楼梯栏杆、茶几窗帘都是金光闪闪的——应该符合很多人对"富丽堂皇"的想象,正如穷人想象皇帝用黄金马桶便溺一样。

她想要继续往前走,然而一阵强烈的晕眩迫使她停下了脚步,只觉有人正用钝斧一下又一下劈着她的脑袋,痛得难以睁眼。恍惚间望见中庭天顶那盏硕大浮夸的水晶吊灯开始来回摇晃,铺着地毯的走廊也像海船遇到巨浪一样上下颠簸……周遭所有金光闪耀的玩意儿熔成了一股灼热的岩浆,蒸腾着她满头满身的烟酒臭气。她感觉自己正被一片厚重的毒雾包裹,喉咙中似有一团野火在燃烧,马上就要憋死在这里了,于是本能地使出最后一点力气,踉踉跄跄走了几步,倚靠在中庭走廊的栏杆上。嗓子里那种呕吐的欲望越来越难以遏制,她双手扶住黄铜镀金的栏杆,一丝冷硬的触感从手掌骤然传到心底,令她浑身一颤,随即极其清醒地意识到,只要跳下去,就这样,翻过栏杆跳下去,只需一秒钟,最多两秒钟,这令人作呕的生活就彻底结束了。

"冯小姐,你怎么在外面呢?"

这句话猝不及防地在身后响起,她像从噩梦中被人用力推醒,错愕地回过头去。是贺老板,一位跟赵老板素有往来的古董掮客。他和付贰是老乡,一样的平头圆脸小眼睛,肤色黑黄,只是更加瘦高一些,讲着南方腔调的普通话,也总是笑嘻嘻的。或许是相由心生,又或许是上天造普通人时懒得多费工夫,老板们油腻得如出一辙,掮客们也都相差无几。她又想起刚才包厢里那些姑娘,放眼望去除了白花花的大腿和胸脯,清一色的锥子脸大眼睛红嘴唇,好像手机消消乐游戏的动物头像。

贺老板同她寒暄,她强忍着头痛随口敷衍,只想尽快逃离这可恶的地方。贺老板再次感谢她上个月帮忙写法语邮件跟马赛一家拍卖行沟通退税,她嘴上说着"小事一桩,不必客气",心里却多少有些得意,自己法语说得那么蹩脚,回国后却足够用也足够唬人了。她见贺老板没话找话磨蹭着不走,便指着远处的包厢门问:"您不进去吗?"他哈哈笑了几声,含混答道:"我不好那一口,不干不净的。"

冯欣心领神会地笑了笑,刚想找个借口告辞,贺老板又絮絮叨叨地讲下去了,她也只得附和着问了句:"您最近在忙什么呢?"

这句话像戳开了对方的话篓子,尽管酒精烧得她头晕目眩,冯欣却分明看见贺老板的两只细眯眼瞬间亮了起来。他迅速掏出手机说:"冯小姐,我给你看啊!我从去年开始就在弄这个宝贝,前两天刚把它弄好,麻烦得不得了哦!你看看,多漂亮!"他连讲八卦的口吻表情都和付斌差不多,这种生意人特有的精明神气让冯欣觉得蛮有趣,便好奇地凑了过去。手机屏幕上是一只花花绿绿的瓷瓶,像个大号的军用水壶,左右两侧各有一只扁细弯曲的手柄,她看不出什么名堂,只觉得这不伦不类的造型瞧着颇有些滑稽。

"这是'雍正'的斗彩如意耳瓶。"不待她发问,贺老板已滔滔不绝地径自说起来:"你看这龙画得多好!这寿山福海、灵芝……"冯欣头疼愈烈,只觉他在耳旁如蚊蝇般嗡鸣烦扰,便将一直提着的手包挎上肩膀,张口正要说出"我先走了",猛然看见贺老板的手指滑过一张照片,是同一只瓶子,不!是这只瓶子的,一半!

"这是什么!"她惊呼出声,下意识地伸手在他的手机屏幕上飞快地划了一下,他想要掩饰已来不及。照片上的确是同一只瓷瓶,但却是残破的,没有瓶口瓶颈和双耳,仅剩大半个圆鼓鼓的瓶身,活像一个被摔烂的西瓜。

"这是什么?"冯欣盯着贺老板的眼睛重复了一遍,不由得提高了声音,"你把瓶子砸了吗?"

贺老板扯了扯嘴角算是笑了两下作为回答,脸颊僵硬得有些歪扭,冯欣不知道自己被酒精烧灼的脑子里发生了什么突变,竟促使她又说出了一句："刚才你给我看的照片，这瓶子明明是完整的啊！"

他干咳了几声，用缓慢而尴尬的嗓音说："我买的时候就是这个样子，是坏的。去年找高人修了，才把它修好的。"

"老板好！"楼下大堂的迎宾笑音又一迭声地响起，伴随着醉酒男子们口齿不清的嚷嚷，在走廊昏暗的光线里，冯欣看见贺老板黑黄的面孔涨成了酱紫色，他极力保持着镇定，笑呵呵地岔开了话题，讲着些前言不搭后语的闲话，却并不敢正眼看冯欣一下。她直觉贺老板没有撒谎，更不是酒后的疯言醉语，便认真而清晰地说："您放心，我不会告诉别人。"

七八个醉醺醺的男人在迎宾姑娘们的搀扶下走过来，像一股腥臭喧腾的海潮冲开了他俩，冯欣抓紧栏杆以免被他们撞倒，等这伙人消失在旁边的另一间包厢，贺老板已不见了踪影。她扶着栏杆慢慢走下楼，只听得前后左右无数模糊混乱的声响，却什么都听不明白，似乎他们都在说着某种外星语言。周遭这一张张黄白胖瘦的脸，涂得艳红的嘴唇，浓黑的假睫毛，高跟鞋的声音，脂粉的香气，汗臭和烟味……全都搅浑在一起，她仿佛是睁着眼睛睡着了，感官迟钝木然，可头脑好像又在急速运转着。

她隐约感到心底发生了一些怪异的变化，有什么东西像火花一样在神经里不断闪着光，让她的心脏突突狂跳，浑身的血液都直往脸上涌，她竭力想要理清思绪，却徒然地加剧了头痛。不想了！赶紧回去睡一觉，先喝杯热茶，把胃里这股恶心的味道压一压，好像哪个韩剧说喝蜂蜜水解酒，也不知道冰箱里还有没有蜂蜜……

她晕乎乎地走到会所门口，正好一辆出租车开过来，一群穿着超短裙的尖脸姑娘下了车，大声嬉笑着朝里走，连车门都没关，只甩下一串响亮的高跟鞋声和浓腻刺鼻的香水味。冯欣实在没力气用手机约专车了，便不假思索地钻进了出租车。

车子很快开上了主干道，她觉得自己像一个困在幽黑地牢里许多年的无辜囚徒,垂死之际终于被人救到了外面,不料外面竟也是无边无际的黑沉暗夜。夜宵大排档的喧哗、往来车辆的行驶声和偶尔的鸣笛,在初夏的夜色中升腾飘散,犹如一片茫茫黑烟填塞在天地间,令人难以呼吸,她想关上车窗,才发现这出租车居然还是手摇式车窗,只好握着手柄一圈一圈地绕着。司机停下来等红灯,冯欣也正好摇完了车窗,无意中望见前方不远处的江边停着四五辆出租车,还有一些人在周围走来走去,便随口问司机:"师傅,这是你们公司的停车场吗?"

"不是。"司机只用眼角余光瞟了一下,答道,"他们在打江水洗车呢。"

冯欣讶异地低呼了一声,这条穿过小半个市区的江河,早些年严重污染,几乎断流,近两年治理之后略有好转,也只是没先前那么黑臭而已,虽然本地人始终称之为"江",实际更像一条稍微宽阔一点的臭河沟。她忍不住问道:"这么脏的水,也能用来洗车吗?"

交通液晶屏显示还有五秒就是绿灯,司机一边挂挡一边笑道:"这有啥不能用的? 咱又不拿它来喝。再说了,那印度人不都是喝恒河水长大的嘛? 他们不都活得好好的嘛,人口都快赶上咱们国家了!"

冯欣被他逗乐了,又瘫靠在后座上长久出神。出租车早已驶离了江岸,但那些在江边打水洗车的司机还留在她脑海中,在周围高楼大厦的映衬下,他们好像只有蚂蚁那么渺小,弯腰汲水的身形也酷似一只只背负重物、埋头前行的工蚁。她总以为自己过得艰难,其实世间多的是比她更艰难更辛苦的人生。她沉重地叹了一口气,既然大家都在熬着,那么我应该也可以熬得下去,虽然不知道这样苦熬下去究竟是为了什么。

"姑娘啊!"司机像是察觉到她神色黯然,憋不住天性中的善良乐观,想要开解她几句,指着车内后视镜上挂的一个红色扇形吊牌说:

"你瞧我媳妇儿给挂的这牌子，这边写着'一路平安'，"他笑着给吊牌翻了个面，"这另一边是'万事如意'。我媳妇儿说这是啥庙里大师开过光的，特灵验，可我有时候就琢磨啊，人这一辈子咋可能'万事'都如意呢？顶天了有十来二十件事如意就不错了，你说是不是这个理儿？"

冯欣有气无力地答应了两声，又觉得这样不太礼貌，便勉力支起上身，冲着后视镜里司机的脸笑了一下，说了句谢谢。司机那双浑浊疲惫的小眼睛笑起来变得更小了，冯欣在后视镜中几乎只看到他的眼袋。他白衬衣的后领和袖肘都磨起了毛边，双肩略微朝前拱起，嗓音也有点嘶哑，时不时还轻咳两声。路边一家夜总会外墙上花里胡哨的霓虹灯掠过车窗玻璃，映照出她妆容憔悴的面孔，她忽然发现自己和司机的脸上似有一种共同的神情，像是因为长久承受了生活磨难反而流露出来的麻木与平静。

快到小区门口时，司机还在有一句没一句地念叨，冯欣下车前听见他说："这人活一辈子啊，总归是要受苦的，做人要是不苦，那小孩儿生下来为啥拼了命地哭呢？"她觉得这司机真是挺会灌心灵鸡汤，手机扫码支付完车费后，她见钱包里正好还有二三十元的现金，索性全都给了他。司机开心地连声道谢，她都下车了，司机还探头出来，笑眯眯向她招手说："姑娘，万事如意啊！"

被赵老板的鼾声吵醒时，冯欣扭头看了一眼床头的闹钟，已经过了凌晨三点。赵老板四仰八叉地占了大半张床，一道清澈的月光正照着他浑圆的肚子，好像泡在福尔马林水池里的肿胀浮尸。她依然头疼眼花，却再没有一丝睡意，坐在床上双手捂着脸叹了几口气，起身去厨房泡了杯热茶，坐在餐桌旁，望着窗外久久发呆。

这套100多平米的高层公寓是赵老板的诸多房产之一，是他从前某位情妇的居所，这是冯欣住过最大，也是最高的房子。她父母的房子是单位大院的家属楼，他们一辈子都是普通工人，单位分房时只能分到阴暗潮湿的一楼，后来她出国留学，法国高楼不多，她租住的基本都是一楼二楼，十来平米的小公寓。去年刚住进这 15 楼的大房子，她很长时间都难以适应，她从没见过阳光如此丰沛的房间，下午西晒时，卧室热得像个大火炉，小区的楼间距颇窄，每次看着对面那些灰扑扑的高层建筑，一格又一格，总觉得像极了无数堆叠在一起的骨灰盒。

父亲的骨灰盒葬在南方一座海滨小城，那是他的故乡，而她此前竟完全不知道。父亲化疗后期时，体重几乎只有从前的一半，瘦弱得如同一具骷髅，整天整夜地昏迷沉睡，偶尔清醒，就让冯欣把他手机上和退休同事们在公园拉二胡、唱红歌的视频放给他看，只要一听见那些铿锵激昂的旋律，他立刻歪咧着嘴笑起来。他最喜欢的一首歌是《大海啊故乡》，翻来覆去看了无数遍他与同事们合唱的视频，临终前一天还梦呓般地低哼着："海边出生，海里成长／大海啊，就像妈妈一样……"

她问了母亲才知道，父亲生长于一座海滨小城，只是因为爷爷奶奶去世得早，他很多年都没有回去过了。她于是辗转奔波，最终把父亲的骨灰葬回了故乡，转眼已将近一年，但她至今仍感觉父亲的去世不像是真的。她有时候遇到公园里光着膀子晨练的白发老人，景区里架着长枪短炮拍风景照的大爷，总忍不住一遍又一遍地想，父亲看上去比他们年纪小多了，怎么一眨眼就没了呢？

父亲是在最后一个多月才急遽地衰朽，仿佛就在一夜之间，他变得思维紊乱、言语困难，并且用上了尿不湿。此前他一直都非常积极地配合治疗，哪怕化疗后呕吐严重，也会努力把冯欣带来的瘦肉粥全部吃完。她每天都能直观地看到父亲的生命在流逝，却毫无办法，就像看着同一个病房里的其他病人离去，仓促得连落泪叹息都来不及。肿瘤科病房里很少听到哭声，所有的病人和家属似乎达成了一种默契，在这个地方，泪水是最无用的东西，大家都已心力交瘁苦不堪言，宝贵的时间和精力必须用来做更有意义的事情。

她唯一痛哭过一次,某天父亲镇痛的药效过了,她坐在病床旁的折叠椅上,听见他喉咙里发出痛苦的呻吟,正要起身去喊护士,父亲却一把拽住她的袖子,用干哑的嗓音问:"你在这里干啥?怎么还不回法国?你要回去赚钱啊!"她疲惫焦躁至极,被这话一激,差点吼出来:"你就知道钱钱钱!"然而不待她开口,父亲的手却很快松开了,气若游丝地说了一句:"要赚钱,你才不会被人欺负啊!"话音未落,他又昏睡过去,她紧紧握着父亲的手,这双手永远如此冰凉干枯,是一种血液不畅的冷硬,她的热泪不停地落在父亲的手背上,哭得气断声噎浑身颤抖。

她的人生观也是在那一刻彻底改变。父母在世,她对死亡并没有真正深切的认知,新闻和影视剧里看到的死亡,朋友同学、长辈街坊的讣闻都如同吹掠过耳畔的轻风,悬浮在日光中的微尘,转瞬之间就消逝了,父母像一道挡在死神面前的厚重屏风,为她挡住了死亡的寒凛和残酷。她看着父亲咽下最后一口气,在不到一分钟的时间里,他的脸色从蜡黄变成灰败;她看着护士拔掉了父亲肚子上那根流腹水的管子,一股浓黑的血水伴着恶臭淌了出来;她也看着殡仪馆工作人员把没烧尽的大块骨殖逐一敲碎、碾压成粉,看见那堆骨灰中有两粒父亲镶过的牙齿没有完全烧熔……

赵老板还在无休无止地打鼾,像两个高低不同的音阶混响在一起,一个浑浊低沉,另一个高亢尖利,让她想起灵堂的哀乐和送葬的铙钹。冯欣厌恶地皱起眉头,起身走去门厅,似乎这样就能离他的鼾声远一点。刚进到门厅,她不觉愣住了,白色的墙壁和大理石地砖反射着窗外照进来的月光,宛若一座清冷莹洁的雪窟,虽然是夏季午夜,却仿佛置身于新雪初停的清晨。她情不自禁地放慢脚步走到窗前,像是行走在透明的冰面上,抬头望见一轮巨大的满月挂在高楼之间狭窄的天幕上,一缕幽微淡远的槐花甜香飘来,让她一时间分不清是梦境还是现实。

　　睡衣口袋里的手机震动了两下，她陡然清醒过来，拿出手机一看，是里昂一家拍卖行的广告邮件，去年12月秋拍时，她帮赵老板在这家拍卖行竞拍过一尊佛像，此后隔三岔五地就会收到他们的广告。她本想退出邮箱，又好奇地想看看这家拍卖行有什么宝贝上拍，便随手翻了一下邮件中推荐的几件重要拍品。基本都是欧洲油画家具雕塑和珠宝，亚洲艺术品仅有两三件，其中估价最高的是一只画着花鸟纹的"雍正"瓷碗，是韩嘉漪做的鉴定，估价20万至30万欧元。瓷碗的照片下方是一行拍品简介，很多法语单词她都不太认得，唯有一个带引号的词怪异得让她多看了两眼：Doucai。

　　她喃喃地重复着这个词，倏忽一惊，肩膀上猛地起了一阵颤栗，"斗彩"——这个词似一道闪电的白光刺穿了她死气沉沉的生活，她后来无数次回想起这一刹那，几乎连骨头缝里都还能感受到当时的震动。眼前的月色清澈如寒冰，她心中也清明透亮，很快就想明白了。贺老板之所以跟她讲斗彩如意耳瓶的事，是因为他知道她同赵老板的关系，他想要将修复后的瓷瓶卖给赵老板，估摸着她这个法国留学归来的硕士能帮忙吹吹枕边风。但他的一个小疏忽，让冯欣窥见了瓷瓶的真相。

　　她听见自己脑袋里有数不尽的东西在疯狂碰撞，发出轰隆隆的乱响，许多过往的场景画面以一种惊人的速度奔涌到她眼前，屋内的空气好像全都凝结了，她有点喘不过气来，便回身坐在墙边的小板凳上，深呼吸了几次，竭力让自己冷静下来，认真地思索着。

　　不知道为什么，她首先想起的是自己在巴黎拍卖大楼的最后一场拍卖预展，她无意中听到韩嘉漪和一位帅气的华人小伙子讨论一只粉彩瓷碗："这个碗，只有底是真的。"那只估价仅有2000欧元的"接底"瓷碗，第二天竟拍出了6万多欧元，买家付了钱之后却不能提货，因为要办理文物护照之后才能合法出境。因为这事，那买家还冲着帮忙翻译的冯欣直嚷嚷——如果那个小碗就能卖出 6 万欧元,贺老板这只瓷瓶放到巴黎的拍卖场上,岂不是能卖出 60 万欧元?可是它能骗得过韩嘉漪吗?毕竟,贺老板是想把瓷瓶卖给赵老板,像他这种腰缠万贯的生意人,对瓷器几乎一无所知,全靠身边几个半懂不懂的所谓"参谋"支招,糊弄他们和糊弄韩嘉漪可不是一回事。

一想到韩嘉漪那张目光凌厉的冷脸,冯欣心中就忍不住一阵发虚,顿时有点泄气,靠着墙发了一会儿呆,忽而又想起瓷瓶那两只形状怪异的耳朵,便在拍卖门户网站的搜索栏里输入了"雍正斗彩如意耳瓶"。故宫博物院的馆藏信息和零星几条国际大拍卖行的成交记录让她短暂地晕眩了一下,那几个带着许多零的大额数字在她眼前飞舞蹦跳,她瞬间明白了这只瓷瓶的珍奇和昂贵,努力稳住呼吸,一遍又一遍告诉自己,不管有多难,一定要做成这件事。做成了,我就自由了。

她估计贺老板肯定还没把瓷瓶拿给别人看,包厢里那种乌烟瘴气的环境,谁会有心思看什么瓷器。想到此,她立即给贺老板发了一条微信,约他明天喝茶,又补了一句:"如果您方便,我想看看那件东西的实物。"她想这三更半夜的他应该在睡觉,没料到他很快就回复了,同她约定了见面的时间和地点。

这究竟是怎样一件物品,这件事将会如何发展,她此刻并没有任何清楚的概念,但心中却莫名激荡着美妙的希望,似乎真切地看到浓黑暗夜的尽头闪动着一星火光。这一年多以来,她同赵老板身边的狐朋狗友和古董掮客们结交应酬,一来二去也逐渐知道了一些大大小小的内幕和老板们各式各样的花招。外人想象中那些运筹帷幄的神秘操作,很多时候不过是三五个人偶然间的决定,就像她从前和付斌"合作"的唐卡、玉壶、狗图册页一样。她听说过太多次那些点石成金的传奇,今晚,终于等到了属于她自己的时刻。她曾以为只有死亡才能终结这肮脏恶心的生活,没想到命运将这只如意耳瓶放在她面前,有如神迹。

它不是一只瓷瓶,它是我赎身的筹码,它能让我挣脱苦海、逃出生天。

月亮已经沉到了高楼背后,但月色却愈加明亮,仿佛那一轮满月在夜幕里无限扩展,直至充盈了整个天地宇宙。站在这一片皎洁无瑕的月光中,她痴痴笑了起来,好像抬起双臂就能飞上天堂,裁云霞为衣、同星辰嬉戏,她感到体内响起了一支极美的乐曲,那是德彪西的《月光》,她从未忘记,就像她从未忘记过巴黎。她曾在那里饱尝痛苦,同时却也被巴黎无与伦比的美丽所治愈。

回国后这些万念俱灰的日子里,她只要一闭上眼就会看见巴黎的点滴往事,无数次幻想着或许有朝一日能故地重游。有时候她甚至觉得,正是靠着这近乎绝望的一线憧憬,自己才能在那样污秽的环境中一天又一天地煎熬,苟延残喘地活下去。她忽而想起了出租车司机对她说的"万事如意",忍不住闭上眼睛,双手合十默默祝祷。如果我这辈子只有一件事"如意",就请应验在如意耳瓶这件事情上吧!

许完愿她才意识到,要做成这件事,单靠自己是不行的,她如果拿着瓷瓶去巴黎的拍卖行,大多数拍卖行肯定会婉言谢绝,因为大家都心知肚明:"那些人送来法国的东西,绝对是陷阱!"她必须要找人"合作",就像之前付斌找她"合作"一样。她能找谁呢?哪个法国人愿意配合她,做拍卖行里的"内鬼"呢?她再次陷入了一筹莫展的境地,旋即又想到,无论是找谁合作,先要赶紧申请法国的旅游签证,可是办签证需要机票和酒店预订单,那还是先和贺老板谈过之后再做决定吧……她在门厅里踱来踱去地盘算着,直到窗外透进一丝灰白的曙色,她才回到卧室胡乱睡去。

贺老板坐在茶室包厢背光的一侧,愈显得肤色黑沉,一双乌溜溜的小眼睛闪着机敏的亮光,他笑起来露出不太规整的细牙,让人联想起某种穴居的食虫类小动物。冯欣早已做好了准备,反复告诫自己,一定要开门见山话语明确，口气也要干脆利落，绝对不能给对方留下优柔寡断的印象。贺老板给她斟好茶，她道了谢，挺直上身，目不转睛地凝视着他问道："昨晚您给我看的那只瓶子，到底是怎么一回事呢？"

"那是两年前我在英国乡下一个小拍卖会上遇到的，也是我运气好。"贺老板没有搪塞遮掩，一口气说了下去，"你在法国留过学，肯定知道，外国那种一两百年的乡村庄园到后来都没人住了。房主的后人要把里面杂七杂八的东西全部卖掉，就找个当地的拍卖公司，现场搬几张桌子搞成拍卖台就开始卖货。三五镑、十来镑的破烂都有，就像摆地摊一样，拍卖师喊价、敲槌，完了给钱就能把东西拿走，不像那些大拍卖公司，又是拍照又是做图录、打广告什么的，所以知道这个瓶子的人很少。我当时花了差不多一万英镑买到这个瓶子，带回来之后也没敢张扬，一直在私底下打听合适的人，直到去年才找到一个高人，把它修好了。"

他说到此，很是有些得意，把手肘往桌上一撑，笑道："这瓶子现在是完美品相了，讲得夸张一点，孙悟空的火眼金睛都看不出来！实话告诉你，我买的时候，它就只有个肚子，瓶底还有那么大的一个洞——"他圈起食指和拇指比画着洞的大小，忍不住摇了摇头："鬼佬就是手欠，看到个漂亮瓶子就要打洞。"

"是啊，打了洞才能穿电线，改成灯座嘛。"冯欣摆出一副内行人那种见多识广的表情，又补充了一句，"有的老外还会把瓶口锯掉一截，在上面安个铜口，再焊上灯泡和灯罩的铜支架。"

贺老板哈哈笑了起来，声音也变得有点尖厉："冯小姐啊，留学生就是不一样！我一说你就明白！国内好多人都搞不懂，鬼佬干嘛总喜欢给瓶底打洞。我每次都要跟他们解释半天。"

他这种直白的恭维话让冯欣也笑了起来，又赶紧提醒自己，千万不能松劲儿，于是马上又坐得笔直，认真地问道："瓶底这个洞也能修吗？老外打洞一般都是打在瓶底正中间,底款'大清雍正年制'那几个字不就破了吗？这怎么修呢？重新写几个字上去？重写的底款最容易被看出破绽了,修瓶子的人自己会写款吗？还是他另外又找人写款？"

她这一串问话说出口,贺老板脸上已是另一番表情,他用一种略带审视的目光看着冯欣,似乎意识到眼前这个其貌不扬的姑娘并非对瓷器一无所知。他笑着给自己斟了一杯茶,慢悠悠地喝了两口,像是在打腹稿,要把想说的和想隐瞒的词句尽量安排周全。他掏出手机,慢条斯理地说:"所以讲啊,我真是运气蛮好的。瓶底是一个双行六字款,你看,"他指着手机上一张瓶底的照片,解释道:"这六个字写得比较分开,鬼佬打的那个洞,只把'年'这一个字弄破了。我原来和你想的一样,以为他会把洞补好之后,再找人把'年'字缺的笔画描上去。没想到啊,他把'年'字周围这一圈整体挖掉,嵌进去另一个'年'字——嵌进去的这块瓷片也是真的,是从另一件雍正残器的底部挖下来的。"

贺老板放下手机呷了一口茶,笑道:"冯小姐,就像你说的,瓶底是最容易被看出破绽的,他真是花了很长很长时间弄这个底。"他伸开双臂比画了一下,像是要把时间的长度具象化呈现在冯欣眼前,又接着说:"弄好瓶底之后,别的地方就简单多了,他补了瓶颈瓶口和两个如意耳,最后挂釉入窑复烧了一遍,现在它就是个完美品相的真东西了。"

说完这些话,他抬起头看了看冯欣,嘴角两条皱纹深深地陷下去,仿佛是想笑却又觉得并没有什么可笑的,便以一种就事论事的平淡口气说:"实话告诉你吧,修这只瓶子的高人,是个日本人。他在中国住了几十年,那普通话说得比很多中国人还好！他修瓷器的本事也是真的牛,比很多老师傅都厉害。现在的年轻人都不愿意学这个,太辛苦了,他们坐不住,也静不心下来,就像我儿子一样,整天就知道玩手机打游戏，日本人倒是真肯下功夫。"

冯欣已经听呆了，来同贺老板见面之前，她在网上搜索了很久，虽然搜到的资料文章大多年代久远、语焉不详，但也让她对瓷器修复有了大致的了解。她知道把一件残损的瓷器修得天衣无缝并非不可能，"接底"更是早已存在的造赝手段，所以两年前那只小碗根本骗不了韩嘉漪这样的资深专家。可是贺老板说的这些细节远远超出了她的认知和想象，她不禁轻声吁了一口气，总觉得和这只瓷瓶有关的事都太离奇了，委实不像是人力可以做到的。

"瓶子我带来了，你要看实物吗？"

她没想到贺老板如此直接地发问，不假思索地应了声"好啊"，又立刻用果决坚定的语气说："太好了！我真的很想上手看看。"

贺老板笑了笑，起身走到包厢门口，冯欣听见他跟茶室的女服务员说，让她们不要进来打扰，也才注意到贺老板的座位旁边放着一只略显老旧的深棕色帆布手提箱。叮嘱完服务员，贺老板回到茶桌前，先把桌上所有茶具都挪到旁边，然后才打开手提箱，将一块厚软的绒布铺在桌上，再郑重捧出如意耳瓶，小心放在绒布中间。

冯欣紧张得有些发慌，一时间不敢伸手去触碰，两只手紧攥成拳藏在桌子下面，伸长脖子盯住瓷瓶，仿佛要把自己的目光变成神奇的射线，透过瓶身上那些飞龙海浪的花纹，看穿其中隐藏的所有机密。过了好一会儿，她才悄悄把手心的汗在裤管上蹭干，屏住呼吸，轻扶着瓶腹，给瓶子转了个角度。两人隔着茶桌对坐，一语不发，好像都在避免和对方有目光接触，在这间不大的茶室里，空气似乎逐渐变得滞重，正从四面八方压过来，令她感到轻微的窒息。

贺老板察觉到冯欣不敢把瓶子翻过来看底款，便一手握着瓶口，另一手托住瓶腹，主动将瓶底展示给她看。她凑近前瞪大双眼仔细打量，果然看不出"年"字周围有任何修补的痕迹——此时此刻，她终于相信了那句"孙悟空也看不出破绽"的话。"冯小姐，你要用紫光灯再看一遍吗?"

"不用了,我相信您。"冯欣重复了两遍这句话,像是要为自己赢得一两秒思索的时间,也为了尽量掩盖住内心深处的激动和隐忧。她把脸微微转向窗外,又很快意识到,不行,绝不能让他看出我有一丝一毫的畏缩样子。每一次的畏惧和退缩,都会改变你的人生轨迹,只消畏缩两三次,你就再也得不到曾经梦想的人生了,就像父亲,直到病死后烧成灰,才得以回到海边的故乡。她蓦地转过脸来,正视着贺老板的眼睛,仿佛从肺腑深处迸出了那句话:"这只瓶子,您要卖多少钱?"

贺老板恐怕从未听过这般直截了当的问价,哑然一怔,随即往椅子后背上靠了靠,半眯起一只眼睛看着冯欣,像是在瞄准射击一样,没有答话。这一刻的静默似乎拖得很长,直到几声奇怪的脆响把冯欣吓得头皮一紧,原来是贺老板在按压手掌关节,发出咔嚓的声响。她猜不透他在琢磨什么,抑或是某种欲擒故纵的手段?不能放过这个机会!她又一次在心底告诫自己,于是执拗地开口问道:"您要多少钱出手呢?"

"你这是帮别人买还是……"贺老板把后面半句话咽了下去,像是意识到这个问题和自己没多大关系,便抬起手挠了挠头皮,好似脑子里正在飞速转着什么念头。他脸上很快浮起了一贯的和善笑容:"冯小姐啊,这就要看你想怎么买了,你是想'分账',还是想'买断'呢?'分账'就是我只收你的定金,你拿瓶子去操作,得到钱之后我们分——是五五分还是四六分,我们再商量;'买断'就是你把瓶子完全买下来,之后你拿去拍卖也好,私洽也好,一概与我无关了。"

"我要买断。"

22

一个天性懦弱畏怯的人,偶然做出一次重要决定,心底总会生出一种怪异而强烈的自豪感,仿佛在这一刻,他们终于战胜了与生俱来的弱点,化身成杀伐决断的英雄。他们不仅是为自己做决定,更是想要向别人证明自己。他们坚信,只要做出这个决定,就再也没有人敢轻视他们,昔日那些质疑嘲笑的目光也都会变成由衷的钦佩仰慕——这是虚荣心锻造而成的英勇冠冕,它或许不能彻底改变一个人的天性,却往往能改变这个人的命运。

冯欣听到自己的声音说出"买断"这个词,心中隐隐有点惊慌,茶桌对面的贺老板又半眯起小眼睛打量着她,她觉得他好像正将一枚探针刺进自己心思的最深处,便垂下眼帘,将目光投在桌子中间的如意耳瓷瓶上。直到两人商谈好所有细节,冯欣走出茶室站在路边的栾树树荫下,她似乎还未完全清楚地意识到刚才究竟发生了什么。

贺老板开价200万元人民币,她居然没有还价,一口答应下来,只是告诉他,自己需要同一位朋友商量后才能最终决定,请他给自己10天的期限,10天后,如果她确定买断,会先付给他20万元的定金,剩下的钱将在2个月之内凑齐。"这10天里,请您不要把瓷瓶给任何人看,拜托拜托!"她满脸恳求的神色让贺老板笑了起来,他把瓷瓶放回手提箱中收好,笑着说:"你放心啦!我这个人最爽快了,你要是10天来不及,我多等个四五天也没关系的。"

她一时之间不知道要去哪里,就沿着林荫道信步前行,今年夏天来得早,路边高大的栾树已抽出了一簇簇浅黄纷密的花穗,藏在枝叶间的鸣蝉没完没了地叫着,尖利的噪声以相同的频率循环往复,好似一个绝望的庞大群体正拼尽全力协同完成生前最后的任务。

一只将死的蝉啪地一声落在她面前的水泥地上,吓了她一跳,本能地皱着眉头往后退了半步,又忍不住弯下腰细看这只黑黄色的昆虫。它透明的翼翅还在翕动,午后的阳光透过栾树枝叶,在地上投下大片扭曲晃动的黑影,像是正在给它盖上丧毯。冯欣绕过这只蝉继续往前走,想想这些聒噪丑陋的昆虫,在它们十余年的漫长生命中,仅有两三个月能沐浴阳光雨露,其他所有时间都不得不蛰缩于黑暗污脏的地下……她好像突然理解了它们为什么会不顾招来天敌的危险而疯狂嘶吼。

第二天她就去办了法国的加急旅游签证。她永远记得付斌和克莱尔如何把那幅农村阿姨绣的唐卡卖给韩嘉澔,更记得那本"乾隆宫廷"的狗图册页如何让自己从香港的蔡先生手中赚了 15 万元人民币。她知道,要想让这只瓶子卖出高价,必须把它送到法国去,让它变成某个法国家族几代人传承的珍宝。单凭她自己是无法完成这件事的,她需要一个机敏可靠的帮手。就像付斌两年前选中她一样,斟酌思量许久之后,她选中了朱利安。

冯欣在拍卖公司的网站上找到了朱利安的邮箱地址,网站上没有写他的职位,可见他依旧还是打杂的。她在法语辞典和网上查了又查,终于写出了一封语句通顺的简短邮件,只说好久不曾联系,自己过几天要去法国旅游,希望能与他见个面。

她等了整整四天都没有朱利安的回音,正焦虑得坐立不安,去法国的旅游签证办好了,这让她愈加烦躁。她估计是自己的邮箱地址被对方邮件系统识别成了垃圾邮件,正想找个翻墙软件登录原来在法国用的 Gmail,朱利安回复了。邮件不长,一如既往地友善而热情,说他收到她的消息非常高兴,把自己的手机号码告诉了她,盼望能早日重逢。

回复了朱利安之后，冯欣立刻开始收拾行李，不禁想起两年前也是这样满心焦灼地等了好几天克莱尔的实习面试邮件，谁也不曾料到，那封仅有一句话的邮件后来竟如此深刻地改变了自己的人生。这就是命运来敲门的时刻啊！这种时刻以后恐怕不会再有了，现在必须要使出全身解数，如果现在不使出来，那就永远也使不出来了。

　　巴黎正值春末，轻软宜人的晨风拂过繁盛的椴树，吹起藏在叶底的鹅黄色花簇，花蜜的甜香在空气中漾开，整座城市都像是泡在芬芳的蜜罐里。离开巴黎一年多了，这种难以形容的美好香气却始终不曾从冯欣的记忆中散去，走出地铁口，她忍不住站在路边的椴树荫下恍了恍神，透过灰绿色的叶背，望得见枝叶间金线般的阳光和高远湛蓝的天空。后半夜短暂地落了一场急雨，树梢上还挂着水珠，这座古老城市的每一寸肌肤都是全新的。她仿佛从未离开过巴黎，这只是某一个晨光清润的周六，她忙完了一周的工作，睡懒觉到自然醒，从远郊租住的陋室出来，去市区逛逛花园、看看街景。

　　这里是蒙马特高地，刚到巴黎的那一年，冯欣和朋友们去逛过附近的著名景点红磨坊和圣心教堂，当时或许曾坐着游览小火车途径此地，却并没有留意。她沿着路边一带石砌高墙朝前走，周围书店、画廊、蔬果店、面包房的橱窗漂亮得像一幅接一幅滑过眼帘的油画，现在正是草莓和覆盆子、醋栗这些"红色浆果"上市的时节，三三两两逛完早市回来的巴黎人捧着装满草莓的松木盒同她擦肩而过，所有花店门口都堆放着小山一样绯红淡紫的芍药花束……这座城市太美了，只要在这里生活过一天就会眷恋难舍，好似金钱让人看一眼就会迷失，烈酒让人喝一口就会酩醉一样。

　　这是冯欣最熟悉的声响气息和风光景致，她千百次地梦到这里，现在终于踩在这片久违的土地上，却莫名有些心绪不宁。周遭所有似曾相识的事物仿佛都蒙上了一层陌生的厚重烟尘，身旁高耸的石墙一眼望不到尽头，然而尽头又有什么在等着她呢？几只灰鸽子从石墙内高大的栗树树冠上飞掠而出,惊起一群栖身在路边蔷薇花丛中的麻雀,叽叽喳喳叫着扑腾飞散,犹如来自遥远世界的一阵细碎回音。

她走到了石墙尽头,正是朱利安给的那个地址,眼前是两扇敞开的墨绿色铸铁大门,像一座古老公园的入口,望得见远处林木森然、浓荫匝地,但似乎又不像公园,没有嬉戏追逐的孩童和推着婴儿车的父母或保姆,也没有玩滚球和遛狗的人们,在这闹市区里冷清空寂得有些古怪。

冯欣朝大门里走了几步,只见宽阔的道路两旁沿地势高低错落修建了许多两三米高的石砌尖顶小房子,大部分仅有一米来宽,正面是一道紧闭的铁门,三角楣上的浮雕多半已被风雨侵蚀得漫漶难辨,尖耸的屋顶上都竖着石雕或铜塑的十字架,绝似一座座窄小的教堂被天神的巨手如搭积木般堆叠起来。她望着这些石屋出了一会儿神,忽然明白过来,这就是著名的蒙马特墓园。

她轻轻舒了一口气,一直悬着的心也有些放下了,朱利安约在这里见面,可见他是个聪明人。这时节为亲友扫墓的人极少,又不是旅游旺季,零星游客都集中在附近的红磨坊和圣心教堂一带——她昨天一下飞机就发短信给朱利安,让他找个"安静"的地方见面,确实没有比这里更安静的地方了。

朱利安握着一杯咖啡,不紧不慢地往这边走,远远望见冯欣,他便疾步而来,满脸笑容地同她行贴面礼。这久违的法式见面礼节让冯欣很是措手不及,鼻子差点撞上了他的耳朵,红着脸往后退了半步,飞快地打量了朱利安几眼。他好像一点没变,还是第一次在拍卖行遇见他那样,满头蓬松的栗色乱发,友善的目光中带着些许腼腆,因为是周六,他没有刮脸,细碎的胡茬让他的瘦脸显得宽了一些。

两人略显拘谨地寒暄着往墓园里走,一年多没有讲过法语,冯欣只觉得舌头直打结,耳朵也像被什么东西塞住了,尽管朱利安和从前一样放慢语速,并且尽量用简单的词句跟她讲话,她还是很难应对。朱利安说了两遍:"你现在在巴黎,正好可以去 Roland-Garros 看几场比赛啊!"她却始终没明白,直到他比划了几下挥拍打球的动作,又说出"网球"这个单词,冯欣才恍然大悟,这是法国网球公开赛的意思。她赶紧摇头说"我不去",本想说自己对法网不感兴趣,又憋不出一个完整的句子,只好岔开话题,望着前方一处墓穴上矗立的一尊圣母恸子石雕,用勉强成句的法语说:"你太聪明了。在这儿跟我见面。"

朱利安笑了起来,环顾四周说道:"我就住在附近,经常来这散步、看书。每年除了万圣节期间,这里几乎都没有什么人。"他抬手指着右前方一处高地说:"顺着那条石阶上去,左拉的墓地就在那边。"没等她反应过来,他又用目光示意甬路旁一座灰白大理石雕的宫殿式建筑:"那是小仲马的墓地。你肯定知道他写的《茶花女》,不过,茶花女的墓地隔得很远,要穿过这一大片区域,在墓园的另一头。"冯欣嗯嗯应声,连蒙带猜地听懂了几个人名,她看到前面有几张栗树荫庇的长椅,便指着说道:"我们去那里,坐着,坐一下吧?"

朱利安瞟了一眼她指的地方,脸上露出一抹鄙夷的笑容:"那边全是犹太人,我真是看够犹太人了。你跟我来。"冯欣随着他的脚步前行,又回头望过去,果然看见身后那一带的墓碑上都镌刻着六芒星标志和希伯来文,她想起拍卖行里戴维德一家和其他人之间的隔阂,不由得悄声笑了一下。朱利安指着路旁一排石砌尖顶小屋说:"这种房子是一个家族几代人共同的墓穴。单人或者夫妻合葬的墓穴通常是立个石碑。"前方一条开阔的甬道旁有张墨绿色的木质长椅,他上前坐下,对冯欣笑道:"这是个好地方,你瞧,咱们背后就是柏辽兹的墓。"

冯欣站在长椅旁,仰望着黑色大理石墓碑上方镶嵌的青铜浮雕柏辽兹侧面头像,暮春的阳光透过近旁一株国槐密密层层的绿叶洒在屏风形状的墓碑上,好似从石碑上开出了无数金色的蔷薇花。她还记得柏辽兹这个名字,少年时被母亲逼着练琴考级的痛苦岁月里,她应该弹过他写的曲子。那时真是恨死这些外国人了,恨他们写了这么许多让人永远也弹不好的曲子,当年坐在琴凳上哭闹的时候,如何能想到有朝一日竟有幸来到他的墓前,还要在他的注视下,与人谋划一桩算不上光明磊落的事情。

她坐在朱利安身边,甬路对面几株百年橡树参天入云,青枝绿叶舒展交错犹如教堂的拱顶,覆在两人头上。冯欣早已在心中预演了无数遍要对朱利安说的话,昨天十几个小时的飞行,她挤坐在经济舱狭小的位置里,把所有可能遇到的问题都考虑过了,还查过辞典、斟酌过词句语法,无论朱利安用什么借口推拒,她都能拿出一套对应的说辞。可是这一刻她却全然不知道要如何开口,嗓子里仿佛生了锈,根本不听她使唤,只能笨拙地聊着闲话。她有限的法语水平不允许她再兜圈子了,她下定了决心,却始终不敢正视朱利安,低头敛目像是在同自己的膝盖讲话:"是这样,嗯,我有个瓶子,瓷瓶,我想拿到法国来卖,拍卖。在法国拍卖会更好。"

"我猜到了的。"朱利安平静的回答中似乎含着一丝笑意。

冯欣听得很清楚,他用的是过去时态,表示他早已猜到了她的来意。这个微妙的语法细节让她这些天一直紧绷的神经瞬间放松了,立刻侧过身看着朱利安,顺畅地说出了那些准备已久的"台词"。

朱利安专注地聆听着,慢慢弯下身去,左手握着咖啡纸杯,右手手肘搁在膝盖上,瘦长的脊背弯成了弧形。橡树枝叶把阳光筛成无数圆形光斑洒在面前的石砖地上,他的目光便随着金色光斑的跳跃而游移,活像一只伏身于密林草丛,正在耐心窥伺鸟雀的山猫。

等到冯欣讲完,朱利安的目光似已消失在远方空处,沉默片刻后,他转脸看着她,迟疑着问:"你说的这个瓶子,市场价大概多少?"像是怕她为难,他马上补充道:"当然,不到落槌的那一刻,谁也不知道能卖多少钱,我只想知道一个大约估算的价格——"

"100 万。"冯欣脱口而出,她生怕朱利安听完自己的计划之后拒绝,忍不住打断了他,又结结巴巴地补了一句:"至少,至少 100 万欧元。如果一切顺利,可能更高,150 万以上,嗯,也有可能。"

朱利安陡然挺直了上身,睁大眼睛瞪着她,眼中流露出拼命克制的激动,瘦削的双颊也泛起了红晕,好像一杯红酒被猛地泼在了白色桌布上。他张了张嘴,却又没说话,只是用咖啡杯的杯底轻轻敲击着木椅,似乎想借助这种重复的单调声响让自己尽快平静下来。冯欣不敢再多说一个字,也不敢看他,太阳升高了,将前方一排墓屋的黑影清晰地印在灰白色的石砖地上,她听见朱利安重重喘了一口气,随后终于说道:"既然是这个价格,那就别把瓶子送去我们拍卖行了,送去大拍卖行吧!"

"大拍卖行?"冯欣的呼吸顿时变得急促了,小心地凑近了一些,迎着他的目光,颤声问,"你的意思是?"

"比如 T 家拍卖行就很合适。"

这几个词让冯欣险些透不过气来,感到一阵窒息般的晕眩,她用力抿了抿嘴唇,正不知要怎样接话,朱利安已经继续往下说了:"你的计划很不错,只不过,这么贵重的瓷瓶,我们可以换一种做法。怎么说呢,要做得更 sophistiqué。"他估计冯欣听不懂,便让她打开手机辞典,在屏幕上写下了这个词。

"原意:掺假的(酒)。转义:精密的,讲究的。"她盯着手机上这两行释义正在发懵,只听朱利安说道:"我记得你好像认识 T 家拍卖行的一位女士,是不是? 当时你来实习,就是她推荐的,对吗?"

她木然地点头应了几声,朱利安一下子站起身,兴奋得两眼发亮,在树影里来回踱步,双手反背在身后,一只手紧攥着另一只手腕,攥得手背上青筋暴出。每次他踱回冯欣面前,脸上的红潮仿佛都更浓重了一些,他不停地说着,像是说给她听,更像是自言自语:"太好了！太好了！我前些天读了你们中国的一本书，《孙子兵法》①，书里有句话：'知己知彼，百战不殆'，这话真是太有道理了！你既然认识她，我们就可以针对她来安排这件事了！还好她从没在拍卖行见过我，不过，就算是见过也没关系，我到时要稍微'化个妆'……"

冯欣不明白他想做什么，很是惊疑，又不敢询问，只好挂着一脸僵硬的笑容抬头瞧着他。将近正午的强烈阳光照得橡树绿叶闪亮耀目，无数光斑落在朱利安身上，似许多火药木炭在他的皮肤上燃烧。他说话时做出许多手势，像是急于把心中构想的计划一口气讲完，还不时微微弯下腰看着冯欣，仿佛这样更容易把他那些绝妙的主意灌进她脑子里。

"总之，我们不要在巴黎做这件事，换个地方，换个我们能更好扮演自己角色的地方。"他最后这句话的重音放在"角色"一词上，说完便回身坐下，展开双臂仰靠在长椅上，脸上洋溢着踌躇满志的笑容。他这种近乎癫狂的神态让冯欣更加发慌，一时间完全没了主意，便低声咕哝着"扮演角色"这个词。朱利安有些不耐烦地摆了摆手，说道："你别紧张。你就把这件事当成一场好玩的游戏，一旦别人相信了你演的角色，你就赢了。你愚弄了他们，还赚了钱——这就是我们的胜利。"

法语中"游戏"和"赌博"是同一个词，冯欣目光空洞地望着前方那排墓屋，琢磨着他这句话里究竟是哪一个词意，她用汗潮的手掌反复摩挲着牛仔裤侧边的裤缝，终于说道："好的，谢谢你。"话一出口，她立刻感觉到这话软绵绵的没有说服力，赶紧转过脸，用坚信不疑的目光正视朱利安，提高了声音说："真的，谢谢你。我真心感谢你同意合作。让我们竭尽全力，把这件事做到最好。"她说出这句预先准备

---

① 《孙子兵法》的法语译名为《战争的艺术》，是法国最知名也最畅销的中国典籍之一。

过的"台词",同时向他伸出手去,又加了一句:"我们会赢的。"

她郑重其事的模样让朱利安一怔,马上握住她的手,用同样认真严肃的声音说:"一定,我们一定会赢的。"

冯欣用力握了一下他的手,看着他的眼睛,没有说话,却真切地感到彼此身体的热度在互相渗透。一阵婚礼弥撒的钟声从附近的教堂传来,欢腾热烈、响遏行云,似无数清脆的音符在春日晴空里嬉戏,两人都被感染得笑了起来,话音也变得轻快随意。

他们在墓园中信步逛着,又谈了些实施计划的细节。冯欣看到一处墓地很奇特,没有墓碑,墓穴上矗立着一尊两米多高的青铜人像,是一位手握长矛的裸体少年,孔武刚健,非常引人注目。冯欣虽然对西方雕塑一无所知,也不禁停下脚步,仰望着铜像感叹道:"太震撼了!"又转头问朱利安:"这是卢浮宫雕塑的复制品吗?"

朱利安不无嘲弄地撇了撇嘴,答道:"墓主是个收藏家,他这辈子最重要的一件藏品就是这尊古希腊雕塑,原作是大理石雕的。他死了之后,子女把原作捐给博物馆来抵消遗产税,又把这件青铜等比复制品安放在他的墓穴上。"

冯欣讶异地低呼了一声,随后忍不住叹了口气,两人并肩走了一阵子,前方一处用不锈钢框架和双层玻璃建成的现代风格墓屋反射出刺目的阳光,朱利安便带她转入了旁边的一条小径。他们谈了许久,谈了如何针对叶芝"设局",谈了拍卖成功后要如何收款才能避开金融监管,也谈了两人如何分配酬劳:冯欣告诉朱利安,瓷瓶是以"分账"的方式操作,将来赚到的钱要分成三份,自己和朱利安各拿一份,还有 1/3 是留给提供瓷瓶的一位古董商——这古董商当然是不存在的,2/3 的钱都会进入冯欣的腰包。她并不觉得这是多么过分的谎言,她给朱利安 1/3 已是足够慷慨,当初付斌只给她 1/10,她就愿意为他赴汤蹈火了。

为了方便和冯欣联系,朱利安当即下载了微信的 App,又邀她一起去吃午饭。冯欣却拒绝了,朱利安狂热的目光让她很有些不安,她迫切地需要冷静一下,好像一个被暑气闷得快昏厥的人,迫切需要一头扎进清冷的河水中。

她望着朱利安离去的背影逐渐消失在甬路尽头,直到树丛中一阵娇脆清亮的鸟鸣让她回过神来。周围的墓地大多荒弃失修,沿路两旁全是挤挤挨挨的墓屋,似许多无精打采的老妪垂着脑袋坐在一起。那些曾经精雕细琢的墓碑断落堆叠在杂草乱生的地上,歪斜的十字架犹如无数竭力伸向天空的手臂。远处一只花猫在高低错落的墓碑和墓屋之间跳跃,冯欣蹲下身朝它喵喵叫唤了两声,花猫停下来回头看了她一眼,旋即转身跑远了,只望得见它毛茸茸的大尾巴扫过残垣断壁。

如果是两年前有人约她来墓园见面,她肯定厌恶又害怕,就像那次叶芝请她在"白鸟"餐厅吃饭,她总觉得那里晦气至极。此刻行走在巴黎第三大的墓园里,她心中却无比坦然,是父亲的病逝让她不再像长辈们那样对死亡讳莫如深。她记得儿时在乡下的外祖父母家里过年,有一次远远听到送葬队伍的锣鼓唢呐声,姥姥立即从床底下找出红绳系在所有门窗的手柄上,嘴里还念念有词地说着辟邪的话儿。现在想想,如果世间真有鬼魂,委实也没什么可怕的,比如眼前这些早已在地下化成白骨的外国人,也都是他们各自家人割舍不下的至亲。更何况,鬼哪里会害人呢,只有人才会害人,只有人才会处心积虑坑害自己的同类。

冯欣在墓园里漫无目的地走着,走累了就找个树荫下的长椅休息一会儿,这件事到现在为止并没有任何实质性的进展,她心底却已掀起了欢喜的狂澜。她万万没想到朱利安竟会如此"配合",她选中他合作,实在是因为她没有别的人选,只能孤注一掷,找他碰碰运气。她记忆中这个温和友善还有点害羞的瘦高个儿小伙子,居然暗藏着一张心思缜密、城府深沉的面孔,令她欣喜之余却也颇有些心惊。她先前预想过种种困难阻碍,却没料到事情竟会以这种不可思议的顺利方式进行。

她兜来转去地又走回了柏辽兹墓前,忽然觉得墓碑上那张青铜浮雕的侧脸好像有点变样,也可能只是刺眼的阳光此时正照在墓碑上方,将这张150年前的法国人面孔轮廓明晰地显露出来:他双唇紧闭、脖子粗短,脸颊略有些浮肿,高隆的鹰钩鼻显得眼窝愈发深陷,像一头执拗而坚韧的耕牛,正奋力把钢铁般坚硬的额头朝前顶出去。

柏辽兹的浮雕肖像让冯欣想起了为父亲治病的那位主任医师,两人都是不苟言笑的严峻神色,然而洞察一切的目光中又总透出几丝深沉的无奈。这个牵强附会的巧合令她瞬间生出了果断的决心,她意识到眼前等待着自己的,不仅是一次冒险,更是一场战斗,她须得豁出性命去搏杀。她一遍又一遍地回想着韩嘉漪的言谈举止,反反复复对自己说,我要像她那样,我一定能像她那样有气魄有手段,我既然能坑骗过她一次,我应该比她更厉害才是。

迎面拂来的一阵暖风似乎吹散了她满心的忧虑,冯欣回身坐在刚才的位置上,掏出手机发了条微信:"贺老板,那件东西我要了。您有空的话,我先把定金转账给您。"

直到她走出墓园大门,贺老板才回复她:"好,我给你账号。"

她抬起头,看见橡树绿叶上反射出金亮的日光,这一刹那,从天穹洒下的阳光仿佛直侵入她的身体,穿透肌肉进入血管,让带着日光热度的血液不断涌入心脏。她听到自己的心脏在欢快地跳动,整个身体心灵都浸泡在辉煌灿烂的阳光浴池里,某种强大的力量正在滚烫的激流中慢慢苏醒。

一群大学生模样的巴黎女孩说笑着从她面前经过,又在不远处停下来等红灯。她们真美啊!阳光把她们的面颊脖颈晒出了温暖的桃红色,长长的睫毛半遮半掩着她们动人的眼眸,笑语如塞纳河的轻柔水声一般荡漾在空气中,你几乎能看到青春的生命在她们身上燃烧。这是人生中最美好的短暂时光，她们能真切地看见自己幻想的世界，同时又热切地幻想着自己看见的世界，她们最爱说的一句话是"Tout va bien"（一切都好），而且会永远好下去，永远无忧无虑无烦无恼。

冯欣望着这些美丽的女孩子长久出神，恍惚之间觉得自己离她们好像并不遥远，她第一次走进斯特拉斯堡的语言学校，努力想记住那些奇怪的变位、弄懂那些艰深的语法……似乎就是不久之前的事，像是上个月，最多也就是去年的事，反正肯定不是五六年前。女孩子们走远了，消失在她的视野中，她忽然想起了菲德丽卡，也才意识到，今天跟朱利安谈了那么久，自己竟没问过一句拍卖行的情况，什么埃琳娜、戴维德、克莱尔、艾里克、弗雷德、萨哈……她已经完全不在乎了。

回到她在华人区租住的那间民宿，冯欣看见行李箱里的东西都还没全部拿出来，却已迫不及待地想要收拾行李尽快回国。她迅速改签了最早的一班飞机，再联系房东商量退房。虽然朱利安告诉她，要等到8月初才能实施计划，但她一分钟也不想多等了，要立刻回去筹钱，要买断那只能改变她整个人生的瓷瓶。

23

冯欣用了一个多月才终于凑齐了买瓶子的钱。她先是抽空回去见了母亲，说服她用家里的房子做抵押贷款，她本以为要费尽唇舌甚至痛哭流涕，没想到母亲听完她的计划后却异常平静，抬头望着天花板吊顶上的一道裂缝，轻声说："你爸刚查出那个病的时候，我就想卖了这房子给他治病，可是他坚决不同意。他最后那几天，医生跟我讲，有个什么外国进口的针，20来万元，打那个针能还让他多活十天半个月，我也没答应……我有时候也挺后悔，要是一开始就把房子卖了，说不定你就不用回国了。"

"干嘛又说这些呢……"冯欣讷讷难言，只觉得嘴巴又干又涩，母亲已径自起身去了卧室，她不敢跟进去，只听见里间拉开抽屉、翻找东西的声响。她正在坐立难安，母亲走了回来，将房产证和一本存折放在桌上："这是我'压箱底'的钱，有20多万元，你拿去吧！我明天去一趟你姥姥姥爷那儿，你爸的事我都没求过他们一分钱，这次是你要用钱，他们准能答应，老话说'帮生不帮死'嘛！你弄这事儿我也不懂，现在你爸走了，我就只剩你了，这房子要是那啥……我大不了就搬去跟你姥姥姥爷住，总不能睡到马路边上……"

母亲还在絮絮叨叨地讲着，不时抽噎几下，冯欣不敢直视母亲吞声忍气的模样，便垂着脑袋等她说完，忽然想，此刻的场景如果是发生在那些偶像剧里，女主角一定会抱着妈妈痛哭流涕，煽情的主题曲也会随之响起。可她虽然感动得胸闷鼻酸，却并没有一滴眼泪，脑子里还在飞快地盘算着，现在差不多已有了一多半的钱，要去哪里凑剩下的。

她找付斌借了30万元。或许是狗图册页让她丢了拍卖行的工作，付斌心有愧疚，又或许是他们"合作"的那只白玉壶让他赚了不少钱，当冯欣开口向他借钱时，他没有丝毫的犹豫，当天就转了账。冯欣要写借条，他却发过来一条笑呵呵的语音："冯小姐，我们都认识这么久了，你还客气什么呢！等你下次来巴黎，我请你吃饭啊！"她又厚着脸皮去联系一位六七年都没见过面的大学女同学，因为这同学毕业后就一直在银行工作，冯欣求她帮忙办两张高额度的信用卡。好在这同学也听说了冯欣父亲病故的事，料想她是有急用，很快帮她办好了信用卡和一切手续。母亲果然从姥姥姥爷那里拿回来两个存折,告诉她,这是两位老人的"棺材本儿",总共有 30 多万元。

可能我这辈子所有的好运都集中在这个如意耳瓶上了。冯欣从贺老板手里接过那只深棕色帆布手提箱,走出茶室,坐进约好的专车。这时候路上车辆不多,司机越开越快,路旁的护栏、行道树、房屋高楼都像被巨斧斩断,倾斜着向后倒去。这种风驰电掣的行进似乎有一种神奇的麻醉效果,她只觉得全身都放松了下来,逐渐意识到,那些她切齿痛恨的饭局应酬、夜店会所麻将桌、高矮胖瘦的各种老板与他们的情妇……用不了多久,就会像车窗外的景物一样,飞速消失在脑后。我们生活在庸常乏味的当下,而激动人心的未来也存在于此刻的身体里,真是一件极为奇妙的事情。

她不由得微笑起来,往汽车后座的靠背上仰了仰,好让自己坐得更舒服些,瞥见一眼方向盘,才发现约的这辆专车是奔驰。她当然还记得在法国第一次坐出租车就是奔驰,那时也是如此,紧紧抱着一个手提箱,里面装满了送去摄影师工作室拍照的名贵腕表。

这个小巧合让她心底某个角落颤动了一下,转过头望向车外,眼前却似放电影一般看见了那日的巴黎街景,那如梦似幻的花影天光、塞纳河两岸的无边胜景,车内萦绕着德彪西谱写的动人乐章……这些她以为早已遗忘的琐碎旧事蓦然浮出记忆深渊的水面,令她很是心乱神驰,也许世间万物永远不停不休地绕着时间轴循环往复,所有经历过的点滴往事,终有一天会以另一种面貌重现。

赵老板前天去香港办事,要一周后才能回来,正好给了冯欣去巴黎的时间。天时地利人和全都齐备了,她不免暗自庆幸,却也有些惶恐,总觉得自己这种一无所长的人,好像不配得到这样的幸运。因为赵老板不在,母亲便特意从老家过来给冯欣送行,她虽然不知道女儿去法国具体要做什么,却担心得寝食难安,又不敢表露出来,便躲在卫生间里偷偷叹气。有一次被冯欣无意中听见,真是感动又好笑。

自从去年冯欣回国,母亲对她的态度和此前 20 多年简直截然相反,总是嘘寒问暖关怀备至,尤其是父亲去世后,冯欣独自来到这座北方城市生活,母亲几乎每天都会发来"宝贝你好吗""宝贝注意身体"之类的微信。她这辈子从没被人喊过"宝贝",每次看见这个词都尴尬得直皱眉头。后来某天在饭局上被灌了太多酒,她扒着马桶边正吐得天旋地转,听到手机震铃,一看又是母亲的微信:"宝贝睡了吗?不要熬夜哦!"还配了个花红柳绿的爱心动图。她靠着马桶瘫坐在地上,泪水混着嘴角的胆汁和酒液慢慢流到腮边,那时已是凌晨三点。就是在那肮脏混乱的一刻,她突然意识到,这笨拙得有点粗蠢的表达背后,是全世界唯一一个真心关爱她的人。她现在只有母亲了,她们也只有彼此了。她不能继续堕落下去,必须要在这污浊恶臭的绝境之中为自己求得一条生路。

飞往巴黎的前一天刚好是父亲的忌日,冯欣本想回一趟安葬父亲的那座海滨小城,去他坟前祭奠一下再走,毕竟这是件大事。"也许他能保佑我呢!"母亲劝她不必来回折腾:"我看你这小区花园角上有块背静的地儿,咱们晚上去那儿给你爸烧个纸,尽到心意就成。"她觉得这话挺有道理,一转念又觉得这些什么保佑不保佑的想法蠢极了,父亲活着时无甚作为,难道死后反而有了呼风唤雨的神力吗?但毕竟是父亲的周年忌日,不做点什么,她心中又隐隐有些惧惮。母亲倒是马上跑进跑出忙活了起来,冯欣收拾好行李从卧室出来时,只见母亲在门厅堆了许多黄白红绿奇形怪状的玩意儿,惊讶地问道:"这都是哪里弄来的啊?"

"旁边菜市场里有个老妈妈,专门卖这些东西,我上回来的时候就瞧好了!"母亲蹲在地上整理着祭品,又举起一个金纸裱糊、手提箱形状大小的东西给冯欣看,胖脸上颇有得意之色,"那老妈妈跟我讲,这种成包的钱,他在那边更容易收到。那种散的钱,他不一定都能收到。"冯欣看着母亲满脸认真的表情,忍不住笑道:"那边的银行也要'零存整取'吗?"

"别乱讲!"母亲好像有点生气,但也被逗笑了,又说今晚烧纸的事已经跟小区保安打过招呼,"你爸是晚上两点多钟走的,咱们就那个时候去。"说完赶紧补了一句:"你要是太困起不来床,咱们早点儿去也行。"

　　"没事儿,我明早睡个懒觉就补回来了,飞机上也能睡的。"她知道母亲一直担心,故意满不在乎地笑了笑。

　　母亲收拾好祭品站起身,问道:"行李都收拾好了? 能给我瞧瞧吗?"

　　"我只去两三天,没什么行李。"冯欣领着母亲往卧室走:"就一个挎包,还有那个手提箱。"

　　"哎哟! 我的天! 你就这么装这个,这个宝贝啊!"母亲看着地上打开的手提箱,眼睛瞪得都有点凸出来了,她凑近前俯下身,又意识到箱中的瓷瓶价值昂贵,生怕自己呵口气就把它吹坏了,赶紧往后缩了几步,索性一屁股坐在地上,仰脸朝着冯欣惊问:"这个宝贝,你就拿内衣内裤给包着啊? 这能行吗?"

　　冯欣也过来坐在地上,用轻松得近似玩笑的语调回答:"谁知道能不能行呢,我也是第一次做这事儿嘛! 我估计这样过安检可能更好,我还在瓶子下面垫了几条旧毛巾,还有些卫生巾、餐巾纸、袜子啥的。"

　　母亲惊得愣了几秒,圆胖的脖子往后一梗,连颈上那几圈皱纹都绷紧了,旋即扭过脸不敢再看手提箱,仿佛这只瓷瓶正释放出致命的射线。冯欣还想再调侃两句,母亲已起身往外走去,只听到她嘴里嘟嘟囔囔地念着什么。

　　凌晨 1 点 40 分冯欣的手机闹钟响起,她穿好衣服来到门厅,只见母亲已端端正正坐在门厅的小板凳上了,她身边那堆金银纸糊的祭品在昏黄的落地灯影里泛着暗光,衬得母亲好似一只瞪大双眼站在月夜枝梢的猫头鹰。

"你怎么还弄了个脸盆?"冯欣本来还睡眼蒙眬,看到母亲递过来一个搪瓷脸盆,顿时乐清醒了。

"你懂啥。等会儿咱们烧纸,就烧在这盆里,回头一整盆地倒掉,又干净又安全,咱不能给那些打扫卫生的人添麻烦啊!"

冯欣端着脸盆,拎着几大包"零存整取"的纸钱跟在母亲身后,感觉本应悲戚哀伤的周年祭奠在这一刻竟很有喜剧色彩。母亲说的那个地方是靠近小区垃圾站的一个角落,白天震耳欲聋的鸣蝉终于消停了,一丝两缕的夜风拂过花木,略微吹散了三伏天的暑气。

母女俩把祭品摆在一株栾树下,母亲目力不佳,擦了好几根火柴都没点着,冯欣便拿过火柴盒,擦燃了一根放进盆中,火苗飞蹿起来,几乎燎到了栾树下方的枝条,惊起数声刺耳的蝉鸣。借着火光,冯欣看见母亲从一个黑布袋子里掏出了许多东西,她凑近一瞧,不禁哑然失笑:"你把这瓶茅台都带来了!"

"这是去年你买来做头七的嘛!头七没用完,搁在家里,我还能自己喝了啊?"母亲说着又从衣兜里拿出一个用旧手帕包着的白瓷小酒杯,接连洒了三杯酒在火盆前面的地上,抬头对冯欣说:"你过来,给你爸磕三个头。"

蝉鸣不知怎地忽然停止了,金银色的祭品在这片少有的静寂中焚烧,燃起一道耸立的火光。冯欣依言跪下磕了头,火苗噼啪跳动,散出一股呛人的烟气,她轻咳了两声,转脸看见母亲又从黑布袋里掏出了一个盒子。不等她发问,母亲已打开那个塑料快餐盒放在火盆前,冯欣看见里面似乎是一些卤味。"你爸最爱吃这些卤鸡心鸡肝,我做得不好,他喜欢吃外面卤味店的。这些是今天下午我在菜市场买的。我去晚了,鸡心都卖完了,就给他买了鸡胗。"

冯欣拿起那盒卤味,嘴角浮上一抹悲喜杂糅的笑纹,轻声说了句:"我都不知道他喜欢吃这些。"

"他退休了喝酒喝得多,这些东西好下酒嘛!"母亲去旁边捡了根枯枝来拨动祭品,炙热的火焰烤得她满脸通红,不停地抬手擦去额头上淌下来的汗水。飘散的黑烟挡住了冯欣的视线,她目光迷离地愣了片刻,将手中的卤味盒递到母亲面前,问道:"这也一起烧掉吗?"

"你吃了吧!"母亲头也不抬地扒拉着火盆:"就当是替你爸吃了。"

"啊!"冯欣惊诧得差点笑出来,又赶紧闭上嘴,心想父母这辈人最见不得浪费粮食,估计不吃是不行的,便问:"你有没有筷子?"

"哟,我把这事儿给忘了!人年纪大了就是这样,总这么忘东忘西的。"母亲放下扒火盆的枯枝,在布袋里翻找起来:"卤味店的小姑娘还问我要不要一次性筷子,我也没要,早知道该拿一双的。这可怎么好呢……你守在这里,我上楼去拿一双。"

"别麻烦了,没关系的。"冯欣蹲得腿脚酸麻,环顾周围没看到长椅,干脆就坐在花坛边沿上,岔开两腿,拍了拍手上的灰,抓起一块卤鸡肝塞进嘴里。脸盆中的火焰渐小,零星的火光映照在母亲那件穿了很多年的黑色短袖衬衣上,闪灭如流萤。冯欣费劲地咽下鸡肝,心里觉得这情景有点好笑,眼中却不知不觉地涌上了泪水。

母亲也蹲累了,抹了一把满脸的热汗,用一只手撑着地面,慢慢站起身,火盆的热气让她有点气喘吁吁,她扶着腰走到冯欣旁边,也伸开双腿坐在花坛沿儿上。母女俩一时无话,冯欣想起第一次在拍卖大楼参加预展时,也是这样和玛丽昂并肩坐在仓库货架最底层的搁板上,岔着两腿啃三明治……不知道娇俏可爱的玛丽昂近况如何,记得她似乎不太喜欢拍卖行的工作,也不太喜欢巴黎,或许她已经回到了温暖明媚的南法,过上了想要的生活。

"你慢点吃,别噎着。"母亲欠身拿过那瓶茅台递给她,问道:"你要不要喝点这个?"

冯欣噗嗤笑了出声,险些把满嘴卤味喷出来,她接过酒瓶,对着瓶口抿了一小口,烈焰般的酒液顿时刺痛了整个口腔和食道,让她想起那些龌龊可恶的酒局饭局，热泪止不住地流下来。她抽了抽鼻子，忽然听见母亲惊喜的话音："你瞧！月亮出来了！"她回过身去，隔着闪烁的泪花，望见在几栋高楼围出的一带狭窄夜幕里，挂着半个微黄的月亮，她从未见过如此规整的半月，仿佛是一块从正中间切开的月饼。

"我年轻时候有首歌特别流行，你爸在单位的联欢会上唱过，歌名就叫《半个月亮爬上来》，我们一帮女的还在台上跳新疆舞给他伴舞。那歌是王洛宾写的，你知道这个人不？"冯欣听着这名字有些耳熟，便含糊应了一声，母亲于是低低哼唱起来，唱了两句"伊啦啦"之后，她声音渐高，还举起双手比画着新疆舞的动作。冯欣被鸡胗噎得难受，只好紧皱眉头又喝了一小口茅台，听母亲唱得越来越荒腔走板，她不禁破涕为笑，心想，王洛宾要是听见你把他写的歌儿唱得这么难听，怕是会被气得活过来。

火盆中的祭品逐渐燃尽，只剩一些黑色残纸的边缘还泛着红光，被夜风轻轻扇动，像许多不停眨着的红眼睛。月亮升高了，看得见不远处紫薇花层叠团簇的绛红色暗影，地上碎米般洒落的栾树落花，母女俩的影子也被月光投射在她们身前。冯欣注意到自己的身形明显更加修长，似乎也更有生命力，母亲那团臃肿笨重的黑影像是马上要和火盆里的残烬融为一体了。她感到胸中蓦地涌起一股难言的痛楚，烈酒刺得她鼻腔生疼，她直着脖子咽了两口唾沫，瞧见头顶这片树枝已结出了成串的蒴果，在月光下犹如一个个挂在半空中的殷红色小灯笼。

她忽然觉得自己这大半夜就着茅台吃卤鸡胗的样子，有点像古装剧那些吃"上路饭"的囚徒，吃完这顿就要上断头台了，也想起在巴黎的满月光辉下，流着眼泪吃炸鸡的那一晚。"不管怎样，人生所有的事都不会是白白经历的。"叶芝在"白鸟"餐厅里说这句话时的语气神态还历历在目——是的，叶芝，我又要和你见面了。

冯欣吃完了卤味,打了个嗝儿站起身,母亲哼着"半个月亮"去收拾火盆,几声蝉鸣从栾树枝叶间传来,一声接一声,清晰而嘹亮,听着,仿佛这夜更黑,也更闷热了。她像是被浓重的夜色感染,用力拧紧茅台酒瓶的盖子,目光坚定地望着夹在林立高楼之间的月亮,暗暗对自己说,明天这个时候,我就在巴黎了。

飞机落地巴黎时是凌晨,朱利安几天前已为冯欣订好了去往诺曼底海滨城市多维尔(Deauville)的头班火车票,又用邮件把电子票发给了她。冯欣从机场打车到圣拉扎尔火车站,坐在乘客寥寥的候车区里,虽然困乏至极,却绝不敢闭眼,紧抱着怀中的手提箱熬了几个小时,终于等到曙色熹微时分,火车进站。好在朱利安给她订的是一等座,且是大清早,爱睡懒觉的巴黎人都还没起床,车厢里只有三五位乘客,但她还是一刻也不敢放松,将手提箱小心摆放在身边的空位上,又用一只手压着箱子,才半梦半醒地打了个盹儿。

两小时后,火车到达终点站,出站口旁便是出租车候客点,冯欣上了其中一辆车,给司机看了地址,前往朱利安租下的那栋半山别墅。

这里可真美啊!冯欣只觉视线所及的地方,无一处不美,有点像她几年前暑假在酒店打工的那座小城 Cabourg,却更加富庶而幽雅,市区虽然不大,但风物景致竟像是从巴黎的富人区延伸扩展而来的一样。同是临海城市,这里和父亲的故乡有天壤之别,海岸线附近没有鳞次栉比的高层公寓和商品房,唯一的高楼是海边一座宫殿式的六层建筑,问了司机才知道,那是赌场和一家豪华酒店。空气中也没有咸腥的鱼虾味道,虽然正值盛夏,车内却无需开空调,窗外吹来的晨风里满是水汽荡漾的甜美清凉。

冯欣趴在窗沿上,任由轻风拂过自己的手臂和脸庞,时差和旅途的疲惫让她微眯起双眼,淡蓝的天幕上还泛着朝晖浅金色的余韵,日光温柔得好似少女动人的微笑。昨晚她还汗流浃背地坐在小区的花坛边沿上吃卤鸡胗，怎么此刻竟已在这天堂般地方，她觉得自己一定是在做梦，在梦中变成了一个身长双翅的精灵，自由自在地飞翔在神仙世界里。

出租车开至山麓，斜坡上野生的虞美人和矢车菊繁芜遍布于浅黄的野燕麦丛中，各家各户花园里的绣球、蔷薇、萱草、西番莲、天竺葵都在怒放。车行迅速，花卉的绚烂色彩在晴空下晕散交融成彩虹般的涟漪，许多高大挺立的橡树云杉将阳光染成了青绿色，宽阔的山路便在这绿荫和花海中蜿蜒而上。冯欣趴在车窗前有些累了，回身靠着椅背，忽然望见另一侧的窗外，远方的英吉利海峡如镜面般反射出浩渺闪耀的银光，大片的沙滩仿佛是从海岸峭壁中流淌出的无数黄金粉末。

她生平从未见过如此斑斓而广阔的风光，眼目里混杂着海天的碧蓝、沙滩的金黄、草木的嫣红姹紫，还有那些 100 多年来依山而建的精雅别墅——它们错落点缀在山海之间，宛如退潮后嵌在石壁上的美丽贝壳。

"小姐，我们到了。"出租车停了下来，头发灰白的阿拉伯司机没有回头看她，而是满脸歆羡地瞧着窗外的房屋，问道："这是您家吗？"

"不不不，"冯欣低头翻找钱包，微微红了脸回答，"是我朋友家。"

"您的朋友真是太幸运了！能住在这样的地方。"

这是一座盎格鲁诺曼底式的三层石砌木筋墙建筑，尖耸的红瓦屋顶历经一个多世纪的风霜已变成深沉的赭红色，木质白漆的百叶窗却像是新换不久，干净得好似刚裱饰在蛋糕上的洁白奶油。房屋前围着一带两米多高的墨蓝色铸铁镂空花栏杆，两树凌霄花牵藤引蔓缠绕其上，无数橙红色花朵绽放如火炬，透过花枝围栏，看得见大门到别墅之间隔着一片丝绒般细软的草坪。屋前墙根下密密种了几排鸢尾，可惜花期已过，只剩下翡翠般青碧的尖细长叶丛生舒展，绝似旧时晚宴上贵妇们低笑私语时手中打开的精巧折扇。

草坪右侧还有一栋同样风格的矮小房屋,应该是车库或者杂物房,一株茁壮的麝香葡萄沿着红瓦屋檐铺展,将一串串饱满翠绿的果实垂挂下来。灰白色大理石门柱上安着带摄像头的门禁按钮,上方镶嵌一块彩绘珐琅瓷砖,一圈娇艳的鸢尾花图案围着中间一行斜体字:Villa les iris(鸢尾别墅)。冯欣按门铃时看到这行字才注意到,围栏和大门上的镂空花饰,还有别墅每一层楼每一扇窗的铸铁护栏,全都是盛开的鸢尾花形状。她正在赞叹当年设计者的品位和用心,两扇大门自动缓缓向内打开,只见朱利安快步走下别墅廊檐下的几级石阶,满脸笑容地迎了过来。

两人行了贴面礼往里走,朱利安有点诧异冯欣居然没有行李箱,她笑着指了指手中的小手提箱说:"有它就够了。"

门口玄关和小会客厅的窗户都半闭着电动卷帘,窗帷也没有拉开,冯欣的眼中还满是外面的山色花光,只觉得眼前昏暗难辨,突然一记响亮的金属撞击声从房屋深处传来,好像穿透了四周的墙壁,吓得她本能地攥紧了手提箱的手柄。朱利安没注意到她的反应,走去窗前按了墙上的几个按钮,卷帘缓缓升起,阳光如金色火焰般直扑进来,让所有的房间顿时变得喜气洋洋。

朱利安带她穿过长廊往主客厅走去,这一层楼的房间都相当宽敞,天花板又很高,每一声话音和脚步都有轻微的回响,两人像是被淹没在这偌大的房子里了。在这样高阔的空间里,连摆在主客厅角落的那架三角钢琴都小巧得好似一件玩具。主客厅开有六扇落地窗,白漆窗框如画框般勾勒出一幅令人惊叹的风景画,三四千平米的后花园右侧是私家网球场,一条碎石小径如缎带般迤逦穿过草坪和金黄色的玫瑰花丛,引向花园深处一座新古典风格式的八柱穿顶大理石亭。视野更远处就是烟波浩荡的大西洋,在蓝天下翻卷着细浪、辉映着日光,犹如一片茫茫无际的水银。

窗外的美景让冯欣心醉神迷得一时间说不出话来,甚至没有听到朱利安连问了两遍:"你把手提箱放在这儿吧?"直到他笑着欠身轻拽了一下手提箱的手柄,冯欣才猛然清醒,赶紧蹲下来,将手提箱轻轻放在客厅中间那张摩洛哥细木嵌螺钿六方矮桌旁的地毯上。一打开箱子,几件乱糟糟的内衣内裤跃入眼帘,朱利安马上侧过脸望向窗外,直到用眼角余光瞥见她把瓷瓶摆好在矮桌上,他才回过头来,立刻被瓷瓶吸引住了。

他迅速凑到矮桌前,盘腿坐在地毯上,双手扶着桌沿,绷直了上身,嘴唇半闭,直勾勾地盯着瓶子,好似一个面对一件陌生玩具的小男孩,虽然满心好奇兴奋,一时半会却又不敢靠近。冯欣把肩上的挎包随手搁在沙发角落里,关好手提箱,坐在朱利安对面,两人屏息静气地看着瓷瓶,过了一会儿,朱利安才轻声问道:"我可以给它转个面吗?"

"当然可以啊!"冯欣还是头一回看到他这种战战兢兢的模样,不禁笑了起来,得到她的同意,朱利安伸出双手捧着瓶腹,万分小心地转了一下瓷瓶。太阳升高了,将鸢尾花形的窗栏阴影斜照进房中,一道歪扭如长蛇的影子正好投在瓶耳上,朱利安便让冯欣扶稳瓷瓶,自己轻拉桌沿,把矮桌挪到没有窗影遮挡的地方。

这也是冯欣第一次平心静气地端详这只瓷瓶,它仅有一本杂志那么高,圆溜溜的肚子,瓶口也是圆的——她查过资料,这叫"蒜头瓶",的确像一头饱满的大蒜。瓶口和瓶腹之间连接着两只扁细的手柄,弯曲成如意般的弧度,两端彩绘着如意云头的图案,故此得名"如意耳"。朱利安轻抚着右侧的如意耳,微笑着说:"它的形状好像amphore 啊!中国人也是用它来装酒或者装橄榄油吗?"

他在冯欣的手机辞典上写下这个单词,她才明白这是博物馆里那种古希腊的尖底双耳陶瓮,心想这些法国人还挺会联想,笑道:"它应该不是用来装酒的。肯定不是装油,中国古代也没有橄榄油嘛!"

朱利安也笑起来,又把瓷瓶转了一个方向,冯欣随着他的目光看过去,自下而上,瓷瓶底足是一圈流水落花纹饰,釉下以青花蓝彩描画出縠纹般的春水,釉上以胭脂红彩点染出一朵朵飘浮于水面的娇艳桃花。这柔雅清丽的图案之上却是翻涌激荡的巨浪,几条飞龙腾跃其间,竞逐宝珠,龙首瞠目凶横之态、龙爪怒张猛利之势都极为传神。周围山峰耸峙,悬崖上生长着灵芝,海浪和五色祥云之间有许多红色的蝙蝠上下飞舞,"这是'灵山福海'啊,冯小姐,你看画得多漂亮!"贺老板的这句话犹在耳畔,他说话时嘴唇总有点上翘,像是无意地流露出某种嘲弄戏谑的心思。

"真看不出来啊,它居然值那么多钱!"朱利安的轻声感叹让冯欣回过神来,她的目光掠过瓶身上的福海波涛看过去,只见他全神贯注地盯着瓶腹上的两条飞龙,额角有一绺头发垂下来,在阳光中泛出温暖的金色。冯欣忽然大吃一惊,身体不禁往后一仰,瞪大眼睛打量朱利安,这才注意到他满头金发,戴着一副深色玳瑁纹的细边框眼镜,镜架上有红色的普拉达标志,天啊,他还戴了蓝色的隐形眼镜!难怪刚才在门口跟他见面时,冯欣就觉得哪里不对劲,但当时晕头晕脑没有留神,现在才发觉他竟乔装改扮至此!

冯欣惊得目瞪口呆,朱利安注意到了她的表情,挺直上身微笑着正视她,目光中没有丝毫躲闪。冯欣被他满脸不在乎的神色一激,迟疑了数秒才嗫嚅着开口:"朱利安,你……"

"我名叫爱德华·德·布罗耶。"朱利安笑起来,露出整齐的牙齿,眼中闪烁着明亮如烈焰般的光芒:"这是我的新名字。还记得我跟你说的吗?一定要让别人相信我们扮演的角色。别人一旦深信不疑,我们就赢了。来,我给你展示一下我们的'舞台'。"

"明天早上 10 点,T 家拍卖行的叶小姐一进门,首先会看到这里的东西。"朱利安带着冯欣来到玄关,门边有一件路易十五风格的黑漆描金抽屉柜,暗红色大理石台面上的物品以一种精心斟酌过的杂乱方式摆放着:一只长方形陶瓷置物盘中是几串大小不一的钥匙和两支万宝龙圆珠笔,恰到好处地露出盘沿上迪奥的标识,旁边一只Gallé制作的套色玻璃大花瓶中插着一束粉白间色的圆锥绣球花,花束下是一顶绣着今年法网标志的网球帽和一枚奔驰汽车钥匙。朱利安指着这些东西笑道:"你告诉过我,那位叶小姐日常使用的都是奢侈品,我就特意在拍卖会上淘了这些'道具'。汽车是我租的,哈哈哈,我昨天开着它去赌场,真还挺有用,那帮人看我的眼神都不一样了。"

"6月份我还特意去看了两场法网比赛,顺便买了这顶帽子——这帽子居然要50多欧元!明天她如果跟我聊法网,我也能聊得起来。"朱利安说着往小会客厅走去,指着墙上两幅清代祖宗神像对冯欣说:"以前很多法国人家里都有这种中国古代肖像画,现在都不值什么钱了,拍卖会上两三百欧元能买好几张。这面墙上原来挂的是几幅旧油画,我买了这两张换上去,正好把先前挂画的痕迹挡住了。"

冯欣注意到走廊墙上挂着两三幅晚清的挽袖绣片,都装裱在老式玻璃镜框中,虽然已有些褪色,但花花绿绿的甚是好看。她记得这些东西的拍卖价格也不高,有一次听到克莱尔跟一位客人说过:"真是很漂亮的刺绣,可惜绣品还没有镜框值钱。"

朱利安指着主客厅墙角的一堆画轴笑道:"那些,也都是垃圾破烂,有中国的也有日本的,这一堆才花了我400多欧元。我先前在邮件里跟叶小姐说,我家有很多古画,都是我祖父母收藏的,请她上门来鉴定。她明天看了这些画肯定很失望,可是,我完全不懂这些东西,我哪里知道值不值钱嘛!到时候我就会跟她说,很抱歉让她白跑一趟了,请她喝杯咖啡再走,然后!好戏开场!"

此时两人已穿过饭厅进了厨房,朱利安快步绕过开放式厨房的中岛台,在橱柜前举起双臂做了个夸张的舞台展示姿势,仿佛一位巨星正在聚光灯下隆重出场。然而冯欣顺着他的手瞧过去,只看见那角落里是一台长方形的小电器,黑不溜秋的金属盒子正面挂着个不锈钢的小圆柱,有点像一支超大号的唇膏粘在一台音箱上。"这是什么东西啊?"她困惑地问道。

"咖啡机啊!"朱利安没想到她居然不认得,颇有些出乎意料,又想起了什么,拍了一下手说,"我们光顾着讲瓶子的事,你这十几个小时的旅途,很累了吧? 要喝杯咖啡吗?"

冯欣连忙点头应声,很好奇这个黑盒子怎么能变出咖啡来。朱利安轻触了一下机器上方的按钮,只听一阵低沉声响,一股水流从不锈钢圆柱中流出,落入下面的接水暗槽,"这是它在自动清洗。"他说着转身打开旁边的吊柜,取了一只瓷杯搁在圆柱下方,又轻触了一下按钮,听得见隐约的研磨声,几秒钟之后,圆柱中流下一股咖啡,很快装了小半杯,朱利安便把咖啡递给她。

这咖啡真是够苦的啊! 冯欣呷了一口,皱着眉头心想,可能这种高级咖啡机做出来的咖啡就是这样吧? 她问朱利安有没有糖,他笑了笑,弯腰从下方的收纳柜里找出糖罐放在岛台上,说道:"你在这咖啡里放糖,实在有点糟蹋了。"话音刚落,冯欣已将糖块放进咖啡中,"噗"的一声轻响,在高敞的房间里听得格外清晰。

"这是蓝山咖啡,贵得要命。"像是为了化解她的尴尬,朱利安微笑着说,"其实我也喝不出什么特别之处,是给叶小姐准备的。你说她不喝茶,所以我不敢买便宜的咖啡豆糊弄她。"冯欣点头笑了笑,她被咖啡苦得有些头晕,不太明白他在讲些什么,但每次听到"叶小姐"这两个单词从他嘴里蹦出来,她都感觉心口像被一枚很细的针轻轻刺了一下。她低头看着手中的咖啡杯,杯身印着绿篱栅栏上一朵将开未开的粉色芍药花,秀丽而古雅。

"那是爱马仕的杯子。"朱利安指着她的咖啡杯笑道,侧身打开一扇吊柜门,指着柜中整齐码放的大小杯具说,"这些全是巴卡拉水晶杯和梅森、爱马仕的瓷杯。房东的杯碟我都收到别的柜子里去了。明天叶小姐来到这里,我只会打开这扇吊柜门,她也只能看见这些杯子。"

"其实在拍卖会上买这些二手奢侈品都不算贵,我前前后后也就花了几百欧元。最贵的还是这台咖啡机,"他扭头看着咖啡机笑道,"这玩意儿够我巴黎公寓一个月的租金了。没办法,住这种别墅的人,不可能喝胶囊咖啡的。"

"可是,咖啡机,嗯,"冯欣想了一下动词变位和语法,努力把这句话讲清楚,"咖啡机和我们的瓷瓶有什么关系呢?"

"你看这里啊!"朱利安兴高采烈地指着咖啡机上方,冯欣走近前去才发现,这一处没有安装吊柜,而是用一块同色系的隔板在墙壁转角做了一个类似壁龛的装饰区。"房东原来在这儿摆了一对银烛台,我把它们收走了。你看,这个空间的大小,正好够放我们的瓶子!明天我请叶小姐喝杯咖啡再走,引她来到这里,她只要一抬头就能看见瓷瓶,绝对不会错过!"冯欣看着朱利安满脸亢奋地边说边比画,咖啡的苦味还停留在她的唇齿舌尖,令她一时难以言语。

"你去客厅把瓶子拿过来吧!我去花园剪几朵玫瑰花来插瓶。"朱利安话音刚落,冯欣还没反应过来,他已从厨房操作台的刀架上取了一柄剪刀,径直出去了。

冯欣把瓶子捧过来,小心放在岛台上,用刚才那只咖啡杯接了水,正要往瓶中倒水,突然意识到它曾经是残破的,现在虽然修复得天衣无缝,可它会不会漏水?直到现在,她都没告诉朱利安瓷瓶的真相,她觉得这样重要的机密,知道的人越少越好,而他竟也从未问过她,难道他不曾起疑?

她看着手中的爱马仕咖啡杯,心头一震,在这短短两个月的时间里,朱利安租房租车看法网买各种"道具",布下这样周密的一个局,他何其精明细致!他怎么可能猜不到这只瓷瓶背后另有蹊跷?长廊里已传来了朱利安的脚步声,冯欣只觉得脑后似有一股寒气袭来,心一横,把小半杯水倒进了瓷瓶。

谢天谢地,瓶子没有漏水。冯欣长出了一口气,又接了两杯水倒入瓶中,朱利安笑嘻嘻地走过来,将几枝金黄色的玫瑰花胡乱插了进去。冯欣看着花枝,忍不住说:"这几朵花都……"她忘了"凋谢"的法语单词,只好说:"这花都要死了。"

"这样才不显得刻意嘛!"朱利安扶了扶鼻梁上的平光眼镜,笑道,"这个瓶子在我们家放了好几十年,大家从来没把它当回事儿,所以才会用它来插花,搁在厨房角落,花都凋谢了也不去管它。"

"朱利安,啊,不,爱德华,你弄的这些,真的好像在拍电影啊!"冯欣虚指了一圈四周,笑道,"我真是没想到,你还换了头发的颜色和,嗯……"她不知道"隐形眼镜"怎么讲,便指着他的脸说:"还弄了蓝色的眼睛!"

"你说这瓶子能卖 100 万欧元嘛!为了 100 万欧元,是值得这样去做的。"他笑着抬手将垂落在额前的一绺金发顺回脑后,主客厅的大座钟"咚"地响了起来,有规律的金属撞击声一下接一下在空气中荡起回音,冯欣不由自主地在心里数着,总共 22 下,正有些奇怪,只听朱利安说:"11 点了。"她这才明白整点鸣钟两次,也才反应过来,先前进门把自己吓了一跳的声音,是座钟的半点鸣钟。

钟声的回音袅袅不绝,显得这栋房子愈加空阔了,两人沉默了片刻,还是朱利安先开口。他放慢语速,冷静而谨慎地从头叙述了一遍明天的安排,又问冯欣其中是否有不周全的地方,她细想了各个环节,似乎并无不妥,便笑着对他说:"爱德华,明天肯定一切顺利!不过,我有点饿了,我们先出去找个餐馆吧?"

"对不起对不起!我都忘了,你这一路过来十多个小时,肯定饿了。"朱利安快步走去厨房另一头拉开一扇橱柜门,里面是嵌入式冰箱,他捧着几个便当盒大小的盒子过来,对冯欣说:"我买了一些速冻饭菜,用微波炉热一下就可以吃。你喜欢哪个口味?"那些包装盒上都印着令人垂涎的菜品照片,冯欣挑了一盒三文鱼配意大利面,朱利安撕去外包装,从餐具抽屉里找了柄餐叉,在保鲜膜上戳了几个洞,放进微波炉加热。冯欣看那微波炉也嵌在橱柜中,简洁漂亮的全黑触控面板,像个烤箱的样子,忍不住想,等这次赚了钱,将来我买房子,也要把厨房装修成这样。

她回身坐在岛台旁的高椅上,朱利安戴着防烫手套取出热好的快餐盒,放在她面前,又递了餐具给她,面带歉意地说:"我本来应该请你去餐厅吃饭,城里还有两家米其林星级餐厅呢,可是我想,为了安全起见,还是委屈你尽量多待在别墅里吧!你如果想去海边,可以等到傍晚人少的时候再去。这个地方的亚洲面孔很少,你在外面逛来逛去,有点扎眼。"冯欣连说没关系,再次暗自佩服他的细心,朱利安又从岛台下的收纳柜中拿出几袋薯片,说道:"这些薯片是松露味道的,我特意网购的意大利品牌,你要是饿了也可以尝尝。"

"不至于吧?"冯欣咽下嘴里的鱼肉,笑道,"薯片都要买这么高级的啊? 叶小姐明天能看到吗?"

"小心一点总没错。"朱利安耸了耸肩膀,说道,"别的地方都花了钱,千万不能在这种细枝末节上露出破绽。"他倚着岛台同她闲谈,冯欣现在才意识到自己饿极了,但当着朱利安的面,她不好意思狼吞虎咽,就一边吃一边跟他聊着。她这才知道别墅的租金是 1400 欧元一天,朱利安租了 4 天,加上租车的钱,买咖啡机、古董书画、二手奢侈品和各种杂物的钱,还有法网的门票、给冯欣买的一等座火车票,"所有花销满打满算,差不多是我 4 个月的工资吧!"冯欣在心里算了一下,总共大约 9000 欧元,7 万多元人民币,法国人向来以抠门闻名,没想到关键时刻朱利安竟然如此大方,也真是难得。

"这些都是我来付,你放心。"朱利安笑得很亲切,"你能把瓶子带来法国,已经很了不起了!"

"是啊,我昨天在机场过安检,真是紧张死了! 生怕他们让我打开箱子检查,还好一切顺利! 感谢上帝啊!"冯欣说到此,忍不住放下刀叉做了双手合十的动作,又笑着问,"你这个爱德华·德什么的贵族名字,是真的么?还是你瞎编的?"

"当然是真的!我在公司的客户资料库查到这个人的名字,看他护照复印件上的信息,年龄与我相仿,身高也和我差不多,但他眼睛是蓝色的,还戴着眼镜,所以我才弄了这些。"朱利安指着自己的脸笑道,又补了一句:"这瓶子既然那么珍贵,明天哪怕我说自己是马克龙的表弟,叶小姐也不会怀疑的。"

冯欣塞着满嘴的面条,呜哩呜噜地笑道:"她跟我讲过,大多数情况下,真正的宝贝,只会来自非富即贵的家族。"这话一出口,她立刻想起叶芝当时满脸不容置辩的神情,不禁扯着嘴角冷笑了一下。叶芝可真是"厉害"啊,说完这些话好像还怕我太笨听不懂,都坐车走了,又特意发一条她的微博截图给我,她以为自己是国家领导还是大学教授啊?当面说了还不够,还要用文字让别人深刻领会——殊不知她从前说过的每一句话,都让套住她的这张罗网更加致密。这是她自己挖的陷阱,自己搭的绞架。

"她说得没错!所以我们才要在这里'演戏'。"朱利安的话打断了冯欣的遐思,"多维尔这座城市就是巴黎 16 区的扩展地带,能在这里拥有别墅的人,一定在巴黎有豪宅。所以我给叶小姐写邮件,说我家别墅里有一些古董书画想请他们公司来鉴定,她都没有跟我要书画的照片,马上就跟我约了见面的时间。"朱利安见冯欣吃得挺快,便去咖啡机旁拿了一瓶依云矿泉水,倒了杯水递给她,又接着说道:"每年 8 月,像 T 家这样的大拍卖行都会在多维尔举行两三天的免费鉴定和征集艺术品活动。对他们而言,这里就相当于淘金者的金山金矿。说真的,我们能租到这栋别墅也实在是运气好,房主说他打算明年就把这别墅卖掉……"

朱利安滔滔不绝地讲着,冯欣却开始走神,她想起了自己最初的计划,她只想把这瓶子送去戴维德的拍卖行,只要它能骗过韩嘉漪的眼睛,就可以安心静等它被鉴定、被拍照,出现在今年秋拍的图录上,然后在12月被售出……如果一切顺利,明年春天她就能收到所有款项,从此过上另一种人生。

这种做法是最简单也最"清白"的,不会承担任何风险,就像付斌所说:"我自己又不知道这东西是个啥,是拍卖行和专家定的年代和价格,跟我有什么关系?"这是她从付斌那里学来的手段,她也曾在这"清白"的幌子下,一次又一次心甘情愿地被付斌利用。她于是把所有学到的伎俩也用在朱利安身上,却万万没想到,朱利安比她聪明得太多,竟以一己之力布下如此周密的天罗地网。只是,这罗网会网住我们自己吗?

相较于其他房间的轩敞亮堂,厨房只开了两扇朝东的窄长小窗,仅在清晨一两个小时有阳光照进来,此刻将近正午,便显得有些晦暗。冯欣喝着水,转头望向咖啡机上方的那个壁龛,从她的角度看不见瓷瓶,只看到几朵萎黄的玫瑰花伸出壁龛,耷拉下来,仿佛正在渐渐枯死。

朱利安还在说着什么,窄窗中透进的光线将他细长的身影投在乳白色的橱柜上,像一根被狂风折断后还挂在树上的干瘦枯枝。他的长篇大论令冯欣感到迷茫而惊惶,一股昏沉的疲倦也随之侵袭了全身,她觉得眼皮越来越重,忍不住站起身说:"抱歉,我有点累了。我想去睡一觉。"

24

朱利安带着冯欣上楼,还殷勤地帮她拎着手提箱,她暗自感叹这楼梯真够阔大的,仅仅是楼梯的空间都足够修起一栋房子了。梯级上铺着品蓝底色狩猎图案的波斯地毯,她每走一步都觉得自己的运动鞋踩脏了如此精美的地毯,满心的罪过可惜,恨不能踮起脚尖走上去。朱利安让她住二楼的主卧室,自己住在三楼的一间客卧,他简单解释了一下卫浴设施的用法,随后道别出去,走到门口却又停住了脚步,做了个手势让她过来。

冯欣本已站在床边,这张近两米宽的大床上铺着墨蓝色茹伊印花被套和枕套,看上去像羽毛一样柔软蓬松。她真想马上瘫倒进床里,然而看朱利安一脸神秘而得意的神色,她只好打起精神走过去,同他来到二楼的楼梯平台上,这才注意到靠墙放着一道折起的黑漆款彩仕女图屏风。

"明天早上我们把这道屏风展开,叶小姐来了之后,你就躲在这屏风后面观看我和她的'表演',就像在剧院欣赏话剧一样,是不是很精彩?"他脸上洋洋得意的笑容绽开来,蓝眼睛里闪烁着磷火般的光芒,让冯欣很是恍惚。这一层楼所有的窗帷和卷帘都没有打开,临近正午的暑日骄阳被隔绝在外,分枝水晶灯和壁灯洒下的光线柔和得如同星辉月华,让人说不出此时究竟是白天还是深夜。

朱利安终于走了,他似乎说要去海里游泳,又好像说要去赌场玩一圈儿,冯欣累得已经完全听不进去了。她关上门走进浴室,这间浴室比她原来在巴黎远郊租住的整间公寓都大,窗前摆着一只黄铜兽足浴缸,缸尾支着暗金色 Art déco 风格的双龙头和花洒,流畅光亮的轮廓犹如一头潜卧于密林的猎豹。她没有力气去泡浴缸,就在旁边的意式淋浴房中匆忙洗了个澡,胡乱吹了吹头发,倒上床就睡着了。

醒来时房间依旧是漆黑的,冯欣睁开眼睛,只觉得脑子混沌滞重,全然不知身在何处,也看不清四周的东西,连吊灯、桌椅、衣柜和墙壁都无法分辨,唯有侧过脸时能模糊望见紧闭的门扇,像一个飘浮在梦境中的长方形白色幻影。她闻到枕头和薄被散发出一股健康洁净的气味,舒服极了,便挪了挪身子,把脑袋埋进鹅绒枕中央,想要继续沉溺在梦里。她梦到一座巨大的宫殿,成百上千的窗户灯火通明,闪耀着钻石般的光芒,嬉游谈笑的华服男女从她面前经过,无数长着翅膀的小天使洒下芬芳的花瓣……

楼下的座钟敲响了两下,唬得她一激灵,以为是两点钟,想了想才反应过来,这应该是一点,下午一点?她有点诧异自己只睡了这么短的时间,伸手摸过枕边的手机一看,惊觉居然是凌晨一点。她打开床头台灯,坐起来直发呆,仿佛身体已经苏醒,精神仍在昏睡。她有点饿,想起朱利安说厨房有松露味道的薯片,顿时感到饥肠辘辘,却没有勇气走出去,她不记得厨房在哪个方向,这栋房子实在是太大了,简直像一座错综繁乱的迷宫,有时甚至能感到四面的墙壁不断朝自己挤压过来。

她又合眼躺了片刻,终究抵挡不住饿意,从浴室衣橱里取了件浴袍穿好,出门却找不到楼道灯的开关,她很怕在黑暗中摔跤,只好借着卧室的灯光,紧紧抓着楼梯扶手往下走。刚迈了两步,她惊奇地发现,墙根一带嵌着若干感应开关的小夜灯,随着她的步伐,一盏又一盏的夜灯依次亮起在脚边,像是童话中提着灯笼照亮夜路的小精灵。

凭着模糊的方向感,冯欣总算是找到了厨房,在微弱的夜灯光线中,她看见厨房门边有三四个蓝色光点,好似几只停栖在墙上的萤火虫。她估计是照明开关,便过去轻按了一下,只听身后哗啦啦的卷帘响动,吓得她差点大叫出声,本能地又按了另一个键,霎那间屋内亮如白昼,天顶水晶灯的千万道光线直刺进她的眼睛。冯欣紧闭双眼低下头,过了好一会儿才回过神来,自嘲地笑了笑,心想自己真是没见过世面,这辈子第一次住豪宅,连灯都不会开。那几袋薯片果然还搁在岛台上,她撕开包装袋,打开水龙头接了杯水,正要坐下来,一转身看见刚才按错了按钮,把主客厅落地窗外的卷帘全部打开了。

她像梦游般身不由己地走过去,推开窗扇,坐在窗前的长椅上。

这座山海之间的别墅宛若一只硕大的蚌壳，安稳地呵护着其中明光四射的珍珠，这里没有蝉鸣也没有蚊子，只有角落的座钟发出规律的微响，愈显得静谧清幽。眼前的花园似乎看不到边际，一直延伸到极远的海天相接处，通往大理石亭子的碎石甬道像覆盖了细雪一样莹洁流光，网球场旁边立着一根灯柱，将一圈银白的光环泼洒在草坪上，灌木和花篱就在这光环里随着海风轻摇晃动。白天吸足了太阳光热的草木散出宜人的清气，冯欣大口呼吸着，感觉肺叶都张开了，头脑从未如此清醒过，好像浑身的血液都在更新，也才意识到先前是有多么疲劳。

现在她才开始仔细回想整件事情。她如何在乌烟瘴气的夜总会里遇到贺老板，如何奇迹般偶然地滑到他手机上那张瓷瓶修复前的照片，如何在赵老板鼾声如雷的半夜决定孤注一掷，如何去跟贺老板谈价钱，如何在蒙马特墓园和朱利安谋划，如何去凑钱……所有这一切都太不真实了，让她想起小时候看的《聊斋》电视剧，那些狐仙鬼怪在荒郊坟茔幻化出宫室楼阁，引诱过路的行人、赶考的书生。她忽然想，前一晚在小区花园为父亲烧的那些纸钱，是不是就变成了这栋豪华的别墅？明天一觉醒来，这栋别墅会不会又变回坟地？一股冰凉的汗水流过她的脊背，这突如其来的诡异想法让她在暑热未消的暗夜中，深深打了个寒战。

朱利安现在应该在三楼的卧室里睡得正香，冯欣吃着薯片，很是佩服他的胆大心细，连薯片、咖啡这样的细节都考虑到了，一转念又隐隐觉得自己成了他手中的牵线木偶。她原本布好了一局棋，眨眼之间才发现这局棋竟被全盘推翻，面前这个陌生的棋局已经跟她没有太大关系了。

这所谓的松露味道有一股无法形容的腥气，冯欣吃完了一整袋薯片，胃里有点泛恶心，手指也弄得油乎乎的，便走去厨房洗手。准备关灯上楼之前，她仔细研究了一番墙上的开关，才大致明白这是个类似汽车中控一样的触控屏,她尝试着按了一个键,望见主客厅的电动卷帘缓缓落下,不禁轻出了一口气,心想,总算没弄坏什么东西。

她关了厨房的灯正要离开,一转眼瞥见了角落的咖啡机,不由得走过去,呆呆看着咖啡机上方的壁龛,夜色中只能依稀辨认出如意耳瓶的形状,插在瓶里的黄色玫瑰花像一团揉皱的卫生纸,又像一颗枯朽骇人的头骨悬在半空中。

"诈骗罪啊,怎么不会坐牢呢?"叶芝笑吟吟地说出句话,同时轻拍了一下冯欣的肩膀——她怵然记起了那一刻的情形,右肩神经质地往下一沉,尽管是盛夏,她却感到一股鬼气森森的寒意顺着小腿直冒上来,赶忙裹紧了浴袍,几乎是小跑着上楼,躺在床上却再也无法入眠。

她圆睁双眼望着黑暗中的天花板,想起昨天在飞机上,坐在旁边的那个胖男人一路都在看战争片,每次她想打个盹儿都被他耳机里漏出的厮杀声惊醒。她觉得自己此刻也像一个在枪林弹雨中杀红了眼的士兵,端着冲锋枪麻木而疯狂地扫射,敌人和战友的鲜血溅在自己脸上也毫不在意,只知道机械地扣动扳机,冒着耳边呼啸的流弹、踏着数不清的尸体拼命往前冲,直到杀尽所有敌人,或者自己中弹殒命。而明天上午,就是这场战斗的决定性时刻,她持枪瞄准的敌人、她要捕杀的猎物,就是叶芝。

一年多以前离开巴黎的当天,她就对叶芝屏蔽了自己的朋友圈,她如丧家之犬般回国,又做了那样并不光彩的"工作",实在不想让叶芝知道。与此同时,她却始终关注着叶芝的生活点滴,叶芝发的每一张照片、每一段文字她都细看过、琢磨过——时下网络流行语把这种行为称为"视奸"。

叶芝的每一次旅行、看过的每一场艺术展、穿过的每一件奢侈品牌当季衣裙、喜欢或者不喜欢的电影、别墅花园里的草长莺飞春荣秋谢……她全都了若指掌。她知道叶芝已经开始弹奏柴可夫斯基的钢琴曲了,上个月看见她在朋友圈感叹:"老柴可真难啊!"她甚至知道自己前天深夜在小区花园给父亲烧纸时,叶芝夫妇正在霞慕尼度假,她酒店卧室的大落地窗外是松林葱郁的阿尔卑斯山峦,远方勃朗峰一带巍峨延绵的雪山镀着落日金辉,天幕上轻红淡紫的暮霭氤氲弥漫,那是她做梦都梦不到的世间美景。

她也觉得自己这种暗戳戳的窥探太没出息,一个人如果真的幸福充实,又怎会处心积虑地去视奸他人的生活呢?可她就是忍不住。即使已离开巴黎这么久,她有时说话说到一半,仍旧会惶惑地戛然而止,她听见自己的话音在无意中模仿叶芝的声调,双手也比画出她惯常做的手势,连拍照时都不由自主地摆出她的表情姿态,甚至修图也总跟她用同一款滤镜……那些悲欣交集的巴黎时光,已融入她的肌骨血肉,让她不知不觉地变成了另外那个女子的回声,变成了自己想要成为的那种人的倒影。

她急切地想要再见到叶芝,控制不住地想象着明天的场景,无数荒诞诡异的画面在她脑海中交错滋生,后半夜的海风渐大,一阵阵夜风倒灌进烟囱,吹动壁炉的铁皮挡板发出老年病人呻吟般的轻啸。她竭力让自己不要再胡思乱想,可一闭眼就觉得似有一只手在扒开她的眼皮。每当她以为已经控制住自己,马上就能入睡时,那些光怪陆离的图像又会再度出现,像老鼠毒蛇一样在两个太阳穴之间拱来撞去,啃噬着她残存的睡意。她只好睁大眼睛,聆听着座钟轻微而规律的走时声,每次打点,她都认真地数算着,两点、两点半、三点、三点半……她总忍不住转过身面对窗户,渴盼着百叶窗的缝隙中漏进一线曙光。

这难熬的一夜终于过去了。因为是夏令时,座钟敲过五点半之后,冯欣就在窗玻璃上看到了一抹浅淡的乳白色光亮。她飞快地洗漱完,又估摸着朱利安肯定不会这么早起床,一时间百无聊赖,想起朱利安昨天告诉过她,这栋房子是19世纪一位印象派画家设计修建的度假别墅,现在房主设置的 Wi-Fi 密码就是"鸢尾别墅"这几个词加上门牌号。她用手机连上 Wi-Fi,想起最近火爆的清宫戏《延禧攻略》更新了,但一直都忙得没时间看,便靠着床头看了起来。跌宕起伏的剧情让她暂时忘记了现实中的焦虑,哭哭笑笑地看了三集,总算听到楼上有了点动静,立刻下床穿好衣服等在门口,朱利安蓬着头趿着睡鞋下楼看见她,不禁笑道:"你起得真早啊!"

他和冯欣一起下楼,从冰箱里找出几只速冻羊角面包放进烤箱加热,两人端着咖啡从一个房间逛到另一个房间,讨论着叶芝进门后的路线和可能发生的各种情况,朱利安还让冯欣模仿叶芝的举止同他"排演"了一遍。吃完早餐,冯欣正要收拾桌上的杯碟和面包屑,朱利安拦住她说:"乱一点才有生活气息,不会让她怀疑这是我们租来的房子。"

两人又四处查看了一番,确认没有任何纰漏,朱利安便回卧室梳洗换衣。十来分钟后,冯欣在二楼的楼梯平台上看到他时,只见他满头金发梳理得光亮整齐,穿着巴宝莉的淡蓝色 POLO 衫和米色的裤子。"哇!这衣服好衬你的眼睛!漂亮的蓝眼睛……"冯欣说着笑出了声,她想起他这是戴了蓝色的隐形眼镜。

"入乡随俗嘛!这里的人都是这样的穿着打扮,你去城里走一圈儿,看看街上那些人,感觉就像到了法网赛场的观众席一样。"朱利安指着左胸前刺绣的巴宝莉标志,撇了撇嘴说,"这么一件衣服要 200 多欧元!还是打折季的价格,就为了让叶小姐看见这个标志。"他一边说一边展开了楼梯平台上那道黑漆款彩屏风,正好把整个楼梯间挡得严严实实。

"真是完美啊!"冯欣拍着手低呼了一声,朱利安颇有些自得地笑道:"这屏风原来是房东摆在楼下主客厅的,我费了好大劲儿才把它扛上来,重得要命!"又指着屏风之间的缝隙说:"你从这里看出去,楼下客厅的一切都能看得很清楚。只不过,等我带她进了厨房,你就看不见了，真是抱歉。"冯欣连忙说没关系，朱利安察觉到她神色紧张，笑着安慰道："你不用害怕，就算你在屏风后面弄出点声音来，我也可以跟叶小姐说，是我的朋友在楼上睡懒觉什么的。"

他这样一讲，冯欣心里越发慌了，她嘴角抽动了两下，似乎想叫他留在这里，先别离开，然而他半折起一扇屏风侧身出去了，冯欣忍不住提高嗓音说了句："祝你好运！"

"谢谢！希望一切顺利！"朱利安回答道，同时仔细地把屏风展开摆好，又顺手关掉了楼梯间的灯，周围顿时暗了下来，仿佛一场期待已久的电影即将开场。座钟悠悠地敲了 20 下，10 点了，这是朱利安跟叶芝约定的时间。

钟声的回音逐渐消散，门铃却一直没有响起，冯欣六神无主地站在屏风后面，目光顺着屏风上一条条细若发丝的黑漆裂纹游走，感觉全身从里到外都冻成了冰。清脆的门铃声打破了这焦灼漫长的寂静，透过屏风间的缝隙，冯欣望见朱利安开门迎了出去，一阵说笑声很快从门外传来："这里海风凉爽，比巴黎舒服多了。"这是朱利安的声音。

"可不是嘛，巴黎昨天有 34 度呢！"这句带着笑意的话音像一次猛烈的电击穿透了冯欣的身体，她狠狠地哆嗦了一下，她太熟悉这声气了，即使是在成千上万喧哗混乱的人声中，她也能马上分辨出来，到老到死都绝不会忘记。叶芝穿着一袭猩红色连衣裙走进来，朱利安在她身后关上了房门。他们的法语说得很快，加上空气中隐约的回音，冯欣听得不太清楚，叶芝好像说了两次法网的单词，看来朱利安放在玄关抽屉柜上的网球帽派上了用场。

冯欣极其迫切地想看清叶芝的面容，不想错过这张脸上任何细微的表情，她很后悔没带个望远镜来，忽然想起手机镜头可以把远处景物拉近，立刻从裤兜里掏出手机，把镜头放在屏风的缝隙之间，将焦距拉到最大。她看见他俩已进了小会客厅，叶芝仰头望着墙上那两张祖宗神像画,微笑着同朱利安在讲什么。她笑得那么美,露着整齐雪白的牙齿,犹如某种乖巧可爱的啮齿类小动物,她应该曾对着镜子长时间地练习过这种笑容吧?

她的红裙子上印满了栩栩如生的热带鱼,湿润的海风穿过窗外的芬芳花树,吹拂着轻软的真丝裙幅,那些热带鱼好像游弋在一片波涛汹涌的血海里。

朱利安领着叶芝走进主客厅,请她坐在沙发上稍等,自己去拿要鉴定的书画。叶芝拎起沙发抱枕旁的一只LV挎包,微笑着说:"对不起,我挪一下这个包。"

朱利安正抱着几卷画轴走过来,听到这句话,惊得险些把怀中的画轴摔在地上。那是冯欣的包,她昨天随手往沙发上一搁,然后就忙着打开手提箱取出瓷瓶,两人后来在各个房间查看,因为沙发和抱枕都是深褐色的,与挎包颜色类似,竟都没有留意。然而朱利安不知道的是,这只LV包是两年前叶芝亲手送给冯欣的入职礼物。

躲在屏风后面的冯欣也看到了这一幕,吓得几乎昏厥过去,这是叶芝自己用过的包,她肯定一眼就能认出来,完了完了,这下前功尽弃了。冯欣只觉得脑袋像被人狠命摁进了冰河里,甚至能清晰地听见自己上下牙齿打颤的略略响声。

"真不好意思,这是我堂妹的包。"朱利安把画轴摆在叶芝面前那张摩洛哥矮桌上,顺手拿起挎包放去小客厅,走回来笑着说:"她一大早就去海边游泳了,她就是这样乱糟糟的不爱收拾。"叶芝随口应了一声,完全没有在意,她已经展开一卷画轴,开始查看画作了。

这场虚惊把冯欣吓得够呛,两腿止不住地颤抖,脚下的地毯很厚,她却感觉地板像是都裂开了,就扶着墙慢慢坐在地上。稍微平静之后一想,叶芝是来看画的,她肯定期待在这里找到价值百万艺术品,怎么会留意一个"LV最便宜的包"?更何况那都是两年前的事了,她那样的人不知道有多少鞋包衣裙,怎么还会记得?冯欣悄声长舒了一口气,感觉自己像一个被五花大绑押上刑场的死囚,在最后一秒得到了无罪开释的赦令。她又举起手机朝屏风外望出去,发现他们已经站起身,听见朱利安在道歉,说大热天的让叶芝白跑了一趟,很过意不去。

叶芝自然不会多说什么,她总能很有分寸地表现出适合不同场景的笑容,她称赞着这栋别墅典丽考究的装潢,同时举目四顾,突然抬手指着楼梯间的方向,惊喜地问:"那扇屏风非常漂亮! 可以让我看看吗?"

"不可以!"朱利安下意识地冲口而出,又马上笑起来,镇定地说道,"那是我祖父留下来的,我父亲不愿意卖掉。嗯,这屏风值钱吗?大家都觉得它黑乎乎的不太好看呢。"

叶芝往楼梯间的方向走了几步,锐利的目光一直望着屏风:"看上去像是清代早期,也就是 17 世纪的。它尺寸蛮大,如果品相好的话,价格不会低。"她转过脸,微微歪着头瞧着朱利安:"德·布罗耶先生,您确定令尊不想卖掉它吗?"不待他回答,她又用眼神示意了一下那些散乱堆放在客厅地毯上的画轴,含笑说道:"也许这道屏风能让我这一趟拜访很值得。"她的请求中巧妙而自然地流露出几分女性的柔媚情态,仿佛是一只温顺亲人的长毛猫,让人无法抗拒地想要答应她。

好在朱利安已从刚才的措手不及中回过神来,迅速恢复了一贯的机警,他也以同样温和笃定的话音回答:"我父母目前在加州度假,所以他们让我来处理这栋房子里物品鉴定估价的事,目前他们想要卖掉的只有我刚才给您看的那些书画。既然这屏风有价值,等 9 月初他们回到法国,我会跟他们商量,到时再与您联系。"

叶芝闻言便不再坚持,只笑着说了句:"我很期待能再次拜访。"她转身要往外走,朱利安搓着双手,佯作愧疚地讲出了那句"台词":"叶小姐,喝杯咖啡再走吧? 真的太抱歉了,您特意过来一趟却空手而归。"

"也不是特意过来啦!"叶芝笑道,"我们公司这两天正好在这里做艺术品鉴定和征集活动,我还要感谢您给我这个机会,让我能见到这么漂亮的一栋别墅呢!"

"您太客气了,请跟我来,我有非常好的蓝山咖啡。"冯欣的目光随着朱利安尖削的肩膀慢慢远去,直到看不见他俩的身影,才放下手机,靠着墙松了一口气。叶芝刚才指着屏风说要上楼来看时,真是把冯欣吓得魂飞魄散,但她很快意识到,朱利安肯定会用一切办法阻止叶芝上楼,也就不再害怕了。她把耳朵紧贴墙壁谛听着,虽然听得不很真切,但每一丝动静都让她的心脏急速地怦跳。

她听到咖啡机的声响,听到他们以一种拖泥带水的腔调闲聊,也许是为了让叶芝在厨房待的时间长一点,好让她在不经意间发现那只瓷瓶,冯欣听到朱利安似乎在跟她搭讪。他那样腼腆内向的人,此时竟凭空生出了献媚的勇气和机智。她不禁想起了西蒙,施展出百般手段去勾引一位上了年纪的富有女士。或许这就是金钱强大的魔力,总能逼人做出违背天性的事情。

然而他们喝完了咖啡,叶芝却始终没有注意到咖啡机上方的壁龛,可能是因为厨房本来就有些昏暗,窄窗外还生长着一大丛一人多高的迷迭香,夏日的暑热让迷迭香的叶簇蓬勃疯长,挡在窗前,醉人的香气灌进房中,令人颇觉眼目迷离。朱利安拿起岛台上的一袋薯片,略显局促地问叶芝要不要吃薯片。她看了一眼包装袋,微笑着摇了摇头:"谢谢您,不过,我不太喜欢黑松露的味道。"

朱利安一愣,讪讪地将薯片放回去,心里很是疑惑,难道还有白松露?他纠结着是否要去开灯,好让叶芝看见那只瓶子,又觉得大白天的开灯好像不太合适。实在不行的话,他也可以假装不经意地把瓶子指给她看,只是这样多少显得有点刻意。还没等他做出决定,叶芝已放下了咖啡杯,朱利安以为她要告辞,刚要开口,只见叶芝走去水槽前洗手,先前看那批旧画让她满手都沾上了灰尘。

　　就在她关上水龙头的一瞬间,或许是水流的骤然停止,或许是窗外吹来了一缕难以察觉的微风,两片萎黄的玫瑰花瓣从壁龛瓷瓶的花束上落下,正好掉在纯黑色的咖啡机上,宛若暗夜中从天而降的两枚金币。

　　这画境般的一幕吸引了叶芝,她甚至没有拭干双手,径直过去捏起一枚花瓣,又抬手轻抚着瓶中一朵尚未枯萎的玫瑰花,脸上流露出微微陶醉的神气,柔声说道:"我家枫丹白露的别墅花园里也种着同样的玫瑰,这是 Meilland 公司最有名的品种之一,名叫'希望的消息'……"

　　一直坐在楼梯间地上的冯欣,耳朵里轻飘飘地传来了叶芝的惊呼:"天啊! 这个瓶子! 我的天啊!"她不知道叶芝是怎样注意到了瓷瓶,只知道活了 30 年,上天终于眷顾了自己一次。泪水顿时盈满了她的眼眶,她赶紧深呼吸了几次憋住眼泪,唯恐抽泣出声。

　　朱利安按着既定的"剧本"演戏,演出一副看上去满心激动又竭力自持的模样,讲着那些语气夸张的"台词":"这个瓶子居然那么值钱啊! 它放在家里好多年了,我小时候就见过它。""以前我家有只猫,整天上蹿下跳,还好没把这瓶子摔碎了,谢天谢地!""家里人都觉得这瓶子挺难看的,您瞧这些龙,画得跟蚯蚓似的……不会吧? 您说估价 50 万欧元?"此刻叶芝眼中心里唯有这只瓷瓶,她随口答应着,取出瓶中的玫瑰花,倒掉里面的水,又扯了两张厨房纸将瓶子擦拭干净,小心放在岛台上赏鉴了一番,然后郑重而不失亲和地告诉朱利安,这只瓷瓶如果在 T 家拍卖行今年 12 月的秋拍上展示,必定会拍出一个令人惊喜的价格。

　　"我刚才说的 50 万欧元只是估价。法国的拍卖公司通常会把估价定得比较保守,这样是为了让拍品更有吸引力。"她耐心讲解着那些朱利安早已烂熟于心的行业规则,他也假装对此一无所知,不停地问这问那。当叶芝提出她今天要把瓷瓶带走,以便让公司的瓷器专家对它进行更深入细致的鉴定时,朱利安故意沉默了一下,脸上流露出担忧疑虑的神色。

像叶芝这样在拍卖行业浸淫已久的人,很知道要如何说服那些犹豫不决的客人,他们脑子里永远储存着一套完美的辞令,根据不同的场合与时机,以及客人不同的年纪、脾性,选择一种最妥帖的方式表达出来,再辅以个人魅力,便是无往不胜的武器。朱利安看着叶芝的表演,忽然觉得这一幕有些愚蠢,是时候结束这场戏了,于是微笑着说:"我完全相信您和贵公司,我把这只瓶子交给您了,需要我签署什么文件吗?"

叶芝拿起放在岛台旁边高椅上的手包,从里面取出一张印有拍卖行标识的信笺,飞快地在空白处写下瓷瓶的简单描述,请朱利安在下方署名签字,告诉他这只是一份物品收据,正式文件将在今天之内发到他的邮箱。

朱利安签了字,叶芝便问他要身份证件,他故作讶异地摸了一下裤兜,有点手忙脚乱地说:"哎呀,真没想到要准备这个,我的身份证和护照都在巴黎,没带来这边。要么请您稍等一下,我去一趟车库,我的驾照应该在车里……可是,驾照不能作为身份证件吧?或者,嗯,我上楼去书房找一下,说不定能翻出一份复印件。没有身份证,您是不是就不能把瓷瓶带走?要不这样,反正你们拍卖是 12 月,也不着急,等我回巴黎取了身份证件过来,咱们再约时间,我下次再把瓷瓶交给您——"

"不必麻烦啦!"叶芝笑着打断了他,"过两天等您有空,把身份证的照片用邮件发给我就行。这只是循例登记一下,不重要的。"

当然不重要。外人很难相信,很少有拍卖公司会索要并核实物主的身份证件,因为在拍卖场上,人是次要的,重要的是拍品和拍品能带来的金钱。当物主不知道自己手中物品的价值时,他们对物品往往毫不在乎,而一旦有人告诉他们物品价值高昂,他们的心态就会很快从抛售旧物变成"此奇货可居"。他们中的很多人会跟拍卖行协商,把自己应付的卖家佣金降到最低,降到零,甚至都不够,有人会要求降到负数,也就是让拍卖行拿钱倒贴给卖家——如果拍卖行不愿意,没关系,有的是愿意的拍卖行。这个行业里各式各样的心理战,归根到底是在较量谁更贪婪。

所以对于叶芝而言,此时此刻唯一重要的事,是马上带走这只瓷瓶,只要瓷瓶在 T 家拍卖行手中,其他的一切都可以慢慢再谈。"如果你有一幅梵高,你开出任何条件他们会答应。"朱利安去储藏间找了两个纸盒过来给叶芝装瓷瓶,欢欣得意之情在心头涌动,心想,这瓶子就是我的梵高。

"我找到这两个盒子,叶小姐,您看哪一个合适?"叶芝见他手里拿着一个爱马仕的橙色纸盒,一个巴卡拉的大红色纸盒,笑道:"随便哪个都行。您有旧毛巾或者抹布吗? 我简单包裹保护一下,我刚预订了出租车,等会儿我在车上抱着盒子,不要让瓶子在里面滚来滚去就好。"朱利安答应着去洗衣间拿了几条擦手巾和旧毛巾过来,叶芝看到其中一条浴巾的边缘上用金线刺绣着字母 G.B,便笑着将这条浴巾递还给他:"这上面绣的是您家人的姓名简写吧? 我不能用它来包瓶子啊!"

"没关系,这是我祖母的东西,还有好几十条呢,我们留着也没用,您拿去包瓶子正好。"朱利安说着便将浴巾随手塞进了纸盒的空处。这浴巾自然也是他在拍卖会上买来的,他早料到叶芝会需要这些东西包裹瓷瓶,这种绣有姓名首字母的毛巾正是"非富即贵"家庭中的生活细节。

所有的一切都在掌控之中。朱利安抱着装好瓷瓶的纸盒跟在叶芝身后,一起往大门走去,他很有点飘飘然了,努力掩盖住脸上的微笑,甚至没意识到他们已走到了楼梯口。叶芝仰头望着二楼楼梯平台上那道屏风,终于忍不住说:"德·布罗耶先生,请让我看看那屏风吧! 它真的很美!"朱利安猛地回过神来,惊慌失色地看着她走上楼梯,半张着嘴却吐不出一个字,怀中的纸盒好像霎时间有了千万斤的重量,将他禁锢在那里无法动弹。

叶芝此举未必是因为屏风价值高昂或是她真心觉得屏风很美,更是为了在物主面前展示自己对艺术品的热爱和专业学识,将来物主如果要出售这件物品,自然就会想到她。这是行业里惯用的套路,却差点要了冯欣的命。她刚才一直靠墙坐在地上,听到叶芝上楼的脚步声,本能地想要起身躲进卧室,可是两条腿僵硬得不听使唤,仿佛被巫师用一道符咒封住了,只好像刺猬一样紧紧蜷缩起身体,藏在屏风和墙壁之间的昏黑影子里。

她眼看着叶芝一步一步走近,她穿着酒红色的猫跟鞋,只有前脚掌落在梯级上,鞋跟悬空在外,宛如在跳某种高难度的芭蕾舞步,轻盈而优雅。她猩红色的裙裾随着步履轻飏,隔着黑沉沉的屏风看出去,好似一柄沾满了鲜血的长刀正在逼近。冯欣死命咬紧嘴唇屏住呼吸,强迫自己不要发出任何声音,她看到叶芝鞋子脚踝处绣着 J'adior 字母的织带,甚至能看到鞋跟上沾染了少许泥点,有一两分钟,叶芝弯腰查看屏风下方的瑞兽图案,她的呼出的气息几乎能吹动冯欣的发丝。

这道制作于 400 多年前的黑漆款彩屏风隔在两人之间,冯欣听着叶芝口中反复赞叹"真美啊"的低语,浑身战栗得几乎痉挛,感觉心脏好像已跳出了胸腔,正猛烈地撞击在衣服上,而衣服的圆领变成了一根滚烫的绞索,勒在脖子上直令她窒息。叶芝看完了屏风的这一面,伸手扶住屏风的右侧边缘,只要她轻轻一推,屏风就会折起,让她走到另一面去。

蜷在墙角的冯欣看见了那只纤细白皙的手,中指上硕大的黄色钻石戒指在暗影中闪耀夺目,她绝望地闭上双眼,告诉自己,这下死定了。几个月来所有的奔波筹划和金钱,全都付之东流了。

"叶小姐!真是抱歉啊!"朱利安快步走上几级楼梯,满脸急迫而愧疚的神色,仰头对她说:"我朋友刚给我发信息,问我怎么还不到高球场。抱歉不能多留您,我真的要走了。"他冲着叶芝晃了晃自己的手机,好像这样就能让她瞧见那条子虚乌有的短信。

屏风边缘上那只戴着黄钻戒指的手收了回去,像最后一缕残阳消逝于深邃黑冷的长夜。冯欣听着叶芝下楼的脚步声,精疲力竭地瘫靠在墙上,喉头噎得直恶心,差点就呕吐出来,这才察觉到嘴里的血腥味,原来,为了控制住自己不发出声音,她的牙齿竟然咬破了嘴唇。

这是她生命中最漫长可怖的几分钟,然而朱利安的噩梦还没有结束。叶芝走下楼来,清亮的眼睛里始终带着笑意,问道:"您这是要去多维尔的高球场吗?"

"是的。"朱利安不假思索地回答,心想这座小城总不可能还有别的高球场吧?

"那可真是太巧了!去年8月我们拍卖行的艺术品征集活动就是在那里举办的。"叶芝走到门口,又驻足回眸,朝他笑道:"说不定去年我和您已经碰过面了。"

这一刹那,朱利安本可以笑一下,随口搪塞两句,或者直接岔开话题,但也许是好奇心驱使,他鬼使神差般地脱口问出:"你们拍卖行在高尔夫球场征集?"

"对啊!球场里有一家五星酒店,我们在酒店里鉴定、征集艺术品。"两人已走到别墅前的小花园,叶芝不胜惊讶地在鸢尾叶丛旁停下了脚步,注视着朱利安问道:"这高尔夫球场是属于那家酒店的,酒店就在球场中间,您不知道?"

"哦哦哦哦,是的是的,那家酒店啊!你一说我就想起来了!"朱利安马上做出一副恍然大悟的样子,感觉心脏像是被一只冰凉的利爪死死掐住了,双颊直发冷,额头上渗出了大颗的汗珠。他刚才完全是急中生智,想着用富人们日常消遣的事情做借口,说打高尔夫球肯定不会错,其实他这辈子从未去过高球场,这一刻真是怕极了叶芝再问关于多维尔高球场的细节。谢天谢地一辆出租车驶来停在门口,叶芝从朱利安手中接过纸盒,以一种少年般清朗快乐的语调说:"德·布罗耶先生,今天真是我职业生涯中永远难忘的一天!"

朱利安连忙上前为她打开门,叶芝坐进车中,又伸出手来笑着说:"后会有期!"朱利安同她握手道别,脸上勉强保持着笑容,眼皮却止不住轻颤了几下,叶芝那犀利的目光盯得他心里直发毛。他看着出租车消失在山路尽头,才飞快跑回房中,三步并作两步地跨上二楼,推开黑漆屏风,看见冯欣还缩坐在墙角,赶紧扶她站起来。

两人背靠着墙壁对视,急促地喘着气,却都说不出话,喉咙像是被黏液塞住了,过了几秒,朱利安突然嚷了句法语粗口,冯欣也跟着重复了一声,这两句粗口像点燃了鞭炮的引线,两人都放开嗓子大吼,法语英语中文的粗话回荡在空阔的别墅里,直到座钟咣当地敲响了一下,两人倏然闭上了嘴,钟声又响了一下……整整 22 下,11 点了。

短暂的静寂之后,冯欣猛地爆发出一阵大笑,不知道为什么,她觉得这件事结束得有些滑稽,朱利安也大笑起来,还忍不住蹦跳了几下。他们像两个从坠毁的飞机上侥幸逃生的乘客,脸颊涨得通红,含着热泪的眼睛闪闪发光,强烈的喜悦欢乐在血脉中喷涌,简直让他们发癫发狂忘乎所以。

两人并没有激动太久,很快就平静了下来,叶芝虽已离去,但她那红裙飘摇的身姿仍像憧憧鬼影般在他们眼前浮晃,仿佛是骤然切断了高压电线,火花还在紧张的空气中噼啪作响。他俩都感到腿脚有些发软,便坐在楼梯的地毯上,有一搭没一搭地聊着。

"多亏你告诉我那么多关于叶小姐的事,我做了充分的准备,不然的话,估计两三句话就能被她看出破绽。"朱利安抹了抹嘴角因狂笑大喊溢出的口沫,话音里流露出明显的厌恶,"这个女人真是厉害!你看她笑嘻嘻地跟我闲扯,其实都是在试探啊!"

冯欣靠着楼梯扶手,嗯嗯地应着声,感到一股惬意的松弛逐渐在身上蔓延开来,脸上浮起婴儿般憨痴的笑容。她又想起自己和付斌、克莱尔不约而同给韩嘉漪"下套",让她买下那张唐卡的事,想起当时叶芝不无嘲讽地说:"这张'一眼假'的唐卡,可能正撞在韩女士的知识盲点上,所以她就栽了。"瓷器也并不是你叶芝的长项,更何况是这样一件"六成真四成假"的瓷器,你嘲笑韩嘉漪的时候,肯定没有想到,两年后我也会这样嘲笑你吧?

两人又聊了片刻,朱利安说他早已准备了香槟在冰箱里,又拿出手机点了两份比萨外卖:"我们今天先简单庆祝一下,这是第一步的胜利!"

"12月拍卖我肯定会飞来巴黎,到时候瓶子拍出高价了,我们再好好庆祝!"

"没错!将来我们去米其林三星餐厅庆祝!"

他们大声说笑着下楼,从厨房拿了餐具酒杯,摆放在主客厅落地窗前的矮桌上,每次刀叉杯碟碰出清脆的声响,冯欣都忍不住停一下,难以抑制地想要纵情大笑。她此生好像从未如此幸福满足,从未如此对未来充满期待,窗外吹来一阵阵带着花草清香的海风,似乎就要将她轻轻托起,乘着风飞翔盘旋……这栋华美的鸢尾别墅想必是童话中的魔法屋,只要你闭上双眼许愿祈祷,一切梦想都会实现。

12点刚过,热气腾腾的比萨就送到了,两人大快朵颐痛饮香槟,清醇的美酒带着细腻的气泡,流淌过唇齿咽喉,很快就让他们双颊酡红、全身发热。这是属于他俩的节日,这节日刚刚开始,也必将永远持续下去,像一场永不停歇的黄金雨、一汪永不枯竭的青春之泉。

两人渐渐喝醉了,冯欣给自己倒酒时,手抖得厉害,酒液漫山水晶杯顺着指缝淌下来，她吮吸着手指，嘴巴黏糊糊的，脑袋像发烧一样昏沉。她转脸看见朱利安仰靠在椅子里，右手捏着水晶杯的杯口，耷拉在椅子扶手外侧，染过的金发泛出香槟酒一样的光芒。正午的阳光直射在他的脸上，他却连眼皮都不眨一下，满脸洋溢着醉鬼的天真傻笑，好似一只毛光水滑的黄猫懒洋洋地趴在窗前晒太阳。

"哎，朱利安！"冯欣举起酒杯，跟他响亮地碰了一下杯，起身把一把扶手椅拖到钢琴旁边的阴影里，将椅背掉转朝前，像骑马一样坐在上面，结结巴巴说出了那个她一直想问的问题，"你为啥，为啥那么爽快地答应跟我，嗯，跟我合作？你犹豫，犹豫过吗？"

朱利安没有立即回答，也没有看她，始终半闭着双眼眺望着辽远的海涯天际，过了片刻，他才以一种浑浊而迟缓的声调说："我们是在拍卖行实习的时候认识的……来这家拍卖行实习之前，我曾在美国大使馆实习过几个月。你知道大使馆在哪里吗？"他像是猜到冯欣肯定从未去过美国使馆，不待她回答，继续说下去。

"使馆在协和广场对面，就在爱丽舍宫旁边——那是最靠近法国权力中枢的地方，当然，也是最贵的地方。那种寸土寸金的地方啊，使馆里居然有一个将近一公顷的后花园！你知道一公顷有多大吗？"他突然迸出两声尖利的冷笑，举起手中的水晶杯，绷直了中指朝着窗外开阔的花园虚指一圈，带着满脸愤慨的神情说，"你看我们眼前这个花园，使馆的花园比这里大两三倍！花园有一小块地是大厨专用的，他在那儿种了很多香料，什么百里香、马鞭草、罗勒……还种了一片草莓。春夏的时候，大厨每天早上都去摘些'带着露水'的新鲜草莓，做成草莓沙拉，用一个小银碟子装着，放在大使女士的早餐餐桌上。"

朱利安放下酒杯，双手拢在一起比画出银碟子的模样，仿佛那是个可笑的猫狗食盆。他侧过脸来，使劲眨巴着一双迷蒙的醉眼，对冯欣说："有一天我趁人没注意，偷偷摘了一颗草莓，哈哈哈，跟我公寓阳台上种的草莓也没啥区别啊！"

"真的吗？我还以为大使馆种出来的草莓有黄金味道呢！"冯欣自己都没想到竟能用法语流利地讲出这么一句俏皮话，两人的眼睛都笑得眯成了一条缝。在这样阳光明丽、花香酒气醉人的时刻，即使是最笨嘴拙舌的人也能无拘无束地开怀畅谈。朱利安又喝了一杯香槟，打了个长长的酒嗝，扬起声音说："你知道使馆里最让我难忘的细节是什么吗？是国旗。"

"国旗？"冯欣以为自己听错了，抬起双手做出长方形的样子。

朱利安摇了摇手，说道："大使女士和政要们每次发布正式讲话时，演讲台旁总会竖着两杆国旗：法国国旗和美国国旗。我原来一直不明白，为什么那两杆国旗是那样一个形状。"他说着掏出手机，在网上找了图片给冯欣看，她才注意到国旗下方是支撑开的，整体呈现出一个优雅庄重的长三角形，而不是软塌塌地垂落下来。

"我还以为使馆的国旗都是什么神秘特殊材质制作的呢！后来有一天，负责人让我去把旗杆搬开，我悄悄掀开国旗一看，哈哈哈，你猜怎样？旗杆的下方藏着个衣架！"他笑得声音都劈了，转过脸才发现冯欣没听懂"衣架"这个词，便起身大步走去玄关处，打开衣帽柜拿出房东的一个旧衣架，像跳弗拉门戈舞一样挥着衣架、扭着身子走过来，"就是这样一个玩意儿！把它挂在旗杆下方，就能把国旗撑出那种漂亮的形状了！"

冯欣想了几秒才恍然大悟，拍着手大笑起来，两人都像小孩子一样瘫在地上狂笑不止，比萨、香槟和眼前海天山色的美景让他们沉迷得近乎麻痹了，只觉得四肢发软、晕头转向。过了好一阵子，朱利安慢条斯理地喝了一口香槟，才接着说："我在使馆实习的时候，经常要干到晚上十一二点，甚至凌晨一两点……我们这些使馆的工作人员，也像是支在国旗背面的衣架……你真的，愿意这一辈子就当个破衣架吗？"他拉长声音打了个酒嗝儿，撑起上身，将手边的衣架用力抛进窗外花园里,正好砸在一丛蓝花美洲茶上,成群的蜜蜂嗡嗡惊飞,卷起一股极其浓郁的甜腻花香。

"中国有句话,"冯欣坐在墙角的地板上,歪歪斜斜地靠着钢琴腿,她嘴唇有点发白,带着醉意的话音好似无精打采的呜咽,"我们是,我们都是螺丝钉。一个很大很大机器上的小,小螺丝钉——和你说的,衣架的意思差不多,是不是?"

"就是嘛!你也不愿意做螺丝钉啊!"朱利安朗声笑着,又给冯欣斟上了香槟。草坪被午后的阳光直晒着,暖烘烘的青草香气蒸腾飘散开来,听得到邻家后院打网球的声音,啄木鸟敲击树干的笃笃声,远近高低悦耳的鸟鸣,偶有汽车迅疾驶过的声响……在这高敞的房间中,一切声音都变得轻柔了。长满伞松和橡树的山坡在日光的金雾中朝着大西洋延伸出去,宛如一件巨大的苍绿色披风,远方宝石般湛蓝的海洋和白亮的天际正好给这件披风缀上了蓝白相间的丝缎花边。

或许这就是每个人想象中最完美的仲夏光景,天空没有一丝云翳,炙热的暑气被海风稀释,透明的阳光把每棵树、每朵花、每一座别墅都照得清清楚楚,天地万物仿佛都在你的手掌之中。冯欣像着了魔一样久久看着窗外的美景,有一瞬间,她觉得自己变成了顶天立地的巨人,眼前这些山海花树房屋全是她私产,只要伸开双臂,就能把所有财富抱在怀中。为什么我不能生活在这里呢?如果能永远住在这里,无忧无虑地过一辈子,该有多么幸福啊!

"多维尔的常住人口只有3000人。"朱利安慵散的话音打断了冯欣的幻梦,她没有明白这句话的意思,回过头来看见他斜倚着墙,一只手捏着酒杯,另一只手的指尖轻轻敲着橡木地板。"你说,3000,3000什么?"冯欣问道。

"这里,整个多维尔城,"朱利安抬起下巴指着窗外,摘下平光镜用衣角擦了擦,脸上满是轻蔑厌恶的神色,"整座城市的常住人口只有 3000 人。"

冯欣惊疑地低呼了一声,她不确定自己是否真的听懂了这句话。朱利安像在回答她没来得及问出口的问题,一口气不停地说下去:"没错,你看到的,这么大的一座城市,竟然只有 3000 人常住在这里。那么多别墅、豪华公寓、星级餐厅、高级酒店、奢侈品店铺,还有赌场、马场、高尔夫球场……所有这一切并不是为这 3000 人而建设的,而是为了服务于每年夏天来这里度假的那些富人们。"

"富人们,"冯欣只觉得越发糊涂了,睁大双眼问道,"那些富人们,为什么不能常住在这里呢?这里多美啊——"

"哈哈哈哈,"朱利安的大笑打断了她的傻话,"你会在夏天穿冬天的衣服吗?这是同样的道理啊!富人们夏天来这里住上两三个星期,冬天去霞慕尼、高雪维尔那样的滑雪胜地再住上几个星期,其他时间住在巴黎,或者别的国家、别的城市……所以,每年除了七八月,这里绝大部分房子都是空的。多维尔是全法国房屋空置率最高的城市之一。"

"可是,"冯欣不知道自己的问题会不会太蠢,还是问了出来,"富人们,他们怎么会需要那么多房子呢?"

"需要?什么是需要?他们需要这么大的客厅、这么大的厨房、这么大的楼梯吗?"朱利安之前一直仰望着客厅天花板的镀金蔷薇花饰边,此刻目光游走在对面墙上挂着的那些伊万里装饰瓷盘上,又侧过脸去对着窗外,海风不时吹拂起织锦窗帘的丝绒流苏,让他不禁冷笑起来。他指着花园右侧的网球场说道:"你看看这家的网球场,居然是细草坪啊!你知道这种草坪有多贵,养护多难吗?这些人每年最多只在这栋房子里住一个月,他们真的需要这么奢侈的私家网球场吗?可是,'奢侈'这个词从来都不意味着'需要','奢侈'的同义词是'浪费',浪费得越多就越奢侈,越奢侈就越成功。"他说完这些话,沉着脸静默了一阵子,小口小口地喝着香槟,右手攥得越来越紧,冯欣甚至能听见他的指节发出咔咔的响声。

一只蓝冠山雀飞到窗前的黄玫瑰花丛上,在花枝间迅速而灵巧地跳跃,两人都不约而同地默默注视着。冯欣想起了那位在叶芝家别墅附近买下两座城堡的阿拉伯君主,"富人们只是长得和我们相似,但事实上,他们应该属于人类的另一个亚种。"她正在脑海中组织词句,想要把叶芝的这句话翻译成法语说给朱利安听,却听见他提高了声音说:"如果你从没见过这样的生活也就罢了。"他横躺在地毯上,面孔涨得通红,朝着空中高高举起双臂,瓮声瓮气地嚷道:"你亲眼见了这样的生活,还心甘情愿在拍卖行累得像狗一样,每月拿2000多欧元的工资吗?"

这瓶香槟已经见底,朱利安脚步踉跄地走去厨房又拿了一瓶,"噗"的一声打开瓶塞,泡沫漫溢在他手上,他正要往衣服上擦拭,猛地反应过来这是巴宝莉,便把酒沫全蹭在了裤管上。他过来给冯欣斟了半杯香槟,似乎突然想起了她最开始问的那件事,便傻呵呵地笑着,像总结陈词一样郑重地说道:"你们中国人最讲实干了,不像我们法国人一天到晚就爱闲谈。你一年多没跟我联系,突然发了封邮件给我,说你要来巴黎,你总不可能是专门来找我聊天的嘛!我虽然不是什么天才,这点聪明才智还是有的。"

两只光芒闪耀的水晶香槟杯碰在一起,两人异口同声地欢呼:"敬聪明才智!"

25

直到次日中午冯欣走进戴高乐机场的候机大厅时,这股美妙的醉意似乎仍未散去,她脚步轻快地走去值机柜台,开心得恨不能纵声欢歌。她排队时看到旁边头等舱和商务舱的柜台无需排队,晕乎乎的脑子里顿时浮现出叶芝朋友圈那些头等舱的照片:可以躺平的宽敞座椅、用白瓷餐碟盛着的鹅肝牛排、香槟红酒热茶……叶芝昨天还被我骗得团团转呢,我可比她厉害多了!把护照递给工作人员时,冯欣脱口而出:"我要头等舱。"她不知道用法语怎么说"升舱",就笑着补充:"请您,帮我换一下,我要换成头等舱。头等舱,谢谢。"她用英语和法语各说了一遍"头等舱",感觉这个词的发音好听极了,仿佛从嘴里吐出了一串美丽的珍珠。

工作人员是一位40多岁的金发女士,颇为讶异地抬起头来,冯欣脸上这种孩童般的天真神气让她不禁莞尔一笑,猜测这应该又是一位生活优渥的富家千金,便请冯欣稍等,她在电脑上查看一下头等舱是否还有空位。冯欣听着她敲击键盘的声响,脸上始终挂着快活的笑容,过了两三分钟,工作人员含笑说道:"'芬格'小姐,您好,头等舱还有空位,您需要补6572欧元的差价。"

就在这一秒钟内,冯欣醉意全消,像有一大桶冰水当头泼下,霎时清醒过来,感觉连眼睛都变得明亮了。她下意识地"啊"了一声,对方以为她没听懂,便将6572欧元这个数字写在一张便利贴上递过来。这张薄薄的黄色纸条好似一枚锋利的刀片,令她不由得往后退了一小步,法语也讲不清楚了,讷讷地说:"不不,不用了,我,我不需要。谢谢谢谢。"

她这副犹如闯了大祸的模样再次让工作人员感到惊讶,心中生出了一丝同情,低头在电脑上查了一下,告诉她:"小姐,您可以升至'高端经济舱',比普通经济舱舒服,仅需要补1146欧元的差价。"同时递给她另一张便利贴,上面写着1146的数字,又耐心解释这个"高端经济舱"的诸多优势。冯欣窘迫得只能听见太阳穴上血管的怦怦猛跳,感觉周围成百上千双眼睛都在盯着自己,她急于结束这场丢人的谈话,连声答应着,又不停地道谢,慌忙掏出银行卡支付了,拿着登机牌快步走去安检。

离登机还有一个多小时,冯欣原本打算逛一逛免税店,然而刚才升舱的事让她狼狈至极,就找了个人少的角落坐下,一时间眼睛都不知道该往哪里看,便低头瞧着手中的登机牌,这才意识到,因为昏头昏脑地说了一句傻话,自己一下子多花了8000多元人民币。这些钱足够给父亲买一瓶印度靶向药,足够半次介入治疗的费用,足够母亲好几个月的生活费,足够……算了,不要再想了,不要再想了!她在心里朝自己大吼,仿佛某个角落中藏着一个跪在地上痛哭忏悔的人。她努力回忆着昨天在鸢尾别墅的点点滴滴,好让自己的思维能像电视机换台一样,赶紧跳转到另一个频道。

她想起朱利安说他早已在邮局办了信件转移,将来T家拍卖行寄到鸢尾别墅的所有合同文件,邮局都会自动转寄到他在巴黎的公寓。冯欣扯着嘴角苦笑了一下,他真是聪明啊,如果我当年知道邮局有这样的服务,就不至于被埃琳娜辞退了。但如果真是那样,我可能也不会回国,也就不会遇到如意耳瓶了……

她又想起昨天问朱利安,明年拿到拍卖瓶子的钱,他是否要辞职,然后成立自己的拍卖行。她记得很清楚,两年前第一次去巴黎市中心的拍卖大楼布展,朱利安跟她讲完拍卖大楼的历史和种种逸闻,满脸憧憬地望着大楼感叹:"有朝一日,我也能在那里面举槌就好了!"

然而此刻,她无论如何也想不起昨天朱利安是怎样回答的,可能她当时酒喝得太多,脑子稀里糊涂的,也可能他根本没有回答,胡乱敷衍过去了。一股难以名状的忐忑和惶惑在她心中弥散,宿醉令她浑身疲软乏力,可是头脑似乎又异常清醒。她知道自己肯定已经触及了什么真相,但一时之间却毫无头绪,就像手掌上扎进了一根极细的木屑,明明可以感到它带来的刺痛,但一直找不到它在哪里。她徒劳地追溯着昨日的所有细节，身后一位华人男子的手机猛地响了起来——那铃声是《欢乐颂》。

冯欣感到自己握着登机牌的手指在渐渐发僵，她想起来了，昨天在别墅里醉得狂喜难抑，她打开客厅的钢琴琴盖，乱弹了好久，唯一弹得流利的曲子只有《欢乐颂》——全世界所有学钢琴的人弹的第一支贝多芬作品。"朱利安，你记得吗？拍卖行弄丢过一张贝多芬手稿！哈哈哈，后来居然又找回来了！这件事好稀奇！我到现在还记得！"她弹着那简单欢畅的旋律，朝着倚在钢琴旁的朱利安大声笑道，还打了一串酒嗝儿。朱利安却把目光虚开了，嘴边浮起一抹怪异的笑容，那笑容如此陌生，好像并不属于他自己，而是被人强行安在他脸上的。

一系列真切的细节在她的脑海里进涌，像有人在黑暗的地窖中打开了手电筒，一束强光直射进她意识的最深处。她想起来了，当朱利安奇迹般地在仓库"发现"贝多芬手稿时，艾里克就说过，手稿有可能确实被偷走了，只不过因为它是赝品，小偷无法变现脱手，所以才又悄悄放了回来。弗雷德也告诉过她："手稿如果是真迹，能卖到20多万欧元。"

冯欣感到冷汗浸湿了额角，她现在明白自己在和什么样的人"合作"了，只是明白得太迟了一点。她挪了挪身子，把脸转向落地窗外一望无垠的停机坪，身后那位华人男子还在高声讲着电话，他佶屈聱牙的方言让冯欣想起拍卖大楼里那些粗鄙聒噪的客人，突然想，付斌、贺老板这些人，难道会比朱利安更"清白"吗？

"与虎谋皮"，前两天在一部古装剧里偶然听到的这个词在她耳畔震响，像一柄大铁锥不停地猛烈敲击，要把这个词凿刻在她的颅骨上。是啊，我这一路都在与虎谋皮。

登机广播在大厅里响起，冯欣回头望见登机口虽然还没开，许多乘客已排起长队等候，广播用法语和中文又说了一遍："请头等舱和商务舱的乘客先登机。"她忽然想起自己刚才交了那么多钱升舱,应该可以走 VIP 通道了,这一刹那涌来的兴奋让她很有些眩晕,立刻快步往登机口走去,感觉得身边所有排队的乘客都用羡慕嫉妒的目光注视着自己,仿佛是走在电影节红毯上的大明星。检票口是一位金发碧眼、制服笔挺的帅气小伙子,他迎着冯欣微笑问好,接过登机牌低头一看,他脸上的笑容顿时像电脑宕机黑屏一样,瞬间消失得无影无踪,正色道:"小姐,您是经济舱,请去后面排队。"

这打击来得如此突然,冯欣一时间手足无措,"您好,头等舱是在这里登机吧?"一句甜美的法语传来,冯欣回过头去,只见身旁站着一位高挑修颀的中国女孩。她 20 岁出头的模样,未施粉黛的脸颊泛着野蔷薇花一样红润健康的光泽,一双小鹿般灵动的深琥珀色眼眸,戴着一顶白色网球帽,柔顺微卷的黑发垂在胸前,越发显得光彩照人。她落落大方地将登机牌递给检票的金发小伙子,解释说自己先前因为忙着购物,没注意听登机广播,所以来晚了。她的法语清晰而流利,检票小伙子刚才一见到她就堆起了满脸笑容,现在看她提着不少购物纸袋,便殷勤地问她是否需要帮忙提上飞机。姑娘笑着说不必,小伙子扫描了她的登机牌,祝她旅途愉快,随后转过脸来,收起笑容,再次让冯欣去经济舱的队伍后面排队。

高个子姑娘似乎才发现冯欣站在旁边,回头瞥了她一眼,冯欣注意到她的网球帽上绣着今年法网的标志,和朱利安放在别墅玄关处做"道具"的那顶帽子一模一样。她赶紧低下头转身往队尾走去,嗓子眼好像被一大团吸足了苦涩药汁的海绵塞住了,不禁干噎了两声,我花了那么多钱,竟然还是不能走这条"高贵的"头等舱通道。这世界真是残忍啊,永远比你想象的更残忍。

这所谓的"高端经济舱"只是座椅可以斜躺,好像牙医诊所的病床,冯欣生平第一次见到了盛放在白瓷盘中的飞机餐,虽然谈不上美味,但还是忍不住拍了好多照片。她修图的时候又想,这些照片拍了给谁看呢？叶芝那样的人在社交媒体上晒头等舱的照片，不过是他们的日常生活，我晒这种照片，真是打肿脸充胖子了。也许我将来也能过上她那样的生活？不可能的，就算瓷瓶卖到 100 万欧元，就算朱利安跟拍卖行协商，免去所有卖家佣金，我最后拿到的只有 60 多万欧元，也就是 500 万元人民币左右，把之前借的钱都还了，勉强够买两套房子吧？我怎么可能舍得花 10 多万元人民币买一张头等舱往返机票呢？

这些天的劳顿奔忙和油腻的飞机餐让她恹恹欲睡，她刚才点了一杯红酒，还没有喝完，就仰靠着椅背，半闭着眼睛小口抿着酒。机舱的灯光暗了下来，她心头也漫起一股难言的落寞，不知不觉就睡着了，似乎沉入了一片幽黑无底的海水，一直沉下去、沉下去……一阵剧烈的颠簸让她陡然抽搐了一下，听见中英法三语广播说飞机遇到气流，请乘客系好安全带。她像是长久昏迷后终于醒来，头脑空白一片，用浑浊的目光环视周围，发现面前的小桌板不知何时已被收起，红酒杯也不见了。

等到这一阵颠簸平息下来，冯欣起身去卫生间，她望见机舱后方的卫生间指示灯亮着红灯，就转身往前走，掀起一道深色布帘，右手边就是卫生间。她推门进去，没想到里面竟相当宽敞，洗漱台上方摆放着洗手液、护手霜、身体乳和香薰，还有一次性牙具和梳子。她舒舒服服地待了好一阵子，盘算着下飞机前一定要再进来一趟，用这些免费的洗漱用具梳洗整齐之后再走，这样才能让那 1000 多欧元的升舱费用花得物有所值。

她走出卫生间，门外站着一位 50 来岁的金发空姐，冯欣微笑着刚要对她说"您好"，不料对方一脸严肃，两道深深的法令纹刻在她艳红的唇边，更显出冷峻的神色。空姐用简洁的法语说："小姐，您不可以使用这间卫生间。这是头等舱。"同时掀起身边的布帘，指着走廊远处说："经济舱的卫生间在那边。请您不要再过来了。谢谢。"

空姐说的每一个词冯欣都明白,但她此时尴尬得无地自容,只好装作没听懂,嗯嗯啊啊地点着头。空姐很有些不耐烦,皱起眉头,抬手比画着推拒的动作,像是要把什么看不见却令人厌恶的事物从眼前推开。

"请问,卫生间是出了问题吗?我可以使用吗?"这句法语让两人转过头去,又是那位高挑漂亮的中国女孩,睡眼惺忪地走过来,舱顶的射灯正好照在她睡衣前襟上,看得见胸前绣着航空公司的标志。"当然可以!陈小姐,您请进。"金发空姐脸上顿时绽开温和的笑容,并欠身为她推开卫生间的门,冯欣赶紧趁机远远走开了。她闭上眼睛半躺着,却一直无法入睡,心里乱糟糟的,前排有人在打鼾,吵得她愈加烦躁,就在屏幕上随便找了一部法国喜剧电影看起来。

电影很有趣,主角是一位住在巴黎远郊贫民区的法国老太太,寡居多年、穷困潦倒,某天晚上她在垃圾堆捡旧家具时,误打误撞地跟街区里贩售大麻的小混混们打上了交道。老太太遂以自己苍老贫穷的外表做掩护,先是参与运输和兜售大麻,继而以制作大麻甜点这种更为隐蔽的方式发家致富。老太太所在的贫民区让冯欣想起自己从前租住的小公寓,感慨所有贫民区果然都是类似的,心底油然生出几许亲切感,更加入戏了。中间虽然有老太太被帮派流氓威胁、殴打的情节,但全片始终充满了乐观旷达的法式幽默,冯欣看得很开心,直到她看见老太太攒够了一笔钱之后,带着一群老姐妹去海边过周末,而她们的度假地正是多维尔。

她惊喜又错愕地认出了影片中的取景地:临海的豪华酒店和赌场,沙滩栈道旁书写着全世界电影明星名字的一排排白漆木栅栏——朱利安告诉过她,自1975年以来,每年夏末,多维尔都会举办国际电影节,这些写着杰出电影人名字的木栅栏,就相当于洛杉矶的星光大道。但是,"我们法国人比美国人高雅多了,我们才不会把电影人的名字刻在地上,任人践踏呢!我们把他们的名字写在漂亮的木栅栏上，就像树立在海边的一座座里程碑。"

电影中这些一生拮据的老太太们在多维尔度假时，也像当地的富人们一样消遣娱乐，安闲自在地享受酒店的各种服务，当她们开着租来的敞篷豪车飞驰在海滨山麓之间，冯欣甚至看到了镜头中一闪而过的鸢尾别墅。她突然感到一阵刀割般的心悸，这部引人发笑的喜剧电影好似一柄尖利的匕首，一下又一下捅在她的新旧伤口上，让她悲痛得难以抑制。有些人甘愿冒着被恐吓毒打、被逮捕坐牢的危险，仅仅是为了过上另一些人习以为常的生活，哪怕只是短暂地过上一两天那种富足裕如的生活，都能成为他们生命中至为宝贵的美好回忆。

泪水模糊了冯欣的视线，她依稀看见影片中的老太太们过完周末后，满心欢喜地回到贫民区的廉租房，却险些丧命于黑帮的枪口之下，多亏警方早有埋伏，救了她们的性命，随后以贩售毒品罪将她们拘捕入狱。冯欣紧捂住嘴不让自己痛哭出声，泪水顺着指缝流到手腕上，悲伤裹着愤懑几乎要从脑门上爆裂出来。

"小姐，您是不是不舒服？"耳边传来一句温柔的中文，让冯欣颤抖了一下，她抬起头来，在泪光中看见一位中国空姐站在面前，关切地弯下腰，问她是否需要晕机药。她已哭得口干声喧，说不出话来，就轻轻地摆了摆手，哽咽着道了声谢谢。空姐贴心地递给她两张面巾纸，又轻声对她说，如果需要帮助，可以随时来找自己。

冯欣握着面巾纸仰靠在座椅上，低声抽泣了许久，迷迷糊糊地打了个盹儿，似乎又回到了多维尔的海边。昨天她和朱利安酒醉后醒来，已过了晚上 8 点，因为是夏令时，天色还很明亮。朱利安说现在人们都在吃晚饭，冯欣这张亚洲脸孔出门应该不会被人注意到，正好他打算去赌场玩个通宵，就带她去海边逛逛。

别墅旁有一条宽阔平整的石阶山径，直接通往沙滩，冯欣注意到路边竖着一块深蓝色的路牌，上面写着"Marguerite Duras (1914—

1996)石阶"。她问朱利安这条路为什么会用人名来命名,他脚步不停地往下走,漫不经心地答道:"她是个作家,挺有名的。她很有名的一部作品,《来自中国北方的情人》,你应该知道吧?"冯欣喃喃重复了几遍这个书名,用中文惊呼出声:"天啊!杜拉斯啊!"

她转身飞快地跑回去,举起手机给路牌拍了好几张照片。她从没读过杜拉斯的书,但她清楚地记得,她高中最好的朋友,同桌的短发女生酷爱杜拉斯,在高三的数学课堂上还偷偷读杜拉斯的小说,常把那些触动她的句子抄在日记本上与冯欣分享。高中毕业后两人考上了不同的大学,慢慢就失去了联系。

此刻,她站在写着杜拉斯名字的路牌下,绯红浅金的斜晖落照像水彩画一样洇满天幕,英吉利海峡涨潮的涛声在耳畔回响,空气中荡漾着微咸的水沫……眼前分明是天涯海角般遥远的异国,却仿佛能从晚风里闻到许多年前夏日校园的气息。或许那些看似毫无意义的琐事和转瞬即逝的幽微情愫,并不曾被时间的洪流吞没,而是被封存在看不见的行李箱中,它们随着风、随着海走过了全世界,最终来到此地,遇见这块写着杜拉斯名字的路牌,它像一枚神奇的钥匙,轻轻一旋,行李箱应声而开,数不清的往事顿时纷至沓来。

"那就是杜拉斯生前经常居住的酒店,"朱利安走回她身边,指着不远处一栋略显破败的宫殿式建筑说,"为了纪念她,这条石阶路就以她的名字命名。多维尔到处都是名人故居。城中有一家小酒馆,叫作福楼拜酒馆,是福楼拜当年常住的;大仲马也常来,前几年德帕迪约演的那部关于大仲马的电影,很多场景都发生在这里。对了,还有你们女人最喜欢的香奈儿,她不仅常来这里度假,还设计了以多维尔命名的香水和包包。我以前哪里知道这些事情啊,都是为了应付叶小姐,才特意上网搜的……"他还在絮絮地说着,似乎对自己如此缜密周全颇为得意。石阶尽头就是沙滩上的木栈道,无数贝壳碎屑散落在栈道上,每走一步都发出喀嚓轻响,朱利安同冯欣道别,朝着栈道另一头的赌场疾步而去,留下她站在金光弥漫的沙滩上。

眼前的美景深深震慑了她的心魂,这是她此生见过最辉煌壮丽的海滨日落,她长久难言,甚至情不自禁地屏住了呼吸。海滩上几无人影,金色的暮霭像一件硕大的婚纱从天空洒下,人世间最美妙的色彩全都融化在这苍茫无尽的天海之间。她走下栈道,脚一踩进沙滩,金粉般橙黄细软的沙子便四下流淌,一股强烈的喜悦从脚底一直升腾扩散到全身,她双手叉在腰间,仰着脸,大口呼吸着,索性脱了鞋朝着海浪奔去。沙滩上无数纵横错杂的涓涓细流反射着落日金辉,仿佛是从地下涌出的香槟酒液。

太阳逐渐消失在天际的朦胧暮色里,薄蓝的天幕变得深沉,最后的晚霞照在海面,每一个浪尖都好像滚动着金红色的火球,远方的海上有几只船帆,宛若银灰色的飞鱼在浪涛中跳跃。冯欣连蹦带跳走进海水中,她交替着抬高双腿,再使劲踩下去,厚实凉爽的沙地让她兴奋不已,她不停往前走,越走越快,海浪也越来越猛烈地拍打着她的身体。一道白亮的灯塔光束突如其来地扫射到她面前,她眯着眼停住了脚步,一回头才发现已经离岸边很远了。鸢尾别墅所在的山岭在夜幕中勾勒出墨渍般浓重的阴影,山间屋舍和路灯的光点渺小如微尘,似乎同天上的群星融在了一起,她转脸望向另一边,望见了远方灯火如昼的赌场和那座豪华酒店。

此时此刻,叶芝就在那里,在某间豪华套房里,她在做什么?在靠着阳台栏杆欣赏海景夜色吗?她永远不会知道,就在她面前这片暗潮激荡的海水中,有一双眼睛正在死死盯着她,就像盯着一只飞进蚊帐的蚊子,看它嗡嗡地叫着、欢快地上下飞舞,全然不知死期将至……

海浪推着冯欣踉跄后退,一直退到浪涛无法触及的岸边,一弯残月自天际升起,闪耀的银光似一条长长的鳗鱼在海面抖动。她忽然感到热血澎湃,仿佛被这片辽阔宏大的海景所感染,情不自禁地俯身趴在沙滩上。沙子的湿气裹着日光暴晒后的暖意浸染着她的胸膛，耳朵里轰响着雷鸣般的涨潮声，却又感觉无比静寂，依稀听到头顶掠过一阵颤动，或许是晚归的海鸟在扇动翅膀。

灯塔的光束往复扫过，犹如天上的彗星拖着白色的长尾迎面飞来，她把身子伏得更低了，将滚烫的脸颊和手脚埋进沙子里，听得见自己的心脏一下又一下地敲击着身下的沙滩，几乎让她整个人都颤抖起来。波浪在她眼前一刻不停地扑涌，一股带着海草气味的温暖水雾包裹着她的全身，她像猫一样张开鼻翼，用力呼吸着，想要尽可能多地吸走这股新鲜的气息，带走每一滴美好回忆。

一阵颠簸惊醒了她，机舱广播里说飞机已开始下降，旁边的乘客哗地一下拉开遮光板，明晃晃的日光直射进来，那蜃景般魅人的幻梦消亡了。冯欣紧紧闭上双眼，她知道自己再也不会遇见那样美丽的海景夕照，再也不会经历那样令人沉醉的仲夏了。前方才是属于她的生活，真实的丑陋的生活，她要拼尽全力博斗才能勉强活下去的生活。

好在，她如今有了盼头，她知道再过六七个月自己就能重获新生，今年她 30 岁，"自由"是最宝贵的而立之礼。这个信念让她感到前所未有的安心笃定，足以对抗一切魑魅魍魉。

赵老板又找了新的锥子脸情妇，很少再让冯欣陪着去夜店应酬了，又因为她留法硕士的身份，陆续把一些与境外有关的生意往来交给她处理，她这三脚猫的外语水平竟也能够应付。这些工作并不繁重，是让人迟钝变蠢的重复性活计，冯欣经常暗自感慨，像赵老板这样财大气粗的所谓"成功人士"，背地里也是一屁股的烂账，不仅要想尽办法逃税漏税，还要用各种花招帮自己也帮别人洗钱。她不时想起巴黎拍卖行的那些法国人，戴维德、埃琳娜、威廉……这世界太污浊了，谁还能从粪坑里开出白莲花呢，她也只能步步小心地在其中行走，确保自己不会失足。

T 家拍卖行的亚洲艺术秋拍是 12 月 10 日,因为拍卖行人多眼杂,朱利安为了安全起见,不会去现场,冯欣倒是早早办好了签证准备到时去巴黎"观战"。没想到自 11 月中旬开始,法国的"黄马甲"示威游行愈演愈烈,虽然她跟母亲解释了无数遍,游行在法国是极其常见的事,但母亲还是忧心忡忡,再三劝她不要去:"你在家里电脑上看拍卖直播不也一样嘛! 那瓶子还能跑了啊? 何必飞来飞去的,又花钱又折腾。你一分钱都还没到手呢,可得省着花啊!"

　　到了 12 月初,又赶上赵老板的岳父过世,他回南方治丧,安排冯欣去香港处理几件拍品的结款和运输事宜,她才不得不打消了去巴黎的念头。她想着母亲和自己都没去过香港,正好借这个机会去逛逛,于是预订了一家物美价廉的民宿,先住了四五天,10 号是她们在香港的最后一天,冯欣领着母亲住进了半岛酒店的海景房——这是她的"大日子",在每个人短暂的一生中,这样重要的日子屈指可数,她必须用金钱给这一刻镀上永不磨灭的光辉。

　　如意耳瓶是 157 号拍品,拍卖进行到半程时,香港已是晚上 11 点,母亲熬不住先去洗漱泡澡,冯欣一动不动地坐在落地窗前盯着电脑屏幕。还有两件拍品就要拍到如意耳瓶了,冯欣想把母亲从浴室里喊出来,可是张了张嘴却发不出声音,她握着鼠标的手好像僵住了,却又能从鼠标腕垫上真切感到自己的脉搏正在剧烈地跳动。

　　拍到 100 万欧元时,冯欣觉得眼前像是蒙了一层薄雾,耳朵也被塞住了,完全听不见视频里金发拍卖师响亮的叫价声,只看见他穿着深蓝色西装的上身左摇右晃,手臂像钟摆一样来回挥动。屏幕中间那个有许多零的数字快速地变化着,直到 2100000,短暂地静止了三四十秒钟,有人旋即加了最后一口价。

　　2110000 欧元。

　　落槌声像一枚子弹,笔直地射进了冯欣的前额,她所有的思想好似一台正在高速运转的机器被切断了电源,猛然停顿了下来。她瘫靠在扶手椅中,炽热的双手搭在大腿上,直愣愣地望着窗外黑水滚滚的维多利亚港,那些华灯璀璨的游船一艘接一艘地驶过,无数摩天大楼的光柱倒映在海面,又被起伏翻腾的浪涛飞快打散……就在不到五分钟的拍卖时间里,她自由了,一种全新的人生就要开始了。

母亲从浴室出来时,吓得惊呼出声,只见女儿面仰面躺在窗前地毯上,瞪大两眼盯着天花板,咧着嘴似乎在笑,泪水却挂满了脸颊。她慌忙扶起冯欣坐在沙发上,然而无论母亲说什么,冯欣都只是嗯嗯地应着,她听不懂母亲讲的话,那急促尖细的嗓音令她透不过气来,她也感觉不到自己的眼泪,任由泪水冲刷着痴痴傻笑的脸庞。

等到冯欣稍微平静下来,把成交价告诉母亲,她激动得拍着手连声欢叫,还在窗前又唱又跳了好一阵子,最后坐回床上,靠着床头抹着眼泪说了句:"可惜你爸走了,他要是还在,现在得有多高兴啊!"

冯欣脸上的眼泪干了,皮肤紧绷绷得有些难受,一种怪异而残忍的快感掠过她的脑海,如果父亲还活着,今天的事情根本就不会发生,或许,这就是自由的代价? 这一闪而过的恶念让她打了个寒战,赶紧告诉自己,能有今天的运气,全靠父亲在天之灵的庇佑。是父亲的重病把她逼入了绝境,而人总是在绝境之中,才能生出大无畏的勇气和决心。

朱利安的信息发了过来,只有落槌价的数字和一串礼花香槟的表情符号,冯欣心领神会地回复他一个撒花祝贺的表情包。母女俩几乎一夜未眠,躺在床上讨论这些钱要怎么花才妥当。后半夜母亲去上厕所,回来时抱着一大堆毛巾浴巾浴袍,问冯欣能不能把它们带走:"这酒店那么贵! 咱们拿他几条毛巾做个'纪念',也算没白花钱,是不是?"

冯欣哭笑不得地把这堆东西又抱回浴室,笑着说:"这是别人用过的,咱们现在有钱了,不稀罕! 酒店旁边就是爱马仕,你要是想买毛巾,咱们明天去爱马仕买!"

"你又来'烧包'!"母亲翻了个白眼,嗔笑道,"咱们连个钱的毛毛都还没摸到呢,就爱马仕、爱牛仕的!"

将近天亮时分,母女俩才蒙眬睡去,没过多久,母亲又猛地坐起来,冷不丁地问了一句:"不对!他为啥那么便宜就卖给你?"她打开床头灯,见冯欣还在酣睡,便用力推醒了她,一迭声地问道:"卖给你瓶子的那个人,为啥200万元人民币就肯卖给你了?他为啥自己不送瓶子去法国?他为啥让你白赚这么多钱?"她加重了"你"这个字的字音,重复了两遍:"你赚了这么多钱啊!他不眼红吗?"

冯欣支着手肘欠身瞧着母亲,脑子还糊里糊涂的,她使劲眨巴着眼睛,嘟囔着:"他为啥……为啥让我赚呢……"她忽然清醒过来,坐直了上身盘起腿,脸上的肌肉都绷紧了,好像一辈子从未如此头脑清晰,话语也条理分明:"这瓶子虽然修得跟完好的一样,但他如果在国内卖,并不太好弄。公开拍卖的话,那么多人看来看去,保不齐能有高人看出破绽,私下再一传十十传百,这瓶子就算'废了',永远砸他手里、再也卖不出去了。就算蒙混过关,瓶子拍出了高价,按国内那帮人的烂习惯,付款时间可能会拖很久,拖来拖去的,万一事情败露,他一分钱拿不到都是小事,摊上个难缠的买家,说不定还要'教训'他一顿。所以,最好的办法就是找个不太懂的大老板直接私洽——他不就来找赵老板了吗?可是老板们都精得很,他要赔多少笑脸、花多少工夫啊?而且,如果有一天赵老板知道了瓶子背后的猫腻,还不把他整死?"

母亲听得连连点头,冯欣抹了一把脸,闭了一会儿眼睛,像律师做结案陈词一样,以一种简峻有力的语调说:"所以,这瓶子卖给我,最合适也最安全,大家都省心,也都有得赚。当然,他没想到我能赚这么多。我也没想到。"

母亲脸上的惊慌神情早已消失,她目不转睛地注视着女儿,听她继续讲下去:"至于把瓶子送去法国,哪有那么容易?他会说法语吗?

他认识法国人吗？就算他认识法国人，那人也愿意跟他合作，他能想到去海边租个别墅'做局'吗？"

冯欣干脆利落地说出这一串问句，母亲还在不断点头，她却倏然闭上了嘴，用力咬住了下唇。直到这一刻，直到自己亲口说出，她才深切地意识到，像自己这样天赋能力容貌家境都极为普通的人，想要挣脱困窘的泥沼，过上如意的生活，需要多少千载难逢的机会和运气啊！这样的好运不会再有了，她隐约感到一股凉意袭过后颈，她必须要尽快脱身。

没过几天她就听说了，是那位卖豆芽发家的大老板拍到了如意耳瓶。她还清楚地记得第一次在付斌的微信语音里听到这个名字时的情形，他像甩出一张巨额钞票一样讲出这个名字，隔着手机屏幕都能感到他的敬畏之情。这样一位亿万富豪，居然被我骗了。"如果你的假货，骗过了全世界顶级的专家、收藏家、博物馆——这是什么感觉？你能想象这种极致快感吗？"

她确实体会过这样的快感，那是在用唐卡坑骗了韩嘉漪之后，而这一次，她却总觉得后怕。她知道这种快感会把人引向怎样可怖的深渊，她亲眼见过威廉的结局，见过欲望和贪婪的代价。她始终没有忘记威廉被捕时，叶芝发在朋友圈的那句话："身后有余忘缩手，眼前无路想回头。"她反复思量过所有细节，确定如意耳瓶这件事上自己不会有任何法律风险，就算哪天东窗事发，T家拍卖行追查起来，也是伪造身份的朱利安承担责任，和自己没有多大关系。她日夜都在祈求豆芽老板尽快付款，好让自己赎得自由身。

但是新的一年开始，赵老板却把越来越多的涉外事务交给她去做，让她很是胆战心惊。她多少猜到这些大额金钱往来的事不是很"干净"，却没办法拒绝，只好自欺欺人地想，赵老板肯定有靠山，不会出事，就算出事，天塌下来也不会砸到自己这种小喽啰头上。

赵老板或许以为，冯欣是他的情妇，是靠得住的"自家人"，殊不知她对这种关系早已恨之入骨，巴不得尽快剜去这脓疮肿毒。帮赵老板办事的时候，冯欣也顺手给自己赚了些"劳务费"，赶紧先把两张信用卡的贷款都还了。过完元宵节没多久，朱利安微信告诉她，拍卖行让他提供银行账户信息，准备将所有钱转给他。

两人按照之前商议好的，将赵老板一家香港皮包公司的银行账户发给拍卖行，如果拍卖行问起，就说这是爱德华·德·布罗耶先生父亲的朋友在香港的账户。没想到 T 家拍卖行的财务部门很爽快地就把钱转了过来，估计他们对这种避税手段早已司空见惯。由于朱利安之前跟拍卖行谈过，免去了全部卖家佣金，所以冯欣收到的是2110000 欧元，她将 1/3 的款项转至朱利安母亲在瑞士银行的账户，心中再次感慨，朱利安真是深藏不露，他在戴维德的拍卖公司工作了那么久，恐怕没有任何同事知道，他竟然有一位瑞士籍的母亲——如此一来，他这 70 多万欧元的收入就避开了法国严苛的金融监管。

当冯欣在自己账户上看到 140 多万欧元之后，她把早已用Photoshop 做好的乳腺癌诊断书放在赵老板面前，说自己准备回老家，一来为了治病，二来也想多陪伴一下母亲。她平静地诉说着，脸上是一副深思熟虑后不得不启齿的哀伤表情，话音中带出几声克制的哽咽，这些编造得滴水不漏的谎话逐渐感染了她自己，仿佛一位演技精湛的悲剧演员完全沉浸在角色的坎坷命运中。她忽然记起了被埃琳娜辱骂和辞退的那天，这一路走来所有的辛酸回忆如瓢泼大雨般浇下来，她差一点失声痛哭，马上深吸两口气极力忍住，不期然赵老板问出了一句："你治病要多少钱？我来给。"

她听得很清楚，却不由自主地问："你说什么？"赵老板伸手在茶几上拿了根烟，一边点烟一边说："这个病能治的，我舅妈也得过，现在还好好活着呢！我出钱给你治就行。"

这是冯欣第一次在赵老板面前感到羞愧，她用乳腺癌做借口，是因为在过去的大半年里，她身不由己地知道并参与了赵老板生意的许多内幕,估计他不会轻易让她脱身。思前想后,人世间千般谋划万种算计,最好用的莫过于苦肉计。当你说自己身患绝症,总会得到旁人同情的目光和友善的微笑,哪怕是装的呢,也能让你看到一点点人性的温情。她经历过父亲的肝癌,对此深有感触,却没料到赵老板竟然真心实意地想出钱给她治病。

赵老板用一种轻描淡写的口吻安慰她,仿佛癌症就像他食指上抖落的烟灰一样,冯欣轻扯了两下衣襟,感觉衬衣似乎一下子变紧了,勒得她有点气闷。她欠身拿过茶几另一端的烟灰缸,放在赵老板面前,刚才说出口的那些谎话让她觉得良心受责,但她仅仅犹豫了几秒钟,赵老板弯腰把烟头摁在烟灰缸中,隔着青灰色的烟雾,她看见他后脑勺上稀疏油亮的发绺——她记起了他震耳欲聋的可恶鼾声,记起了包厢里熏得她无法睁眼的浓烈烟味,记起了那些令人作呕的酒局饭局夜总会,不禁轻蹙了一下眉头。

“真的谢谢你,我不需要钱。我想先回家陪陪我妈。”冯欣讲出这句话,忍不住笑了一下,在赵老板看来,这或许是无可奈何的苦笑,只有她自己清楚,这笑容是她内心即将喷薄而出的狂喜,更是对往昔无数艰辛苦楚的释怀。

我有这么多钱了,我要把这一生当作两个人生来过。

26

“这房子以后落谁的名字呢?妈妈的,还是女儿的?”

“落我的名字,曾海玥。我付全款。”

这是她在这座西南城市买的第三套房子,一套高层复式大宅自住,两套小户型公寓准备将来出租。她很喜欢这里,就像她很喜欢自己的新名字一样。

　　三月初离开赵老板所在的那座北方城市时,她几乎扔掉了所有个人物品,只用那个装如意耳瓶的小手提箱装了几件当年从法国带回来的衣物,她要把那一段散发着恶臭的时光从生命中彻底抹去,才能干干净净地开始崭新的人生。那也是她第一次给自己买了头等舱的机票,在贵宾候机室里,不知是谁把一本讲曾国藩的书遗忘在沙发扶手旁,她顺手翻了几页,看到一句话:"从前种种,譬如昨日死;从后种种,譬如今日生。"

　　这句话似诵经拜忏的佛号偈语在她耳畔反复响起,让她心底生出一种"开悟"般的欢喜。她想起母亲也姓曾,这个巧合或许是冥冥中上天传递给她的信息,于是费了很大周折去改了名字:曾海玥。她记得自己面对着橙黄硕大的月亮,边吃炸鸡边流泪的那个秋夜,那温柔而广阔的孤寂,美好得不可言说;她更记得多维尔壮美的海滨暮色,自己趴在暖热潮湿的海滩上,望着月亮从英吉利海峡的另一端升起,胜过人世间最绮丽的梦境。她很怕自己在日复一日的庸碌中渐渐遗忘了这两件小事,所以一定要把它们镌刻进名字里。

　　整个春末到仲夏,她和母亲都在忙着装修新房,她换了好几个室内设计师,每次都不厌其烦地把自己在鸢尾别墅拍的上百张照片拿给设计师看,告诉他们:"要按这个样子来做。"她也会把记忆中叶芝家里,尤其是她那间小闺房里的各种细节一遍又一遍描述给设计师听,只要他们能做出让她满意的效果图,她从不计较费用。只有一次,设计师建议她在玄关处安置一道屏风,她霍然一惊,大声脱口而出:"不! 不要屏风! 绝对不要!"设计师被她吓了一跳,他怎么可能知道,屏风是她最恐惧的噩梦,她今时今日所有的幸运和财富,全都仰赖于一道 400 年前的屏风的庇佑。

　　母亲有时忍不住念叨几句:"一个水龙头都要买意大利进口的,

你也太能花钱了!"她总是微笑着说:"咱们现在有钱了,要懂得过有钱人的日子。"她时常会想起离开鸢尾别墅的那个清晨,她在浴缸里舒服自在地泡了很久,直到水凉了才恋恋难舍地起身,站在窗帘后擦身体乳时,无意中望见大门外站着三四个游客模样的法国青年男女,先是仰着头满脸歆羡地对着别墅指点赞叹,后来又轮流在门口的凌霄花篱前摆造型拍照。原来,活在别人羡慕的目光中是这样一种感觉啊!她生平第一次体会到了。想想叶芝从生下来就活在这样的目光里,难怪她永远都是那种恬淡安然的气派,我如果有她的家庭条件,我恐怕比她还更优雅更体面呢。

六月中旬,她和母亲终于搬进了新房。客厅有很大的落地窗,天气晴好时,能望见天际一带雪山巍峨延绵,果真是"窗含西岭千秋雪"的胜景。母亲第一次坐在窗前看见雪山时,激动得眼泪汪汪,拉着她的手连声说:"做梦都没想到啊!养了你这么个女儿,是我多大的福气啊!"她很想问问母亲,是否后悔过此前30年对她的漠视和贬低,但终究没有开口,从前那个冯欣已经死了,连同她那些可悲可鄙的憋屈往事一起被埋进了黑暗的墓穴里,不值得再把她翻出来多说什么了。

朱利安也买了房子,他在巴黎近郊买了一套100多平米的公寓,地铁通勤时间只需10分钟。她问朱利安为什么不在16区买房,他发过来的微信语音带着明显的笑意:"70万欧元在16区最多只能买到50平米。"她想起了叶芝家位于市中心卢森堡花园旁的大平层,那里的房价比16区还要贵许多,或许我赚的这140万欧元,只够买她家的客厅吧?她笑了笑,久久凝望着窗外的雪山,这些年她一直嫉妒着叶芝,甚至暗中恨过她,这种恨意多半是源自她灵魂深处的恐惧。她从小到大都过着缺乏安全感的生活,永远被轻视被打击,永远得不到赞许,现在她体会到了被人奉承、被人疼爱的滋味,也体会到了无微不至的周到服务——在她住高级酒店的时候,在她购买奢侈品的时候……她早已不恨叶芝了,也不嫉妒了,是金钱给了她无与伦比的安全感,是金钱救赎了她的灵魂。

她虽然还在关注着叶芝的朋友圈,但内心很清楚,自己此后的人生和叶芝不会再有任何交集,她和叶芝的距离,就像叶芝和那位买下两座城堡的阿拉伯君主的距离:我们是生活在同一个星球上的不同物种,彼此永远不可触及。

朱利安跟她提了两三次,建议以后继续"合作",不必再伪造身份租房子精心设局,只让她提供物品,他会把这些物品送去不同的拍卖行:"这样又简单又安全。"她没有答应,但也没有直接回绝,只说现在暂时找不到合适物品,让他先耐心等待一段时间。这的确是实情,离开赵老板的当天,她就删除了所有"老板老总"的联系方式,仅留着付斌的微信,两人还不时给彼此点赞评论。如果她要同朱利安继续"合作",就必须再去联系付斌,再去"与虎谋皮"。她历尽艰险才从那滩污泥沼泽中挣脱,实在不想回头再陷进去,可朱利安的提议又很是诱人,她总也无法做出果断的决定,只好一天天拖延下去。

近来最火爆的娱乐新闻无疑是韩国演员宋慧乔夫妇的婚变,每次刷到他们的新闻她都很感慨,这两人主演的电视剧风靡一时的那年,她蜗居在巴黎贫民区的小公寓里,辛辛苦苦地做实习生;两人新婚宴尔之际,她刚搬到那座北方城市,做赵老板的"艺术品经理人";现在她重获新生了,这一对曾经的佳偶却已劳燕分飞,还不惜撕破脸在媒体上公开指责对方。人生的际遇真是难以预料,你以为未来有千万种可能,其实多半都已命中注定,至于生活幸福与否,更是如人饮水、冷暖自知。或许只有经历了大起大落的变故之后,才能真正明白,人生最大的幸福就是活着而无所事事。

但这种幸福的生活渐渐变得单调起来。她本想和母亲出去旅游,然而时下暑热难当,各地又多有暴雨洪灾,母女俩都不想出远门,就在城市周边的几个"网红"景点逛了逛,每次都觉得又累又无趣。

那些复制粘贴般修建的所谓古镇,丑陋得大同小异,一家紧挨着一家的店铺,北欧风日韩系新中式新美式新欧式各种装修风格应有尽有,细看全是粗劣的抄袭堆砌,展示着来自小商品市场的各种玩意儿。喧腾热闹的美食街无非是夜宵大排档的另一种形式,吹得神乎其神的各种特色小吃和家里楼下菜市场卖的也并没有多大区别。刷着粉红色或淡黄色墙面的甜品店还散发着刚装修完的油漆味,已有远道而来的年轻人排着长队,对着餐碟里色泽鲜艳的小糕点拍照修图,再加上定位发朋友圈。所有人都是一副欢天喜地又手忙脚乱的模样,在这个景点拍完照打完卡,马上大步流星地奔赴下一个景点,大家都那么忙,时间都那么少,必须脚下生风疾如闪电,才能对得起这一趟出行。

她每次走在那些簇新锃亮仿佛昨天才建好的仿古街巷中,总能遇到身穿古装、发髻上插戴着珠花簪钗的姑娘。她饶有兴致地瞧着她们认真拗出各种姿态表情拍照,不禁想起自己在她们这个年纪的时候,流行的是素色宽松棉布长裙和一头披散的长发——她也傻乎乎地跟过风,笃信那就是美和品位。现在想一想,社会总是在前进,新生消亡代代更迭,这些花里胡哨的流行时尚看似瞬息万变,其实人们趋同的本质从未改变,所有事物、所有人都在齐步走,一起变丑。乐观一点来看,也许再丑个七八十年,应该会变得好一点吧?

母女俩把附近的景点逛了一遍之后,再也不想去类似的地方旅游了,她便去学驾照,打算明年带母亲自驾去远一点的省份,一路上可以无拘无束地游山玩水。每天除了去驾校,她也没有别的事,大部分时间都躺在窗前那张珊瑚红色织锦长椅上,似睡非睡地望着窗外的雪山和天空,度过漫长的白天和夜晚。

她买了一台斯坦威的钢琴,却几乎没有弹过;买了很多书,像装饰品一样精心摆放在壁龛式的书架里,但是总也看不进去,手中的书很快就掉在了地上。窗外令她沉醉的雪山美景,最终也令她感到乏味无聊，她现在有点懂得韩嘉漪脸上那种永远挥之不去的厌倦神色了，经常不无沮丧地想，人真是很贱的，所有你梦寐以求的事物，无论渴求的愿望曾经多么强烈，一旦拥有之后，很快就会觉得它是那样稀松平常、微若尘土。我穷的时候想要有钱，有钱了之后想要自由，有了自由之后呢？还想要什么？

实在闲得发慌时，她就上网找些经典电影来看，爱情故事总让她觉得腻歪可笑，她最喜欢的还是犯罪电影，把影片投屏到大尺寸的电视屏幕上，紧张激烈的背景音乐回荡在高敞的客厅里，立刻让她自我代入到故事当中。这些电影的主角通常都是和她一样的"小人物"，出身低微无钱无势，更没有美貌和智慧，多年来受尽旁人的白眼和欺压，终于某一天遇到千载难逢的机会，凭着"豁出去了"的一点孤勇，要么铤而走险要么谋划做局要么大杀四方……真爽啊！她觉得每一部电影演的都是自己的人生，她永远都能共情那些打打杀杀的劫匪强盗，他们能有什么罪呢？他们只不过是想弄到一笔钱之后远走高飞，从此无忧无虑地享受生活，他们并没有害人，他们偷走赌场的钱、银行的钱、富豪们的钱——这伤害了谁呢？难道那些富人的钱就是干净的吗？难道他们生而富有，就应该千秋万代永远富有下去吗？他们真的需要那么多珠宝、豪宅和名画吗？为什么就不能把富人的钱匀一点点出来，让我们这种蚁民为自己赎得半生自由呢？

母亲倒是过得相当开心满足，每天都在小区的麻将室里打麻将，好在她瘾不大，下午六点准时回家，顺便从菜市场买点凉粉凉面水饺之类的东西当晚餐。母亲在麻将桌上认识了几位热心阿姨，听说她一直单身，都张罗着给她相亲，她拗不过情面，去见了几个年龄相仿的小伙子，每次都被这些人的浅薄鄙俗所震惊。她一向认为自己没能力又没见识，如意耳瓶的事也只是运气好，没想到比她平庸得多的男人反而个个都感觉"老子天下第一"。母亲从来不催她恋爱结婚，她某天刷到一个明星相亲节目的热搜，随口问了母亲一句："你为啥不催我结婚啊？"母亲正在泡脚，头也不抬地答道："催那干啥？我有病啊？要是能回到年轻的时候，我自己都不想结婚呢！"

她买的两套小户型房子简单装修好之后很快租了出去，租户都是20岁出头的年轻人，大学毕业了就留在这里工作，希望有朝一日也能像她一样："有自己的房子、安居乐业。"她看着他们朝气蓬勃的脸庞，看着他们朋友圈里时而通宵玩乐时而彻夜加班的照片，看着他们点点滴滴的喜乐烦忧，仿佛照镜子一样看见了从前的自己，看见遥远的青春岁月在对她苦涩地微笑。

就这样混到了10月中旬，她在影院看了个特别烂的仙侠电影，烂得让她火冒三丈，坐在放映厅里掏出手机下载了豆瓣的App，气呼呼地打了一星，并且写下短评："我为什么要花钱来看这种垃圾！流量明星顶着一张面瘫脸就别来祸害大屏幕了，继续演你的偶像剧不好吗？"等她从影院走回家，刚出了电梯，随手刷了一下手机，惊喜地发现这条短评竟已得到了100多个赞。这是她第一次在豆瓣上给电影打分写短评，没想到这么多人都和她有同感，正在得意，系统提示有50多条未读私信，点开一看，全是男主演粉丝发来的各种咒骂。她先是一惊，继而又觉得好笑，心想这些"脑残粉"果然是名不虚传，一边删除拉黑一边躺在窗前的长椅上，玩起了豆瓣。

她发现有个叫作"话题广场"的页面挺有趣，所有人都可以在不同的主题下分享各种生活感悟、故事八卦、影视剧背景知识等等，仿佛是在逛一个热闹的虚拟集市。她连着刷了两三个小时的豆瓣话题，直到窗外暮色渐起，正要放下手机，又在一个名为"影视剧中学到的婚恋观"的话题下看到一张87版电视剧《红楼梦》的截图，是鸳鸯的两句台词："一辈子不嫁男人又怎么样？乐得干净呢！"这张截图已被赞了将近2000次，是首页推荐的热门帖子。她觉得这话简直说到自己心坎里了，马上点赞存图，想着下次要是再有人介绍相亲对象，她就把这张图发给对方。刚要关闭豆瓣，她突然发现分享这张图的用户名似乎有些眼熟,定睛一看:庭初。

她感觉心脏像被某种有微毒的昆虫叮了一下,不由自主地将手压在胸口上,点开了这个人的头像。果然是叶芝,她蹲在簇拥盛放的绣球花丛前,笑靥如花。那是叶芝家位于枫丹白露市的别墅花园,她太熟悉了,自从三年前她加了叶芝的微信,这座花园每一季的花开叶落,她全都隔着这方小小的手机屏幕看到过。这世界真小啊,小得令人生厌。为什么我总能遇到这个阴魂不散的女人!她紧皱眉头想要丢开手机,又转念一想,不如拉黑了她,从此眼不见为净,可是拉黑需要进入对方的个人主页,她一点开叶芝的豆瓣主页,又忍不住一条一条翻看了起来。

叶芝在豆瓣上分享的基本都是跟影视剧有关的内容,很多帖子都有几百上千个赞,虽然大部分电影她都没听说过,但看看截图也蛮有意思。她翻看了一阵子,觉得也没必要拉黑叶芝,手指往上一划,想要退出页面,无意中又翻出了一条两个月前的动态:"置业顾问推荐了好几栋 Deauville 的房子,各有优缺点,让我纠结了好久,偶然看到《红楼梦》里这句话,顿时豁然开朗。"第一张配图是电视剧《红楼梦》的台词截图,林黛玉对史湘云说:"事若求全何所乐。"另外还有四五张多维尔半山别墅的照片,其中一栋正是鸢尾别墅。

一道夕阳的金光照在她脸上,仿佛是夜晚开车时迎面遇到了远光灯,令她一时间双目不能视物。她紧握手机躺在长椅上,手脚都像瘫痪了一样,耳边反复响起朱利安说过的话:"能租到这栋别墅是我们运气好,房东明年就要卖掉它了。"她本能地想马上联系朱利安,告诉他这件事,又极力让自己冷静下来,把所有可能发生的情况仔细琢磨了一遍。如果叶芝真的买下了鸢尾别墅,确实很快就会知道那个子虚乌有的德·布罗耶先生根本不是房主,可是,她绝不会说出这件事,一来瓷瓶早已交割,她从中赚到了应得的佣金,没必要再生事端;二来,被人坑骗又不是什么光彩的事,说出来不仅让她自己丢面子,更有损于 T 家拍卖行的声誉。想到此,她长长舒了一口气,像是逃过了一场飞来横祸。

"当造假达到一定的高度之后,造假者反而会处于一个特别安全的位置,很多被他坑骗的人,不但不会揭发他,反倒会竭尽全力地去掩盖、去维护这个骗局。"——这是叶芝自己说过的话,她不禁冷笑了一声,心想,咬碎牙齿往肚里咽的滋味,一定很不好受吧?她刚才还在祈祷千万不要让叶芝买到鸢尾别墅,现在却巴不得她赶紧买下来。

她挪了挪身子避开落日斜照,又细看了一下叶芝发的那几栋别墅照片,脑海中无数火花般的念头逐渐汇聚成了一团火苗,促使她在叶芝那条动态下发了一条评论:"有钱人都是论'栋'买房子的吗?"她对自己这句刻薄话颇为自得,忍不住想,叶芝不是总爱说什么"知足""知止"吗?怎么,她在枫丹白露有一栋别墅还不知足?还要去多维尔的海边再买一栋?没等她从这恶狠狠的快意中回过神来,叶芝已经回复了:"你永远触碰不到云彩,不代表云彩不存在。"

她感到胸口直发闷,憋得她微微颤抖起来,神经质地睁圆了双眼,只觉一幅幅凌乱芜杂的图像从眼前急速闪过,像走马灯一样有规律地往复出现,又像数不尽的苍蝇绕着溃烂腐臭的伤口乱飞,让她无处可逃。那是八年前在斯特拉斯堡的语言学校第一次见到叶芝的场景,叶芝站在全班同学面前,自信大方地介绍着自己。当老师们惊喜地知道她和著名的爱尔兰诗人同名时,她却根本听不懂这个漂亮的中国女孩在说些什么,只能默默坐在最后一排,挂着满脸僵硬无知的笑容,望着叶芝和老师们谈笑自若;语言学校的每一堂课上,叶芝笑吟吟的面孔总是如噩梦般不断鞭打着其他人:"你们连这个单词都不知道?不会吧?""你们还没听懂这段新闻吗?还需要老师再放一遍录音?可是我已经答完所有题目了啊!""提高口语很容易啊,多跟法国人交流嘛,社团、图书馆、酒吧、餐厅、网上……到处都能交朋友啊!"

终于熬到了语言学校毕业,没想到四年后竟然在巴黎再次相遇,她鼓足勇气才敢走进T家拍卖行,却差点被那帮盛气凌人的拍卖行员工生吞了,是叶芝救了她,不费吹灰之力地救了她。此后,一次又一次,她不得不亲眼看到叶芝奢华的生活,不得不参与到这种奢华的生活中,甚至极其短暂地梦想过拥有同样的生活,直到她丢了工作、没了公寓,如丧家犬般住进叶芝家五六平米的女佣房。穷途末路之际,是叶芝再一次救了她,只是在她看来,叶芝这种拯救的背后始终暗藏着一种隐秘而深重的侮辱,叶芝救她,和赵老板给她"卖身救父"的钱,其实并没有多大分别——都是悠然躺在金钱云端的幸运儿们随口啐下、赏赐给她的点滴牙慧。

她无数次咬牙切齿地发誓,绝不再接受这些有钱人的救济和同情,绝不,等到她自己成为有钱人之后,绝不再和他们有任何往来。现在她总算如愿以偿了,然而举目四顾,在她精心装饰的这间豪华复式大宅里,到处都是叶芝的影子。天顶的花形水晶灯虽然无法和叶芝家中那盏1929年的Lalique白琉璃虞美人花吊灯相比,但她觉得总能有四五分相似;墙上的壁龛式书架也漆成了深红色,旁边也贴着欧式仿古的花卉纹墙纸;她买不到夏尔丹的石印版画,就把自己和母亲的一张黑白艺术照挂在墙上;窗前也养着一株琴叶榕,可是叶子上却渐渐长满了令人厌恶的大块黑斑……

夕照变得愈发灼人,她感到呼吸也愈发困难,眼前这些东施效颦的笨拙模仿将她大半年来的欣喜满足瞬间碾压成齑粉,她不由得紧紧闭上双眼,却真切地看见了叶芝家中的景象。她家里的每一件物品都散发出一种肆无忌惮的奢华气息,桌椅、家具、地毯、杯盘……仿佛都标有价格,那些带着许多零的价格数字犹如一张张冷笑的人脸,不停地嘲弄她,提醒她曾长久困顿于穷蹇之中,如今即使侥幸过上了富足的生活,从前的匮乏感自卑感就像擦拭银器时沾染的满手污垢,已印染于她的肌肤,渗入了她的骨髓,再也抹不去了。她不由自主地

532

缩起双肩,摆出一副奴仆般卑躬屈膝的姿态——这才是她应有的姿态,就像一只趴在地上舔舐主人餐盘的猪狗,是啊,猪狗永远触碰不到主人丰盛的佳肴,然而佳肴是永远存在的。

叶芝的话音如同夏日闷雷般在她脑子里隆隆轰响,她感觉浑身涌荡着一股热流,身下这张珊瑚红色的长椅似乎变成了一盆炭火,火苗沿着脊椎颈背一直烧穿了头颅,烧到全身四肢,这股愤怒的烈焰将她的理智驱赶出了躯体,她的双手完全不受大脑支配了,眼前只有一片熊熊燃烧的炽热火光。她找出手机相册中一直保存的,如意耳瓶修复前残损状态的那张照片,飞快注册了一个微博小号,将照片发到几个文博行业大V博主的评论区,附上一句话:"2000万元的真相。"这些大V用户都有上百万粉丝,就算博主本人不说什么,那些看热闹不嫌事大的粉丝们也会到处传播的。

她陡然间怪异地觉得心里轻松快活极了,是一种她此生从未体会过的如释重负的感觉。好像一个人在空阔的海边乱刀砍死了痛恨多年的仇敌,这时夜幕降临、暗潮汹涌,潮水很快卷走了尸体,将所有血迹冲刷殆尽,眼前只有一片浩荡奔腾的茫茫黑水。

"那姑娘死了。"

似一阵巨大的浪涛迎面扑来,她竭力想要抵抗波浪的冲击,却无济于事,她吓得差点从长椅上滚落,勉强支撑着坐起来,看见母亲站在面前,肥胖的身影在昏沉暮色中活像一只骇人的猛兽。不待她发问,母亲已经叽里呱啦地说下去了:"就是你前一阵子跟我说的那个韩国姑娘,叫什么雪莉的,上星期你还特意去买了一个跟她同样的包……多漂亮一个孩子啊,怎么突然就死了呢!"母亲说着往厨房走去,话音渐远,她觉得恍惚至极,似乎又无比清醒,打开社交媒体,那些昨天还在讽刺崔雪莉衣着暴露、举止夸张的营销号们,此刻全都在惋惜悼念她,荒诞得像鲁迅笔下的情节。

母亲把买来的凉粉盛在碗里,喊她来餐厅吃晚饭,她虽然脸色煞白,但依然镇定地同母亲边吃边聊。说了一会儿崔雪莉的事之后,母亲忽然想起什么,问道:"对了,刚刚打麻将的时候,王阿姨说她有个侄女在香港读大学,明年要去一家拍卖行实习。听说你以前在拍卖行工作,让我来问问你,在那儿实习要注意些什么?"

"也没什么要特别注意的,再说了,香港和巴黎的拍卖行完全不是一回事儿。"她低头吃着凉粉,摆出一脸见多识广的表情:"她是去香港的哪一家拍卖行?"

"哎哟,那名字我不记得了,好像听着还挺耳熟的。"

她笑着说:"你就记得胡牌了吧?"

"我想起来了,是 T 家拍卖行!"母亲有点激动地轻拍了一下餐桌:"我说怎么听着耳熟呢,当年你能去实习,就是 T 家拍卖行那姑娘帮忙的嘛!她叫什么名字来着?是姓叶吧?"

"叶芝,芝麻的芝。"她用筷子拨开漂在红油上的几粒白芝麻,心里有点起腻,正想岔开话题,又听母亲一惊一乍地说:"对啊!你那个瓶子,也是送去 T 家拍卖行卖掉的啊!这个叶芝,她知道你那瓶子有毛病吗?"

"不知道。"她立刻回答,下意识地重复了好几遍"不知道",同时摇着头,像是在坚决地否认这件事,又补充说:"她不知道的。T 家拍卖行那么多部门,那么多员工,她不负责这个,她不负责瓷器。"

"那就好。她帮过你大忙,你可不能坑人家啊!"

听到这句话,她那张平静的脸上突然显出一抹惊恐的神色,随后大声咳嗽起来,咳得满面通红,额头上也沁出了大颗的汗珠,母亲赶紧递过来两张餐巾纸,她用餐巾纸使劲捂着嘴,侧过身咳得弯下腰去,好像五脏六腑都要扯碎了。母亲接了一杯水放在她手边,轻拍着她的脊背,连声问是不是呛到了,又抱怨卖凉粉的人放了太多辣椒花椒。她起身快步走去卫生间,咳了好一会儿才慢慢平静下来,擦干净脸上的鼻涕眼泪,掏出手机想删掉刚才发在微博上的那张照片,才发现已经来不及了。

网上那些"好事者"早就以星火燎原之势传播开来,有人甚至把这张照片转发到了 T 家拍卖行官方微博的评论里。这一刻,她终于眼睁睁地明白了那句话:"到处都是虚妄的热情和梦幻的呓语,尤其是那些和自己口袋没关系的。"

点开朋友圈,叶芝也在说崔雪莉自杀的事,她发了两张图,一张是雪莉生前因为不穿内衣而被网友谩骂的截图,另一张是法国前总统夫人 Carla Bruni 那张著名的全裸艺术照:"今天,一个 25 岁的女孩不堪忍受长久的辱骂,以一种决绝惨烈的方式离开了人世;25 年前,一位名模坦坦荡荡地拍了一张全裸艺术照,她后来成为这个国家的第一夫人。每个人都属于不同的世纪,却又不得不共同生活在同一个星球上——这或许可以解释,人世间为何有那么多的仇恨、苦难与屠杀。"

她心里像被尖刀刺穿似的疼痛难忍,抬头看着镜中自己眼圈通红汗水淋漓的脸庞,蓦然觉得正在端详一张通缉犯的照片,恨不能朝这张脸狠狠扇几个耳光。镜子上方的射灯发出明亮的冷光,她的思维也前所未有的清晰,她现在才明白自己究竟做了些什么:她先是与朱利安阴谋设局,坑骗了一个曾经多次帮助过自己的姑娘,又为了进一步报复对方,将她被陷害的事赤裸裸地公之于众。如果说最开始她是迫不得已,那么今天她做的事,纯粹只是出于嫉恨,而这两三分钟里疯狂的嫉恨,也许就能毁掉那个姑娘的职业生涯。

五六天后,当她在付斌的朋友圈看到如意耳瓶那张残损的照片时,她知道,这件事彻底闹开了。她不知道会怎样发展下去,只能一遍遍地跟自己说,这事跟我没关系,就算我不发照片,贺老板和那个日本修复师没准也会走漏风声;再说了,万一叶芝真的买下鸢尾别墅,她很快也会知道事情真相,我只不过提前讲了出来而已。还有,现在的 PS 技术那么厉害,说不定大家都以为这张图是假的,谁会闲得没事儿去追究啊！何况这个信息爆炸的年代，再大的新闻也只有两三天的热度，别说一只小小的瓷瓶了，半年前巴黎圣母院的火灾，又还有几个人记得呢？虽然这样想，但她总还是感觉不舒服，心里憋闷得慌，又说不出哪里难受，好像某种毒素不停地在血液和神经中扩散，令她整天疲乏忧郁，说话也无精打采，仿佛一支快熄灭的香烟，有气无力地散出细弱的长烟。

母亲以为她是因为驾照没考过，心情不太好，劝她一起去南方旅游，她推说懒得动弹，整天躺在窗前的长椅上，旁边支着iPad，播放着当下最热的一部俗套偶像剧，但她也只是听听声音，很少会瞟一眼屏幕。房间的空旷、天花板上压下来的愁闷、落地窗外辽远的天空雪山，对她而言好似一剂舒缓镇静的良药，让她能日复一日地勉强挨过去。

过完元旦，她总算是拿到了驾照，许久没有这样开心了，她和母亲去一家高级餐厅庆祝了一番，计划着过完年就去买车，还把驾照的照片发在朋友圈里。她看见付斌也点了赞，便趁着高兴劲儿私信问他，是否知道如意耳瓶那件事的后续。他一连发过来七八条语音，她很快就知道了一切。

如意耳瓶的买家，那位卖豆芽发家的富豪得知瓶子是被修复过的，大为震怒，马上联系了T家拍卖行的高层，痛骂对方蓄意坑害客户，扬言要打国际官司，"让鬼佬们知道厉害！"通常来说，一件物品拍出高价之后，市场上总会冒出一些风言风语，拍卖公司并不会对此作出任何回应，但这次有照片对证，拍卖行不得不承认失察。除了立刻安排退款之外，拍卖行还做了许多安抚劝慰的工作，以免得罪这位富可敌国的豆芽老板，比如，让如意耳瓶的主要负责人叶芝离职，以彰其咎。这件事对叶芝打击很大，听说她离职后不久就得了抑郁症，至今还在住院治疗。

她知道法国医疗体系的原则是尽可能地减少住院人数和住院时

间,除非手术或者危重症,一般不会让病人长久住院,很多癌症患者手术后两三天就会出院,居家休养,会有专业护士定期上门护理。而叶芝竟然住院那么久,十有八九是重度抑郁症。付斌的语音还在发过来:"法国的医疗水平最牛了,你不用担心啦,过段时间肯定就能好的。"

她浑身都在发颤,用指甲使劲掐着手心,不让自己再深想下去,哆嗦着点开了叶芝的朋友圈,才发现她早已设置了三天可见,个人主页一片空白,微博也很久没有更新,豆瓣的最后一条动态是电影《赛末点》结尾的台词截图:"索福克勒斯说过:不出生在这世上,也许是最大的幸事。"

"冯小姐,还有件事也告诉你一下啊!前两天老赵'进去'了,所有财产都被冻结了。他上头的'大老板'去年年底被'双开',老赵想跑路去香港,没跑成,从机场被逮回来了,哈哈哈哈。"她听完这条语音,脑子迷迷糊糊的,这一切来得像暴风骤雨般迅疾,以她有限的人生经验,一时间甚至不知道该悲还是该喜。

付斌发来一张央视新闻的截图,一个她从未听说过的名字被开除党籍和公职。她不知道这意味着什么,就放大了这张截图,愣愣地瞧着。付斌的语音又传了过来:"我有个老乡跟他走得蛮近的,也被请去'喝茶'了。我看你以前还给他朋友圈点赞的,姓贺,瘦瘦高高,跟我年纪差不多,你认得他吧?不过他没什么事,'喝了茶'就回家了,只是被限制出境了。"

听到贺老板的名字,她才悚然清醒,猛地抽搐了一下,顿觉遍体冰凉。先前叶芝患病的消息只是让她隐隐不安,现在这种不安的颤抖瞬间加剧了,仿佛遭受了很多次强烈的电击,她感到自己也身受重伤,热血正在往外喷溅——就算她从前参与赵老板洗钱逃税的事不被查出来,那140多万欧元却是实实在在从赵老板的香港公司转入她账户的。

她躺在床上,圆睁双眼想了整整一夜,或许在最紧张的时刻,大脑运行反而最为迅速,快天亮时,她终于想出了对策。她不知道这对策是否能保全自己和家人,就算能保全现在,恐怕也未必能保全将来,但她没有别的选择,只能走一步看一步了。

　　为了不让母亲担心,第二天她提出想要回老家,和姥姥姥爷一起过年,母亲先是不同意,说北方太冷,不如把二老接来这边过年。她说北方有暖气,反倒比潮湿的西南更舒服,而且年味也更浓,母亲想想也有道理,就让她订机票。她又让母亲先走,说自己打算先去给父亲扫墓,然后再回老家,现在离春运还有大半个月,正是人少清净、方便出行的时候。母亲看她一副早有筹划的样子,也就不再坚持。她把母亲送去机场,一直陪她到了安检入口,才压低声音在母亲耳边说了一句:"我给姥姥和姥爷各转了一笔钱,是我孝敬他们的红包。"

　　母亲讶然错愕,正要询问,她比画了一个"嘘"的手势,用目光示意周围人群,笑道:"等我回去见了姥姥姥爷,我亲口告诉他们。"母亲迟疑着朝前走了几步,又转身跑过来,拉着她的手叮嘱道:"昨天打麻将的时候,他们都说武汉正闹啥流感,有点像当年非典那个样子,你坐飞机要小心啊! 可千万别往人多的地方去啊!"

　　"一个感冒你也紧张成这样! 至于吗?"她笑出了声,又说道,"飞机是直飞的,又不在武汉停,怕啥啊? 麻将桌上那些乱七八糟的小道消息,当不得真。"母亲这才点着头走去安检,她目送母亲离开,快步出了候机大厅,打车回到家,拿起早已准备好的行李箱,直奔火车站。付斌说赵老板是在机场被抓的,她现在哪里还敢坐飞机,连高铁都不敢坐,在售票窗口买了张普快列车的票,前往安葬父亲的那座海滨小城。

　　自从收到如意耳瓶的钱之后,她和母亲出行都是坐飞机头等舱,此时躺在这嘈杂摇晃的火车里,虽然是卧铺,但是大小孩童的奔跑哭闹、手机外放短视频和电视剧的噪音、吵吵嚷嚷的胡侃海吹,一分一秒都不曾停歇，体味脚臭混着周围此起彼伏的鼾声，她烦躁得几乎想推开车窗跳下铁轨，反复想起中学时背过的那句古文："由俭入奢易，由奢入俭难。"

总算是熬到了深夜，车厢里才稍微清净了一些，她躺在硬邦邦的床铺上，半闭眼睛凝视着上铺边缘垂下来的深蓝色布罩，空调吹得她有点冷，便起身把行李架上的手提箱打开一条缝儿，伸手进去抽出一条围巾披在肩上。又过了不知多久，火车减速进站，尖利的汽笛吵得她头疼，皱着眉头裹紧了围巾，蓦然发现这是当年叶芝送的那条迪奥真丝软绒围巾，这几年她搬了那么多次家，买过那么多衣物，这条围巾却一直没弄丢，秋冬时节还常会拿出来用。

这个小细节令她心中有点惊慌，总觉得应该想些什么，又似乎并没什么可想的。欠身往窗外看去，只见夜幕如同一件黑色的斗篷笼罩着天地万物，信号灯、照明灯、路灯各色光线混杂闪烁，似在徒劳地同暗夜抗争，车厢内外都是乱糟糟的，好像所有东西都在碰来撞去。眼前这些景象是真的，还是幻觉？这个时候她应该躺在床上，怎么会在火车里？轮轨撞击的规律声响很快让她昏沉欲睡，宛若躺在摇篮中一般，全然不知身在何处。

她似乎做了一个永远无法醒来的噩梦，在梦里久久无法动弹，好像只要轻微颤抖一下，浑身的骨骼都会碎裂。她听得见自己的心跳，于是知道自己还活着，但转眼间又看见自己死了，许多猛禽扑到自己还温热的尸体上啄食，这些猛禽都有一张人脸，全是她认识的那些脸庞。她又梦见自己卧在一个窄小的墓穴中，浑身都是暗黄青紫的瘢痕，无数人在她头顶的地面上走来走去，听得见他们的鞋子踩着碎石地发出吱吱的声响，犹如老鼠正在啃噬骨肉。

偶尔火车的广播或者汽笛惊醒了她，她会极短暂地意识到自己是躺在卧铺车厢里，然而很快又紧闭上眼睛，仿佛周围的一切都消失了，连同她的思维、她的触觉听觉一起全部消失了，像被死神的手攥住提起，从半空中抛进了黑暗的深潭，旋即在可怕的漩涡中飞速旋转、下坠，直至粉身碎骨。她伸出手极力想抓住什么，却始终两手空空，最后她连自己的肢体也感受不到了，像已消融在越来越湍急的浊黑水流中，一切都化为虚无，只有一些零乱的回忆碎片在天空飘来荡去……她被列车员推醒，告诉她马上就要到终点站了。

在火车上熬了20多个小时，出站后她也不敢去住酒店，就在海边找了个民宿住下，胡乱吃了一碗泡面，上床睡去，醒来时看见一道晦暗的暮色照进房中，将沙发扶手上磨损的边角显得愈发分明。这种仿佛被全世界遗忘的静谧一下子让她心安神定，她像被人追杀一样逃到这座灰颓的小城，终于获得了片刻的安宁。她起身来到阳台上，望见广袤苍茫的海面被冬雾蒙盖，像一块缝在大地上的黑色补丁。又苦又咸的海风在晚潮的推动下刮得异常猛烈，一片带着花斑的鸟羽飘飘忽忽落在阳台栏杆上，她小心地捏起羽毛，似乎还能触摸到鸟儿的温度和生命。

海面上的浓雾逐渐蔓延成一堵厚实阴郁的高墙，远处几栋高楼的灯光都被遮盖住了，只能依稀分辨出海水的深色轮廓和灰白的沙滩，好像炸开了大地的腹部，露出了白花花的肠子。天空变成了一座刚熄灭的焚尸炉，堆积的浓黑云朵如炉灰一样覆盖了整个天幕，凛冽的风声像不断鸣响的丧钟，俨然是死神在天上举行葬礼。一道蓝色的闪电劈开乌云密布的夜空，似一根枝杈丛生的血管，紧接着响起一阵轰隆隆的闷雷，她悚然一惊，这才反应过来，自己正站在海滩上。

她不记得是如何来到这里的，可能已经在街道上漫无目的地溜达了很久，她应该去过不少地方，还在一个人声鼎沸的宵夜店吃了一锅海鲜粥，那个缺了只耳朵的砂锅在她脑海中印象颇深。吃到一半的时候，一对50多岁、面容和善的夫妻来跟她拼桌，她记得那男人念叨了好几次："这个炒河粉莫得味道，还是热干面过瘾。"

一阵浪涛卷着白沫扑涌而来，她身不由己地连连后退，好像面前是一头被激怒的野兽在嘶吼。急雨如冰雹般汹汹砸下，不断上涨的潮水很快没过了她的脚踝，一股浓厚的腥味在空气中弥散，除了海水的轰鸣，四周阒无人声，衣兜里突然传来了一阵强烈的震动。她下意识地掏出手机，迎面袭来的雨帘让她难以睁眼，接听后却是个男人的声音："冯小姐，你换电话了？我是老贺，好不容易才联系上你啊！如意耳瓶在法国卖得真不错！这么久了，一直都没来得及恭喜你呢！有机会咱们见个面啊——"她怒不可遏地将手机扔进了海浪中。

墨水般漆黑的巨浪翻滚得愈来愈激烈，犹如无底深渊张开了大口，她恍惚听见一些模糊的声音在极远处回荡，像压抑的呜咽，像哀怨的脚步，更像一种难以抗拒的神秘召唤，她感到喘不过气，仿佛被一股从海底升腾的力量托了起来。

夜雨渐小，冷风还在尖啸，似一只巨大的乌鸦扇动着翅膀盘旋飞翔。不知道为什么，她忽然想起了无数的往事，想起了从小到大结识过的所有人，想起了长途跋涉的艰辛……他们都极其遥远，极其渺小……所有这一切，真是毫无意义啊！人生要受这么多苦，真是毫无意义啊！她陷在这片冰冷刺骨的茫茫黑水中，心底却洋溢着一种如稻草被飓风卷走的强烈快感。她不再害怕，她现在只有一个愿望，委身于这片浩瀚无际的海洋。

她感觉被一种奇怪的力量拉着往前走，就像被大地吮吸，情不自禁地加快了步伐，海潮也更迅猛地上涨，白色的水沫填塞了她的嘴唇……刹那间拨云散雾，天空仿佛被撕开了一道裂口，银亮的月光如瀑布般倾泻而下。

那是一片极为规整的半月，光辉熠熠，宛若矗立在天穹上的灯塔，正为星河千帆引路。她确信自己曾在某处见过这样美丽的半月，不由得停下了脚步，任由海潮将自己推搡得东倒西歪。月光在海面上形成了一道白亮的光带，似一条披着银色鳞甲的长蛇来回扭动，它诞生于黑暗之中，又驱散了黑暗。她紧盯着这条光带，看见它不断延伸铺展,变成了一条平缓开阔的光路,她听到母亲哼唱的歌谣从天际的半个月亮里飘来,渺远而清晰。她突然间生出了无比坚定的信念,她要站上去,站到海浪上去,沿着海面上这条皎洁闪耀的月光路往前走,因为她答应过母亲,一定要回去的。

后　记

感谢您，读到了这里。

这本书最初的写作缘由，是想给自己此前 7 年的生活和工作做一个小结。我用了 1 年多的时间准备素材、整理资料，最终用了 10 个月完成 40 万字的初稿，如同一次孕育分娩。尤其值得一记的是，本书将近 1/3 的内容都是在 2020 年 3 月底至 5 月初，法国第一次全国隔离防疫期间写完的，殊为难忘。初稿草成之后，又经过耗时一年半的数次增删修改和重写部分章节，在最终定稿之际忆及点滴旧事，感慨良多。

有人说，写作是为了第二次品尝生活。过去两年来断断续续的写作时光，于我而言，不仅是简单的回顾，更是反思与成长，在创作后期，这种体会尤为深刻。我遇见过不少冯欣这样的女孩子，也曾腹诽过她们的"无知"与"短视"，今日想来，至为惭愧，便以这本书为她们作传，若将她们的悲哀喜乐略遣之于笔端，亦能令我略觉心安。

弗吉尼亚·伍尔夫在《现代小说》中提出：小说要"记录微尘坠落心田的过程""描述每一事每一景给意识留下的痕迹，哪怕看上去毫不相干、互不相连"。我是个天资有限的普通人，第一次创作长篇小说，难免笔力不逮。遣词造句谋篇布局之外，最困难的莫过于设身处地去代入冯欣们的生活，去了解她们的成长背景，她们的生活环境，她们的兴趣爱好，以及她们在层出不穷的挫折中如何自处。

因此，在创作的前期准备过程当中，我有计划地阅读了很多心理学和社会学的资料、案例，在此特别感谢一位老友查先生提供了大量宝贵的生活素材。书中大部分情节都是基于我亲历或亲闻的事件，再辅以适当的虚构和渲染写成，包括细节描述中的珠宝服饰、家居陈设和艺术品，也大多来自我个人或挚友们的私藏，总的说来，不算虚妄。

事实上，所有虚构的人和事，永远无法与它们的原型相比，世间没有哪位作家的文字，能比生活的真相更为残酷。或许正是因为有太多的事情无法纪实重述，一代又一代的创作者才被迫拿起笔，逃避在一个虚构的世界里，寻求片刻的喘息之机。

就在我殚精竭虑修改初稿的 2020 年 6 月底，又一桩跨国盗卖文物大案被法国媒体披露，我再一次见到曾经声名显赫的数位业界要人锒铛入狱。我眼看着他们的维基百科照片几乎在一夜间从彩色变成黑白，也注意到无论是谁被捕，新闻配图总是他人生中最春风得意时的照片——媒体太知道大众想看什么。就像苏丁（Soutine）画笔下那块被开膛破肚的壮牛尸骸，这种散发着浓烈血腥味的故事，是所有人都喜闻乐见的。更何况，所有旁观者都会认为他们是咎由自取，会在唾弃他们的同时念诵着睿智的箴言："好像飞鸟，罗网设在眼前仍不躲避／这些人埋伏，是为自流己血；蹲伏是为自害己命／凡贪恋财利的，所行之路都是如此／这贪恋之心乃夺去得财者之命。"

不是这样的。

作为旁观者的你我，也许并不比这些身败名裂的囚徒更高尚、更正派、更有勇气和毅力去抵抗诱惑。倘若一个人从未遭遇过命悬一线的灾祸并且有幸死里逃生，就不能夸口自己绝不怕死；结婚未满二三十年，恐怕也不能断言自己不会见异思迁；同样，如果从未有人让你看见唾手可得数百万欧元的机会，你也不知道自己是不是真的，不贪婪。

每当这种"原罪"般的贪婪与"神圣"的艺术品联系在一起，难免更令人感慨唏嘘。遗憾的是,如果你有幸离艺术品越来越近,可能才会悲哀地发现,你正在离艺术越来越远。这个行业和一切东西密切相关,唯独除了艺术。

在我有限的职业生涯中,曾无数次见到艺术品成为某种工具:虚荣炫耀的工具,构陷攻讦的工具,政治献金的工具,以及,各国亿万富豪们避税的工具。更多的时候,艺术品是赚钱的工具,或者说,希望以此赚钱的工具。那么,有多少人能从中获利呢?去年,一位德高望重的业界前辈曾感叹:以他所知所见,能以此赚钱的人,不超过5%。

每个人都坚信自己一定是独立涛头的弄潮儿,实际上却都成了排队蹈海的旅鼠。

文学当然不能改变什么,更不能让身处困境的人看到某种虚无缥缈的希望,文学和其他的艺术形式,诸如绘画、电影、音乐……一样,如果它们能让时光的流逝变得稍微美好一点,就已是善莫大焉。

我曾经历过太多不可言说的故事,随着年岁渐长,往日种种的惊心动魄终于也就全然忘却了,但也并不觉得可惜。我见过人性的脆弱与狰狞,荒诞与无奈,总的来说,人生是没有意义的。绝大多数人终其一生耗尽心力拼死拼活,争夺的只是一点"蜗角名、蝇头利",并且得之欣喜,失之若狂。这让我时常想起莫里哀的那句话:"人类,是一种恶毒凶狠的生物。"

只愿你我在这无意义的人生中,活出一点点微茫的意义来。

秦　肇

2022 年复活节

于枫丹白露家中

一些说明及致谢

孟森先生有言："凡作小说，劈空结撰可也，倒乱史事，殊伤道德……不应将无作有，以流言掩实事。"秉承这一原则，书中提到的 2016 年至 2018 年期间所有重大社会新闻均真实可考。以下是书中因情节安排而有悖于时间线和生活实情的若干细节，以及一些后续补充：

1. 序章中，巴黎的"野鸡大学"被警方查封发生在 2015 年 12 月，书中提前了 11 个月。

2. 第 4 章，Roland-Garros 球场顶棚于 2020 年 5 月底完工。

3. 第 9 章，迪奥的"万花筒幻象"系列服饰于 2019 年初上市，书中提前了 2 年半出现。

4. 第 11 章，Lalique 并没有虞美人花朵形状的香水瓶，但是在 1930 年设计创作了非常美丽的虞美人花形波特酒酒杯。

5. 第 12 章，巴黎大皇宫的 Vigée Le Brun 回顾大展于 2016 年 1 月 11 日闭幕，书中推后了半年。

6. 第 12 章，玛德莲娜教堂没有钟楼，不能鸣钟。

7. 第 12 章，北欧的反常高温出现在 2018 年夏季，本书中提前了 2 年。

8. 第 14 章，叶芝讲述的 Aristophil 名人手稿大型诈骗公司于 2015 年案发、破产，涉案手稿的第一场清算拍卖于 2017 年 12 月 20 日举行，书中提前了 2 年。

9. 第 15 章，于右任先生这幅行书九言联在中国嘉德 2019 年春季拍卖会上成交,书中提前了将近3年。

10. 第18章,在巴黎半岛酒店的"白鸟"餐厅,是看不到拍卖大楼的。

11. 第20章,芭蕾舞剧《春之祭》于2017年10月25日至11月16日在巴黎歌剧院上演,本书中提前了9个月。

12. 第25章,通常情况来说,头等舱和高端经济舱之间还隔着商务舱,冯欣不太可能走到头等舱的厕所。

本书中所有涉及少数族裔和各种信仰等内容均是为了尽可能真实地还原法国社会现状,并不代表作者的观点立场。

书中提到的"象牙拍卖槌",只为还原生活实情,因为法国拍卖师使用的拍卖槌大多数都有象牙镶嵌装饰,并且制作于1947年之前,符合法国相关法律和《华盛顿公约》。作者本人始终坚决反对象牙制品交易。

正如吴承恩不是孙悟空,钱钟书不是方鸿渐,纳博科夫也绝非恋童癖,本书所述诸事虽多为我亲历亲闻,但我绝不是叶芝、冯欣、韩嘉漪、付斌或书中任何人物,请勿对号入座。如有雷同,委实荣幸。

在此衷心感谢黄华侨先生,初稿完成后,我非常幸运地得到他毫无保留的指教匡正,从而修改了很多荒疏浅薄的内容,使得书稿质量明显提高。一年多以来,黄先生为着我这本拙劣的处女作四处说项,感佩之情,难以言表。感谢本书责编钱济平女士,若无她辛勤细致的工作,这本书不会面世。

感谢在我长达两年的写作过程中,始终认真阅读每一章节并提出宝贵意见的好友缪先生。沪上收藏家陆忠、陆牧滔父子对书中珐琅器和书画的描写多有指点,使我深受教益;中国某著名拍卖公司古董部门负责人D先生和资深古董商杨华先生对书中瓷器的描写给予了许多具体而详尽的意见建议,不胜感激。此外,有幸得到前辈甘学军先生题写书名,并由艺术家梁贺LEGO先生创作了封面及章节页所有绘画,二位的艺术才华为这本书增色良多,谨此致以诚挚的谢意。

如果没有家人的支持鼓励,这本书根本不会诞生,我永远无以为报,唯愿此书值得他们为我付出的一切。

今日重读此书,只觉得满纸粗浅稚拙之言,不胜愧赧,祈请各位读者和方家批评指正,使我日后或者可以创作出一些稍好的作品,来弥补这次鄙陋的罪愆。